헌사

한국어판《대망》첫판이 나왔을 때 명역(名譯)이라고
아낌없이 칭찬해 주신 김소운 선생님,
한국의 정서를 걱정해서서《도쿠가와 이에야스》등을
한국어판 책이름《대망》으로 지어주신 김천운 선생님,
명필《大望》제자(題字)를 써주신
원곡 김기승 선생님,
창춘사도 대학에서 일문학을 전공하고
《대망》번역을 주도해 주신 박재희 선생님,
니혼대학에서 일문학을 전공하고
《대망》을 번역해 주신 김문운 선생님,
와세다 대학에서 일문학을 전공하고
《대망》을 번역해 주신 김영수 선생님,
게이오 대학에서 일문학을 전공하고
《대망》을 번역해 주신 문호 선생님,
조지 대학에서 일문학을 전공하고
《대망》을 번역해 주신 유정 선생님,
서울대학에서 사회학을 전공하고
《대망》을 번역해 주신 추영현 선생님,
경남대학에서 불교학을 전공하고
《대망》을 번역해 주신 허문영 선생님,
숙명여대에서 미술과 일문학을 전공하고
《대망》을 번역해 주신 김인영 선생님,
선생님들의 집필 열정이 동서문화사《대망》을
국민적 애독서로 만들어주셨습니다.
깊은 감사를 올립니다.
고정일

대망 28 료마 4/사무라이 1
차례

료마 4

육원대(陸援隊) …… 13
오테키마루 …… 40
주란 같은 달 …… 105
우라도 …… 133
풀매미 …… 165
오우미 길 …… 192

사무라이 1

《사무라이》를 읽는 이들에게

성 밑 거리 …… 241
열엿 푼 …… 262
출진 …… 304
나그네의 길 …… 354
지리쓰보(塵壺) …… 387
마쓰야마(松山)의 지폐 …… 441
뜰 앞의 소나무 …… 463
시나노 강(信濃川) …… 510
풍운 …… 567
묘년(卯年) …… 596
번기(藩旗) …… 627

육원대(陸援隊)

 도사 번 제2번저인 시라카와 번저는 교토 동북쪽에 있었다. 지금의 교토 대학 본부 구내, 북쪽 끝 근처에 해당할 것이다.
 나카오카가 활약하던 무렵은, 이마데 강(今出川)을 끼고 동쪽으로 걸어가 가모 강을 건너면 거기서부터 요시다 산(吉田山) 기슭 일대까지 논밭이 펼쳐져 있었다. 군데군데 자그마한 숲도 있었다.
 그 숲과 밭 사이에 보통 '시라카와 진영'이라 부르는 도사 번저가 있었다. 번주가 상경할 때 거느리고 오는 병사를 수용할 숙사로 지은 것이었다. 도심지에서 꽤 멀리 떨어진 곳에 지은 셈이다.
 "하필이면 그런 데 지었을까."
 준공되자마자 가와라 거리의 번저에서는 뒷공론이 많았다.
 거리가 먼데다 지형적인 문제는 통 생각지 않았다는 것이다.
 주위가 온통 밭이었으니 정작 교토에서 싸움이 벌어졌을 때 적의 공격을 막아낼 도리가 없다.
 그런데 노공인 요도는 사쓰마처럼 교토에 무장병을 주둔시키는 것에는 전적으로 반대여서, 정작 번병들도 교토에 올라오는 일이 없었다.

그래서 자연히 지어 놓기만 한 채, 그대로 방치되어 있었다.
"그 번저를 육원대를 위해 빌려 주시오."
나카오카 신타로의 착안이 아주 좋았던 셈이었다. 교토 번저의 관료들도 굳이 반대할 이유가 없었다. 결국 나카오카가 사용하기로 낙착을 보았다.
육원대의 진영으로서는 시라카와 번저는 안성맞춤이었다. 건축 양식은 영주 저택식이 아니라 진영, 병영과 같은 형식이었다.
전각 같은 것은 아예 없었다. 정원도 없고 객실도 없었다. 모두가 한 지붕 밑이다.
대문은 큼직한 재목을 서로 이어 놓기만 한 간소한 것이었고, 집 둘레 역시 일자집으로 지은 행랑채로 담을 대신하고 있었다.
따라서 인원수용 능력은 모자라지 않았다.
"아무튼 넓었다. 육원대 대원들에게는 팔 조짜리 한 방을 혼자서 차지할 만큼 넉넉한 것이었다. 식사는 가와라 거리 번저에서 지었으며, 하인들이 그것을 나무 도시락에 담아 가져오곤 했다. 도시락에는 짠지뿐이어서 부식물은 대원들이 각자 마련해야만 했다."
나카오카를 따라 육원대에 입대했던 오에 마사루(大江卓)는 유신 후에 말하고 있다.
오에는 도사 스쿠모(宿毛)의 하급 무사로서 유신 후 민부(民部)의 차관 가나가와(神奈川) 현령(縣令) 등을 지냈으나, 후에 관직을 떠나 자유민권 운동에 참가하여 메이지 시대의 대표적인 자유사상가로서 커다란 발자취를 남겼다.
나카오카 신타로가 셋집을 나와 시라카와 진영으로 옮긴 것은 어느 무더운 날이었다.
맨 처음 나카오카와 함께 육원대에 몸담은 낭사는 11명이었다.
그 후 꼬리를 물고 모여들어 잠깐 사이에 백 명을 넘어 버렸다.
여기서 열전을 써 볼까 한다.
오에 다쿠(大江卓)에 대해서는 앞서도 언급한 바 있다. 그에 대한 가장 유명한 에피소드는 '마리아 루즈호' 사건일 것이다. 유신 이후 가나가와현에서 관직을 맡고 있을 때의 일이다. 요코하마에 입항한 남미 페루의 선적인 마리아 루즈호에는 청국인 노예 230명이 타고 있었다. 그 중 두 명이 탈출을 시도하여 오에에게 도움을 요청해 왔다. 그는 신정부에 정황을 설명하고 외무장관 소에지마 다네오미(副島種臣)의 양해를 얻어 노예를 전부 해방시켰다. 한편 만년의 나이에는 부락(최하층민이 사는 지역) 해방에 힘을 쏟기도 했다. 오에 다쿠는 사쓰마와 조슈 출신 투사와는 전혀 다른 타입의 인물이었다. 오에는 료마의 자유사상과 프랑스 혁명의 영향으로 자유·평등사상을 선포하는데 힘썼다. 도사 출신의 전형적 인물이라 할 수 있다.

육원대 멤버들 중에는 오에 타입의 인물이 있는가 하면, 후에 사쓰마와 조슈의 번벌정부에 참가한 사람들도 많다. 그리고 보면 유신시대 지사 타입은 두 가지로 나뉘는데——사카모토·오에 타입의 인물은 매우 드물다——육원대에서도 그러한 경향이 나타나고 있었다.

유신 이후, 높은 관직에 오른 사람 중 백작으로는 다나카 미쓰아키(田中光顯), 가가와 게이조(香川敬三 : 미도 번에서 탈퇴함), 남작으로는 이와무라 다카토시(岩村高俊), 가타오카 도시카즈(片岡利和), 나카지마 노부유키(中島信行) 등이 있다.

출신 번국별로 말해 보면 도사가 가장 많아서 18명, 다음은 미도로서 14명, 미카와가 9명, 교토가 8명, 그밖에 히고, 사쓰마, 분고, 이요, 무사시, 쓰시마, 고오슈, 빗추, 데와, 오미, 호키, 오와리, 야마토, 가와치 등에서 몇 명씩 참가했다.

육원대는 실현되었으나 대장인 나카오카 신타로는 대장으로서 시라카와 진영 안에 틀어박혀 있을 수는 없었다.

'나니와 료마가 뛰어다니지 않으면 천하는 바로 잡을 수 없다.'

그렇게 생각하고 있었다. 사실이 그렇기도 했다. 료마와 나카오카는 단순한 지사단의 대장으로서 들어앉아 있을 수만은 없었던 것이다.

특히 나카오카는,

"사쓰마와 도사는 이미 굳혀졌다. 다음은 아키 번이다."

그런 생각 아래 아키 히로시마의 아사노 집안 42만 6천 석을 움직이기 위해, 같은 번의 지사 후나고시 요노스케(船越洋之助)와 긴밀한 연락을 취하면서 일을 진행시키고 있었다.

여담이지만, 후나고시(船越)는 후에 마모루(衛)라 개명하고, 유신 이후, 각 현의 현령, 지사 등을 역임하고 마지막에는 추밀고문관을 맡아 남작의 지위에 오른다. 1913년 2월 향년 74세의 나이로 사망한다.

어쨌든 나카오카는 육원대의 대장대리를 맡길 통솔력 있는 인물을 필요로 했다.

나카오카는 시라카와 진영에서 육원대를 창설하자 곧 료마를 초대했다.

료마는 육원대를 방문하자, 진영을 두루 살펴보고 대원들의 식사까지 살펴본 다음, 식사를 같이 먹어 보고 "가난뱅이군" 하면서 크게 웃었다. 나카오카는 씁쓰레한 얼굴로 잠자코 있었다.

앞으로 대원들이 계속 늘어날 때 그 비용은 어떻게 하나, 하는 걱정이 나카오카에게는 있었다.

도사 번은 밥과 단무지만을 줄 뿐이었다. 번의 지원은 그것이 전부였으며, 그밖에는 대원들의 용돈은 물론, 무기 구입비조차도 없었다.

도사 번의 재정이 그것을 감당할 수 없는 것에도 원인은 있었다. 설사 재정적인 여유가 있다 해도 번 회계를 장악하고 있는 본국 좌막파들이 육원대를 위해서 돈을 낼 까닭이 없었다.

한편 료마 자신도 "재정의 독립 없이는 사상의 독립이 없고 행동의 자유도 없다"고 하여, 해원대의 경우도 도사 번 회계로부터는 단 한 푼 받지 않고 있었다. 모두가 자영자활로 버티어 오고 있는 것이다.

이 점에 대해서 료마는, 번 관료인 후쿠오카 도지와 나가사키에서 나눈 규약에 일부러 이러한 세칙을 따로 넣었다.

"번으로부터 재정적인 원조를 받지 않으며 번 또한 이를 지급하지 않는다. 일체 대내에서 자영자취(自營自取)하기로 한다."

따라서 해원대가 얻은 이익도 번에 돌리지 않는다.

이익을 얻는 방법으로서 시적인 표현이 규약에 있다.

"그 미치는 바는 대체로 바다에서 얻는다."

이렇듯 해원대는 완전히 독립, 자영이었다.

"그러나 육원대는 그렇지 못하다" 하고, 나카오카는 말하는 것이다. 나카오카에게는 료마와 같은 경제적 구상도 없었고 영리 사업가로서의 기민성과 지식도 없었다.

"난 자네처럼 장사는 못한단 말이야."

하긴 나카오카가 아니라도 육지에서는 사업을 하기가 어려웠으리라.

"아무리 시라카와 마을에 진영을 두고 있다 해도 시라카와 아가씨들처럼 장작을 머리에 이고 교토 시중에 들어가서 이 골목 저 골목 팔고 다닐 수도 없을 테고······."

료마는 유쾌한 듯이 웃었다.

나카오카는 얼굴을 찌푸리며 부탁했다.

"료마, 육원대를 도와주게."

료마는 흔쾌히 승낙하고, 데리고 온 해원대 문관 나카오카 겐키치에게 규약을 기초시켰다.

"양대는 각각 해륙에서 임무를 달리하고 있으나, 서로 상원상급(相援相給)함을 원칙으로 함."

그런 대목을 넣었다. 서로 돕는다는 뜻이었으나 사실 해원대만이 영리 부문을 가지고 있는 이상, 해원대의 일방적인 원조가 될 것이었다.

"이젠 됐겠지?"

료마는 같은 규약을 세 통 써서 한 통은 도사 번 사사키 산시로에게 보관토록 하고, 나머지 두 통은 해륙 양대가 각각 보관하기로 했다.

"또 한 가지 의논할 일이 있네."

대장 대리를 맡아 볼 인재에 대한 것이었다. 그것이 없으면 나카오카는 몸이 묶여서 마음대로 활동할 수가 없는 것이다.

"해원대에는 인재가 많은데······."

나카오카는 부러운 듯이 말했다.

료마에게는 우수한 보좌역이 많았다.

우선 대의 문관인 나카오카 겐키치가 있다. 도사의 시골 의사 출신이어서, 그 출신 계급 때문에 뜻을 이루지 못한 것이 료마에게는 다행이었다. 나카오카의 글재주, 학식, 영어, 네덜란드어 등의 독해력으로 보면, 어느 번에 고용되더라도 5백 석의 값어치는 있었으리라. 그 정도의 인물이 1개 료마의 비서역을 맡아 보고 있는 것이다.

무쓰 요노스케도 역시 그랬다. 성격이 다소 괄괄해서 남과의 협조가 어려운 결점은 있었지만, 그 빠른 이해력과 먼 장래까지 내다보는 통찰력은 학자인 나카오카 겐키치보다도 한 수 위였다.

"우리 대에서 칼을 떼어 버리고도 살아갈 수 있는 사람은 자네하고 나뿐이다."

료마도 그렇게 높이 평가한 일이 있었다.

배 사고로 죽어 버린 이케 구라타도 재미있는 인재였다.

남을 화해시키는 데는 기묘한 능력을 지니고 있어, 가장 나이 어린 대원인 나카지마 사쿠타로마저 언젠가 이런 말을 했을 정도였다.

"만약 사카모토가 없어져도 이케님만 있으면 우리는 이대로 나아갈 수 있다."

그 나카지마 사쿠타로도, 이제는 소년기를 벗어나 상당한 능력을 발휘하고 있다.

"어째서 그렇게 인재들이 모여 드는 건가?"

나카오카는 도무지 모를 일이라는 듯이 물었다.

"내가 워낙 태평스런 성미인 탓일 테지. 도와주지 않으면 아무 일도 못하리라는 생각에 녀석들은 모여든 모양이야."

"맨 처음 어떤 식으로 끌어들이나?"

"'자네, 와 보지 않겠나?' 라고 할 뿐이지."

료마의 말은 도무지 요령을 잡을 수가 없다.

"아무튼 난처하네. 누구든 통솔력 있는 자가 없을까?"

"있지."

료마는 두 사람의 이름을 들었다.

다나카 겐스케(田中顯助 : 후일의 미쓰아키)

나스 모리마(鴉順盛馬 : 후일의 가다 오카 도시가즈)

둘 다 도사의 미천한 출신이며 향사보다도 낮은 신분이다.

도사 번의 중신 후카오 가나에(深尾鼎)의 가신 집안에서 태어난 두 사람은 다카오카군(高岡郡) 사카와(佐川)에서 소년시절을 보낸다. 다나카 겐스케가 갓 스무 살을 넘겼을 때 나스, 하시모토 데쓰이(橋本鐵猪)와 함께 번을 탈퇴한다.

그 후 그들은 조슈로 이동하여 조슈인과 함께 갖은 고생을 겪고 1864년 9월에는 오사카에 잠입하여 마차마치스지(松屋町筋)에서 단팥죽 가게를 하는 지사(志士) 혼다 오쿠라(本多大內藏 : 공경의 무사 고지 집안에서 공문서 관리를 맡음)의 집 이층에 몸을 숨긴다. 오사카 성의 장군암살을 계획한다.

적은 수의 인원으로 오사카 성의 장군암살을 계획하는데, 그들의 두목은 오리 데이키치(大利鼎吉)였다. 1865년 1월, 그들의 은신처가 신선조의 다니만타로(谷万太郎)의 습격을 받고, 수적으로도 궁지에 몰린 오리 데이키치는 목숨을 잃게 된다고 앞서도 말한 바 있다.

다행히 다나카 겐스케, 나스 모리마, 하시모토 데쓰이 세 사람은 외출 중이었고, 그 덕에 화를 면한다. 이후 야마토(大和)의 산중에 있는 도쓰가와(十津川) 마을에 몸을 피하다가 다나카와 하시모토는 하산하였고, 나스 모리마 만이 도쓰가와 마을에 남아 있다.

"흐음, 그 다나카 아키스케와 나스 모리마라면 육원대를 맡길 수 있을 것 같군."

다나카 아키스케는 별로 특별한 재능은 없었지만 사람을 통솔하는 일에 능했으며, 나스 모리마는 용감하고 군인으로서 재능이 뛰어났다. 육원대의 믿음직한 좌우 양 날개가 됨직했다.

"다나카 아키스케는 머지않아 교토에 올 테니까 그때 붙들면 된다."

나카오카는 중얼거렸다. 다나카는 요즘 조슈에 귀화한 꼴이 되어, 조슈 번의 외교를 담당하고 있었다.

며칠 전에도 사쓰마 번과 연락을 취하기 위해 조슈 출신자인 야마가타 교스케(山縣狂介), 시나가와 야지로(品川彌二郎), 토리오 고야타(鳥尾小彌太), 고젠 고로쿠로(興膳五六郎)의 네 명과 함께 교토에 잠입하여 지쿠젠(築前)의 다자이부(大宰府)에 머물고 있다.

대정봉환(大政奉還: 1867년 일본 막부가 천황에게 국가 통치권을 돌려준 사건)이라는 새로운 흐름을, 고향을 떠나 다자이부에 살고 있는 산조 사네토미(三條實美) 외 다섯 공경에게 보고하기 위해서였다.

"문제는 나스 모리마야."

나카오카는 손뼉을 치더니 야마자키 기쓰마(山崎喜都眞)라는 젊은 도사 청년을 불렀다. 보통 동지들은 '기쓰마'라고만 부르는 청년인데, 특별한 재주는 없었으나 단 한 가지, 여러 번국의 사투리에 능하여 술이라도 마시면 기막히게 흉내를 내서는 남을 웃기곤 했다.

특히 교토 말에 능숙했다. 사투리에 능하다는 것은, 이런 시대에는 그 덕분에 때에 따라 목숨을 건지는 수가 많다.

어쨌든 기쓰마에게는 그런 재주가 있는 것이다.

"야마토의 도쓰가와 마을에 가서 나스 모리마를 찾아오너라."

기쓰마는 노자를 받자 곧 재목점 점원으로 변장했다. 도쓰가와 마을은 요시노(吉野)이므로 교토의 재목점 점원이 들어간다 해도 조금도 이상할 게 없었다.

"도사 말을 하지 않도록 조심해."

나카오카는 다짐을 주었다. 도사 말씨나 조슈 말투를 쓰면, 그것만으로도 막부 관원에 의해 잡혀 죽임을 당하던 시대였다.

"염려마십쇼"

기쓰마는 가벼운 농까지 지껄이고, 어둠을 틈타 육원대 본부를 빠져 나갔다.

교토를 떠나기 전에 해원대의 교토 본부가 있는 재목상 '스시야'에 들러서 증명이 될 문서 같은 것을 받아 가지고 나라(奈良)를 향해 떠났다.

오쿠요시노(奧吉野)의 도쓰가와 마을이라면 긴키 지방에서 경치가 빼어난 산악지대이므로 찾아들어가는 것만도 이만저만한 일이 아니었다.

기쓰마는 고조(五條)를 거쳐서 갔다. 고조에서 도쓰가와 마을까지 들잠을 자면서 길을 서둘렀으나 산길이라 사흘이나 걸렸다.

'도쓰가와 마을에만 도착하면……'

기쓰마는 줄곧 그런 생각을 하면서 걸었다. 도쓰가와 마을은 예부터 특이한 근왕촌(勤王村)으로 알려져 있었다. 거기만 가면 신변은 안전할 수 있는 것이다.

나스 모리마에 대해서 약간 언급하려고 한다.

어깨살이 툭툭 불거진 몸집 큰 사내이므로 고향인 사카와(佐川)에 있을 때부터,

"모리마는 전국시대에 태어났더라면 어엿한 무장이 됐을지도 모른다."

그런 말을 들어온 사람이었다. 담력이 대단하고 완력도 있었다.

고향에 있을 때 같은 후카오(深尾) 집안의 가신인 호리미(堀見)의 집에 놀러 갔다가 술을 대접받자, 취한 김에 힘자랑을 했다. 바둑판 위에 장기판을 놓고 그 위에다 두 아름이나 되는 커다란 오지화로를 올려놓은 다음, 바둑판 다리를 잡고 그것을 쉰 번 가량이나 가볍게 올리고 내리곤 했다.

"바보같이 힘자랑이나 하는군."

동석한 자들은 그를 놀려 댔으며, 술이 깨고 나자 스스로도 부끄럽게 생각하여 한동안 두문불출했다. 그 후 고치 성 밑 거리에 가서, 에도에서 돌아온 다케치 한페이타의 도장에 들어가 교신 아케치류(鏡心明智流)의 검술을 익

했다.

 그 무렵 사흘이 멀다 하여 다케치 집에 놀러 오곤 했던 료마에게도 검술을 배운 일이 있다.

 다케치 한페이타가 도사 근왕당을 결성하자 맨 먼저 그에 참가했고, 그 후 겐지 원년 8월 14일 다나카 아키스케 등과 함께 구로모리 고개(黑森峠)를 넘어 탈번했다. 그 탈번을 번리들이 알아채고 창과 총을 가진 추격대가 뒤쫓아 왔다. 도중에서 동지인 이하라 오스케(井原應輔)가 복통을 일으켜 더 이상 걸을 수 없게 되자, 마침내 풀밭에 주저앉으며 말했다.

 "할복하겠다. 내 걱정은 말고 어서 도망쳐라."

 나스 모리마는 아무 소리하지 않고 다가가더니 다짜고짜 오스케를 안아 일으켜 등에 업었다. 그리고 이요(伊豫)와의 변경까지 줄곧 험한 길을 달렸다.

 무사히 변경을 넘었을 때 모리마는 오스케를 내려놓으며 말했다.

 "어때? 기운도 때로는 쓸 데가 있지 않나?"

 언젠가 바보같이 힘자랑이나 한다고 비웃은 사람 중의 하나가 바로 이 이하라 오스케였던 것이다. 이하라 오스케는 그 후 미마사카(美作)로 동지들을 모으러 갔다가, 검문소의 관리가 지휘하는 1백여 명의 마을 사람들에게 포위되어 동지인 시마 나미마(島浪)와 함께 죽었다.

 나스 모리마는 오사카 성을 불살라 버리려고 한 사건으로 인상착의를 적은 방과 함께 체포령이 내렸기 때문에, 사람이 사는 곳에는 더 이상 있을 수 없게 되어 버렸다.

 그래서 도쓰가와 마을로 가서 가미노유(上湯)의 향사, 다나카 구니오(田中邦男)라는 동지의 집을 찾았다.

 도쓰가와 마을에 잠복해 있는 동안 모리마는 향사의 자제들에게 검술을 가르치며 세월을 보내고 있었다. 그러나 이윽고 다시 피가 끓어오르자, "잠깐 교토 정세를 살피고 온다" 하고 대담하게도 산에서 내려갔다. 동행한 사람은 도쓰가와 향사 중 으뜸가는 검객으로서 이아이(居合 : 별안간 잽싸게 칼을 뽑아서 적을 치는 검술)의 천재라고 일컬어진 나카이 쇼고로(中井庄五郞)였다. 모리마와 같은 연배로 아직 스물이 넘을까말까 한 젊은이였다.

 교토 기야 거리(木屋町) 시조(四條)에서 조금 벗어난 곳에 우카레 정(浮蓮亭)이라는 술집이 있었다. 출입구는 다카세 강(高瀨川)에 향해 있었다.

어느 날, 나스 모리마는 이 우카레 정 이층에서 도쓰가와의 향사 나카이 쇼고로와 함께 술을 마셨다.

그 자리에 료마가 화제에 올랐다.

"나가사키에 있다더군."

나카이는 료마에 관한 얘기를 여러 가지로 물었다.

"검술은 대단했어. 다케치 선생도 료마한테는 손을 드는 것 같았으니까."

나스가 아는 것은 그 정도뿐, 나카이 쇼고로를 만족시켜 줄 수는 없었다.

"혹시, 다음에 상경해 오거든 내가 소개해 주지. 그렇지만 만나면 은근히 화가 나는 친구야."

"왜?"

"자기가 지껄이고 싶지 않을 때는 먼 산만 보고 있거든."

두 사람은 어지간히 마셨다. 모리마는 마지막 층계를 헛딛고, 하마터면 봉당에 엉덩방아를 찧을 뻔했다.

술값을 치르고 밖으로 나오니 처마 저편에 버드나무가 있었다. 히가시 산에 달이 걸려 있어 길은 비교적 환했다.

다나카 미쓰아키의 《유신야화》 속기에 의하면, '시조 다리(四條橋)에 이르렀을 때 저쪽에서 크게 활개를 치며 자기 세상인 것처럼 걸어오고 있는 것은 첫눈에도 분명한 신센조의 용맹한 무사들, 오키타 소시, 사이토 하지메, 나가쿠라 신파치 등의 몇몇이었다'고 기록되어 있다.

당시 교토에 잠입중인 낭사들은 길거리에서 신센조와 부딪치면 재빨리 도망쳐 버리는 것이 상식이었다. 정면으로 그들에게 대드는 어리석은 짓은 하지 않았다. 신센조는 혹시 상대방을 놓치는 일이 있어도 끝까지 끈덕지게 찾아다녀, 마침내는 소재를 파악해서 다시 습격을 가해 오곤 했다. 그것을 낭사들은 알고 있었기 때문에 얼굴이 알려지는 것을 두려워했던 것이다.

그러나 나스 모리마는 혈기에 넘치는 사나이였고 나카이 쇼고로는 싸움을 하고 싶어서 팔이 근질근질하던 판이었다. 게다가 둘 다 취중이었다.

길은 좁아 두 패 중 어느 한 패가 피하지 않으면 지나갈 수 없었다. 신센조는 모른 체하고 그냥 걸어온다.

"무례한 놈들……."

나스 모리마가 크게 외쳤다.

신센조 세 명은 일제히 물러나며 칼을 빼 들었다.

그들 역시 기야 거리 어디선가 술을 마신 듯, 술 냄새를 풍기고 있었다.

나스는 칼을 뺐고 나카이는 뛰어들었다. 나카이의 행동은 어이없을 만큼 대담한 것이었다. 칼을 뽑지 않은 채 사이토 하지메를 향해 달려들다가 별안간 칼을 뽑아서 들이쳤다.

──나카이의 번개 같은 솜씨.

그런 말을 들었을 만큼 도쓰가와 향사 나카이 쇼고로는 비범한 재주를 지니고 있었다.

그러나 역시 검술은 어리다고 하지 않을 수 없었다.

위험도가 높은 기술이었다. 이미 상대방인 사이토 하지메는 칼을 빼들고 있는데, 죽기 아니면 살기라는 식으로 들이친다는 것은 지나친 모험이라고 할 수 있었다.

뛰어든 나카이의 눈앞에 무딘 칼소리와 함께 불꽃이 튀었다.

사이토 하지메가 나카이의 칼을 받아넘긴 것이다. 그러나 사이토의 노련한 솜씨는 거기서 그치지 않았다. 받아 넘기며 오른쪽으로 크게 몸을 틀고 나카이의 허리를 단칼에 베려고 했다.

그러나 칼날은 미치지 못했고, 나카이는 잽싸게 물러났다.

그것이 나카이 쇼고로의 한계였다.

워낙 몹시 취해 있었다. 숨이 가빠지기 시작했다. 그렇게 되면 공격은 이미 할 수 없었다.

굉장한 것은 나스 모리마였다. 사나운 소리를 지르면서 길 위를 이리 뛰고 저리 뛰고 했다.

상대는 두 명이었다.

오키타 소오시와 나가쿠라 신파치다. 오키타는 명인이라는 말을 들을 정도로 능숙한 검객이었고, 나가쿠라 역시 이름난 명수여서 들이치는 솜씨가 능숙했다. 게다가 이런 싸움판을 수없이 겪어온 패들이다.

모리마는 지금까지 사람을 베어 본 적이 없었다.

다만 그의 특유한 기백과 뛰어난 체력으로 칼을 휘두르고 있을 뿐이었다.

"어떻게 몸을 움직였는지도 기억에 없다. 지옥의 불구덩이 속을 정신없이 뛰어다녔던 것 같은 느낌이다."

유신 후 남작 가다오카 도시가즈(片岡利和)가 된 그는 당시를 이렇고 회고하고 있다.

 신센조측은 검객인 나카이 쇼고로보다 역사 같은 체격을 가진 나스 모리마쪽을 '어지간히 능한 자일 것이다'라고 보고 오키타, 나가쿠라 두 사람이 맞서 온 것이었다.

 상대방은 침착했다.

 나스의 칼의 움직임을 보고 효과적인 공격을 가해 온다. 그때마다 나스는 몸 어디엔가 상처를 입곤 했다.

 그러나 치명상에는 이르지 않았다. 아마 오키타, 나가쿠라도 취기가 있었기 때문이리라. 게다가 모리마의 검술은 이른바 난검(難劍)이었다. 칼에 일정한 격식이 없기 때문에 어디로 어떻게 쳐들어올지 알 수 없었던 것이다.

 그러나 나스는 단 한 번도 상대방의 몸에 칼을 대보지 못한 데 반해, 상대방의 칼은 나스의 왼쪽 어깨와 오른쪽 허벅지에 적지 않은 중상을 입히고 있었다.

 술 때문에 출혈이 심했다. 도대체 어떻게 버티고 있는지 이상할 정도였다.

 나카이는 나스의 상태를 보자 소리쳤다.

 "나스, 도망쳐라!"

 전면의 사이토를 내버려 두고 오키타와 나가쿠라를 향해 들이쳐 갔다. 들이친 여세를 이용해서 나카이는 나스를 감싸며 북쪽을 향해 도망쳤다.

 다행히 주위는 캄캄했다.

 두 사람은 정신없이 도망쳐서 니시키고지 근처까지 오자 겨우 걸음을 늦추었다.

 "이케큐우(池久)로 가자."

 아네고지(姉小路)의 이케무라야 규베(池村屋久兵衞)가 경영하는 서점이다. 당시 교토 민중들은 과격 근왕파들에게 호의적이어서, 자진해서 그들을 감싸 준 의로운 상인들도 적지 않았다. 이케무라야 규베도 그중 한 사람이었다.

 덧문을 두드리자 마침 규베는 일어나 있었다.

 "굉장한 부상이군요?"

 놀라면서, 의사를 부르러 달려갔다.

 의사가 왔다.

"외상이군요."
내상인줄 알고 온 모양이었다.
"나도 외상을 조금쯤은 볼 줄 알지만, 글쎄……과연 해낼는지……."
중얼거리면서 의사는 물을 끓이게 하고, 소주와 바늘, 그리고 붕대로 쓸 헝겊을 준비하게 했다.
그러나 약이 없었다. 의사는 손수 약방에 달려가서 약을 사왔다.
"조금 아플 거요. 참으셔야 하오."
그렇게 말하고 소주로 상처를 씻기 시작했다. 그 격렬한 고통은 거의 실신이라도 할 지경이었으나 나스는 신음 소리 하나 내지 않았다. 무사의 체면이라는 것이 있었기 때문이다.
유신 후 나스는 여러 번 같은 말을 했다.
"아무튼 그 돌팔이 의사가 상처를 씻어 낼 때의 아픔은, 지금 생각해도 소름이 끼칠 정도다."
의사는 상처를 모두 꿰매자 단단히 붕대로 동여매고 돌아갔다. 다음날에는 이미 교토 시중에 그들의 수배령이 내렸으나, 그 의사는 돌팔이였는지는 모르지만 입만은 무거웠던 모양으로 일은 누설되지 않았다.
그러나 수색이 점점 심해지자, 두 사람은 이케무라야에게 해가 미칠까 두려워 어둠을 틈타 그 집에서 나왔다.
그 후 시모고료 사(下御靈社) 뒤편에 있는 헌옷가게 이층을 빌려서 한동안 숨어 있었다.
――의술 공부를 하는 사람이다.
처음에는 그렇게 주인 가족들을 속여 왔으나, 그들은 곧 눈치를 챈 듯했다.
"상처에 바를 약은 우리가 사다 드리죠."
약심부름을 부인이 해 주기도 하고 딸이 해 주기도 했다. 그들은 갈 때마다 약방을 바꾸어 멀리 혼간 사(本願寺) 근처까지도 가곤 하는 모양이었다.
나스는 상처에 강한 체질의 소유자였는지, 한달쯤 지나자 상처는 아물었다. 그래도 완쾌되지는 않았으나, 이대로 교토에 머물러 있는 것은 위험한 일이었다. 나스는 헌옷가게 주인에게 감사하다는 말을 하고 지팡이에 의지하여 교토를 떠났다.
"나는 남겠다."
나카이가 우겼으므로 나스는 혼자 길을 떠나 다시 도쓰가와 마을로 찾아가 숨었다.

그 나스를 나카오카의 사자 야마자키 기쓰마는 다시 풍운 속에 끌어내리고 지금 찾아가는 길이다.

넓은 산악 지대에 발을 들여놓으면, 나그네는 마치 큰 바다를 가는 조각배와 같은 것이다. 바위와 우거진 나무 사이를, 나그네는 하늘의 별만을 의지하며 걸어가지 않으면 안 된다.

도쓰가와 마을이라고 한 마디로 말하지만, 그 면적은 670평방킬로미터나 되어, 나라 분지(奈良盆地)의 두 배나 되는 넓이였다. 나무 사이로 50여 개의 동네가 흩어져 있으며, 집은 산비탈에 새둥지처럼 매달려 있었다.

야마자키 기쓰마는 걸음을 서둘러, 마침내 목적지인 고이(小井)라는 동네로 들어갔다. 산염소가 마을 한 가운데로 뛰어다니는 고장이어서 야마자키는 마치 구름 위의 별천지로 들어온 것 같은 느낌이었다.

"세이쇼 사(淸昌寺)를 찾아가려는데……."

삼목을 자르고 있는 나무꾼에게 물었더니, 나무꾼은 길을 가르쳐 주는 대신 직접 안내해 주었다. 20리나 또 걸었다.

말이 동네지 제대로 부락을 이루고 있는 것이 아니어서, 집은 이 산 저 산에 점점이 흩어져 있었다. 이웃집에만 가려 해도 2, 30리는 걸어야 하는 것이 보통이었다.

"저것이 세이쇼 사입니다."

나무꾼은 묵직한 사투리로 절 문을 가리켜 보이고는 그대로 나무 사이로 사라져 버렸다.

"실례하겠소."

이미 돌층대를 올라 설 때부터 감시를 계속하고 있었던 듯, 동자승이 빈틈없는 눈매를 보이며 나타난다.

기쓰마는 우선 자기가 누구인가를 설명하고 용건을 말했다.

"나스 모리마를 만나러 왔소."

동자승은 더욱 눈을 번뜩이며 잠자코 안으로 들어갔다.

이윽고 문 중방에 머리가 부딪칠 듯한 몸집 큰 사내가 나타나더니 두 손을 치켜든다.

"여어, 기쓰마!"

신관처럼 흰 무명 웃옷에 허름한 소창직 하카마를 입고 허리에는 작은 칼 하나만을 차고 있다. 다리를 약간 절고 있었다.

"들어와, 어서 들어와. 자네도 교토에서 쫓겨나 피해 온 건가?"

"무슨 소리, 지금 교토는 혁명이냐 패배냐 하는 막바지에 이르렀어."

"그래? 내가 없는 동안에 형세가 크게 달라진 모양이군."

나스 모리마는 야마자키를 주지에게 소개했다. 날이 저물자 단 둘이 마주 앉아 술자리를 벌였다.

"이 절 동자승은 자네에게 아주 충실하더군. 찾아온 나를 빈틈없는 눈매로 지켜보고 있었어."

"아, 그 녀석 말인가?"

모리마는 고맙게 생각하기는커녕 혀를 차면서 말했다.

"그 녀석은 내 싸움 친구야. 어젯밤에도 목욕물을 데우더니 제 놈이 먼저 들어가지 않겠어? 괘씸한 생각이 들어서 목욕통째 바깥에 집어던졌네."

모리마는 자신의 힘을 자랑하고 있는 것은 아니다.

"그래서 그 녀석, 요즘에는 내 앞에서 꼼짝 못하는 거야"

"교토로 모리마를 데리고 오라."

그것이 기쓰마의 임무였다. 그 말과 아울러 교토의 정세를 자세히 말하고 모리마가 맡아야 할 육원대 대장이란 역할에 대해서도 설명했다.

"어때? 내려갈 텐가?"

"물론이지."

모리마는 기쁜 것 같았다.

"상처도 이제는 거의 다 나았어. 나 같은 사람도 도움이 된다면 반가운 일이 아닌가?"

"잘 생각했어."

"그건 그렇고, 료마는 대단한데? 혼자 풍운을 수습하고 있지 않으냐 말이야."

이어서 두 사람은 료마와 나카오카 신타로를 비교했다.

"료마는 번개를 허름한 보자기에 싸들고 다니는 것 같은 사람이야. 언뜻 봐서는 대수롭지 않지만, 일단 보자기를 끌러 놓으면, 백광(白光)이 천지에 가득 차며 풍운이 일고 큰 비가 내린다."

"흐음……."

기쓰마는 고개를 끄덕였다. 료마와 직접적인 관련이 없는 동향 친구들은 료마를 그런 식으로, 말하자면 신비스러운 천재로 보는 듯했다.

"나카오카는 그 점이 평범해."

모리마는 말했다.

"그러나 격렬한 성격에 싸인, 예리하고 치밀한 면은 료마가 갖지 못한 점이다. 나카오카는 항상 시계처럼 정밀하고 정확한 사람이야. 그 사람에게 도사 번을 맡긴다면 천하에 유례없는 일을 해낼 걸세."

"료마에게는 도사를 맡기지 않겠지?"

"맡지도 않아."

모리마는 짓궂은 웃음을 웃었다.

──료마는 도사에는 어울리지 않는다.

그렇게 말한 다케치 한페이타의 명언이 새삼스럽게 떠오른 것이다. 그의 큰 그릇은 도사라는 좁은 천지에는 어울리지 않는다. 어쩌면 유신 개혁이 이루어진 후에는 일본 자체도 그에게는 너무 좁은 세계가 되어 버릴지 모른다.

"어쨌든 재미있게 돼 가는군 그래. 그 대정봉환은 잘 될 것 같은가?"

"사쓰마, 조슈, 아키 세 번은 찬성했네. 도사를 포함해서 4대 번의 제안이 되는 셈이야. 그쯤 되면 막부도 무시할 수 없을 테지."

"하지만 이에야스 이래 3백 년의 천하야. 도쿠가와 집안이 그렇게 호락호락 내던지려고 할까."

"그 점은 료마와 나카오카가 알아서 하겠지."

"막부가 받아들이지 않으면 어떻게 돼?"

"전쟁이다. 그 때를 위한 육원대야."

"알겠네."

육원대의 목적이 모리마의 머릿속에 비로소 뚜렷이 떠올랐다. 보나마나 교토 시내에서 맨 먼저 혁명을 일으키게 되는 것은 바로 육원대이리라.

다음 날 새벽잠에서 깨자, 절 부엌에서 어수선한 소리가 들려왔다. 마을 처녀들이 일고여덟 명 모여서 도시락을 만들기도 하고 모리마가 입을 여행용 하카마의 시침질을 하면서 부지런히 일하고 있었다.

'흐음……'

기쓰마는 혼자서 감탄했다. 모리마가 산중 생활에 젖어 풍운을 잊고 있는 것도 이유가 있었던 모양이다.

료마는 그 동안 교토의 재목상 스시야에 잠복해 있으면서 대정봉환안의 실현을 위해 뛰어다녔다.
'문제는 막부 자체가 어떻게 나오느냐에 달려 있다. 가능하면 그 뱃속을 들여다보고 설득 공작을 펴고 싶다.'
그런 생각을 하기에 이르렀다. 아직 현 단계로서는 대정봉환안은 정식으로 막부측에 제시되지 않고 있었다. 정식으로 제시하려면 아직 좀 시일이 필요하리라.
'막부측의 누구를 대상으로 한다?'
유력자로는 현 집정관 이타쿠라 가쓰기요가 가장 적당한 인물이리라. 이타쿠라는 다행히 장군 요시노부와 더불어 교토, 오사카 등에서 늘 살고 있었다. 그러나 막부의 집정 같은 고관을 1개 낭사인 료마가 만나뵐 수는 없다.
'나가이 몬도노쇼(永井主水正)가 좋을 것 같다.'
료마는 그렇게 뜻을 정했다. 나가이 몬도노쇼의 이름은 나오무네(尙志), 막부의 법무관이다.
장군 직속의 명문 태생이며, 막부의 서양학 관료 가운데서도 뛰어난 수재였다. 그뿐 아니라 그 경력 또한 실로 화려할 만큼 새 시대적 요소에 차 있었다. 막부가 최초로 나가사키에 설치한 해군 전습소의 사무국장이었고, 그 후 막부가 에도 쓰키지에 해군 조련소를 만들었을 때도 그 초대 소장에 임명됐었다. 안세이 4년, 막부가 나가사키에 조선 제철소를 건설했을 때는 건설위원장 격으로 수완을 발휘했고, 이어 에도로 돌아와 재무관, 외국 담당관 등을 역임했다. 또 안세이 6년에는 군함 담당관이 되었고, 한때 면직되어 에도에서 칩거한 일도 있었다. 이 점이 다소 후배인 가쓰 가이슈와 흡사한 데가 있다.
그 나가이가 지금은 총감찰관으로서 장군을 따라 교토에 와 있는 것이다. 총감찰관이라 해도 실질적으로는 장군 요시노부의 비서관이었다. 요시노부는 나가이의 온화한 인품과 그 풍부한 대외지식을 사랑하여, 중요한 안건을 대부분 이타쿠라 가쓰기요나 나가이와 더불어 의논하곤 했다.
그 나가이란 인물을 료마는 가쓰나 오쿠보 도시미치를 통해 만난 일이 있었다. 나가이도 료마에 대해서는 악의를 품고 있지 않으리라고 생각되었다.

'만나 볼까?'

료마는 나가이의 교토 숙소가 어디인가를 도사 번을 시켜 조사케 했다. 히가시 혼간 사(東本願寺)의 별저인 기코쿠 저택이라고 한다.

료마는 곧 찾아 나섰다.

동행자는 도베 하나뿐이었다. 도베는 나가사키의 해원대 대원들의 편지를 가지고 얼마 전에 교토에 왔다.

이윽고 기코쿠 저택 문전에 이르자, 사람을 불러 명함을 내놓았다.

'료오(龍)'라고만 적혀 있었다. 그러나 료오라면 나가이 나오무네도 곧 알아차릴 것이다.

기코쿠 저택은 도쿠가와 초기의 히가시 혼간사 법주(法主)가 돈을 아끼지 않고 지은 건물이어서, 귀족 별장 중에서는 가장 규모가 컸고 아름다움에서도 다른 건물과는 비할 바가 아니었다.

나가이 나오무네는 저택 안 로후 정(閬風亭)을 빌려서 숙소로 삼고 있었다.

그는 눈코 뜰 새 없이 바빴다. 장군 요시노부가 가장 신임하는 관리로서, 산더미같이 쌓인 여러 문제를 안고 잠시도 쉴 틈이 없었다.

지금은 편지를 쓰고 있는 중이었다. 오사카에 있는 집정관 이타쿠라 앞으로 보낼 편지였다.

"도사 번이 무언가 새로운 정세를 만들어 내려는 기미가 보인다. 그리고 그것은 엉뚱하게도 대정을 봉환시키려는 계획인 듯하다. 아직은 풍문 단계라 더 이상 자세한 것은 알 수 없다."

그런 내용 편지였다. 원래 나가이 나오무네는 막신으로서는 이해력이 풍부한 인물이었으나 이 해괴한 풍문에는 호감을 가지고 있지 않았다.

붓을 막 놓았을 때 접객 담당 부하가 나타나 료마가 준 명함을 내밀었다.

"이런 사람이 만나 뵙고 싶다고 합니다."

'료오(龍)'라고 적혀 있었다.

"어떤 사람이더냐?"

"나이는 서른 안팎이며, 살결이 검고 키가 큰 데다, 살쩍머리가 곱슬곱슬한……."

'료마구나.'

꼭 한번 만났을 뿐이지만 그 특이한 풍모는 기억에 남아 있었다. 가쓰 가이슈나 오쿠보 이치오가 유난히 칭찬하고 있는 인물이지만 나가이 자신은 "사설 해군을 설립한 자" 정도로밖에 생각하지 않고 있었다. 나가사키에서 해원대라는, 막부로서는 위험한 단체를 만들어 놓고 있다는 것도 알고 있다.

방금 편지에 쓴 대정봉환안이라는 것이 바로 그 료마에 의해 입안 된 것으로 짐작하고 있었다.

'이상한 때에 녀석이 찾아왔군.'

나가이 나오무네는 만날까, 만나지 말까 망설였다. 원래 그는 그 자리에서 당장 결정하는 성미가 아니었다.

'그건 그렇다 치고 대담한 사나이구나.'

그런 생각도 들었다. 사카모토 료마라면 막부가 가장 싫어하는 인물이 아닌가? 그런데도 대낮에 당당히 막부의 총감찰관인 자기 숙소를 찾아온 것이다.

나가이는 료마를 포박할 수 있는 이유와 권한을 가지고 있었다.

'정말 세상에는 상식으로는 이해할 수 없는 녀석도 있는 모양이구나.'

나가이 나오무네의 생각은 아직 계속되고 있었다.

'아주 이 기회에 체포해 버릴까?'

그런 생각도 한 것이다.

"몇 사람이나 와 있나?"

"혼자입니다. 하긴 하인 같은 자를 하나 데리고 있긴 합니다만……."

'혼자라……'

너무나 대담하다고 생각했다. '어쩌면 나를 살해하려고 왔는지도 모른다.'

"대체 그 사나이는 어떤 표정을 하고 있더냐?"

"뭐라고 말씀드려야 할지……하늘을 바라보며 코를 후비고 있는 것 같은 표정이었습니다."

'나를 우습게 아는 건가?'

나가이 나오무네는 긴장하고 있는 자신을 그 사나이가 비웃고 있는 듯한 느낌이 들었다.

그러나 아직 결단은 못 내리고 있었다.

'사람을 부를까?'

그는 책상 위의 연필을 집어 들며 생각했다. 사람이란 순찰대나 신센조 패들을 말한다.

'섣부른 짓일지도 모른다.'

이제부터 천하를 뒤흔들어 놓으려는 대지진의 진원 같은 인물이긴 했지만, 그의 배후에는 대번이 버티고 있는 것이다. 여기서 그를 포박한다면 대번들은 들고 일어나 그것을 추궁함으로써 정국은 더욱 큰 혼란을 가져 올 것이다.

"만나자."

마침내 그는 결단을 내렸다.

이윽고 부하는 뜰 안으로 한 건장한 사나이를 데리고 왔다.

"사카모토입니다."

사나이는 칼을 떼어서 나가이의 부하에게 맡기고 뜰에 선 채 인사를 했다. 여전히 소탈한 풍모였지만 언젠가 쓰키지의 조련소에서 만났을 때보다는 훨씬 무게가 더해진 듯했다.

"그쪽으로."

나가이는 방안에서 툇마루를 가리켰다. 신분이 다른 것이다. 방안에 들일 수는 없는 일이었다.

"좋소."

그런 표정으로 료마는 툇마루에 걸터앉았다.

"정원이 훌륭하군요."

숲과 연못을 둘러본다. 수면에 얼굴이 비쳐 물그림자가 일렁거렸다.

'이상한 녀석이군.'

나가이는 경계심을 풀었다. 못 만난 지 벌써 몇 년이나 되었고, 그것도 꼭 한 번뿐이었는데, 료마라는 사나이의 얼굴에는 마치 매일같이 만나서 바둑을 두거나 차를 마셔온, 무척 가까운 사이인 듯한 느낌이 들지 않는가?

"넓은 정원이구나. 새도 있고. 얼핏 봐서는 알 수 없지만 새들이 2, 3백 마리쯤 될 것 같군."

"아!" 하면서 료마는 갑자기 연못가의 높은 나무를 올려다본다. 나가이 나오무네는 흠칫했다.

"소귀나무 열매가 열려 있군요?"

료마는 돌아다보며 눈을 빛냈다. 나가이는 그 밝은 표정에 그만 당황하기까지 했다.

"저게 소귀나무라는 것인가?"

나가이에게는 흥미가 없는 일이었다.

그러나 이 기묘한 도사인에게는 특별한 감회가 있는 나무인 듯했다. 남국에는 많지만 교토에서는 보기 드문 나무인 것이다. 특히 도사에는 국수(國樹)라고 해도 좋을 만큼 얼마든지 있었다.

"자, 용건을 말해 보지. 나는 바쁘니까."

"참, 그렇군요."

료마는 무릎을 쳤다.

"실은 막부에 관한 이야기입니다. 이에야스공 이래 3백 년이나 묵은 간판을 내린다는 것은 섭섭한 일이겠지만, 그 간판이 걸려 있는 한 도쿠가와 집안은 멸망하고 맙니다."

"그 간판이란 무슨 뜻이오?"

"정권입니다. 막부라고 해도 좋습니다. 막부를 내던지고 벌거숭이의 도쿠가와로 되돌아가지 않으면, 앞으로 1, 2년이 못 가서 멸망하게 될 것입니다."

"자네는……."

나가이는 미처 말을 잇지 못했다. 느닷없이 나타나서 소귀나무 이야기를 하나 했더니 갑자기 막부의 정권을 내놓으라고 한다. 이토록 심각한 화제는 이전에도 없었을 것이다.

"너무 까다롭게 생각하시지 말기를 바랍니다."

료마는 나가이의 흥분을 달랬다. 이런 이야기는 자칫하면 말하는 편도 듣는 편도 모두 흥분하기 쉬운 것이었다. 그러나 흥분하기 시작하면 이해가 안 된다고 료마는 생각했다.

"이를테면 이 정원을 바라보며 소귀나무 얘기도 나누고, 그것과 같은 투로 다른 얘기도 해보자는 것입니다. 그러면 사물의 이치라는 것이 저절로 분명해질 줄 압니다. 안 그렇습니까? 소귀나무도 막부도 결국은 같은 거니까요."

"무, 무슨 소리를……."

나가이는 흥분을 억제하지 못했다.

"막부에 대해 그런 무례한……."

"야단났는걸."

사실, 료마는 난처했다. 말단 관리라면 또 모르지만 나가이 같은 영리한 인물이라면 그런 상투적인 말은 하지 않으리라 생각했던 것이다. 료마로서는 막부 멸망 문제를 냉엄한 사회과학 입장에서 토론해 보려는 것인데, 무례한 소리라는 말이 나오기 시작한다면 얘기고 뭐고 할 여지가 없어진다.

그는 그런 뜻을 솔직히 표명했다.

"안 그렇습니까? 사카모토 료마는 일본의 한 평민입니다. 녹도 없고 작위도 없습니다. 어느 번에도 속하지 않고, 다만 일본에 속해 있을 뿐입니다. 막부측에도 사쓰마나 조슈 도사측에도 붙은 일이 없고 또한 그런 측면에서 이해관계를 생각한 적도 없습니다. 생각할 의무도 없습니다. 다만 일본의 앞날만을 생각합니다. 그런 제 입장을 이해해 주실 분으로 알고 찾아왔습니다. 아무쪼록 그렇게 알아주십시오."

"말해 보오."

나가이는 나직이 말했다. 아직 경계를 완전히 늦추지 않고 있는 듯했다.

'너도 별 수 없는 속된 관리이구나!'

료마는 그렇게 생각했다. 이렇게 성벽을 쌓아 올리고 있어서는 서로 흉금을 터놓을 수가 없다. 어쩌면 자신의 태도나 말투에 결함이 있었는지도 모른다는 생각에 진심으로 난처한 표정이 되어 중얼거렸다.

"곤란하군요."

나가이 나오무네는 한동안 잠자코 있더니, 이윽고 물었다.

"무엇이 말인가?"

"어떻습니까? 다행히 이 건물의 이름은 료후 정입니다. 저기 연못이 있습니다. 요지(瑤池)로서 만든 연못일 겁니다. 낭풍요지(閬風瑤池)라면 신선들이 사는 곳이라고 들었습니다. 그렇다면 이 자리에 대좌하고 있는 것은 막부의 관리도 아니고 도사에서 태어난 낭인도 아닙니다. 이승의 사람들로서가 아니라, 하늘나라의 선인으로서 오늘날의 일본 문제를 논의해 봤으면 하는데요?"

"선인이란 말이지?"

"당연히 이승에 대한 책임은 없습니다. 무슨 말을 하든 멋대로 지요."

"말해 보게."

나가이는 료마가 모처럼 늘어놓은 취향에 맞춰 주었다.

"우선 이 흑선인(黑仙人)으로서는……."

료마는 말했다. 얼굴이 검으니까 그런 식으로 자신을 부른 것이다. 그렇다면 나가이는 백선인(白仙人)이 되는 것이리라.

"도쿠가와 막부는 3백 년의 태평세대를 이루어 왔습니다. 그 공은 백만 년 후에라도 일본인이라면 잊지 않을 것입니다. 그러나 이미 기둥이 썩고 비가 새기 시작해서, 사람은 살 수 없는 곳이 되었습니다. 보수할 방도도 없습니다. 만약 이대로 방치해 두면 기둥이 부러지고 대들보가 무너져 그 밑에 사는 사람들은 모두 압사하고 맙니다. 이 점, 어떻게 생각하십니까?"

"보강할 방법은 있다."

"막부를 중심으로 하는 군현제도(郡縣制度)일 테죠?"

"알고 있나?"

"영주를 없애고, 저항하는 영주에 대해서는 프랑스의 군자금, 무기, 군함 등을 들여다가 토벌한 후, 군현제도를 실시한다는 생각일 테죠?"

"다짐할 건 없다. 내 입으로는 말할 수 없으니까."

"백선인! 여긴 하늘나라입니다. 아니, 그 대답은 어찌됐든 좋습니다. 그러나 그런 방법을 들고 나설 때 각 영주들은 반드시 반항합니다. 내란이 일어나게 됩니다. 어마어마한 내란이 말입니다. 그뿐 아니라 프랑스가 일본을 무력 평정하는 형국이 됩니다. 영국이 잠자코 있을 리가 없지 않습니까? 반드시 저항하는 영주측을 도와서 서로 같은 수준 이상의 군자금과 무기를, 경우에 따라서는 군대까지 파견하여 일본 육십여 주를 싸움터로 만들어 버릴 것입니다. 결국 영불의 전쟁입니다. 영불 어느 편이든 이기면, 이긴 편이 일본을 차지하게 될 것입니다. 이 점을 어떻게 생각하십니까?"

"선인의 입장에서 말하련다. 틀림없이 그런 사태에 이르게 될 거다. 그리고 그런 결과는 초래하지 않아야 한다."

"그렇다면 집을 보수하기보다는 다른 장소에 신축하는 것이 일본을 위해 좋은 일이 아닐까요?"

정권을 조정에 반환하라는 뜻이었다.

"어떻게 생각하십니까?"

료마는 일부러 가벼운 투로 말하며 다가섰다.

그러나 그 질문은 막신 나가이 나오무네에게는 너무나도 벅찼을 것이다. 이론상으로는 과연 정권을 '신축'하는 것이 옳다. 그러나 신축이란 구정권의 멸망을 뜻한다. 그렇다면 나가이 나오무네는 그 구정권에 소속된 무사로서, 무사도에 입각하여 멸망을 막아야 하며 새 정권의 수립을 부정해야 하는 것이다.

나가이 나오무네는 계속 침묵을 지키고 있었다. 침묵의 대좌였다. 료마는 웃음을 터뜨리며 나가이의 기분을 가라앉혀 주었다.

"잊으셨나요? 우리는 피차 선인입니다. 귀하는 막신 나가이가 아닙니다."

"알고 있다."

"도쿠가와 집안에 대한 충절이라는 것도 잘 압니다. 무사로서는 그래야 할 일입니다."

그렇게 말하기는 했으나 료마는 본심에서 하는 말이 아니었다. 무사는 그 주군에 대해 충성을 다해야 한다고 하지만, 료마는 이미 야마노우치 가문을 버린 것이다. 탈번이란 그런 뜻을 지닌 것이다. 탈번인으로서 충성을 운위할 자격도 없었고, 또한 그런 윤리는 낡아 빠진 것이라고 생각하고 있었다.

"오늘날의 일본 무사로서 필요한 것은!"

료마는 말했다.

"주군에 대한 충성이 아니라 애국이라는 것입니다. 자고로 무사는……."

……주군만 알았지 국가가 있음을 몰랐다. 료마는 말을 이었다.

충성은 알고 있지만 일본을 사랑한다는 것은 몰랐다. 일본 육십여 주만이 유일한 세계였을 때는 그래도 좋았고, 또 그랬기 때문에 세계에 자랑할 수 있는 일본 무사도가 형성되었다. 그러나 지금은 그것이 방해가 되고 있는 것이다.

"아코오 낭사(赤穗浪士)로서는 일본을 구할 수 없다는 겁니다."

외국이 있다.

이 섬나라를 빙 둘러 에워싸고, 틈만 있으면 침략하여 속국으로 만들려고 노리고 있다. 일본인이 유사 이래 처음으로 국제 사회 가운데 놓인 자신을 발견하지 않으면 안 되게 된 것이 오늘날의 상태라고 할 수 있다.

"역사가 바뀐 것입니다."

료마는 말했다.

"이 전례 없는 시대에 가마쿠라시대나 전국시대의 무사도에 입각해서 사물을 생각한다면 큰일입니다. 오늘날 일본에서 가장 유해한 것은 충성이며, 가장 소중한 것은 애국이라고 할 수 있습니다."
 "아무 거리낄 것 없는 자네의 입장이라면 나도 그런 말을 하리라. 그러나 나는 막부의 신하다. 이론상으로는 납득이 가도 인정과 의리로서, 또는 실제 문제로서 나는 그런 말은 할 수 없다."
 "그렇다면 역시 가마쿠라 무사식으로 나가시려는 겁니까?"
 료마는 비꼬는 투가 아니었다. 료마는 이 나가이 나오무네라는 인물의, 시대에 대한 이해력이 어느 정도인가를 알고 있었다.
 "가마쿠라 무사라……."
 나가이는 한숨을 내쉬었다.
 "경우에 따라서는 그런 식으로 살아가지 않으면 안 될지도 모른다."
 "그렇게 되면 일본에 내란이 일어납니다. 일본은 멸망할지도 모릅니다."

 이미 논의는 할대로 다한 셈이었다. 남은 것은 결론이든가, 아니면 최후의 한 마디가 있을 뿐이다. 이 경우, 같은 내용이라도 나카오카 신타로가 말한다면 잔뜩 눈을 치켜 올리며 날카롭게 대들었으리라.
 "나가이님, 귀하는 일본이 망하더라도 도쿠가와만을 살리려는 심산이시오?"
 나카오카는 당대의 가장 뛰어난 논객의 한 사람이었지만, 그의 논리는 너무나도 빈틈이 없고 날카로워서 자칫하면 상대방에게 치명상을 입힐 우려가 있었다.
 그러나 료마는 논쟁에서 지더라도 별로 개의치 않는 성미인 듯했다. 오히려 논쟁에서 이긴다는 것은 상대방의 명예를 빼앗고 원한을 사게 되므로, 실제적으로는 역효과를 가져온다는 것을 이 현실주의자는 알고 있었다.
 '이미 이론적으로는 7할 가량 내 말에 굴복하고 있다. 나머지 3할까지 마저 이기려들면 상대방은 태도가 달라지리라.'
 료마는 날카로운 말재주를 슬슬 거두려 했다.
 료마는 논쟁으로서가 아니라, 상인이 물건값을 흥정하는 것 같은 말투로 바꾸었다.
 "그야, 가마쿠라 무사의 충성과 투쟁심으로 앞으로 막부를 운영해 나가는 것도 좋습니다. 그렇다면 이기느냐 지느냐 하는, 말하자면 값을 정하는 문제만이 남게 됩니다."

"값을 정한다?"

"막부가 전쟁에 이길 수 있느냐 하는 문제입니다. 이길 수 있는 전쟁이라면 해도 좋습니다. 지는 것이 뻔한 전쟁이라면 처음부터 시작하지 않는 것이 상책입니다. 이것은 예부터 명장의 길이 아닙니까?"

료마는 막부의 약점을 들기 시작했다.

"과연 군함 수효는 많습니다."

그것은 막부의 유리한 점이었다. 수적으로도 많았지만 질 역시 향상되었다. 특히 머지않아 미국에서 강철함도 한 척 수입할 예정이었다. 그 군함은 세계적인 수준을 능가하는 강력한 배에서, 그것이 도착하면 막부의 군사력은 한층 강해질 것이다.

"그러나 유리한 점은 그것뿐입니다."

이미 삼백 제후는 장군 곁을 떠나려 하고 있다. 제1차, 제2차 조슈 정벌 때도 제후들은 싫어했는데, 다시 사쓰마를 토벌한다고 하면 제후는 아무도 움직이지 않을 것이다.

제후는 각각 자신의 기치를 높이 쳐들려는 경향을 보이고 있다. 친번 삼가(親藩三家)마저 장군의 지휘에 따르지 않고, 역대로 충성하던 영주들 역시 이미 충성을 보이지 않고 있다. 이 사실은 조슈 정벌 때 명백히 드러났다.

나머지는, 도쿠가와 가문에 직속된 에도의 무장들이 있지만, 이 직속 병력 8만에 대해서는 장군 요시노부마저 "그 따위로 무력해서는 아무 기대도 가질 수 없다"고 절망적인 태도를 보이고 있는 정도다.

료마는 여기에다 시운(時運)이라는 것을 덧붙여 계산하고, 시운은 사쓰마 조슈측에 유리하다고 했다.

"어떻습니까? 이래도 사쓰마 조슈를 이겨낼 수 있겠습니까?"

나가이는 고개를 떨어뜨리고 있을 뿐이었다. 그의 마음속도 어지간히 괴로웠으리라.

"잠시 생각해 보겠다."

나가이는 일어나 뜰로 내려섰다. 그 등이 파랗게 물들 만큼 우거진 녹음을 헤치며 나가이는 천천히 멀어져 간다.

'때가 때이니만큼, 막신들도 어지간히 괴로울 거다……'
료마는 품속에서 볶은 콩 봉지를 꺼내 세 개쯤 입 안에 집어넣었다.
오드득, 어금니로 깨물었다.
'가이슈 선생께서 나가이의 입장에 계시다면 어떻게 대답할까?'
──앞으로 10년만 가도 다행일 거다.
그런 말을 가쓰는 한 적이 있었다.
가쓰는 지금 군함 담당관에 임명되어 에도에 있다. 풍문에 의하면 그는 에도에서 해군을 영국식으로 뜯어 고치고 있다고 한다. 요시노부는 가쓰를 한낱 해군 행정관의 지위에 묶어 두고 싶은 것이리라.
'소를 잡을 큰 칼을 막부는 닭을 잡는 데 쓰고 있는 격이다.'
료마는 그렇게 생각하고 있었다. 그러나 생각하기에 따라서는 가쓰라 해도 이 난국에 막부의 정치를 담당한다는 것은 어려운 일이었으리라. 설사 가능하다 해도 결국은 유능하다는 이유로 막부 옹호파나 타도파에 의해 암살될 것이 틀림없다.
'나가이는 그 어느 편일까?'
우수한 머리를 가지고 있긴 했다. 그러나 소심하고 우유부단해서 행동력이 부족했다.
나가이 나오무네는 연못가를 맴돌고 있었다.
이윽고 방으로 돌아오더니 힘없는 소리로 말했다.
"자네 계산이 옳은 것 같네."
승패 문제를 따져본다면 막부측이 지리라는 뜻이었다.
"그렇다면 여기서 깨끗이 대정을 봉환하여 도쿠가와 집안을 상처 없이 남게 한다는 방법을 취하는 것이 어떻겠습니까? 그리함으로써 내란을 피할 수 있고 새로운 일본이 태어나며, 도쿠가와 집안의 공적은 만세에 빛날 수 있을 텐데요?"
"그것은 내 입으로 할 말이 아니다."
그러나 그의 안색으로 보아 료마는 자신의 뜻과 정반대가 아니라는 것을 짐작할 수 있었다.

오테키마루

료마는 바쁜 나날을 보내고 있었다.

오전 중에는 사쓰마의 사이고나 오쿠보를 만나는가 하면, 오후에는 교토 북방인 이와쿠라 마을로 달려가서 이와쿠라 도모미를 만났고, 다시 밤에는 유흥가인 산본기(三本木)의 주루(酒樓)에서 사사키 신시로 등 도사 번 관료들과 만났다. 그런 식의 나날이 계속되고 있었다.

하숙——해원대 교토 본부라고 해야 옳겠지만——으로 돌아오는 것은 매일같이 밤이 깊어서였다.

이 집 딸인 지요는 대개 료마가 돌아올 때까지 자지 않고 기다리고 있었다.

"아니, 오늘 밤도 안 자고 있었나?"

쪽문을 들어설 때마다, 료마는 미안한 듯이 말했다.

별채로 들어가면 곧 지요는 차를 끓여 가지고 온다. 그 일은 판에 박힌 듯 언제나 틀림없었다.

그날 밤도 역시 그랬다.

"허어, 아직 안 자고 있었나?"

료마는 여느 때처럼 머리를 긁적거리면서 봉당으로 들어가자 다짜고짜 지요를 안아 올렸다.

다소 취기가 있었다.

"무거운 걸. 처녀는 무겁단 말이야."

유쾌한 듯 안은 채 걸어가자 지요는 료마의 머리 위에서 따졌다.

"처녀들은 모두 무거운가요?"

"무겁지."

"그럼, 누구든 이렇게 안아 주시나요?"

지요는 농을 모른다. 료마는 난처해져서 얼버무리며 말했다.

"그렇지도 않아. 닥치는 대로 이렇게 처녀를 안아 줄 수 있는 심경에 도달하면 이 사카모토 료마도 좀더 큰일을 할 수 있을 텐데……."

"무거울 테니 내리겠어요."

"아니야, 괜찮아."

료마는 부엌쪽 봉당을 빠져 나가며 웃으면서 성큼성큼 걸어갔다.

"그대로 안겨 있어. 아주 흐뭇할 걸."

이윽고 별채로 이어진 통로까지 왔을 때에야 지요를 내려놓는다.

"나카오카도 아직 자지 않고 있군."

방 안에서 흘러나오는 불빛을 바라본다. 료마의 문관 나카오카 겐키치를 두고 한 말이었다.

료마는 방으로 들어가 나카오카가 쓰고 있는 옆방 미닫이를 열었다. 나카오카는 한창 더운 때라 벌거숭이가 되어 일을 하고 있었다. 머리 위에는 그가 나가사키에서 가져 온 석유 램프가 매달려 있다.

"너무 무리하지는 말게?"

료마는 나카오카가 곁에 앉자, 오늘 하루에 있었던 일을 이야기했다. 이것도 교토에서 한 일과처럼 되어 있었다.

나카오카는 흠, 흠 하면서 끄덕여 가며 그 요점을 연필로 메모한다. 서기관이라 자연히 그렇게 되는 듯했다.

나카오카의 책상 위에는 초고(草稿)가 산더미처럼 쌓여 있었고 붓은 늘 먹물에 젖어 있었다. 영문으로 된 '만국공법'을 료마의 명에 의해 번역하고 있는 것이었다.

그것이 완성되면 일본어에 의한 최초의 만국공법 책이 될 것이다.

료마는 그것을 해원대판으로 출판하려고 이미 나가사키에 활자와 종이 준비까지 해 놓았다. 나카오카가 번역을 마칠 때만을 기다리고 있는 중이다.
"부탁하네. 이것이 완성되면 일본에 수많은 이익을 가져다 줄 걸세."
료마는 집어든 초고 한 장을 소중히 모시듯 하면서 그렇게 말했다.

"무쓰는 어디 갔나?"
료마가 물었다. 무쓰 요노스케는 근래 나카오카와 동거하면서 만국공법 번역을 돕게 되어 있었다.
"또 거기야."
나카오카는 씁쓰레한 얼굴로 대답했다. 거기란 유곽을 말하는 것이었다.
료마는 보기 드물게 얼굴을 찌푸렸다.
"자네 일은 잘 도와주고 있나?"
"녀석, 무슨 생각을 하고 있는지 모르겠단 말이야. 곁에 앉아 있어도 사전만 넘기고 있을 뿐 아무것도 하지 않거든. 문득 정신을 차리고 보면 어느 틈에 없어졌단 말이야."
"이상한 녀석인걸."
무쓰 요노스케는 료마마저 이따금 불쾌해 질 정도로 다루기가 어려운 청년이다.
평소에는 뚱하니 입을 다문 채, 다른 동지들이 말을 건네도 깔보듯이 히죽이 한 번 웃고는 묵살해 버릴 때가 많았다. 그러나 일단 마음에 들지 않는 일이 있으면 너무도 날카로운 말재주와 치밀한 논리로써 상대방을 공격하여, 완전히 손을 들 때까지는 거두는 일이 없었다.
게다가 버릇이 없고 동지에 대한 배려가 적으며 제멋대로 지내는 것 같은 점이 없지 않았다.
자연히 대원들은 모두 그를 싫어하여 거의 고립된 상태였지만, 다만 료마만은 그를 감싸고 소중히 여기면서, 중요한 회합이 있을 때는 반드시 그를 비서관으로 대동하는 것이었다.
"어째서 그 따위 복어 같은 독을 지닌 녀석을 사카모토님은 사랑하고 있는 걸까?"
대원들이 모두 불만스럽게 생각할 정도였다.
다만 무쓰는 료마에게만은 진심으로 복종하고 있는 듯했다. 하긴 사실이 그렇다 해도 복종하는 티를 보이는 것은 질색인 듯, 료마에게도 가끔씩 대들곤 했다.

그뿐 아니라 대원들끼리 말할 때는 "료마가 그렇게 말하더라" 하는 식으로 이름을 함부로 부르곤 했다.

대원들은 그것이 비위에 거슬렸다. 한 번은 그 점을 정식으로 지적했더니,

"그게 바로 존경하는 증거다."

그러면서 역습을 가해 왔다. 그 이유로 그는, 이를 테면 역사상의 인물인 공자, 맹자, 제갈공명, 구스노키 마시기게 등도 이름만을 부르는 것이 보통 아니냐, 료마를 그런 역사상의 위인들과 동등하게 보기 때문에 나는 이름만을 부르고 있는 거다——그런 식으로 말했다.

"그렇다면 서로 대할 때도 이름만 불러야 할 게 아닌가?"

"사람에게는 감정이라는 것이 있어."

무쓰는 끄떡도 하지 않았다.

"료마에게도 감정이 있으니 나 같은 손아랫사람한테 이름만 불리는 것은 불쾌할 게 아닌가. 료마의 감정을 존중하기 때문에 경칭을 붙이는 거야."

그런 식으로 이유를 늘어놓았다. 어쨌든 얄미운 사나이였다.

한번은 "무쓰란 놈, 죽여 버릴 테다" 하고 대원 몇 명이 떠들어 댄 일이 있었는데 그때 역시 그런 식으로 얄밉게 군 것이 원인이었다.

다음날은 아침부터 몹시 더웠다.

료마는 바람이 잘 통하는 툇마루에 밥상을 놓고 조반을 먹고 있었다. 그때 뜰을 돌아 들어온 무쓰 요노스케가 나타났다.

"늦었군요. 이제야 조반인가요?"

그는 밥상을 들여다본다. 교토식 된장국에 완두콩조림, 그리고 두툼한 유부가 하나 놓여 있었다.

"그 유부, 저한테 주지 않으시렵니까?"

응석을 부리듯이 말했다.

"왜?"

"먹게요."

"외박했나?"

료마는 못마땅한 얼굴로 유부를 집어 들었으나, 잠깐 생각하다가 그냥 자

기 입에 넣어 버렸다.
"이거 너무한데요."
"네 기분을 모르는 바는 아니지만……."
료마는 딴 소리를 했다. 기분이란 막연한 소리였다.
"제 기분이요?"
무쓰는 고개를 갸우뚱했다.
"그 가시 돋친 기분 말이다."
"무슨 말씀인가요? 전 사카모토님에게 가시 돋친 태도로 대한 적이 없는데요."
"동지들에 대해서야."
"아, 그래요?"
"좀더 사이좋게 지내야 할 게 아닌가?"
"등골이 오싹해지는군요. 사카모토님답지 않으신 말씀입니다."
"어째서?"
"사이좋게……라는 것은 어지간한 악취미가 아니면 무지에서 나오는 말입니다. 시골 축제일에 젊은이들이 떠들썩하며 사이좋게 법석을 떠는, 그런 것을 사카모토님께선 바라시는 건가요?"
"모를 소리군."
"잘 아실 텐데요? 그러기에 전 사카모토님을 모시고 있는 겁니다."
무쓰의 말로는, 젊은이들이 사물을 진지하게 보고 철저히 생각할 때는 이미 적당한 조화 속에서 사이좋게 지낼 수는 없다는 것이었다.
"생각할 줄 모르는 바보들만이 사이좋게 지낼 수 있는 겁니다. 등골이 오싹해지는 분위기죠."
"술자리에서 동료들이 모두 취했을 때 너 혼자만 말짱한 채 있겠다는 말인가?"
"말하자면 그렇습니다."
"말짱해 있을 뿐만 아니라 주위에 취한 동료들을 냉소하며 둘러본다."
"그건 좋지 않은 예인데요."
"어쨌든 사실은 사실 아닌가? 그런 상태를 나도 짐작 못하는 것은 아니다. 일찍이 다케치 한페이타가 도사 근왕당을 조직하여 도사 일곱 고을의 향사 자제들을 이삼백 명이나 모아 들였다. 나도 기꺼이 참가했지만, 그러나 그들이 취해 있는 것처럼 나도 같이 취할 수는 없었다."
"그랬을 겁니다."
"하지만 나는 같이 취한 척해 왔어. 그 점은 지금도 다름없다."
"저는 그런 재주는 없습니다."
"사나이란 마땅히 술좌석이라도 혼자 말짱해 있을 필요가 있다. 그러나 동시에 다른 사람들처럼 취한 척하고 있어야 하는 거다. 그렇지 않고는 이 세상에서 큰일을 도모할 수 없는 거야."

얼마 후 료마는 젓가락을 놓고 찻잔을 집어들면서 말했다.
"나카오카 겐키치는 밤낮으로 진땀을 흘리면서 만국 공법을 번역하고 있다. 넌 어째 성의껏 도울 생각을 하지 않느냐?"
"……그건."
무쓰에게도 할 말은 있었다. 그러나 료마는 듣지도 않고 말을 이었다.
"쓸데없는 소리는 할 필요 없다. 혼자 뾰족한 척하면서, 하는 일이란 아무 것도 없다. 자신의 쾌락만을 쫓아다닌다."
"설교를 하시는군요?"
무쓰는 료마를 웃기려고 했으나, 료마는 그 수에 넘어가지 않았다.
"그렇다. 설교다."
정색을 한 채 끄덕이었다.
현재로선 대정봉환안을 둘러싸고 전국이 어지러운 상태지만 료마는 반드시 일이 성취되리라고 보고 있었다. 막부 옹호와 타도의 소용돌이가 어떻게 돌아가건 대세는 반드시 그 한 점에 귀착되리라 확신하고 있었다.
"그렇게 되면 새 정부가 수립한다. 그러면 그날부터 막부 대신 그 신정부가 외국과 직접 부딪쳐야 한다. 바로 그날부터 필요한 것이 만국 공법이야. 장님에게 지팡이를 쥐어 주는 것 같은 거야."
새로운 정부에 참가하게 될 대신들과 각 번의 선각지사들도 만국 공법이 있다는 것조차 모르는 사람이 대부분이고, 더구나 단 한 줄이라도 읽어 본 사람은 아마 한 사람도 없으리라. 그 때문에 번역은 하루를 다투어야 할 긴급한 일이다.
"하지만 전 영어를 모르지 않습니까?"
모른다고는 해도, 해원대 대원의 기본 의무의 하나로서 료마는 영어 공부를 시키고 있었다. 그 때문에 나가사키에서는 나카오카를 교관으로 하여 대원 일동에게 영어를 배우게 해 왔다. 따라서 무쓰 역시 모른다고는 해도 아주 백지는 아닌 것이다.

"돕는 동안에 차차 알게 될 게 아닌가?"

"그렇게 쉽지가 않습니다. 한서(漢書) 같은 것보다는 훨씬 어렵던데요?"

"나는 한문도 모르고 영어도 모른다. 그러나 사물의 본질은 알고 있다. 무쓰 요노스케는 만국 공법 번역을 돕고, 도우면서 공법을 익히는 동시에 영어도 배우도록 해라."

"어째서 저한테만 그렇게 까다롭게 구십니까?"

"새 정부가 수립된다."

료마는 찻잔을 내려놓았다.

"외국 문제를 아무것도 모르는 대신들이나 사쓰마 조슈의 무사들에게 맡겨 놓을 수 있단 말인가? 외국 문제는 해원대가 전적으로 맡아가지고 있지 않으면 터무니없는 나라 망신을 겪게 된다. 너는 일본의 외무 관계를 담당해 줘야겠어. 난 벌써부터 그렇게 정하고 있다."

"놀라운 말씀이군요."

무쓰는 비로소 잠이 깬 듯한 얼굴을 했다. 자기가 그토록 료마에게서 높이 평가되고 있을 줄은 몰랐던 것이다.

"해볼 텐가?"

"하겠습니다. 이쯤 칭찬을 받고 보면 나라(奈良)의 대불(大佛)이라도 움직일 게 아닙니까?"

"조반을 가져오게 하지."

료마는 툇마루에서 뛰어내리더니 맨발로 부엌을 향해 달려갔다. 무쓰의 배에서 아까부터 꼬르륵 소리가 나고 있는 것을 알아채고 있었던 것이다.

료마가 그렇게 나날을 보내고 있을 때 뜻하지 않은 사건이 터졌다.

그 해 7월 28일, 막부의 법무관 나가이 나오무네가 도사 번에 영을 내린 것이다.

"용무가 있으니 급하게 출두할 것"

그 무렵 교토 주재관은 모리 다지마(森多司馬)였다. 사상은 막부파였지만 그렇다고 지조를 관철할 만큼 기골을 지닌 인물은 아니었고, 나뭇가지에 앉은 어린 새가 세찬 비를 맞고 날개를 웅크리고 있는……항상 그런 표정을 하고 있는 사람이었다.

'화급'

서간에는 그렇게 적혀 있었다. 모리 다지마는 불길한 예감을 금할 수 없었다. 어쨌든 니조 성(二條城)으로 가서 나가이 나오무네를 만나자 나가이는 우울한 표정으로 물었다.

"해원대란 귀번 산하였지?"

물론 나가이는 료마를 알고 있으므로 해원대가 어떤 것인지도 잘 알고 있었지만, 일부러 그렇게 다짐을 한 것이다.

"그렇습니다."

"자세한 내용은 모르지만 나가사키에서 그 해원대 대원이 영국 해군의 병사를 두 명 베어 죽인 모양이야."

"예?"

지난 해 사쓰마의 행렬이 일으켰던 나마무기(生麥) 사건과 비슷한 사건이 아닌가.

"확실한 내용은 아직 모른다. 그러나 영국측에서는 확증을 잡은 모양이야. 그 때문에 영국 공사 퍼크스가 군함을 타고 오사카에 들이닥쳐 집정관 이타쿠라 가쓰기요와 담판 중이다. 때가 때인만큼 이 사건은 심상치 않은 결과를 가져올 것 같다."

"트, 틀림없이 도사인이 한 짓입니까?"

"모르지. 그러나 퍼크스가 그렇게 믿고 있는 것만은 확실하고, 상당한 증거가 있는 것도 확실하다."

"그렇다면 어떻게 해야 좋겠습니까?"

"모르겠다. 도사 번측에서 적당히 해결해 줘야 겠어."

"알겠습니다."

"이 소동이 커지면 귀번에서 제의하려는……."

나가이 나오무네는 비웃음인지 동정인지 모를 미소를 입가에 머금으면서 말했다.

"대정봉환안도 수포로 돌아갈지 모르네."

"예……."

모리 다지마는 황공하다는 듯이 숨을 몰아쉬고 나서 물었다.

"그 일건은 벌써 들으셨습니까?"
"당연하지. 그것도 모르고 막부의 감찰관을 맡아볼 수 있단 말인가?"
"황공합니다."
모리 다지마는 물러나 급히 가와라 거리의 번저로 돌아왔다. 그리고 동료 유히 이나이, 총감찰관 사사키 산시로, 감찰보조 모리 교스케 등을 모아 놓고 선후책을 협의했다.
"큰일 났소."
소심한 실무가 유히 이나이는 정신을 못 차릴 정도로 놀라 버렸다. 하긴 사건의 성질로 볼 때, 도사 번은 대정봉환안의 추진은커녕 국제 분쟁 속에 휘말려 국내 문제의 무대에서는 물러나지 않을 수 없을지도 모를 일이었다.

곧 료마에게 알려야 한다. 뭐니뭐니해도 료마가 해원대 대장인 것이다.
번저에서는 사방으로 사람을 보내서 료마의 행방을 알아보게 했다.
하숙에도 없었다. 사쓰마 번저에도 없었고 육원대 본영에도 없었다.
료마는 이날 극비 행동을 취했다. 이와쿠라 마을에 있는 이와쿠라 도모미를 아무도 모르게 방문하여 시국에 대한 의견을 나누었다.
이보다 앞서 이와쿠라는 사쓰마의 오쿠보 도시미치와 짜고, 막부 타도의 밀칙을 사쓰마 조슈 양 번에 내리도록 비밀리에 공작을 계속하고 있었다. 다행히 천황은 어렸다. 사부인 나카야마 다다야스경(中山忠能卿)만 농락하면 칙명의 옥새는 얻을 수 있는 것이었다.
이와쿠라는 그것을 해낼 만한 천재적인 모사였다. 그는 비밀리에, 그러나 끈기 있게 나카야마 다다야스를 농락할 공작을 계속하고 있었으나, 도사 번에서 대정봉환안을 제시해 오자 이에 대해서 적잖이 고민하고 있었다.
"이 비밀공작을 버려야 하는가?"
만약 장군 요시노부가 정권을 내던진다면 (이와쿠라는 기대하기 어려운 일이라고 생각했지만) 막부를 토벌할 수는 없다. 막부에 대해 칼을 치켜들 이유가 없어지는 것이다.
그 후 그는 사쓰마의 오쿠보와 이 문제를 놓고 깊이 의논했다.
"료마는 오랫동안 나가사키에 있었다. 바다를 건너 오사카에 상륙했다가 갑자기 교토의 여러 정세 가운데로 뛰어든 셈인데, 그로서는 내막을 잘 모르는 점이 있을 게다. 쉽사리 성공할 것처럼 말하고 다니지만 암만해도 믿음직스럽지 못하다."

이와쿠라는 자신의 생각을 솔직하게 말했다. 십중팔구 대정봉환안은 실패하고 말리라. 결국 두 사람은 이런 결론에 도달했다.

"막부를 타도하라는 밀칙을 내리게 하는 공작은 그냥 계속하는 것이 좋겠다."

요컨대 막부에 도전하는 방법에는 평화적인 방법과 무력적인 방법 두 가지가 있으며, 그 두 가지가 같은 교토의 다른 장소에서 서로 연락을 취하는 일 없이 따로따로 진행되고 있는 것이다.

료마는 그 사실을 알자 크게 놀랐다.

'아직도 밀칙을 위한 비밀공작을 그만두지 않고 있단 말인가?'

그래서 급히 이와쿠라 마을로 달려와, 그 음모의 장본인이라고 할 수 있는 이와쿠라 도모미의 진의를 타진하려고 했던 것이다.

"그 계획을 중단하지 않으면 양쪽 다 죽도 밥도 안 됩니다."

이것이 료마의 논지였다. 우선 '막부 타도의 밀칙'을 위한 공작을 하고 있다는 소문을 막부측에서 듣기만 해도 그 태도가 굳어져 대정봉환안을 일축할 것이 틀림없었다.

"당분간은 그저 관망하시도록."

그런 뜻을 료마는 세상에서 보기 드문 이 대음모가에게 간청했다.

료마의 생각으로는, 밀칙을 위한 공작 같은 것은 막부가 대정봉환을 거부한 후에 시작한다 해도 늦을 것은 없는 일이었다.

"그동안은 아무쪼록 꾹 참으시고……."

료마는 같은 말을 몇 번이고 되풀이했다.

이와쿠라는 그때마다 크게 끄덕였다. 속셈은 어쨌든, 적어도 표면상으로는 료마의 설득에 응하여 좋은 얼굴로 료마를 배웅했다.

료마가 교토에 돌아 온 것은 밤이 다 되어서였다.

료마가 재목상 '스시야'로 돌아와 보니, 도사 번저에서 하급 관리인 오카모토 겐사부로(岡本健三郞)가 심부름꾼으로 와 있었다.

겐사부로는 도사의 향사 출신이었다.

'말대가리'라는 별명을 들을 만큼 얼굴이 긴 젊은이였고, 료마를 유난히 숭배하여 료마가 교토에 있는 동안은 마치 허리에 찬 주머니처럼 그를 쫓아

다니곤 했다. 특히 료마의 재정을 보는 안목에 탄복하여 은근히 료마를 스승으로 삼아서 그것을 받아들이려는 노력을 하고 있었다.

오카모토 겐사부로는 유신 후, 새 정부의 재정관계 고관이 되었는데, 어느 날 이다가키 다이스케를 따라 옛 번주인 야마노우치 요도를 찾아 뵌 적이 있었다.

유신 후 정부의 고관이 되어서야 비로소 옛 번주를 만나 뵌 것만 보더라도, 유신 전의 겐사부로의 신분이 얼마나 낮았었나를 알 수 있으리라.

요도는 독설가로서 천하에 이름을 떨친 인물이다. 더구나 보잘것없던 옛 부하가 새 정부의 고관이 되었다고 하니 더욱 아니꼬웠을 것이다.

동반한 이다가키 다이스케가 말했다.

"여기 있는 이 사람이 재무대신으로 있는 오카모토 겐사부로입니다. 부친은 가메시치(龜七)라고 하며 도사 고을 이치노미야(一宮) 향사로서, 후에 성밖 시오에(潮江)로 옮겼으며, 오카모토 겐사부로는 그 시오에에서 태어난 사람입니다."

"요도는 흠, 흠" 하고 끄덕일 뿐이었다. 옛 번 당시 교양면으로는 가신 중에 어떤 준재도 요도를 따르지 못했는데, 그런 점만으로도 요도는 '시류를 탄 바보 같은 향사 놈이……'라는 눈으로 오카모토 겐사부로를 보았을 것이다. 이윽고 몸을 늘이듯하며 이죽거리는 웃음을 짓고 말했다.

"출세를 했으니 무엇보다 반갑군. 필시 나보다는 뛰어난 재능을 지니고 있었기 때문이리라. 삼가 가르침을 받고 싶은데?"

남을 희롱하다가 보기 좋게 자빠뜨리는, 바로 그런 순간이야말로 요도의 본성이 가장 두드러지게 드러나는 때라고 해도 좋았다.

"천만의 말씀입니다."

오카모토 겐사부로는 말했다. 원래 극히 진실한 인품이어서, 야유에는 기지로 응해야 했지만 그런 재능은 가지고 있지 못했다.

"저같이 둔한 자가 어찌 당대의 대시인이신 어르신네를 가르칠 수 있겠습니까. 다만 재정의 운용면에서만은 남보다 좀 낫지 않을까 감히 자부하는 바입니다."

요도는 이처럼 남달리 통쾌한 자부심을 가지고 있는 인물을 좋아하는 사람이었다.

"그 호언, 믿음직하구나."

요도는 크게 고개를 끄덕이고 술잔을 넘겨주며 물었다.
"그래, 누구한테 배웠는가? 스승의 이름을 말해 보아라."
"사카모토 료마입니다."
오카모토 겐사부로는 대답했다.
요도는 어디를 가나 듣곤 하는 그 이름의 주인공을 자신의 부하였으면서도 지금껏 한 번도 만난 일이 없었다.
"료마란 기묘한 인물이군."
나중에 혼자 중얼거렸다.
그 오카모토 겐사부로가 마루 끝에 걸터앉은 채 료마를 기다리고 있었던 것이다.

"웬일이냐, 오카겐(剛健)?"
료마는 쪽문을 열고 봉당에 들어서자마자 물었다. 그 기름한 그림자를 향해 오카모토 겐사부로는 강아지처럼 달려들며 외쳤다.
"큰일 났다! 나가사키에서 일이 터졌어. 영국 공사가 야단이다."
"침착해라. 차근차근 말을 해야지."
"자네 부하인 해원대 대원이 나가사키에서 영국 수병을 죽여 버렸단 말이다."
"응?"
료마는 고개를 갸웃거렸다.
"오카겐, 그건 좀 이상한데?"
"틀림없는 얘기야. 오늘 낮 모리 다지마님이 니조 성에 호출되어 선후책을 강구하라는 영을 받고 왔어."
"퍼크스가 막부에 항의를 했단 말인가?"
"그렇지."
"영국인 말을 그대로 믿는 건가?"
"무슨 소리야, 료마. 여기선 그런 얘길 아무리 해 봤자 소용없지 않나?"
"흐음."
료마는 그길로 다시 나와, 오카모토 겐사부로와 함께 가와라 거리의 번저로 찾아갔다.
번저에 유히 이나이, 사사키 산시로 등 고위 관리들은 없었다. 료마와의 연락을 하지 못한 채, 우선 보다 자세한 내막을 알기 위해 오사카로 갔다는 것이었다.

번저에서는 야단법석이었다.

혈기에 날뛰는 하급 번사들은 "이렇게 되면 영국과 전쟁이다" 하고 떠들어댔다. 지난해 나마무기 마을(生麥村)에서 무례하다는 이유로 영국인을 베어 죽인 사쓰마 번이 사건 후 강경한 태도를 취했기 때문에 마침내 전쟁으로까지 번졌다. 똑같은 일이 또 일어났다고 그들은 생각했던 것이리라.

상급 번사들은 좀 다른 반응을 보였다.

"해원대니 뭐니 하는 무모한 낭인들을 번 명의로 기르고 있으니까 이런 일이 벌어지지 않느냐 말이다. 배상금 때문에 번이 망할지도 모른다."

그런 씁쓰레한 생각을 하고 있는 것이었다.

료마는 현관에 들어가지도 않고 관저 내의 주요 인물들을 현관 앞마루에 불러 모아놓고 말했다.

"나는 이제부터 곧 유히와 사사키를 뒤따라 오사카로 가겠다. 분명히 말해 두지만, 영국 해병 두 명을 벤 것은 해원대 대원이 아니다. 절대로 아니다. 모두들 그렇게 알아 두도록."

"어째서?"

누군가 묻자, 료마는 말했다.

"우리 대원은 모두 만국 공법을 알고 있다. 국제협조주의야말로 해원대의 방침이다. 그런 터에 외국인을 벨 까닭이 있겠는가?"

"그러나 영국 공사로부터 막부 앞으로 그런 통첩이 와 있다는 거다."

"영국 공사나 막부가 하는 말이니까 믿는단 말인가? 이런 사건은 직접 살해 현장을 목격했어야만 논할 수 있는 거다. 현장을 보지도 못하고 함부로 떠들지 말아라. 번으로서는 직접 보지 못한 일이니 알 수 없다는 방침으로 나가도록 해라."

료마는 여장을 갖추자 도베 한 사람만을 데리고 교토를 떠났다.

료마는 마지막으로 떠나는 밤배를 타려고 후시미를 향해 걸음을 서둘렀다. 그리고 밤중에야 가까스로 선객 여인숙인 데라다야(寺田屋)에 도착했다.

"겨우 시간에 댄 것 같군."

그러면서 마루 끝에 걸터앉자, 그 소리를 듣고 오토세가 나왔다.
"이렇게 늦게 오사카로 가시게요?"
료마 바로 뒤에 앉더니 주위를 꺼리듯 나지막한 소리로 묻는다.
"음, 우선은 오사카로 간다. 하지만 그 후에는 나가사키로 갈지, 경우에 따라서는 영국으로 가게 될지 앞은 막막한 안개뿐이야."
"또 실없는 소리만 하시네요."
"아니야, 정말이야."
료마는 전에 없이 풀이 죽은 모습이다.
"정말 짙은 안개다, 내 앞길이. 따라서 일본의 앞길도……."
"이상한 말만 하시네요."
오토세는 료마의 어깨에서 먼지를 털어 주며, 이 쾌활한 남자가 어딘가 여느 때완 다른 데가 있다는 것을 깨달았다.
"골치 아픈 일이 생겼어."
"그런 일에 놀랄 사카모토님이 아닐 텐데요?"
"놀랐어."
료마는 하녀가 날라 온 밥공기를 집어 들었다.
"이를테면 장기를 두고 있었다고나 할까? 이제 몇 수만 더 두면 끝장을 볼 수 있는 단계까지 이르렀는데, 어린애가 엉금엉금 기어오더니 다짜고짜 장기판을 휩쓸어 버린 격이야."
"어떤 장긴데요?"
"과거의 일본이 무너지고 새로운 일본이 탄생하는 굉장한 장기지."
"그럼 그 장기가 무효가 됐으니 낡은 일본이 그대로——라는 결론인가요?"
"아니지. 그렇게는 할 수 없지. 지금 일본은 어떤 모습이 될지, 그야말로 아슬아슬한 때야. 아무튼 허풍을 떠는 것 같지만 이 사카모토 료마가 지상에 살아 있는 한, 일본을 이대로는 두지 않는다."
"어머나, 또 시작하셨네."
오토세가 일부러 호들갑스럽게 웃는다.
"이제 겨우 그전 투가 나왔네. 저도 샤미센을 가지고 허풍에 장단을 맞춰 드릴까요?"
"허풍이 아니야, 오토세."

"바로 그 허풍이 전 좋은걸요?"
"허어, 이거 안 되겠는걸."
료마는 얼굴을 문질렀다. 생각해 보면, 이 오토세를 상대로 허풍을 떨고 있을 때가 제일 즐거운 때인 것도 같았다.
"편지가 많이 밀려 있어요."
오토세는 방으로 들어가더니, 자물쇠가 잠긴 손궤 속에서 편지를 한 다발 꺼내 온다.
오토메 누님이 보낸 것도 있었고 곤페이 형님이 보낸 것도 있어서, 모두 네댓 통은 됨직했다. 고향에서 오는 편지는 모두 이 데라다야로 보내게 되어 있었다.
선창에서 사공이 소리치고 있었다.
배가 떠나는 것이다.
료마는 편지를 읽다 말고 오토세에게 도로 맡긴 채 여인숙에서 뛰쳐나왔다.
도베는 이미 배에 올라 있었다.

여느 때 같으면 배는 막 붐빌 텐데, 웬일인지 손님은 10명 정도밖에 없었다.
"비었군."
료마는 도베에게 말하고, 그가 깔아 준 자리 위에 드러누웠다.
배는 선창을 떠났다.
여자 유랑 광대가 3명, 행상 차림 사나이가 3명, 어느 큰 상인의 점원 같은 사나이가 하나, 대번의 주재관쯤 돼 보이는 의젓한 무사와 그의 수행원 등 3명.
도베는 료마의 호위관으로 자처하고 있었으므로 쭉 배 안을 한 번 둘러보고는 말했다.
"모두 평범한 녀석들이로군요. 수상한 놈은 없는 것 같습니다."
이 말에 료마는 장난스럽게 웃었다.
"수상한 자는 나하고 자네뿐이겠지."
"하긴 그렇군요."
도베도 씁쓰레하게 웃으면서 담뱃대를 꺼냈다.

고물 쪽에 얌전히 앉아 있는 점원 차림의 사나이가 행상인들을 상대로 물가에 관한 이야기를 하고 있었다.

막부 말기 수 년 동안 서민층의 관심사는 근왕이다, 양이다 하는 따위가 아니었다.

물가였다.

특히 쌀값이었다. 쌀값을 중심으로 하여 여러 물가가 지난 몇 해 동안 줄곧 오르기만 하고 있었다. 무시무시한 인플레의 연속이다.

가장 큰 원인은 연이은 흉작이었다. 먹고 살기 어렵게 된 세상이 막부 말기의 정계 상황이나 인심에 영향을 미쳐, 소란의 열량을 한층 더 올리는 원인이 되고 있었다.

물가가 뛰어오른 원인은 반드시 흉작에만 있었던 것은 아니었다. 각 번의 조정 명령이나 막부 명령에 의하여 교토, 오사카에 많은 인원을 보내게 되었고, 그것이 물가에 영향을 미쳤다는 것도 빼놓을 수 없다. 또한 두 차례에 걸친 막부의 조슈 정벌도 커다란 영향을 끼쳤다.

막부가 해 온 대외 통상도 그 원인의 하나다. 3백 년 동안 쇄국 경제 속에 놓여 있었던 일본이 세계의 경제 사회라는 물결에 휩쓸리기 시작했고, 그로 인한 물가 변동도 중대한 것이었다.

"그 때문에 우리는 양이를 주장하는 거다. 개국은 국민을 괴롭히고 나라를 멸망케 한다."

그런 소박한 경제관을 근왕양이파(勤王攘夷派)나 좌막양이파(佐幕攘夷派)는 줄곧 지녀왔고, 그들의 정열을 이 인플레가 부채질했다.

그런데 한없이 오르기만 하던 물가가 지난 5월 6일 쯤부터 별안간 주춤하더니, 쌀값을 선두로 하여 내리기 시작한 것이다.

"쌀값이 내렸다면서요?"

도베가 말했다.

"지금까지 은으로 한 관 닷 돈 했던 가가 쌀(加賀米)이 고작 850돈으로 내려 버렸어."

료마는 대답했다. 물가에 관한 지식으로는 사이고도 오쿠보도 도저히 료마를 대적하지 못한다.

"금시세도 1백 20돈에서 1백 14돈으로 내리고 있다."

료마는 말했다. 이것은 효고 개항에 관한 윤허가 민심을 밝게 해 준 것과,

막부가 조슈인에 대한 추포령(追捕令)을 교토, 오사카에서 철폐하여 전쟁에 대한 두려움이 사라진 것 등이 그 원인이었다. 정치 상황과 세상 인심이 혼돈 상태를 면치 못하고 있지만, 물가 동향은 한 걸음 먼저 새 시대의 광명을 향해 움직이고 있는 것처럼 료마에게는 생각되었다.

이윽고 손님들은 모두 잠이 들었다. 사공의 삿대 소리만이 이따금씩 들려올 뿐이다.
"도베, 그만 자지."
료마는 말하고 자신도 눈을 감았다.
"감기 조심하세요."
"이불 좀 덮어 주게."
"나리, 그런데 말입니다."
나지막한 소리였다.
"정말 해원대에 계시는 분이 영국 해병을 죽였나요?"
"아니야."
"분명합니까?"
"분명하건 하지 않건 죽이진 않았어."
"흐음, 그래요?"
도베는 이상할 만큼 탄복했다. 료마는 이 사건을, 경우에 따라서는 백로를 까마귀라고 우겨서라도 그런 방향으로 해결하려는 눈치인 듯했다.
"영국에는 의회라는 것이 있다. 아마 그 의회에서 떠들어 대겠지. 경우에 따라서는 난 영국 의회에까지도 출두할 작정이다."
"의회요?"
"일본에서는 막부의 법령으로, 당을 형성하는 것은 가장 큰 죄로 되어 있다. 그런데 놀랍게도 영국이나 미국은 공공연히 당을 결성해서, 그 당이 정론을 일으키고 다른 당과 크게 논쟁을 해 가면서 한 나라의 정치를 움직이고 있다. 그것이 바로 의회라는 거다."
"그래요?"
"나도 막부를 쓰러뜨린 후, 그 의회라는 것을 만들 작정이다. 이것이 내가 막부를 타도하려고 하는 가장 큰 이유다. 도베, 자네도 의원이 될 수 있는 거야."

"원 별말씀을……."
"지금은 거짓말처럼 생각되는 일이 새 시대에서는 당연한 일이 되는 거야. 그렇게 되지 않으면 개혁이란 아무 의미가 없는 거야."
'바로 그거다.'
료마는 진심으로 그렇게 생각하고 있었다. 지금 사쓰마 조슈의 지도자들은 막부를 쓰러뜨리기 위해 여념이 없다. 료마 역시 그들과 더불어 동분서주하고 있지만, 그들을 진심으로 믿고 있는 것은 아니었다.

사쓰마 조슈의 지사들은 료마가 보는 한 유신 개혁 후의 구상이 없었다. 어떤 국가와 사회를 만드는가 하는 구상이, 사이고에게도 가쓰라 고고로에게도 없는 것이다.

없다고 단언해도 좋았다. 왜냐하면 료마는 그들로부터 새 시대의 건국 구상을 들은 일이 없기 때문이다. 그 점이 막연한 그들은 어쩌면 모리 장군을 만들지도 모르고 시마쓰 장군을 만들지도 모른다.

'이쯤 되면 믿을 수 있는 것은 도사의 지사들뿐이다. 도사 친구들에게 내 구상을 불어넣는 수밖에 없다.'
료마는 자기도 모르게 잠이 들었다.
눈을 뜬 것은 모리구치(守口) 근처에 이르렀을 때였다. 동쪽 해안에는 여인숙이 즐비했고, 한길에는 벌써 어수선한 아침 소음이 퍼져 가고 있었다.
하치켄야(八軒家)에 도착하여 거기시 시중의 강을 오르내리는 작은 배로 갈아탔다.
료마는 니시나가보리(西長堀)의 번저로 찾아갔다.

료마는 니시나가보리 번저의 대문을 들어서자마자 문지기에게 교토의 유히 이나이와 사사키 산시로가 와 있느냐고 물었다.
문지기는 손을 내저었다.
"삼십 분쯤 전에 떠나셨습니다."
"어디로?"
"글쎄요."
고개를 갸웃거릴 뿐 통 짐작을 못하는 모양이다.
료마는 문지기에게 물어 봤자 소용없다고 생각하여, 곧장 현관을 향해 들어갔다.

"계시오. 본국의 사카모토 료마라는 사람이오. 누구든 유히 이나이와 사사키 산시로가 간 곳을 아는 사람은 없소?"

크게 소리치자 안에서 첫눈에도 심술궂게 생긴 늙은 관원이 하나 나타났다.

노인은 수상쩍은 듯이 료마를 훑어보며 말했다.

"나는 당 번저 주재관 보좌역인 야마다 기나이(山田喜內)다. 분명히 다짐을 해 두겠다. 네가 틀림없이 본국 혼초(本町) 일가(一街)에 사는 향사 사카모토 곤페이의 아우 료마냐?"

"틀림없는 곤페이의 아우 료마요."

"네 놈에 대해서는 탈번죄로 체포령이 내려 있다. 오사카에 나타나면 곧 포박하라는 영장이다."

"보나마나 묵은 영장이겠지."

료마의 탈번죄는, 첫 번째는 가쓰 가이슈의 주선으로 요도가 직접 용서했고, 두 번째는 해원대 대장이 됨으로써 용서가 되어 있었다.

"뻔뻔스럽게 나타났구나."

"농담을 하고 있을 때가 아니오. 나는 지금 바쁘니까."

"꼼짝 말아라."

"움직이지 않소. 영장이 있거든 보여 주시오."

"보여 주고말고."

야마다 기나이는 부하에게 명하여 그것을 가져오게 했다. 과연 제대로 갖추어진 서류다.

료마는 잠깐 들여다보더니 얼른 꼬깃꼬깃 뭉쳐서, 야마다 기나이가 소스라치게 놀라는 틈에 코를 풀어 버렸다.

"무, 무슨 짓이냐!"

"이건 휴지요. 노인은 해원대를 모르시오?"

"모른다."

"이번 도사 번에서 만든 일본 제일 가는 해군이오. 그 대장이 고치 혼초 일가에 사는 향사 사카모토 곤페이의 아우 료마요. 남들에게도 물어 보시오."

"료마, 그 말이 사실인가?"

"답답하군."

료마는 정말 답답했다. 이 때문에 번이라는 것이 딱 질색인 것이다.

"노인장, 들어 보시오. 얼마 전에 나가사키에서 영국인 살해사건이 있었소. 그 때문에 지금 영국은 우리 도사 번 24만 석에 대해 전쟁도 불사한다고 큰소리치고 있소. 나는 그 일 때문에 유히 이나이, 사사키 산시로 등과 만나지 않으면 안 되는 거요."

"영국인 살해사건 따위는 듣지도 못했어."

기나이는 의심에 찬 눈으로 말했다.

"네 놈은 유히님을 노리고 있는 모양이다. 틀림없이 그럴 게다."

근왕지사라면 강도나 다름없이 보는 것이 번 내의 경향이었지만, 이 야마다 기나이의 눈에도 료마란 인물이 단순한 암살자로 밖에 보이지 않았던 것이리라. 그 때문에 아무리 졸라도 유히나 사사키 등 번 고위 관리의 행방을 가르쳐 주려고 하지 않았다.

료마는 현관에 버티고 선 채, 어떻게 해야 좋을지를 몰랐다.

'도무지 손 쓸 방도가 없지 않나?'

관원들의 틀에 박힌 완고성 앞에는 료마 역시 별수가 없었다.

"부탁하오."

애원하다시피 간청해 봤으나, 오사카 번 주재관 보좌역이라는 이 노인은 완강히 말라비틀어진 고개를 옆으로 흔들어 댈 뿐이었다. 도시 번에서는 번 중신들의 출타처나 숙소는 암살을 염려하여, 다른 번 인사 또는 번내의 하급 관리들에게는 일체 가르쳐 주지 않게 되어 있었다.

"그런 지시를 받고 있는 이상, 절대로 가르쳐 줄 수 없다."

주재관 보좌역 기나이 노인은 같은 말만 되풀이하는 것이었다. 지금까지 료마는 1개 낭사의 몸이면서도 에치젠 번주 마쓰다이라 슌가쿠를 만나뵙고 대금을 융통한 적도 있으며, 막부의 군함 행정관 가쓰 가이슈나 장군 요시노부의 고급 관료 오쿠보 이치오의 사랑을 받기도 하여 계급의 벽을 자유자재로 뚫고 다녔지만, 도사 번 관료기구만은 어쩔 도리가 없었다.

──본국 혼초 일가에 사는 사카모토 곤페이의 아우인가?

그런 확인에서부터 시작하는 데는 손을 들지 않을 수 없는 것이다.

"안 되겠소?"

"요즘은 워낙 어수선해서 말이야."

야마다 기나이는 료마의 허리에 차고 있는 칼을 힐끗 보면서 말하는 것이었다.

'할 수 없군.'

료마는 번저에서 나왔다. 바로 눈앞에 가쓰오자 다리(鰹座橋)가 있었다. 그 맞은편에는 가다랭이 도매상, 종이 도매상, 재목 도매상 등 도사 번의 생산품 가게들이 강기슭을 따라 즐비하게 늘어서 있었다. 일종의 도사 번 조계(租界)같은 형국이었고 마치 고향에 돌아온 것 같은 느낌이었다.

"도베."

료마는 가쓰오자 다릿목에 몸을 기대고 요쓰 다리(四橋) 근처를 바라보며 말했다.

"정말 난처하게 됐는걸."

"그렇군요."

도베는 더 이상 말을 하지 않았다. 그는 아까 료마의 등 뒤에 쭈그리고 앉아 있었기 때문에, 오고간 말을 자세히 들어 알고 있는 것이었다. 잠시 후 도베는 딱하다는 듯이 말했다.

"나리는 신분이 낮으시군요?"

물론 놀리고 있는 것이 아니었다. 두 눈에 눈물이 글썽거렸다. 도베는 진심으로 료마를 동정하고 있는 것이다.

"낮지. 낮고 뭐고 말도 안 될 정도야. 같은 도사 번이라고는 하지만 지금 그 야마다 기나이에 비하면 짚신짝 정도밖에는 안 되는 신분이야."

"하지만 나리께선 참정 고토 쇼지로 나리와 감찰관 사사키 산시로 나리 같은 분은 마치 손아랫사람이라도 다루듯 하시지 않습니까?"

"그들은 동지이기 때문이다. 상대방이 그런 생각을 가지고 있기 때문에 아무렇게나 대할 수 있는 거다. 하지만 지금 그 늙은이 같은 하찮은 번리가 나타나면 난 꼼짝도 못한단 말이야."

"어쨌든 당장 큰일 났군요."

"흠."

료마는 강 위쪽, 성을 바라보고 있었다.

"보나마나 그들은 지금 집정관 이타쿠라 가쓰기요님을 만나고 있는 중일 텐데……."

"그렇다고 사카모토 료마가 막부의 총본산으로 들이닥칠 수는 없는 일 아닙니까?"

과연 그러리라.
사카모토 료마가 어떤 사람이며 무슨 일을 하고 있느냐에 대해서는 도사 번의 속된 관리들 따위보다는 막부 고관이 훨씬 잘 알고 있었다.
"현재 그는 최대 위험인물 중의 하나다."
정보에 빠른 막부 관리라면 그렇게 말하리라.
그 막부의 본거지인 오사카 성을 어슬렁거리고 찾아간다면 어떻게 될지는 자명한 일이었다.
"그러나 도베, 가지 않을 수 없는 일 아닌가?"
료마는 걸음을 옮기기 시작했다. 집정 이타쿠라 가쓰기요는 해자 옆에 있는 성 대리 저택에 있을 것이다.
"위험합니다."
도베는 한사코 말렸으나, 일단 동쪽을 향하기 시작한 료마는 걸음을 멈추지 않았다.
이코마 산(生駒山) 봉우리들은 맑은 하늘 밑에 솟아 있었다. 그 전경(前景) 성벽과 망루를 드러내고 있는 것이 오사카 성이었다.
오사카 성은 겐나(元和) 원년, 도요토미 히데요리(豊臣秀賴)가 몰락한 후로는, 에도 성, 니조 성과 더불어 노쿠사와 장군의 소유기 되어 있었다. 이에야스, 히데다다(秀忠)를 제외하고 그 후에 이 성에 들어가 있었던 장군은 없었지만, 14대 장군 이에모치(家茂)에 이르러 교토 오사카 등지에서 내외 정세가 복잡해지자, 이에모치는 만년에 거의 이곳에 상주하다시피 했으며, 마침내 죽을 때도 오사카 성에서 죽었다.
지금의 15대 장군 요시노부도 이에모치의 자문격으로 있을 때부터 니조 성이나 이 오사카 성을 거처로 살고 있었다. 자연히 집정들도 이 성에 체류하고 있었다.
이번 영국 해병 살해사건이 일어났을 때 영국 공사 퍼크스가 항의하러 온 상대도 오사카의 이타쿠라 집정이었다.
료마는 분명히 그렇게 들었다. 유히 이나이, 사사키 산시로 등 도사 번 중신들도 보나마나 이타쿠라를 방문하여 내막을 듣고 있으리라.
료마는 이타쿠라의 저택으로 갔다.

어마어마한 대문 앞에는 네 명의 문지기가 곤봉을 들고 경비하고 있었다. 도저히 한낱 낭사 따위가 통과할 수 있는 곳이 아니었다.

하기는 이 저택을 오쿠보 이치오가 거처로 삼고 있을 때는, 료마도 버젓이 방문한 일이 있었다. 그러나 같은 수법을 집정에 대해서도 쓸 수는 없는 일이었다.

문전 길가에서 료마는 두루마리를 꺼내어 그대로 쭈그리고 앉아서, 이타쿠라 집정 비서 앞으로 보내는 편지를 썼다.

"나는 도사 번 가신으로서 사이다니 우메타로(才谷梅太郞)라는 사람이다. 우리 번의 유히 이나이, 사사키 산시로 등이 방문 중이면 전해 주기 바란다. 급한 용무가 있다고⋯⋯길가에서 기다리고 있겠다."

그런 뜻의 내용을 적어 문지기에게 주었다.

문지기는 그것을 가지고 현관으로 가더니, 이타쿠라 집안 가신에게 넘겨주었다.

청지기는 사토 젠조(佐藤善藏)라는 사나이였다. 편지를 읽어 보더니 고개를 갸웃거렸다.

'사이다니 우메타로라⋯⋯'

어디선가 들은 일이 있는 이름이다. 그러나 그것이 사카모토 료마의 가명이라는 것까지는 미처 생각이 나지 않아 우선 "도사 번에서 오신 분들은 돌아가셨다"는 사실을 길가에서 기다리고 있는 료마에게 전하게 했다. 료마는 실망하고 말았다.

사실, 유히 이나이와 사사키 산시로가 이타쿠라 집정의 여관을 물러난 것은 료마가 찾아오기 2시간쯤 전이었다.

이타쿠라 집정관의 회담은 반드시 성공적인 것은 아니었다.

"난처한 짓을 저질렀단 말이야."

여위어서 피부색이 잿빛이 되어 버린──그 때문에 실제 이상으로 교활해 보이는 이 집정은, 거무스름한 입술을 일그러뜨렸다.

"알다시피 퍼크스는 마치 하인배나 다름없이 야비하고 성 잘 내는 사나이다. 그가 은빛 수염을 와들와들 떨어가면서 미친 듯이 소리를 지르며 들이닥쳤단 말이다. 막부로서는 난처하기 짝이 없는 일 아닌가?"

"죄송합니다. 그러나 범인이 도사인이라고 확실히 밝혀진 것은 아니지 않습니까?"

사사키 산시로가 저자세인 이타쿠라 집정을 나무라듯이 말하자, 이 빗츄(備中) 마쓰야마(松山)의 성주이며 일본의 수상이라고 할 지위에 있는 이타쿠라는 더욱 얼굴을 찌푸리며 말했다.

"그대는 지금 무슨 말을 하고 있는 건가? 그런 말은 퍼크스에게 하도록 해라. 퍼크스는 이미 도사인이 한 짓으로 단정하고 있다."

장소는 넓은 객실이었다.

이타쿠라 집정관은 정면에 앉아 있다.

그 옆에는 각국 공사들로부터 '여우'라고 별명을 듣고 있는 외무 담당관 보좌역 히라야마 즈쇼노카미(平山圖書頭).

이어서 총감찰관 도가와 이즈노카미(戶川伊豆守), 감찰관 시다라 이와지로(設樂岩次郎), 시바다 모(柴田某) 등 막부의 요직에 있는 자들이 차례차례 늘어앉아 있었다.

사사키 산시로는 "여기서 분명한 태도를 보여야 한다"고 생각하자, 결단을 내려 따지듯 물었다.

"증거가 있습니까?"

그 긴 얼굴을 추켜들었다. 대들기 시작하면 제법 위엄을 보일 수 있는 인물이었다.

"증거가 있는 것은 아니다."

이타쿠라 집정관은 갑자기 수그러졌다.

이 이타쿠라 집정관에 대해, 영국 공사 퍼크스의 젊은 통역관인 어네스트 사토는 그의 저서 "막말 유신 회상기"에서 말하고 있다.

"장군의 재상 이타쿠라는 선량한 신사였으나 결코 소극적인 인물은 아니었다. 나이는 마흔 다섯 정도였던 것으로 기억하는데, 언뜻 보면 노인 같았다."

동시에 이 이타쿠라의 인상에 대해 사사키 산시로는 그의 회고록인 '석일담(昔日談)'에서 말하고 있다.

"이타쿠라는 무척 온순해 보이는 인물이어서, 이 사건 때문에 적지않이 고민하고 있는 것이 그 외모에 나타나 있었다."

양자의 관찰은 거의 일치한다고 볼 수 있을 것이다.

"증거는 없지만, 영국 공사의 조사에 의하면 나가사키의 일본인들 사이에는 모두 도사인이 한 짓이라는 소문이 돌고 있다고 한다."

"그것은 뜻밖의 말씀입니다. 우리들 도사인은 부득이한 일로 외국인을 베었다 해도 범행을 숨기는 비겁한 짓은 하지 않습니다. 반드시 자수하여 할복하는 것이 우리 도사의 무사 기풍입니다. 그 점 하나로만 봐도 범인이 도사인으로는 생각되지 않습니다."

'막부의 위신도 말이 아니구나.'
집정관 앞에서 집정관을 위압하듯이 떠벌이고 있는 사사키 산시로는 스스로 그런 생각을 했다. 집정관 이타쿠라 가쓰기요는 사사키의 웅변에 기가 죽어서, 이따금 힘없이 눈만 꿈벅거리고 있었다. 그전 같으면 신하에 불과한 사사키 따위는 마주 앉아 말도 할 수 없었던 상대인 것이다.
"영국 공사의 독단을 막부측에서 믿으신다면 할 수 없습니다. 도사 번과 영국이 직접 담판을 벌일 뿐입니다."
"그, 그건 안 된다."
이 분쟁을 막부측은 제쳐 놓고 영국과 도사번이 직접 담판한다면, 일본이라는 국가의 형태를 외국에서는 의심하게 되리라. 그렇지 않아도 요즘 외국인들 사이에서는,
일본은 3백 제후에 의한 일종의 연방 국가이며, 장군과 영주와의 관계는 완전한 의미에서 주종 관계는 아니다.
그런 해석을 내리고, 막부를 업신여기려는 움직임이 있는 판국인 것이다. 이타쿠라로서는 어디까지나 막부가 외교권을 장악할 것을 고집하지 않을 수 없었다.
"직접 담판을 벌여서는 안 된다."
이타쿠라는 막부가 중개하겠다고 말했다.
"그 때문에 오사카에서는 외무관계 보좌관 히라야마 즈쇼노카미와 감찰관 시다라 이와지로를 군함으로 도사에 파견할 준비를 갖추고 있다."
"그것은 막부에서 하시는 일이라 저로서는 왈가왈부하지 않겠습니다."
"영국 공사도 군함을 타고 오늘이라도 오사카를 출발하여 도사로 향할 것이다. 그리고 영국측에서도 요청이 들어와 있다."
"무슨 요청입니까?"
"그 도사로 향하는 영국 군함에 도사 번 고위 관리가 동승해 달라는 거다."

"제가 말입니까?"

"그렇게 되는 셈이지."

"무슨 소리!"

사사키는 자기도 모르게 실언을 했다. 그러나 다행히 작은 소리여서 이타쿠라가 앉아 있는 곳까지는 들리지 않았다.

"거절하겠습니다. 영국 공사가 도사까지 들이닥치는 것은 그의 맘대로일지 모르나, 그것을 우리가 안내까지 할 까닭은 없을 것으로 봅니다."

"잠깐!"

"먼저 제 말씀을 들어 주시기 바랍니다. 도대체 이번 사건에 대해서 저희들은 크게 불만입니다. 영국 공사는 나가사키 시중에 떠도는 하찮은 소문만을 가지고 범인이 도사인이라는 그릇된 단정을 내려, 막부에 대해서뿐만 아니라 저희 번에 대해서도 군함을 파견한다는 따위의 위협적인 처사로 나온다는 것은 하늘이 용서치 않을 일입니다."

"사사키는 양이론자인가?"

"그렇지는 않습니다. 저는 양이파도 아니고 개국파도 아닙니다. 다만 이치에 따라 해결해야 한다는 입장에 서 있습니다. 따라서 그런 무례하기 짝이 없는 영국 군함의 안내역 따위는 단연 거절하겠습니다."

"그러나 영국은 요청하고 있다."

이타쿠라는 난처해진 모양이었다. 이렇게 된 이상 다시 한 번 영국측과 절충하지 않으면 안 되리라고 생각했다.

한편 사사키는 이시카와 이시노스케(石川石之助)라는 오사카 주재관을 대표로 남게 하고, 자신과 유히는 이타쿠라에게서 물러나왔다. 사사키로서는 영국 공사나 막부의 고관들보다 먼저 귀국할 필요가 있었다. 그러나 기선이 없었다.

"한시 바삐 귀국해야 한다."

사사키 산시로는 고갯길을 내려오면서 유히 이나이에게 말했다. 오사카 시가가 눈 아래 펼쳐져 있다.

"물 위를 달려서라도 영국 공사나 막부 관원들보다 한 걸음 먼저 귀국하지 않으면 번의 응대에 실수가 있게 될지도 모른다."

이미 영국 공사나 막부측 의중을 안 이상, 번이 어지간히 강경한 태도를 취하지 않고서는 이 사건을 제대로 해결할 수 없을 것 같았다. 사건이 모호한 이상 큰소리를 치는 편이 이기게 되는 것이다. 이미 영국 공사의 목소리는 터무니없이 크게 터져 나오고 있다. 그것보다 좀더 큰소리를 본국 고위 관리들이 지르도록 할 필요가 있었다.

"그러자면 기선이 필요하다."

영국인도 막부측도 각각 군함을 전속력으로 몰아 도사로 들이닥치려는 판이다. 그러나 사사키 산시로에게는 군함이 없다.

"사쓰마 번에서 빌어 볼까?"

사사키는 걸음을 멈추며 말했다. 사쓰마 번은 번에 필요한 인물들의 이동에는 항상 기선을 사용하며, 그 기선은 뎀포 산(天保山) 앞바다에 정박해 있다는 말을 사사키는 료마를 통해서 들은 일이 있다. 마침 사쓰마의 사이고는 지금 오사카에 와 있을 것이다.

"사이고를 만나 부탁해 볼까?"

가까운 사이는 아니었지만 두 사람은 료마의 소개로 안면이 있었다. 그건 그렇고, 료마가 나타나지 않는다는 것 때문에 사사키는 더욱 초조했다.

"그 친구는 아직도 나타나지 않는군. 끝내 연락을 못 취했단 말인가?"

해원대 대원이 일으켰다는 사건으로 이토록 떠들썩하고 있는데도, 장본인인 해원대 대장 사카모토 료마가 통 나타나지 않는 것이다.

"아무튼 좋다……."

사사키는 팔짱을 풀고 걷기 시작했다. 이번 사건은 자기들 번 고위층이 해결하지 않으면 안 되는 이상, 료마 같은 번사인지 탈번 낭인인지 분명치 않은 위치에 있는 자의 힘을 빌어야 할 일은 그리 많을 것 같지 않았다. 그러나 지금 여기 료마가 있다면 하다못해 사이고에 대한 다리 역할은 해 주었을 것이다.

"부딪쳐 보는 거다. 사이고란 사람은 남의 간청을 냉담하게 물리치지 못하는 인물이라고 들었다."

사사키 등은 가마를 타고 사쓰마 번 오사카 번저로 달려갔다. 마침 사이고는 번저에 있었다.

곧 면회를 해 보니, 놀랍게도 사이고는 사건의 대강을 알고 있었다.

"어디서 들었소?"

"뭐, 소문을 들었을 뿐이오."

사이고는 대답했으나, 실은 그렇지 않았다. 그는 어제 영국 공사의 통역관이며 지일파(知日派)인 어네스트 사토의 방문을 받았었고 그들이 도사로 간다는 것도 그때 들은 것이었다.

"영국인은 워낙 까다로워서 말이오······."

사이고는 말했다. 사쓰마 번은 영국과의 전쟁 경험이 있기 때문에, 영국인의 기질을 안다는 점에서는 다른 사람들보다도 훨씬 뛰어났다. 까다롭다는 것은 그들이 논리적이라는 뜻이다.

"말꼬리를 조심하시오. 교묘히 물고 늘어지곤 하니까."

그런 요령을 가르쳐 주고, 또한 기선 문제에 대해서는 덴포 산 앞바다에 정박 중인 사쓰마 기선 미쿠니마루(三國丸)를 마음대로 사용하라는 승낙을 내려 주었다.

료마는 이날 오후 사사키 등과는 만나지 못한 채 별개 행동을 취하고 있었다.

그는 북쪽으로 향했다.

혼초 거리(本町)로 빠져 요도야 다리를 건너서 나카 섬(中島)으로 갔다.

이 대하(大河) 한가운데 떠 있는 길쭉한 육지 위에는 수십 개 번의 오사카 번저가 즐비하게 늘어서 있어서, 그 경관은 오사카의 풍경 중에서도 특이한 것이었다.

요도야 다리를 다 건넌 북쪽 끝에는 에치젠 후쿠이(福井) 32만 석의 오사카 번저가 있었다.

'이상한 분이다······.'

도베는 그렇게 생각했다. 자기 번 번주는 만날 자격도 없고 만나 본 일도 없으면서, 도사보다 대번이며 가문의 지위도 훨씬 높은 에치젠 영주 마쓰다이라 슌가쿠는 느닷없이 찾아가도 만나뵐 수 있는 것이다.

실제로 료마는 문지기에게 "지난해는 여러 가지로······" 라고 했을 뿐 그대로 성큼성큼 들어갔다. 현관에서만은 어쩔 수 없는 듯 관원에게 이름을 밝히고 참정 나카네 유키에(中根雪江)를 불러내게 하여, 유키에를 통해서 슌가쿠에 대한 면회를 청했다.

나카네 유키에는 그 탁월한 시국 안목으로 세상에 알려진 나이 지긋한 명사이며, 료마와는 그전부터 가까운 사이였다.

"늘 귀공 이야기를 하고 계시오."

나카네 유키에는 료마가 찾아온 뜻을 짐작하는 듯, 영국 해병 사건 때문이냐고 물었다.

"사실은 그 사건에 대해서……."

료마는 말했다.

"나는 도사 번에서는 신분이 낮고, 그뿐 아니라 탈번죄까지 있으므로, 우리 대원이 혐의를 받고 있는 사건이면서도 손을 쓸 도리가 없소."

"그럴 테지."

나카네 유키에는 호의에 넘치는 웃음을 보여 주었다.

"그래서?"

"요도공께 드리고 싶은 말씀이 있소. 그것을 슌가쿠공께서 대신하여 도사 번에 교시해 주셨으면 하는 거요."

"흐음, 귀공 대리로 말이지?"

"그렇소."

"알겠습니다."

나카네는 큰 소리로 웃었다. 1개 낭사를 대신하여 32만 석의 번주가 도사 영주에게 말을 전하는 것이다.

나카네의 보고를 듣고 슌가쿠도 입을 오므리며 웃었다. 슌가쿠는 료마에게 누구보다도 큰 호감을 가지고 있었다.

"여전하군."

료마가 만나뵙고 인사하자, 이 39살의 영주는 말했다.

"그러니까 요도 앞으로 편지를 써 달라는 거지?"

"그렇게만 해 주신다면……."

"좋소. 그래, 어떤 내용의 편지를 쓰지?"

료마는 그 내용을 설명했다. 만약 하수인이 도사인이라는 것이 밝혀졌을 때의 태도에 관한 것이었다.

그때 요도식 고집을 굽히지 않으면 오히려 일이 틀어져 문제가 커지게 된다. 아무쪼록 조약에 따라, 국제 신의라는 입장에서 처리해 주기 바란다. 그것밖에는 다른 방법이 없다는 것이었다.

"옳은 말이야. 요도는 영웅다우니까 말이지."

마쓰다이라 슌가쿠는 점잖게 웃었다. 말투에는 다소 이죽거림이 풍기고 있었다.

"그대의 염려는 이해할 수 있다."

정색을 했다. 요도는 영웅적인 기개가 넘치는 인물이므로, 혹시 영국인이 무턱대고 위협적인 태도로 나올 때는 전번에 동원령을 내려 전쟁을 시작할 지도 모르는 것이다.

"그런 뜻일 테지?"

"아니오, 저……."

료마는 우물쭈물하다가 말끝을 맺지 않고 말았다. 요도는 영웅 기질이 있기는 하지만 큰 소리를 좋아할 뿐 실행력은 없다고 료마는 보고 있었다.

차라리 료마가 두려워한 것은 요도의 기세 좋은 호언과 가슴을 찌르듯 하는 독설이었다. 그런 언사를 영국인 앞에서 함부로 했을 때, 그들이 어떤 말꼬리를 잡고 늘어질지 모르는 것이다.

'그래서는 곤란하다.'

지금 이 시기에 영국과 분쟁을 일으킨다면, 곧바로 막부 관료들이나 각 번을 상대로 공작 중인 도사 번이 제의한 대정봉환안은 한꺼번에 무너질 수밖에 없는 것이다. 료마는 현재로는 아무쪼록 국내에 아무 말썽이 없기를 바라며, 개들의 싸움조차 꺼리고 싶은 심정이었다.

"그건 그렇고, 그대는 해원대에서 만국 공법을 번역하고 있다면서?"

"바로 그것이옵니다만……."

료마는 그의 자랑인 만국 공법에 대해 한바탕 늘어놓았다. 일본 및 각 번이 만국 공법을 지키지 않는 한, 구미 열강은 항상 일본을 야만국으로 볼 것이며, 야만국으로 보는 한 대등한 대접은 하지 않으리라고 했다.

"그 때문에 이번 일도 모두 만국 공법에 따르도록 저희 번 노공을 깨우쳐 주셨으면 하는 것입니다."

"좋아. 편지를 쓰지."

슌가쿠는 가볍게 끄덕이고, 심부름하는 아이에게 명하여 붓과 종이를 준비시켰다.

"일필(一筆) 올리나이다."

그렇게 시작되는 글을, 슌가쿠는 단필로 써 내려 간다.

선선한 가을철인 이때에, 존체 더욱 청안(淸安)하심을 앙축하나이다.
……

망거(妄擧)의 하수인이 도사 번이 틀림없을 때는 조약에 따라 떳떳한 조치를 하시기 바라며, 그럼으로써 외국에 대한 신의도 유지되고 도사도 평온할 것으로 생각되어……

쓰기를 마치자 슌가쿠는
"이만하면 됐을 테지?" 하면서 료마에게 보여 주었다. 료마는 읽어감에 따라 슌가쿠의 호의에 감동을 금치 못하며 고개를 흔들었다. 그 바람에 눈물 방울이 다다미 위에 굴러 떨어졌다.
"저는 워낙 야인이라……."
무슨 말로 감사드려야 할지 모르겠습니다 하고 말하자, 슌가쿠는 료마의 그 눈물에 젖은 얼굴이 우스웠던지 소리를 내어 웃었다.
"도무지 자네답지 않은 말을 하는군. 사카모토 료마에 대한 내 우정이다."
친번 삼가(三家)에 다음 가는 집안 영주가 한낱 야인에 지나지 않는 료마를 친구라는 말로 불러 준 것이었다.

한편 사사키와 유히는——
사쓰마 번저에서 사이고로부터 여러 가지 조언을 들은 후, 니시나가보리의 번저로 돌아왔다.
여기서 식사를 한 후 휴식을 취하고 있자 금방 만나고 돌아온 사이고가 사환을 보내와 편지를 전했다.
"덴포 산 앞바다에 우리 번의 기선 미쿠니마루가 정박해 있다고 했습니다만 그것은 제 착각이었습니다."
"뭣이, 그렇다면 도사에는 돌아갈 수 없단 말인가?"
사사키는 번내에서는 유능한 관리였지만 다소 경솔한 데가 있다.
"사사키, 덤비지 말고 다음을 읽어 봐."
유히 이나이가 편지를 들여다보며 말했다.
"배는 효고 앞바다에 정박해 있습니다. 이미 사람을 보내서 기관에 불을 넣도록 명령을 내려 두었습니다. 막부 군함, 영국 군함도 모두 효고에 있는 듯합니다."

사이고는 그렇게 써 보낸 것이었다.
"효고라……."
"백 리는 될 텐데……."
오사카에서 40킬로미터는 되는 거리였다.
"이미 기관에 불을 넣고 있다면 서둘러 가야하겠는걸."
"그보다도 다음을 읽어 보게"
유히 나가이는 주의시켰다. 유히는 유능한 인물은 아니었지만, 나이가 많으니만큼 침착한 것이 장점이었다.
사이고의 편지를 계속 읽었다.
"우리 번저에서 입수한 정보에 의하면 영국 군함은 두 척 출발합니다. 이미 영국 공사 일행은 오사카에서 보트를 타고 효고로 향했다는 소식입니다."
영국측 요원은 공사 퍼크스, 서기관 키트포드, 통역관 사토 등이었다. 그들이 탑승하게 될 군함은 동양함대의 바실리스크 호와 살라미스 호였다.
"이쯤 되면 가마라도 타고 달리지 않으면 안 되겠는걸."
"그렇소. 어서 준비시킵시다."
유히 이나이는 오사카 주재관 보좌역 야마다 기나이를 불러, 효고까지 갈 가마 두 채를 준비시켰다.
야마다 노인은 가마를 준비하자 유난히 긴상된 일굴로 말했다.
"실은 이 일건을, 말씀드릴까말까 깊이 생각해 봤습니다만, 역시 말씀드려야 할 것 같아 굳이 아뢰옵니다만……."
길게 서두를 늘어놓으며 사사키 산시로와 유히 이나이의 기색을 살핀다.
"무슨 일인데?"
"두 분을 암살하려고 뒤따라 다니는 놈이 있습니다."
"암살? 대체 어떤 놈인데?"
"고치 혼초 일가에 사는 향사 사카모토 곤페이의 아우 료마라고 하는 자입니다. 이미 이 번저에까지 찾아왔었던 것을 제가 적당히 쫓아 버리고 말았습니다."
"이 멍청아!"
사사키는 펄쩍 뛰다시피 하며 이 하급 관원을 꾸짖었다.
"그래, 그 료마는 어디 갔느냐?"

'관원이란 별 수 없다.'

사사키 산시로는 자신도 관원이면서 그런 생각을 했다. 오사카 주재관 보좌역인 야마다 기나이는, 료마를 쫓아 버렸을 뿐만 아니라 그 행방조차 확인해 두지 않은 것이다.

"큰일 아닌가?"

"그, 그럴 줄은 미처……."

야마다 노인은 뜻하지 않은 번 고위 관리의 질책을 받자 완전히 당황해 버리고 말았다.

"사카모토 료마라고 하면 번의 관리들은 언제까지나 향사의 아들 정도로밖에는 생각하지 않는다. 그는 지금 천하의 명사란 말이다."

"하, 하오나, 그 자는 탈번한 죄인이며 이 오사카 번저에도 그 수배서가 내려와 있습니다. 그런 죄인을 명사로 대접해야 한단 말씀입니까?"

"야마다의 말도 일리가 있네."

유히 이나이였다. 관리란 원리 원칙대로만 해야 한다고 유히는 말하는 것이다.

"융통성이 없는 관리야말로 참다운 관리다. 그렇게 하지 않으면 번이 유지되지 않는다. 야마다가 료마에 대해 취한 조치가 나쁘다고는 할 수 없어. 산시로, 용서해 주게."

"흠."

사사키도 유히의 말에 따를 수밖에 없었다. 관리들이 모두 이상한 잔재주를 부린다면 번 조직은 유지되지 않을 것이다.

하기는 사사키와 유히도 역시 관리였지만, 그들은 행정관이 아니라 정치가임을 자처하고 있었다.

'우리는 다르다.'

그들은 생각한다. 당장 사사키의 번에서의 관직은 총감찰관이어서, 그 직책으로 볼 때, 탈번자인 료마를 내버려둬서는 안 될 것이지만, 지금은 정치적인 이유로 그 점에 대해서는 눈을 감고 있는 셈이었다.

"그런데 아직 그대론가?"

유히 이나이가 말했다.

"료마는 아직 탈번자인가? 고토 쇼지로와 후쿠오카 도지가 적당히 복적시켜 두었으리라고 생각했는데?"
"아니야. 그렇지 않네."
사사키 산시로는 총감찰관의 입장에서 말했다.
"번청 서류는 예전 그대로야. 아직 탈번자로 되어 있다. 노공께서 워낙 까다로워서 말이지."
그럴 것이었다. 요도는 통제주의자여서 무엇보다도 탈번자를 싫어했다. 특히 료마의 경우는 두 차례씩이나 탈번했으므로, 탈번죄 사면에 관한 서류를 올린다면 얼마나 격노할지 모를 일이었다. 사사키 등 번 중신들은 그 점을 두려워하여 료마의 탈번죄를 정식으로 취소시키는 행정 절차를 밟지 않고 있는 것이었다.
"그건 그렇다치고, 지금으로서는 료마와 만난다는 것은 단념하지 않으면 안 될 거야."
그런 말을 하고 있는 동안 가마 두 채가 번저에 도착했다.
가마 한 채에 가마꾼이 여덟 명씩 딸려 있다.
사사키와 유히는 머리띠를 매고 가마 안에 올라탔다. 천정에 늘어져 있는 끈을 쥐며 엉거주춤한 자세가 된다.

료마는 그날 밤 에치젠의 번저를 물러 나온 후 도톤보리(道頓堀)의 여인숙에 투숙했다.
'오늘 하루는 완전히 헛수고만 했는걸.'
그런 생각을 하자, 답답하기도 하고 앞일이 걱정되기도 해서 눈을 감아도 좀처럼 잠이 올 것 같지 않았다.
'모처럼 슌가쿠공의 편지는 얻어 냈지만, 사사키나 유히를 붙들지 못하는 한 아무 소용도 없지 않은가?'
"나리께선 정말 괴로우시겠군요."
도베가 동정해 주었다.
"뭐, 그렇지."
같은 지사의 입장에서 말하면, 사쓰마의 사이고나 오쿠보는 이미 번의 고급 관료여서 한 번을 이끌어나갈 수 있는 행정적인 입장을 견지하고 있었다. 조슈의 가쓰라 고고로 등도 역시 그랬다.
그에 비하면 료마는 한낱 탈번 낭사여서 번저나 그밖의 번 시설과 번 조직을 이용할 수조차 없는 것이다.
 그렇다고 해서 복적해 봤자 한낱 향사에 불과하여 번을 움직이는 데 있어서는 아무 권한도 없는 것이다.
 "워낙 나리는 혼자서만 버티고 서 있는 형편이어서……."
 "그렇군."
 료마도 이불 속에서 쓰게 웃었다. 료마에게는 휘하에 해원대 조직이 있었지만, 이렇듯 번 자체가 움직이지 않으면 안 되는 사건에 부딪치면 어쩔 도리가 없는 것이었다.
 다음날 아침, 아직 날이 채 새기도 전에 눈을 떴다. 료마는 답답한 대로 자리에서 벌떡 일어났다.
 "나리, 아직 어둡습니다요."
 "아니다. 한 번 더 니시나가보리의 도사 번저를 찾아가기로 하자. 번리들이 또 쓸데없는 소리를 할 때는 칼을 빼들고 위협을 할 도리밖에 없다."
 "그거 재미있군요."
 도베도 옷을 챙겨 입고 부엌에 가서 찬밥으로 주먹밥을 만들어 온 뒤, 쪽문을 열고 길거리로 나왔다.
 아직 별빛이 그대로 남아 있었다.
 두 사람은 주먹밥을 먹으면서 걸었다. 에비스 다리(戎橋) 근처에서 주먹밥을 쌌던 대나무 껍질을 버리고, 다음부터는 묵묵히 걸음만 재촉했다.
 요쓰 다리를 서쪽으로 건너섰을 무렵에 해가 떴다. 나가보리 강(長堀江)을 따라 곧장 서쪽을 향해 걸어서, 우와지마 다리(宇和島橋), 돈다야 다리(富田屋橋), 돈야 다리(問屋橋), 시라가 다리(白髮橋) 등을 거쳐 도사 번저 앞까지 이르렀을 때는 마침 번저의 하인들이 대문 앞을 쓸기 시작하고 있는 때였다.
 "나다."
 여느 때처럼 료마는 쪽문을 열게 하자, 곧장 현관을 향해 걸어갔다.
 이윽고 어제의 그 주재관 보좌역인 야마다 기나이가 나타났다.
 "노인장, 이걸 보시오."
 품속에서 유지에 싼 야마노우치 요도 앞으로 보낼 마쓰다이라 슌가쿠의 편지를 내 보였다.
 노인은 고분고분했다.

"이야기는 사사키님을 통해서 들었네. 사사키씨는 어젯밤 가마를 타고 효고로 향하셨어."
"쳇!"
너무 늦었구나 하고 생각했으나, 아직 말을 달려 쫓아가는 방법이 있었다.
"번저의 말을 빌려 주시오."
빌려 주지 않을 때는 베어 버린다는 기색을 보이며 다가서자, 노인은 예상 외로 간단히 꺾였다.

번저의 말을 빌려달라고, 료마가 반쯤 위협하듯 야마다 기나이에게 요구하자, 노인은 의외로 순순히 응해 주었다. 료마가 번의 중진들과 가깝다는 것을 알았기 때문이리라.
"효고에는 마스야(枡屋)라는 도사 번 단골 여인숙이 있소. 말은 그 도사야에 맡겨 두도록 하오."
노인은 그의 본래의 성격인 듯싶은 친절한 말투로 돌아가 있었다.
잠시 후, 료마는 마구간지기가 끌어내온 말에 오르자 도베에게 물었다.
"자네는 어떻게 하지?"
도베가 탈 말까지는 없었던 것이다.
"제 걱정일랑 마십시오. 달려서라도 효고까지는 갈 수 있고, 만일 나리와 길이 어긋나면 교토로 돌아가겠습니다."
"그래."
료마는 고삐를 쥐고 말머리를 돌려, 가쓰오자 다리의 널판을 울리며 강 건너 쪽으로 사라진다. 북쪽으로 길을 잡으면서 료마는 마을 복판을 달렸다.
이윽고 후쿠시마 마을(福島村)로 빠졌다. 주위 일대는 온통 밭이어서 말을 달리는 데 거치적거리는 것이 없었다. 들길을 서쪽으로 달렸다.
강이 나타난다.
나카쓰 강(中津川)이었다.
오사카와 효고 사이의 육로 교통에서 가장 불편한 점은 대부분의 강에 다리가 놓여 있지 않은 점이었다. 에도 막부는 다리를 만드는 것을 거의 병적일 만큼 꺼려 온 정권이었다. 그 이유는 전략적인 것인 듯했다. 막부령인 오사카가 서쪽에서 공격을 당하는 경우를 가상할 때, 다리가 있으면 적의 진격이 빨라진다는 것이었다.

그 때문에 이를테면 오십 리 밖인 니시노미야(西宮)까지 이르는 동안만 해도 다리가 없는 강이 여럿 있었다.

나카쓰 강(노사도), 간자키 강(神崎川—쓰쿠다), 사몬도노 강(佐門殿川—아마가사키), 무코 강(武庫川), 에다 강(枝川) 등이었다.

무코 강이나 에다 강은 보통 물이 없기 때문에 육로나 마찬가지였지만, 나카쓰 강, 간자키 강, 사몬도노 강은 항상 출렁출렁 흐르고 있어서, 나루를 이용하지 않으면 건널 수 없었다.

료마는 노사도(野里) 나루터에서 배를 타고 나카쓰 강을 건넜다. 다시 샛길을 달려, 많은 행인들이 내왕하는 큰길로 빠졌다. 큰길에서는 마음대로 말을 달릴 수가 없어서 적이 초조했다.

니시노미야에 이른 것은 두 시간 후였다. 주막에 들러 말에 물을 먹였다.

　　포대를 위한 흙 나르기는
　　밥을 먹여 주고도 이백에 오십 냥
　　고마워라, 고맙고말고.

이 노래를 부르면서 흙일하는 사람들이 지나간다.

료마는 그들이 니시노미야 해안의 막부 포대 건설에 고용되어 있는 인부라는 것을 알고 있었다. 가쓰 가이슈의 설계에 의한 포대인데, 분큐 3년 이래 그럭저럭 5년이나 걸렸으므로 어지간히 완공도 가까울 것이었다. 포대는 돈이 드는 석축이 아니라 흙으로 쌓아 올리고 있어서 막부 재건의 궁핍상을 그대로 상징하고 있기도 했다. 그 흙도 강바닥에서 갈대 뿌리가 얽힌 진흙을 떠올린 것으로서, 이 고장에서는 '흙포대'라고 하며 은근히 웃음거리로 삼고 있는 듯했다.

니시노미야의 주막촌을 지날 때면, 료마는 언제나 저 겐지(元治) 원년의 하마구리 궁문의 변란 때를 생각하곤 했다.

어둡고 음산한 기억이었다.

교토에서 패한 조슈 군과 도사의 무사군은 야마자키 가도(山崎街道)를 거쳐 이 니시노미야까지 피해 왔다. 니시노미야에서 바닷길로 조슈를 향해 퇴각하기 위해서였다.

거의 전군이 피투성이가 된 모습이었다. 빈사 상태인 중상이어서 가마에 실려 있는 자, 창을 지팡이삼아 한 걸음 한 걸음 가까스로 걷고 있는 자, 그야말로 참담한 패군의 모습이었다.

그런데 니시노미야는 오사카 효고 사이에서 가장 큰 교통의 요지이며 오사카 만 방위를 위한 요충이기도 했으므로, 이곳에는 막부의 명령에 의해 히메지 번(姬路藩), 다지마(但馬) 도요오카 번(豊岡藩), 센슈(泉州) 기시와다 번(岸和田藩), 기슈 번 등이 주둔해 있었다.

히메지 번병 같은 경우에는 당시 니시노미야 로쿠탄 사(六湛寺)에 머무르고 있었는데, 교토에서 조슈군이 후퇴해 온다는 소식을 듣자, 주막촌 동쪽 히가시 강(東川) 둑에 포병 진지를 설치하고 패잔병의 내습을 기다렸다.

그때 요시다 쇼인의 문하로서 그 이름이 알려진 도키야마 나오하치(時山直八 : 후에 에치고의 오지야에서 전사했음)가 싸움 교섭의 임무를 띠고 나타나서 말했다.

"우리는 교토에서 후퇴하여 본국으로 돌아가려는 조슈군이다. 길을 가로막으려면 일전을 벌이기로 하자."

일전을 벌인다면 패잔 조슈군은 이 니시노미야에서 전멸하지 않을 수 없었으리라. 그 말은 거의 자포자기적인 심정에서 나온 것이 틀림없었다.

그러나 히메지 번 장수들은 사리가 분명한 인물들이었다.

"일부러 제의하시니 민망하오. 과연, 우리 번은 막부의 명령에 의해 큰길을 수비하고 있지만, 큰길이 아닌 다른 길이라면 우리는 모르오. 만약 귀하들이 딴 길을 택하신다면, 우리로서는 관여할 바 아니오."

도요오카, 기시와다, 기슈 등 각 번도 번병을 잃고 싶지 않았기 때문에 같은 태도를 취했다. 덕분에 조슈군은 호구(虎口)를 피하여 옆길로 빠져나왔다.

그후 오사카에 출장해 온 막부 관리는 이들 수비 번의 태만을 알았지만 그것을 힐책할 만한 권위는 이미 막부에는 없었다.

부득이 막부측은 이곳 하급 포졸들을 동원하여 민간인들을 잡아들이기 시작했다. 조슈군이 쉬고 간 찻집 주인들은 남김없이 니시노미야 초소로 끌려갔고, 물건을 판 상인, 해안까지 안내한 어부 등도 모두 투옥되었다.

이다미(伊丹)의 근왕 유인(勤王儒人)으로 알려진 하시모토 고하(橋本香波) 같은 사람도 패잔병에게 식사를 제공했다는 이유로 투옥되어 혹독한 취조를 받다가 옥사했다.

그 무렵 료마는 이 니시노미야에서 오십 리 떨어진 곳에 있는 고베 마을에서 해군학교를 관리하고 있었는데, 패잔병 몇 명을 수용했기 때문에 가쓰가 막부의 의심을 받게 되어 그 실각의 원인이 되기도 했다.
그로부터 3년이 지난 셈이다. 그러나 백 년쯤 지난 것처럼 3년 동안 료마에게도 일본 자체에도 수많은 일이 일어났다.
료마는 주막촌 인파 속에서 천천히 말을 몰다가 이윽고 물 없는 슈쿠 강(夙川)에 이르자 그곳을 건너고 나서 다시 말에 채찍을 가했다.

료마는 정오가 좀 지나 효고에 도착했다.
'이것이 효고인가?'
이런 생각이 들 만큼 몇 달 전 거리 모습과는 달랐다.
물론 효고라고 하면 긴키(近畿) 지방에서도 으뜸가는 좋은 항구로서 일찍부터 번창해 왔지만, 그러면서도 귀빈용 여관 하나 없이, 너저분한 민가만이 다닥다닥 붙어 있었다.
그러나 지난 겨울, 이 지방의 성격이 아주 달라지는 사태가 벌어졌다. 열강은 이 항구를 서둘러 개항하도록 막부에 요청했고, 막부는 그것을 조정에 건의했다. 윤허를 둘러싸고 공경과 지사들이 맹렬한 반대를 해 왔지만, 지난 겨울 막부측의 요청이 받아들여져 마침내 윤허가 내린 것이다.
효고는 국제 시장이 되었다.
각국은 이곳에 거류지를 두고 영사관을 지었다. 그 속도는 놀라울 정도여서, 시내 높은 곳에는 이미 나가사키에서 흔히 볼 수 있는 식민지풍의 서양식 건물들이 즐비하게 늘어서 있었다.
외국인 남녀들이 마차를 타고 내왕하는 모습도 얼마든지 볼 수 있었고, 그 당당한 체구는 가뜩이나 왜소한 일본인의 모습을 더욱 초라하게 보이게 했다.
료마는 오사카 주재관 보좌역이 지정한 여인숙 마스야로 가서 말을 맡겼다.
그러고는 하카마 자락을 걸어차며 분주히 걸어갔다. 곧 항구가 눈앞에 펼쳐지기 시작했다.
항 내에는 갖가지 국기를 게양한 십여 척의 군함과 배가 정박해 있었다.
막부 군함도 있다.

'막부 요인들은 저 배를 타고 갈 작정인가?'

그것은 료마도 기억하는 가이텐 함이었다.

가이텐 함은 막부 함대의 주력함 중의 하나여서, 작년 6월 나가사키의 미국 상사 윌스의 손을 통해서 막부가 사들인 독일제 군함이었다. 목조 외륜선으로서 총 톤수 1,676톤, 400마력에 마스트는 셋이다.

이미 두 개의 굴뚝에서 검은 연기를 뭉게뭉게 내뿜고 있는 것을 보면 출항 준비를 서두르고 있는 것이리라.

료마는 항내의 거룻배 취급처로 달려갔다.

이 항내에는 거룻배 취급처가 여러 군데 있었다. 말하자면 바다의 가마꾼들이다. 손님을 태우고 항내를 돌아다닐 뿐 아니라, 입항선에 식료품과 땔감, 물 같은 것도 날라다 주는 일을 하고 있었다.

사무실이라고 해야 모래펄에 세운 오두막집이어서 갈대발로 지붕을 대신하고 있다.

"배 한 척 부탁하오."

료마가 말하자 붉은 훈도시 차림의 늙은 사공이 나타나, 어디로 갈 거냐고 묻는다.

"나는 근시여서 잘 보이지 않는데, 항내에 사쓰마의 미쿠니마루가 있을 거요. 그 배까지 데려다 주시오."

"미쿠니마루라면 곧 떠날 텐데?"

그런 뜻의 말을 셋쓰(攝津) 사투리로 했다.

료마가 거룻배에 올라타자, 사공은 서둘러서 저어 주었다.

"영국의 군함도 있을 텐데?"

"있소. 바실리스크 호와 살라미스 호 말이오?"

사공은 자세히 알고 있었다. 바실리스크 호는 이미 출항 중이라고 한다.

"저 연기가 바로 그거요."

사공은 멀리 앞바다에 떠도는 검은 연기를 턱으로 가리켰다.

료마는 사쓰마 기선 미쿠니마루에 거룻배를 대자 배 위를 올려다보며 큰 소리로 외쳤다.

"사카모토 료마다!"

선장은 사쓰마 번사 이노우에 신자에몬(井上新左衞門)이라는 사람이었고,

료마와도 서로 안면이 있는 사이였다.

"곧 줄사다리를 내려 주지."

대답하더니 잠시 후 사다리가 내려왔다. 료마는 사다리를 타고 배 위로 올라가자, 곧장 유히 이나이와 사사키 산시로가 있는 선실로 갔다. 두 사람은 눈을 크게 뜨며 놀랐다.

"료마가 아닌가?"

"오랜만이오."

료마는 끄덕이며, 품속에서 에치젠 영주 마쓰다이라 슌가쿠의 편지를 꺼내 주었다. 고치에 도착하거든 즉시 노공 요도에게 전해 달라는 말을 했다.

"읽어 봐도 좋은가?"

유히는 전혀 생각지도 않았던 일이라, 료마의 양해를 얻고 편지에 대해 가볍게 고개를 숙인 다음 소리 내어 읽었다. 소리 내어 읽은 것은 사사키에게도 들려주려는 생각에서였을 것이다.

"훌륭한 편지군."

다 읽고 나자 이렇게 말하면서 공손하게 다시 말았다.

'늙은이라 태평스러운 소리를 하는군.'

료마는 속으로 우스워하며 두 사람의 속셈을 묻기 시작했다.

"사건 처리 방침에 대해서인데……"

일일이 들어 보니, 과연 요도가 고르고 고른 유능한 인물이니만큼 그 방침은 극히 타당한 것이었다.

1. 하수인은 끝까지 도사인이 아니라는 것을 영국인에게 주장한다.
2. 담판 태도는 만국 공법에 바탕을 두며, 위엄과 준법정신으로 진척시킨다. 만약 하수인이 도사인이라는 것이 밝혀질 때는 깨끗이 법과 국제관례에 의하여 처리한다.
3. 번내의 혈기왕성한 분자들이 대영 전쟁을 벌이려 할 것은 틀림없으니, 노공의 결단에 의해 그것을 억제한다.

이상, 세 가지였다.

"기막힌 걸!"

료마가 손뼉을 쳤을 만큼, 그것은 료마 자신의 의견과 일치하고 있었다.

"무슨 일이 있어도, 머지않아 쏘아 올리게 될 화포(火砲 : 대정봉환안)에 이 사건이 지장을 주어서는 안 된다."

"물론이지."

유히도 사사키도 고개를 끄덕였다.

"그런데, 자네는 이제부터 어떻게 할 작정인가?"

료마에게 묻는다. 탈번한 중죄인을 본국으로 데리고 갈 수는 없었고, 게다가 료마가 번의 중진들과 함께 돌아온다면 번내 막부파의 과격분자들이 어떤 소동을 일으킬지 몰랐으며, 그렇게 되면 유히와 사사키는 실각하게 될 염려가 없지 않았다.

"나 말인가?"

료마는 고개를 갸우뚱했다.

"교토에도 급한 용무가 산적해 있지만, 그보다도 나는 내친 김에 나가사키로 가서 사건의 진상을 조사해 볼 작정이다."

"그런데 도대체 그 사건 내용은……."

료마는 우선 그것부터 따져 보지 않을 수 없었다. 사사키 등은 이타쿠라 집정관을 통해서 자세히 들었으리라 생각했기 때문이다.

"이타쿠라 내각 원로는 뭐라고 하던가?"

"이타쿠라 원로께서도 사건을 자세히 알고 있지는 못했다. 다만 영국 공사의 주장과 나가사키 주재 막부 행정관의 간단한 보고를 들었을 뿐이다."

사건이 발생한 것은 7월 6일 밤이었다.

장소는 나가사키의 화류가 마루야마다.

그 무렵 영국 동양함대에 소속된 군함 이칼레스 호가 나가사키에 입항해 있어서 많은 승무원들이 상륙해 있었다. 그런데 그들 중 귀함 시간이 지나도 돌아오지 않는 자가 있었다.

해병 로버트 포드와 존 포팅스 두 사람이었다. 그들은 마루야마에서 술을 마신 후 권총을 꺼내들고 행인을 놀리고 있었는데, 어디선가 수수께끼의 무사가 나타나더니 단칼에 그들을 베어 죽이고 유유히 사라졌다는 것이다.

사건은 단지 그것뿐이었다.

먼저 영국 군함이 떠들어 대기 시작했고, 막부측 나가사키 행정청에서 현장 일대를 조사한 바에 의하면, 예의 무사가 가지고 있던 초롱은 '빨강, 하양, 빨강'으로 칠해져 있었다 한다. 해원대의 부대 휘장이었다.

──그렇다면 가메야마의 흰 하카마패들인가?

그런 관측이 행정청에서는 떠돌았다. 원래 막부의 나가사키 행정청과 시중의 낭인 결사인 해원대는 오래전부터 대립해 있었고, 근래에는 더욱 험악한 양상을 보이고 있었다. 료마 자신도 대원들에게 이런 지시를 내려 둘 정도였다.

"교토에서 막부 토벌전이 개시되면 나가사키에서는 먼저 행정청을 습격해라. 저장금을 몰수해서 군비로 써라. 10만 냥쯤은 될 거다."

서로가 그런 사이였으니만큼, 행정청에서 해원대를 의심하려 든 것은 오히려 당연한 일이었다.

그런데 영국 군함측 역시 일본인을 내세워서 탐문해 보니, 하수인은 흰 윗도리에 흰 하카마라는 위아래가 모두 흰색인 해원대의 복장을 하고 있었다는 것이 알려졌다.

그런데 더욱 심상치 않은 것은 이 사건이 있은 다음날 아침, 아직 날도 채 새기 전에 해원대의 범선 오테키마루(橫笛丸 : 고전의 다이쿄쿠마루)가 돛을 올리고 나가사키 항에서 출항했으며, 그와 전후하여 도사 번의 배 고초마루(胡蝶丸)도 황급히 출항했다는 것이다. 의심을 하자면 충분히 사건과 연관시켜 생각할 수 있었다.

영국측은 당연히 나가사키 행정청에 대들었다.

"이만한 증거가 갖추어져 있는데 어째서 범인을 체포하지 않는 거냐!"

또 하나의 증거(라고까지는 할 수 없을지 모르지만)는 사건이 일어나던 날 밤, 해원대의 간부인 스가노 가쿠베에와 대원 사사키 사카에(佐佐木榮)가 가게쓰 루(花月樓)에서 술을 마셨다는 사실이었다.

"어서 체포하라."

행정청을 들볶았지만, 행정청 쪽에서도 막상 체포 단계까지 몰고 가자면 일이 귀찮아지는 것이었다. 해원대를 상대로 해서 전쟁이라도 벌일 각오 없이는 결단을 내릴 수 없는 일이었기 때문이다.

마침내 영국측에서는 화가 나, "그렇다면 오사카에 가서 막부 각료들과 교섭하겠다"는 결론을 내리고 사건처리의 책임을 막부의 수상인 이타쿠라에게 짊어지운 것이었다.

"대체로 그런 경과야"

사사키 산시로는 말했다.

그들이 계속해서 사건 처리 방안을 위한 의견을 나누고 있는데, 갑자기 배가 여리게 진동하기 시작했다.

"어떻게 된 거냐?"

사사키가 당황하여 선창을 통해 내다보니까 육지가 완만히 움직이고 있었다. 어느 틈에 닻을 올렸는지 배는 이미 기관을 가동시켜 천천히 출항하고 있었던 것이다.

"이봐, 료마, 배가 출항해 버렸네."

사사키는 돌아다보며, 그야말로 난처한 얼굴을 했다. 사쓰마 번의 선장은 료마도 도사까지 가는 줄 알고 배를 출항시켜 버린 것이리라.

"어떻게 하지?"

유히 이나이는 어쩔 줄 몰라 했다. 료마와 같은 정치범을 데리고 귀번하면 번내의 반격이 얼마나 치열할지 순간 그것을 생각한 것이다.

료마는 반사적으로 결심했다. 배가 움직인 이상 도사까지 가게 되는 것은 천명이다. 그렇게 각오한 것이다.

동시에 그는 다른 행동으로 옮겼다. 그는 의자에서 벌떡 일어나자 선실을 뛰쳐나왔다. 거룻배 사공에게 뱃삯을 주지 않은 것이다. 이 두 가지 반사를 동시에 처리할 수 있는 두뇌 작용은 아마 검술에서 얻은 것이리라.

그는 달리면서 허리의 약상자를 끌러서 그 속에 덴포 전(天保錢——막부가 덴포 6년에 처음으로 만든 동전)을 한 닢 넣었다.

갑판으로 뛰쳐나가 뱃전으로 달려가 보니, 거룻배가 저만치 물결 위에서 흔들리고 있다.

"어어이!"

료마는 크게 외치고 말했다.

"돈이다아!"

고함 소리가 상대방에게까지 전해진 것으로 보자, 료마는 안심하고 약상자를 힘껏 던졌다. 약상자는 크게 호를 그리며 날아가 이윽고 물 속에 떨어졌다. 그러나 가라앉지는 않으리라.

곧 선실로 되돌아와 사사키와 유히에게 선언하듯이 말했다.

"할 수 없다. 나도 도사까지 간다."

두 사람은 각오한 것 같았다. 그러나 료마가 그 모습을 본국에 드러낸다는 것은 암만해도 좋지 않은 일이었다. 수구파의 좌막 감정만 공연히 북돋우는 결과가 되어, 대정봉환안을 위해서도 좋지 않은 결과가 오리라.

"나는 배 안에서 그냥 뒹굴고 있겠어. 상륙은 하지 않겠단 말이야."

료마는 선선히 말했다. 두 도사 번 중신은 그 말을 듣고 비로소 안심하는 듯 했다.

항해 중, 사쓰마 번 선장의 호의로 료마는 선장실에서 기거하게 되었다.

그날 밤 기탄 해협(紀淡海峽)을 지났을 무렵부터 풍랑이 심해져서 배는 몹시 흔들렸다. 다음날 아침, 무로도 곶(室戶岬)을 돌아갈 무렵에야 겨우 바다는 고요해졌고, 저녁 무렵에 스사키항(須崎港)에 도착했다.

스사키는 고치의 서쪽 40킬로쯤 되는 곳에 있으며, 도사 번에서도 으뜸가는 좋은 항구였다. 항내는 사면이 섬과 산으로 둘러싸여 있어서 난바다의 풍랑은 완전히 차단되는 것이다.

다행히 아직 영국 군함도 막부 군함도 들어와 있지 않았다. 그들보다 한 걸음 먼저 고치에 도착하여 기초 공작을 정비하고 싶었던 사사키 등의 희망대로 된 셈이었다.

다행히 항내에 기선이 하나 정박해 있었다. 선미에 게양된 깃발의 가문으로 보아, 도사 번의 기선임에 틀림없었다.

"유가오마루(夕顏丸)가 아닙니까?"

참정 유히 이나이가 누구보다도 기뻐했다. 유히로서는 마침 잘 된 것이, 유가오마루의 선장은 이나이의 양자 유히 게이사부로(由比畦三郎)였던 것이다. 료마를 유가오마루 선내에 잠복시키기에는 안성맞춤이었던 셈이다.

"료마, 우리 게이사부로를 알고 있나?"

모른다고 료마는 대답했다. 번의 상급 무사 따위를 료마가 알 턱이 없다.

"내 양자다."

그러니 그 유가오마루에 숨어 있는 것이 어떻겠느냐고 유히가 말하자, 료마는 순순히 승낙했다. 어느 배든 그로서는 상관없었다.

그는 사쓰마 선 미쿠니마루에서 내려 준 보트를 타고 유히와 함께 유가오마루로 저어 갔다.

유히가 그의 양자에게 사정을 말하고 부탁하자 흔쾌히 승낙했다. 번의 각료인 데다가 양아버지인 유히 이나이의 부탁을 거절할 까닭이 없었다.

"선실을 하나 내 드리겠습니다."

그러면서 료마를 맞았다. 료마는 그동안 선장 유히 게이사부로에게 가볍게 인사를 한 번 했을 뿐, 말 한 마디 없이 무뚝뚝하게 서 있었다.

참정 유히가 오히려 그것을 걱정하여 양자인 게이사부로를 딴 데로 끌고 가 타일렀다.

"저 사람은 워낙 저렇게 무뚝뚝하기로 이름난 사람이다. 개의치 말아라."

잠시 후 유히 이나이와 사사키 산시로는 스사키 거리로 상륙했다. 다행히 이 고장 행정관은 하라 덴페이(原傳平)라고 하여, 사사키 산시로의 사촌형뻘 되는 사람이었다.

두 사람은 번의 일을 도맡아 보는 해상운송점 한 방을 빌려서 휴식하며, 하라와 그 보좌관 마에노 겐노스케(前野源之助)를 불러 나가사키의 사건을 설명했다.

"실은 이런 변고가 발생했소."

그 때문에 영국 공사가 군함을 타고 이 스사키에 입항해 오리라는 말을 했다. 동시에 막부의 고관 히라야마 즈쇼노카미도 막부 군함을 타고 올 것이라고 한 다음 다시 말을 이었다.

"아마 도사 전체가 발칵 뒤집힐 소동이 벌어질 거요. 허나 그래서는 안 되오. 상급 무사고 향사고 서양인들이 내습하는 것으로만 알고, 번명도 아랑곳없이 제각기 무기를 들고 이 스사키로 몰려 올 것임에 틀림없소. 그래서는 안 된단 말이오."

사사키는 같은 말을 몇 번이고 되풀이했다.

"떠들지 않아야만 담판이 원만히 되오. 그 때문에 행정관이 알아서 그들을 잘 달래도록 하고 잘 단속해 줘야겠소."

그렇게 이르고 나자, 가마를 두 채 부르게 하여 40킬로미터 동쪽에 있는 고치로 향했다.

저녁 무렵부터 바람이 일기 시작하더니 해가 지면서 비가 내리기 시작했다. 이윽고 앞장선 횃불도 꺼지고, 가마 안에 있는 두 사람마저 흠뻑 젖을 정도로 심한 폭풍우가 휘몰아쳐 왔다.

'하늘이 돕는 건지도 모른다.'

사사키는 가마 멀미로 제정신이 아니면서도 그런 생각을 하고 있었다. 이 폭풍우로 영국 군함도 막부 군함도 그 도착이 늦어지리라. 그 사이에 충분한 준비를 할 수 있다고 생각한 것이다.

가마가 밤새도록 달려, 고치 성 밑 거리에 도착한 것은 아침 7시였다. 둘 다 옷매무새가 엉망이고 머리도 흐트러진 처량한 모습이었다.

사사키 산시로는 성 밑 거리에 이르자 곧장 중신 후쿠오카 구나이(福岡宮內)의 집으로 찾아갔다. 거기서 옷을 갈아입고 후쿠오카의 하인을 시켜 머리를 만지게 했다.
"저것은……."
사사키는 뜰을 바라보았다.
"이 댁 다즈(田鶴) 아가씨가 아닌가?"
화려하게 단장한 처녀가 뜰 안을 걸어가고 있었던 것이다.
"아닙니다. 동생이신 오이이님입니다. 다즈님은 아직도 지쿠젠의 진수부에 계십니다."
하인은 대답했다.
사사키는 더 이상 아무 말도 하지 않았다. 그는 성 밑 거리에서 제일가는 미인이라는 말을 듣던 이 집 딸이, 그 후 야마노우치 댁에서 파견되어 교토의 산조(三條) 댁으로 갔다는 것을 알고 있었다. 그 후 산조 사네토미는 낙향하여 지쿠젠 진수부에서 유배 생활을 하고 있는데, 다즈도 그를 따라 진수부로 가서 산조를 비롯한 다섯 대신들의 시중을 들고 있다는 말도 듣고 있었다.
료마와의 관계는 물론 모른다.
그러나 뜰을 걸어가는 비슷한 처녀를 보고, 그와는 관계없지만 문득 스사키 항의 유가오마루에 잠복해 있는 료마를 생각했다.
'그 사나이는 누님 밑에서 자랐다는 말을 들었다. 하다못해 그 누님한테라도 넌지시 귀띔을 해 주고 싶은데……'
사사키는 요즘 료마라는 사나이에 대해 깊은 우정을 느끼고 있었다. 사사키의 공적인 입장은 도사 번의 포도대장이라고도 할 수 있는 직분이며 료마는 번의 정치범이다. 기묘한 관계이기는 했지만 오히려 그런 관계이기 때문에 우정의 강도가 그만큼 강하다고도 볼 수 있었다.
"자네는 이름이 뭔가?"
하인에게 물었다. 구마키치(久萬吉)라고 한다는 대답이다.
"구마키치라……."

동물에서 딴 이름이 많은 도사로서는 극히 평범한 이름이었다. (구마는 곰을 뜻함) 50쯤 돼 보이는, 믿음직한 노인이었다.

상투를 틀고 나자 사사키는 사카모토네의 오토메 앞으로 편지를 써서 구마키치에게 들려 보냈다.

그 편지에는 자신의 직책을 생각해서 일부러 이름을 밝히지 않았다.

"혼초 일가에 있는 사카모토 곤페이의 집을 알고 있을 테지?"

"알다뿐입니까?"

사카모토 집안은 이 후쿠오카 가문에 딸려 있는 향사인 것이다. 양가의 내왕은 빈번했고, 이 구마키치 역시 오토메나 료마를 그들이 태어날 당시부터 알고 있었다.

"이것을 사카모토네의 시집에서 뛰쳐나왔다는 사람한테 전해 주게."

"수문장 아씨 말씀입니까?"

"참, 그런 별명이 있는 모양이더군. 나는 만난 일은 없지만."

연애편지가 아닌가 하는 의심을 받을까봐, 사사키는 일부러 그렇게 말했다.

"누가 보내는 편지냐고 하거든, 그저 어떤 가신이라고만 해 두어라. 내 이름을 밝혀서는 안 된다."

"알겠습니다."

사사키는 수고비조로 약간의 돈을 송이에 싸서 주려고 했으니, 구마키치는 질색을 하며 굳이 받으려고 하지 않았다.

사사키와 유히는 급히 그 집에서 나왔다.

요도는 성 안에 있지 않았다.

성 밑 거리 남쪽으로 흘러내리는 시오에 강(潮江川 : 가가미 강) 강변에 있는 산덴(散田) 저택에서 보통 기거하며 정무를 보고 있다. 강 건너편에 히쓰 산(筆山)을 바라볼 수 있는 성 밑 거리 제일가는 경승지로, 산과 물의 조석 변화는 요도의 시상(詩想)을 부풀리기에 가장 알맞은 곳이기도 했다.

사사키와 유히는 중신 후쿠오카 구나이를 따라 산덴 저택으로 찾아갔다.

요도는 막 일어나는 참이었다. 대체로 그는 늦게 일어난다. 이 시인 영주는 늦잠을 자는 편이다. 다른 사람들은 보통 9시 정도면 모두 잠드는데, 요도는 그 무렵이면 한창 밤술을 마시는 때였다. 자리에 들어서도 곧 잠을 이루지 못하고 누운 채 책을 읽다가 때로는 그 책에 끌려서 12시를 넘겨 버리기도 한다.

잠자리에서 시상에 잠길 때도 있다. 그런 때는 손을 뻗쳐 벼루를 끌어당겨서는 떠오른 시를 적어 둔다. 원래 영주란 어렸을 때부터 일상 행동에 엄한 훈련을 받아 예의범절에서는 거의 인공적이라고 할 수 있는 사람이 만들어지는 법이지만, 요도의 일상생활은 시정의 문인과 별다른 차이가 없었다.

그는 사사키 등과 객실에서 만났다.

"무슨 일인가?"

자리에 앉자마자 사사키와 유히를 힐끗 쳐다본다. 날카로운 눈빛은 검객의 그것과 비슷하다. 검객이라는 말이 나왔으니 말인데, 요도는 무가이류(無外流)의 명수여서 서민으로 태어났다면 검술을 가지고도 충분히 밥을 먹을 수 있는 사람이었다. 거기에 타고난 자부심이 더해져서 천하를 깔보는 기개가 눈빛에 나타나 있었다.

요도는 자기 자리에서 가장 가까운 곳에 앉아 있는, 문벌 중신인 후쿠오카 구나이는 거들떠보지도 않고 있었다. 가신들의 재능을 극단적으로 사랑하는 요도는 무능하고 거드름만 피울 줄 아는, 선대부터의 장식품 같은 존재인 중신이라는 인물들이 견딜 수 없도록 역겨운 것이었다.

사사키는 꿇어 엎드린 채 상체를 약간 들며 다다미를 내려다보는 자세로 이번 사건의 개요를 정확하게 보고하기 시작했다.

요도는 별로 놀라지도 않고 묵묵히 듣고만 있었다. 가끔 턱을 당기듯이 끄덕인다. 그 의젓한 모습은 그가 평소에 자부하고 있듯이 전국 풍운 속의 옛 영웅을 닮은 데가 있었다.

사사키는 사건의 개요를 말한 뒤 영국의 태도와 막부의 태도를 덧붙여 설명하고, 그들 양 정부 대표가 각각 군함을 타고 이 도사를 향해 오고 있는 중이라는 것도 말했다. 이어서 자신의 전망을 밝히고 도사 번이 취해야 할 태도도 의견으로서 보고한 다음, 마지막으로 마쓰다이라 슌가쿠의 서신을 올렸다.

"그 서신에 관해서는······."

사카모토 료마가 뛰어다닌 전말을 설명하고, 그 료마가 배가 출발해 버리는 바람에 탈번의 몸이면서 귀국해 버렸다는 것을 솔직히 말한 다음, 그러나 다른 번사들에게 미칠 영향을 고려해서 스사키 항내에 있는 유가오마루에 그냥 머무르게 하고 있다는 말을 덧붙였다. 요도는 일일이 끄덕인다.

마지막으로 파안대소(破顔大笑)하며 말했다.

"뭐가 그렇게 시끄러운가?"

알아서 처리하라는 말이었다. 요도는 이 사건에 관해서 이 한 마디를 했을 뿐이었다. 사사키의 수완을 신뢰하고 있었기 때문이리라.

사태가 성 밑 거리에 알려지자, 도사 번은 세키가하라 전쟁 이래 가장 큰 소동이 벌어졌다.

하급 관리들은 일손이 잡히지 않았고, 혈기에 날뛰는 자들은 칼을 어루만지며 시중을 뛰어다녔으며, 민간인들은 여기저기 골목에 몰려서서 될 수 있는 대로 많은 소문을 들어 보려고 했다.

"벌써 영국 군함이 스사키에 들어와 있단다."

스사키 항내의 미쿠니마루를 영국 군함으로 오인하고, 10리 밖인 고치 성 밑 거리에서 떠들어 대는 장면도 있었다. 번청의 회의도 갈팡질팡할 뿐 좀처럼 결론을 얻지 못했다.

그 무렵 교토에 있는 나카오카 신타로는 멀리 교토에서도 이런 사태를 훤히 짐작하고 재경 번리에게 편지를 내어 실증을 토로했다.

"미안한 말이지만 우리 도사 번은 너무나도 고지식한 폐단이 있소. 무슨 일이든 이론에만 치우치고 일정한 방침을 세워서 관찰하는 능력이 없으며, 말만 많고 핵심이 분명치 않소."

그렇게 도사 번 관리들의 단점을 기막힐 정도로 분석하고 한편으로는 가슴 아파하고 있었다.

"마침내 그들(영국)의 술수에 빠지게 되리라."

물론 나카오카가 말하는 그런 폐단은 도사 번에 한한 것이었다. 그것은 어쩌면 3백 년의 막번 체제가 낳은, 행동성과 기능성을 잃은 관료제도의 폐해이리라. 그렇기 때문에 그런 체제를 무너뜨리고 재기 발랄한 새 기구와 새로운 사회를 건설하지 않으면 일본은 망하게 된다는 것이다. 그것이 혁명가인 동시에 각 번의 지사들 가운데서도 가장 뛰어난 평론 능력을 가지고 있는 나카오카 신타로의 결론이었다.

어쨌든 번청은 당황하면서도 유히와 사사키가 제시한 기본 방침만은 따르기로 하고, 일곱 고을의 행정 담당자에게도 그 결의를 급히 시달했다.

"어디까지나 협상이다. 번으로서는 병력을 동원하지 않는다."

그런데 이러한 번청의 시달을 아예 무시해 버리고 칼자루를 쓰다듬고 있는 젊은 중신이 있었다. 올해 30이 되는 이누이(이다가키) 다이스케였다.

다이스케는 이미 군사총재(軍事總裁)였다. 그는 이 자리에 취임하자 거의 만용에 가까운 용기를 내어 번의 낡은 군제를 폐지하고, 그가 에도에서 연구한 서양식 총부대를 채택했다. 가신들 중의 수구파들은 크게 반대했으나 다이스케는 그것을 묵살했다.

그렇다고 해서 번 체제 그 자체를 무너뜨릴 수는 없었기 때문에, 그 절충책으로서 상급 무사, 보졸의 차남, 삼남들로 총부대를 조직하고 각대 대장으로는 가신들 중에서도 가장 용감한 젊은이들을 골라 임명했다. 가다오카 겐키치(片岡健吉), 야마다 기쿠마(山田喜久馬), 후다쓰가와 겐스케(二川元助), 야마지 주시치(山地忠七), 소후에 가세이(祖父江可成), 기다무라 조베(北村長兵衛) 등이다.

상급 무사는 좌막이라는 것이 도사 번의 특징이다. 그러나 이누이는 사사키와 더불어 그 예외였고, 특히 막부 타도를 위한 정열은 더욱 첨예화해 가고 있었다. 이미 앞서 말한 각 대장도 이누이의 영향을 받아 은근히 막부 타도의 뜻을 굽혀가고 있었다.

이누이는 그가 지난 몇 달 동안에 조직한 이 서양식 군대에 대해 비상소집령을 내리고, "적은 영국 군함과 막부 군함, 다만 이것은 연습이다"라는 지시 밑에 우라도(浦戶), 다네자키(種崎), 스사키(須崎) 등 각 연안 지방으로 급파했다. 그들의 복색은 아직 양복이 만들어지지 않았기 때문에 모두 머리띠를 두르고 검술용 도복을 입었으며, 하카마의 양쪽 허리를 잔뜩 치켜 올리고 있었다.

4일, 막부 군함 가이텐
스사키에 입항.
6일, 영국 군함 바실리스크 호
뒤이어 스사키에 입항

영국 군함이 늦어진 이유는 공사 일행이 아와(阿波), 하치스카 영주의 초청을 받고 도쿠시마(德島)에 들렀기 때문이며, 그들은 요함(僚艦) 살라미스 호를 도쿠시마에서 오사카로 돌려보내고 한 척만이 스사키에 입항했다.

"원래 도사인들은 기질이 거칠다는 평이 있다."
이 말은 이때 도사에 들이닥친 영국 공사의 통역관 어네스트 사토가 그의 저서에서 한 말이다.
사토의 글을 빌리면 다음과 같다.

이른 아침 우리는 도사의 자그마한 항구 스사키 앞바다에 닻을 내렸다. 항내에는 막부함 가이텐과 도사 군함 유가오마루가 정박해 있었다. 우리는 적대적 행동을 충분히 각오하고 있었으므로 전투준비를 갖추고 있었다.

"영국함은 그 폭풍우 때문에 늦었던 것이다"라고 사사키 산시로는 그의 저서에서 말하고 있다. 그러나 영국함 요인들은 그 폭풍우가 휘몰아친 날, 하치스카 영주의 초청을 받고 세 채의 가마에 실려 도쿠시마 성으로 향하고 있었으므로, 비를 맞아 흠뻑 젖기는 했지만 함상에서 그 폭풍우를 만난 것은 아니었다.

료마는 영국함이 스사키 앞바다에 나타났을 때 마침 유가오마루를 빠져나와서 막 모래펄에 상륙했다. 물론 위법이었지만 선장 유히 게이사부로도 '모래펄까지라면' 하고 눈을 감아 준 것이었다.

바닷가의 해상운송점 뒤켠, 큼직한 헌 술통들이 굴러 있는 그늘에서, 아무도 모르게 고치 성 밑 거리를 빠져 나온 동지 오카우치 슌타로(岡內俊太郎)와 밀회했다.

"료마가 스사키에 와 있다"는 비밀이 어떤 경로를 통해서인지 고치의 동지들 귀에 들어간 것이었다.

료마는 오카우치에게 교토의 절박한 사정을 자세히 얘기하고, 동시에 더욱 과열하기 시작한 사쓰마의 변동도 설명해 주었다. 감정이 격해지기 직전의 조슈 사정을 자세히 써 보낸 가쓰라 고고로의 편지도 보여 주고 말했다.

"막부를 쓰러뜨릴 시기는 목전에 도달했다. 도사만이 사쓰마 조슈에 뒤진 대서야 되겠는가? 나는 대정봉환안을 진척시키고 있지만, 그 안도 막부 타도를 위한 무력의 배경 없이는 성사될 수 없다. 이누이 다이스케 등 본국에 있는 동지들에게 변론을 통일하도록 잘 말해 주게"

그런 말을 지껄이면서 천하를 움직이고 있는 셈인 자신이 도사 번 항구의 술통 그늘에서 수군수군 밀담을 나누고 있는 것이 스스로도 우스웠다.

"마치 하녀와 하인이 사랑이라도 속삭이고 있는 것 같지 않나?"

"그건 그렇고, 곤페이님과 오토메님은 자네가 스사키에 와 있다는 것을 아시나?"

"모르실 거야."

"나는 곧 성 밑 거리로 돌아갈 텐데 전해 드릴까?"

"그만 두게. 설사 알고 있더라도 만나러 오거나 하지 말라고 일러 줘. 애인은 만나지 않으면 탈이 날지 모르지만 동기간이야 만나지 않더라도 변함이 없을 게 아닌가?"

료마와 오카우치 슌타로가 술통 그늘에서 밀담을 나누고 있는 동안에도 한길에는 번병들이 요란한 발소리를 울리며 이리 뛰고 저리 뛰고 있었다. 이누이가 자랑하는 서양식 총부대가 달려오는가 하면, 가까운 시골 마을에서 녹슨 창을 둘러메고 달려온 향사패들도 떠들썩하게 지껄이며 달려가고 있다.

료마는 냉소하고 말했다.

"무슨 군대가 이 따위냐. 이렇게 뿔뿔이 흩어져서 떠들고만 있어서는 막상 전쟁이 일어났을 때는 지리멸렬할 뿐이다. 강력한 군대란 구령이 내리는 순간까지, 소리 없이 조용한 법이야."

료마는 그 말을 이누이 다이스케에게 전해 달라고 했다. 그리고 앞바다에 정박해 있는 영국 군함을 가리키면서 말했다.

"저 마스트를 봐. 제독의 깃발이 게양되어 있지 않다. 저것은 싸울 뜻이 없다는 증거야. 군사총재인 이누이가 그런 것도 모르고 부하들을 이리 뛰고 저리 뛰게 하니, 대체 무슨 짓이냐고 하더라고 전하게."

"알겠네."

오카우치 슌타로는 말을 타고 와 있었다. 료마와 헤어진 후 그대로 백 리 길을 달려 고치 성 밑 거리에 이르자, 곧장 지도관(致道館)으로 갔다. 이 지도관을 이누이 다이스케는 임시 본영으로 삼고 있었다.

"료마를 만나고 오는 길이오."

오카우치는 료마가 말한 교토 정세와 사쓰마 조슈의 움직임을 보고한 다음 예의 제독 깃발 얘기를 했는데, 이누이는 싱긋 웃기만 했다.

"다이스케는 웃기만 할 뿐, 아무 대답도 하지 않았다."

오카우치는 후일 이때의 태도를 간결하게 전해 주고 있다. 이다가키 다이스케는 보신 전쟁이 일어났을 때 사쓰마 조슈 도사 삼번의 지휘관 가운데서도 가장 유능한 지휘관으로 인정받게 되는 인물인데, 이런 점은 아직 젊으면서도 과연 전군(全軍)의 장다운 풍모를 내비친 것이라고 할 수 있었다.

다이스케 곁에는 가미(香美) 고을 노이치 마을(野市村)의 향사, 오이시 야타로(大石彌太郎)가 서 있었다. 오이시는 도사 근왕당 최고 고참 인물이며 다케치 한페이타 사건 때 용케 살아남아서, 지금은 이누이 다이스케의 비밀 활동을, 말하자면 참모로서 개인적으로 돕고 있는 중이었다.

그 오이시가 오카우치 슌타로에게 말했다.

"료마에게 걱정하지 말라고 해라."

그리고 번병들이 연안 일대를 뛰어다니고 있는 까닭을 넌지시 설명했다.

"사실은 영국 군함이 목적이 아니다. 막부 타도를 위한 거병이라는 단계에 이르렀을 때를 위한 실지 연습을 하고 있는 거야."

도사 번의 방침은 어디까지나 막부 옹호다. 그러나 일단 교토에서 막부 토벌전이 벌어지면 다이스케는 군사총재로서 독단으로 번병에 동원령을 내려, 교토를 향해 진격하려는 속셈인 것이다.

"그때를 위한 동원훈련이다. 말하자면 영국인은 그 구실이야"

오이시는 말했다.

오카우치는 다시 말을 타고 스사키로 달려와 료마에게 그 진의를 전했다.

"구실이라……."

료마는 술통 그늘에서 웃음을 터뜨리기 시작했다.

──료마는 포복절도했다.

이 이누이 다이스케의 기지와 뱃심이 료마에게는 어지간히 유쾌했던 모양이다.

일단 스사키 앞바다에 닻을 내렸던 영국함은 역시 교섭상의 불편을 느껴 항내로 깊숙이 들어오려고 했다.

항내로 들어온다는 것은 다소의 위험을 동반하는 일이었다. 도사 번 연안포의 사정거리 안에 깊숙이 들어오는 셈이 되며, 어둠을 틈타 적이 거룻배 같은 것을 타고 기습을 가해 올지도 몰랐기 때문이다.

"저 우스꽝스런 청동대포에 조준을 잘 맞춰 놓도록. 마스트에서 망을 보는 병사도 포대 위에 있는 사람의 움직임을 빈틈없이 감시하도록 해 주오."

공사 퍼크스는 함교(艦橋)까지 올라가서, 타고난 성미대로 함장을 향해 큰 소리를 질렀다.

함장은 불끈한 모양이었다.

"공사님, 친절은 감사합니다만, 조준도 감시도 여왕 폐하의 해군이 수행하는 임무입니다."

그러고 점잖게 항의했다.

당시 극동에 와 있던 각국 공사 중 퍼크스만큼 활동적인 인물은 또 없었으리라. 그러나 퍼크스의 유능성은 토목공사 인부들의 책임자 같은 건강과, 점잖지 않게 화를 잘 내는 그 성미가 바탕이 되어 있었다. 화가 나면 이것저것 가리지 않고 상스러운 영어로 소리 질렀다.

"동양인을 상대할 때는 논리보다도 고함과 채찍과 대포에 의한 위협이 훨씬 잘 통한다."

그렇게 믿어 온 사나이였다. 실제로 그는 청국에서 그런 방법으로 성공을 거두었다. 그가 광동(廣東) 주재 영사로 있을 때, 제2차 아편전쟁에 불을 지른 역할을 한 것은 유명한 사실이다. 그 후 그는 상해 주재 영사를 거쳐 일본 주재 공사로 영전했다. 부임했을 당시에는 일본인에 대해서도 미개인을 다루듯하려고 했다.

"이 나라에선 그런 방식이 통하지 않는다."

젊으면서도 거의 천재적인 정세 분석력을 지니고 있는 통역관 어네스트 사토가 그때그때 이 저돌적인 상사를 교육시켜 왔다.

"일본에는 유럽 선진국과 별 차이가 없을 만큼 교육이 보급되어 있으며, 무사의 대부분은 지식인이다. 다만 지식이나 문명의 계열이 유럽과는 다를 뿐이다."

그렇게 사토는 생각하고 있었고, 공사가 외교 수단으로 삼고 있는 허갈 (虛喝 : 막부 말기 당시의 유행어. 사토는 글자를 보고 읽을 수도 있었고, 정확히 쓸 줄도 알았다)은 단순히 일본인들의 반감과 모멸을 살 뿐이라고 보고 있었다.

사토의 일본어 실력은 문어체를 읽을 수 있을 뿐만 아니라, 속어, 방언까지도 알아들을 수 있었다. 이를테면 그의 일본어 실력을 어떤 기회에 막부 관리가 칭찬하자,

"그런 비행기는 타고 싶지 않소!" 라고 에도 말씨로 재치 있게 받아 넘긴 일이 있을 정도였다.

이 젊은이의 통찰력은 "일본의 장군은 법적으로 볼 때, 제후의 우두머리 같은 것이고 원수는 아니다. 원수는 잠재적으로 정권을 지녀 온 교토의 천황이다"라는 것을 발견할 정도로 뛰어났다. 그는 영국 여왕은 일본 천황을 상대해야 한다고 주장해 왔다. 그 발견이 영국으로 하여금 반막부파인 사쓰마 조슈와 접근케 했다고 할 수 있다.

어쨌든 영국 군함은 항내로 진입하여 막부함 가이텐 곁에 닻을 내렸다.

번 전체가 온통 떠들썩하는 가운데서도 요도는 고치 성 밑 거리의 산덴 저택을 떠나지 않았고, 그 안색이나 태도 역시 평상시와 다른 데가 없었으며, 일과 중에도 여전히 술병에서 손을 놓지 않고 있었다.

다만 관리들이 하도 떠들어 대자, 차마 볼 수 없다는 듯이 중신 몇 명을 불러들여 말했다.

"겨우 영국 군함 한 척쯤 온 것을 가지고 동분서주 법석을 떨며 그들을 격퇴하자고 야단들을 치는 것은, 언뜻 보면 용감한 것 같지만 용기도 아무것도 아니다. 단순한 미친 짓이다. 도사인은 세계를 적으로 삼고 큰 싸움을 벌일 만한 도량을 지녀야 하지만, 그러자면 심신을 조용히 가라앉히고 뜻을 원대하게 품어야 하며 눈은 먼 곳을 바라 본 체, 이런 하찮은 일 따위는 일상 잡무를 다루듯이 가볍게 처리할 줄 알아야 한다."

그런 요도의 태도에는 역시 평범한 관리들과 비교할 수 없는 의젓한 데가 있었다.

담판 위원이 네 사람 선출되었다.

고토 쇼지로, 유히 이나이, 와타나베 야쿠마, 사사키 산시로 등이다.

그들이 고치를 출발할 때, 군사총재 이누이 다이스케의 부하인 부대장 소후에 가세이가 나타나 말했다.

"여러분은 담판을 하러 간다지만, 우리는 서양인들의 상륙을 절대로 허락하지 않겠소. 서양인뿐이 아니오. 막부함의 승무원이건 뭐건, 양복을 입은 놈이 단 한 발자국이라도 도사의 땅을 밟을 때는 서양인 무리와 같은 놈들로 보고 총살해 버리고 말겠소."

그가 짖어 대듯 떠드는 바람에 사사키는 질겁하여 차근차근 타일렀다. 그래도 불만이 덜 가라앉은 듯했으나, 어쨌든 그는 물러갔다.
 네 사람은 가마를 타고 스사키를 향해 길을 서둘렀다. 도중 나고 산(名古山)을 넘으며 휴식을 취할 때, 고토 쇼지로는 말했다.
 "집안일은 아무래도 내 힘으로는 자신이 없네."
 담판 결과를 가지고 번내 사람들을 납득시킬 능력이 자기에게는 없다는 뜻이었다. 고토의 허풍과 건달식 수법, 그리고 낭비벽은 번내에서도 유명해서 요즘은 아무도 고토를 상대하려고 하지 않았다.
 그 점에 대해, 사사키 산시로는 중신층에나 젊은층에나 대체로 신망이라고 할 수 있는 것을 지니고 있었다.
 "자네가 집안일을 맡아 주게."
 고토가 말했다.
 "그 대신 영국 사람들과 담판을 하는 것은 내가 맡기로 하지."
 그의 말에 모두 웃으며 찬성해 주었다. 과연, 외국인을 상대하는 데는 고토형의 인물이 적격이리라.
 스사키에 도착하자 고토는 번선(藩船) 유가오마루로 가서 선실에 있는 료마를 만났다.
 료마에게 담판 요령을 들어보기 위해서였다.
 "정직하게, 그리고 성실히 대하는 거다. 그 다음은 임기응변이야. 이쪽에 성의가 있다는 것만 상대방이 알아주면 얘기는 쉽게 끝날 수 있을 거다."
 "분명히 범인은 자네의 대원이 아닐 테지?"
 "아니다. 왜냐하면 나는 현장을 보지 않았기 때문이야. 여기까지 와서 떠들어 대고 있는 영국 녀석들도 막부 녀석들도, 누구 하나 현장을 본 자가 없다. 다만 영국 측이 그런 점에 생각이 미쳐서 나가사키에 가서 공동 조사를 하자고 하면 성의껏 응하도록 하는 것이 좋을 거야."
 고토는 육지로 되돌아왔다.
 담판은 영국 군함 위에서 한다는 결론을 보았다.

 7일 오후, 고토 쇼지로는 혼자 자그마한 배를 타고 영국함으로 향했다.
 두툼한 어깨를 명주 문복(紋服)으로 감싸고, 흰 칼자루에 납빛 칼집의 대소도, 검은 버선에 흰 끈이 달린 짚신――대체로 그런 차림을 하고 멀리 바다에 눈을 던지고 있는 모습은 얄미울 만큼 침착했다.

다른 세 위원이 동행하지 않은 것은, 해안 일대에 집결해 있는 이누이 이스케 휘하 번병들의 움직임이 지나치게 험악했기 때문이었다. 사사키 산시로는 그의 조정능력을 발휘하여 그들을 위무하고 있는 중이었다.
이윽고 함상으로 올라가자 갑판에는 사관의 지휘를 받는 일대의 수병들이 늘어서 있다가 그를 향해 경례를 했다.
"수고들 한다."
고토는 한 마디 던진 채, 통역관 어네스트 사토의 안내를 받아 사관실로 들어갔다. 긴 테이블 둘레에 열 두어 개쯤 되는 의자가 놓여 있다.
사토의 소개가 있자 공사 퍼크스는 잠깐 일어나는 듯하다가 곧 다시 앉았다. 거의 오만불손이라고 해도 좋을 태도였다.
사토는 고토를 이렇게 소개했다.
"도사 번의 각료입니다."
인사도 하는 둥 마는 둥 한 채 퍼크스는 발언을 시작했다. 굉장한 기세로, 도사 번 병사가 우리나라 군인을 죽였다. 그런데도 번에서는 범인을 숨겨 주고 있다. 도대체 이게 무슨 짓이냐 라고 소리 치면서 테이블을 두드렸다.
어느덧 그는 일어나 있었다.
고토는 먼 산만 바라보며 거의 냉소하고 있는 것 같은 표정이었다. 그 태도가 퍼크스를 더욱 격앙케 했다.
그것은 격앙이 아니라 퍼크스의 수법이었다. 원래 동양인에 대해서는 우선 호통부터 쳐서 상대방의 기를 죽인 다음 의논할 문제로 들어가는 것이 그의 수법이었으며, 광동과 상해에서도 그런 방법으로 성공을 거두고 있었다.
호통을 치고, 발을 구르고, 때로는 그릇이 튀어오를 만큼 힘껏 테이블을 두드려 댄다. 통역관 사토마저 손을 댈 수 없는 정도로 미친 사람 같았다. 잠시 후 그는 잠잠해졌다.
사토에게 통역을 시키기 위해서다.
이 섬세한 신경을 지닌 젊은 통역관은 상사의 발언을 될 수 있는 대로 온건한 일본어로 바꾸어서 고토에게 전했다. 그러나 고토 자신이 범인이기나 한 것처럼 따지고 드는 말투는 여기저기에 끼어 있었다.
고토는 한결같은 표정으로 끄덕이고는 퍼크스를 향하여 말했다.
"우선 묻고 싶소. 처음 우리는 귀관이 교섭을 목적으로 이 도사까지 온다는 말을 들었는데, 암만해도 그렇지 않은 것 같소. 적어도 나는 사신이오.

그런데도 불구하고 지금 그 무례하고 난폭한 태도는 뭐요. 결국, 목적은 교섭이 아니라 도전이었단 말이오? 도전이라면 나는 더 이상 이 자리에 앉아 있을 필요가 없다고 보오. 담판을 중지하겠소."

사토는 놀랐다.

이미 격식대로 통역만 하기보다는 상사를 타이르는 것이 선결 문제라고 생각하자, 자리에서 일어나 퍼크스 곁으로 가서 귓속말로 뭐라고 속삭였다.

사토의 속삭임은 금방 효과를 보았다. 이 주정뱅이 같은 공사가 갑자기 태도를 바꾸었기 때문이다.

"그가 그런 말을 하던가?"

공사는 고토의 만만치 않은 응수에 탄복한 듯, 고토를 보는 눈이 달라졌다. 사토는 이어서 말했다.

"그는 공사께서 지금까지 대해 온 인물과는 좀 종류가 다른 것 같습니다."

퍼크스는 일본에 부임한 이래, 이 젊은 통역관의 인물을 보는 안목을 신뢰하고 있었으므로 순순히 태도를 바꾸었다.

"내가 지나쳤소."

퍼크스는 일어나 사과했다. 이 식민지 상인 출신(그런 전력이 있었다) 외교관은 일을 재빠르게 처리하는 사람인 반면 단순한 데가 있는 사나이였다.

"실은 나의 선입견이 내 언동을 그르친 것으로 생각하오. 나는 일찍이 중국 고관들을 상대해서 여러 가지 교섭을 해 왔소. 그때는 다짜고짜 위압적인 태도로 임하지 않으면 회의가 늘 진척되지 않았소. 그 좋지 않은 경험이 귀관에 대해 무례한 언동을 하게 했소. 깊이 사과드리는 바이오."

"알았으면 됐소."

고토는 담뱃대에 담배를 담으면서 끄덕였다.

이리하여 담판은 시작됐으나, 퍼크스는 어디까지나 범인은 도사인이라는 전제하에 문제를 논했고, 고토는 끝까지 그렇지 않다고 주장할 뿐이어서 도무지 얘기는 결판이 날 것 같지 않았다.

'이것은 협상이 아니다.'

사토는 통역을 하면서 절망적인 심정을 금치 못했다.

담판 도중 선실 바깥으로 기묘한 광경이 보였다. 산기슭을 끼고 동서로 뻗은 도로 위에 무장한 병사들이 떼를 지어 몰려다니고 있는 것이었다.

퍼크스는 다시 핏대를 세웠다. 외교 교섭중 군대를 풀어놓는다는 것은 있을 수 없는 일이라고 생각한 것이다.

노기를 머금은 어조로 따지고 들었다.

"저건 대체 뭡니까?"

고토는 힐끗 선창을 내다보고는 가볍게 웃으면서 말했다.

"아무것도 아니오. 멧돼지 사냥을 하고 있는 겁니다."

이 뱃심 좋은 대꾸에는 퍼크스도 쓴웃음을 짓지 않을 수 없었다. 더 이상은 그 문제를 들먹이지 않았다.

"어쨌든 이런 식으로는 끝장이 나지 않소."

고토는 통역관 사토를 향하여 말했다.

"서로 자기 주장을 버리기로 합시다. 나는 범인이 도사인이 아니라는 내 주장을 버리겠소. 귀관측은 도사인이 범인이라는 주장을 버리시오. 그리고 쌍방이 나가사키에 사람을 파견하여 공동 조사를 하는 것이 어떻겠소?"

그렇게 말했으나 퍼크스는 계속 완강하게 버텼다.

"아니오. 우리는 확증을 가지고 있소."

고토는 쓴웃음을 지을 수밖에 없었다. 결국 이날은 이 정도로 헤어지고 말았다.

고토가 돌아간 후 퍼크스는 완전히 그의 인물에 반해 버렸다.

"내가 지금까지 만나 본 일본사람 중에서 가장 총명한 인물의 하나다."

"저도 그렇게 생각합니다."

이렇게 대답한 사토는 그의 회고록에 다음과 같이 쓰고 있다.

인격적인 박력을 지닌 사이고를 제외하면 그 이상의 인물은 없으리라고 생각했다.

퍼스크란 사나이는 고토처럼 자존심에 넘치는 상대에 대해서는 예의를 갖춘 태도를 보이지만, 같은 일본인이라도 눈치나 보는 상대에 대해서는 악귀 같은 태도를 취하는 듯했다.

고토가 돌아간 후, 막부 군함으로부터 외교 담당관격인 히라야마 즈쇼노카미가 왔다. 사토 등 젊은 관원들이 '늙은 여우'라고 부르며 경멸하고 있는 막부 관리다. 교양은 있는지 모르지만 무능하고 교활하고 항상 눈치만 살피고 있었다.

이때만 해도, 교섭이 일단 끝난 다음이니 얼굴을 내밀어 봤자 아무 소용도 없는 것이었다. 그러나 히라야마로서는 도사와 영국 측이 서로 맞붙기라도 할 기세로 담판을 벌일 석상에 얼굴을 내밀었다가, 막부측으로서의 발언을 요청받고 배부른 소리를 하게 되면 두고두고 쌍방에 어떤 언질을 주는 결과가 될지도 모르는 일이어서, 책임상 불리하다는 생각에 회피하고 만 것이었다.

"그것이 일본정부 관리들의 상투적인 수단이다."

퍼크스는 기세가 등등하여 소리치기 시작했다. 외무담당 행정관이라면 일국의 외무성 국장쯤에 해당하는 지위인데, 퍼크스는 마치 급사라도 꾸짖듯이 마구 야단을 친 것이다.

사토의 회고록에 의하면

고토가 돌아가자, 그 후에 히라야마가 나타났다. 공사는 그에 대해 어지간히 심한 말을 했다.

'당신은 어린애가 심부름을 하는 격이오.'

그렇게까지 욕설을 퍼부었다. 그러자 히라야마는 여기까지 오는 동안 또는 도착 후의 여러 가지 고생, 그리고 도사 번 측이 이번 혐의로 몹시 분개하고 있다는 것 등을 측은해 보일 만큼 풀이 죽어 호소했다.

그렇게 기록되어 있다.

이날 밤 퍼크스는 사토에게 말했다.

"막부 관리와 번의 관리는 무척 다르군."

막리는 겁쟁이고 번리는 뼈대가 있다는 것이었다. 원래 그런 관찰을 영국 측은 전부터 하고 있어서 막부를 제쳐놓고 반막 의식이 강한 대번에 대해 장래를 기대하도록 하자는 것이, 영국 대일 외교의 비밀 기조가 되어 가고 있었다.

"나는 이렇게 생각하네."

퍼크스는 사토에게 말했다. 이 담판을 기회로 해서 도사 번과 밀접한 관계를 맺고 싶다는 것이었다. 사쓰마와 전쟁 결과 영국은 사쓰마 번과 가까워져서 지금은 서로 이익을 얻고 있지만, 도사 번에 대해서도 같은 관계가 되고 싶다는 것이, 언뜻 보기에 이 거칠기만 해 보이는 공사의 속셈이었던 것이다.

다음날도 담판은 계속되었고, 결국 고토가 제안한 대로 쌍방이 공동조사를 하기로 했다. 그 후 퍼크스와 고토는 일본의 현상에 대해 의견을 나누었고, 사토의 표현에 의하면 "서로 영구적인 교류를 맹세"했다. 하기는 이 사적인 석상에서도 고토는 담판에 임할 때의 퍼크스의 태도를 비판하여 위협의 말을 했다.

"내가 대표로 왔으니 망정이지 다른 도사인이 대표로 왔다면 이처럼 점잖게 끝나지는 않았을 거요."

퍼크스는 불끈한 얼굴이 되었으나 애써 그것을 참아 넘기고 헤어질 때는 얼싸안을 듯한 친근감을 보이며 고토를 배웅했다.

결국 막부, 도사, 영국의 대표가 나가사키로 가게 되었다.

그러나 영국 공사 퍼크스가 아무리 활동적인 사람이라 해도 더 이상 수사원 같은 일까지 할 수는 없었기 때문에 스사키에서 바실리스크 호로 곧장 근무지 에도를 향해 돌아왔다.

뒷일은 어네스트 사토가 맡아 보게 되었다. 늙은 여우라고 불리는 막부의 히라야마 즈쇼노카미야말로 따분한 신세가 되었다.

"당신이 직접 나가사키로 가야 하오."

퍼크스가 주장을 한 것이다. 자기는 오사카에 공무가 산더미처럼 쌓여 있다는 말을 히라야마는 넋두리처럼 늘어놓았으나, 결국은 굽혀서 일단 오사카에 되돌아갔다가 배편으로 나가사키에 가기로 했다. 히라야마 노인은 완전히 풀이 죽은 모습이었다.

이것은 장난기와 야유가 심한 사토의 표현이다. 게다가 스사키에서 고치까지 갔다 오는 동안에 그에게 젊은 도사 번 번사들이 돌을 던지는 사태까지 벌어져, 이 히라야마의 처량한 신세는 마치 쓰러져 가는 낡은 정권의 무능한 외교관의 모습과 그 가엾음을 그림으로라도 그린 것 같았다.

"요도공을 만나 볼 생각은 없는가?"

출발 전 고토가 사토에게 권하자, 사토는 기꺼이 그것을 받아들였다. 이 사쓰마 조슈와는 별개의 입장을 취하고 있는 대번의 대표자를 알아 두었다가, 후에 정세 분석을 위한 자료로 삼는다는 것은 외교관으로서 당연히 필요한 일이었다.

그들은 성 밑 거리의 산덴 저택에서 만났다.

대면 장소는 2층에 마련되어 있었다. 요도는 문지방 가까이까지 마중 나가 정중하게 일본식 인사를 했다. 사토 또한 익숙한 일본식 절로 공손히 경의를 표했다.

방은 일본식 방에 의자를 놓은 형식이었다. 요도는 도코노마에 놓인 중국풍의 자단나무 팔걸이의자에 앉았고, 사토는 보통 등의자에 앉게 했다. 고토 등 중신들은 옆방 문지방 곁에 무릎을 꿇고 앉았다.

사토는 회고록에서 말하고 있다.

"요도는 키가 크고 살짝곰보에 이가 좋지 않은 사람이었다. 다소 성급하게 말을 하는 경향이 있었다."

예의 사건 얘기가 나왔을 때 요도는 쓴웃음을 지으면서 말했다.

"도사는 증거도 없이 의심을 받고 있다."

사실, 요도가 입수한 정보(이요 우와지마의 다테 무네노리가 보내 온)에 의하면, 막부 각료는 영국 공사에 대해 확언을 했다고 한다.

"범인은 도사 번사임에 틀림없다."

막부는 도사가 대정봉환이라는 반역적인 움직임을 보이기 시작한 것에 신경이 곤두서서, 이 기회에 영국을 부채질해서 도사 번을 난처하게 만들 속셈인 듯했다. 이 견해는 요도도, 고토도, 그 밖의 번사들도 가지고 있었다.

막부에 호의를 가지고 있지 않은 사토 역시 그런 견해를 가지고 있었다.

그 후 술자리가 벌어져 시녀들이 나와 시중을 들기 시작했다. 그것이 끝나자 식사가 나왔으나, 요도는 자리에서 일어났다.

"건강이 좋지 않아서"라는 이유였다.

"사실은 좋아하는 술을 혼자서 오붓이 마실 생각이었으리라."

사토는 냉소적이지만 그러나 호의적인 눈으로 그렇게 보았다. 사토는 요도가 천하에 알려진 호주가라는 것을 알고 있었던 것이다.

료마는 유가오마루에 숨어 있으면서 끝내 형 곤페이나 누님 오토메를 만나지 않았다.

다만 출발 직전, 형 곤페이 앞으로 편지를 써서 시계 하나를 곁들여 인편으로 보냈다.

　배는 13일 오후 1시 무렵에 스카키 항을 떠났다. 선장은 여전히 유히 게이사부로였다.

　동승하고 있는 사람들은 도사 번 대표인 사사키 산시로, 영국 대표인 어네스트 사토였다.

　"이 도사 번의 기선은 형편없는 고물이어서, 기관은 낡아 빠져 속력은 불과 2노트(Knot) 정도였다. 다행히 바다가 잔잔했으니 망정이지, 바람이라도 불었다면 침몰하고 말았으리라."

　사토는 그렇게 쓰고 있지만, 사실은 2노트보다는 조금 빨랐다.

　료마는 그사이 한 번도 갑판에는 올라오지 않았다. 지금까지 기거했던 사관실에서도 나와, 줄곧 배 밑 화부실에 틀어박혀 있었다.

　사사키도 료마의 존재를 애써 숨기려고 했다. 문제가 된 '하수인'의 결사인 해원대의 두목이 동승하고 있다는 것을 사토가 알게 되면 영국측의 심증을 더욱 굳힐 염려가 있었기 때문이다.

　"내 말은 입 밖에 내지 말도록 하게."

　료마도 자진해서 말하고 화부실로 내려간 것이었다.

　항해 중 사토는 꼭 한 번 기관실에 내려갔다가, 기관 옆에 멍하니 앉아 있는 장신의 사나이를 보았다. 평상복에 칼도 차고 있지 않았지만, 문복(紋服)을 입고 있는 것으로 보아 무사일지도 모른다고 사토는 생각했다. 그러나 유난히 쓸쓸하게 웅크리고 앉아 있는 그 사나이가 설마 사카모토 료마 이리라고는 사토는 상상조차 하지 못했다. 사토는 료마를 만난 일은 없지만 그 소문은 듣고 있었다. 소문에 의하면 늠름한 인상이어서, 이렇게 기관 앞에 쭈그리고 앉아 유배길을 떠나는 사람 같지는 않았다.

　그때 료마는 힐끗 사토를 돌아다봤다. 그러나 무표정하게 시선을 돌려 다시 계측기를 들여다본다. 두 사람이 얼굴을 맞댄 것은 이것이 처음이었고, 그 후에도 정식으로 이름을 밝히고 대면한 적은 없었다.

　배 안에서의 사사키 산시로에 대한 사토의 인상은 극히 희미한 것이었다. 단순한 도사 번 관리 이상으로는 사토의 눈에 비치지 않았다.

　사사키 역시 사토가 질색이었다. 원래부터 서양인을 싫어하는 양이론자 출신이어서, 지금은 다소 편견이 없어지기는 했지만 갈색 머리털에 푸른 눈을 가진 서양인 모습은 여전히 기분 나쁜 것이었다. 그 때문에 사토와는 거의 대화를 나눈 일이 없었다.

그 밖에 번명에 의한 사사키의 수행원으로서 오카우치 슌타로가 있었다. 오카우치는 일찍부터 근왕파였던 관계로 료마나 나가사키의 동지들과 가깝기 때문에 사사키가 대동하기로 한 것이리라.

배는 14일 아침에 시모노세키에 도착했고, 다음날인 15일 저녁 5시에 나가사키 항에 입항했다.

사토는 그의 숙소인 영국 영사관으로 가고, 사사키는 시내 이케다야에 숙소를 정했으며 료마는 일단 해원대 본부로 들어갔다.

주란 같은 달

고소네 별장의 '본부'로 돌아오자 오료가 소리를 질렀다.
"아이, 더러워!"
도망치려고 했다. 아닌게 아니라 배 밑에서 며칠을 보내고 왔기 때문에 얼굴도 손도 그을음 투성이었다. 옷도 축축했고 가까이 가면 왠지 중국인들이 먹는 돼지고기 만두 냄새가 풍겼다.
"그렇게 고약한가?"
료마는 품속에서 향수병을 꺼내서 어깨와 옷깃에다 뿌렸다. 그리고 태연히 방안에 앉았지만 오히려 더 이상한 냄새가 풍기어 오료는 속이 메스꺼웠다.
'남자고 여자고 모두들 야단이지만, 대체 이 사람의 어디가 그렇게 좋은 걸까?'
오료는 그러고 있지 말고 억지로라도 료마를 목욕탕에 잡아넣으면 될 텐데, 이상하게도 거기까지는 생각이 미치지 못하고 있었다.
잠시 후 스가노 가쿠베에, 이시다 에이키치, 와타나베 쓰요도, 나카지마 사쿠타로 등이 나타나 료마를 중심으로 빙 둘러앉았다.
"내일 나가사키 행정청으로 사사키가 불려간다. 그 때문에 오늘 밤 사사키의 숙소인 이케다야에서 밤새도록 대책을 논의하게 되어 있어."

이 모임은 그에 대비하여 기초적인 의논을 하기 위한 것이었다.

우선 료마는 막부, 우리 번, 영국 등의 태도를 간결히 설명하고 쭉 얼굴을 둘러보았다.

"정말 누가 그런 짓을 한 건 아니지?"

모두 고개를 흔든다.

"맹세코 우리 짓이 아닙니다."

료마는 그제야 숨을 돌리며 말했다.

"그 말이 듣고 싶었어. 우리가 한 짓이 아니라면 막부건 영국이건, 어떤 싸움이라도 응해 줄 테다."

그는 어지간히 기뻤던 모양으로, 어깨를 대여섯 번 추썩거렸다. 어쩌면 어깨가 근질거렸기 때문인지도 모른다. 제일 나이 어린 나카지마 사쿠타로가 그 눈치를 짐작하고 슬며시 자리에서 일어나 목욕물을 준비하러 나갔다.

그 뒤에 스가노 가쿠베에가 씁쓰레하게 웃으며 말했다.

"나하고 사사키 사카에가 의심을 받고 있지."

사건 당일 밤, 현장 근처의 가게쓰루(花月樓)에서 늦게까지 술을 마시고 있었던 흰옷 차림의 대원이란 이 스가노와 사사키 사카에였던 것이다. 행정청에서도 그것을 알고 있어서, 지금 스가노의 주변을 열심히 캐 보고 있는 듯했다. 그리고 스가노보다도 사사키 사카에가 좀더 수상하다고 행정청에서는 보고 있는 눈치였다.

사건이 있은 다음날 새벽, 해원대 소속인 오테키마루가 고동도 울리지 않고 허둥지둥 나가사키 항을 출발했다. 수상하다고 본다 해도 할 수 없게 되었지만 사실은 부대에서 오테키마루를 시운전한 것에 불과했다. 항구 밖을 한바탕 돌아다니다가 정오가 조금 지난 무렵에 나가사키로 귀항했다. 그리고 스가노 등은 배에서 내렸다.

그런데 사사키 사카에 혼자만 대에서 빌린 다른 기선에 옮겨 타고 해원대의 상업상 용무를 위해 사쓰마로 출발했다. 흑설탕을 싣기 위한 것이었으나 행정청에서 보면 도망친 거라고 볼 수도 있는 일이었다.

잠시 후 나카지마 사쿠타로가 목욕물을 보러 갔더니, 더운 때라서 물은 벌써 데워져 있었다. 오료는 고맙다는 말도 안 하고 말했다.

"늘 기선에서 불을 때 온 솜씨라 제법이네요."

사쿠타로는 불끈했다. 어째서 이런 여자를 료마가 좋아하는지 생각할수록 한심했다.

"난 화부가 아닙니다."

"어머, 그럼 돛대에 올라가는 패인가요?"

오료는 웃지도 않고 되묻는다. 비꼬는 것도 농담하는 것도 아니었다. 천연스럽게 그렇게 묻고 있으니, 사쿠타로는 당할 도리가 없었다.

"이래봬도 사관(士官)입니다."

잔뜩 볼이 부었을 때 실랑이를 갈라놓듯 료마가 나타나, 잠자코 탕 속에 들어가 버렸다.

첨벙 하고 들어가 보니, 물은 알맞게 미지근했다. 미지근한 물을 좋아하는 료마의 성미를 알고 있는 사쿠타로의 배려이리라.

"오료, 등을 밀어라!"

료마는 소리쳤다.

오료는 준비를 마치자 비누를 가지고 들어왔다.

오료는 바느질, 요리 등 여자가 알아야 할 일은 아주 서툴렀으나, 다만 두 가지 잘하는 일이 있었다. 월금(月琴)을 뜯는 것과 남자의 몸을 기분 좋게 씻어 주는 일이다. 이 두 가지만은 아무리 토라졌을 때에도 기꺼이 응하곤 했다.

그녀는 료마의 등을 신나게 밀어 준 다음, 골고루 비누칠을 하기 시작했다.

'이상한 여자다……'

료마도 그것만은 신기해 했다.

"오료, 내가 죽더라도 때밀이가 되면 밥은 먹을 수 있겠는걸?"

료마는 정색을 하고 그런 말을 한 적이 있었다.

잠깐 사이에 료마의 때가 벗겨지고 비누 향기가 욕실에 가득해졌다.

나가사키의 좋은 점은 비누를 헐값으로 얼마든지 구할 수 있다는 것이다.

참고삼아 말해 본다면, 비누가 일본에 전래된 것은 꽤 오래전 일이어서, 도요토미 시대에도 이미 비누라는 말이 있었다. 하카다(博多)의 다인(茶人) 가미야 소탄(神谷宗湛)이 이시다 미쓰나리에게 비누를 선사했다는 기록이 있다.

그러나 에도, 오사카, 교토에서는 비누라면 비눗방울 장수가 장사용으로 사용할 뿐, 일용품으로서는 거의 쓰지 않고 있었다.

료마는 나가사키에 와서 비누를 쓸 때마다, 한여름 고치 성 밑 거리에서 사람들의 시선을 끌던 비눗방울 장수를 떠올렸다.

"비눗방울이 하늘로 둥실둥실 떠올라 가자, 그것을 잠자리가 터뜨려 버리던 것을 난 기억하고 있어."

문득 료마는 그런 말을 했다. 료마는 잠자리의 용기에 경탄하여 지금도 가끔씩 그 생각을 하는 것이었다.

오료는 대꾸도 하지 않았다.

이윽고 료마는 욕실에서 나와 일동의 한가운데로 다시 들어와 앉자, 갑자기 생각이 났다면서 이런 말을 했다.

실은 욕실에서 고치 성 밑 거리의 비눗방울 장수를 생각하다가, 그것과는 전혀 다른 생각이 문득 떠오른 것이었다. 현상을 걸어서 범인을 찾아내자는 것이었다.

"내일, 대원 일동이 서로 분담하여 시내 네거리마다 방을 붙이고 광고를 해서 범인을 가르쳐 준 자에게는 1천 냥의 상금을 내린다고 해라."

날이 저물었다. 료마는 일행을 거느리고 사사키 산시로 등 변리가 투숙하고 있는 이케다야를 향해 걸음을 서둘렀다.

그 일대에는 고개가 많았다. 내려다보면 시중이나 항구에는 아롱진 등불이 켜져 있었다. 기름을 아끼지 않고 등불을 켜는 것은 나가사키의 밤의 특색이리라. 교토나 오사카, 에도 등지에서는 볼 수 없는 아름다운 야경이었다.

료마 일행은 그 불빛을 등에 지고 고갯길을 올라갔다. 고갯길에 깔린 포석이 은빛으로 반짝인다. 저만큼 곤피라 산(金比羅山) 위로 보름달이 떠오르려는 참이었다.

이윽고 달은 봉우리 위로 솟아올랐다.

"귤 같은 빛이구나!"

료마는 그 달이 엄청나게 크고 불그레한 빛을 띠고 있는 것에 아주 흡족하여 큰 소리로 웃었다.

"저 달이 몇 차례나 차고 기울고 해야만 막부가 쓰러지는 걸까?"

어쨌든 그렇게 되기 위해서는 이따위 시시한 사건은 어서 끝내고, 하루바삐 교토로 올라가 가장 중요한 대정봉환 공작을 진척시켜야 했다.

이케다야에 도착하자 번리들은 모두 모여 앉아 료마를 기다리고 있었다.

본국에서 온 번리는 사사키 산시로와 오카우치 슌타로, 나가사키 주재 번리는 이와사키 야타로와 마쓰이 슈우스께(松耳周助) 등이었다.

이와사키 야타로는 고토 쇼지로의 이례적인 추천으로 지금은 나가사키 주재관이 되어 있다. 신분도 주군 호위관이어서 당당한 고관이었다. 한낱 천한 낭인 출신이 계급제가 까다로운 도사 번에서 이토록 승진했다는 것은 그야말로 이례적인 일이었다.

나가사키 주재관은 번에서 세운 도사상회(土佐商會)의 책임자이기도 했다. 이 번립 도사상회의 외곽 단체가 해원대였기 때문에 이와사키는 해원대의 회계도 겸하고 있었다. 좀더 자세히 말한다면 이와사키는 해원대에 대해서는 번에서 파견된 회계관이라는 위치에 있었다.

료마는 곧 현상금 얘기를 했다. 사사키는 손뼉을 치면서 말했다.

"묘안이군, 백 냥쯤 내기로 할까!"

료마는 배포도 어지간히 없는 친구라고 생각했다. 1천 냥쯤은 걸어야 한다고 주장했다.

"액수가 커야만 시중은 들끓는다. 들끓어야만 막부도, 영국도, 도사측이 그토록 큰돈을 거는 것을 보고 어쩌면 범인은 도사인이 아닐지도 모른다는 생각을 하게 될 게 아닌가?"

"그런 돈은 없네."

사자 머리 같은 얼굴로 엄하게 잘라 말한 것은 이와사키 야타로였다.

료마는 불끈했다. 야타로와는 이상하게 비위가 맞지 않아, 그의 얼굴만 보면 공연히 괴롭히고 싶은 생각이 든다.

"자넨 돈만 세고 있으면 되는 거야. 내야 할 때는 핏방울 같은 돈이라도 쥐어짜서 내야 하는 것이 회계 담당관이다. 게다가 범인이 시중의 밀고로 드러난다는 것은 만에 하나도 없는 일이야. 그러니까 액수가 클수록 이쪽에서는 덕을 본단 말이야!"

"그러니까 자네 상법은 해적 상법이란 말을 듣게 되는 거다."

"그래서 어쨌다는 건가? 해적이라면 대해적이 될 수 있는 놈이 아니면 큰 장사는 할 수 없는 거야."

료마는 이와사키를 두말 못하게 몰아세워 1천 냥을 준비하도록 했다.

막부 대표 히라야마 즈쇼노카미 일행이 나가사키에 도착하는 것이 늦었기 때문에 담판은 18일에야 하게 되었다.

그날 료마는 이시다, 나카지마, 와타나베, 스가노 등 네 명의 대원들을 거느리고 이케다야로 가서 번리측과 합류했다.

이윽고 그들 일행이 나가사키 행정청에 출두하여 양식 객실에서 기다리고 있자, 곧 막부측 대표가 나타났다. 나가사키 주재 행정관인 노세 오스미노카미(能勢大隅守), 도쿠나가 이와미노카미(德永石見守), 외무 담당관보 히라야마 즈쇼노카미, 총감찰관 도가와 이즈노카미(戶川伊豆守), 감찰관 보좌관 시다라 이와지로 등 몇 명이었다.

이어서 어네스트 사토가 나가사키 영사 플라워즈와 더불어 나타나 자리에 앉았다.

담판이 시작되었다.

이야기는 점점 범위가 좁아져서, 사건 당일 밤과 그날 이후 스가노 가쿠베에와 사사키 사카에의 거동에 관한 문제를 두고 막부측과 도사측은 격렬한 논쟁을 벌였다.

'흐음, 정말 자세히 조사했는걸.'

료마는 막부의 조사 능력에 탄복했다. 그들은 스가노가 그날 밤 가게쓰 루에서 어느 정도 술을 마셨는가 하는 것까지도 알아내고 있었다. 말하자면 스가노 이상으로 스가노의 그날 밤의 행동에 대해 자세히 알고 있는 셈이었다. 그뿐 아니라 난처하게 된 것은, 스가노가 진술하는 자신과 사사키의 행동 중에 시간적으로 앞뒤가 맞지 않는 대목이 생긴 것이다.

"이상하지 않은가?"

막부는 그 점을 예리하게 찔러와, 스가노는 마침내 말문이 막히고 말았다.

"그 부분은 취중이라 기억이 없소."

그렇게 말해 버리고 말았다. 이 대답은 상대방에게 더욱 큰 의혹을 안겨 주었다.

결국 막부측은 또 하나의 용의자 사사키 사카에를 가고시마에서 불러다 놓고, 다시 흑백을 가려 보자는 말을 하기 시작했다.

'야단났는걸.'

료마는 생각했다. 이런 짓을 하고 있는 동안에 시일은 자꾸만 흘러가지 않는가.

교토의 대정봉환이란 대연극은 지금 료마가 나가사키에 와 있기 때문에, 막을 올린 채 무대가 움직이지 않고 있는 것이다. 나가사키에서 심의가 하루 연장되면, 그만큼 역사는 제자리걸음을 하게 된다.

이윽고 휴식에 들어갔을 때, 료마는 사사키 산시로에게 사사키 사카에 소환론을 단연 거부해 달라고 부탁했다.

담판이 재개되자 사사키는 소리를 질러가면서 소환론을 거부하고, 스가노 가쿠베에의 진술만으로도 사실은 충분히 인정할 수 있지 않느냐는 주장을 했다.

료마는 그동안 한 마디도 발언을 하지 않고 있었다. 변리도 용의자도 아니기 때문에 발언할 자격이 없는 것이다.

석상에서 무료한 대로 옷소매 속의 먼지 뭉치를 뜯어내어 만지작거리고 있었다.

'이상한 사나이다.'

사토는 그렇게 생각한 듯했다. 자세히 보니 유가오마루 기관실에 쭈그리고 앉아 있던 사나이와 비슷하다.

'누굴까?'

이렇게 생각했으나, 료마가 코를 후비기 시작했을 때는 실망하고 말았다. 보나마나 이름 있는 인물은 아니라고 생각한 것이다.

막부측은 양보하지 않았다.

끝까지 사사키 사카에를 가고시마에서 데려와야 한다고 했다. 여기에는 사사키 산시로도 더 이상 항변할 도리가 없었다.

"어떡하지?"

얼마 안 되는 다음 휴식 시간에 료마와 의논하자, 료마는 즉석에서 의견을 바꾸었다.

"부득이하다. 그 대신 시일을 될 수 있는 대로 절약하기 위해 나가사키 항내에 정박해 있는 막부 기선 나가사키마루(長崎丸)를 빌리자고 해라. 상대방이 승무원의 부족을 말하면 해원대에서 보충한다고 해 주게."

"알았어."

사사키가 자리에 돌아가 그런 제의를 하자 막부측도 승낙하여, 담판은 사사키 사카에가 나가사키에 도착할 때까지 휴회하기로 했다.

승무원은 놔두고 배만 빌리기로 했다. 료마는 해원대로 돌아가 스가노, 이시다, 와타나베 등을 모아 놓고 일동을 쭉 둘러본 다음, 이시다 에이키치의 어깨를 꽉 쥐며 말했다.

"선장은 자네가 맡아 주게."

부득이한 인선이었다. 조종술에 가장 능란한 사람은 스가노 가쿠베에였으나, 그는 지금 막부의 의심을 받고 있는 몸이라 나가사키를 떠날 수 없었다. 스가노 외에도 시라미네 슌메, 세키 유우노스케(關雄之助) 등 상당히 숙련된 자들이 있었지만, 그들은 해원대의 상업 관련 일로 지금 오사카에 가 있었다.

"제가 해낼 수 있을까요?"

이시다는 둥그스름한 얼굴로 조용히 웃어 보였다. 언뜻 보면 우물이나 파고 다니는 인부 같은 신통치 않은 사나이지만, 네덜란드어의 독해력은 대원 중에서 나카오카 겐키치 다음 가는 실력을 가진 것으로 알려져 있었다. 게다가 얼굴에서 풍기는 인상과는 달리 과감한 성격을 지니고 있었다.

이 젊은이의 경력은 그대로 막부 말기의 풍운아이기도 했다.

도사 아키(安藝) 고을 나카야마(中山)마을의 향사의 집에 태어난 그는 분큐(文久) 3년, 네덜란드 의학에 뜻을 두고 오사카로 올라와, 그 방면의 명문인 오가타 학숙(緖方學塾)에서 공부했다.

그가 오사카에 있을 때, 후에 덴추조(天誅組)의 수령의 한 사람이 된 동향 출신 요시무라 도라타로(吉村寅太郎)와 알게 되어, 그에 의한 감화로 요시무라 등이 야마토에서 거사했을 때 학당을 뛰쳐나가 그들에게 가담했다. 그 이후 이부키 슈우키치(伊吹周吉)라는 가명으로 덴추조 간부가 되어 전전(轉戰)했으나, 싸움에 패하여 총수인 전 시종(侍從) 나카야마 다다미쓰(中山忠光)를 지키며 적의 포위를 뚫고 탈출하여 조슈로 피했다. 그 뒤 조슈군과 더불어 하마구리 궁문의 변란에 참가하여 부상했다.

패배 후 다시 조슈로 물러갔다가 막부와의 전쟁이 일어나자 조슈 기병대에 참가하여 싸웠으며, 그 후 료마의 해원대에 투신했다. 육전의 경험은 풍부하지만 배를 조종하는 데는 대단치 않았으므로 료마도 그 점을 감안하여,

──자네는 해원대의 상업 업무를 맡아 주게.

그렇게 일러두었던 사나이다. 에이키치는 유신 후 귀족원 의원 남작이 된다.

"할 수 있고말고."

료마는 극히 간단히 말했다. 그러나 이시다 에이키치는 선장복을 가지고 있지 않았다. 그 때문에 료마는 회계인 이와사키 야타로에게 떼를 써서 우선 20냥을 내도록 했다. 곧 사람을 외국 물품 취급상으로 보내서 옷과 구두를 사오게 하여 이시다 에이키치에게 입혔다.

이시다 에이키치는 낡은 선장복을 입고 막부 기선 나가사키마루에 오르자 곧 닻을 올리고 출항했다.

그전에도 나가사키마루라는 같은 이름의 막부배가 있었지만 그것은 겐지 원년 시모노세키에 정박중 조슈인들에 의해 불살라지고 말았다. 이시다가 탄 이 나가사키마루는 제2의 나가사키마루라고도 할 수 있는 것으로서 분큐 3년에 막부가 영국으로부터 구입한 것이었다. 배의 중턱에는 철판을 댔고 마스트가 3개, 120마력에 341톤으로 소형이기는 했지만 성능은 좋았다.

이시다가 출항하자 료마에게는 한가한 시간이 생겼다. 나가사키마루가 돌아올 때까지는 당장 할 일이 없는 것이다.

'무엇이든 할 일이 없을까?'

놀고만 있을 수 없는 성격이어서, 이 허공에 뜬 기간을 어떻게 이용할까 생각했다. 문득 생각이 미친 것은 사사키 산시로에 대한 교육이었다.

'마침 잘됐다.'

이 기회밖에는 없었다. 사사키라는 다소 모호한 막부 타도론자를 망치로 두드려도 튕겨날 정도의 막부 타도파로 만들어 버리리라 생각했다.

지금 번정(藩政)에서 권력을 쥐고 있는 막부 타도파로서는 번 육군의 이다가키 다이스케가 있다. 그보다는 다소 지나치게 권변자재(權變自在)한 존재이기는 했지만 참정인 고토 쇼지로가 있다. 다음에는 이 사사키 산시로인 것이다. 사사키에게는 이다가키와 같은 과격성도 없고 고토와 같은 허실이 뒤섞인 정치력도 없었지만, 언뜻 보아 소박한 매력이 있고 담력도 있으며 정세에 대한 이해력도 있었다.

도사 번 중신은 이 세 사람을 제외하면 나머지는 무능하든가 캄캄한 좌막파(막부옹호파)뿐이었다. 사쓰마, 조슈, 도사 세 번을 연합시켜 막부 토벌군을 조직하는 방법은 이 세 사람에게 기대할 수 밖에 없었다.

료마는 그렇게 결심하자 이시다를 배웅한 그날부터 이 일에 몰두했다. 매일 사사키가 투숙하고 있는 이케다야로 찾아가, "또 왔소" 하며 게다를 내던지듯 벗어버리고 이층으로 달려 간다.

"그야말로 매일이었다. 하루에 두세 번씩 오기도 했다."

사사키 산시로는 유신 후 이렇게 술회한 일이 있지만, 사사키로서는 료마가 교육을 위해 오는 것인 줄은 모르고 자기를 좋아하는 줄만 알았다.

"늘 자고 가곤 했다. 이를테면 내 숙소를 자기 집으로 삼고 있는 것 같은 형편이었다."

그렇게만 알고 사사키는 반가워했으나 료마는 항상 앉자마자 국사를 논했다. 일본이 얼마나 위태로운 가를 논하고, 열강의 의도를 분석했으며, 서양 각국의 통치 형태와 정계 상황을 설명하는 등 그야말로 지칠 줄 몰랐다.

사사키는 처음 듣는 말뿐이라, 료마의 한 마디 한 마디가 모두 신선했다.

"잠깐, 장사를 돌보고 오겠네."

하고는 료마는 허둥지둥 돌아간다. 그러다가 해원대에서 상업 용무를 끝내면 다시 헐레벌떡 달려와서는 말하기 시작했다.

"아까 그 얘기의 계속이야" 하고 다시 말하기 시작하므로 사사키로서는 연속 야담이라도 듣는 것처럼 재미있기도 했다.

그러나 듣는 편도 지치는 법이다.

피곤하다는 말도 할 수 없어서 참고 있다가, 사사키는 정말 병에 걸리고 말았다.

식욕이 통 없고 때때로 이상한 기침이 나며, 저녁 무렵이면 손을 움직이는 것조차 귀찮을 정도가 된다고 한다.

'큰일났구나.'

료마는 내심 당황했다. 지금 이 사사키가 죽어 버리는 날에는 도사 번 근왕파는 무너지고 마는 것이다.

"아마 좀 과로한 모양이야."

사사키는 일부러 개의치 않은 듯 말했다.

과로일 수도 있었다. 그는 교토를 출발한 후 오사카, 고치, 나가사키 등 각지를 분주히 뛰어다녔고 그 여정도 무리에 무리를 더한 것이었다. 특히 폭우를 무릅쓰고 스사키 항에서 고치 성 밑 거리까지 가마를 타고 달렸던 것이 좋지 않았다. 그 후부터 몸이 이상한 것이다.
"내가 용한 의사를 구해 보지."
료마는 해원대 부하들과 의논하여 의사를 골라 봤다.
나가사키는 의사의 거리이기도 했다.
각 번의 번의(藩醫)와 의생(醫生)들이 이곳으로 몰려들어 네덜란드 의학을 연구하고 있기 때문에 명의를 찾는 것은 힘들지 않았다.
막부 의사 다케우치 겐안(武內玄庵), 동 이케다 겐사이(池田謙齋), 오무라(大村)번의 나가요 센사이(長與專齋) 등 세 사람에게 의논했더니, 세 사람이 모두 "그렇다면 만세헬드 선생이 좋을 거요"라는 말을 하고, 그 네덜란드 의사 집까지 직접 안내해 주었다.
네덜란드인 의사는 면밀히 진찰하고 나서 그 기침의 흉내를 내 보였다. 사사키는 놀랐다.
"지난 몇 해 동안, 가을과 겨울에 걸쳐 이런 기침이 나지 않았나요?"
"그렇습니다."
저도 모르게 외쳤다. 사사키가 유럽 문명에 크게 충격을 받은 것은 바로 이때라고 해도 좋았다.
"그 기침에 의해서 당신 허파가 확장된 것 같습니다. 만약 장차 기침이 더욱 심해지고 자주 일어나게 되면 호흡이 짧아지고 때로는 피를 토하는 수도 있습니다. 다시 말하면 기관지가 약해졌습니다. 지금 조심하지 않으면 폐병이 될 우려가 있습니다."
"어떻게 해야 좋겠습니까?"
"정신적인 과로를 피해야 합니다. 아무 생각도 하지 말고 한가롭게 휴양하고 있으면 3, 4년 안으로 나으리라 생각합니다."
"좋은 말씀이지만……."
사사키는 난처했다. 요즘 같은 시국 아래 한가한 휴식을 취한다는 것은 바랄 수 없는 일이 아닌가?
"시국이 나의 휴식을 허락지 않습니다."
사사키가 그런 말을 하자 의사는 크게 끄덕였다. 그는 현재의 일본 정세를 알고 있는 눈치였다.
"그렇다면 한나절 일을 하면, 나머지 한나절은 쉬도록 하십시오."
사사키는 잘 알았다는 말을 하고 네덜란드인 의사 집에서 나왔다. 료마는 돌아오는 길에 격려의 말을 했다.

"피차 앞으로 50년을 더 산다 해도 소용이 없네. 시국은 앞으로 1, 2년이면 결판이 날 거야. 그러니 하다못해 2, 3년이라도 더 살 수 있도록 노력해야 하네."

9월 2일 아침, 마침 도사 상회 지붕에 올라가 항구를 바라보고 있던 대원 나카지마 사쿠타로는 두 척의 배가 돛을 오므리면서 입항해 오는 것을 보았다.

"돌아오는구나."

나카지마는 지붕에서 내려왔다. 해원대의 일로 가고시마에 가 있던, 용의자 대원 사사키 사카에가 탄 오테키마루를, 이시다 에이키치 등이 막부 기선 나가사키마루를 타고 소환하러 갔다가 지금 함께 돌아온 것이다. 젊은 나카지마로서는 흥분하지 않을 수 없었다.

아래층으로 달려 내려오자, 번의 나가사키 주재관이며 해원대 회계를 겸임하고 있는 이와사키 야타로는 돼지고기국을 부어 가며 밥을 먹고 있었다.

"이와사키님, 오테키마루와 나가사키마루가 돌아왔습니다."

"응?"

야타로는 힐끗 나카지마의 얼굴을 봤으나 젓가락은 계속 움직이고 있었다. 그게 어쨌다는 거냐 하는 표정으로 분주히 밥만 먹고 있다.

"어서 준비하십시오."

사쿠타로는 말했다. 그로서는 어서 외출 준비를 하고 료마를 불러내어 같이 항구까지 마중 나가고 싶었던 것이다.

"모자라는 작자일수록 떠들어 대는 법이다."

야타로는 돌연 내뱉듯이 한 마디했다. 그러나 젓가락은 여전히 움직이고 있었다.

나가사키에 와서 이와사키 야타로는 무엇보다도 돼지고기에 맛을 들여, 중국인 상가에 매일같이 하인을 보내서 돼지고기를 사 오게 했다. 그리고 그것을 싫어하는 하인에게 억지로 끓이게 하는 것이다.

하기야 일본인들은 짐승의 고기를 절대로 먹어서는 안 되는 것인 줄만 알고 3백 년 동안 그것을 밥상에 올려놓지 않아 왔다. 도쿠가와 막부가 고기를 먹지 못하게 한 것도 그 이유의 하나이기는 했다.

대원 중에서도 야타로가 돼지고기를 먹는 것을 두고,

——부정(不淨)이다.

그렇게 보고 비난하는 자들이 있었으나 야타로는 개의치 않고 바보들이 무엇을 아느냐는 식으로 코웃음만 치고 있었다. 야타로의 말에 의하면, 일본인에게 고기를 먹지 못하게 한 것은 불교 사상도 아무것도 아니며, 도쿠가와 막부의 국민왜소화 정책에 의한 것이었다고 한다. 고기를 먹으면 기력과 체력이 충만해지고, 그 힘을 정치로 돌리는 것이 막부로서는 두려웠다는 것이다.

"봐라."

이와사키 야타로는 늘 말한다. 일본의 그림은 풍속화건 뭐건, 그림 속의 사람들은 모두 누워서 뒹굴고 있지 않은가? 배추 잎만 먹고 사니까 서서 걸어 다닐 기운마저 없는 거다. 그렇게 말하는 것이다.

그렇다고 야타로는,

——돼지고기를 잔뜩 먹고 막부를 쓰러뜨려야 한다.

이런 말은 하지 않았다. 야타로로서는 막부를 타도하는 따위의 헌 집을 무너뜨리는 일은 딴 사람에게 맡겨 버릴 작정이었다. 그의 흥미는 막부 타도 후에 있었다. 그 새 시대에 뛰어나가 서양의 상인들이 그렇듯이 천하와 국가를 뒤흔들 수 있는 거상(巨商)이 되고 싶은 것이었다. 지금 번리로서 이례적인 발탁을 받고 있는 것도 그로서는 하찮은 일이었다.

야타로는 계속 밥만 먹는다.

결국 나카지마 사쿠타로는 이와사키 야타로를 내버려 두고 혼자 고소네 별장까지 달려갔다. 료마에게 배가 들어온다는 것을 알렸다.

"그래? 가 보자."

료마는 대도(大刀)를 집어 들어 허리에 차고, 곁에 있던 스가노, 와타나베 등과 함께 밖으로 나왔다. 고개를 내려가면 길은 그대로 항구와 이어진다.

"사카모토님, 이와사키님은 곤란한데요. 모자라는 작자들일수록 떠든다면서, 항구로 나가보자고 해도 들은 체도 하지 않았어요."

나카지마는 호소했다.

료마는 씁쓰레한 얼굴을 했다. 이 지나칠 정도로 도량이 큰 사나이는 웬만한 일은 농으로 웃어넘겨 남과의 조화를 꾀하지만, 웬일인지 이와사키 야타로에 대해서만은 항상 웃는 빛을 보이지 않았다. 지금 역시 곰의 쓸개라도 핥은 얼굴을 하고 있다. 무슨 큰 이유가 있는 것이 아니라, 어쩐지 서로 마음이 맞지 않는 것이었다.

'대체 저 녀석은 어쩌자는 걸까?'

야타로도 료마를 이해할 수 없었지만 료마도 야타로라는 인물을 잘 알 수 없었다.

'색다른 데가 있는 것 같다.'

거기까지는 알 수 있었다. 맡은 사무를 처리하는 것을 봐도 남들이 하루쯤 걸려야 할 일을 야타로는 삼십 분이면 해치운다.

남은 시간은 다른 사람과 담소하는 일도 없이 꼼짝도 않고 앉은 채, 침울한 얼굴로 사방을 노려보듯이 하고 있다. 이 세상에서 자기가 무엇을 해야 할지 아직 그것을 거머쥐지 못한 듯했다.

한낱 미천한 낭인의 몸으로 총감찰 대우인 지금의 지위에까지 발탁되었는데도 조금도 기쁜 얼굴을 하지 않는 것을 보면, 자신의 능력에 어지간한 자신을 가지고 있는 듯도 했고, 번내에서의 출세 같은 것은 아예 문제 삼지도 않고 있는 것 같기도 했다.

다른 번 지사들과도 접촉하지 않는다. 야타로는 정치 같은 것에는 아무 흥미도 없었다.

'저 녀석은 어둠 속 네거리에 서 있다.'

료마는 그렇게 보고 있었다. 이상아(異常兒)가 지니고 있는 이상적인 정열이 어느 방향을 향해야 할 것인지 아직 정해지지 않은 듯했다. 적어도 그 정열은 지금 같은 봉건적인 구조 밑에서는 발휘할 데가 없는 듯했다.

야타로는 장부에만 매달려 나날을 보내고 있는 지금의 직책에 염증을 느꼈던지, 지난 봄 갑자기 번의 기선을 몰고 미친듯이 항해를 떠난 일이 있었다.

"무인도를 점령하겠다"며 나선 것이다. 그 소문을 듣고 교토에 있던 료마는 그만 웃음을 터뜨리고 말았다.

목표는 동해에 떠 있는 어떤 외딴섬이었다. 조선에서는 울릉도라고 하는 섬이다.

야타로가 나름대로 진지했던 증거로, '대일본 도사 번의 명을 받들어 이와

사키 야타로가 이 섬을 발견하다'라는 팻말까지 싣고 떠났다는 것이 있다. 함께 떠난 사람은 부하인 야마사키 쇼로쿠(山崎昇六)였다.

이와사키는 그 섬은 어느 나라에도 속하지 않는 무인도라는 것을 나가사키에 있는 조선인 백낙(白樂)이라는 사람을 통해서 들었다. 게다가 수목이 울창하다는 말을 듣고 벌채부(伐採夫)까지 태우고 갔다. 놀라운 행동력이라고 할 수 있었다.

그런데 막상 상륙해 보니 상황이 좀 이상했다.

야타로는 울릉도의 해변에 서서 사방을 살펴보았다. 암만해도 사람이 사는 것 같았던 것이다.

'무인도가 아니었던가?'

이런 때, 야타로는 그의 성격 탓으로 실망보다도 화를 먼저 내곤 한다. 먼저 와서 살고 있는 자들이야말로 괘씸한 자들이라고 생각했다.

해변에다 모전을 깔고 식사를 시작하자, 이윽고 반라의 사나이 10여 명이 나타나더니 야타로 일행을 둘러싸고 신기한 듯이 바라본다.

"이 섬의 이름이 무엇이냐?"

야타로는 종이에 써서 그들에게 주었다. 그들 중 제일 연장자인 듯싶은 흰 옷을 입은 노인이 '대한 울릉도야(大韓鬱陵島也)'라고 써서 돌려준다. 모두 조선인인 듯했다. 야타로는 필담을 계속하는 동안 더욱 실망하지 않을 수 없었다. 조선인들이 이곳에 자리잡고 사는 것은 아니지만 바다짐승들을 잡기 위해 늘 오는 섬이라고 말하는 것이다.

야타로는 화가 나서 지껄이면서 그것을 글로 써서 노인에게 주었다.

"나는 대일본 도사국의 무사 이와사키 야타로라는 사람이다. 오늘부터 너희들도 도사 번의 토착민이 됐으니 기쁘게 생각하여라."

노인은 무슨 수작이냐 하는 얼굴로 대답조차 하지 않았다.

야타로는 그들에게 과자를 주었다. 그것만은 모두 기뻐하며 받아먹었다. 노인은 좀더 내놓으라는 듯한 시늉을 했다.

그 후 산으로 올라가 보니 재목이 될 만한 나무는 없고 잡목만 드문드문 자라고 있을 뿐이었다. 야타로는 더욱 울분을 가눌 수 없게 되었다.

마침 산속에 초가집 한 채가 있었다. 들어가 보니 사람은 없고 큼직한 냄비 밑에 불이 지펴져 있다. 냄비 속에는 죽은 수달이 들어 있었다. 통으로

삶아서 가죽을 벗기려는 것인 듯했다.
"불을 질러라!"
돌연 야타로는 말했다. 부하인 야마사키 쇼로쿠가 놀라며 반대했다. 조선인들이 가엾지 않느냐는 것이었다. 그러나 야타로는 고개를 흔들었다.
"통쾌하지 않으냐"
이것이 그 이유였다. 야마사키는 계속 말렸지만 다른 자들이 초가지붕에다 불을 지르고 말았다. 집은 흰 연기를 뿜으며 타기 시작했다.
"도망이다……."
야타로는 맨 먼저 산에서 뛰어내려왔다. 그리고 곧 출발해 버렸다.
나가사키로 돌아온 야타로는 조선에서 쇠가죽이 싸다는 말을 들었다.
——쇠가죽으로 구두를 만들자.
야타로는 그렇게 생각하고, 이번에는 영국선을 빌려 타고 조선을 향해 떠났다. 그러나 그 무렵 조선은 대원군의 극단적인 쇄국주의에 의해 통제되고 있었기 때문에 연안에 접근할 수도 없었다. 포격까지 받는 바람에 허겁지겁 나가사키로 되돌아왔다.
야타로는 그런 모험적인 기획에만 관심이 있을 뿐, 일상 업무에 대해서는 아무 흥미도 없는 듯했다. 더구나 회계권을 쥐고 있는 야타로로서는 번의 나가사키 금고에서 돈이나 우려내려고 하며, 그리고 이번 일과 같은 골치 아픈 분쟁이나 일으키는 해원대 따위에는 귀찮은 존재일 뿐이었다.

료마는 가고시마에서 돌아온 사사키 사카에를 부두에서 맞았다.
사사키는 료마가 에치젠 번으로부터 맡은 대원이었다. 자그마하고 별로 두드러진 점도 없는 사나이였으나, 술을 마시면 무턱대고 소리를 질러대며 얼굴 모양까지 달라지곤 했다. 게다가 웬일인지 극단적인 좌막론을 내세운다. 그러면서도 평소에는 동지들의 근왕론에 순순히 맞장구치는 것이었다.
"취하면 좌막파가 된다는 것은 그것이 본심이기 때문이다. 사사키 사카에를 베어 버릴 테다!"
대원들이 떠들어 댄 일도 있었다. 료마는 그런 소동을 크게 꾸짖고 타이른 일이 있다.
"한 사람의 좌막파도 설득하지 못한다면 세상을 뒤엎을 큰일을 치를 수 있겠는가?"

취하면 좌막론을 내세우는 것은 사사키가 도쿠가와 가문의 에치젠번 출신인 까닭에 저도 모르게 멸망하는 막부에 대한 감상을 금치 못하기 때문이리라. 평소에는 근왕파라는 점으로 보아 사사키 자신은 마음속의 갈등으로 어지간히 고민하고 있었던 것이 틀림없다.

료마는 돌아오는 길에 다짐을 하고, 이케다야(사사키 산시로의 숙소) 2층으로 데리고 올라가 다시 한번 다짐했다.

"영국 해병 살해 사건은 정말 자네가 저지른 짓이 아닐 테지?"

"틀림없습니다."

사사키는 차고 있던 칼을 떼어 료마 앞에 내놓으며, 살펴보십시오 하고 말했다. 료마는 칼을 도로 내밀며 웃어넘겼다.

"그렇다면, 좋다."

내일 열릴 예정인 법정 대책을 세우기 위해 다른 동지들을 불러들였다. 번에서는 사사키 산시로, 이와사키 야타로, 오카우치 슌타로, 야마사키 쇼로쿠가 참석하고 해원대 측에서는 스가노, 와타나베 등이 동석했다.

"단호히 부인하는 거요. 쓸데없는 잔꾀를 농할 필요는 없소. 요는 아니라고 할 수 있는 기백이오. 그밖에는 다른 방법이 없소."

료마는 그렇게 말하고, 그렇게 하기로 방침을 정했다.

실은 이 영국 해병 살해 사건의 하수인이 해원대가 아니었다는 것이 판명된 것은 메이지 원년 8월에 이르러서였다. 하수인은 당시 뜬소문도 돌지 않았던 지쿠젠 후쿠오카 번사였다.

가네코 사이키치(金子才吉)라고 했다. 후쿠오카 번의 수재였으며 나가사키에는 측량술 수업을 위해 파견되어 있었는데, 사건이 나던 날 밤, 그는 성제(星祭) 구경을 하려고 나왔다. 동행한 사람은 무라사와 우하치로(村澤右八郞), 나가타니 기지로(永谷儀次郞), 사누이 다베에(讚井多兵衞), 구리노 신이치로(栗野愼一郞), 다하라 요소(田原養相), 도미나가 겐지(富永賢治) 등이었다.

도중에 그는 외국 해병이 술에 취해 행패부리는 것을 보자 격분을 금치 못하여 단칼에 베어 버리고 말았다. 그러나 가네코는 번에 누를 미칠까 두려워 이틀 후에 하숙에서 할복자살했다.

이 사실을 지쿠젠 후쿠오카 번은 극비에 붙이고 있었다. 도사 번과 영국과의 분쟁을 보고도 계속 침묵을 지켰으나, 어떤 계기로 이것이 발각되어 메이지 원년 가을이 되어서야 겨우 사건이 해결된 것이다. 영국 공사 퍼크스는 자신의 미친 사람 같은 태도를 부끄럽게 여겨 그런 뜻을 적은 사과문을 야마노우치 요도에게 보냈다.

그러나 그 당시의 료마 등은 사건의 진상에 대해서 알 까닭이 없었다.

결국 막부측은 손을 들고 말았다. 사사키 사카에가 돌아온 다음날, 시내 다테산(立山)에 있는 나가사키 행정청에서 두 행정관 및 총감찰관 도가와 이즈노카미, 감찰보조 시다라 이와지로 등 고관이 참석한 가운데 심의가 벌어졌다.

도사 번에서는 용의자인 스가노와 사사키가 출두했고, 번 대표로는 사사키 산시로가 병중이기 때문에 이와사키 야타로가 출두하여 쌍방의 주장을 되풀이했다. 물론 결론이 날 기미가 보이지 않았다.

게다가 배석한 어네스트 사토가 이 심의에 흥미를 잃어 연방 하품만 삼키고 있어서 막부측은 내심 기뻐하며 넌지시 의견을 물었다.

"이제 어쩌면 좋겠습니까?"

사토로서는 자기 상사의 광태 때문에 일어난 분규로 보고 있었으므로 처음부터 열의가 없었다.

"이만 끝내는 것이 좋겠습니다."

그 덕분에 심의는 종결되었다.

그러나 막부측으로서는 이 정도로 소동을 벌인 일을 그냥 얼버무려 넘긴다는 것은 위신에 관한 일이었으므로 기묘한 결심(結審) 방법을 생각했다.

"사과하라"는 판결을 도사 측에 내린 것이다.

"용의는 일단 풀렸지만 스가노 가쿠베에와 사사키 사카에, 와타나베 고하치 등의 진술에 약간의 차이가 있었다는 점, 도사 번 주재관 이와사키 야타로가 문제의 오테키마루 출발시 행정청에 출항계를 내지 않았던 점 등은 질책을 받아 마땅하다. 그 점에 대한 공개사과를 하라."

그런 것이었다. 물론 '공개사과'라는 것도 일종의 처벌이기는 했으나, 피고가 행정관 앞에 꿇어 엎드려 "사과드립니다" 하면 끝나는 것이었다.

이날 료마는 증인 자격으로 병실에서 대기하고 있었는데, 행정청이 그런 판결을 내렸다는 말을 듣자 코웃음을 치며 말했다.

"잘못이 없는데 무슨 사과냐."

스가노, 사사키 사카에, 이와사키, 와타나베 등 네 명에게 절대로 막부 쪽에 사과하지 말라고 일렀다.
그러나 오후가 되어 재개했을 때 행정관이 "사과하라" 하는 영을 내리자, 이와사키 야타로는 재빨리 "사과드립니다" 하면서 엎드려 버렸다. 야타로로서는 고작 이런 일에 무사가 고집을 부리듯 버텨봤자 아무 소용도 없다는 생각이었다.
야타로가 사과해 버리자, 사사키 사카에마저 허둥지둥 꿇어 엎드리며 덩달아 사과해 버리고 말았다.
그러나 스가노 가쿠베에와 와타나베 고하치 만은 완강히 거절하고, 꼿꼿이 고개를 든 채 항변을 계속하면서 한 걸음도 물러나지 않았다.
이래서는 행정관측이 결심을 내릴 수가 없어서, 사과할 것을 밤이 깊도록 요구하였으나, 두 사람은 끝내 굽히지 않았다.
마침내 행정관이 꺾여서 무죄로 판결을 바꾸어 그대로 방면하고 말았다.
료마는 이케다야에서 요양중인 사사키 산시로 앞으로 곧장 서신을 보냈다.
지금 막 전쟁은 끝났소. 그런데 이와사키, 사사키 사카에 등은 아시다시피 전략을 지니지 못한 자들이라 부득이 패퇴했소. 오로지 스가노, 와타나베의 진(陣) 만은 감히 적군이 넘보지 못했소.
료마의 글씨는 춤추는 듯했다.

재판은 끝났다. 료마는 역사를 빙 돌려놓는 본업으로 돌아가지 않으면 안되었다.
아니, 료마뿐이 아니었다.
재판에 출석했던 영국 공사관의 통역관 어네스트 사토 역시, 그런 사건에는 아무 흥미도 없었다. 그의 관심은 오로지 낡은 역사의 종말을 구경하는 것과 새로운 역사의 탄생을 취하는 것에만 쏠리고 있었다.
'누가 낡은 역사의 숨통을 끊고 새로운 역사를 일으키는가?'
그것만이 알고 싶어 사토는 일본의 요인들과 만나고 그들의 말뜻을 캐 보고 있었다. 이 예민한 감각을 지니고 있는 청년은, 막부도 모르고——아니, 사쓰마 조슈 사람들 자신도 극소수밖에 모르는 '사쓰마 조슈 비밀동맹'을 이미 냄새 맡고 있었다. 그가 만약 저널리스트가 되었다면 역사에 남을 기자가 됐을지도 모를 일이지만.

사토는 막부측과 사쓰마측에 아는 사람이 많았다. 그만큼 취재원도 풍부했다. 그러나 조슈인은 한두 사람밖에는 모르며, 도사인에 이르러서는 이번 사건으로 겨우 고토 쇼지로를 알았을 뿐이다. 그밖에는 아무도 몰랐고, 특히 폭탄적인 존재인 이누이 다이스케를 몰랐다. 도사인에 대한 것은 사토의 맹점이었다.

최대의 맹점은 사카모토 료마였다. 도사에서 나가사키까지 같은 배를 타고 오고 나가사키 행정청에서도 같은 테이블에 앉았으면서도, 그가 사쓰마 조슈 비밀동맹의 작자이고 바야흐로 막을 올리려는 대정봉환극의 작자 겸 연출자라는 것을 상상조차 못한 것이다.

사토는 재판 때문에 나가사키에 체류하는 동안 영사 플라워즈의 관사에 묵고 있었다. 그리고 그 동안에 이 역사에 남을 취재기자는 놀라운 인물을 만났다.

가쓰라 고고로였다.

이 조슈 번의 거물은 물론 공공연히 나가사키에 나타났던 것은 아니다. 풍운의 움직임을 나가사키에서 탐지하기 위해 사쓰마인을 가장하고 이토 슌스케를 데리고 나타났다. 그 주요 목적은 료마를 만나서 대정봉환안이 무력 토막의 사상을 포함하고 있는가, 아닌가를 확인하기 위한 것이었다.

그가 나가사키에 도착하자마자, 이토는 자신이 전부터 잘 알고 있는 영국 영사에게 데리고 갔다. 영사 플라워즈는 저녁 준비를 해 놓고 환대했다. 같은 관사에 묵고 있던 사토도 당연히 동석했다.

영사는 가쓰라의 소속 번과 이름을 소개했다.

사토는 당시의 상황을 회상기에서 이렇게 말하고 있다.

"만찬이 베풀어졌을 때, 나는 비로소 유명한 기도 준이치로(木戶準一郎), 다른 이름으로 가쓰라 고고로라고 하는 인물과 만났다. 이토 슌스케와 함께 영사관에 들렀던 것이다. 가쓰라는 무인으로서도 정치인으로서도 가장 과단성 있는 인물이었지만, 언뜻 보기에는 부드러운 인상이었다."

식사가 끝난 후, 사토는 정국 이야기를 나눴다. 그러나 "두 사람(가쓰라와 이토)은 나를 경계하고 있는 것 같았다"고, 사토는 기록하고 있다. 가쓰라는 끝까지 막부를 타도할 것이라는 본심을 밝히지 않고 시치미를 뗀 것이다.

"우리 주군께서는 정말 곤란한 입장에 계시오. 극히 온순한 성품이어서 막부 타도 따위는 생각조차 하신 일이 없소. 그런데도 막부나 세상에서는 이러쿵저러쿵 하니, 정말 딱한 입장이 아니냐 말이오."
사쓰마 조슈 비밀동맹이란 움직일 수 없는 증거를 쥐고 있는 사토로서는 내심 우스워서 견딜 수 없었다.

당시, 가쓰라는 '목게이(木圭)'라는 암호명을 쓰고 있었다.
"사이님 앞──목게이로부터."
그런 여자 필체의 편지를 료마가 받은 것은 아직 재판이 끝나기 전이었다. 사이님이란 료마의 가명 사이다니 우메타로(才谷梅太郎)를 줄인 것이었다. 가쓰라는 심부름꾼이 막부측에 붙들리는 경우에 대비하여 그 형식을 쓴 것이었다.
"가쓰라가 와 있다."
료마는 동지들에게만 귀띔을 하고 나카지마 사쿠타로로 하여금 밀회 준비를 시켰다.
밀회는 아부라야 거리(油屋町)의 오케이(慶)네 집을 쓰기로 하고, 그 다실에 장소를 마련했다.
가쓰라는 이토 슌스케를 데리고 나타났다. 저택 구석구석마다 해원대의 사관들이 몸을 숨기고 만약의 침입자에 대한 내비를 했다. 료미가 가쓰라의 신변에 대한 염려를 한 것이었다.
"실은 두 가지 얘기가 있네."
가쓰라는 나지막한 소리로 말했다.
"첫째는 형께서 추진하고 있는 대정봉환이오. 그건 설마……."
가쓰라는 료마가 무혈 혁명을 꿈꾸는 것은 아닌지 걱정이 되었다. 막부로부터 완전히 봉쇄당하고 있는 조슈 번으로서 번을 살릴 수 있는 길은 막부를 무력으로 때려눕히는 방법밖에 없었다.
"거기에는 이런 내막이 있네."
료마는 사이고에게 본심을 털어 보였듯이 가쓰라에게도 더욱 자세히 내막을 설명했다.
요컨대 막부와 각 번 막부옹호파를 납득시키기 위해서는 그야말로 무혈 혁명이 최선이라고 역설한다. 만약 막부가 거절할 때는 그 실정을 온 천하에 알리고 각 번을 규합해 막부를 쓰러뜨릴 전쟁을 벌인다는 것이다.
"그러기 위해서는 상당한 병력을 준비해둬야 하네. 교토에서는 우리 도사 번의 나카오카 신타로가 시라카와(白河)마을에 육원대를 만들어 놓고, 지금 사쓰마의 서양식 훈련관 스즈키 다케고로(鈴木武五郞)를 초빙해 동지들의 조련에 힘쓰고 있는 중이야."
또한 료마는 도사 본국에서도 이누이 다이스케가 비밀리에 번 육군의 대대적인 탈영을 시도하고 있다는 사실을 털어 놓고, 한편 해원대도…… 하고 말을 계속했다.
"나가사키를 떠나 교토로 향할 걸세."
료마는 이미 이시다 에이키치를 선장으로 하는 오테키마루에 대포를 실으라는 영을 내려 두었으며, 내일이라도 오사카를 향해 출항할 예정이라는 말을 했다.
"뿐만 아니라……."
료마는 말한다.
"네덜란드 상인에 주문하여 소총 천 자루를 상해에서 실어 오는 중이다. 다만 그 대금을 어떻게 지급할 것인지 지금 걱정거리이기는 하지만 말이야."
가쓰라는 기뻐했다. 그런 뒤 그는 두 번째 용건을 몹시 거북한 표정으로 말했다.
"실은 조슈에서 이 나가사키까지 번의 기선을 타고 왔는데 기관이 고장을 일으켜 나가사키에서 수리를 했어. 그런데 그 비용이 엄청나게 비싸서 천 냥쯤 부족하기 때문에, 그것을 청산하지 않고는 귀국할 수 없는 형편이 되어 버렸네. 무슨 좋은 수가 없을까?"
료마는 이 일을 선선히 떠맡았다.

천냥이라고 하면 큰돈이다.
료마는 곧 사사키 산시로와 의논하여 회계 담당인 이와사키 야타로에게 그 돈을 내게 했다.
"싫다."
야타로는 상대도 하지 않았다. 그는 이 따위 강도 같은 녀석의 말대로 하다가는 회계고 뭐고 감당해 낼 수 없다는 생각이 들었기 때문에 딱 잘라 거절했다.
"이 말에 료마는 화가 머리끝까지 났다.
"번으로서의 우정이다. 자네 같은 회계 담당자는 모르는 일이야. 자네는 금고 뚜껑을 열기만 하면 되는 거다."
료마는 본의 아닌 거친 말을 퍼부으며 야타로의 멱살이라도 잡을 기세로 대들어서 마침내 천 냥을 토해 놓게 했다.
"해적 같은 놈!"
야타로는 돈을 내놓으면서 혀를 찼다. 암만해도 이 두 사람은 얼굴만 맞대면 서로 감정이 폭발하여 냉정한 대화를 할 수 없었다. 생각해 보면 료마와 야타로는 서로 알기 시작한 처음부터 온건한 말을 나누어 본 적이 한 번도 없었다.
다음날 료마는 마루야마의 다마가와정(玉川亭)에서, 조슈의 가쓰라 고고로와 이토 슌스케를 불러다 놓고 술을 마셨다. 도사측은 료마와 사사키 산시로였다. 료마가 조슈에서 가장 위대한 정치가인 가쓰라를 사사키에게 소개한 것은 역시 근왕 교육의 실습을 위한 것이었다.
그뿐만 아니라 정치적인 의미도 있었다. 우유부단하여 그 궐기를 사쓰마 조슈 양 번에서 의심스럽게 생각하고 있는 터이라, 그런 폐풍을 사사키의 앞으로의 활동에 의해 타개토록 하려는 뜻도 있었던 것이다. 그런 점에서 본다면 다마가와 정의 모임은 시시키가 그 주빈인 셈이었다. 가쓰라도 그 점을 잘 알고 있어서, 끊임없는 미소를 사사키에게 보이고 있었다.
"지난번 사토라는 영국 통역관을 만난 일이 있는데요."
가쓰라는 그때 얘기를 했다. 사토는 가쓰라에게 이런 말을 했던 것이다.
"서양에는 노파사업(老婆事業)이라고 하여 신사로서는 부끄럽게 여기는 일이 있습니다."
노파사업이란 말로만 한다한다 하면서 끝내 실행하지 못하는 것을 뜻한다. 사토는 은근히 막부 타도의 시기를 염두에 두고 한 말인 것 같았다.
"우리는 영국의 1개 통역 따위에게 놀림을 당한 셈이야."
가쓰라는 말했다.
가쓰라는 화술에 능숙했다. 앞으로 정세 타개를 연극에 비유해 말했다.
"보나마나 대정봉환은 어려울 거요. 성공을 기대하지 말고, 7, 8할 정도까지 연극이 진행된 뒤에 무대 상황을 살펴보고, 막판에 가서는 포격 연극으로 돌리는 수밖에 없을 줄 아오."

사사키 산시로는 큰 소리로 웃으면서 기뻐했다. 사사키는 자신도 극중의 인물이 된 기분이었다. 나가사키로 온 후 그는 완전히 막부 타도론자가 되어 버렸다고 할 수 있다.

"지금 그 말을 사카모토 앞으로 보낸 편지 양식으로 하여 적어 주시오, 본국으로 가지고 가서 본국의 수구파들을 깨우치는 자료로 삼고 싶소."

이처럼 사사키는 가쓰라에게 부탁하기까지 했다.

가쓰라는 나중에 편지를 썼다. 그 편지 덕분에 가쓰라의 '노파 사업'과 '막판에는 포격 연극'이란 말이 일종의 유행어가 되었다.

료마는 이 연회 성과에 만족했다. 그는 닥치는 대로 마시고 잔뜩 취하자 말했다.

"미국에서는 대통령이 하녀의 급료까지 걱정한다고 한다. 300년 동안 도쿠가와 장군은 그런 걱정을 해 본 일이 있는가. 이 한 가지 사실 만으로도 막부는 쓰러뜨리지 않으면 안 된다."

이 말이 도사 번에 전해져 근왕파 인사들을 더욱 자극시켰다. 도사계의 근왕 운동은 사쓰마 조슈 두 번의 그것보다 양민 구제란 경향이 짙었으며, 그 전통은 메이지 시대에 이르러 자유민권운동과 결부되게 되는데, 그 기초적인 사상은 료마의 이 한 마디로 집약될 수 있으리라.

가쓰라는 다음날 아침 나가사키를 떠났다. 조슈 본국에서는 이미 거병 준비가 진척되고 있어서 가쓰라의 귀국을 기다리고 있었던 것이다.

누가 날리는 건지 철 늦은 연이 후토 산(風頭山) 꼭대기에 떠 있었다.

　　나가사키 명물은 연날리기, 우란분 축제
　　가을에는 스와의 북소리 따라
　　동네사람 하나둘 어슬렁어슬렁

그런 민요에도 있는 연날리기다. 여느 때 같으면 봄에만 벌어지는 행사인데, 때 아닌 가을철에 크게 유행하고 있었다.

교토, 오사카 방면에서도 '부적 소동'이라는 기묘한 현상이 벌어져, 세상을 바로잡는 신부(神符)가 내렸다고 법석을 떨며, "얼씨구절씨구" 하면서 샤미센 장단에 맞춰 덩실덩실 춤을 추는 패들이 있다고 한다. 사쓰마인들이 퍼뜨린 것이라는 소문도 있지만, 해마다 치솟는 물가와 막부의 정치력 쇠퇴, 더구나 강도들의 횡행이라는 말기 현상이 서민들로 하여금 세상을 바로잡아야 한다는 갈망을 가지게 했고, 그것이 그런 광태를 연출케 하고 있는 것이라고 해도 좋으리라.

나가사키에서도 료마는 거병 준비에 바빴다.

이미 대원 이시다 에이키치를 선장으로 하는 오테키마루를 오사카로 출항시켰다.

료마는 처음에는 대원 전부를 끌고 갈 예정이었으나 도중에 생각을 바꾸어 일부를 남겨 두기로 했다.

"이유는 이렇다."

그는 남은 대원들에게 말했다.

앞서 사사키에게도 말한 적이 있는 나가사키 행정청 습격 사건이었다.

"교토, 오사카 방면에서 전쟁이 터졌다는 소식을 듣거든 즉각 행정청을 습격해서 공금 10만 냥을 몰수토록 해라."

료마는 이어서 말했다. 항내에는 막부 군함 '가이텐'이 정박해 있었다.

"그것을 빼앗아 타고 교토로 올라오도록."

그런 때에 교토에서 무쓰 요노스케가 아키의 배 신텐마루로 나가사키에 왔다. 무쓰는 진작부터 료마가 영을 내려 두었던 해상 환전업무에 관한 조사서를 배 안에서 정리하여 그것을 료마에게 제출했다.

료마는 쭉 내려 읽고 말했다.

"됐다."

"이제부터는 좀 거친 일을 하지 않으면 안 된다. 풍운이 사라지거든 이 조사서를 바탕으로 해서 크게 사업을 벌여 보기로 하세."

그리고 그의 노고가 적지 않았음을 치하하고 그 조사서를 나가사키 주재관 이와사키 야타로에게 맡겼다.

야타로는 눈이 휘둥그레지며 그것을 읽고 소중히 금고에다 간직했다.

이제는 총기 구입을 위한 대금 문제가 남아 있었다.

료마는 운이 좋았다.

마침 나가사키의 사쓰마 번저에 갔다가, 사쓰마 번 나가사키 출장원인 분요 지로에몬(汾陽次郎右衛門)에게서 이런 말을 들었다.

"나가사키에서 5천 냥을 마련했는데 그것을 오사카 번저에 보내도록 해야겠어."

료마는 그 돈을 잠시 융통해 줄 수 없겠느냐는 부탁을 했다. 사쓰마인들 사이에서 료마의 신용은 대단했으므로 "좋소" 하고 즉석에서 내주었다. 료마는 즉각 대원을 오우라 해안으로 달려가게 했다. 그곳에는 미리부터 라이플총을 사들이기로 약속되어 있는 네덜란드계의 해트만 상회가 있었다.

합의가 이루어졌다.

사들이는 라이플총은 모두 1300정이었다. 그 총 대금은 1만 8000냥이었으나, 계약금조로 우선 4000냥을 내기로 했다.

료마는 도사 상회로 돌아와, 그 계약서에 서명했다. 보증인으로는 료마와 절친한 사이인 하사미야 요이치로(鋏屋與一郎)와 히로세야 조키치(廣世屋丈吉)가 나서 주었다.

잔금 지불일은 현품 인수 후 90일로 했다.

"90일이라면 석달이다. 그 사이에 막부를 쓰러뜨리고 새 정부를 세우는 거다. 잔금은 새 정부가 지불토록 한다. 네덜란드 상사 측에 폐는 안 끼친다."

료마는 걱정하는 야타로에게 말했다. 야타로는 씁쓰레한 얼굴을 하고 있었으나, 문득 중얼거렸다.

'어쩌면 그대로 될지도 모른다.'

실제로는 그보다 몇 달이 더 연장됐지만 그동안 야타로는 나가사키에서 연불 교섭을 하여, 결과적으로는 료마가 말한 대로 될 수 있었다.

료마는 이어서 사사키에게 말했다.

"그 중 3백 정은 해원대가 갖고 1천정은 도사 번에 기증한다. 그 뜻을 본국에 급히 알려 주게."

사사키는 크게 기뻐하며 외쳤다.

"자넨 역시 고향인 도사를 잊지 않고 있었군."

료마는 다시 조후(長府 : 조슈의 지번) 번사 미요시 신조와 가쓰라 고고로 앞으로 편지를 보냈다.

"막부 토벌전을 일으킬 때는 사쓰마 조슈 두 번과 해원대의 군함, 수송선을 같은 함대로 편성하여 효고에 집결시켜 둘 필요가 있다."

이 문제에 대해서는 이미 가쓰라에게 말한 일이 있어서 가쓰라는 그때 말했다.

"자네가 그 총수를 담당하면 어떻겠나?"

료마는 고개를 흔들었다. 혹시 막부 함대를 은사 가쓰 가이슈가 거느리고 오지 않을까 하고 염려했던 것이다. 가쓰를 향해서 포문을 열 수는 없는 일이었다.

그 무렵 나가사키 항에 사쓰마 선 미쿠니마루가 입항하여 급히 석탄을 싣고 있었다. 료마가 그 배를 방문하자, 타고 있던 사쓰마 번의 중신 시마쓰 노보루(島津登)와 마치다 민부(町田民部)가 료마에게 속삭였다.

"사카모토군, 드디어 시작이네."

이제부터 이 기선으로 가고시마에 돌아가 거기서 본국 병력을 실은 다음, 다시 조슈령인 시모노세키로 가서 그곳에 집결해 있는 조슈군을 싣고 교토로 극비리에 갈 작정이라는 것이었다. 사실 도바 후시미에서 분전하는 사쓰마 조슈군의 대부분은 이 배로 수송된 병력이었다.

"도사는 아직도 결단을 못 내리고 있나?"

마치다 민부는 걱정스럽게 말했다. 사쓰마, 조슈, 도사 세 번이 보조를 같이하지 않으면 교토에서의 쿠데타는 성공하기 어려우리라.

료마는 자신의 고국을 부끄럽게 생각했다.

"나도 곧 상경할 예정인데, 도중에 도사에 들러서 소총 1천 정을 풀어놓을 작정이다. 언제까지나 꾸물거리고 있지는 않겠지."

료마는 그 후 배를 물색했다. 마침 무쓰 요노스케가 빌려 타고 온 아키 번 선 신텐마루가 아직 나가사키 항내에 있었다.

"신텐마루를 빌려 줄 수 없겠는가?"

료마는 아키 번의 나가사키 주재관과도 가까운 사이였으므로 선선히 승낙을 받았다. 아키 번은 요즘 중신 쓰지 쇼소(辻將曹)를 중심으로 하여, 급속히 막부 반대세력으로 변화하고 있었지만, 그래도 마음 놓을 수는 없었다.

"저 배를 어떻게 할 작정이오?"

번사 하나가 물었다. 그러나 료마는 그저 웃어 넘기며 여느 때처럼 장사를 하려는 거라고 얼버무려 버렸다.

이 배에 도사 번에 증정할 1천 정의 총과 해원대용 3백 정의 총을 싣고 나자, 료마는 고소네의 별장으로 돌아와 오료에게 명했다.

"준비해."

료마로서는 오료만을 나가사키에 남겨둘 수는 없었고, 그렇다고 풍운이 휘몰아치는 교토로 데리고 갈 수도 없었다. 조슈번 지번인 조후 번에서 맡아 주도록 이미 미요시 신조 앞으로 편지를 보내 두었던 것이다.

료마가 나가사키 항내에 있는 신텐마루에 오른 것은 게이오 3년 9월 14일 새벽이었다.

선내에는 오료 말고도 오카우치 슌타로가 있었다. 대원으로서는 무쓰 요노스케, 스가노 가쿠베에, 나카지마 사쿠타로, 그리고 진수부의 산조 사네토미가 보낸 특사인 도다 우다(戶田雅樂 : 후일의 오지키 사부로 남작)도 동승하고 있었다. 배는 닻을 올리고 아주 느린 속도로 움직이기 시작했다.

료마는 선교에 선 채 이나사 산(稻佐山)과 후토 산(風頭山)을 바라보았다. 이윽고 태양이 솟아오르기 시작하자 탄성을 내지를 정도로 그는 이 항구의 아름다움에 감동을 느꼈다.

나가사키 항은 예부터 "다마노우라(瓊浦)"라고 한다. 과연 이 아름다움은 그 이름에 어긋나지 않았다.

"오랫동안 근거지가 되어 준 고장이다."

료마는 사라져 가는 이나사 산을 바라보며 문득 그렇게 중얼거렸다.

이윽고 그는 감상을 견디기 어려웠던지, 밑에 있는 선실로 내려갔다.

"무쓰군, 석탄 값이 오를 거야."

뚱딴지같은 웃음을 보이며 말했다. 전쟁으로 기선의 왕래가 빈번해질 것이므로 석탄의 수용도가 급증하리라는 것이었다.

우라도

신텐마루는 현해탄을 지나 이틀 만에 조슈 시모노세키 항에 도착했다.
 료마 등이 곧 상륙하여 해원대 지부로 쓰고 있는 해상 운송점 이토 스케다유(伊藤助大夫)의 집으로 가자, 소슈의 이토 슌스케와 미요시 신조가 찾아왔다.
 "짐을 일부 내려야겠으니 좀 도와주시오."
 이토와 미요시에게 말했다.
 짐이란 라이플총의 일부다. 해원대가 가지기로 한 3백 정 중 1백 정은 나가사키 본부의 대원들이 가지고, 나머지 2백 정은 여기서 다른 편으로 교토로 직행하는 무쓰 요노스케와 스가노 가쿠베에 등이 가지는 것이다.
 "이것은 당분간의 군자금이다. 낭비하지 말도록 해."
 그렇게 말하고 무쓰와 스가노에게 1백여 냥의 돈을 내주었다. 그들은 교토의 풍운 속으로 직행하기 위해, 고치로 가는 료마의 신텐마루와 헤어져 적당한 배를 구해 가지고 오사카로 향해야 했다.
 "마치 아코(赤穗) 낭사들이 쳐들어가기 직전 같군요."
 무쓰가 잔뜩 흥분해서 말했다. 쳐들어간다 해도 상대방은 기라 고즈케노

우라도 133

스케(吉良上野介) 정도가 아니라 도쿠가와 막부 그 자체인 것이다.
이어서 료마는 미요시 신조에게 곁에 있는 오료를 가리켰다.
"이 짐도 좀 부탁하네."
"알겠소. 주군께도 이미 말씀드렸소. 조후 성 밑 거리에 맡아 두기로 하지요."
"유감이지만 그리 얌전한 짐이 아니야."
"어머, 이렇게 얌전한 짐이 또 어디 있어요?"
오료는 뽀로통해진다. 미요시 신조는 데라다야(寺田屋) 사건 이래 오료와는 잘 아는 사이여서 큰 소리로 웃었다. 얌전한 여자는 아니다. 그러면서도 료마에게는 통 도움이 안 되는 거추장스런 짐일뿐인 것이다.
"사카모토 선생."
젊은 이토 슌스케는 목소리를 낮추며 물었다.
"도사 번은 괜찮을까요?"
다시 말하면 사쓰마, 조슈 양 번에 호응해서 궐기할 것인지를 묻는 말이었다. 도사 번은 사쓰마 조슈 양 번과 달라서, 번을 움직이는 키는 요도 자신이 틀어잡고 있었다. 그 까다로운 요도의 흉중이 과연 어떨 것인지가 사쓰마 조슈 양 번 지사들의 의문점이었다.
"모르겠다. 하지만 고토가 실패하면 이누이 다이스케가 있다. 교토에서 일단 포연이 오르기 시작하면 이누이는 독단으로 번병을 거느리고 풍운을 향해 뛰어들 것이다. 이번에 내가……"
료마는 말했다.
"내가 도사에 들르는 것은 변설로 번론을 좌우해 보자는 것이 아니다. 신식총 1000정을 번에 기증하면서 번의 결의를 촉구하려는 거야."
말보다도 사실을 제시하여 그에 따라 상대를 움직이려는 방법은 탈번 이래 료마가 줄곧 취해 온 방법이었다.
이토는 히죽이 웃었다.
"뭐냐?"
료마는 노려보듯 했다. 이 조슈의 이토 슌스케는 가쓰라나 죽은 다카스기를 따라 그림자처럼 노상 쫓아다닌 젊은이였는데, 근래에는 유난히 어른스러워져서 말투도 제법 의젓해진 듯했다.
"한 마디 비꼬고 싶은 모양이군?"

"그렇습니다. 만일 도사 번이 그 신식총 1000정을 받아들이지 않는다면, 우리 조슈 번이 즉석에서 인수하겠습니다."

그 한 마디는 과연 료마로서는 뜨끔한 것이었다. 총을 수령한다는 것은 궐기에 응하리라는 것을 뜻한다. 도사 번이 여전히 우물쭈물하며 받지 않으려고 한다면 조슈 번에 달라는 말이다.

'녀석이!'

이런 생각을 하지 않을 수 없었다.

그건 그렇고 라고 하며 료마가 물었다.

"아까 우리가 시모노세키 항에 들어왔을 때 검은 연기를 뿜으며 떠나간 기선이 있었는데 그건 뭔가?"

"사쓰마의 오쿠보 도시미치님이 타신 배입니다."

이토의 말에 의하면, 사쓰마의 오쿠보는 교토 거병을 위한 최후의 타협을 하기 위해 직접 배를 몰고 조슈에 와서, 전략 전술과 병력수송 문제 등 자세한 협의를 마친 후에 료마와 엇갈려 교토를 향해 떠나갔다는 것이다.

'마침내 일대 연극의 막이 오른다.'

료마는 가볍게 몸이 떨리는 것 같은 심정을 금하지 못했다.

신텐마루는 그날로 시모노세키를 떠났다.

맑은 하늘을 바라보며 고치로 향한다. 항로는 분고 수로(豊後水路)를 남하하여 사다노 곶(蹉跎岬)에 이르면 왼쪽으로 꺾인다.

"사카모토님, 사카모토님이 별안간 고치에 들이닥친다는 것은 좀 생각해 볼 문제가 아닐까요?"

동지인 번사 오카우치 슌타로와 배 안에서 말했다.

우선 료마가 탈번자라는 문제가 있다. 번청의 속된 관리들이 번법 위반이니 뭐니 하여 떠들어 댄다면 정작 요긴한 과제는 허공에 뜰 염려가 있다.

게다가 도사 번 상류 계급의 막부 옹호론은 근래에 더욱 그 열기가 가해져 젊은 무사들 가운데에는 이성을 잃고, "은혜를 저버린 근왕파들을 모두 해치우자"는 큰 소리까지 나오고 있어서, 번 내 사정은 극도로 험악했다. 그런 상황 속에 료마가 상륙한다면 그들 막부 옹호파는 자객단을 조직하여 료마를 죽이려 들지도 모를 일이었다.

"그런 까닭이 있으니 조심하지 않으면……"

"자네한테 모든 것을 맡기겠네. 알아서 해 주게."

료마는 일체를 오카우치의 재량에 맡기기로 했다.

24일 아침. 신텐마루는 아키 아사노(淺野) 영주를 상징하는 '매깃' 깃발을 마스트에 휘날리면서 우라도 만(浦戶灣)에 다다랐다.

이윽고 배는 기관을 멈추고 보트를 내렸다. 료마 혼자서 타고 있었다.

료마는 본선과 헤어져 단신 모래펄에 상륙했다.

가쓰라하마(柱濱)였다.

료마를 태우고 온 보트는 다시 본선을 향해 돌아갔다. 그들은 우라도 만으로 깊숙이 들어갔는데, 오카우치가 고치 성밑거리에서 내려 참정 와타나베 야쿠마(渡邊彌久馬)에게 미리 예고를 하기로 했다.

──료마가 가쓰라하마까지 와 있습니다.

그럼으로써 중신들을 설득하여 료마의 고치 도착을 자연스럽게 하자는 것이었다.

어쨌든 료마는 혼자만 보트에서 내렸다. 하카마 자락을 물에 적시며 모래 펄에 올라서자, 늘어선 솔가지를 울리며 남서풍이 불어오고 있었다.

모래밭이 희고 길게 뻗어 있다. 완만한 해안 저쪽에 류오 곶(龍王岬)이 바다를 향해 길게 뻗어 있었고, 바위에 부딪치는 물결이 끊임없이 부서지고 있는 것이 바라보였다.

'가쓰라하마라……'

료마는 한 걸음 한 걸음 모래밭에 새겨지는 발자국을 즐기듯이 걸어갔다. 걸음마다 치솟는 감상을 그는 억제하지 못했다. 도사에서 태어난 사람에게는 가쓰라하마처럼 고향을 상징하는 것은 또 없으리라.

달 구경에 알맞은 가쓰라하마

이 노래에도 있듯이 고치 성 밑 거리 사람들은 8월 보름날 달 밝은 밤이면 바닷가에 모여들어 달을 안주삼아 술을 마시며 밤을 새는 것이 연중행사로 되어 있다.

후일 이 바닷가에 료마의 동상이 서게 된다. '수에즈 동쪽에서 가장 큰 동상'이라고 일컬어지는 그 동상은 다이쇼(大正) 15년에 몇 명의 청년에 의해 건립운동이 전개되었다. 당시 와세다 대학의 학생이었던 이리마지리 요시야스(入交好保)를 비롯하여 교토 대학에 재학 중이던 노부기요 히로오(信淸造男), 도이 기요미(土居淸美), 아사다 사카에(朝田盛) 등 여러 사람이었다.

그들은 전국의 청년 조직으로부터 얼마 안 되는 기부금을 모아 갔다. 도중에 이와사키 야타로가 일으킨 이와사키 남작 집안에서 5천 원의 기부금을 내겠노라는 제의가 있었지만, 많은 사람으로부터 푼돈을 모아서 건립한다는 취지에서 그들은 그 기부금을 거절했다. 마침내 자금이 만들어지자, 조각가 모토야마 하쿠운(本山白雲)에게 동상 제작을 의뢰했다.

동상은 쇼와(昭和) 3년 봄에 완성되었다. 대좌 뒷면에는 건립자의 이름을 새겨 넣는 것이 보통이었지만, 그들은 일체 이름을 밝히지 않고 이렇게만 새겨 넣었다.

'고치 현(縣) 청년 건립'

5월 27일 제막식 때, 당시의 일본 해군은 군함 하마카제(濱風)를 가쓰라하마에 파견하여 그들이 울리는 예포 속에서 제막식이 시작되었던 것이다.

그러나 이때의 료마는 설마 자기가 이 바닷가에 동상이 되어 남으리라고는 꿈에도 생각하지 않았을 것이다.

우선 그는 솔밭 사이에 있는 초라한 여관을 찾아내자, 그 여관에 들어가 고치에서 소식이 오기를 기다리기로 했다.

료마의 사자 오카우치 슌타로가 우라도 만에서 하선하여 고치 성 밑 거리로 달려갔을 때는 이미 해가 저물 무렵이었다.

오카우치는 자기 집에 들를 겨를도 없이 곧장 참정 와타나베 야쿠마의 집으로 찾아갔다. 오로지 와타나베만을 의지하려고 했던 것은 고토와 유히가 상경중이어서, 본국에 남아 있는 각료 중에서는 와타나베가 가장 통할 만한 인물이었기 때문이다.

"뭐냐, 이렇게 밤늦게?"

와타나베는 옷 띠를 고쳐매면서 객실에 나타났다. 두 눈이 유난히 작았다.

"도사에는 기암괴석형 얼굴과, 수세미에 눈과 코를 뚫어 놓은 것 같은 밋밋한 얼굴형의 두 종류밖에 없다"는 말이 있지만, 와타나베는 이 수세미에 속하는 형이었으리라.

오카우치는 나지막한 소리로 모든 사실을 털어놓았다.

"흐음 흐음 흐음……."

와타나베는 그저 놀랄 뿐이다. 이미 천하의 중심축을 움직인다는 사카모토 료마가 혁명 참가를 권유하기 위해 가쓰라하마까지 와 있다는 것이다. 뿐더러 아키 번선에 신식 소총 1천 정을 싣고 와서 그것을 무료로 증정하리라는 것이다. 어찌되었든 도사 번 창건 3백 년 이래 가장 큰 중대사라고 할 수 있었다.

"료마의 말에 의하면."

오카우치는 한층 목소리를 낮췄다.

"지금 도사가 일어나지 않는다면 결국 사쓰마와 조슈가 지나간 뒤 먼지나 뒤집어쓰며, 타고 남은 벌판에서 못이나 줍는 꼴이 되리라는 것입니다."

오카우치는 여기까지 말하고, 와타나베 앞으로 보낸 편지를 내놓았다. 와타나베는 급히 그것을 읽었다.

편지에는

"오늘은 24일이오. 26일에는 사쓰마군 2개 대대가 비밀리에 상경하게 될 거요. 또한 이것은 극비에 속하는 일이지만, 그때 조슈군도 3개 대대가 동행하게 되오. 사태는 이미 일각의 유예도 허락지 않소."

그렇게 씌어 있었다. 물론 소총 천정에 대한 말도 첫머리에 적혀 있었다.

"아무튼 료마를 가쓰라하마에 그냥 내버려 둘 수는 없다."

밤중이기는 했지만, 와타나베는 총감찰관 모도야마 다다이치로(本山只一郎)를 부르게 했다. 모도야마의 저택은 바로 가까운 곳에 있었다. 잠시 후 모도야마는 개들이 짖어 대는 가운데 달려 들어왔다.

"음, 과연 중대한 사태요!"

와타나베와 오카우치로부터 중대 비밀을 듣자 모도야마는 잠시 말을 잇지 못하고 설레는 가슴만을 누르고 있는 듯했다. 모도야마의 심정을 비유해 본다면, 역사의 긴장 그 자체가 마치 협박자처럼 도사의 현관 마루 끝까지 와서 버티고 앉아 있는 것 같은 느낌이었으리라.

"어, 어쨌든."

모도야마는 말했다. 공공연히 후대할 수는 없지만, 우선 료마를 적당한 장소에 옮겨 놓지 않으면 안 된다. 그 장소로는 스이에(吸江)가 좋다. 스이에는 우라도 북쪽 기슭 일대를 가리키는 지명으로, 만 내의 경치를 관상하는 데는 가장 알맞은 장소로 알려져 있는 곳이다. 자연 거기에는 고급 다정(茶亭)도 많았다.

"마쓰가바나(松鼻)의 다정이 좋을 거요. 그러나 극비에 붙여야 하오."

모도야마는 말했다.

오카우치는 그 사실을 료마에게 알리기 위해 급히 와타나베의 집에서 뛰쳐나왔다. 한편 와타나베와 모도야마도, 밤중이기는 했지만 사람을 시켜 동지들을 모두 와타나베 집에 모이도록 했다.

오카우치는 가쓰라하마를 향해 달렸다. 달리면서 방금 참정 와타나베 야쿠마로부터 들은 사실을 어떤 식으로 료마에게 옮길까 하는 것을 생각했다.

'보나마나 실망하겠지.'

고토 쇼지로의 상경에 관한 일이었다.

료마가 사이고, 가쓰라와 미리 짜 두었고 고토도 승낙했던 한 가지 사실은, 고토가 다만 대정봉환안이란 종잇장 한 장만을 들고 상경하는 것이 아니라 번병 2개 대대를 대동한다는 것이었다. 그 번병을 교토에 대기시켰다가 봉환 계획이 실패로 돌아갈 때는 지체 않고 사쓰마 조슈와 더불어 거병할 예정이었다.

그러나 고토는 단 한 명의 군사도 거느리지 않고 단신 상경했다는 것이다. 물론 고토는 요도에게,

"교토에는 신센조가 거리낌없이 행동하고 있어서 이 제안을 방해하려고 할 것입니다. 호위 병력을 데리고 갔으면 합니다."

이렇게 간청했으나, 눈치빠른 요도는 그 이면의 뜻을 짐작하고 그 청을 받아들이지 않은 것이다.

오카우치는 가쓰라하마에 이르자, 솔밭 사이에서 자그마한 여관을 찾아냈다. 여관이라고 해야 원래는 어부의 집으로, 필요하면 손님을 재우는 정도인 듯했다.

료마는 그 집에서 생선구이를 놓고 저녁을 먹고 있었다.

"왔나, 어서 들어오게."

료마는 이미 그 집에서 한 20년쯤은 살아 온 것 같은 태도로 젓가락을 흔들면서 말했다.

'정말 천하태평이로구나.'

오카우치는 오히려 우스웠다.

그러고 보니 늙은 어부 내외는 물론, 그 딸과도 아주 친해진 모양이었다. 겨우 네댓 시간 들어앉아 있었을 뿐인데도 가족들은 료마가 떠나는 것이 무

척 섭섭한 듯해서 오카우치의 눈에는 차라리 우습게 비쳤을 정도였다.
'이상한 사람이야.'
료마가 밥값을 놓고 나올 때, 열대여섯 살쯤 됐을 딸이 쫓아 나오며 이름을 물었다. 이름도 모르고 있었던 모양이었다.
"순례자야."
료마가 그렇게 대답하자, 소녀는 놀리지 말라는 듯이 뾰로통해졌다. 그 엉덩이를 소녀가 깜짝 놀랄 만큼 한 대 때려 주고 료마는 그 집을 나섰다. 오카우치가 초롱불을 받쳐 들었다.
"지금 상황은……."
오카우치는 와타나베 참정과 모도야마 총감찰관의 뜻을 전하고, 이어서 고토의 상경에 관한 말을 옮겼다.
"나가사키의 영국 해병 사건이 해결됐다는 소식을 듣자, 고토는 곧 배편으로 고치를 떠나 상경했다 하오. 그러나 번병은 한 명도 데리고 가지 못했다는 말이었소."
"대정봉환안의 건의서 한 장만을 가지고 상경했단 말인가?"
료마의 걸음이 느려졌다. 온몸의 힘이 한꺼번에 빠져 버리는 것 같았다.
'실망한 모양이구나……'
오카우치는 료마의 실망을 두려워했다. 바야흐로 도사 번을 시류의 밑바닥에서 건져내는 일이 오직 료마 한 사람의 손에 달려 있는 이때, 그가 실망해 버린다면 죽도 밥도 안 되기 때문이다.
"낙심하지 마시오."
"안 해. 나는 낙심하기보다는 다음 대책을 생각하는 성미다."
그렇게 말은 하면서도 료마의 걸음은 역시 무거운 듯했다. 자연 오카우치는 많은 말을 늘어놓았다.
"요도공은 번병을 거느리고 가서 건의서를 들이댄다는 것은, 위협으로 이쪽 주장을 밀고 나가려는 것이라 사나이답지 못하다고 했다더군. 어디까지나 공론에 의해야만 한다는 말씀이었다는 거요."
"옳은 말이야. 공론에 의해서 나랏일이 이루어지는 세상을 만들고 싶은 것이 바로 내 뜻이기도 하니까."
그 때문에 료마는 배 안에서 팔책(八策)을 써서 대정봉환안의 밑바탕을 만들지 않았는가.

"그러나 언변과 몇 줄의 문장만으로는 도쿠가와는 움직이지 않을 게다. 옛날 이에야스는 무력으로 천하를 취했고, 그 자손 15대 역시 무(武)에 의해서 60여 주를 다스려 왔어. 그런 정권을 요도공은 종이쪽지 하나로 내던지게 하자는 건가?"

영주란 할 수 없다고 료마는 생각하지 않을 수 없었다. 아무리 명석한 두뇌를 가지고 있다 해도 영주란 결국 세상사를 모르는 모양이라고 생각됐다.

"이누이 다이스케는 어떻게 됐나?"

료마는 무력 혁명파인 번 육군 총재의 동향을 물었다.

오카우치의 말에 의하면, 이누이는 고토의 단신 상경에 반대하여, 요도 앞으로 나아가 진언했다고 한다.

"――옛날 도쿠가와 이에야스는 말 위에서 천하를 취하여 3백 년의 패업을 이루었습니다. 그 패업을 말 한 마디로 쓰러뜨리자는 것은 어린애와 같은 짓입니다. 반드시 병마가 따라야 할 줄 압니다."

그러나 요도는 쓴웃음을 짓고 이를 물리쳤으며, 이 위험한 다이스케를 일시 외유라도 시킬까 하는 생각을 비친 일조차 있다고 한다.

"우라도 30리."

이런 속칭이 있는 이 후미 깊숙한 안쪽에 스이에(吸江)가 있었다. 낮이었다면 '스이에 십경(十景)'이라고 일컬어지는 풍경이 료미의 눈을 즐겁게 해 주었으리라.

그 스이에의 마쓰가바나 다정에 들어가자, 이미 참정 와타나베 야쿠마가 기다리고 있었다.

곧 이어 총감찰관 모도야마 다다이치로가 같은 직함인 모리 겐지(森權次)를 데리고 달려 왔다.

그들은 '사카모토 선생'이라고 불렀다. 도사 출신의 1개 낭인에 대하여 번의 현관들이 선생이라고 부른 것은, 료마를 존경했기 때문이라기보다 료마의 배경을 이루고 있는 새로운 추세에 그토록 전전긍긍하지 않을 수 없었던 때문이리라.

"술을 준비시킬까 했으나, 이런 회합에 취하는 것은 좋지 않으리라 생각해서 감주를 가져왔소."

와타나베 참정은 집에서 만든 감주를 내놓았다. 물론 다정 시중꾼들은 부르지 않았다.

이 자리에 있는 현관들은 모두 료마란 이름만 소문에 들어 왔을 뿐, 그 실물을 보는 것은 처음이었다.

'무뚝뚝하고 옷차림에 신경을 쓰지 않으며 고수머리에다 유난히 키가 큰 사나이라고 들었는데, 과연 그대로구나.'

처음에는 무슨 괴수라도 대하듯이 겁도 나고 신기하기도 해서 조심스럽게 마주앉아 있었으나, 20분도 채 못돼서 그들은 료마 특유의 분위기 속에 끌려 들어가기 시작했다. 료마의 말은 웅변이라고는 할 수 없었다. 잠깐 더듬기도 하고 때로는 말이 막히기도 하며, 그런가 하면 일동이 모두 웃음을 터뜨리지 않을 수 없는 기발한 예를 들기도 한다.

놀라운 일은 이 근왕가가 근왕이란 말은 단 한마디도 입 밖에 내지 않았다는 사실이었다.

"사상은 별개 문제다."

그런 뜻의 말을 료마는 몇 번이고 되풀이했다. 사상은 사람마다 제각기 다른 것이 당연하며, 그런 논의는 한가한 사람들에게 맡겨 두는 게 좋다. 역사는 지금 사상이나 감상을 초월해 버렸다. 이미 막다른 골목에 이른 지금과 같은 단계에서는 역사란 물리 현상과 같은 것이라고 료마는 역설했다. 일체 추상적인 표현을 하지 않고 하나하나 구체적으로 설명했다. 그 주장의 주제는 '이해관계'라는 것이었다. 도사 번으로서는 지금 어떻게 움직여야만 유리한가 라는 것이었다. 그런 논법이 아니고서는 상급 무사 출신인 이들 고급 관료의 마음을 사로잡을 수 없다는 것을 료마는 알고 있었다. 도사 번에 대한 세평도 들려주었다.

"도사에 대한 평은 좋지 않소, 멸시당하고 있소. 이대로 있다가는 역사가 계속되는 한 모멸을 면치 못할 거요."

그는 조슈의 이토 슌스케가 시모노세키 항에서 "도사인들이 총을 마다하면 조슈에서 인수하겠습니다" 하고 비꼬았던 일과, 가쓰라 고고로가 말한 '마지막 판은 포격 연극' '노파 사업' 같은 말을 인용하면서,

"이래도 도사 번은 방관만 하고 있을 건가?" 하는 결론으로 몰아갔다.

"변혁은 며칠 후면 닥쳐옵니다. 그야말로 며칠 후요. 지금 땅을 박차고 일어나지 않으면 패배자의 위치로 전락하고 말 거요. 역사는 결코 비겁한 자를 동정하지 않습니다. 여러분은 도사 번을 짊어지고 있소. 군공과 번을

겁쟁이나 패자의 위치에 떨어뜨리고 싶지는 않을 것입니다."

간추리면 이런 논지였는데, 그 어느 대목도 실증 없이는 말하지 않았기 때문에 세 사람은 모두 료마의 의견에 설복되었다.

'이 녀석들이 미친건 아닌가?'

료마가 고개를 갸웃거렸을 만큼 그들은 흥분했다. 긴장과 초조와 울분 때문에 그냥 앉아 있을 수 없는 것 같은 기색마저 보였다.

"료마."

어느 틈에 와타나베 참정은 료마의 이름을 친숙하게 부르고 있었다. 문제는 이거다 하면서 주먹을 치켜들더니 엄지손가락을 세워 보인다.

요도를 뜻하는 것이었다.

"료마, 측신들을 만나 주지 않겠나? 그들을 개조하지 않으면 안 되네."

만나는 장소가 문제였다.

——료마를 어디에다 숨겨 두어야 하나?

그 문제를 놓고 와타나베 참정과 모도야마 총감찰은 넌지시 귀엣말을 나누고 있었다.

"난 이젠 아무 데도 가고 싶지 않소."

료마는 다소 불쾌했다. 이런 판국에 이르러서도 아직 료마의 하찮은 탈번죄를 꺼리어 숨을 데를 찾아내려고 머리들 싸는 그들의 소심성이 답답했다.

"내 한 몸은 어떻게 되든 좋소. 그보다도 번의 방침을 정하는 데에 전력을 기울여 주시오."

그런 뜻의 말을 하자, 그들은 몹시 민망하게 생각하며 료마의 비위를 건드리지 않으려는 듯 한결같이 미소를 보였다.

"옳은 말이오."

결국 그들은 료마에게 '아키 히로시마 아사노 집안 가신, 오자와 쇼지(小澤庄次)'라는 가명을 주고, 그 이름을 변청에 제출함으로써 고치 성 밑 거리에서의 료마의 체재를 합법적인 것으로 하려고 했다.

"번법이라는 것이 엄연히 있고, 게다가 번내 좌막파들과의 문제도 있으니 양해해 주시오."

모도야마 총감찰관은 변명했다. 번의 사법관으로서는 그렇게 하지 않을 수 없을 테지만, 료마로서는 역시 쓸쓸한 마음을 금치 못했다.

"좋습니다."

혼연히 대답하기는 했으나, 모번(母藩)에 대한 자신의 열정이 이토록 통하지 않는가 하는 것을 절실히 느끼지 않을 수 없었다.

그러나 와타나베, 모도야마 등은 그들 나름대로 사태의 긴박성을 느끼고 있었던 것이리라. 그날 밤 료마와 헤어지자 곧 요도의 측근인, 비서관이라고도 할 수 있는 니시노 히코시로(西野彦四郞)를 방문했다. 료마의 입국에 관한 말을 하고 요도에 대해 궐기를 종용하도록 부탁했다.

다음날 아침, 니시노 히코시로는 다른 측근 몇 명을 데리고 와타나베 참정과 모도야마 총감찰관과 함께 료마를 찾아왔다.

료마는 이날 여러 말을 하지 않고, 나가사키에서 가져온 예의 라이플 총 한 자루와 탄약 한 상자를 꺼내 보였다. 그것이 도사 번의 결의를 위한 무언의 설득이 되리라는 것을 그는 알고 있었던 것이다.

7연발의 라이플 총이었다.

참고삼아 말해 보면, 그 무렵까지 십수 년간은 세계적으로 소총이 발달되는 시기였다. 예를 들면 일본에 있어서 서양식총의 대표적인 것은 게벨총이라고 하는 것이었다.

화승총과 별로 차이가 없었다. 발화장치가 화승 대신 용수철이 달린 부싯돌인 것뿐이며, 총알은 화승총과 마찬가지로 총구로 집어넣게 되어 있었다. 막부나 선진 각 번들은 이 게벨총을 사들여서 그 '서양식 무기'를 갖춘 것으로 알았다. 조슈 번도 그런 점은 마찬가지여서 게벨 총이 주력화기였다.

얼마 되지 않아 서양에서는 새로운 총이 개발되어, 이것이 무서운 신식 화기로서 일본에도 들어왔다. 탄환은 총미(銃尾)에서 장전한다. 그 때문에 발사 속도가 게벨총의 10배가 되어, 이 총으로 장비를 바꿀 때 병력은 일약 10배의 힘을 발휘할 수 있었다. 게다가 이 총은 총강(銃腔)에 선조(旋條)가 파져 있고, 끝이 뾰족한 총알이 선회하면서 날아가기 때문에 사정거리도 늘어난 동시에 명중률도 우수하였다. 이 '총미 장전식 선조총'의 출현은 과거의 총을 폐품으로 만들어 버렸다.

그러나 이 신식총은 막부, 사쓰마 번, 조슈 번, 사가 번, 도사 번 등에서 극히 소량씩 구입한 정도로, 동부 일본 각 번에서는 아직도 화승총을 주력 화기로 하고 약간의 게벨총을 가지고 있는 것에 불과하다.

그런데 료마가 가져온 이 라이플총은 그토록 귀중한 '총미 장전식 선조총'

마저 폐품으로 만들어 버릴 최신식 소총이다. 종래의 소총은 모두 단발이었는데, 이것은 7연발인 것이다.

"이 라이플총으로 1천 명을 무장시키면 3만 명의 적과 싸울 수 있소."

이 라이플총을 지니는 한, 도사 번은 일본 최강의 번이 될 수 있다고 료마는 말했다.

료마는 총을 집어 들었다.

총신에는 1860년 뉴욕 주라고 새겨져 있다.

"탄환은 이렇게 장전합니다."

료마는 레버를 조작하며 찰칵 약실을 열었다. 그리고 오른손을 뻗쳐서 탄약 상자를 끌어당기더니 그 뚜껑을 열었다. 안에는 1백 20발의 탄환이 들어 있었고 다른 상자에는 같은 수의 화약이 들어 있었다.

"이게 총알이오."

끝이 뾰족한 첨두형 총알을 집어 들었다. 모두 숨을 삼키고 있었다. 총알이라면 토끼 똥처럼 동그란 것이었는데, 료마의 손가락 사이에 끼어 있는 것은 그것과 전혀 다른 것이었다.

"공모양에서 첨두형으로 바뀌었다는 한 가지 사실만으로도, 세계의 역사는 달라질 수 있는 거요."

료마는 일곱 발의 총알을 넣고 레버를 조작하여 장전을 끝냈다. 총을 들어 창 밖으로 내다보이는 바다를 향해 겨냥하면서 말했다.

"이제 일곱 발을 연이어 쏠 수 있습니다."

그러나 방아쇠를 당기지는 않았다. 모두 말 한마디 못하고 있었다.

"용기와 나라를 생각하는 마음을 지닌 자만이 이 총을 가질 자격이 있소. 거꾸로, 일본의 암처럼 되어 가고 있는 막부에 가담하려는 자에게는 이 총을 줘서는 안 되오."

도사에 막부를 타도하려는 뜻이 있으면 기증하겠지만, 그렇지 않을 때는 오히려 나라의 앞길을 그르치게 되니 줄 수 없다는 뜻이었다. 결국 료마의 기증을 받아들인다면 그것이 곧 막부 타도를 위한 결의를 한 셈이 되는 것이다.

"어떻소?"

료마는 다짐은 하지 않고, 아무렇게나 총을 다다미 위에 내굴린다.

그 후, 요도의 측근들은 천하의 추세에 대해서 료마에게 여러 가지 질문을 했다. 료마는 일일이 친절하게 대답을 해 주었다.

그들은 진심으로 료마의 뜻에 경의를 표하고 시간을 아끼듯이 돌아갔다. 한편으로는 요도에게 보고하고, 한편으로는 번청에서 긴급회의를 열 작정인 듯했다.

돌아갈 때 와타나베 참정은 오카우치를 현관 한옆으로 불러다 놓고 나지막한 소리로 말했다.

"료마는 집에 들르지 않을 건가?"

앞서 스사키 항에 나타났을 때도 성 밑 거리에는 들어오지 않아 집에는 가보지 못했다고 한다. 탈번한 몸이기 때문에 다른 가족에게 누가 미치지 않을까 료마는 두려워한 것이리라.

"번청에서 편의를 도모할 테니, 넌지시 집에 들러 보라고 전해 주게. 그것이 우선은 그의 호의에 보답하는 유일한 길이다."

"알겠습니다. 그렇게 전하겠습니다."

오카우치는 그들을 현관에서 배웅하자 곧 이층으로 올라와 료마에게 그 말을 전했다.

"그래?"

료마는 끄덕이고 얼른 고개를 돌렸다. 갑자기 눈물이 핑 돈 것이다. 사실은 이번 역시 생가(生家)에 누가 미칠까 두려워 들르지 않을 작정이었던 것이다.

"그럼 가 볼까?"

멋쩍은 듯이 말했다. 분큐 2년, 사와무라 소노조(澤村惣之丞)와 짜고, 꽃놀이를 간다고 하고는 그대로 국경을 넘어 버린 이래 벌써 몇 년이 지난 것일까.

'아득한 옛날만 같구나……'

그런 생각을 하고 있을 때 나가사키에서부터 동행해 온, 진수부의 산조 사네토미의 밀사 도다우다가 나타났다. 그는 료마가 교토에서 연출할 대연극의 실황을 진수부에 보고하기 위한 연락 임무를 띠고 있었다.

"오자키군(도다의 본명), 우리 집에 가 보지 않으려나?"

돌연 료마가 말했다. 생가에 대한 그리움이 짙어질수록 어쩐지 혼자 돌아가는 것이 멋쩍어진 것이었다.

"예, 모시겠습니다."

이 젊은 교토인은 무심히 그렇게 대답했다. 그의 본명은 오자키 사부로(尾崎三郎)다. 오무로 닌나지노미야(御室仁和寺宮) 집안의 자손이며 교토 교외 사이인 마을(西院村)에서 태어났다. 후에 신정부의 여러 직책을 역임했고 남작이 되기까지 했다.

그날 오후, 료마는 스이에서 자그마한 배를 타고 맞은편 기슭을 향해 저어가기 시작했다.

"이 근처는 물맛이 아주 좋네."

료마는 손을 담갔다가는 빨곤 했다. 바로 시오에 강(潮江川 : 강미)의 민물과 우라도 만의 바닷물이 섞이는 곳이어서 알맞게 간이 든 물맛이었던 것이다.

"어렸을 때는 예까지 헤엄쳐 오곤 했어."

료마는 이 바닷물이 마치 옛 친구처럼 반가운 듯했다. 둘러보니 바다 위에는 우산 모양의 돛을 단 작은 배들이 수없이 떠 있었다. 그런 기묘한 돛으로 배를 조종하며 어부들이 낚싯줄을 늘이고 있는 것이다. 너저분히 널려 있는 저편에 고치 성의 천수각(天守閣)이 있다.

이윽고 상륙하자, 남의 눈에 띄지 않도록 행인이 적은 강가를 따라 걸었다. 혼초 일가에 있는 집까지는 3킬로미터쯤 될 것이다. 동행은 두다 우다 하나뿐이었다.

니시가라도 거리(西唐人町)까지 오자, 강 건너편 언덕인 히쓰 산(筆山)을 향하여 큼직한 다리가 놓여 있었다. 그 다릿목에서 낚싯줄을 늘이고 있던 중년 무사가 "아니?" 하고 낚싯대를 던지며, 껑충 뛰어오르듯이 몸을 일으켰다. 낚싯대는 그냥 떠내려간다.

"료, 료마가 아닌가!"

향사인 시마무라 주타로(島村壽太郎)라는 사나이였다. 집은 히가시 신마치 거리(東新町)에 있었으며, 죽은 다케치 한페이타의 아내 도미코(富子)의 동생이었다.

"설마 유령은 아닐 테지?"

"쉿!"

료마는 손가락을 입술에 갖다 대고 크게 어깨를 흔들어 보이면서,

우라도 147

"아무 말씀 말아 주시오."

그러고는 어리둥절해진 시마무라를 뒤에 두고 걸음을 재촉했다.

이윽고 그는 한적한 골목을 돌아 빠져 나가서 생가 문전에 이르렀다. 전에 없이 대문이 여덟 팔(八)자로 열려 있었다.

'옛날 그대로군.'

료마는 올려다보고 내려다보고 하다가 대문 안으로 발을 들여 놓는다.

"어흥!"

대문 뒤에 마치 아이들이 숨바꼭질이나 하듯이 숨어 있던 오토메가 그렇게 료마를 놀래 주었다. 료마는 솟구치는 웃음을 참지 못하며, 모두가 어렸을 때와 똑같다는 생각을 했다.

사카모토 집안에서는 번청에서 넌지시 연락해 주었기 때문에 료마가 돌아온다는 것을 한 시간쯤 전부터 알고 있었던 것이다. 료마가 미나미 호코닌 거리(南奉公人町)를 북쪽으로 꺾었을 때, 미리 나와 망을 보고 있던 겐 할아범이 발견하고 한달음에 달려와 알려 주었다는 것이었다.

료마는 뜰 안을 둘러보았다. 여기저기 관목 그늘마다, 겐 할아범이 있는가 하면 조카인 하루이(春猪)가 있고 유모 오야베도 있었다. 오야베는 벌써 한바탕 울었는지 얼굴 전체가 퉁퉁 부어 있다.

"아마, 세상에서 가장 아늑한 곳에 돌아왔구나."

료마는 춤이라도 출 듯이 기뻐하면서 교토 무사인 도다 우다를 소개했다. 도다 우다는 무사 집안답지 않은 이 개방적인 가풍에 어리둥절한 모양이었다.

'재미있는 집이군.'

마치 상인의 집 같았다. 짐작컨대 이 사카모토 가문의 분가이며 집도 한 울타리 안에 있는 사이다니야(才谷屋)가, 성 밑 거리의 3대 부상(富商)의 하나라는 것도 사카모토 가문의 성격에 근본적인 영향을 미치고 있으리라. 또한 료마가 무사이면서도 세련된 경제 감각을 지니고 있는 것에 대한 수수께끼도, 이 집에 와 보고 도다 우다는 비로소 풀린 것 같은 느낌이었다.

잠시 후 도다 우다는 료마를 따라 안방으로 들어가서, 사카모토 집안의 주인이며 료마의 형인 곤페이에게 인사했다.

형이라고는 하지만 부자지간이 아닌가 싶을 만큼 연령차가 많아서, 이미 노인이라고 해도 좋을 것 같았다. 료마와 닮은 점은 뼈대가 유난히 크다는 것뿐, 곤페이는 몸이 뚱뚱했고 용모도 두드러진 데가 없었다. 또 듬성듬성해진 머리 역시 료마와 같은 고수머리가 아니었다.
"먼 길을 오시느라 수고하셨소."
활의 명인이라는 말을 들었지만 언뜻 보면 은거중인 부호 같은 인물이었다.
코끼리 같은 조그만 눈에 눈물이 글썽거리고 있었다.

그날 밤 온 집안 식구가 한자리에 모여 잔치가 벌어졌다.
정면에는 형 곤페이와 손님인 도다 우다, 료마, 그리고 료마의 매형들이 늘어앉았다.
그 옆에는 하루이의 남편인 데릴사위 세이지로(淸次郎), 그리고 오토메와 다케치 한페이타의 미망인 도미코 등이 앉았고, 하루이는 상차림을 지휘를 하고 있었다.
옆방에는 사카모토와 사이다니야의 부하들과 점원들, 다음 넓은 마루방에는 겐 할아범 등 하인배, 봉당에 있는 여자들은 오야베가 지휘하는 등, 앉아 있는 자, 서 있는 자 모두 합해서 30명이나 되는 번거로운 잔치였다. 료마의 귀국은 비공식적인 것이었기 때문에 극히 가까운 사이만 모인 것이 그 정도다.
'유쾌한 집안이군……'
도다 우다는 그저 재미있기만 했다.
형 곤페이는 어지간한 호주가여서 시종 벙글거리며 술잔을 입으로 나르고 있다.
그 점은 오토메 누님도 마찬가지였다. 평소에는 조심하고 있지만, 이런 좌석이 벌어지면 두 되쯤은 충분히 해치운다고 한다. 그 오토메의 고수머리가 료마와 몹시 닮은 데가 있었다.
"오토메 누님과 사카모토 선생은 아주 닮았습니다."
"머리가 말이지?"
료마는 히죽이 웃었다. 료마가 어렸을 때 아버지 핫페이(八平)는 에도에 다녀 온 일이 있었다. 그때 아버지는 가발을 선물로 사 가지고 왔다. 핫페이는 그 정도로 딸의 고수머리가 걱정이 됐던 모양이다.
곤페이의 딸이며 데릴사위를 맞아 사카모토 가문을 잇게 될 하루이는 죽은 어머니를 닮았는지 전혀 다른 생김새를 하고 있었다. 이름처럼 새끼 돼지를 닮은 데가 있어서, 까르륵거리며 노상 웃는다. 료마는 그 하루이가 무척 사랑스러운 듯,

"하루이, 술이 없지 않니?" 하며 술을 가져오게 하고선 오히려 그녀에게 술을 마시게 하곤 했다. 하루이의 취한 모습이 아주 유쾌하고 재미있었던 것이다.

이 하루이에게는 이미 쓰루이(鶴井)와 도미(兎美)라는 두 딸이 있었다. 물론 아직 어려서 자리에는 끼지 않고 있다.

"모두 동물 이름이군요?"

"그렇지. 돼지가 두루미와 토끼를 낳은 셈이야. 도사에는 동물에서 딴 이름이 많소."

료마가 대답했다.

도다 우다가 신통하게 생각한 것은 동석한 사람들이 누구 하나 료마가 지금 무엇을 하고 있는지 묻지 않는다는 것이었다. 역시 번에 대한 배려를 하지 않을 수 없었던 것이리라.

'도사 사람들은 논쟁을 안주로 해서 술을 마신다고 하지만, 이집 사람들은 그렇지 않은 것 같다.'

실랑이 대신 각각 재주를 보여 주었다. 모두 솜씨들이 대단해서 형 곤페이는 하루이의 샤미세에 맞춰 조루리(淨瑠璃 : 악기에 맞춰서 엮어 가는 민중극)를 한 판 엮어 댔고, 오토메는 일현금(一弦琴)을 탔으며, 하루이는 료마의 샤미센에 맞춰 춤을 추었다.

"도다님도 한번 하셔요."

오토메는 손님이라고 봐주지 않았다. 할 수 없이 서투른 노래를 한 마디 불렀지만, 도무지 이 유쾌한 좌석에는 어울리지 않는 것이었다.

잔치가 끝나자 도다는 객실로 안내되었다.

료마는 이층으로 올라가 그가 소년 시절에 쓰던 방으로 들어갔다. 그 방은 오토메가 오카노우에(岡上) 집안을 뛰쳐나온 후 줄곧 사용하고 있었다. 오토메는 남은 술을 가지고 뒤따라 올라왔다. 오늘 밤은 밤새도록 마셔 보자는 것이었다.

"안 돼, 난 누님처럼 못 마십니다."

"무슨 소리야!"

오토메는 털썩 주저앉았다. 신장 1백 80센티미터인 거구여서 처녀 때부터 '사카모토의 수문장 아가씨'로 통한 그녀. 요즘에는 살까지 붙어서 더욱 우람해져 있었다.

"누님, 집을 뛰쳐나오겠다는 생각, 이젠 버렸나요?"

료마는 놀렸다. 여승이 되어서 여러 나라 순례를 떠나고 싶다느니, 남장을 하고 지사 활동을 하고 싶다는 등 하며 편지를 보내오곤 했던 일을 두고 한 말이었다.

"그거?"

오토메는 웃기만 하고 아무 대답도 하지 않았다.

두 사람은 마주하고 계속 술을 마시다가 새벽녘에는 모두 고주망태가 되어 쓰러지고 말았다.

다음날 아침 사카모토 집에는 번청의 관원과 후쿠오카 댁의 가신이 나타나서 형 곤페이와 대면하고 통고를 했다.

"계씨의 탈번죄는 사면하기로 어젯밤 내부 결정이 있었소."

료마의 경우, 번사로서는 어디까지나 '향사 곤페이의 아우'라는 신분이었으므로, 이런 일은 모두 형 앞으로 통고되는 것이었다.

"다만 공식적인 발표가 없었기 때문에, 내놓고 성 밑 거리를 나돌아 다니지는 말도록."

그런 조건이 딸려 있었다.

그러나 료마는 집을 나섰다.

고치에서 해안을 따라 동쪽으로 걸어, 60킬로미터 떨어져 있는 아키(安藝) 고을의 야스다(安田)라는 고장을 찾아갔다. 이곳 향사이자 의원이기도 한 다카마쓰 준조(高松順藏)에게 큰누님 지즈(千鶴)가 출가해 있었고, 료마는 어렸을 때 자기 집처럼 드나들었었다. 료마가 교토에서 유모 오야베 앞으로 낸 편지 가운데,

"후시미의 호라이 다리(寶來橋) 근처에 데라다야(寺田屋)라는 여인숙이 있소. 그 집에 있을 때는 이를테면 나는 다카마쓰 매형 댁에 있는 것만 같은 기분이오."

그런 대목이 있었는데, 그 '이를테면'의 다카마쓰 집이었다.

"잠깐 놀러 왔습니다."

우라도 151

다카마쓰네 집에 들러 두 시간쯤 뒹굴다가 바쁜 일이나 있는 듯이 돌아왔다. 특별히 볼일이 있었던 것이 아니라, 그저 문안이나 드리기 위해 갔을 뿐이었던 것이다.

"돌아올 때, 선물이라면서 예의 라이플총을 한 자루 탄약과 함께 놓고 나왔다.

이 총은 그 후 준조의 맏딸 시게(茂)의 남편인 히로마쓰 겐지(弘松源治)가 막부 토벌전에 가담하려고 넘겨받았으나, 겐지는 어쩌다 원정군에는 참가하지 못했다. 이 총은 그후 히로마쓰 집안의 광 속에서 썩고 있다가 쇼와(昭和) 시대에 이르러 발견되었다.

료마는 다시 성밖 다네자키(種崎) 마을에 있는 친척 오가와 가메지로(小川龜次郞) 댁을 찾아갔다. 마침 제사를 올리는 날이어서 음식이 산더미처럼 차려져 있었다.

"먹을 복이 있는걸."

료마는 기뻐하면서 술과 음식을 먹고 있는데, 얼마 후 뜻밖의 인물이 찾아왔다.

같은 마을의 향사로서, 히네야 도장(日根野道場) 시대의 료마의 사범이었던 도이 요노스케(土居揚之助) 노인이었다.

"뭣이, 료마가 왔다고?"

노검객은 기뻐하면서 방으로 들어왔으나, 료마는 마침 뒤꼍 욕탕에서 목욕을 하는 중이었다.

"아, 도이 선생님!"

료마는 욕탕 안에서 큰 소리를 질렀다.

도이 노인은 이날 하지메(一)라는 어린 손자를 데리고 왔는데, 그 꼬마가 어디선가 쓰러진 듯 무릎이 까져서 시끄럽게 울고 있었다.

료마는 욕실 안으로 꼬마를 불러들여, "너도 목욕이나 해라" 하면서 옷을 벗기려고 했다. 그러나 낯선 사람한테 붙들린 바람에 아이는 더욱 울어 댔다. 료마는 난처해져서 자기 왼쪽 가슴을 가리키며 달랬다.

"봐라, 이건 칼자국이야. 아저씬 칼을 맞고도 울지 않았다. 너도 남자니까 울지 말아야지."

잠시 후 방안에 마주 앉아 노검객과 이런저런 얘기를 나누었으나, 지루해진 꼬마는 더욱 보챈다.

"가만 있자, 아저씨가 북하고 닭을 그려줄까? 그러니 울지 말아야 한다."

붓통에서 붓을 꺼내자, 얼른 그림을 한 장 그렸다. 그린 장본인인 료마마저 탄복하고 싶을 만큼 잘된 그림이었으나, 아이는 그래도 울음을 그치지 않았다.

료마는 따분해진 모양이었다. 품속에서 유리 거울을 세 개 꺼내어 그것을 아이에게 주었다.

얼마 후 노검객은 손자에게 끌리듯이 하여 돌아가 버렸다.

번청에서는 여전히 출병 문제를 놓고 떠들썩하고 있었으나, 료마는 집에 돌아와 묵고 있는 동안 이렇게 특별한 일 없이 나날을 보내며 두 번 다시 논의를 되풀이하지 않았다.

——도사 번의 운명은 도사 번이 택하여라.

그런 것이 료마의 솔직한 심정이어서 반쯤 단념한 상태였다.

료마가 다시 집을 떠나 신텐마루를 타고 후라도 만을 떠난 것은 10월 1일이었다.

그 무렵 고토 쇼지로는 요도의 특사로서 이미 오사카에 와 있었으며, 대정봉환안의 설득 공작을 위해 동분서주하고 있었다.

고토가 오사카에 상륙했을 때, 마침 사쓰마의 사이고 다카모리도 오사카에 와 있었다.

"우선 사이고부터 설득하리라."

고토는, 아니 고토 일행은 사이고의 여관으로 찾아갔다. 여기서 일행이라고 한 것은 고토가 단독으로 움직였던 것이 아니라, 요도의 지시로 번 각료의 한 사람인 데라무라 사젠(寺村左膳)을 대동하고 있었던 것이다. 데라무라는 요도 측근 중에서도 대단한 막부 옹호파여서 후에 도바, 후시미의 전쟁이 일어났을 때도 "참전자는 처벌해야 한다"고 날뛰기까지 한 인물이었다. 요도는 이 데라무라를 딸려 보냄으로써 고토의 독주를 제어하려고 했던 것이리라.

고토가 방문했다는 말을 듣고 사이고는 무릎을 치고 희색을 띠며 객실로 나갔다.

——마침내 결행 시기가 닥쳐왔는가!

그런데 고토가 이름난 막부 옹호파 데라무라 사젠을 데리고 왔다는 사실을 알고 뭔가 잘못되었음을 알아차렸다.
'도대체 어떻게 된 일이냐?'
사이고는 크게 실망했다.
"이것이 장군 앞으로 보낼 저희 번의 대정봉환 건의서입니다."
고토는 그렇게 말하면서 사이고에게 그 건의서를 내 보였다.
……황공하오나 삼가 진언하나이다.
그렇게 시작되는 당당한 서면이었다. 시대의 추이를 논하고 대정봉환의 타당성을 설명한 다음, 천황정부 확립 후에는 상원, 하원의 의회를 두고 서민에게도 의원선거권, 피선거권을 준다는 것과, 나아가서는 군사, 외교, 학교제도에 이르기까지 언급한 것으로서, 논문으로서는 더 이상 훌륭한 글은 좀처럼 없을 성싶은 것이었다.
그러나 그 원안을 료마를 통해서 들은 바 있는 사이고로서는 별로 새로울 것도 없는 논지여서, 죽 읽고 나자 한마디했다.
"훌륭하군요."
그러고는 덮어 버린 채, 이어서 늘어놓는 고토의 웅변을 한 귀로 흘려넘기고 있었다. 사이고가 바라는 것은 도사 번의 웅변이 아니라 그 무력이었다.
마침내 사이고는 견디다 못해 말허리를 꺾었다.
"고토님, 병력은 따라오지 않았군요?"
고토는 급소를 찔린 형국이어서 잠시 입을 다물었다. 그러나 곧 유창한 어조로 말했다.
"본국에 놓아두었습니다."
"하하하, 본국에 놓아 두셨다?"
사이고도 그 말에는 유머를 느끼지 않을 수 없었던 듯했다. 본국에 병력을 두고 있는 것은 어느 번이나 마찬가지 아닌가.
"그렇다면 사쓰마로서는 찬성할 수 없소."
사이고는 완강히 주장하여, 마침내 이날 회담은 흐지부지 끝나고 말았다.
사이고는 교토의 오쿠보에게 이 사실을 급히 알리고, 자신도 그 편지를 뒤쫓듯이 교토로 올라갔다. 또한 그 사이고를 뒤쫓듯이 고토 등도 상경했다.
사이고는 도사 번에 대해 실망했다.
"고토는 종이쪽지 한 장으로 세상이 움직이리라고 생각하는 모양이다."
분개하며 오쿠보 도시미치에게 말했다. 사이고가 들은 료마의 대정봉환은 무력혁명안이 뒷받침되고 있는 것이었는데, 그것이 공식적으로 번에서 다루어졌을 때는 허울 좋은 서면만이 남은 것이다.
"도사 번은 틀렸다."
오쿠보 도시미치도 도사 번을 혁명의 동지로 삼으려는 생각은 이제 집어치워야 할 것 같다는 말을 했다. 그렇다면 결국 무장 봉기는 사쓰마, 조슈 양번에서만 할 수밖에 없다.
그러나 고토는 단념하지 않고 재삼 사쓰마 번저로 찾아와서는 사이고를 상대로 웅변을 늘어놓으며 설득시켜 보려고 애썼다. 마침내 고토는 논지를 바꾸어 말했다.
"무장 봉기를 단행할 때까지는 도사 번과 행동을 같이해 주시오."
이 선에서 양해를 구했다. 그 말만은 사이고도 받아들이지 않을 수 없었다.

물론 고토의 교섭 대상은 사쓰마 번뿐만이 아니었다.
아키 번도 있었다.
아사노(淺野) 가문을 말한다. 아키 히로시마의 42만 6000석의 대번으로, 원래 조슈 번과 이웃하고 있어서 정치사상의 영향을 받기 쉬운 지리적 환경에 있었다. 게다가 번을 지도하고 있는 중신 쓰지 쇼소(辻將曹)라는 인물이 시대의 전망에 밝고 투기적인 배짱도 있어서, 근래 사쓰마 조슈 양번에 많은 접근을 하고 있었다.
"다음 시대는 서부의 대번들에 의한 연방국가가 된다."
쓰지는 그렇게 보고, 사이고와의 약속 밑에 머지않아 있을 쿠데타에 참가하기 위해 이미 번병 1천 명을 교토에 주둔시킬 방책도 추진시키고 있었다.
고토는 이 쓰지 쇼소도 만나 예의 현하지변(懸河之辯 : 물이 거침없이 흐르듯 잘하는 말)으로 하룻밤 사이에 도사 번의 평화혁명 방식에 가담시키고 말았다.
고토에게는 그런 재능이 있었다. 여담이지만 고토는 그의 일생 중에서 이때가 가장 빛난 때였다. 유신 후 세상이 안정되자, 고토의 발상은 그 모두가 지나치게 웅대하여 하나도 성사되는 일이 없어서 실의에 빠진 채 죽어 갔지만.
"그 풍모는 고대 중국의 대책사를 방불케 하는 것이었다. 일본인으로서는 어지간히 보기 드문 인물이 아니었을까?"

후에 이다가키 다이스케가 어이없다는 투로 평을 내린 이 사나이에게는 막부 말기의 난세야말로 가장 적합했던 것이리라.

당연히 고토는 정권을 내던지게 되는 쪽인 막부 요인에 대해서도 사력을 다해 납득 공작을 계속했다.

특히 고토가 그 대상으로 선택한 것은 나가이 나오무네(永井尙志)였다.

나가이는 막부 각료들 중에서도 뛰어난 수재이며 이해력이 풍부했다.

그 나가이는 오랜 관료 생활의 경험에서 막부의 내정과 실력을 훤히 알고 있어, 앞으로는 재정적으로 보나 국내적인 인기와 대외 신용면으로 보나 이미 정권 담당 능력이 없는 것을 내다보고 있었다.

료마가 언젠가 나가이 나오무네에게 물었다.

"그렇다면 묻겠습니다만, 금후 사쓰마 조슈가 연합하여 막부에 도전해 올 때, 막부는 이길 수 있습니까?"

나가이는 고개를 떨어뜨린 채 대답했다.

"이기지 못한다."

단순한 수재일 뿐 꿋꿋한 고집이 없으므로, 눈에 비치는 모든 자료가 비관적인 것으로만 보이는 모양이었다.

게다가 나가이는 장군 요시노부 휘하 중에서 모사가 뛰어난 신하였던 하라 이치노신(原市之進)이 암살된 후로는 감찰관이라기보다도 거의 비서관 같은 존재가 되어 있었다. 요시노부를 움직이려면 나가이 나오무네를 움직이는 것이 가장 빠른 길이리라.

그 때문에 료마는 지난 봄, 고토를 나가이에게 소개하고 나서 말했다.

"성벽은 언뜻 보면 무척 견고해 보이지만, 어느 한 군데에서 돌을 빼내면 전체가 무너질 수도 있는 법이다. 도쿠가와 요시노부의 경우는 나가이 나오무네가 바로 그 돌이야."

도쿠가와 막부라는 거대한 석조 건물의 역학적 구성의 치명점이 나가이 나오무네라는 섬약한 지식인에게 있었다는 것은 하나의 숙명이었을 것이다. 왜냐하면 요시노부 자신이 교양인이었으므로 자연히 꿋꿋한 신념가보다도 자신의 말벗에 알맞은 지식인을 좋아했기 때문이다.

고토는 이 나가이를 열심히 설득시켰다. 고토가 모사에 뛰어났던 점은, 존왕론(尊王論)을 가지고 설득하지 않고 존막론(尊幕論)으로 대했다는 것에 있다.

"요도는 막부를 존중히 여기고 있고 나 또한 존중히 여기고 있다. 현 시국 아래서 우리 도사 번처럼 철저한 존막파는 또 없다. 설령 막부는 와해되더라도 도쿠가와 가문은 존속되지 않으면 안 된다. 도쿠가와 가문을 다음 세대까지 살리는 길은 대정봉환이 있을 뿐이다."
논점을 이 한 점에 집약시켰다.

나가이 나오무네는 당연히 고토가 내놓은 건의서를 장군 요시노부에게 올렸고, 고토의 주장도 빠짐없이 전했다. 그러나 요시노부는 아무 회답도 없었다.
고토는 매일같이 나가이의 숙소를 방문하여,
"결코 독촉을 한다는 뜻이 아니라, 좀 더 드리고 싶은 말씀이 있어서……."
그런 식으로 예의 웅변을 늘어놓고 돌아가곤 했다.
나가이는 오사카에 있는 막부 수상 이타쿠라 가쓰기요에게도 건의서의 사본을 보내고, 고토의 의견도 써 보냈다.
어쨌든 막부로서는 이 건의서를 무시할 수는 없었다. 각하시키면 그것을 구실삼아서 '막부야말로 조정의 적이다'라는 기치 밑에 막부 토벌군을 일으킬 것이 아닌가? 막부로서는 그것을 피해야 했다.
자연히 나가이 나오무네는 하루에 누 차례씩이나 찾아오는 고토를 싫은 얼굴로 대하지 못하고 정중히 대접해 주곤 했다.
그럴 수밖에 없었다.
이렇게까지 객관적으로 정세를 쌓아 올려 막부를 다그치고 있는 것은 요도도 고토도 아닌, 고토 배후에 있는 자라는 것을 나가이 나오무네는 잘 알고 있는 것이다.
'료마다!'
그렇게 생각하고 있었으나 고토는 공을 독점할 셈인지, 아니면 다른 이유가 있는 건지, 그 흑막의 인물인 료마의 이름을 일체 입 밖에 내지 않고 있었다.
'고토란 녀석, 어지간히 엉큼한 녀석인 것 같군.'
나가이는 그런 고토의 뱃심을 재미있게 생각하고 있었다.
어느 날 고토가 여느 때처럼 나가이를 방문하여 요담을 마치고 돌아가려고 할 때 나가이가 말했다.
"소개할 사람이 있소."
"예?"
고토가 주춤했을 때, 왼쪽 미닫이가 열리면서 턱이 너부죽하고 눈매가 날카로운 인물이 나타나더니 공손히 인사를 했다.
나이는 서른네댓쯤 됐으리라. 머리를 길러 뒤에서 크게 하나로 묶고 사치스런 검은 비단옷을 입고 있었다. 거무스름한 살결이다.
'누굴까?'
그렇게 생각하고 있는데, 상대방은 공손한 태도로 자진해서 이름을 밝혔다.
"처음 뵙습니다. 저는 곤도 이사미(近藤勇)라는 사람입니다."
고토는 내심 흠칫했다. 조금 과장한다면 백주에 괴물을 만난 것 같은 충격이라고 해도 좋았다.
사실상 곤도는 당시로서는 괴물 이상의 존재였으리라. 그의 명령 하나면 어떤 지사이든 쓰러지게 마련이었고, 현재 이 사나이가 지휘하는 관립 암살단에 의해 얼마나 많은 유명무명의 지사들이 살해되었는지 모른다.
그가 거느리는 신센조(新選組)는 말하자면 비상경찰군이라고 할 수 있었다. 막부 법률에 관계없이 그가 죽이려고만 생각하면 정상적인 절차를 밟지 않고도 얼마든지 죽일 수 있는 것이다. 처음에는 신분도 낭사여서 아이즈 휘하에 있었던 것이, 지난 6월 10부로 신센조 전원이 정식으로 막부 직속이 되었고, 곤도는 성곽 수비대장이라는 직명을 받아 정식으로 장군 친위대장이 되었다.
곤도는 일전에 우연히 나가이를 방문했다가 이런 말을 했던 것이다.
"대정봉환을 획책하고 있는 도사 번 참정 고토 쇼지로씨를 만나 봤으면 하는데요."
나가이는 요즈음 곤도가 정치에 흥미를 느끼기 시작했다는 것을 알고 있었으므로 좋다면서 즉석에서 허락했다.
어떤 의미에서는 호기심이 있기도 했다.
'곤도의 얼굴을 보고 고토는 어떤 태도를 보일까?'
고토의 인물을 측량한다는 점에서도 흥미가 있었고, 나아가서는 고토의 웅변이 자기(나가이)와는 전혀 다른 형인, 말하자면 완미하다고 해도 좋을 정도의 신념형에 속하는 곤도 이사미에 대해서도 과연 효과가 있는가를 시험해 보고 싶었다.

"아, 그래요?"
고토는 앉음새를 고치면서 인사를 받고, 나는 도사 번의 고토 쇼지로라고 통성명을 했다.
그리고 나서 곤도 이사미가 허리에 차고 있는 소도(小刀)를 가리키며 농담처럼 말했다.
"나는 원래 귀하의 그 허리에 있는 것과 같은 물건을 싫어해서 말입니다. 우선 그것을 떼어 놓을 수 없을까요? 그러고 나서 천천히 얘기해 보는 것이 어떻겠소?"
나가이 앞이라 곤도는 당연히 대도(大刀)는 별실에 떼어 두었지만, 소도만은 그냥 허리에 차고 있었다. 그 소도도 만약의 경우를 위해, 대도 못지않게 긴 것을 차고 있다.
고토로서는 얘기 도중 곤도가 이론보다는 칼을 빼들고 들이칠지도 모른다는 염려가 있었던 것이다.
'훌륭한 배짱이다.'
정면에 앉은 나가이 나오무네는 고토의 태도에 혀를 내둘렀다. 의젓한 몸가짐, 여유 있는 미소, 남의 기분을 상하지 않게 하는 알맞은 재치. 그런 점에서는 고토만한 인물은 교토 전체를 둘러봐도 없으리라고 생각했다. 게다가 고토는 도사 번의 중신인 데다 천하에서 뛰어난 제후로 알려져 있는 요도의 대리이기도 하여, 그 두툼한 배경은 한층 그의 무게를 더해 주고 있었다.
고토의 그런 당당한 태도를 보고 곤도도 예사 인물이 아니라고 생각한 듯했다.
그 증거로, 좀처럼 웃는 일이 없는 곤도가 소리를 내어 웃으며 허리에서 칼을 떼어가지고 멀리 밀어 놓았다.
'이 바보 같은 작자가!'
고토는 내심 이 신센조 국장을 그렇게 보고 있었다. 원래 고토는 암살자라는 것은 모두 그렇게 평가하고 있어서, 후에 영국 공사 퍼크스가 하마터면 자객의 손에 죽을 뻔했을 때도, 고토는 퍼크스에 대해 변명조로 말했다.
"일본인이 모두 저렇다고 생각하면 곤란하오. 어느 나라에든 풍전백치

(瘋癲白痴)는 있는 법이니까.”

고토로서는 암살자 따위는 일종의 정신병자인 풍전백치라고밖에 생각할 수 없는 것이다. 곤도 이사미 역시 고토의 눈에는 풍전백치의 두목 같은 존재였다.

그러나 동시에 고토는 그 풍전백치의 발작을 두려워하고 있었다. 그 때문에 곤도를 손아귀에 말아 넣을 속셈으로 그의 장기인 동양적 심술(心術)을 썼던 것인데, 곤도는 감쪽같이 그 술수에 넘어간 셈이었다.

'대단한 인물이다.'

곤도는 거의 존경하고 싶을 정도였다.

'대정봉환 공작 따위를 하고 있다니 괘씸한 녀석이다.'

곤도는 이 자리에 나타나기 전까지만 해도 그렇게 밖에는 고토를 보지 않았으나, 막상 고토를 대해 보고는 생각을 달리하기 시작했다.

'이만한 인물이 하는 말이라면 검토해 볼 가치가 있을 게다.'

곤도의 용건 중의 하나는 고토가 가지고 있는 대정봉환 건의서의 사본을 얻는 것이었다.

“좋습니다.”

고토는 사본 한 통을 곤도에게 주고, 그 내용을 설명하기 시작했다.

“이것은 신정부 수립안이기는 하지만, 동시에 도쿠가와 가문의 구제안이기도 하오.”

고토는 이 안이 성립되면 도쿠가와 가문은 정권이란 두통거리를 버리고, 8백만 석의 대영지를 지닌 채 제후의 맹주로서 존속하게 된다고 말했다.

“귀하의 고명은 진작부터 듣고 있었고 다시없는 국사(國士)라고 해도 좋을 인물인 것으로 알고 있다. 일본의 영원한 번영을 위해, 귀하와도 더불어 이 안을 추진해 가고 싶다.”

그런 식으로 고토는 설득했다. 곤도를 국사로서, 또한 현 시국 하에서의 중요한 정치가로서 대접하고 있는 점이 곤도의 자부심을 만족시켰다.

어차피 곤도는 한낱 무인에 불과했다. 그는 고토의 이 교묘한 감언에 넘어가 마침내는 감탄해 버리고 말았다.

“듣고 보니 과연 훌륭한 취지요.”

곁에서 그러한 곤도의 모습을 지켜보고 있던 나가이 나오무네는 내심 숨이라도 돌리고 싶은 느낌이었다.

실은 나가이도 대정봉환이야말로 도쿠가와 가문을 정권이라는 질곡에서 해방시키는 천부적인 묘안이라고 생각하고 있었지만, 다만 막부 내부를 설득시킬 자신이 없었다. 그런데 막부 내부에서도 가장 강경파인 이 신센조 국장이 차차 납득하기 시작하는 모습을 보자 자신과 안도감을 얻은 것이다.
　'어쩌면 이 안건, 성사될지도 모른다.'
　이 점 나가이로서는 곤도가 일종의 화학 시험지같은 것이었던 셈이다.
　이날 첫 대면에서 곤도는 조슈 번 처리 방법에 대해서만 찬성하지 않았다.
　조슈 번은 '조정의 적'인 동시에 막부의 적이며, 공번(公藩)으로서의 모든 자격이 박탈되어 있다. 도사 번은 그것을 용서하고 공번으로서 부활시켜야 한다는 것이었다. 그러나 곤도는 끝까지 주장했다.
　"조슈는 용서할 수 없습니다."
　고토는 하나하나 그것을 반박하고 세계정세를 설명하면서, 이대로 국내에서 싸움이 계속되면 일본은 멸망할 도리밖에 없다고 했다. 일본을 구원한다는 관점에서 볼 때, 조슈는 논의할 필요도 없이 용서해야 한다고 했다.
　"이사미는 마침내 아무 말도 하지 못했다."
　데라무라 사젠은 그 수기에 말하고 있다.
　오로지 한 점, 조슈 문제에 대해서만은 이론이 있지만, 곤도가 이 안에 대해서 별로 큰 반감을 가지고 있지 않다는 것을 고토는 알았다.
　'그렇다면 나도 신센조의 주격을 받지 않게 된다.'
　고토는 안심했다.
　곤도는 어지간히 고토가 마음에 들었던 모양이었다.
　"우리 둔소에 놀러 오시지 않겠습니까?"
　고토는 그것을 지나가는 인사 정도로 생각하고, 내일이라도 틈이 나면 가 보고 싶다는 적당한 대답을 해 두었다.
　그런데 곤도는 역시 무사시의 시골 출신 무사라, 고토의 말을 곧이듣고 다음날 줄곧 기다렸던 모양이었다.
　마침내 고토가 나타나지 않자, 재촉하는 편지를 썼다.
　그 편지를 받아 보고 고토는 곤도의 고지식함에 놀라, 곧 사과하는 편지를 쓰고 그것을 부하인 시모무라 게이타로(下村銈太郎)와 모치즈키 기요히라(望月淸平) 두 사람을 사자로 하여 들려 보냈다. 편지뿐만 아니라, 선물도 들려 보냈다.

'그 녀석의 비위를 거스르면 목숨이 없다.'

고토로서는 그것만이 걱정이었다.

곤도는 고토의 그러한 예의와 인물, 식견에 더욱 탄복하여, 국의 간부들을 모아놓고 명령을 내렸다.

"도사의 고토에 대해서는 손을 대지 말아라."

곤도의 이 한 마디야말로 교토에서 활동하는 자로서는 무엇보다도 튼튼한 생명의 보장이라고 할 수 있었다.

곤도는 계속 고토를 만나고 싶어하여 편지를 보내왔다.

"찾아오기가 거북하다면 이쪽에서 방문하고 싶은데 언제쯤이 좋겠는가?"

고토는 회답을 보냈다. 슬슬 곤도가 귀찮아지기 시작한 때문이리라.

"어젯밤 아라시 산(嵐山) 구경을 갔다가 감기에 걸려서 줄곧 누워 있다."

그래도 곤도는 다시 편지를 보냈다.

"어젯밤 아라시 산에 놀이를 가셨다가 감기가 걸리셨다니 유감입니다."

이런 내용의 위문편지다.

그러나 단순한 위문편지에 그치지 않고 "그렇다면 언제쯤 만나 뵐 수 있겠는가?"라는 말을 곤도는 다시 묻고 있었으니, 이쯤 되면 그 천진스러움은 차라리 가엾을 정도라고 할 수 있으리라.

고토는 마침내 손을 든 모양이었다.

날짜를 정하여 기온(祇園)의 요정에서 만나기로 했다.

신센조 국장 곤도 이사미라는 인물은 무사시(武藏) 미나미다마(南多摩)에서 중농(中農)의 아들로 태어났다. 그 일대의 농촌을 지반으로 하는 덴넨리신류(天然理心流)를 익힌 후, 그 종가(宗家)의 양자로 들어가 나중에 종가를 이었다.

에도에도 자그마한 도장이 있다. 분큐 3년, 기요카와 하치로(淸河八郞)의 신초조(新徵組)에 응모했으나, 교토로 올라온 후 그들과 손을 끊고 신센조를 일으켰다. 그 경비는 교토 수호직 마쓰다이라 가다모리의 손을 거쳐 막부에서 지급하고 있다.

신센조는 용맹과감하고 부대 규율이 엄하여 일본 사상 가장 강력한 경찰군이 이룩된 셈이었다. 물론 그들은 원래, 존왕양이사상(尊王攘夷思想)에 의한 동지적 결합으로 출발한 것이었다. 그것이 어느 틈에 사상 빛깔이 희미해져서 지금과 같은 형태와 성격을 취하게 된 것은, 주장인 곤도, 부장인 히지카타 도시조(土方歲三)에 의한 것이었으리라.

부장 히지카타는 정치사상에 대한 흥미는 전혀 없는 듯했다. 오로지 신센조의 조직 강화에만 이상적일 만큼 정열을 기울이며 전념하고 있었다.

그러나 곤도는 다소 달랐다.

곤도는 신센조가 정치 국면 가운데서 특이한 존재가 되기 시작하자 자기도 그 정국에 대해 발언을 시도하려는 생각을 하기 시작했다.

특히 겐지 원년 늦여름에 있었던 하마구리 궁문 변란에서 조슈군이 패퇴한 후로는, 곤도는 빈번히 각 번 주재관들과 기온이나 시마바라(島原)에서 모임을 가지며 그들의 논의에 참견하게 되었다.

원래 곤도는 1개 검객이어서 교양이라고는 일본외사(日本外史)를 읽은 정도뿐이었지만, 어쩌면 근본은 총명한 사나이였는지도 모른다.

교토에 와서 여러 가지 일을 겪는 동안 정치의 본질을 조금씩 알아가기 시작했다. 부대 업무를 보는 틈틈이 라이산요(賴山陽)의 저서를 베껴 가며 글씨 공부를 했고 편지투를 배우기도 했다. 곤도의 편지는 결코 서투른 것이 아니었다.

그토록 향상심이 강한 사나이였으나, 다만 가장 큰 약점은 "장군은 절대적이다"라는, 농민들의 신앙과도 같은 것이 완강히 뿌리박고 있었다. 곤도의 출신지인 무사시 미나미다마 고을은 에도와도 가깝고, 또한 장군 직할령이어서, 말하자면 장군 직속의 농민들이 사는 고장이었다. 이곳 농민들의 장군을 받드는 마음은 장군 직속의 무사들이나 가신들보다 훨씬 높았을지도 모른다.

곤도는 그런 흙냄새 풍기는 권위 신앙이 사상의 바탕이 되어 있었다. 그래서 그의 눈으로 볼 때는 조슈인이나 근왕 낭사들은 '장군님을 거역하는 반역도당'으로밖에는 보이지 않아, 물솥에 넣고 끓여 죽여도 시원치 않을 악당들이었다. 신센조도 조슈인도 출발은 똑같은 존왕양이사상이었는데도 결과가 크게 달라진 것은 그런 점에 이유가 있었다.

게다가 곤도는 입신출세욕이 너무도 강했다. 원래는 지사로서 상경했을 터인데, 지사답게 무보상의 길을 걷지 않고 막부 권력에 의지하여 영달을 꿈꾸는 경향이 커서, 마침내 성곽 수비대장이라는 고급 직속 무사가 되었다. 멸망해 가는 정권이 흔히 상투 수단으로 쓰는 '직위 작전(職位作戰)'에 곤도는 말려든 셈이었다.

 곤도의 향상심은 여기서 그치지 않아, 단순한 막부의 경찰군 지휘관으로서는 만족할 수 없어서, 하나의 정객으로서 대번의 대표자들과도 교분을 나누려고 했다. 고토 쇼지로에 대한 끈덕진 접근 노력도 그런 것의 한 가지였으리라.

 이 고토와의 두 번째 회합에서, 곤도는 고토의 술 좋아하는 버릇에 끌려서 적지 않게 취했던 모양이다.

 곤도는 이렇게 뚱딴지같은 소리를 했다.

 "귀하가 부럽습니다. 혹시 저도 귀번에 태어났다면, 지금과는 좀 더 다른 모습으로, 저도 제 생각대로 움직일 수 있었을 텐데요."

 이런 점으로 보아 곤도의 내심은 반드시 단순하지는 않았던 모양이다. 이미 사물에 눈을 뜨기 시작한 그로서는, 시대의 조류에서 동떨어져 가는 막부 측에 서 있다는 것이 다소 쓸쓸하지 않을 수 없었으리라.

풀매미

고치에서 오사카로 이어지는 료마의 항로는 반드시 순조로운 것은 아니었다.

10월 1일, 우라도를 떠난 신텐마루는 그날 오후 무로도 곶(室戶岬)에서 폭풍을 만나 하마터면 침몰할 뻔했다.

"스사키로 돌아갈 수밖에 없을 것 같다."

료마가 단을 내렸기 때문에, 곧 방향을 바꾸어 도사 해안에서는 가장 적당한 폭풍 피난항으로 알려져 있는 스사키 항으로 들어갔다.

그러나 이날, 심한 파도 때문에 신텐마루의 기관 일부가 고장을 일으켜 출항이 불가능하게 되었다.

오카우치 슌타로는 즉각 상륙하여 고치 번청에 연락하고 번선을 빌리도록 교섭했다.

번에서는 료마를 위해 번선 고초마루(胡蝶丸)를 급히 정비하여 제공하기로 했다. 그러나 역시 당장에는 되지 않았다. 료마는 그동안 교토의 풍운을 생각하며 적지않은 초조감을 금치 못했으나, 어쩔 수 없는 일이었다.

결국 고초마루가 출항한 것은 10월 5일이었다. 선중에서 반가운 일이 한

가지 있었다. 고초마루의 사무장을 맡고 있는 사람이 우에다 난지(上田楠次)라는 옛 동지였던 것이다.

료마는 우에다에 대해 석탄에 관한 주의를 환기시켰다.

"교토에서 전쟁이 일어나면 사쓰마 조슈와 막부의 군함, 기선이 일제히 움직이게 된다. 그 때문에 석탄이 귀해질 테니, 효고에서 잔뜩 사들여 두도록 해."

그런 말을 한 것이다. 같은 배려에서 료마는 이시다 에이키치가 선장을 맡아 보고 있는 해원대의 오테키마루를 이미 효고 항에 입항시켜, 아직은 값이 싼 석탄을 실어 나르게 하고 있었다.

"막부 말기에 헤아릴 수 없는 근왕지사들이 출현했지만 석탄에까지 신경을 쓴 사람은 그 녀석 하나뿐이었다."

우에다 난지는 만년에 말한 일이 있다.

이 난지의 아우는 하치마(八馬)라고 하여, 일찍부터 교토 번저에 있으면서 근왕운동을 벌였는데, 지난달 초 고조대교(五條大橋) 위에서 막부파인 아이즈 번사 10명과 싸움이 벌어지자 잽싸게 칼을 뽑아 그중 몇 명을 살상하고 그대로 도망쳐 버렸다고 한다.

"하치마는 그전부터 날랬어."

료마는 크게 웃었다.

교토 번저에서는 이 싸움이 있은 후 아이즈 번과의 사이에 말썽이 일어날까 두려워 하치마를 본국으로 돌려보냈다고 한다.

다음날 료마는 오사카의 덴포 산 앞바다에 도착했다.

강을 오르내리는 작은 배로 요도 강을 거슬러 올라가 도사보리를 거쳐서, 사쓰마 번의 오사카 번저 맞은편에 있는 동번 용달상 '사쓰만(薩萬)'으로 들어갔다. 해원대가 오사카 사무소로 쓰고 있는 곳이어서 대원 시라미네 슌메, 다카마쓰 다로, 하세베 다쿠지(長谷部卓爾) 등이 주재하고 있었다.

모두 사쓰마 번의 동태에 대해서는 자세히 알고 있어서, 당장이라도 교토에서 혁명전이 일어나지 않는가 하여 흥분할 대로 흥분하고 있었다.

"한가하게 장사업무를 보고 있을 때가 아닙니다"라는 말들을 하는 것이다. 료마는 그들의 흥분을 진정시키며, 정말 싸움이 시작되거든 효고로 달려가서 오테키마루를 타고 덴포 산 앞바다에 정박해 있는 막부 군함을 기습하라고 명한 후, 차도 마시지 않고 '사쓰만'에서 나왔다.

교토까지 동행한 자는 도다 우다와 나카지마 사쿠타로 두 사람이었다.
덴마 하치켄야(天滿八軒家)에서 요도 강을 올라가는 밤배를 타고, 그날 밤은 배 안에서 잤다.
다음날 아침 후시미에 도착.
여인숙 데라다야로 들어가자 마루 끝에 앉은 채 조반을 청해 먹었다.
"교토는 아주 공기가 험악하다던데요?"
여주인 오토세는 걱정해 주었으나 료마는 통 다급한 눈치가 없다.
"후시미에는 아직도 모기가 있나?"
료마는 팔꿈치와 가슴께로 날아드는 모기를 귀찮은 듯이 쫓으며 말했다. 오토세는 웃으면서, 후시미는 양조업으로 이름난 고장이기 때문에 화로가 아쉬워질 무렵이 돼도 모기가 나오는 수가 있다고 했다.
속칭 다이부쓰 가도(大佛假道)라고 불리는 본가도를 따라 교토에 다다르자, 다시 시내를 북상하여 시라카와 마을의 육원대 본영으로 갔다.
여기서 비로소 여장을 벗어 던지고 나카오카의 방에 다리를 뻗고 드러누웠다.
"겨우 교토에 도착했구나."
료마는 새삼 팔다리를 뻗치면서 말했다. 아닌 게 아니라 나가사키의 영국 해병 살해 사건 때문에 두 달 남짓이나 허송세월한 셈이었다.
얼마 동안 쉬고 있자, 나카오카는 무슨 생각을 했던지 복도로 료마를 끌어냈다.
"료마, 잠깐 나좀 보세"
복도에는 초롱불이 3백 개쯤이나 걸려 있었다. 초롱은 모두 위쪽과 아래쪽이 붉게 칠해져 있어서 해원대 부대 휘장과 비슷했고, 그밖에 높직한 고정식 초롱불과 지휘 깃발, 총, 짤막한 창 같은 것도 늘어서 있었다.
"준비는 끝났네. 당장이라도 결정만 되면 과감히 출동할 수 있어."
자랑을 하자는 것이 아니라, 료마가 고토 쇼지로를 조종하여 되지도 않을 대정봉환 공작만 진행시키며 시간만 허비하는 것을 은근히 비웃는 것이었다.
"난 고토를 베어 버릴까도 생각했었다."
나카오카는 말했다. 교토에서 사쓰마 조슈의 궐기론자들 하고만 어울리고 있는 나카오카로서는 당연한 일이었다. 고토가 하찮은 건의서 따위를 들고 다니며 궐기일을 지연시키고 있는 것이 답답해서 견딜 수가 없는 것이다.
"그 따위 운동을 언제까지나 계속하고 있으면 싸움 기회도 놓칠뿐더러 사기가 저하되네. 막부측이 전비를 갖출 여유마저 주게 되는 거야. 막부가 에도에서 병력을 투입해 오면 일은 다 글러지지 않느냐 말이다."
"그러고 보니……."
료마는 부정하지 않고 말했다.
"시일을 너무 끄는 것 같은걸."
"료마, 한가한 소리를 하고 있을 때가 아니야."
"너무 성급히 굴지 말게."
료마는 타이르듯 말했다.
"이에야스 이래 3백 년, 요리토모(賴朝) 이래 7백 년의 무가 정치를 내던지느냐 않느냐의 막판이야. 그렇게 갑자기는 결정을 내릴 수 없지 않겠나?"
그러나 나카오카는 납득하지 않았다.
"고토는 사이고와의 약속을 깨뜨리고 단 한 명도 군대를 데려오지 않았어."
"알고 있어. 난 이제부터 고토를 만나 그 까닭을 물어 보겠네. 신타로, 이제 7, 8일 정도만 참으면 되는 거야. 사쓰마 친구들을 잘 달래 줘. 이렇게 부탁하네."
"모두 서두르고 있다. 난 더 이상 그들을 달랠 자신이 없어. 아니 그보다도……."
나카오카는 노려보듯하며 말했다.
"나 자신, 나를 억제할 수 없어."
"신타로, 여기서 며칠간 참는 것은 일본 백세(百世)를 위해서야."
료마는 내던지듯 말하고 일어나더니 칼을 집어 들고 방에서 나갔다. 고치를 출발한 후, 한 시간도 쉬지 못하여 다소 피곤하기는 했으나 이제부터 또 교토 시내로 달려가 고토 쇼지로와 만나야 하는 것이다.
료마는 밖으로 나와 시라카와 마을의 시골길을 따라 교토로 향했다. 마침 해가 떨어지고 있어서 주위의 소나무 가로수가 붉게 물들 만큼 저녁놀이 짙었다.
료마가 가와라 거리의 번저에 다다랐을 때는 이미 어두워진 뒤였다. 고토는 돌아와 있지 않았다.
"니혼마쓰의 사쓰마 번저에 가서 사이고를 만나고 있는 중이오."
번저에서 하는 말이었다.
고토는 그 무렵, 사쓰마 번저에 있었다. 요즈음 그는 매일 자신과 막부와의 교섭 결과를 사쓰마의 고마쓰 다데와키와 사이고 다카모리에게 자세히 보고하고 있었다. 그렇게 함으로써 그들의 무력 발동을 제어하려는 것이다.
사이고는 언제나 아무 의견도 제시하지 않았다.
고마쓰 다데와키는 한 번의 중신인 만큼, 고토가 주장하는 평화 방식론이 감각적으로는 나쁘지 않게 느껴지는 듯 다소 호의적인 응대를 해 주고 있었다.
사이고는 좀처럼 개전론을 굽히지 않은 채 고토의 활동을 못마땅하게 여기고 있었다.
고토가 그만 돌아가려고 하자, 사이고는 초롱불을 내다 주며 굳이 들고 가라고 했다. 사양하다 못해 고토는 할 수 없이 그것을 받아들고 대문 밖으로 나서려고 했다.
뜻밖에도 대문 곁 어둠 속에 사람이 있었다. 칼을 치켜들고 당장이라도 내려쳐서 고토를 두 동강 낼 기세다. 사이고를 숭배하는 속칭 "사람백정 한지로(半次郎)", 후일의 기리노 도시아키(桐野利秋)였다.
고토는 천천히 초롱을 치켜들어 그 나카무라 한지로의 얼굴을 비지며 한 마디 내던지고 성큼성큼 그 자리를 떠나 버렸다.
"수고하네."
한지로는 일순 어리둥절한 채 내리칠 기회를 놓치고 말았다. 고토는 그 초롱불 덕분에 목숨을 건졌다고 할 수 있다.

번저로 돌아온 고토는 맞은편의 기쿠야(菊屋)라는 책방에서 료마가 기다리고 있다는 말을 들었다.
"그래?"
고토는 다시 신발을 신고 번저의 대문을 나섰다.
나서면 곧 가와라 거리의 한길이다. 크게 대여섯 걸음만 옮기면 맞은편 민가에 부딪친다.
료마는 가게 입구 가까운 계산대에 앉아 있었다. 집안사람들은 이미 잠자리에 든 듯, 이 집 장남인 미네키치(峰吉)만이 료마의 시중을 들고 있었다. 미네키치는 이미 어른이라고 할 나이였으나, 살결이 흰 데다 얼굴이 작기 때문에 열 서넛 정도로밖에는 안 보인다.

고토가 계산대에 올라앉자 미네키치는 가게문을 닫고 풍로를 내왔다. 말린 정어리를 구우려는 것이다.

"허, 정어리 아닌가?"

고토는 석쇠 위를 들여다보며 말했다. 고토는 정어리를 좋아해서, 오사카의 찻집에서 술을 마실 때는 반드시 정어리를 내놓게 했다. 교토에는 생선 정어리가 없기 때문에 료마의 배려로 미네키치를 시켜서 말린 정어리라도 사 오게 한 것이리라.

"자네도 곧잘 남의 기분을 알아주는군 그래."

고토는 기쁜 듯이 말하고 목덜미를 철썩 한번 때렸다.

"지금 하마터면 사쓰마의 나카무라 한지로한테 당할 뻔했네."

"자네가 좀 더 살아 있지 않으면 곤란하네."

료마는 술병을 집어 들었다.

"사이고는 뭐라던가?"

료마가 묻자 고토는 몹시 서두르고 있다는 대답을 하고, 대막부, 대사쓰마의 교섭 경위와 전망을 자세히 얘기했다. 그 고토의 말만 듣고도 사이고와 오쿠보가 얼마나 초조해 하는가를 알 수 있었다.

"사이고는 그럴 테지."

료마는 잔을 내려놓았다. 료마가 본 바로는 사이고처럼 매력적인 인물도 없는 듯했으나 다만 호전적인 경향이 있지 않나 하는 생각이 든다. 게다가 번 내에는 사이고를 추종하는 자들이 많고, 그들이 한결같이 혈기에 날뛰는 자들이어서, 때로는 사이고 자신도 제어할 수 없는 때가 있었다. 나카무라 한지로 같은 자는 그 좋은 예가 되리라.

"그래?"

고토는 말을 듣고 보니 과연 알 수 있을 것 같았다.

"그래서 그런지 아까도 회담 석상에서 사이고는 거의 의견을 제시하지 않았네. 짐작컨대 사이고는 번 내 동지들을 더 이상 누를 수 없는 단계까지 이른 모양이야."

"한 방이라도 총소리가 울리는 날에는 모든 것이 깨지고 만다. 막부가 어서 결정을 내리도록 촉구해야겠어."
"어서 라고 하지만……."
고토는 역시 지칠 대로 지친 모양이었다.
"어려운 일이야. 조금만 더 시일이 있어도 어떻게든 해보겠는데……."
"끝내 막부가 받아들이지 않는다면 받아들일 수 있도록 약간 가감을 하면 되지 않나? 이를테면 막부는 장군 칭호를 잃게 되는 것이 아쉬울 거야. 그렇다면 그런 칭호쯤 남겨 두게 해도 무방하네."
"료마!"
고토는 놀랐다.
"그건 폭론이 아닌가? 장군이란 호칭을 버리게 하자는 데에 목적이 있는 것이 아닌가!"
"호칭 같은 건 명목뿐이야. 정권을 교토에 넘겨주면 명예만이 남는 거야. 단, 그 호칭을 남겨 주게 될 때는 이쪽에서도 교환 조건을 제시해야 하네."
"어떤?"
고토는 다가앉았다.
"대단한 건 아니야. 장군 칭호를 남겨 주는 대신, 에도의 화폐 주조소를 즉각 교토로 이전시키라고 하는 거야."
막부의 화폐 주조소가 교토도 이전되면 막부가 직영해 온 금광, 은광도 교토로 넘어온다. 그렇게 되면 막부는 금은이 없어서 외국 물품을 사들일 수 없고, 외국 물품을 사들일 수 없으면 자연히 망할 수밖에 없는 것이다.
'엉뚱한 생각을 하는 녀석이구나.'
고토는 고개를 설레설레 흔들었다.

료마의 움직임과는 별도로――
교토 일각에서는 무력으로 막부를 쓰러뜨리겠다는 계획이 극비리에, 그러나 착실한 속도로 진척되고 있었다.
그 중심 인물은 이와쿠라 마을에 틀어박혀 있는 공경 이와쿠라 도모미였다. 이와쿠라는 이미 선대 황제의 징계가 풀려 직접 궁중공작을 할 수 있는 몸이 되었다.
그러나 표면상으로는 여전히 은퇴 생활을 하고 있는 척하면서 밤이면 무사로 변장하여, 자라기 시작한 중머리를 복면으로 가리고, 은밀히 사쓰마의 오쿠보 도시미치의 하숙을 방문하는가 하면 어린 천황의 외조부인 나카야마 다다야스를 찾아가기도 하는 등 남모르게 활동하고 있었다.

혁명이라는 것이 거대한 음모라면, 이와쿠라만큼 그런 재능을 타고난 사람도 드물 것이다. 그뿐 아니라 그는 이와쿠라 마을을 떠나지 않은 채 그 일각에서 교토의 풍운을 조종하고 있는 것이다.

이와쿠라에게는 좋은 동료가 있었다.

사쓰마의 오쿠보 도시미치였다. 이미 혁명도 막바지에 이르러 필요한 계획이 자질구레한 음모 단계가 되자, 그것은 사이고가 감당할 분야가 아니어서, 사이고는 그 방면의 활동을 일체 오쿠보에게 맡기고 있었다. 오쿠보는 이와쿠라와 제휴하여 이미 피와 살같은 밀접한 관계가 되어 있었다.

공경 이와쿠라가 담당한 일은 어떻게 해서든지 어린 천황의 외조부 나카야마 다다야스를 설득하여 막부 타도의 밀지를 손에 넣는 것이었다.

오쿠보가 맡은 일은 그 밀지를 가지고 사쓰마 영주를 움직이는 일이며, 사이고가 맡은 일은 번병을 혁명의 불 속에 던져 교토에서의 무력전을 지휘하는 것이었다.

이 세 사람의 활약은 명인의 삼인무(三人舞)를 보듯이 이미 호흡이 들어맞고 있었으며, 춤은 점차로 템포가 빨라져 이제 그 절정에 다다르고 있었다.

이와쿠라는 그의 비서격인 동지 다다마쓰 미사오(玉松操)라는 재야학자에게 명하여 천황기의 디자인을 은밀히 고안하게 했다.

"막부 토벌전"

이것이 시작된다 해도 사쓰마 조슈의 사사로운 전투이어서는 천하는 움직여 주지 않는다. 관군의 입장에 서지 않으면 안 된다. 그러기 위해서 한편으로는 비밀 황명을 위한 공작을 하고 다른 한편으로는 천황기를 만들려는 것이다.

이것이 이와쿠라의 마법이었다. 천황기만 해도 현실적으로 있는 것이 아니었다. 역사책에 의하면 남북조시대에 사용했다는 기록이 있을 뿐이다.

"역사를 조사해 봤자 깃발 모양까지는 알 수 없을 겁니다. 여러 사람이 납득할 수 있는 모양을 생각해 내면 될 게 아니겠습니까?"

이와쿠라는 그 자신이 '선생'으로 섬기고 있는 비서 다마마쓰 미사오에게 그렇게 말하고 있었다. 후일 사쓰마 조슈가 관군의 위용을 갖추는 데 큰 역할을 한 천황기는 이렇게 이와쿠라 마을의 공방(工房)에서 고안되고 있다.

그 재료인 비단도 구하기 어려웠다.

"여자들의 옷띠감이면 되지 않겠는가?"

그런 결론을 얻어 오쿠보는 잘 아는 여자를 시켜 니시진(西陣)에 가서 사오게 했다. 그 여자도 자기가 사온 옷띠감이 역사를 뒤바꾸는 소도구가 될 줄은 꿈에도 생각지 못했으리라.

료마가 고치에서 배편으로 오사카에 도착한 날, 조슈의 연락관인 시나가와 야지로(品川彌二郞)는 은밀히 교토에 잠입하여 오쿠보의 하숙으로 찾아가 도시미치와 만나고 있었다.

"드디어 결기군요."

시나가와는 활기에 넘쳐 있었다. 이 마지막 연락 사항을 품속에 넣고 교토를 탈출하여 조슈로 돌아가 번군을 대거 상경시킨다는 것이 시나가와의 비밀 연락관으로서 임무였다.

오쿠보 도시미치는 신센조의 눈을 피하기 위해 시나가와에게 사쓰마 번사의 복색을 하게 했다.

사쓰마 사람들은 고로(呉絽)로 만든 하오리를 좋아한다. '고로'란 고로프그렌이라는 네덜란드어를 줄인 것으로, 양모에 삼베나 무명실을 섞어 짠 두둠한 옷감이었다. 시나기와는 그 검은 하오리를 빌려 입고 시마쓰(島津) 집안의 가문인 ⊕ 모양이 찍힌 삿갓을 빌려썼다. 어느모로 보나 사쓰마 사람이었다.

다음날 6일 아침 8시 오쿠보는 시나가와와 함께 말에 올라 말머리를 나란히 하고 이와쿠라 마을로 향했다. 이 비밀 회합에서 무력 혁명을 위한 마지막 타합이 이루어질 것이었다.

"시간은 오전 10시쯤이었다."

이 조슈의 비밀 연락관이었고, 후일에 자작이 된 시나가와 야지로는 회고담에서 말하고 있다. 어쨌든 이와쿠라 마을로 들어갔다.

그러나 이와쿠라 도모미의 집으로는 가지 않았다. 이 집에는 이미 고등정무청의 눈이 번뜩이고 있어서, 마을에 있는 공경 나카미카도 쓰네유키(中御門經之)의 별장이 밀회 장소로 사용되고 있었다. 쓰네유키는 이와쿠라의 죽

마고우이며 막부파 공경도 아니었기 때문에 비밀이 누설될 까닭은 없었다.
 오쿠보, 시나가와 두 사람은 말을 탄 채 대문 안으로 들어갔다. 현관 가까이 이르러 말에서 내리자 마침 그들의 발밑을 작은 거북 한 마리가 기어가고 있었다.
 "이거 아주 길조군요. 거북을 본다는 것은 이 거사가 성공한다는 뜻이 아닐까요?"
 시나가와는 그 궁상맞은 모습에 웃음이 가득해졌다. 그는 조슈 지사 중에서는 그렇게 특출한 인물은 아니었지만, 눈치가 빨라서 연락관으로서는 안성맞춤인 사나이였다.
 "오쿠보는 크게 웃으며 끄덕였다."
 큰일을 앞두고 잔뜩 긴장해 있었던 때라, 냉엄하기가 북해의 빙산 같다는 말을 들은 오쿠보도, 거북 한 마리이기는 했지만 그 길조가 무척 기뻤던 것이리라.
 밀담은 진행되었다.
 이윽고 이와쿠라 도모미는 다마마쓰 미사오가 고안한 천황기의 도안을 내놓았다.
 "흐음."
 두 사람은 다다미 위에 엎드리다시피 하며 그것을 들여다봤다.
 제작에 관한 타협은 끝났다.
 앞서 말한 것처럼 감은 오쿠보가 구하고 제작은 시나가와 야지로가 맡기로 했다. 시나가와는 감과 도면을 조슈로 가지고 돌아가서 만든다는 것이었다.
 나중에 그대로 진행하기로 결정되었다.
 깃발에는 정기(正旗)와 부기(副旗)가 있다.
 정기는 해와 달을 그려 넣은 이른바 금기(錦旗)로서 천황기이다. 이것은 사쓰마 번에서 쓸 것과 조슈 번에서 쓸 것을 각각 하나씩 만들기로 했다.
 부기는 나중에 참가할 각 번이 사용케 할 것으로, 국화 무늬를 넣은 붉은 기와 흰 기로 되어 있었다. 이것은 각각 열 폭씩 만들기로 했다.
 "이 깃발만 휘날리면 막부는 순식간에 적군이 되는군요."
 시나가와는 얼굴을 일그러뜨리고 기뻐하면서 말했다.
 "급히 제작하여 사쓰마 번에서 쓰실 것은 교토로 급히 보내겠습니다."

"자, 다음에는 천황의 밀지인데……."

이와쿠라는 두 사람에게 말했다. 천황기를 합법화하기 위해서는 막부 토벌 밀지가 사쓰마 조슈의 손에 들어와 있어야 한다. 이와쿠라는 일어나더니 문갑에서 종이를 몇 장 꺼내왔다.

"이것이 밀지입니다."

'뭐?'

시나가와 야지로는 솔직히 말해서 놀랐다. 이와쿠라는 천황기를 만들었을 뿐만 아니라 밀지까지 만들어 두었단 말인가.

"저, 정말입니까?"

"놀라시긴……."

이와쿠라는 소리 내어 웃었다. 밀지 그 자체가 아니라 황명의 초고였던 것이다. 이것도 이와쿠라의 비서가 문안을 짜서 정서한 것이었다.

"하지만 여기에……."

이와쿠라는 문장 말미의 여백을 가리키며 말했다.

"옥새만 누르면 칙명이 되는 거요."

그리고 눈을 디룩거리며 시나가와를 쳐다보았다. 시나가와는 허둥지둥 끄덕였다.

"그 일도 진척되고 있습니까?"

오쿠보가 묻자, 이와쿠라는 씁쓰레한 웃음을 지었다.

어린 황제의 외조부인 나카야마 다다야스를 설득하는 일이 어지간히 힘이 드는 모양이었다. 이 전임 태정차관(太政次官)인 다다야스라는 노대신은 공경으로서는 드물게 보는 꿋꿋한 인물인데다 완강한 개국반대론자였다. 그래서 이와쿠라는 본의 아니게 이 노인의 보수론에 맞장구를 치며 밀지 문제를 설득하고 있는 중이었다. 다다야스만 한번 고개를 끄덕이면 다다야스가 어린 황제의 손에 옥새를 들려주어 그 손을 내리누름으로써, 이 초고에 도장이 찍히는 결과가 되는 것이다.

이번 상경에서 료마는 숙소를 바꾸었다. 줄곧 이용해 온 재목상 '스시야'는 막부의 밀정이 냄새를 맡은 모양이어서, 사쓰마 번과 육원대에서 새로 마련해 주었다.

역시 가와라 거리의 한길에 있으며, 도사 번저에서도 가까운 곳이었다.

시조(四條) 어귀의 서쪽이라고 할 수 있고, 가와라 거리의 다코야쿠시 남쪽이라고 할 수도 있었다. 긴장을 대규모로 제조하는 곳으로, 가게 이름은 오미야(近江屋)라고 했고 주인의 이름은 신스케(新助)였다. 원래 도사 번의 용달을 맡아 보는 가게였는데, 교토 상인들 중에는 근왕지사에 대해 의협심을 발휘하는 자들이 많아서 남들보다 먼저 나선 것이다.

"그런 분이라면 목숨을 걸고 모시겠습니다."

신스케는 승낙한 다음, 일부러 뒤뜰 광 속에 밀실을 만들어, 만약의 경우에는 사다리를 이용해서 집 뒤 세이간 사(誓願寺)로 빠져 나갈 수도 있게 해 주었다.

사이고 등은 그래도 걱정하여 일부러 사람을 보내서 충고했을 정도였다.

"도사 번에서 탈번죄를 사면한 이상, 번저에 묵는 것이 좋지 않겠는가?"

번저라면 치외법권을 가지고 있고 방비도 엄중하여 아무도 손을 댈 수 없을 것이기 때문이었다.

"답답해서 말이야."

료마는 웃어넘긴 채 거들떠보지도 않았다. 번저 같은 곳에 묵는 것보다는 시정의 상가에 묵는 편이 훨씬 그의 성미에 맞는 듯했다.

그날 료마는 번저에서 고토와 얘기를 나눈 다음 이 오미야 신스케의 집으로 돌아왔다.

이층과 광 일부가 료마를 위해 비워져 있는 곳이었다. 하인이 하나 딸려 있었다.

도키치(藤吉)라는 사나이였다.

도베는 지난 봄 료마와 오사카에서 헤어진 후 지병인 담석이 도져서, 오사카의 사쓰만(藤萬)에 편지를 써 놓고 에도로 돌아가 버린 것이다.

료마는 도베를 잊지 못해 이번 하인도 도키치라고 이름을 고치게 했다.

오오미의 오쓰(大津) 태생이었다. 교토에서의 씨름 대전표에는 맨 첫줄에 이름이 올라가는 씨름꾼이다. '구모이류(雲井龍)'라는 씨름꾼 이름도 가진 사나이였으나, 그리 세지도 못해서 요즈음은 본토 거리(先斗町)의 요릿집 '우오우(魚卯)'의 배달꾼이 되어 좁다란 골목을 큼직한 몸집으로 뛰어다니고 있었다. 그것을 해원대 문관인 나카오카 겐키치가 발견하여 작년부터 돌봐 주고 있었는데, 이번에 료마의 상경을 계기로 료마의 하인으로 달아 준 것이다.

"구모이류라면 나하고 비슷한 이름이구나."

료마는 이 사나이가 아주 마음에 들었다. 그 도키치가 료마의 침식을 시중들고 있는 것이다.

료마가 오미야로 돌아오자 벌써 밤이 늦은 때였지만 무쓰 요노스케가 달려왔다.

"나카오카님에게 들었습니다."

그는 이와쿠라 마을을 근거지로 하여 비밀리에 진행되는 밀지공작을 료마에게 전해 주었다.

"그래? 이와쿠라경이라면 그만한 일은 해낼 게다."

료마는 가타부타 말이 없었다.

다만 문제는 그 막부 토벌 황명이 언제 사쓰마 조슈에 내리느냐 하는 것이었다. 내일 내릴지도 모르고 열흘 후에 내릴지도 모른다.

내리기만 하면 전쟁이 시작된다. 그때는 료마의 대정봉환 공작 같은 것은 포연 속에 흩날려버리고 말리라. 온 나라에 화약 연기가 가득해지고, 3백 영주는 교토측과 에도측으로 갈라져 각지에서 전쟁을 벌임으로써, 일본에는 다시 남북조 당시의 난세가 닥쳐올 것이 자명한 일이었다.

이와쿠라는 그 도화선에 이미 불을 붙였다고 해도 좋았다. 불은 도화선을 타고 타 들어가 머지않아 화약고를 폭발시키게 되리라.

"도화선이 다 타기 전에 장군으로 하여금 대정을 봉환케 해야 한다. 이쯤 되면 시간하고 경주를 해야 하는 셈인걸."

료마는 중얼거렸다.

그 후 며칠을 두고 료마와 고토는 백방으로 뛰어다녔으나 도무지 그 효과가 나타나지 않았다.

원래 막부는 창설 이래 합의제를 원칙으로 하고 있기 때문에, 위급 사태가 일어났을 때는 누구에게 책임과 결정권이 있는지 통 종잡을 수 없는 조직이었다.

고토는 수차에 걸쳐 오사카로 가서 오사카에 주재해 있는 집정관 이타쿠라 가쓰기요를 설득했다. 이타쿠라는 서양식으로 말하면 수상에 해당했지만 수상으로서의 결단은 항상 피하려는 인물이라 고토의 설득은 헛수고에 가까웠다.

그러나,

"도사 번의 면목은 세워준다."

이 부분까지는 이타쿠라도 생각하고 있는 눈치였다. 이것은 당연한 일로 도사 번의 면목을 짓이겨 버리면 모처럼 도쿠가와 가문의 구제를 위해 동분서주하고 있는 이 번을 사쓰마 조슈측에 붙게 할 염려가 있는 것이다. 이타쿠라는 그것을 두려워했다. 고토도 상대방의 그런 의구심을 교묘히 이용해서 설득하고 있었다.

어쨌든 막부의 관료 조직을 움직인다는 것은 그 행정 형태로 보아 불가능한 일에 가까웠다.

결국 장군 요시노부 자신에게 결단을 요구할 수밖에 없었다. 그러자면 요시노부가 가장 신뢰하는 측근인 나가이 나오무네(永井尙志)에 대한 설득을 계속하는 수밖에 없었다.

료마와 고토는 번갈아 가며 나가이를 방문했다. 그 무렵 나가이는 니조 성(二條城) 북쪽에 있는 교토 고등정무청 저택이라 부르는, 부지 안의 남쪽 끝에 있는 서기관 저택을 빌려서 그곳을 임시 숙소로 삼고 있었다.

나가이는 고토의 열정에 탄복하여 "고토는 확실하고 정직했다"라고 남에게도 말하고 기록에도 남겨 두고 있다. 마찬가지로 료마에 대해서는 "고토보다 한층 뜻이 크고 그 이론도 재미있었다"고 말했다.

12일 밤이 되자 사태가 변했다. 이날 밤 교토 각처에 니조 성의 사자가 달려갔다.

"명 13일, 이례적인 일이기는 하지만 장군께서 각 번 중신을 니조 성에 소집하여 중대 자문을 하실 예정"이라는 것이다. 도쿠가와 3백 년 동안, 장군의 가신인 각 번 중신을 모아놓고 정치 문제를 직접 자문한다는 것은 그 전례가 없었던 일이었다. 그뿐 아니라 자문 내용이 명시되어 있는 것이다.

"대정봉환의 가부에 대하여"

이날 밤 교토는 들끓듯 흥분에 휩싸였다.

소집을 받은 각 번은 교토에 중신을 주재시키고 있는 40여 번으로서, 그 번명은

가가, 사쓰마, 센다이, 오와리, 에치젠, 후쿠이, 히고 구마모토, 지쿠젠 후쿠오카, 아키 히로시마, 히젠 사가, 인슈 돗토리, 비젠 오카야마, 아와 도쿠시마, 도사, 구루메, 난키다, 남부, 히코네, 요네자와, 이즈모 마쓰에, 고

오리야마, 히메지, 이요 마쓰야마, 야나가와, 후쿠야마, 니혼마쓰, 나카쓰, 우와지마, 쓰가루, 오가키, 마쓰시로, 시바다 등이었다.

도사 번에서는 당연히 번 수상인 고토 쇼지로가 참석한다. 사쓰마 번에 대해서는 막부는 특별히 중신인 고마쓰 다데와키를 지명했다. 측신으로서 이 번의 중진인 사이고 다카모리와 오쿠보 도시미치는 이미 막부 토벌 방침 이외에는 거들떠보지도 않고 있다는 것을 막부는 탐지하고 있었던 것이다.

이날 밤 고토는 이 니조 성의 사자를 번저에서 만났다. 사자가 돌아간 후 그는 곧 붓을 들어 료마에게 편지를 썼다.

료마는 그 편지를 오미야에서 받아 보고, 역사의 무게가 한꺼번에 온 몸을 덮쳐오는 듯한 느낌을 받으며, 저도 모르게 몸이 부르르 떨림을 억제하지 못했다.

보나마나 장군의 뜻은 이미 결정되어 있으리라. 자문이라고는 하지만 그 결의를 각 번의 여론에 호소하려는 것뿐일 것이다.

'길이냐, 흉이냐.'

료마는 생각했으나 그것만은 도저히 예측할 수 없는 일이었다.

료마는 손톱을 깨물었다.

손톱을 깨무는 버릇은 일찍이 그에게 없었던 것이었으나 본인은 그것을 모르고 있다.

'드디어 내일이라……'

그런 생각을 하면 그토록 신경이 굵직한 사나이도 안절부절못할 심정이었다. 가에이(嘉永) 당시부터 비롯된 막부의 혼란을 대정봉환이란 방법으로 수습하리라는 착상을 한 후, 그 공작 계획을 짜고 안의 골자를 만들고, 나아가서는 새로운 통치형태의 구상마저 만들어서 살을 붙여 가지고 과감히 시류 속에 던져 넣었다. 모두가 료마 혼자에게서 나온 것이다. 그 성패가 내일이면 결정되는 것이다.

료마는 1개 지사에 불과할 뿐, 고토와 같은 번의 중신이 아니었으므로 니조 성의 회의 장소에는 출두할 수 없었다.

하숙에서 결과를 기다릴 수밖에 없었다.

료마가 만약 단독으로 장군 요시노부를 만날 수 있는 신분이라면, 이 안의 이치와 이해를 설명하고 싶었다.

"이에야스가 난세를 수습하여 3백 년 태평의 기초를 쌓은 것은 역사에 대한 공훈이었다. 이제 그 세습 정권을 손수 종식시키고 즉석에서 새로운 역사를 연다면 이에야스 이상의 큰 공이며, 도쿠가와 가문은 두 차례에 걸쳐 역사에 공헌하는 셈이 된다. 생각해 보라. 동서고금에 군사를 쓰지 않고, 난을 일으키지 않고 다만 나라와 백성을 생각하여 그 정권을 양도한 예가 있는가. 우리나라에는 물론, 중국에도 서양에도 없었던 일이다. 그 전례 없던 일을 일본에서 처음 이루어내는 명예를 도쿠가와 가문은 지니기 바란다."

그렇게 료마는 설득하고 싶었다. 그런 설득만 할 수 있다면 그 자리에서 죽어도 좋았다.

료마는 그렇게 생각했다. 그러나 그 모든 말은 고토 쇼지로에게 자세히 해 두었다. 총명하고 능변인 고토는 남김없이 그런 뜻을 장군에게 전해 주리라.

'그러나 그것을 장군이 거부한다면?'

그럴 염려가 있는 정도가 아니라, 냉정히 생각해 본다면 십중팔구는 그런 비관적인 관측을 하지 않을 수 없었다. 장군이 선선히 정권을 양도하리라고 기대한다는 것은 차라리 동화적이었다. 장군은 어디까지나 인간이다. 고대 중국 신화에 나오는 요순과 같은 성인이 아닌 것이다.

다만 일말의 희망을 걸 수 있다면 장군 요시노부가 교양인이라는 사실이었다. 요시노부의 교양 바탕이 그 요순을 이상적 군주로 삼는 유교인 이상, 서양이나 도쿠가와 이전의 일본 역사에 없었던 일을 요시노부가 꿈꿀 가능성은 있는 것이다. 그 꿈이 현실적인 결단에까지 이르는가, 하는 것은 전혀 별개 문제였지만.

"도키치, 붓과 종이를 가져오너라."

료마는 옆방에 있는 사내에게 말했다.

이윽고 도키치가 그것을 가져왔다. 료마는 고토에게 내일의 큰일에 관한 마지막 편지를 쓰려는 것이다.

"건의서 문제에 관하여"

료마는 그렇게 써내려갔다. 씨름꾼 출신 도키치가 갈은 먹이라 먹물은 선명하고 짙었다.

"만약 거부될 경우에는 처음부터 죽음을 각오했던 일이니, 성에서 물러나지 마시오."

고토는 대정봉환안이 수리되지 않을 때는 그대로 니조 성 한 칸 방에서 할복할 작정이라는 말을 료마에게도 밝힌 일이 있었다. '각오'란 말은 그것을 뜻한 것이었다.

"만일 퇴성하지 않을 때는……."

다시 말해서 봉환안이 거부되고 동시에 고토가 죽음으로써 성에서 돌아오지 않을 때는…….

"해원대 단독으로 장군의 입궐길을 기다렸다가……."

료마는 계속 써내려갔다. 해원대 동지들과 함께 장군 행렬을 습격하여 장군을 죽이고 자신도 죽을 생각이다. 지하에서 귀군과 만나게 되리라…… 그런 내용이었다. 료마로서는 사쓰마 조슈를 기다릴 대로 기다리게 한 그 죄를 죽음으로 갚고, 동시에 막부 타도의 선봉이 되어 죽을 작정이었던 것이다.

이 편지는 모두 385자였다. 글귀마다 살기에 차고 귀신이 나올 듯한 무서운 기운이 넘치어, 고토는 그 편지를 읽고 전율을 금치 못했다.

그날이 왔다.

게이오 3년 10월 13일이다.

정오를 알리는 북소리가 들린 지 얼마 안 되어 니조 성 성문으로 예복 차림을 한 무사들이 연이어 들어가기 시작했다. 요시노부의 소집을 받은 사십 번의 대표자들이었다. 큰 번의 경우는 누 명이 조대되었기 때문에 총수는 육칠십 명에 이를 것이다.

회장은 성내의 제2 회의실이었다. 두시 전에 모두 자리를 정하고 앉았다.

2시가 조금 지나서 막부의 최고 집정관 이타쿠라 가쓰기요가 침통한 표정으로 자리에 앉았다. 거느리고 있는 관원은 총감찰관 도가 이즈노카미와 그 감찰관 시다라 이와지로(設樂岩次郎)다.

요시노부는 참석하지 않았다.

일동은 이타쿠라 가쓰기요에게 절을 했다.

"수고들 했소."

이타쿠라는 중얼거리고, 아랫사람에 명하여 미리 복사해 가지고 있던 몇 장의 서류를 모두에게 회람시켰다. 그 서류에는 장군의 말씀이 씌어 있었다.

이것이 의사 진행법이었다. 장군과 가신은 너무나도 신분에 차이가 있기 때문에 이런 형식을 취하지 않을 수 없는 것이다.

따라서 이 회합의 중대성에 비하면 회의 그 자체의 모습은 조금도 극적인 것이 되지 못했다.

"그것이 자문하시려는 안이오."

이타쿠라 가쓰기요가 말했다.

"각자 의견이 있으면 서슴지 말고 말하시오."

그 말이 끝나자 총감찰관 도가와 이즈노카미가 붓과 종이를 가지고 오더니 말했다.

"의견이 있어서 배알하려는 자는 허락할 것이니 여기에다 성명을 기입하시오."

의견이 있으면 별실에서 요시노부를 만나뵐 수 있다는 것이다.

장군의 '말씀'은 회람되고 있다. 회의실에는 무언가 웅성거림이 떠돌고 있는 것 같았으나, 모두 번의 중신들이라 궁중 예법이 몸에 밴 사람들이어서 함부로 소리를 지르지는 않았다.

그 때문에 고토 쇼지로는 온 몸을 비틀고 싶을 만큼 초조감을 금치 못하고 있었으나, 서류가 회람되어 올 때까지는 내용을 알 수 없었다.

'과연 길이냐, 흉이냐?'

이윽고 고토에게 서류가 왔다.

고토는 배례하고 그것을 받아들었다.

'앗!'

고함을 지르고 싶을 정도로 기쁨이 솟구쳤다.

"정권을 조정에 봉환하고 널리 천하의 여론을 다하여……."

그런 한 마디가 언뜻 눈에 비쳤던 것이다.

"다데와키님!"

곁에 앉은 사쓰마 번의 고마쓰 다데와키에게 속삭였다. 고마쓰는 끄덕였다.

고토도 끄덕였다. 마침내 성공한 것이다. 고토는 무릎을 움켜쥐었다. 이제는 입안자인 료마에게 한시라도 빨리 알려 주고 싶었으나 그렇다고 중도에서 일어날 수는 없었다.

"고토님!"

고마쓰가 소곤거렸다.

"배알을 청합시다. 귀공과 아키 번의 쓰지 쇼소(辻將曹), 그리고 나, 다시 말해서 삼 번 공동 형식으로 배알을 청하는 것이 좋을 것 같소. 어떻습니까."

고토는 장소가 장소이니만큼 대답을 하는 대신 잠자코 크게 고개를 끄덕였다.

고마쓰의 말대로 만나볼 필요가 있었다. 대정봉환은 설혹 장군이 그렇게 결심했다 해도 막부 신하들이나 아이즈, 구와나 양 번에서 반대하고 일어날 때는 대혼란에 빠져 결국은 흐지부지될 염려가 없지 않았다.

그것을 막기 위해서는 장군이 즉시 입궐하여 천황에게 아뢰지 않으면 안 된다. 조정의 수락만 받아버리면 정권의 봉환은 법적으로 확정되는 것이다. 그것을 서두를 필요가 있다.

니조 성의 대회의실은 제1, 제2 두 방이 있었다.

"그럼 안내하겠습니다."

안내를 담당하는 자가 사쓰마, 도사, 아키 삼 번 대표에 앞장서서 조심스럽게 넓은 복도를 걸어간다.

마침 이날은 막부파인 아이즈 영주와 구와나 영주도 니조 성에 들어와 있었는데, 두 영주는 그들 네 명(도사 번은 후쿠오카 도지가 끼어서 두 명이었다)을 보고 내뱉듯이 말했다.

"과연 난세구나."

"방계 영주의 하찮은 배신 따위가 장군 어진에 나아가다니 전대미문이 아닌가."

네 사람이 주어진 자리에서 잠시 기다리고 있자, 이윽고 도쿠가와 요시노부가 나타났다.

요시노부는 자리에 앉았다.

배신들은 모두 부복을 한다. 이마를 손등 가까이 가져간 채 숨소리마저 죽이고 같은 자세로 있다.

"그대들 아뢰올 말이 있다 하여 이렇게 알현을 허락하셨다."

최고 집정관인 이타쿠라 가쓰기요가 말했다.

그에 답하여 네 사람 중 제일 서열이 높은 사쓰마 번의 고마쓰 다테와키가 몸을 이타쿠라 쪽으로 돌리고 상체를 약간 치켜들면서 장군의 결의에 대해 감사한다는 말을 했다. 배신인 고마쓰에게는 장군께 직접 말할 자격이 없는 것이다.

이타쿠라는 끄덕이고 말했다.

"그대들 의견이 무엇인지, 그것을 말해 보아라."

"말씀드려도 괜찮겠습니까?"

"사양할 것 없다."

그런 형식적인 몇 마디가 오고간 후 고마쓰는 다시 장군을 향해 엎드린다. 고토, 후쿠오카, 쓰지 등도 마찬가지로 엎드린다. 고개를 들고 바라볼 수는 없는 것이다.

고마쓰는 말한다. 지금 대정을 봉환한다 해도 조정에는 아직 정부가 수립되어 있지 않은 이상 내일부터 곧 정무를 볼 수는 없는 일이다. 조정에 정부가 만들어질 때까지 외국 사무와 국가의 큰 사건은 조정의 평의에 맡기고, 그 밖의 행정은 종전대로 조정의 위임이라는 형식 밑에 계속 맡아보아야 할 것이라는 말을 했다.

"옳은 말이다."

요시노부는 끄덕였다. 그들이 요시노부의 말을 들은 것은 그것이 처음이자 마지막이었다.

잠시 후 물러난 그들은 별실에서 이타쿠라 가쓰기요를 만나, 지금 곧 입궐하여 조정의 재가를 받도록 해 달라는 간청을 했다.

"지금 곧?"

이타쿠라는 언짢은 내색을 했다. 이타쿠라는 막부의 수상이기는 했지만 높은 자리에서 그럭저럭 지내 온 터라 긴박한 정세를 밑의 사람만큼은 알지 못한다.

그러나 네 사람은 예기치 않은 사태를 두려워하고 있었다. 이를테면 아이즈 번이 장군의 결의에 반대하여 들고 일어나면, 그것을 구실로 하여 사이고, 오쿠보 두 사람이 사쓰마군을 동원하여 아이즈를 친다는 명목 밑에 사실상의 막부 타도 혁명전을 일으킬지도 모르는 것이다. 사쓰마 번의 중신인 고마쓰 다데와키는 그 자신이 사쓰마인이니만큼 그 점을 진지하게 두려워하고 있었다.

그러나 집정관인 동시에 빗추(備中) 마쓰야마(松山) 5만 석의 영주이기도 한 이타쿠라 가쓰기요는 그런 위기감을 머리로는 이해할 수 있어도 피부로 느끼지는 못하는 듯했다.

"지금 곧 이라고 하지만 그렇게는 할 수 없는 일 아닌가. 조정에도 사정이 있을 것이고……."

관료다운 말을 했다. 고마쓰 등은 한사코 물러나지 않으며 재삼재사 청을 넣은 끝에, 마침내 내일 14일에 조정의 사정을 알아보고 모레 15일에 요시노부가 입궐하도록 한다는 약속을 받았다.

"그러나 모처럼 천황에게 아뢰어도 조정에서 재가를 내리시지 않는다면 일이 우습게 되네. 그런 착오가 일어나지 않도록 그대들 네 사람이 미리 주선하게."

이타쿠라는 말했다. 그들 네 사람이 궁중의 양해를 미리 얻어 두라는 뜻이었다.

네 사람은 니조 성에서 물러나오자 '주선'을 위해 대궐로 향했다. 이미 밤 9시였다.

가와라 거리의 하숙에서 료마는 아직 아무 소식도 못 받고 계속 기다리고 있었다.

이날, 교토에 있는 도사계 지사들은 모두 료마의 하숙에 모여 있었다.

오미야는 아래층이고 위층이고 도사 사투리를 쓰며 붉은 칼집을 늘인 사나이들로 북적거렸다. 방안이 하도 혼잡하여 뒤채와 이어진 복도에 앉아 있는 사람도 있었다.

모두 기다리고 있다. 니조 성의 회의 결과를 말이다. 료마의 거처에 와 있는 것이 가장 정보가 빠르다.

동시에 만일 거부했다는 결과가 알려질 때는 그들은 즉시 료마를 중심으로 하여 막부 토벌전을 일으킬 생각이었다.

료마는 줄곧 이층에 있었다.

과자를 먹거나 차를 마시거나 하고 있는데 날이 저물어도 고토로부터는 아무 연락도 없다.

"틀렸나?"

료마는 고개를 갸웃거렸다. 그러나 겉으로는 초조한 빛을 보이지 않고 나카지마 사쿠타로를 불러 부탁했다.

"잠깐 심부름을 좀 해 줘야겠어. 쇼지로가 돌아왔는지 안 돌아왔는지 번저까지 가 보고 왔으면 하는데."

"알겠습니다."

나카지마는 곧 달려나갔으나, 잠시 후에 돌아와서 고토는 아직 안 돌아왔다고 보고했다. 고토가 따로 쓰고 있는 하숙에도 돌아와 있지 않더라는 것이다.

"결국 아직 성에서 나오지 않으신 겁니다."

'늦는다는 것은 좋은 징조가 아닌데.'

료마는 그렇게 생각했다. 보나마나 성내는 분란이 났으리라. 최악의 경우 고토는 봉환안이 거부되어 그 능변으로도 당할 도리가 없어지자 성내에서 할복했는지도 모른다.

"료마, 아주 절망 상태 아닌가?"

오랜 동지 하나가 큰 소리로 물었다.

"세상에 절망이라는 건 없는 법이야."

료마는 씁쓰레한 얼굴로 말했다. 죽은 다카스기 신사쿠도 그런 뜻의 말을 하면서,

"결코 절망하지 않는다, 그것이 내 신조다."

그런 말을 평소에 하고 있었던 것을 료마는 문득 생각했다.

한편 고토는 밤 9시가 되어서야 겨우 고마쓰, 후쿠오카, 쓰지 등과 함께 니조 성에서 물러나왔다. 그들은 곧 그 길로 니조 간파쿠를 방문하게 되었으나, 고토만은 료마에게 결과를 급히 알리기 위해 도중에서 헤어져 하숙으로 돌아왔다. 그는 편지를 써서 하인에게 들려보냈다.

고토의 편지는 보도문처럼 간결한 것이었다.

"방금 퇴성."

그렇게 허두에 쓰고

"오늘의 결과를 간단히 말씀드리오."

이어서

"장군, 정권을 조정에 봉환하리라는 영을 내리셨소."

그렇게 굵직하게 내리썼다.

하인은 거리와 골목을 달려 이윽고 가와라 거리 오미야의 문을 힘껏 두들겼다.

나카지마 사쿠타로가 나가서 편지를 받자마자 단숨에 층계를 달려 올라와 료마에게 넘겨주었다.

료마는 펼쳤다.
 묵묵히 고개를 떨어뜨린 채 편지를 들여다보고 있다. 좀처럼 고개를 들지 않는다.
 '무슨 일인가?'
 모두가 료마의 무릎 위에 놓인 고토의 편지를 들여다봤다. 뜻밖에도 대정봉환이 실현됐음이 뚜렷이 적혀 있지 않은가!
 그들은 미처 말을 못했다. 수령인 료마가 여전히 입을 다물고 고개를 떨어뜨린 채 꼼짝도 않고 앉아 있었기 때문이다.
 이윽고 그들은 료마가 고개를 숙인 채 울고 있다는 것을 알았다. 그럴 법한 일이라고 모두 생각했다. 이 한 가지 일을 성취하기 위하여 료마는 뼈를 깎아내듯하는 고생을 해 왔다는 것을 그들은 모두 알고 있었던 것이다.
 그러나 료마의 감동은 전혀 다른 것이었다. 잠시 후 료마는 옆으로 몸을 내던지며 다다미를 두드리더니 다시 일어나 그들로서는 상상도 하지 못했던 말을 했다.
 료마가 이때 중얼거린 말과 그 광경은 곁에 있던 나카지마 사쿠타로와 무쓰 요노스케에게는 평생을 두고 잊을 수 없는 기억이 되었다. 그들은 이 말을 후에 다른 사람에게도 들려주었고, 그 결과 이때의 료마의 말은 문어체 문장이 되어 전해지게 되었다. 여기서도 료마가 중얼거린 말을 문어체 그대로 옮겨 두는 것이 사언스러우리라.

 장군의 오늘의 심정, 헤아리고도 남음 있도다. 용케도 결단을 내리셨도다. 용케도 결단을 내리셨도다. 이몸 장군을 위해서라면 맹세코 목숨을 아끼지 않으리라.

 떨리는 목소리로 료마는 그렇게 말한 것이다. 료마는 온 몸을 꿰뚫고 달리는 감격 때문에 마침내 더 이상 몸을 버티지 못하는 듯했다.
 그가 이때에 느낀 감동처럼 복잡하면서도 단순한 감동은 또 없을 것이다.
 료마는 나가사키를 출발하여 혁명 전야의 교토로 향할 때 격렬한 어조로 조슈의 가쓰라 고고로에게 말했다.
 "미국 대통령은 하녀의 급료까지 걱정한다고 한다. 일본의 장군은 3백 년 동안 그런 걱정을 해 본 일이 있는가. 이 한 가지만으로도 막부는 쓰러뜨려야 한다."

교토에 와서는 고토 쇼지로에게 말했다.

"장군이 만약 이것을 무시할 때는 해원대를 거느리고 노상에서 습격하여 장군을 해치우련다."

그런 말을 했던 바로 그 료마가, 지금 다다미 위에 몸을 내던지고 신음하면서 "이몸, 장군을 위해서라면 맹세코 목숨을 아끼지 않으리라"라는 말을 하고 있는 것이다.

일본은 요시노부의 자기희생에 의해 구원되었다고 료마는 생각했으리라. 자기 희생을 감수한 요시노부에 대해 료마는 거의 기적 같은 것을 느꼈다. 요시노부의 견딜 수 없는 괴로움은 그 안의 입안자인 료마 이외에는 이해할 자가 없는 것이다.

이제 요시노부와 료마는 일본 역사의 이 시점에서 단 둘만의 동지였다. 요시노부는 사카모토 료마라는 초야의 지사를 그 이름조차 모르고 있으리라. 료마 역시 요시노부의 얼굴을 모른다.

그러나 이 두 사람은 단 둘만의 힘으로 역사를 회전시킨 것이다. 료마가 기획하고 요시노부가 단을 내렸다. 료마로서는 요시노부의 자기 희생에 대한 감동 말고도 기획자로서, 마치 예술가가 그 예술을 완성시켰을 때와 같은 기쁨도 있었으리라. 그러나 그 기쁨은 요시노부의 희생 위에 서 있다는 사실로써, 료마는 요시노부의 심중을 헤아리고 동정하여 마침내는 "장군을 위해서는 목숨도 아끼지 않겠다"는 말까지 한 것이었다.

이때 료마는 요시노부의 앞날에 대해 한 가지 우려가 있었다. 사이고, 오쿠보, 이와쿠라 등이 계속 음모를 획책하여 요시노부를 죄인으로 몰고 조정의 적으로서 요시노부 토벌군을 일으키지 않을까 하는 점이었다.

그때는 에도의 직속 무사들도 그를 버릴 것이 틀림없었다. 원래 요시노부는 미도계(水戶系)라는 이유로 해서 막부 대신들에게는 인기가 없었고, 또한 막부 대신들과는 의논도 없이 독단적으로 정권을 내던졌다는 점에서 그들의 반감을 살 것이기 때문이다. 요시노부는 사쓰마 조슈의 공격을 받고 막신들한테는 버림을 받아, 마침내 역사의 최대 공훈자이면서도 가장 비참한 운명에 빠져 버릴지도 모른다.

료마는 그것을 직감하고 있었다. 그리고 그때야말로 자신의 목숨을 내던져 요시노부를 구제하는 것이 요시노부에 대한 자신의 남모르는 보상이라고 생각했다.

"와아!"

함성이 료마의 주위에서 터졌다. 동지들은 손을 맞잡고 춤을 추면서 가에이, 안세이 이래 수천의 동지를 희생시켜 온 혁명 활동의 성취를 기뻐하기 시작한 것이다.

그러나 워낙 밤이 깊었다. 그들은 세 사람, 네 사람, 떼를 지어 돌아가기 시작했다.

뒤에 남은 것은 무쓰 요노스케와 도다 우다, 그리고 료마뿐이었다.

"오늘 밤 안으로 신정부안을 작성하지 않으면 안 된다."

그런 료마의 말이 있었기 때문에 두 사람은 남은 것이었다. 오늘 밤만 새면 내일부터 새로운 일본이 시작된다. 그에 필요한 통치형태와 정부안을 오늘밤 안으로 만들어 놓지 않으면 안 되는 것이다.

집안사람들은 이미 잠든 뒤였다.

료마는 무쓰 요노스케와 도다 우다를 아래층의 별실로 데리고 가서 거기서 붓과 벼루를 준비하게 했다.

"새로운 관제(官制)를 만들어야 하네."

료마는 말했다.

그의 주된 목표는 의회체제와 부국강병에 있었고, 사상적으로는 국민 평등이라는 것에 있었다. 그러나 그것이 당장 새 통치형태로서 실현될 수는 없었다. 그런 사상적 정체에 도달하기 위한 잠정적인 정체를 먼저 만들 필요가 있었다.

왜냐하면 현 단계에서는 3백 영주가 아직 그대로이며 그들의 영지 국민에 대한 지배체제를 당장 폐지할 수는 없는 일이기 때문이다.

또한 국민 역시, 농민이나 상인들에게 당장 어떤 기대를 가질 수는 없었다. 그들은 지적으로나 정치적으로나 미숙하여 그들의 일상감각은 천하 국가와는 아무 관계없는 개인의 이익 추구에 머물러 있는 것이다. 그들을 지금 당장 신국가 수립 요강에 끌어들인다는 것은 무리이리라. 공경들에게도 문제가 있었다. 공경들은 미나모토 요리토모(源賴朝)의 가마쿠라 막부 이래, 정치적 실업자로서 칠백 년이란 세월을 지내 온 것이다. 현재의 궁중제도도 국정을 집행할 수 있는 제도가 아니었다.

그렇다면 국정 담당자로서 지금 당장 기대할 수 있는 것은 몇 명의 현명한 공경, 영주와 국사를 위해 동분서주한 지사들이 있을 뿐이었다.

료마는 우선 그들로써 정부 요원을 구성할 수밖에 없었다. 그들을 신국가를 탄생시키는 산파역으로 하여 서서히 서양식 통치형태로 이행시켜 가는 것이 가장 무리 없는 방법이었다.

"관직의 명칭도 일단은 일본의 예전 이름을 그대로 쓰는게 좋겠어."

료마는 말했다. 서양식 관직명에 대해서는 아직 적당한 번역어가 없었고 익숙하지도 않았다. 일반에게 저항감을 주지 않고 동시에 새로운 맛을 풍기자면 예전 것이기는 해도 왕조풍의 명칭이 좋을 듯했다. 그런 명칭이라면 완고한 복고주의적 근왕 사상가들의 감각에도 맞을 것 같았다.

의논 상대로서는 도다 우다가 가장 적당했다. 이 청년은 공경 출신이어서 그런 명칭이나 여러 제도에는 아주 밝았던 것이다.

"간파쿠(關白)라는 것을 두기로 하지."

료마는 말했다. 물론 낡은 왕조풍의 개념에 의한 간파쿠가 아니라 서양에서의 수상에 해당하는 것이라야 옳았다.

이윽고 초안이 만들어졌다.

간파쿠 한 명
공경 중에서 덕망과 지식이 가장 뛰어난 자로서 이에 임명한다. 천황을 보필하고 여러 가지 정무를 장악하며 대정을 총재한다.

의주(議奏) 약간 명
황족, 공경, 영주들 중 가장 덕망과 지식이 뛰어난 자로서 이에 임명한다. 여러 정무를 보필하고 대정을 의정부주(議定敷奏)하며 겸하여 각 관청의 장(長)을 맡는다.

참의(參議) 약간 명.
공경, 영주, 당상관, 서민들로서 이에 임명한다. 대정에 참여하고 겸하여 각 관청의 차관을 맡는다.

이 안의 작성을 끝냈을 때는 이미 날이 샐 무렵이었다.

"도키치, 자리를 펴 다오."

료마는 옆방에서 졸고 있는 씨름꾼 도키치에게 분부했다.

도키치는 한 방에 이부자리 셋을 펴고 베개도 나란히 세 개를 놓았다. 그들이 각각 이불 속으로 들어갔을 때 덧문 밖에서 벌레가 울기 시작했다.

"가만 있자, 교토에서도 풀매미가 우는가?"

료마는 베개 위에서 귀를 기울였다. 풀매미란 새가 아니다.

풀벌레다. 날이 샐 무렵 어둠 속에서 방울을 울리는 것 같은 소리로 운다. 료마가 어렸을 때 유모 오야베가 그런 말을 해 준 일이 있었다.

"풀매미는 그렇게 작으면서도 날이 새게 하는 거랍니다, 도련님."

바로 그 벌레가 울고 있는 것이다.

"나도 풀매미일지 모른다."

료마는 잠이 들었다.

오우미 길

2, 3시간쯤 잔 듯했다.

무쓰 요노스케가 이불을 차고 일어나보니 료마는 이미 툇마루에 나가 앉아 있었다.

"슬슬 나가 볼까?"

료마는 돌아다보며 말했다. 무쓰와 도다는 허둥지둥 우물로 달려가 세수를 했다.

"사카모토님은 아주 편리하군요."

무쓰가 얼굴을 닦으면서 말한 것은, 료마가 세수하는 법이 없는 것을 두고 한 말이었다. 뿐더러 료마는 하카마까지 입고 자다가 그대로 일어나서 덧문을 열고 툇마루로 나간 모양이었다.

"그러니 빠를 수밖에 없지 않나."

두 사람은 투덜거리면서 하카마를 입고 칼을 허리에 찼다.

이제부터 사쓰마 번저로 사이고와 오쿠보를 찾아가고, 또 교토 북방 이와쿠라 마을까지 이와쿠라 도모미를 찾아가려는 것이다. 그것이 료마의 작전이었다.

료마로서는 일이 예까지 성사된 이상 막부 타도의 선봉인 세 모략가의 활동을 중지케 하고, 앞으로는 그들을 신정부 수립의 중심적 존재로 만들려는 생각이었다.
　그렇지 않으면 혁명 주류가 사카모토 고토파와, 이와쿠라 사이고 오쿠보파의 두 갈래로 나누어지게 되리라.
　"난 이제 물러앉으련다" 하고 료마는 말한 것이다. 어젯밤 그런 료마의 태도를 듣고 무쓰는 깜짝 놀라 큰 소리로 말해 버렸다.
　"무슨 말씀이오!"
　무쓰의 말도 당연하기는 했다. 료마는 사쓰마 조슈 연합을 이룩했고 대정 봉환의 주동 역할을 했으며 이제 또 새로운 관제안을 만들었다. 당연히 혁명 정부의 주류를 차지해야 할 존재였다.
　그런데도 료마는 이제 그만 물러날 작정이라고 하는 것이다. 모든 것을 이와쿠라 사이고 오쿠보파에게 넘겨 버리겠다는 것이다.
　"모든 것을 말입니까?"
　"그렇지. 그것이 일을 성취시키는 길이야. 이 새 관제안도 이와쿠라경에게 넘겨주어, 이와쿠라경 자신이 검토케 할 작정이다. 사이고와 오쿠보가 알아서 처리할 테지."
　료마의 말에 의하면, 그렇지 않을 때는 이와쿠라 사이고 오쿠보 등의 막부 타도파는 신정부안에서 파벌을 만들어 대정봉환파와 대립되는 세력을 형성하리라는 것이었다.
　'틀림없이 그렇게 된다.'
　그들은 유신 정부 수립이라는 최종점에서 료마 고토에 의해 공을 빼앗긴 셈이었다. 사이고의 경우는 공을 빼앗긴 셈이었다. 사이고의 경우는 공을 빼앗겼다 해서 감정의 변화를 일으킬 인물은 결코 아니지만, 그 주위나 또는 그 막하에 있는 자들이 어떻게 움직이고 어떻게 사이고를 추어올리며 어떤 폭주를 할지 모른다.
　"모든 것을 사이고 일파에게 넘겨 버린다"고 료마가 말한 것은, 그런 결과를 꿰뚫어 봤기 때문이었다. 지금 료마가 혁명 정부의 주류로서 표면에 나서 다닌다면 정권은 탄생하자마자 두 파로 나뉘어 서로 상극하다가 마침내 와해해 버릴지도 모른다.
　료마는 그런 점에 대한 자신의 심경을 이렇게 말했다.

"나는 일본을 새로이 탄생시키고 싶었을 뿐, 새로 탄생한 일본에서 영화를 누릴 생각은 없다."

이어서

"이런 심경이 아니고는 큰 사업은 할 수 없다. 내가 평소부터 그런 심경이 었기 때문에 일개 지사에 불과한 내 의견을 세상 사람들이 경청해 준 거다. 큰일을 성취시킬 수 있었던 것도 그 때문이다."

다시 그는 말을 이었다.

"일이란 그 전부를 해서는 안 되는 거다. 8할까지면 족하다. 거기까지가 어려운 고비니까. 나머지 2할은 누구나 할 수 있다. 그 2할은 남이 맡아 하도록 하여 완성의 공은 양보하는 거다. 그렇지 않고서는 큰일을 해 낼 수 없다."

그렇게도 말했다.

료마는 이제 그 공을 양보하기 위하여 니혼마쓰의 사쓰마 번저로 찾아가고 있는 것이다.

그런 사태 가운데서 터무니없는 일이 우연히 발생하고 있었다.

막부 타도 밀칙에 관해서다.

이와쿠라 사이고 오쿠보는 료마 고토의 대정봉환파와는 달리 밀칙을 위한 공작을 은밀히 계속하고 있었는데, 그것이 하필이면 요시노부가 대정봉환 결의를 표명한 바로 그날 밤, 마침내 밀칙이 내린 것이다.

우연히 그것은 같은 날이었다. 다만 요시노부의 결의 표명이 몇 시간 빨랐다. 그 때문에 막부 타도 밀칙은 이와쿠라의 손에 들어오기는 했지만 무효가 되고 말았다. 장군이 정권을 반납하여 막부가 소멸한 이상, 그것을 칠 명목이 없어진 것이다. 이와쿠라 등은 헛다리를 짚은 셈이어서 밀칙은 어둠 속에 매장되고 말았다. 무력으로 막부를 타도하려는 파가 료마에 의해 보기 좋게 당한 형국이라고도 할 수 있으리라.

자세한 내막은 이러했다.

진작부터 이와쿠라는 그의 개인 비서격인 다마마쓰 미사오에게 밀칙 초안을 만들게 하여 그것을 정식 밀칙으로 만들 수 있도록 전(前) 태정차관 나카야마 다다야스에 대해 비밀공작을 하고 있었다.

나카야마 다다야스는 간파쿠도 섭정도 아니었지만, 그의 딸이 어린 황제를 낳았기 때문에 군중에서는 특수한 지위에 있었다. 어린 황제는 생후 나카야마의 저택에서 성장했다. 나카야마는 외조부인 동시에 후견인이었다.

"다다야스경이 어린 황제의 손을 부축하여 옥새를 누르기만 하면 훌륭한 칙서가 될 수 있다."

이것이 이와쿠라의 속셈이었다.

그 때문에 다다야스를 회유했다.

"알겠소, 그럼 기회를 봐서……."

다다야스는 그렇게 대답하고 그 기회를 기다리고 있었는데, 마침내 13일 오후, 어린 황제의 손을 붙들고 다다마쓰 미사오가 기초한 문면 말미에 옥새를 찍어 버리고 만 것이다.

"밀칙을 두 통 만들었소. 곧 우리 집으로 가지러 오시오."

다다야스는 이와쿠라에게 사람을 보냈다.

이와쿠라는 당장이라도 사람을 보내서 받아 오게 하고 싶었으나, 마침 며칠 전부터 신센조가 나카야마의 저택을 감시하고 있었다. 신센조로서는 설마 이토록 중대한 음모가 진행되고 있는 줄은 모르고, 다만 얼마 전부터 나카야마의 집에 사람의 내왕이 빈번한 것을 보자, 혹시 무슨 일이 있지 않나 해서, 우선 대원을 파견하여 밤낮으로 저택 주위를 감시하고 있었던 것이다.

이와쿠라에게 야치마루(八千丸)라는 아이가 있었다. 후일의 이와쿠라 도모쓰네(岩倉具經)이지만, 이때는 아직 관례도 하기 전인 소년이었다. 이 소년을 심부름꾼으로 보내면 신센조 대원들도 의심하지 않으리라 생각했다.

그 계획은 보기 좋게 성공했다. 밤이 되어 나카야마 집으로 찾아간 야치마루는 다다야스로부터 밀칙을 받자 그것을 속옷 등에다 꿰매 달게 하고 뒤꼍으로 빠져나왔다. 뒤꼍에 있던 신센조 대원은 그대로 보내고 말았다.

"난 또, 꼬마 아니냐?"

밀칙은 사쓰마 번과 조슈 번에 대해 내렸다. 조슈 번사들은 공공연히 교토에 와 있을 수는 없었지만 이미 히로사와 헤이스케(廣澤兵助)가 번의 밀사로서 사쓰마 번저에 잠복하고 있었다. 이 히로사와가 수령했다.

료마는 그런 소식은 전혀 모르고 있었다. 모르는 채 하숙처인 오미야를 나서서 가와라 거리 북쪽에 있는 사쓰마 번저로 가고 있었다.

도중에 마루다 거리(丸太町) 모퉁이까지 왔을 때, 다나카 겐스케(田中顯助)와 맞부딪쳤다.

"아, 사카모토 선생."

겐스케는 말했다. 그는 지금 나카오카 신타로의 심부름으로 료마의 하숙을 찾아가는 길이라는 것이다. 다나카 겐스케는 도사 사가와(佐川) 사람으로, 분큐 3년에 탈번하여 지금은 나카오카의 육원대에 투신하고 있다는 것은 앞서도 말한 바 있다.

"실은 이렇게 됐습니다."

그는 밀칙이 내렸다는 비밀을 밝혔다. 그 말을 듣는 료마는 가슴이 서늘해지는 느낌이었다.

'위기일발이란 이런 것을 두고 하는 말이구나.'

그러나 이 정략전에서는 사이고가 사카모토한테 패한 셈이었다. 사이고의 심경은 적지않이 복잡하리라고 료마는 생각했다.

사이고 다카모리는 니혼마쓰의 사쓰마 번저에 있었다. 이날 아침, 그는 동지들을 모아 놓고 협의를 하는 중이었다. "앞으로 어떻게 하는가?" 라는 문제였다. 요시노부가 스스로 막부를 내던진 이상, 사이고는 무력으로 막부를 타도하려는 방침을 바꾸지 않을 수 없었다.

그러나 묘안이 없다.

'료마는 어떤 속셈일까?'

그것을 알고 싶었다. 사이고는 료마의 이름을 료오메라고 읽고 있다.

그때 료마가 나타났다. 사이고는 기뻐하며 별실에서 대좌했다. 다른 아무도 없었다.

"어쨌든 신정부를 만드는 것이 선결 문제요."

료마는 다짜고짜 그런 말부터 했다.

료마는 사이고의 흉중을 알고 있었다. 사이고는 그토록 고집하며 준비에 준비를 거듭해 온 무력타도 방침을 이제 정세가 바뀌었다고 해서 선선히 버릴 생각은 없을 것이다.

"앞으로 정세는 어떻게 움직일 것 같소?"

사이고의 장기는 상대방의 말을 잘 들을 줄 안다는 것이다. 마주 앉아 무심한 표정으로 상대방의 말을 듣는다. 상대방은 자연히 품고 있는 모든 말을 해 버리는 것이다.

료마도 여러 말을 늘어놓았다. 이제 여기서 풍운의 도매상격인 사이고를 끌어넣지 못하면 모처럼의 대정봉환도 그 뒤에 무너지고 말 것이다.
"무력 준비는 여전히 갖추어 놓을 필요가 있소. 지진은 이제부터가 본격적일 테니, 결코 제일 진만으로는 끝나지 않을 것이오."
그렇게 말했다. 요시노부가 정권을 반납한 것은 어디까지나 그의 개인적 결단이며, 막부 각료 모두를 납득시킨 것은 아니다. 아이즈, 구와나 같은 막부를 옹호하는 과격파의 양 번만해도 이대로는 물러나지 않을 것이다.
"당연히 도전해 온다. 그때는 무력이 필요하게 되오."
"흐음."
"현재로선 사쓰마와 아이즈의 사사로운 싸움이 되오. 신정부를 만들어 버리면 신정부 대 아이즈의 싸움이 되어 대의명분은 당연히 이쪽에 있게 되고, 3백 제후도 태반이 신정부측에 가담하게 될 거요."
"흐음."
"그러니 어서 신정부를 만들어야 하오. 당장 오늘이라도 아이즈 번이 전쟁을 일으키면 곤란하지 않겠소?"
"흐음, 과연 빠를수록 좋겠군."
사이고는 료마의 주장에 접근해 왔다. 그렇다면 이제 눈앞의 급선무인 신정부 수립에 몰두해야 할 단계다.
료마는 품속에서 신정부 안을 꺼내어 사이고에게 보였다.
읽고 난 사이고는 고개를 끄덕였다. 사이고는 명확한 혁명 정부상을 가지고 있지 않았다. 막연히 유교적인 왕도정치와 같은 것을 꿈꾸고 있었을 뿐이다. 이 점, 사이고의 머릿속에 있는 신정치는 이를테면 플라톤의 철인정치와 비슷한 것이었다.
그러나 료마는 사이고와 같은 유교주의자가 아니어서, 서양식 정치와 사회를 모델로 한 혁명상을 그리고 있었다. 거기까지 깊이 파고든다면 두 사람은 충돌하게 되든가 서로 이해할 수 없는 도랑이 파일지도 몰랐다. 그러나 현 단계에서는 충돌의 위험은 없었다.
왜냐하면 료마의 안은 아직 원칙과 골자일 뿐이다. 그것은 건축 그 자체가 아니라 건축을 하기 위한 현장 사무실을 지은 정도에 불과했다. 이 현장 사무실인 관제 개혁안이 료마의 것이다.
"이의 없소?"
"나는 없소. 곧 다른 사람들에게도 물어 보기로 하지. 다만 여기에 실제적인 인물을 넣어 주어야 할 것 같소."

구성원을 말하는 것이다.

"복안이 없소?"

"있소."

료마는 방을 하나 빌어서 이 원안에 각 관제에 참가하게 될 실체의 인물명을 적어 넣는 작업을 시작했다. 료마가 적어 넣는 이 구성원이야말로 유신정부의 으뜸 공신이 되는 인물이리라.

차차 이 니혼마쓰의 사쓰마 번저에 사람들이 모여들기 시작했다. 그들은 몇 패로 나누어져, 저택 내 이방저방에서 얘기를 나누고 있었다. 고마쓰 다테와키와 사이고, 오쿠보 등은 서원에서 대담을 하고 있었고, 나카무라 한지로 등은 '도라노마(虎間)'라고 불리는 레이제이파(冷泉派)의 호랑이 그림이 미닫이에 그려져 있는 방에서 얘기를 나누고 있었다.

료마는 대궐이 바라다 보이는 2층 한 방에서 책상에 마주 앉아 있었다. 대궐의 우거진 소나무 가지 위의 하늘이 수면 부족인 료마의 눈에 쓰리도록 맑게 개어 있었다.

이윽고 료마는 명단을 작성하자 쾅쾅거리며 2층에서 뛰어 내려왔다. 아래층에 무쓰 요노스케가 버티고 서 있었다.

"됐습니까?"

무쓰가 묻자, 료마는 기쁜 듯이 끄덕이며 "됐어" 하고 대답했다.

"이렇게 죽 써놓고 다시 한번 생각해 보니 고금의 영웅호걸을 능가하는 인물들이 얼마든지 있네, 경사스런 일이야."

이렇게 덧붙였다.

료마가 복도를 지나 이윽고 서원으로 들어가자 좌중은 일제히 료마를 바라보았다.

료마는 그 서류를 넘겨주고 그들이 검토해 보는 동안 뜰로 난 툇마루로 나와서 기둥에 등을 기댔다. 한껏 몸을 늘였다.

이 집은 정원이 훌륭했다.

사쓰마 번의 니혼마쓰 번저는 고노에(近衛) 집안의 별장을 사들인 것이라, 나무 하나 돌 하나에도 일본의 대표적 귀족이 대대로 닦고 다듬어 온 윤이 엿보이는 듯했다.

료마의 신정부 요인 명단은 다음과 같았다.

간파쿠
산조 사네토미(부 간파쿠로 도쿠가와 요시노부)
의주(議奏)
시마쓰 히사미쓰(사쓰마), 모리 요시치카(조슈), 마쓰다이라 슌가쿠(에치젠), 나베시마 간소(히젠), 하치스카 시게쓰구(아와), 다테 무네나리(이요 우와지마), 이와쿠라 도모미(공경), 산조 사네나루(공경), 히가시쿠세 미치토미(공경)
참의(參議)
사이고 다카모리(사쓰마), 고마쓰 다테와키(사쓰마), 오쿠보 도시미치(사쓰마), 기도 쥰이치로(가쓰라 고고로 : 조슈), 히로사와 헤이스케(조슈), 고토 쇼지로(도사), 요코이 헤이시로(쇼난 : 히고), 나가오카 료스케(히고), 미쓰오카 하치로(에치젠)

사이고는 쭉 읽어보고 그것을 고마쓰와 오쿠보에게 돌렸다. 그들이 모두 본 다음에 다시 받아 들고 찬찬히 들여다봤다.
'료마의 이름이 없지 않은가?'
사이고는 이상하게 생각했다. 사쓰마 조슈 연합에서 대정봉환에 이르기까지의 큰일을 치러 낸 료마의 이름은, 당연히 이 '참의' 가운데서도 첫머리에 위치해야 하리라. 설사 첫머리가 아니라 해도, 도사 번에서 당연히 선출되어야 할 이름이었다.
'없다.'
사이고는 각 번의 밸런스를 생각하며 또 한 번 살펴보았다.
참의 항에는 사쓰마 번에서 세 사람씩이나 선발되어 있었다. 그런데 도사 번에서는 고토 쇼지로 한 사람밖에는 나와 있지 않은 것이다. 또한 의주 항에 있는 여섯 명의 영주는, 사쓰마, 조슈, 에치젠, 히젠, 아와, 이요 우와지마뿐이며, 도사의 야마노우치 요도의 이름이 없었다. 요도는 천하의 현후로 알려진 터고 스스로도 그렇게 자처하고 있는데, 그의 이름이 없다는 것은 웬일일까?
사이고는 생각했다. 요도의 이름이 없는 것은 알 만하다. 요도는 그 성격이 모가 져서 남과의 융화가 안 되는 것이다. 정치가로서는 정론(政論)을 지나치게 고집하고 타협성이 결핍되어 있다. 또한 기분파 경향도 있어서 일을 도중에서 내동댕이치기 쉽다는 점, 일을 만드는 성품이 아니라 그것을 비판하는 평론적인 형이라는 점도 있었다. 요도가 만일 여기에 낀다면 대사는 오히려 요도 때문에 무너질 우려도 없지 않았다.

그렇다손 치더라도 도사 번이 너무 적었다. 어쩌면 료마는 자신의 손으로 자기 번을 정국에서 물러나게 하려는 건지도 모른다. 대정봉환이란 큰 공은 단연 도사 번에서 세웠다. 료마로서는 도사 번을 그런 공훈 정도에서 만족시키기로 다음 일은 사쓰마 조슈 양번에 양보하려는 듯하다.

사이고는 그 명단을 보고, 이면에 있는 료마의 뜻을 그렇게 짐작했다. 그러나 그렇다 치더라도 료마 자신의 이름이 없는 것은 웬일일까?

그 자리에는 무쓰도 있었다.

무쓰 요노스케는 료마의 비서로서 문지방 밖에 앉아 있었다.

단순히 료마의 비서역을 맡고 있을 뿐만 아니라 지나칠 만큼 날카로운 비판안을 가지고 있는 사나이라, 그는 좌중의 움직임을 빈틈없이 지켜보고 있었다.

'사이고가 어쨌다는 거냐!'

그런 생각이 원래부터 무쓰에게는 있었다.

도량이 좁은 것은 무쓰의 타고난 성격이었다. 도량이 좁고 자칫하면 비틀린 생각을 하기 때문에 심중으로 항상 적의를 품은 상대가 있었다. 지금 무쓰가 적의를 느끼고 있는 것은 사이고 다카모리였다. 적의라는 말이 적당치 않다면 경쟁심이리라. 무쓰는 자기의 두령격인 료마가 사이고보다는 훨씬 우수한 인물이라고 생각하고 싶었던 것이다.

'사이고는 대번의 중신이지만 료마는 천하와 고립되어 있는 한낱 지사에 불과했다. 그토록 처한 처지에 차이가 있는 데도 불구하고 료마는 사이고를 앞질러서 시국을 수습하지 않는가?'

그런 눈으로 사이고를 보고 있었기 때문에 내심 그는 신랄한 비판을 하고 있었다.

'사이고는 이상하게 여기고 있다.'

그것이 무쓰는 통쾌한 것이다. 사이고가 이상히 여기는 표정의 이면을 무쓰는 훤히 들여다보듯 알 수 있었다.

"사카모토님?"

사이고는 그 두툼한 목을 료마를 향해 돌렸다. 툇마루에 앉아 있던 료마는 그에 응하여 사이고 쪽으로 상반신을 돌린다.

"뭔가?"

하는 표정을 료마는 보이고 있었다. 사이고는 말했다.

"이 표를 보니 당연히 도사에서 나와야 할 귀공의 이름이 없는데, 어떻게 된 일이오?"

"내 이름?"

료마는 말했다. 무쓰는 료마의 얼굴을 관찰했다. 근시의 눈을 가늘게 뜨고, 뜻밖의 질문을 듣는다는 듯한 표정을 하고 있었다.

"난 나서지 않소."

료마는 느닷없이 말했다.

"난 그게 싫어서 말이오."

"무엇이?" 사이고가 묻자, 료마는

"거북한 관원 생활이 말이오."

"거북한 관원이 싫다면 귀공은 무엇이 될 거요?"

"글쎄."

료마는 벌떡 몸을 일으켰다. 그 다음 말이 무쓰로서는 평생을 두고 잇을 수 없었던 한 마디였다.

"세계를 상대로 하는 해원대라도 만들어 볼까."

무쓰가 두고두고 남한테 말한 바에 의하면, 이때의 료마야말로 사이고보다 두 곱절, 세 곱절 큰 인물로 보였다는 것이다.

사이고도 그 말에만은 대답할 바를 몰랐다. 옆에 앉은 고마쓰 다테와키는 료마의 얼굴을 뚫어지게 바라보고 있었다.

자고로 혁명의 공로자로서 새 국가의 으뜸 공신이 되지 않는 자는 없으리라. 그것이 상례적인데도 료마는 스스로 피했다. 고마쓰는 료마를 줄곧 흠모해 온 사람이라, 그 한 마디가 무척 기뻤던 모양이었다.

"료마는 이젠 세계를 상대할 모양이군."

그는 부드러운 미소를 보였다.

'세계를 상대로 하는 해원대'라는 것이 무엇을 뜻하는지는 무쓰도 잘 알 수 없었다. 세계를 상대로 해서 무역 해운업을 시작한다는 말이었을까?
"어쨌든 오늘부터 도사는 제 2선으로 물러앉소. 앞으로는 사쓰마가 주축이 되시오."

료마는 이때 그런 말을 좀 더 구체적으로 하고 싶었으리라. 번론이 통일되지 않은 도사가 전면에 나서면 혁명의 에너지가 분산될 뿐이라는 것을 료마는 누구보다도 잘 알고 있었다.

사이고는 은연중에 그것을 짐작했다.
"알겠소."
나지막하게 말했다.

료마는 한 가지 더 해야 할 말이 있었다.
재정 문제에 관한 것이었다.
"신정부에는 영웅호걸은 얼마든지 있소. 그러나 신정부의 성공 여부는 재정에 달려 있소. 그러나 재무 관계에 밝은 자가 없단 말이야."
"흐음."
사이고는 이 점, 지사 중에서도 가장 경제에 밝은 료마의 말에 귀를 기울이지 않을 수 없었다.
"마땅한 사람이 있소?"
"사쓰마는 어떻소?" 하고 료마는 기색을 본다.
고다이 사이스케(도모아쓰)가 있기는 했다. 근대적인 상업 업무나 산업 관계에 밝은 것은 틀림없었다. 그러나 일국의 재정을 다루어 낼 수 있을까 하는 점에서는 다소의 의문이 있었다.
"조슈는 어떨까?"
사이고는 마침 그 자리에 나타난 조슈의 연락관 히로사와 헤이스케(마사오미)에게 물었다.
"글쎄요."
히로사와는 살이 디룩거리는 얼굴을 기울인다. 기도 쥰이치로(木戶準一郎-가쓰라 고고로)는 순수한 정치가여서 그 방면에는 신통한 지식이 없었다. 야마가다 교스케(아리도모)도 어디까지나 군인일 뿐 재정에 관한 것은 모른다. 이노우에 몬타(가오루) 역시 조정의 명인이기는 하지만 재무에 관해서는 미지수였다.

"한 사람 있소."

료마는 말했다.

사이고는 끄덕이며 "귀공에게 맡기겠소" 하고 말했다.

"에치젠 후쿠이의 번사로서 미쓰오카 하치로(三岡八郞)라는 사람이오."

좌중에는 아무도 그 이름을 알고 있는 사람이 없었다.

"미쓰오카 하치로……?"

사이고도 손바닥에 글씨를 써 보며 그 이름을 기억하려고 했다. 기실, 사이고는 이 요인 명단에 "에치젠 미쓰오카 하치로"라는 낯선 이름이 들어 있는 것을 보고 이상하게 여기던 참이었다.

"가만 있자, 나는 들은 일이 있는 이름인걸."

고마쓰 다테와키는 열심히 묵은 기억을 더듬어 보고 있는 눈치였다.

료마는 웃었다. 분큐 3년 가을에 에치젠 후쿠이 번의 근왕파로서 가이후쿠 소소구(海福雩)라는 기묘한 이름을 가진 지사가 사쓰마로 가서 고마쓰를 방문한 일이 있었을 거라고, 료마는 말했다.

"아, 가이후쿠 소소구!"

고마쓰는 생각해 냈다.

"그 가이후쿠의 동지요. 아마 사쓰마에 갔을 때, 가이후쿠는 같은 번의 미쓰오카 하치로에 대해 무슨 말을 했던 모양이지? 그때의 기억일 거라 생각하는데?"

"맞았어. 똑바로 보셨소. 그때의 기억이오."

고마쓰는 정색을 하고 대답했다.

"그후 가이후쿠는 무엇을 하고 있소?"

"유폐중입니다."

료마는 말했다. 후쿠이 번에서는 분큐 3년 가을에 근왕파 탄압을 시작하여, 가이후쿠도, 미쓰오카 하치로도 아직까지 유폐되고 있을 것이었다.

료마는 미쓰오카의 인물을 설명했다.

처음에는 하시모도 사나이(橋本左內)을 형으로 모셨고, 후에 요코의 쇼난(橫井小楠)의 합리주의의 세례를 받았다. 평소부터 번 재정이 미곡 경제를 주로 하고 있는 것은 잘못이라는 주장을 내세우고, 무역과 증산을 재정의 중심으로 삼아야 한다고 역설했다. 번 명에 의해 나가사키 무역의 실태를 조사한 일도 있으며, 물산총회소를 설립하고, 나가사키 상무소를 설치하기도 했다. 료마가 에치젠 후쿠이의 번주 마쓰다이라 슈가쿠에게 서양회사론을 늘어놓고 5천 냥을 융통했을 때도, 미쓰오카가 그 직접적인 주선을 하기로 했다.
"좋습니다. 일체 맡기겠소."
사이고가 말했다.
료마는 끄덕였다.
덕분에 료마는 내일이라도 에치젠 후쿠이로 가서 번과 교섭하여 미쓰오카의 징계를 풀게 하고 교토로 끌어 와야만 하게 되었다.
어쨌든 대정봉환에 따르는 신정부 수립안을 사이고는 모두 받아들이고 본격적으로 나설 기세를 보여주었다.

료마는 바빴다. 사쓰마 번저로 음식점에서 밥을 시켜 오게 하여 그것으로 끼니를 때웠다. 그는 다시 이와쿠라 마을로 달려가 이와쿠라 도모미를 만나지 않으면 안 되는 것이다.
밥을 먹고 나서 부엌으로 들어가 물을 마시고 있는데, 마침 시라카와 마을의 육원대에서 나카오카 신타로(中岡愼太郞)가 찾아왔다.
료마는 어둑한 봉당에서 대체적인 경과를 설명하고, 이와쿠라 마을에 같이 가 줄 것을 부탁했다.
"좋아."
나카오카는 승낙했다. 료마의 평화혁명론에는 원래 다소 불만이 없지 않았으나, 그것이 성공한 지금 그는 지론을 버리고 협력할 수밖에 없었다.
"하지만 밖에는 지금 비가 오고 있는데?"
"비가 오건 바람이 불건 오늘 밤 안으로 그 이와쿠라경을 만나지 않으면 일에 차질이 생기게 돼."
번저에서 사쓰마 번의 가문이 든 삿갓, 초롱, 비옷 등을 빌어가지고 그들은 번저를 나섰다.
나카오카는 신타로(新太郞)라는 하인을 데리고 있었다. 후시미 가도에 있는 대장장이의 아들로서 나카오카를 흠모하여 잔시중을 들어 주고 있는 젊은이였다.
쇼코쿠 사(相國寺)의 해자를 끼고 걸어서 구라마(鞍馬)로 가는 길로 빠진 다음 가모 강(鴨川)을 동쪽으로 건너섰을 무렵 날이 저물었다. 북쪽으로 향했다.

그 무렵에 이르러서야 평화를 주장한 료마와 전쟁을 주장한 나카오카 사이에 겨우 의견이 일치되었다.

'어차피 전쟁은 벌어진다'는 전망이 피차 같았던 것이다.

왜냐하면 요시노부는 장군직에서 물러났다고 해도 그 직할령을 4백만 석 내지 6백만 석이나 가지고 있으며 에도, 교토, 오사카, 사카이(堺), 하카다(博多) 등 5대 상업도시도 직할령으로 삼고 있다. 그런데다 하코다테(函館), 요코하마, 나가사키, 효고 등의 직할 개항장을 사유하고 있고, 에도 성, 오사카 성, 니조 성의 요새마저 가지고 있는 이상, 그 군사적, 경제적 실력은 사실상의 일본 국왕인 것이다.

'그것을 모두 내놓고 조정에 반납해라.'

현 단계로서는 그렇게까지 말할 수는 없었다. 요시노부가 내놓을 생각이 있다 해도 막료들이 반대할 것이고 대대로 내려 온 영주들 또한 승복하지 않을 것이었다.

"그것들을 도쿠가와 가문에서 사유하고 있는 이상, 교토로 정권을 이양해 봤자 유명무실이 아닌가?"

나카오카는 이렇게 말했고, 료마 또한 옳은 말이라고 했다. 정권을 반납한 후의 큰 문제는 바로 거기에 있었다.

"요시노부를 신정부 요직에 앉히면 요시노부 자신이 토지와 영민을 반납할지도 모른다"는 것이 료마의 관측이었다.

"물론 그에 반대하는 막부 관료들과 번주들은 칼을 들고 일어나겠지. 하지만 그때는 요시노부가 신정부의 요인인 만큼, 그 자신이 토벌할 게다."

"그렇게 일이 제대로 될까?"

"되게 만들어야지. 그래도 승복하지 않는 자가 있다면, 그때 비로소 병력을 동원하는 거다."

그렇지 않으면 신정부는 옛 정부에 패배하게 된다. 군사적으로 신정부는 아직 단 한 명의 친병(親兵)도 가지고 있지 않은데, 옛 정부는 막번체제를 기반으로 하는 병력을 사유하고 있다. 사쓰마, 조슈가 아무리 안간힘을 써도 이 엄청난 군사력을 이겨 낼 수 없을 것이다.

"이길 수 있다."

나카오카는 료마의 의견에 반박했다.

그러나 료마가 다시 논박했다. 설사 최후로 이길 수 있다 해도 일본은 그 내전 때문에 지칠 대로 지쳐 버려, 구미 열강이 이루고 있는 것 같은 문명사회에 참가할 여력이 없어진다는 것이다.

"어쨌든 나머지 일은 번을 장악하고 있는 사이고나 오쿠보, 가쓰라 등에게 맡기는 거다. 나로서는 대정봉환을 깨끗이 매듭짓게 할 뿐이야. 그러자면 이와쿠라경의 협력이 필요하다. 아니, 오히려 나는 앞으로 이와쿠라경을 중심으로 하여 그를 도와간다는 형식을 취할 생각이야."

얼마 뒤 밤이 꽤 깊어서야 이와쿠라 마을에 이르러, 은거소의 대문을 두드려서 이와쿠라를 깨웠다.

료마는 방으로 안내되었다.

밤이 되니 역시 으스스했다. 고치에서 돌아온 후 줄곧 얇은 옷차림을 하고 있는 료마는 이와쿠라 마을의 추위가 유난히 심하게 느껴졌다. 부득이 앞자락으로 손을 넣어서 손바닥으로 어깨를 문지르고 있자, 보기가 딱했던지 이와쿠라는 등거리를 빌려 주었다.

이윽고 충복 요조가 나타나, 따끈한 술병을 료마 앞에 놓는다.

"한잔 하면 몸이 좀 녹겠지."

이와쿠라는 말했다. 이와쿠라 곁에는 근시인 후지키 사코(藤木左京)와 다마마쓰 미사오가 앉아 있었다. 방이라곤 셋밖에 없는 이 비좁은 은거소에 이와쿠라, 후지키, 다마마쓰, 요조 네 사람이 살고 있는 것이다.

료마는 사이고에게 말한 그의 생각을 털어 놓았다.

이와쿠라는 잠자코 듣고 있었다. 이따금씩 끄덕이며 웃음 지을 뿐 일체 입을 열지 않았다.

한 시간쯤이나 료마는 지껄였다. 그의 말이 끝나자 이와쿠라는 끄덕이면서 말했다.

"잘 알았네."

다만 도사 번을 정국에서 한걸음 물러나게 하려는 료마의 의견에 대해서만은 동의할 수 없는 듯했다.

"과연 야마노우치 요도는 근왕, 막부옹호 양쪽을 버리지 않고 있는 데다, 항상 그 이론은 까다롭고 복잡해서 앞으로의 사태 발전에 장해가 되기도 할 것이다. 그러나 도사 번을 신정부에서 후퇴시키면, 요도는 불만을 품고 막부측으로 아주 기울어질지도 모르지 않나?"

"그런 분은 아닌 줄 압니다."

료마는 말했다. 요컨대 요도는 단순한 떼쟁이라고 료마는 말하는 것이다.

"아니야. 요도를 어떻게 평가하는가는 둘째 문제로 치고, 그는 당연히 신정부에 참가시켜야 하며, 도사 번 대표도 사쓰마, 조슈와 같은 수만큼 참가시켜야 하네."

그 문제에 관해서 료마는 더 이상 항변하지 않았다. 모든 것은 세상에 보기 드문 모사꾼 이와쿠라에게 맡겨 두면 되는 것이었다.

료마는 요시노부 구제에 관한 일도 부탁했다. 이와쿠라는 신통치 않은 표정으로 끄덕였다.

료마는 거듭 요시노부에 대한 말을 했다. 도쿠가와 요시노부야말로 이번 개혁의 최대 공로자 가운데 한 사람이라고 주장했다.

"그럴까?"

나카오카는 나직이 말했다. 이와쿠라는 도쿠가와 가문을 타도하지 않고는 왕권 회복의 실리가 없다는 것이었다. 료마도 그 점은 같은 의견이었으나 도쿠가와 가문과 요시노부 개인은 분리시켜 생각할 필요가 있다는 말로 마침내 이와쿠라를 설득시켰다.

그러고 나서 료마는 예의 새 관제안을 이와쿠라에게 제출하고, 이어서 신정부의 기본 방침이라고도 할 수 있는 것을 그 자리에서 썼다.

8개 조목으로 되어 있었다.

제1의 (第一義) 천하의 인재를 초빙하여 고문으로 삼는다.

제2의 유능한 제후를 골라 써서 조정의 관작을 내리도록 하며 현재의 유명무실한 관위를 버린다.

제3의 양이론을 버리고 외국과의 교류를 의결한다.

제4의 법령을 정비하고, 새로이 무궁대전(헌법)을 제정한다.

제5의 상·하의정소

제6의 육·해군국

제7의 친병(親兵)

제8의 일본의 오늘날 금은 물가를 외국의 평균에 맞춘다.

"과연, 이거야말로 귀한 말들인걸."

이와쿠라는 탄복해 마지않는 듯이 말하고, 이 두 통의 서류를 문갑에 간직했다. 뒷날 이 료마의 안은 거의 그대로 신정부 수립을 위한 기본 방침이 되었다.

료마가 이와쿠라의 은거소를 방문한 것은 요시노부가 니조 성에서 반환을 선언한 다음날이었다.

다시 그 다음날인 15일, 요시노부는 입궐하여 그 뜻을 정식으로 천황께 아뢰었다. 조정에서는 이를 수리했다. 따라서 대정봉환의 성립은 게이오 삼년 10월 15일이라는 결론이 된다.

그렇게 되기까지에는 다소의 곡절이 있었다. 그 전날 공경들은 비로소 요시노부의 뜻을 전해 듣고, 기뻐하기보다는 오히려 난처해 했다.

누구보다도 당황한 것은 조정에서 최고직인 섭정 니조 나리유키(二條齊敬)라는 노신이었다. 나리유키는 공경들의 장로(長老)격이라는 것뿐 그 이상은 아무 것도 아니었으며, 각 번 유지들로부터도 무능하다는 이유로 은근히 경멸당하고 있었다.

니조 성 선언이 있은 뒤 사쓰마의 고마쓰 다테와키 등은 집정 이다쿠라 가쓰기요의 요청으로 조정의 인수 태세를 정비하도록 나리유키의 저택으로 찾아가 그 중대 사실을 전했다.

"나, 난처하지 않나?"

이 노공경의 첫 마디였다. 이 나리유키의 당황이야말로 몇몇 공경을 제외한 거의 전체 공경들의 실감이라고 해도 좋았다. 조정에는 국정을 담당할 능력이 거의 없어서, 이제 새삼스럽게 그런 것을 짊어지운다 해도 난처할 뿐이었던 것이다.

"어쨌든 내일이라도 조정의 여러 관리들을 모아 놓고 의논해 보겠다. 회답은 그 후에 할 테니까."

니조 나리유키는 태평스러운 소리를 했다.

고마쓰 일행은 그렇게 태평스럽게 굴다가는 무슨 불의의 사태가 일어날지 모른다는 이유로 즉답을 요구했다.

"이 자리에서? 그런 터무니없는!"

나리유키는 나자빠지듯이 말했다. 고마쓰는 한심함을 금치 못하면서도 섭정으로서의 즉답을 내려주기 바란다고 애원하듯이 말했다. 그러나 나리유키는 그런 독단적인 처사는 할 수 없다는 이유로 여전히 고개를 저었다.
"혹시 나중에……."
고마쓰는 말했다.
"독단의 과오를 문책 당하게 되면 대감께서 할복을 하시면 되지 않습니까?"
"나는 무사가 아니야. 공경이란 말이야. 공경에겐 할복이란 있을 수 없어!"
"대감."
고마쓰는 앉음새를 고치며 똑바로 나리유키를 쳐다본 채 언성을 높이듯이 말했다.
"대감께서 만약 즉각 결단을 내려 주시지 않는다면 저 역시 비상한 각오를 할 생각입니다."
"뭣이!"
나리유키는 겁을 먹었다. 비상한 각오란 고마쓰가 나리유키를 죽이고, 자기 또한 이 자리에서 배를 가르고 죽겠다는 뜻일 것이다.
"잠깐, 그럼 요구대로 하겠다."
이로써 회담은 끝났다. 니조 저택을 나서면서, 고마쓰와 동행했던 도사의 후쿠오카 도지가 유닌히 들뜬 말투로——아마 대사가 성취된 까닭에 마음이 들떴던 탓이리라——고마쓰의 어깨를 두드리면서 지금 말한 그 결심이란 무슨 뜻이었느냐고 물었다.
"뭐, 깊은 뜻은 없었소. 그저 좀 위협을 해봤을 뿐이오."
고마쓰는 얼굴을 숙인 채 히죽이 웃었다. 온후한 고마쓰 다테와키마저 그런 수법을 쓰지 않으면 안될 만큼 공경 귀족이란 흐리멍덩한 존재였다.
이런 경위를 거쳐 조정 논의가 수리하는 방향으로 결정되어, 15일 오전 11시 도쿠가와 요시노부의 입궐을 맞아 정식으로 수리했다.
같은 말을 되풀이하는 것 같지만 이 15일은 료마가 이와쿠라경을 방문한 다음날에 해당한다.
그 무렵에는 이미 교토에 주둔하는 각 번 번사들의 화제는 이 한 곳에 집중되었다. 특히 아이즈와 구와나 등 막부 옹호 과격파들은 요시노부의 경거를 분개하고 사쓰마 도사를 증오하면서 대책을 논의했다.

"이렇게 된 이상 즉각 개전하여 사쓰마 번저를 불사르고 궁정을 점령하여 천자를 오사카 성으로 옮김으로써 도쿠가와 가문의 안녕을 꾀할 수밖에 없다."
그런 의견이 압도적이었다.

시중은 갑자기 소란스러워졌다.
"구로다니(黑谷)의 아이즈 번이 사쓰마 번과 싸움을 시작한댄다."
그런 소문이 민간인들 사이에까지 퍼져 성급한 사람은 가재도구를 수레에 싣고 시골 친척집으로 피난하는 소동까지 벌이고 있었다.
그 무렵 중립파 공경인 오기마치(王親町) 산조 사네나루(三條實受)의 번저를 검은 지리멘 하오리를 걸친 의젓한 차림새의 한 사나이가 방문하고 있었다. 신센조 국장인 곤도 이사미였다. 곤도는 이미 반 사쓰마 정계의 거물로서 교토에서 그 지위를 굳히고 있었다.
사네나루는 그를 맞아들여 피차의 정보를 교환했다.
"요즈음 막부 관료들은 모두 조정을 원망하고 있습니다."
곤도가 말했다. 그것은 사실이었다.
"조정을 원망할 거야 없지 않나? 장군께서 스스로 정권을 반환하신 거야. 조정은 난처하지만 수리하지 않을 수 없다는 것이 실정이오."
"그것은 알고 있습니다. 그러나 사쓰마의 간계로 조슈의 죄를 사면하지 않았습니까?"
그것이 곤도 등 막신에게는 큰 문제점의 하나였다. 조슈는 오랫동안의 징벌이 용서되어 조정을 보좌할 공번(公藩)으로 부활했으며, 그 대군이 머지 않아 공공연히 상경해 오리라는 소문도 있었다.
"그렇게 되면 천하는 어떻게 됩니까? 조정은 어떻게 됩니까? 지금까지 막부와 관련되었던 공경 제후는 모두 그 지위를 잃게 되고, 징계 처분을 받고 있던 산조 사네토미경 일파가 조정에서 실권을 쥐게 되지 않습니까?"
문자 그대로 혁명이 일어나는 것이다. 지금까지 막부 옹호파로 있던 공경들은 단두대 신세까지는 안 된다 해도 그에 가까운 처벌을 받게 되리라고 곤도는 위협을 했다.
"괘씸한 것은……."

곤도는 이름을 하나하나 나열했다.

"사쓰마의 고마쓰, 사이고, 오쿠보, 야인으로서는 사카모토 료마, 모든 일은 이 네 명이 획책한 짓입니다."

곤도는 이 네 명에 대해 신센조 조직의 전력을 기울여서 그 동정을 살피고 있었다. 물론 처치하기 위해서다.

료마의 경우는 그가 고치에서 오사카를 거쳐 교토에 들어왔을 때 이미 교토의 막부 옹호파 첩예 세력 사이에 전류처럼 그 소문이 퍼졌다.

"도사의 호협(豪俠)"

그들은 그런 관사를 료마의 이름 위에 붙이고 있었다.

"도사의 호협 사카모토 료마가 병력 5천을 거느리고 입경한다"는 것이 그 소문 내용이었다. 과장된 것이기는 했지만 아주 근거 없는 소문이라고도 할 수 없으리라. 당장, 료마는 효고 앞바다에 해원대 기선 오테키마루를 무장시켜 대기토록 해두었고, 오사카의 상가 '사쓰만'에 해원대원을 집결시키고 있었기 때문이다.

다만 정작 입경한 것은 료마 자신과 몇 명에 지나지 않았지만.

어쨌든 대정봉환이 결정된 이틀 후인 17일, 사쓰마의 세 명물 고마쓰 다테와키와 사이고 다카모리, 오쿠보 도시미치 등은 일제히 여장을 갖추고 교토를 떠났다. 오사카를 거쳐 서쪽으로 간다.

그들은 쾌속 기선을 타고 조슈에 가서 교토 점령책을 타합한 다음, 다시 진수부로 가서 다섯 대신과 함께 가고시마로 돌아가 천하를 제압하기 위한 비책을 시마쓰 히사미쓰(島津久光)와 논의할 예정이었다. 용무는 바로 그것이다.

이 사실은 곧 교토 시중에 소문이 되어 퍼졌다. 사쓰마의 '간모(奸謀)'는 이미 공공연한 것이었다.

교토의 아이즈 번은 그 번저 내에 '교토 밀사 취급소'라는 특수한 방 하나를 가지고 있었다. 말하자면 정보부였다. 그 정보부에서 에도 번저 내의 같은 부국(部局)에 급하게 서신을 보냈다.

"17일, 사쓰마의 고마쓰 다테와키, 사이고 다카모리, 오쿠보 도시미치 등 세 명이 교토를 떠났다. 자세한 내막은 알 수 없지만, 보나마나 본국의 시마쓰 히사미쓰를 움직이고 진수부의 다섯 대신을 유인하며 조슈군을 교토에 끌어올리기 위한 것이리라."

교토 서민들의 소동도 이 세 사람이 교토를 떠나자 "당분간 전쟁은 없으리라"는 생각에 진정되었으며 아이즈의 정보부는 에도에 전하고 있다.

한편 사이고 등 세 사람이 교토를 떠난 직후, 신센조 대원 20명이 그 뒤를 추격했다. 그러나 그들은 살해할 기회를 놓치고 헛되이 되돌아왔다.

료마는 어서 에치젠 후쿠이에 가야 한다는 생각을 하면서도, 눈앞의 바쁜 일로 아직 출발하지 못하고 있었다.

고마쓰, 사이고, 오쿠보 등 사쓰마의 요인들이 서행(西行)할 때도 료마는 자기 심복인 도다 우다와 나카지마 사쿠타로를 동행시켰다. 도다의 임무는 진수부에 가는 것이었으며, 나카지마의 임무는 나가사키로 가는 것이었다.

또한 료마는 공무를 띠고 고치로 급히 돌아가는 도사 번의 모치즈키 기요히라(望月淸平)를 통하여 모번(母藩)에 대한 경고를 전달케 했다. 번군을 상경시키도록 하라는 것과 도사의 근왕파 동지들을 대거 입경시키라는 두 가지였다.

같은 말을 되풀이하는 셈이지만 사이고 등이 출발한 것은 17일이다. 다음 날인 18일, 자그마한 사건이 하나 발생했다.

이와쿠라 도모미의 교토의 본저택에서였다.

이날 이와쿠라는 교토의 저택에 있었다.

"오가키(大垣) 번사 이리야 마사나가(入谷昌長)"라는 명함을 내밀며, 돌연 이와쿠라를 방문한 자가 있었다. 급히 전할 말이 있다기에 이와쿠라가 경계하면서 그를 만났다.

"머지않아 중대 사태가 일어날지도 모릅니다."

그가 전하는 말이었다.

이리야의 말에 의하면 그의 번저에는 이다 고조(井田五藏)라는 사나이가 있다고 한다. 번의 프랑스 조련대장을 맡고 있으며, 서양식 육군 지휘관으로서는 꽤 알려진 인물이었다. 다만 그는 막부 옹호파였다. 그가 아이즈, 구와나 양번과 밀모하여 요인 부재중인 사쓰마 번저와 이와쿠라의 집을 습격, 그 소동을 이용하여 대궐에 침입함으로써, 천자를 오사카 성으로 옮겨 앉힐 계획을 진행시키고 있다는 것이다.

이와쿠라는 놀라서 이리야가 돌아간 다음 곧 무사 차림으로 변장하고 밤길을 달려 시라카와 마을의 육원대 본부로 갔다. 나카오카에 대한 이와쿠라의 신임은 대단한 것이었다.

"나카오카, 어떡하지? 만일 그런 사태가 일어나면 지금까지 애써 온 일이 모두 수포로 돌아가지 않나?"

아무리 생각해도 현 단계에서 사쓰마 번은 인원 면으로 보아 패배할 것이 틀림없었다. 사쓰마의 증원 부대는 아직 조슈의 미다지리 항(三田尻港)에서 대기 중이며, 조슈군은 아직 도착하지 않았고, 사쓰마 본국군의 대거 상경도 고마쓰, 사이고, 오쿠보 등이 귀번하여 번주를 설득한 다음이 될 것이었다. 현재 교토에 있는 사쓰마병은 1천 명도 채 못 된다. 나카오카의 육원대를 합세시켜 봤자, 얼마되지도 않는 것이었다.

아이즈, 구와나 양번의 병력은 2500명 정도 됐으며, 오가키 번이 400명, 신센조가 400명, 순찰대가 150명이다. 이만한 대부대가 움직일 때는 사쓰마 번은 도저히 이길 가망이 없었다.

"어쨌든 사쓰마 번저에 가서 의논해 보기로 합시다."

나카오카는 이와쿠라를 데리고 밤거리로 나섰다.

사쓰마 번저에 도착했다.

고마쓰 등 세 명이 없는 동안은 요시이 고스케(吉井幸輔), 이치지 마사하루(伊知地正治) 두 사람이 번무를 맡아 보고 있었다. 그들은 이와쿠라를 깊숙한 방에 안내하고 남몰래 회의를 열었다.

결국 사쓰마병과 육원대 대원늘은 일이 터시는 즉시 번지와 부대 건물을 버리고 대궐로 달려가 출입구를 지키며, 최후의 한 명이 쓰러질 때까지 천황을 빼앗기지 않도록 한다는 결론을 얻었다. 이미 이 단계에서는 천황쟁탈전이었다. 천황을 빼앗는 편이 관군이 되는 것이다. 장기의 장(將)과 같은 존재였다.

"승산은 있습니다."

사쓰마 번에서도 으뜸가는 군략가로 알려져 있는 이치지 마사하루는 믿음직한 말을 이와쿠라에게 했지만, 기실 승산 같은 것은 없었다. 대궐을 피로 물들일 각오를 굳혔을 뿐이다.

그러나 사실은 이 이리야의 정보가 아이즈, 구와나 양번의 모략이었다는 것이 나중에 밝혀졌다.

그들이 사쓰마를 치려고 했던 것은 사실이지만, 그런 정보를 흘리면 혈기에 날뛰는 사쓰마 사람들이 선제공격을 가해 오리라고 그들은 보았던 것이다. 아이즈, 구와나 양번은 먼저 공격케 하고 들이친다는 작전을 세우고, 이리야라는 사나이를 보냈던 것이었다.

료마는 다음날에야 이 사건을 알고, 사쓰마 본국군이 입경할 때까지는 일체 그들의 도발에 응하지 말라는 경고를 나카오카에게 했다.

료마는 아침 일찍 하숙에서 나와 여기저기 시중을 뛰어다니다가 밤늦게야 돌아오곤 했다.
"조심해야지."
사쓰마의 요시이 고스케 등은 심각한 얼굴로 하숙에서 나오라는 말을 했다. 하숙에서 나와 사쓰마 번저로 오라는 것이다.
도사 번 사람들도 한결같이 가와라 거리의 번저로 거처를 옮기는 것이 좋으리라는 충고를 했다.
"번저 같은 데서 어떻게 지낸단 말인가?"
그때마다 료마는 무시해 버렸다. 그래도 자꾸 권하자 말했다.
"제군은 아직 나라는 사람을 잘 모르는 모양이군. 난 밥사발을 베고 자는 사람이야."
모두 쓴웃음을 짓고 입을 다물었다. 과연 료마에게는 그런 소문이 붙어 다니고 있었다. 한번은 사쓰마 번저에서 잤는데, 아침이 되어 눈을 뜨자 음식 나르는 통에 밥을 넣어가지고 오게 하여 자리에 누운 채 그것을 먹었다. 먹고 나서 다소 잠이 부족했던지 빈 밥사발을 엎어놓고 그 위에 머리를 올려놓았다. 사발 위에서 머리는 거북살스럽게 굴러다녔으나, 그래도 료마는 코를 골면서 자고 있었다.
그렇듯 제멋대로 살아온 생활이 규율 까다로운 번저에서 통할 까닭이 없다.
"한 가지가 만 가지, 난 모두 그런 식이야. 까다로운 번저에 어떻게 지낸단 말인가?"
"그 까다로움이 바로 귀형을 의적으로부터 지켜 주는 거요."
"그렇다면 난 차라리 죽는 게 좋네."
료마는 말했다.
물론 그도 신센조와 순찰대가 전력을 기울여 자기를 노리고 있다는 것을 알고 있었다.

"노릴 테면 노리라지."

그런 소리를 딴 사람에게도 하고 있었다. 료마의 말을 빌리면, 자기 목숨에 구애되고 있는 녀석치고 변변한 녀석은 없다는 것이었다.

"죽는다는 것은 목숨을 하늘에 되바치고 높은 자리에 오르는 것임을 알고, 죽음을 두려워하지 말아라."

그런 어록을 수첩에 적어 놓고 료마는 자계(自戒)의 말로 삼고 있었다.

"세상에서 살려면 일을 해야 하느니라."

료마는 인생의 의의를 그렇게 잘라 생각하고 있었다. 어차피 죽는 목숨이다. 생사에 연연하지 않고 오로지 일만을 생각하며, 도중에 죽음이 닥쳐오게 되면 일을 추진시키던 자세 그대로 죽는다는 것이 료마의 지론이었다.

료마는 매일같이 거리를 바쁜 걸음으로 돌아다닌다. 그런 때는 한순간도 죽음을 생각하지 않았다.

"그럴 수 있도록 스스로를 훈련시키고 있다."

료마는 늘 그런 말을 했다.

한번은 하숙에서 나와 도사 번저에 들렀다가, 그 길로 곧 니혼마쓰의 사쓰마 번저를 향해 가려고 했을 때, 길모퉁이에서 십여 명 가량의 신센조 대원들과 맞부딪쳤다.

좁은 길이었다.

'료마가 아닌가?'

일제히 그런 생각을 하며 서로 눈짓을 해 가면서 기다리고 있자 료마가 다가왔다.

"도사 번의 사카모토님 아니시오?"

한 사람이 말을 건네자 료마는 걸음도 멈추지 않고 힐끗 거들떠보며 그냥 지나쳐 버렸다.

"뭐야, 난 바쁘오."

그들은 어리둥절한 채 칼도 빼지 못하고 그 뒷모습을 바라보았다. 료마로서는 '난 지금 일을 보는 중이다' 하고 소리 지르고 싶었으리라. 어쩌면 단순히 상대방의 넋을 빼려는 속셈이었는지도 모른다.

17일 저녁 그로서는 드물게 일찍 오미야로 돌아와서 에도의 지바 주타로(千葉重太郞) 앞으로 편지를 썼다.

"교토가 재미있게 되어 가고 있네. 이리로 오게."

그런 내용이었다. 말미에 '사나코님에게도 안부 전해 주게'라고 덧붙이고 붓을 놓았을 때, 씨름꾼 도키치가 올라오더니 말했다.
"여자분이 만나 뵙고 싶다면서……."
찾아왔다고 한다. 나이는 조금 많은 것 같지만 대단한 미인이라고 했다. 료마는 고개를 갸우뚱했다.

찾아온 사람은 뜻밖에도 다즈라는 것을 알았다.
"이거 안 되겠는걸."
료마는 몹시 당황하여 툇마루에서 뛰어 내리자, 마침 가까이에 있던 오미야의 하녀에게 다즈를 안채 2층으로 안내하도록 하고 자신은 우물로 달려갔다.
"도키치, 이걸 좀 어떻게 해 봐라!"
요란스럽게 세수를 하며 상투를 가리킨다. 도키치는 빗을 가지고 나와 상투를 풀고 물을 묻혀 빗기기 시작했다.
빗겨 주면서도 도키치는 전에 없던 료마의 거동이 이상해서 견딜 수가 없었다. 보통 손님이 아닐 거라는 생각에, 어떤 분이냐고 물었다.
"뭐, 좀 까다로운 분이야."
료마는 한쪽 무릎을 땅에 꿇은 채 머리를 내맡기고 있기만 했다. 고수머리여서 잘 빗겨지지 않았다.
"그럼, 나리의 고운님이시군요?"
"아니야."
료마는 어울리지 않게 얼굴을 붉히며 말했다.
"남의 얼굴을 보면 귀찮게 잔소리만 퍼붓는 사람이야."
그러나 그것은 안해야 했을 말이었다. 다즈는 2층으로 올라가지 않고 료마 등 뒤에 와 있었던 것이다. 도키치는 뒤를 돌아보고 '아!' 하며 입을 다물었다.
다즈는 입술에 손가락을 대고 웃음을 머금은 채 다가오더니, 멍하니 있는 도키치의 손에서 빗을 받아들었다. 곧 료마의 머리를 쥐고 재치 있게 빗어 내리기 시작한다.
물론 료마는 빗질 솜씨가 달라진 것을 느끼고, 다즈가 뒤에 와 있음을 알아차렸다.

'도무지 이 여자한테는 못 당하겠는걸…….'
어깨를 움츠렸으나 머리는 그냥 내맡겼다.
다즈는 이런 식으로 재회한 것이 무척 기쁜 듯 정성껏 머리를 빗겨 준 다음, 끈으로 붙잡아 매려고 바짝 죄어 쥐었다.
"아야아!"
료마는 비명을 질렀다. 다즈는 못 들은 체 하고 끈을 맨 뒤, 입을 갖다 대고 남은 끈을 송곳니로 물어 끊었다.
'뚝' 하고 작은 소리가 났다. 다즈가 즐겨 쓰는 향낭의 향기가 과거와의 시간의 공백을 한꺼번에 소멸시켰다.
"다즈 아가씨, 머리를 너무 죄어서 눈알이 매달리는 것 같소. 어떻게 좀 해 주시오."
"참아요. 나이가 그만하면 몸차림에 조심해야지, 남이 우습게 볼 것 아니에요?"
잠시 후 료마는 다즈를 2층 방으로 맞아들였다.
진수부의 산조 사네토미 밑에서 돌연 상경해 온 까닭을 묻자, 교토의 정세를 알아가지고 진수부에 확실한 소식을 전하는 것과, 산조 집안의 가족들에게 사네토미의 근황을 알리기 위한 것이라고 했다.
교토에는 어젯밤에 도착했고, 산조 댁에서 여장을 풀자 곧 대정봉환이라는 사실과 조슈 번에 대한 사연, 다섯 대신의 징계 해제 등을 알았다고 한다.
"가슴을 꼭 움켜쥐어야 할 만큼 놀라고 있어요."
놀랐다는 것은 시국의 변동에 대해서이리라. 또 하나는 그런 변동을 가져오게 한 장본인이 료마인 것을 알고 놀랐을지도 모른다.
"료마님도 얕볼 사람이 아니더군요?"
그전처럼 료마를 놀려 댔다.
료마는 그런 놀림에 질색을 하면서도 이 산조경의 밀사에게 정확한 정세와 전망을 전해 주지 않으면 안 되었다.
하긴 불필요한 일이기는 했다. 진수부에 대해서는 다즈와 엇바뀌듯이 교토를 떠난 사이고 일행이 소식을 전할 것이고, 료마가 보낸 도다 우다가 보다 상세히 설명할 것이었다.
"나도 내일 아침 교토를 떠납니다."

료마는 에치젠까지 가야 한다는 말을 했다. 모든 일이 일단락 지어지면 정치에서 멀리 물러나 바다로 나갈 작정이라는 말도 했다.

다음날 아침, 료마는 짚신에 각반 등 여장을 갖추고 에치젠 후쿠이를 향해 떠났다.

동행은 도키치다.

또 한 사람, 번의 감찰이며 도사 근왕당 이래의 동지인 오카모토 겐사부로(岡本健三郞)가 동행하고 있었다.

료마의 자격은 '도사 번 사자'라는 것이었다. 후쿠이에서 할 일은 두 가지가 있다. 번의 노대신 마쓰다이라 슌가쿠를 신정부에 참가시키는 것과, 료마가 기대를 걸고 새로운 일본의 재무담당관으로서 천거한 미쓰오카 하치로를 5년째 되는 금고에서 풀어주게 하여 교토로 데리고 올라오는 것이었다.

이 두 가지 일을 해 내려면 그 나름의 격식이 필요했다. 아무리 슌가쿠가 료마를 사랑하고 있다 해도, 대번의 영주가 한낱 료마의 말만 듣고 신정부의 중직을 맡고자 어슬렁거리고 교토까지 올라올 리는 없었다. 그 때문에 료마는 요도의 서한을 품속에 지니고 있었다.

에치젠으로 가기 위한 준비에 다소 시일이 걸렸던 것은 이 때문이었다. 료마는 고토 쇼지로를 설득하여, 쇼지로로 하여금 요도의 편지를 받아내게 했다. 이 편지 한 통을 나르기 위해 번선이 오사카와 고치간을 왕복했다.

고토는 또한 료마에게 '도사 번 사자'라는 명의를 달아 주었다. 원래의 격식대로라면 이런 번의 연락관은 참정이나 총감찰관에게 위임될 성질의 것이었으나, 관직 없는 료마에게 그런 자격을 부여한 것은 만사 현실주의에 입각해서 처리하는 고토의 용단이었다.

번 사자에게는 감찰이 동행한다. 오카모토 겐사부로가 그 역할을 담당하고 있었다. 감찰의 동행은 3백 년간 막번 체제의 관습이라고 할 수 있었다. 이를테면 만엔(萬延) 원년에 미일통상조약의 비준 교환을 위해 간린마루(咸臨丸)로 미국에 파견된 일본 정부 사절은 정사가 신미 마사오키(新見正興), 부사가 무라카키 노리마사(村垣範正), 그리고 감찰은 오구리 다다마사(小栗忠順)였다. 그들이 미국에 도착하자 현지의 신문은 이런 기사를 냈다.

'감찰이란 스파이를 말한다. 일본 정부는 스파이를 동행시켰다.'

미국인들로서는 이처럼 이해하기 어려운 관습도 또 없었으리라.

이 관습의 역사는 멀리 겐페이(源平) 시대에까지 거슬러 올라갈 수 있다. 미나모토 요리도모(源賴朝)가 요시쓰네(義經)를 헤이케(平家) 토벌의 사령관으로 임명했을 때, 동시에 군 감찰로서 가지와라 가게도키(梶原景時)를 임명했다. 이 두 사람이 전장에서 대립한 것이 요시쓰네 비극의 국제 요소의 하나가 되었음은 주지의 사실이다. 그 뒤 세키가하라(關原) 대전 때, 이에야스는 선발대의 감찰로서 혼다 다다가쓰(本多忠勝)와 이이 나오마사(井伊直政)를 명한 일이 있다.

그런 것이 관례화한 것이었다. 유명무실이기는 했지만 감찰이 동행한다고 하면 사자의 법적 자격이 정식적인 것이 되는 것이다.

"나한테 감찰을 붙여주시오."

료마가 준비중에 고토에게 부탁한 것은 사자로서 정식 조건을 갖추고 싶었기 때문이었다. 말하자면 오카모토 겐사부로는 예복과 같은 의례적인 장식품으로 따라가는 셈이었다.

새벽에 교토를 떠나 오미 구사쓰(草津)에 다다르자 정오가 지났다. 여기서 점심을 먹었다.

잠시 휴식한 뒤, 다시 걷기 시작했다. 료마의 걸음이 하도 빨라 몸집이 작아 잽싼 편인 오카모토도, 뚱뚱한 도키치도 제대로 따라갈 수가 없었다.

"좀 더 천천히 걸어 주시오."

오카모토는 가까스로 쫓아가서 부탁했으나 료마는 걸음을 늦추지 않았다.

"서둘러야 해, 서둘러야!"

료마는 노래하듯이 말했다. 교토의 정세가 료마의 걸음을 서두르게 하고 있었다. 과장해서 말한다면 역사가 료마의 걸음을 재촉하고 있다 해도 좋으리라.

"이 일이 내 마지막 일이 될 거야."

료마는 오미 후지(富士)라는 다른 이름이 있는 미카미 산(三上山)을 전방에서 바라보면서 말했다. 이 일을 끝내고 나머지는 사이고, 오쿠보, 가쓰라, 미쓰오카 등에게 맡긴 다음, 자신은 바다로 돌아가는 것이 지금의 료마에게는 유일한 소원이었다.

하늘은 맑았다.

료마는 간다.

오카모토와 도키치는 처지면 달리고, 처지면 달리고 하면서 호수를 낀 들녘을 걸어갔다.

  에치젠 후쿠이는 마쓰다이라(松平) 32만 석의 성밑거리이다. 아스와 강(足羽川)을 건너 북쪽으로 가자 성이 눈앞에 우뚝 솟고 인가가 밀접해 있었다. 번화가는 오사카를 연상케 했다.
  이 에치젠 마쓰다이라 가문은 슌가쿠(春嶽)의 대에 이르러 번의 재정 방침이 뚜렷한 개성을 보여 주었다. 과거의 미곡 수확을 기본으로 하는 방식이 수정되어, 이를테면 유럽에서 네덜란드가 그렇듯이 무역과 상공업이 번 재정의 기본이 되어 가고 있는 것이다.
  슌가쿠의 선각자적 정치안에 의한 것이리라. 이를테면 슌가쿠는 히고 구마모도(態本)의 요코이 쇼난(橫井小楠)을 초빙해다가 번의 경제 관리를 육성하기도 하고, 가쓰 가이슈를 통해서 해외 사정을 듣기도 했다. 또한 요코이나 가쓰의 사랑을 받고 있는 료마를 슌가쿠도 사랑했으며, 료마의 '회사 이론'에 찬동하여 고베(神戸) 해군학교에 5천 냥을 출자해 주기도 하고 나가사키의 가메야마 동문을 돕기도 했다.
  이 때문에 후쿠이는 대번의 성밑거리 특유의 한적함은 없었고 시끄러울 만큼 활기를 띠고 있었다.
  료마는 분큐 3년에 왔을 때 투숙했던 야마초 거리(山町)의 여관 다바코야(煙草屋)로 들어갔다.
  오카모토 겐사부로를 번청에 보내서 용건을 전하게 했다.
  슌가쿠는 곧 알현을 허락한다고 했다.
  "잠깐, 예복과 하카마를 좀 빌려다 줄 수 없겠나?"
  료마는 하녀에게 부탁했다. 도사 번의 사자라는 명목인 이상, 그런 것으로 예장을 갖추지 않을 수 없었던 것이다.
  하녀는 이웃에 있는 정장(町長) 댁으로 달려가서 그것을 빌려다 주었다.
  "문장이 도사의 것이 아닌데 괜찮습니까?"
  하녀가 말했으나 료마는 전혀 개의치 않았다. 다만 입고 나서 한숨을 쉬었다.
  "생전 처음 이런 걸 입었는걸."
  부채는 여관에서 빌렸다. 이윽고 번청에서 사람이 나오자 료마는 그를 따라 나섰다.

성안에서 슌가쿠를 알현했다.

슌가쿠는 료마의 예복 차림을 보자 '헛헛헛!' 하고 새가 우짖는 것 같이 웃었다. 어지간히 유별나고 특이한 모습으로 비쳤던 모양이다.

"자네는 그런 옷을 입고 오지 않아도 괜찮을걸 그랬어."

그런 말을 해 주었다.

료마는 웃지 않았다. 정색을 하고 교토의 새로운 정세를 설명하기 시작했다. 오른쪽에 중신 나카네 유키에(中根雪江)가 앉아 있고 왼쪽에는 서기가 앉아서 료마의 말을 속기하고 있다. 료마는 한문투를 별로 쓰지 않고 속어나 비유를 연이어 드는 버릇이 있기 때문에, 들으면서 슌가쿠는 예의 새 울음 같은 소리로 웃곤 했다.

이윽고 나카네 유키에의 질문이 있었다. 료마는 그에 대답하며 될 수 있는 대로 자세히 정세를 설명하고 그것을 분석하곤 했다. 또한 에치젠 후쿠이 번이 앞으로 취할 길을 시사했다.

이어서 미쓰오카 하치로를 신정부에서 바란다는 말을 하자, 슌가쿠는 이맛살을 찌푸렸다.

"그자는 번의 죄인이야."

이토록 이해력이 있는 슌가쿠마저, 미쓰오카의 과격 근왕주의만은 달갑게 여기지 않고 있는 것이다. 도사 번의 야마노우치 요도와 마찬가지로 영주는 선뜻 혁명에 가담하지 못하는 이유가 여기에 있으리라. 사쓰마의 시마쓰 히사미쓰마저, 사이고나 오쿠보에 의해 교묘히 조종되면서도 근본은 보수적이어서 막부 옹호 경향을 완전히 벗지 못하고 있는 것이다.

"그러나 미쓰오카 하치로는 신정부의 죄인은 아니지 않습니까?"

료마는 말했다.

슌가쿠는 할 수 없이 미쓰오카를 방면할 결심을 했으나, 그 절차가 끝나자면 며칠은 더 걸릴 것이었다.

그러나 료마는 바빴다. 내일이라도 미쓰오카와 만나고 싶었다.

"할 수 없다. 우선 미쓰오카를 내일 하루만 내놓아 주어라."

슌가쿠는 나카네 유키에에게 분부했다.

료마는 모든 일을 원만히 끝내고 물러나왔다.

미쓰오카 하치로의 집은 성밑 게야 거리(毛矢町)에 있었다.

폐문(閉門)이라는 형을 받고 있는 중이어서 대문에는 못질이 되어 있었고 창문 역시 널빤지를 대고 못이 쳐져 있었다. 물론 외부와의 교섭은 일체 금지되어 있다.

그런데 이날 밤 번청 관원이 찾아오더니 한 통의 서면을 들이밀었다.

"이번에 사카모토 료마가 찾아와 나랏일로 미쓰오카 하치로를 면회하고 싶다는 요청을 했다. 승낙 여부를 대답하라."

이러한 짤막한 내용이다. 미쓰오카는 그것을 보자 환성을 지르고 싶은 심정이었다. 폐문의 형을 받고 있는 몸이기는 했지만 교토의 정세 변동은 어렴풋이 듣고 있었는데, 확실히 알 수 없어 설마하는 의문을 가지고 있었다. 그런 때에 료마가 나타난 것이다. 뿐만 아니라 번청에서 료마에게 편의를 제공하고 있는 정도라면 틀림없이 교토에는 근왕 정부가 수립되었다고 봐야만 했다.

다음날 아침, 미쓰오카는 새벽에 일어나 목욕을 하고 머리도 만졌다. 아침 7시쯤 관원 두 명이 나타났다. 죄인의 몸이라 관원 동행이 아니면 료마를 만날 수 없는 것이다. 이 관원은 번의 고급관리라고도 할 수 있는 사람인 마쓰다이라 겐타로(松平源太郎)와 감찰관 데부치 덴노조(出淵傳之丞)였다.

"직책상 동행한다."

그들은 무뚝뚝하게 말하고, 미쓰오카를 데리고 나섰다. 햇수로 5년 동안 집 근처의 경치마저 본 일이 없는 미쓰오카로서는 저도 모르게 내달리고 싶도록 외출 그 자체가 환희였다.

오전 8시가 조금 못돼서 다바코야 앞까지 왔을 때, 미쓰오카는 더 참지 못하고 2층에 대고 크게 소리쳤다.

"료마!"

그 소리의 메아리처럼 료마는 2층에서 얼굴을 내밀더니

"여어, 미쓰오카! 할 말이 산더미처럼 있네!"

이렇게 소리치며 내려다본다.

미쓰오카는 메이지 시대에 들어가 유리 기미마사(由利公正)로 이름을 고치고, 여러 관직을 역임한 뒤 자작이 되었다가 메이지 42년에 80살로 사망했다. 그는 평생을 두고 이때의 감격을 되풀이해서 말하곤 했다.

2층에서 몸을 내밀고 있는 료마의 그 환한 표정과 들뜬 목소리로, 그는 일순 대사가 성취되었음을 알아차렸다.

"난 죄인이라 입회인 동행이야!"

"좋다, 입회인도 같이 올라오라고 해! 오늘부터 다 같은 일본인이니까!"

료마는 지나치게 들뜬 탓인지 주정뱅이 같은 소리를 했다. 스스로도 그것을 알아차리자 낄낄거리고 웃었다. 오랜 암흑시대를 거쳐 오다가 비로소 태양을 본 기쁨을, 료마는 이 순간처럼 격렬히 느낀 일은 또 없었으리라.

물론 죄인의 몸인 미쓰오카의 감격은 그 이상의 것이었지만.

어쨌든 그는 올라왔다.

"불 쬐게."

료마는 미쓰오카와 마주 앉았다. 두 관원과 오카모토 겐사부로는 직책상 방 한 구석에 무릎을 나란히 하고 꿇어 앉아 있다.

료마는 지껄이기 시작했다. 먼저 대정봉환에 이르기까지의 정세, 봉환 전후의 막부와 각 번의 움직임, 이어서 봉환 후 오늘에 이르기까지의 대강을 두 시간 동안 들려주었다.

료마는 목이 마르면 연거푸 물을 마시고, 마시고 나면 또 지껄였다.

다음에는 미쓰오카가 질문하기 시작했다.

"그래, 앞으로의 계획은 어떤가?"

"그게 아직 결정을 못 봤어. 하지만 우선 전쟁만은 안할 작정이다."

"전쟁에는 상대방이 있는 거야. 이쪽에서 하고 싶지 않더라도 저쪽에서 걸어오면 어떡할 수 없지 않나? 그때는 도망칠 건가?"

"그럴 수야 없지. 하지만……."

료마가 돈도 군대도 없는 신정부의 현실을 털어놓자, 미쓰오카는 그에 응하여 자신의 재정책 일단을 피력했다.

료마는 무릎을 치며 기쁜 듯이 외쳤다.

"모두 말해 봐!"

이때 료마가 한 말은 미쓰오카의 기억에 의하면 이러했다.

"자네가 그런 말을 할 줄 알고 일부러 찾아온 거다. 자, 모두 말해 봐!"

미쓰오카 하치로란 인물은 기묘한 두뇌의 소유자였다. 국가 경제를 마치 손바닥을 뒤집듯 논하는가 하면, 아궁이를 개량하기도 한다.

유폐생활 중이라 하도 심심하여 그런 연구를 한 끝에 만들어 낸 것이었다. 종래의 아궁이보다 훨씬 연료를 절약할 수 있을뿐더러 화력도 강했다. 그가 발명한 아궁이는 쇼와 10년에 이르기까지 '미쓰오카 아궁이'라고 불리며 후쿠이 현(福井懸) 일대에서 사용되었다.

그는 료마에게 신정부 재정의 기본적인 방침은 이래야 한다고 주장하며, 그 기술적인 문제의 하나로서 금찰(金札)의 발행을 들었다.

태환 지폐를 말한 것이다. 신정부에는 신용이 없으므로 교토와 오사카의 부호들을 설득하여 그들을 발행주로 해서 그 신용과 재력을 빌린다면, 순식간에 1천만 냥 가량 돈을 만들어 낼 수 있다고 미쓰오카는 말하는 것이다.

"그러기 위해서는 천자님의 위엄과 권위가 무엇보다도 필요하네. 천자님이야말로 일본의 군주라는 것을 천하 만민에게 알릴 연구를 할 필요가 있어."

후일 미쓰오카 하치로는 그 말대로 활약했다. 도바, 후시미의 포연이 걷히자 그는 오사카로 가서 고노이케 젠에몬(鴻池善右衛門) 이하 15명의 부호를 모아 그들을 신정부의 재정관계 담당계원으로 임명하고, 또한 오사카의 유지급 상인 650명을 모아서 그들에게 정부에서 쓸 자금 조달을 명했다.

이 신정부의 차입금은 막부시대에 상인, 농민들로부터 거둬들인 돈과는 달라서 나중에 모두 갚기로 했고, 이자도 붙여주기로 했다. 내놓은 돈에 따라서 태정관(내각) 명의의 증서도 주었다. 이 때문에 인심도 안정되었고, 태정관찰(太政官札)을 발행한 덕분에 무(無)에서 발족한 신정부에 기금도 만들어졌다. 그 기금은 동쪽 정벌을 위한 군자금으로도 쓰여졌다.

그 모두는 이때 다바코야 2층에서 기본 계획이 마련되었다고 해도 좋았다.

료마와의 대담은 아침 8시에서 밤 9시까지 계속되었다.

도중 미쓰오카가 자리에서 일어난 것은 아래층에 있는 변소에 내려갔을 때뿐이었다.

미쓰오카를 감시하고 있는 관원 마쓰다이라 겐타로와 데부치 덴노조도 변소까지 같이 따라간다.

번의 검찰관 데부치는 변소 앞에서 뼈마디가 굵직굵직한 미쓰오카의 어깨를 두드리며 큰 소리로 웃었다.

"괘씸한 사람 같으니! 번의 감찰을 입회시키고 모반 의논을 하는 법이 어디 있나?"

사실은 마쓰다이라도 데부치도 이날까지는 막부 옹호파였으나, 회담 내용이 하도 엄청난 것에 기겁을 하고, 시대의 변화도 알게 됐으며, 한편으로는 죄인 미쓰오카가 이토록 훌륭한 인물이었나 하는 것에 그저 당황할 뿐이었다.

특히 마쓰다이라 겐타로는 료마에게 크게 감복하여 말했다.

"귀하를 스승으로 모시고 싶습니다."

그런 말까지 했다. 료마는 쓴웃음을 지으며 거절했다.

"나는 한낱 뱃사람이오. 천하에 관한 일은 모두 귀번의 이 미쓰오카씨를 따르도록 하시오."

그러나 이 고지식한 사나이는 료마의 그런 표현을 받아들이지 못하고, 거듭 간곡히 부탁했다.

마쓰다이라는 이 하룻밤의 인연으로 신정부와 관계를 맺어 뒷날 유신 정부에 등용되었으며, 미야기(宮城) 구마모도(熊本) 지사를 역임하고 만년에는 추밀(樞密) 고문이 되었다. 유신 후에는 마사나오(正直)라고 이름을 고치고 남작이 되었다.

밤이 깊어 마침내 미쓰오카가 돌아가려고 하자 료마는 몹시 섭섭한 눈치를 보이더니, 품속에서 편지 같은 것을 꺼냈다.

"뭔가?"

미쓰오카가 받아 보니 료마의 사진이었다.

"사진이야. 앞으로 무슨 일이 있을지 모르네. 만약의 경우에는 내 유품으로 생각해 주게."

료마는 말했다.

"그래?"

미쓰오카는 중얼거리며 료마의 얼굴을 바라보았다. 료마는 전에 없이 깊숙이 스며드는 것 같은 미소를 그 눈 밑에 새기고 있었다. 미쓰오카는 문득 현기증을 느끼며, 어쩐지 별세계의 인간과 마주 앉아 있는 것 같은 야릇한 느낌을 감추지 못했다.

다음날 아침, 료마는 교토를 향해 떠났다.

미쓰오카에게는 료마의 사진 한 장과 새로운 운명의 씨만이 남겨졌다.

료마는 5일에 교토로 돌아와 6일에 이와쿠라 도모미를 방문하고, 미쓰오카를 신정부 참의로 발탁한다는 임명장을 에치젠 번으로 보내 달라는 의뢰를 했다.
 이와쿠라는 곧 임명장을 써서, 에치젠 번 교토 주재소를 통하여 본국까지 급사를 시켜 보내게 했다.
 그러나 에치젠의 막부 옹호파 중신들은 신정부 수립을 환영하고 있지 않아, 그 임명장을 일부러 미쓰오카에게는 보이지 않고 한 달 가량이나 모른 체했다. 그 때문에 신정부는 다섯 차례에 걸쳐 에치젠에 독촉을 했으며, 할 수 없이 번은 미쓰오카에게 그 임명장을 주었다. 그런 약간의 말썽은 있었지만, 미쓰오카의 운명은 그로써 확정된 것이었다.
 기묘한 이야기가 있다.
 료마가 후쿠이를 떠난 지 열흘 가량이 지났을 때, 미쓰오카는 번의 중신 오카베 분고(岡部豊後)의 초청을 받았다.
 "폐문중이기는 하지만 내 별장에 와서 소견을 말해 보도록 하여라."
 번 수뇌로서는 새 정세의 행방을 살피기 위해서 번의 정치범 미쓰오카를 통해서 알아보는 수밖에 방법이 없다고 생각했던 것이리라.
 미쓰오카는 그 소환을 기뻐했다. 이 기회에 중신들을 계몽하리라 생각하며 저녁 무렵 집을 나섰다. 나서다가 그는
 '참, 료마의 사진을 잊었구나.'
 이런 생각이 미쳐 집으로 다시 들어갔다. 그즈음 미쓰오카는 료마의 사진을 무슨 부적처럼 몸에 지니고 다녔다. 사진을 넣으려고 일부러 비단 헝겊으로 주머니까지 만들었다. 그것을 품속에 넣고 오카베 분고의 별장으로 찾아갔다.
 오카베는 이 정치범을 위해 술상을 갖추어 놓고 기다리고 있었다. 미쓰오카는 료마를 통해서 들은 여러 정세를 전하고, 료마의 새 국가에 대한 이상을 설명한 다음 나아가서는 앞으로 에치젠 번이 취해야 할 길을 말했다.
 밤이 깊어서야 그는 돌아오고 있었다.
 미쓰오카는 하인에게 불을 밝히게 하여 길을 서둘렀다. 이윽고 아스와 강(足羽川) 다리에 이르렀다.
 다리를 건너서 둑으로 빠졌을 때, 지금까지 고요했던 천지에서 돌연 우렁찬 소리가 들려왔다.
 "무슨 소리냐!"
 평소에 겁을 모르던 미쓰오카가 외치듯이 하인에게 말했을 정도였다. 하

인은 허리를 구부리고 옷소매로 초롱불을 가리면서 대답했다.

"바람입니다요."

과연 허공에 바람 소리가 일고 있었다. 맑은 밤하늘에 이상하다고 하지 않을 수 없었다. 중천에는 보름달이 휘영청 걸려 있고 구름 한 점 없는 것이다.

"바람일 리가 있나?"

"아닙니다, 바람입니다요."

하인은 중얼거리면서 열심히 초롱불을 가리고 있다. 딴은 그 모습을 보면 바람인 것 같기도 했다. 그 직후 미쓰오카는 바람 속에 있었다. 일진의 돌풍이 둑을 휩쓸며 미쓰오카의 머리, 옷, 소매, 하카마를 휘날리었다. 하인이 든 초롱불도 꺼져 버렸다. 미쓰오카는 돌풍을 견디어 내려고 발끝에 힘을 주었다. 짚신 끈이 끊어지는 바람에 비틀거렸다.

바람은 지나갔다.

지나가자 거짓말처럼 다시 고요해지고 달은 중천에 그대로 걸려 있었다.

그러나 미쓰오카의 몸에는 까닭모를 전율이 남아 있었다. 다음 순간 미쓰오카는 외쳤다.

"불을 켜라."

"왜 그러십니까?"

"물건을 떨어뜨렸어!"

모두 없었다. 지갑은 물론, 그토록 소중히 지니고 다니던 료마의 사진도 없었다. 약 한 시간쯤, 미쓰오카는 둑 위를 샅샅이 찾아봤으나 사진은 끝내 발견되지 않았다.

미쓰오카는 할 수 없이 집으로 돌아왔다.

그리고 이틀 뒤, 료마가 나카오카 신타로와 더불어 교토의 숙소에서 죽었다는 소식이 미쓰오카에게 전해졌다. 그날 밤 거의 같은 시각에 료마의 넋은 하늘로 날아 올라간 것이다.

교토로 돌아온 료마는 연일 매우 바빴다. 그런데 13일 한낮 무렵, 검은 지리멘의 하오리를 입은 의젓한 차림의 무사가 흰 부채를 들고 방문해 왔다.

"이토 가시타로(伊東甲子太郎)라는 사람이다."

방문객은 하인 도키치에게 그 이름을 밝혔다.

도키치는 그 이름을 듣고 놀랐다. 이토라고 하면 신센조의 참모였던 사나이이고, 신센조에 대한 세간의 평에 관계없이 고명한 인물로 널리 알려져 있었다.

원래는 에도의 후카가와(深川) 사가 거리(佐賀町)에서 제자들을 두고 있던 검술 도장의 사범으로, 호쿠신일도류(北辰一刀流)의 명인일 뿐 아니라 국학에 대한 소양도 깊었다. 신센조의 곤도 이사미의 간청으로 겐지(元治) 원년 말에 많은 제자들과 친구를 거느리고 가맹하여 참모가 되었다.

그는 만 2년 반 동안 신센조의 부총재격으로 있었으나, 시대의 변천을 기민하게 알아차리고 지난 게이오 3년 3월에 탈퇴했다. 그냥 탈퇴한 것이 아니라 많은 대원들을 유인하여 집단 탈퇴를 하는 형식을 취했다. 즉각 능(陵) 경비장이라는 직명을 조정으로부터 받고 능관(陵官) 도다 다다유키(戶田忠至)의 휘하에 들어가, 지금은 히가시 산(東山) 고다이 사(高臺寺)의 겟신 원(月眞院)을 빌려 그곳에 주둔하고 있었다. 경비 일체는 은밀히 사쓰마 번에서 나오고 있었으므로 명목은 어찌 되었던 사실상 막부 타도 단체이며, 신센조의 눈으로 보면 배신자였다.

"무슨 일인지 들어오라고 해라."

마침 와 있던 나카오카 신타로가 말했다.

이윽고 이토가 들어왔다. 혼자만이 아니었다. 한때는 신센조에서 그 검명을 떨친 바 있는 도도 헤이스케(藤堂平助)가 지금은 이토의 부하가 되어 이 자리에 동행하고 있었다. 이토도 도도도 호쿠신일도류 지바 도장 출신이라, 료마와는 동창 관계가 있었다.

"한마디 충고 말씀을 드리려고 왔소."

이토는 그 하얀 얼굴을 들었다.

"모처에서 분명히 확인한 바에 의하면 신센조가 전력을 다해 귀하를 노리고 있다고 하오. 즉각 도사 번저로 옮기시는 것이 좋을 거요."

용건은 그것뿐이었다. 이토는 같은 계통 출신이라 그 말은 충분히 믿을 만했다.

이토가 일부러 그런 정보를 가지고 찾아 온 것은 단순한 친절에서만은 아니었으리라. 근왕파로 변절한 그로서는 교토에서의 근왕파의 거물인 료마와 나카오카의 환심을 사 두고 싶었던 것이 틀림없었다.

"친절한 말씀 감사하오."

나카오카는 정중히 머리를 숙였다.
그러나 뜻밖에도 료마는 고개 하나 까딱하지 않고 외면한 채 잠자코 있었다.
"료마, 모처럼 와서 일러 주시는데 태도가 그게 뭔가?"
나카오카는 보다 못해 옷소매를 끌어당겼다. 료마는 쓰디쓴 표정을 지은 채 건성으로 끄덕였다.
'무슨 수작이냐!'
료마는 속으로 욕설을 퍼붓고 싶었다. 불과 몇 달 전까지만 해도 닥치는 대로 근왕지사들을 베어 버리던 그들이, 상황이 바뀌었다고 보자 사쓰마 번이 인원 부족으로 고민하는 틈을 타 이쪽으로 붙어 온 것이다. 그런 사나이를 료마는 보는 것조차 싫었다.
이토는 우물쭈물하다가 물러가 버렸다.
료마가 죽기 이틀 전의 일이다.
"번저로 옮길까?"
나카오카는 이토가 사라지고 나서 말했으나 료마는 묵살했다. 이토의 충고를 듣고 허둥지둥 번저를 옮긴다는 것은 료마의 체면이 허락하지 않았다. 료마는 이상할 만큼 고집을 부렸다.
"죽고 사는 것은 천명이다. 그저 그뿐이야."
과연 천명이었다.
료마에게 충고를 했고, 그것이 적중하여 료마가 이 세상에서 사라졌음을 나중에 전해들은 이토는 "그러니 내 뭐랬느냐 말이다" 하고 남들더러 투덜거렸다지만, 그 이토 가시타로 자신도, 며칠 후인 11월 18일, 교토 아부라고오지(油小路)에서 신센조의 집단 습격을 받고 난투 끝에 목숨을 잃고 말았다. 충고자인 이토 가시타로도 며칠 후에 닥쳐 올 자신의 운명에 대해서는 전혀 몰랐던 것이다.
막부 옹호파의 광기는 대정봉환 후 거의 정점에 달했다.

이 긴 이야기도 이제 마무리할 때가 되었다.
사람은 죽는 것.
료마도 죽지 않으면 안 된다.
그 죽음의 원인이 무엇이었던가는 이 소설의 주제와는 아무 관계도 없다.

필자는 이 소설을 구상함에 있어, 일을 해 내는 인간의 조건이라는 것을 생각해 보려고 했다. 그것을 사카모토 료마라는, 시골 태생에 지위도 학문도 없고 다만 한 조각 뜻만을 가지고 있던 젊은이에게서 구해 봤다.

그 주제는 이제 끝났다.

그의 죽음을 자세히 기록한다는 것은 이미 주제와는 관계없는 일이다.

료마는 암살되었다.

암살이란 이를테면 교통사고와 조금도 다를 바 없다. 사고와 정열이 변형된 암살자라는 정치적 백치들에 관한 얘기를 아무리 자세히 써 봤자, 료마의 사상과는 아무 관련도 없는 것이다. 그 때문에 이 소설에서는 그들의 칼날 번뜩임만을 잠깐 건드리는 데 그치려고 한다.

그러나 필자에게는 이 소설을 써 온 열기가 남아 있다. 그 여열을 식히기 위해 후기 가운데서 그들 문제를 다루어 보려고 한다.

료마와 나카오카 신타로가 습격을 받은 날은 게이오 3년(1876년) 11월 15일 밤이었다.

나카오카에게는 이날 뜻하지 않은 용무가 생겼다.

실은 지난 9월 12일, 신센조 36명과 도사 번의 지사 8명이 산조 대교의 방문 게시장 부근에서 난투를 벌인 일이 있었다.

도사인들 가운데 즉사한 자는 없었다. 안도 겐지라는 자는 빈사 상태에 가까운 중상을 입었으나 가까스로 가와라 거리의 번저까지 돌아와, 재기할 수 없음을 깨닫고 문전에서 할복하고 말았다. 다른 다섯 명도 중상을 입기는 했으나 간신히 피해 나올 수 있었다.

미야가와 스케고로라는 청년만이 산조 남쪽 한길에서 몇 차례인가 칼을 맞고 쓰러져 실신한 채 포박되었다.

그 뒤, 교토 서부 행정관 다키가와 하리마노카미(瀧川播磨守)에게 인도되어 옥사에 매이는 몸이 되었다. 상처는 치명상이 아니었다.

미야가와는 상급 무사 출신이었지만 일찍부터 근왕파들과 어울려 다니고, 교토에 온 뒤에도 혈기를 주체 못하고 난폭한 짓을 많이 했다.

이 난투극의 원인은 산조 대교의 방문 게시장에 게시되어 있는 "조슈인을 숨겨 주지 말 것"을 경고한 방문을 떼어 버리려고 했던 것으로, 그것을 미리 탐지하고 있던 신센조에 의해서 포위 공격을 받은 것이었다.

교토 수호직 아이즈 번주 마쓰다이라 가다모리는 미야가와의 신분을 중시하여 번사 스와 쓰네키치(諏訪常吉)로 하여금 도사 번과 담판케 했다.

응대한 도사 번 측 인물은 번저 주재관인 나카무라 데이스케(中村禎助)였다. 데이스케는 막부 옹호파여서 아이즈 번에 대해 백배 사과했다.

아이즈 번은 양해하고 미야가와를 도사 번에 인계하려고 했으나 막부의 수석 집정 이다쿠라 가쓰기요가 그에 대해 반대했기 때문에, 미야가와는 계속 옥중에 묶여 있었다.

옥중에서 그는 수차례 걸쳐 죽음을 원했다. 그 떳떳한 태도가 아이즈 번 측에 호감을 주어, 다시 스와 쓰네키치가 도사 번저를 방문하여 제의했다.

"귀번에서 맡으시겠다면 그를 넘겨 드리겠습니다."

응대한 후쿠오카 도지는 혼자서 결정을 내리기 어려워, 시라카와 마을에 둔영하고 있는 나카오카에게 편지를 보내서 의논했다.

"번으로서는 맡을 수 없으니, 육원대에서 맡아 주시면 고맙겠습니다."

나카오카는 그 편지를 읽자 곧 시라카와 마을을 나서서 가와라 거리의 번저를 방문했으나, 마침 후쿠오카는 없었다.

'료마한테나 가 볼까?'

그렇게 생각하고 걸음을 돌렸다. 이것이 나카오카의 죽음을 가져오는 결과가 됐다.

료마는 있었다.

마침 료마는 며칠 전부디 감기에 걸려, 이날은 특히 열이 높아서 광으로 내려가 누워 있었다. 광에서 그냥 나카오카를 맞이했던들 아무 일 없었으리라.

"광 속은 답답하니 안채로 가자."

그렇게 말하고 나카오카를 안채 2층에서 기다리게 했다.

이날 날씨는 찼다.

료마는 풀솜 동옷 위에다 외제 솜으로 만든 솜옷을 덧입고, 그 위에다 검은 하부다에 하오리까지 걸친 차림으로 2층 깊숙한 방으로 갔다.

2층에는 방이 넷 있었다. 제일 안쪽 방인 팔조방에서 나카오카와 마주 앉았다.

"열 때문에 현기증이 날 정도야."

그렇게 말하면서 나카오카의 말을 들었다. 미야가와의 처리에 관한 의논이 끝나자, 신정부의 정부조직에 대한 의논을 했다.

씨름꾼 도키치는 두 방을 사이에 둔 건넌방에서 부업으로 이쑤시개를 깎고 있었다.

이윽고 날이 어두워져, 도키치는 료마의 방으로 등잔에 불을 켜러 갔다.

그때 오카모토 겐사부로가 놀러 와 두 사람의 이야기를 들으려고 했다. 거의 동시에 기쿠야(菊屋)의 미네키치 소년이 나타났다. 미네키치는 나카오카의 심부름으로 사쓰마 번저에 갔다가, 그 회답을 받아 가지고 온 것이었다.

"미네키치, 배가 고픈걸."

료마는 미네키치를 돌아다보며, 닭을 사오라고 했다.

미네키치는 시원스레 대답을 하고 일어났다. 그러자 오카모토 겐사부로도 돌아가려고 했다.

"어디로 가나? 또 가메다야(龜田屋)인가?"

료마가 놀리자 오카모토는 얼굴이 붉어졌다. 가메다야란 가와라 거리에 있는 육신환(六神丸)을 파는 약국으로, 오다카(高)라는 소문난 미인이 있었다. 오카모토는 요즈음 그 오다카와 서로 사랑하는 사이였다.

"아닙니다."

그렇게 대답하고, 오카모토는 미네키치와 함께 밖으로 나왔다. 미네키치는 시조(四條) 작은 다리께에 있는 '도리신(島新)'으로 달려가서 닭요리를 주문했다. 30분쯤 기다려야만 했다.

그동안에 운명은 진행되고 있었다. 수 명의 무사가 오미야 처마 밑에 모여섰다. 밤 9시가 조금 지난 무렵이었다.

자객들이었다. 이 자객들의 이름은 유신 후의 철저한 조사로 대강 판명이 되었는데, 막부의 순찰대 대장인 사사키 다다사부로(佐佐木唯三郞)가 지휘하는 6명이었다.

사사키는 혼자서 봉당으로 들어가 2층에 대고 큰 소리로 사람을 불렀다.

2층 바깥방에는 도키치가 있었다. 도키치가 깎고 있던 이쑤시개를 놓고 층계를 내려가 봉당으로 가니, 어두운 봉당에 무사 하나가 서 있었다.

"나는 도쓰가와 마을의 향사요. 사카모토 선생이 계시다면 만나보고 싶은데."

그러면서 명함을 도키치에게 내주었다. 도쓰가와 마을의 향사라면 료마와 가까운 사람도 몇 있었고, 게다가 상대는 혼자였다. 도키지는 아무 의심도 하지 않고 그 명함을 받아든 채 층계를 되올라갔다.
'있구나!'
자객은 그렇게 봤으리라. 아니, 사실상 그렇게 봤다.
사사키는 그대로 서 있는 채……
대신 이마이 노부오(今井信郎), 와타나베 이치로(渡邊一郎), 다카하시 야스지로(高橋安次郎) 등이 도키치를 뒤따라 올라가, 거의 다 올라간 곳에서 두 동강이 나도록 등을 내리쳤다.
도키치는 비명을 지르려고 했고, 자객은 그 비명을 틀어막으려고 연거푸 여섯 번을 내리쳐서 절명시키고 말았다. 불과 몇 초 사이의 일이었다.
2층 안쪽 방에는 료마와 나카오카가 마주앉아 있었다. 종이 한 장을 가운데 놓고 근시인 료마는 거의 엎드리다시피한 자세로 그것을 들여다보고 있었다.
한 방 건넌 바깥쪽의 소동이 들리기는 했으나 료마는 미네키치가 돌아온 것이려니 했다. 미네키치는 평소에 장난삼아 도키치에게 씨름을 가르쳐 달라곤 했는데, 지금도 그런 것이려니 했던 것이다.
엎드리듯하고 쪽지를 들여다보던 나카오카가 밖을 향해 소리쳤다.
"조용히 해라!"
그 소리로 자객들은 자신들이 노리는 상대의 위치를 알았다.
번개같이 그들은 달렸다.
방안으로 뛰어들자마자 한 사람은 료마의 이마를, 또 한 사람은 나카오카의 뒤통수를 내리쳤다. 이 첫 칼이 료마의 치명상이 되었다.
칼을 맞고 나서 료마는 사태를 알았다. 그러나 평소부터 칼을 경멸하여 늘 지니고 다니거나 하지 않았다. 그 때문에 가까이에 칼이 없었다.
칼은 도코노마에 있다.
그것을 집으려고 했다. 골이 흘러나오고 있었으나, 료마의 체력은 아직 남아 있었다.

료마는 도코노마에 있는 무쓰노카미 요시유키(칼이름)를 집으려고 잽싸게 뒤로 몸을 뺐다.
그 동작을 자객이 놓칠 리 없다. 료마의 왼손이 칼집을 움켜쥐었을 때 이어서 두 번째 공격이 가해져 왔다. 왼쪽 어깨에서 등골에 걸쳐 뼈가 끊어지는 충격을 료마는 받았다.

그러나 그 순간 이 젊은이의 생명력은 어느 때보다도 불타올랐다. 료마는 튀어 일어나듯 몸을 일으켰다. 동시에 칼을 칼집째, 왼손으로는 칼자루를, 오른손으로는 칼집을 쥐고 그 칼집을 벗겨 버리려고 했으나, 적의 세 번째 공격은 그런 겨를을 허락하지 않았다.

더욱더 무서운 공격이 가해져 왔다. 료마는 칼을 뺄 틈도 없이 칼집째로 그 세 번째 공격을 막았다. 불꽃이 튀고 쇳조각이 떨어져 날았다.

놀라운 일이었다. 적의 공격이 얼마나 맹렬했던지, 료마가 든 무쓰노카미 요시유키의 그 막아낸 부분으로부터 20센티미터 가량이나 칼집을 베어 버리고, 안에 있는 칼 역시 10센티미터 가량 깎아 버리고 만 것이다. 순간 반월형 쇳조각이 날았다. 적의 솜씨도 대단했지만, 치명상을 입은 채 쇠마저 깎는 타격을 견디어 낸 료마의 기백 역시 보통이 아니었다.

깎아 버린 여세로 적의 칼날은 흘렀다. 흐르면서 료마의 이마를 더욱 깊숙이 베고 넘어갔다.

료마는 그제서야 쓰러졌다. 쓰러지면서 외쳤다.

"세이(誠), 칼 없나!"

세이란 나카오카의 가명인 이시카와 세이노케(石川誠之助)를 두고 한 말이었다. 그 지경에 이르고도 아직 나카오카를 가명으로 부르는 배려를 잊지 않았다는 것은 료마의 의식이 뚜렷했던 증거이리라.

이상도, 이후의 일도 모두 사건 이틀 후 죽은 나카오카의 기억에 의한다.

나카오카 역시 칼을 집을 겨를이 없었다. 아홉 치 길이의 단도밖에 없다. 이름난 노부구니(信國)가 만든 칼로서, 흰 자루에 칼집은 붉고 날밑도 달려 있기는 했지만, 소도(小刀)라기보다는 비수 정도의 길이밖에 안 되는 것이었다. 그것을 가지고 적의 큰칼과 맞섰으나, 열한 군데나 상처를 입고 마침내 쓰러졌다.

불과 몇 분 동안 그는 실신했던 모양이다. 그러나 곧 숨을 되돌렸다. 그때 적은 철수하는 길이었다.

잠시 뒤 료마도 숨을 돌렸다. 이 억센 사나이는 온 몸에 자신의 피를 뒤집어 쓴 채 그 자리에 일어나 앉은 것이다.

나카오카는 얼굴을 들고 그 료마를 바라보았다. 료마는 등잔불을 끌어당기더니 칼을 칼집에서 빼들고 물끄러미 들여다 보았다.

"분하구나!"

생각하면 그럴 것이었다. 지바(千葉) 문하의 수재로서 검명을 일세에 떨친 청춘을 지녔으면서도, 좀도둑이나 다름없는 자객들의 기습을 받고 칼 한 번 써 보지 못한 생각을 하면 그 분함은 이를 데 없을 것이다.

"신타로, 팔을 움직일 수 있나?"

료마는 물었다. 나카오카는 엎드린 채 끄덕이며

"움직일 수 있다……."

움직일 수 있다면 기어가서 아래층에 있는 오미야의 가족들을 부르라는 말을 하고 싶었던 모양이었으나 나카오카가 자기보다 더 중상이라고 본 듯했다.

료마는 스스로 기어갔다. 옆방을 지나 층계까지 갔다.

"신스케(新助), 의사를 불러라!"

밑에 대고 소리쳤으나, 이미 그 소리에는 힘이 없어 밑에까지 미치지 못했다.

료마는 난간을 붙들고 그 자리에 다시 앉았다.

나카오카도 기어서 료마 곁으로 갔다.

료마는 외과의사처럼 침착하게 자신의 머리를 꼭 누르고, 흘러나오는 체액을 손바닥에 찍어서 들여다보았다. 하얀 뇌척수액이 섞여 있었다.

돌연 료마는 나카오카를 바라보며 웃었다. 하늘저럼 맑고 맑은 미소가 니카오카의 망막에 퍼져 갔다.

"신타로, 나는 뇌를 다쳤다. 이젠 틀렸어."

그것이 료마의 마지막 말이었다. 말을 마치자 마지막 숨을 내쉬고 쓰러졌다. 아무 미련도 없는 듯이 그 영혼은 하늘을 향해 날아 올라갔다.

하늘에는 뜻이 있다.

이 젊은이의 경우, 그렇게 밖에는 생각할 도리가 없다.

하늘은 이 나라의 어지러운 역사를 수습하기 위해 이 젊은이를 지상에 내려 보냈다가 그 사명이 끝나자 아낌없이 하늘로 도로 불러들인 것이다.

이날 밤 교토의 하늘은 비를 머금고 별 하나 보이지 않았다.

그러나 시대는 선회하고 있다. 젊은이는 역사의 문을 그 자신의 손으로 밀어 미래를 향해 활짝 열어젖혔다.

사무라이 1

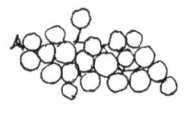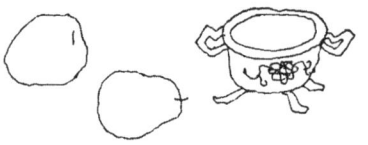

《사무라이》를 읽는 이들에게
시바 료타로

사람이 죽음을 맞이하는 방법은 여러 가지이다. 가와이 쓰기노스케(河井繼之助)는 죽음에 즈음하여 하인더러 관을 만들게 하고 뜰에 불을 피우게 하여 병석에서 밤새도록 그것을 응시했다고 한다. 자신의 삶과 죽음을 이렇듯 객관적으로 받아들일 수 있는 인물도 드물 것이다. 자기만의 확고한 철학이 없으면 이렇게 하지 못하리라.

전국시대에는 이와 같은 인물을 찾아볼 수가 없다. 전국시대 일본인에게 형이상적 가치는 존재하지 않았다. 정제되지 않은 인간과 인간을 흥분시켜 목표 달성에 이용하려는 형이하적 에너지만이 존재하였다. 이를테면 물욕과 명예욕과 같은 그것이.

에도시대에 이르러 일본인은 조금씩 달라져간다. 무사 계층은 독서 계층이 되고 형이상학적 사고가 발달했으며, 막부 말기에 이르러서는 형이상적 흥분이 동반되지 않으면 그들은 행동하지 않게 된다. 바꾸어 말하면, 막부 끝무렵에 에도 300년이라 불리는 교양시대가 뿌리를 내려 저마다 정신에 형이상적 사고를 꽃 피우게 된 것이다. 많은 지사(志士)들과 현정(賢政)을 베푼 영주들이 그랬다. 조선 퇴계의 경(敬) 철학에 영향을 받은 그들에게는 전국시대 인물들이 품고 있던 사사로운 야망이 거의 없었다.

아름다운 행동이란 무엇인가를 추구하는 것이 에도시대의 유교적 무사도 윤리였으리라. 공익을 위한 사고와 행동이 무엇인가를 추구하는 것은 에도시대의 유학 사상이었다.

막부 끝무렵에 완성된 무사라는 인간상은 다소 일그러진 면이 있기는 하나 일본인이 낳은 인간의 예술품이라 할 수 있다. 더구나 이러한 인간상은 개인적 욕망을 긍정하던 전국시대나 서양에는 존재하지 않는 것이다. 사무라이라는 일본어가 막부 끝무렵부터 오늘날까지 세계어로 살아 있는 것도 그들이 쌍칼을 차고 칼부림을 해서가 아니라, 세계에서도 그 유형을 찾아볼 수 없는 미적 인간이었기 때문이다. 또 메이지 이후의 추악한 일본인이 때때로 자신의 추악함에 혐오감을 느낄 때 자신들의 조상이 사무라이를 만들어 냈다는 업적을 상기하고 가까스로 자신감을 회복하려는 것도 그 때문이리라.

사무라이란 무엇인가? 이것이 내가 이 작품을 쓰게 된 목적이다.

나는 사무라이의 전형을 에치고 나가오카 번의 가와이 쓰기노스케에서 찾고자 했으며, 작품을 마친 후에도 선택에 후회가 없다는 것에 은근한 자부심을 느낀다.

그는 행동적 유교라 하는 양명학의 신봉자였다. 양명학이란, 자기의 생명을 하나의 도구로서 다루어야 한다. 세상을 구하는 것만이 배움의 길에 들어선 자의 유일한 인생 목표가 되어야 한다. 따라서 학문의 목적은 세상을 구하기 위한 방법 추구에 집중된다.

쓰기노스케는 집안의 대를 이어야 할 몸인데도 번 정부에 따르지 않고 제멋대로 행동하며 서른 안팎까지 서생의 신분으로 있었다. 그는 부모에게 불효를 범하면서까지 각지역 학자를 찾아다니게 되는데, 그의 마지막 구도여행(求道旅行) 때에는 에치고의 아버지에게 이렇게 애원의 편지를 보낸다.

"어머님은 여자의 몸이라 이러쿵저러쿵 말씀하실지 모르니 이것을 아버지께 부탁드리겠습니다."

요컨대, 그는 자신 이외에는 번을 구할 힘을 가진 자가 없다고 자부하였으며, 그 구제 방법을 필사적으로 찾고자 했던 것이다.

쓰기노스케가 번의 정치를 담당하게 된 때에는 공교롭게도 교토에서 장군

요시노부가 정권을 반환한 뒤였다. 이 때문에 급작스럽게 번의 제도를 개혁해야 했고 그는 자신의 능력을 전쟁 지휘에 집중시켜야 했다. 이는 그가 유년시절에는 상상도 못했을 일이리라.

물론 관군에 항복하는 방법도 있었다. 항복하면 번은 보전되고 그의 정치적 이상을 펼 수 있었을지도 모른다.

하지만 쓰기노스케는 그 길을 선택하지 않았다. 조금의 망설임도 없이 정의의 길을 선택했다. 즉, 반평생을 에도 시대의 유학도로서 '번을 위해 무엇을 할 것인가' 하는 이상과 방법을 추구하며 살아온 그가 아름답게 살고자 하는 무사도의 윤리를 좇아 단숨에 방향전환을 한 것이다. 그리고 그로 인해 죽음을 맞이한다. 이는 결코 좌절이 아니다. 그에 있어서나, 에도시대의 사무라이에 있어서나 의심할 바 없는 완성인 것이다. 쓰기노스케는 완벽주의자였던 모양이다.

그가 죽자 그의 시신은 하인 마쓰조의 손에 불태워진다. 그때 이미 쓰가와의 방어선이 돌파되어 관군이 쳐들어오고 있는 상황이었으므로 그것을 지켜보는 이들은 안절부절 못했지만, 마쓰조는 잿더미 속에서 유해를 하나하나 추려내고 있었다. 그때 마쓰조가 울면서 말했다고 한다.

"빈틈없는 분이신걸요. 만일 유해 하나라도 빠뜨리면, 이놈 마쓰조야 네놈의 경솔함 때문에 내 뼈가 하나 모자란다, 저승에서 꾸짖으실 텐데 그럼 저는 나으리님을 뵐 낯이 없습니다."

작품을 다 쓰고 나니 나 또한 마쓰조의 두려움을 다소나마 느끼고 있다. 나도 얼마쯤인가 그의 뼈를 재 속에 남겨두고 왔는지 모르기 때문이다.

성 밑 거리

눈 올 때가 되었다.
 이미 저만금에 다가왔다. 한 열흘만 지나면 북해(北海)에서 겨울 구름이 밀어닥쳐, 에치고 나가오카(越後長岡)의 산과 들을 눈으로 뒤덮을 것이다.
 '해마다 겪는 일이다.'
 한 해도 거르지 않고 계절은 그것을 반복하고 있고, 사람은 눈 속에서 살기 위해 만반의 준비를 한다.
 단풍이 끝나는 계절, 성 밑 거리는 겨우살이 준비로 부산하다.
 '정말 야단이군.'
 사람들이 분주하게 움직인다.
 거리를 메우다시피 나무장수의 수레가 늘어서고, 집집마다 아낙네들은 김장거리 무, 배추를 잔뜩 들여다가 그것을 몇 십 개의 통에 절인다.
 신분이 높은 무사조차도 나무에 올라가 있다. 나무를 짚으로 싸줘야 하기 때문이다.
 장명등(長明燈)도 싸주고, 절에서는 석수(石獸)까지 짚으로 덮어 준다. 성도 마찬가지이다.

에치고 나가오카는 마키노(牧野) 가문 7만 4,000섬의 성 밑 거리이다. 천수각은 없었으나, 삼층으로 통칭되는 본영의 누각이 시중의 어느 곳에서도 보였다. 그것들의 담과 벽을 멍석으로 덮고 군데군데 대나무 못을 박는다.

이런 방설 작업에만 나졸과 인부들이 하루에 500명이나 동원된다.

쓰기노스케(繼之助)는 거리를 걷고 있었다.

'북국은 손해다.'

문득 이런 생각이 든다. 사실이다. 겨울도 햇살이 밝은 서쪽 나라라면 이런 공연한 노동과 낭비는 하지 않을 텐데. 북국에서는 온 거리가 이토록 일을 해도 고작 눈을 방비하는 것일 뿐, 한 푼의 이득도 없다.

그러나 성 밑 거리의 사람들은 심해(深海)의 물고기가 수압을 느끼지 않듯이 자연의 압력 아래에서 예사로 살아가고 있다. 겨우살이의 공연한 이 법석이 무엇이란 말인가.

'미련해서, 부러진 못 동강이나 돌을 삼키라 해도 그대로 삼킬 무리들이야. 삼키기 전에는 역시 괴롭지. 그래서 술을 대포로 쭉쭉 들이켜지. 대포로 용기를 얻어서 막상 꿀꺽 삼켜 놓고는 뚝뚝 눈물을 흘리는 격이 아닌가.'

쓰기노스케는 침을 삼켰다.

쓰기노스케는 도중에 얼굴을 아는 하급 번리(藩吏) 몇 명과 마주쳤다. 모두들 이 젊은이──시하(侍下)의 몸이지만 만으로 서른 둘이다──를 두려워하듯이 길옆으로 몸을 피하며 허리를 약간 굽혔다. 모두들 시선을 피한다. 그만큼 쓰기노스케의 눈빛은 언제나 번쩍이고 있었다.

불평이 많은 사내였으나 그의 걸음걸이는 굼뜨지 않았다. 추켜들지는 않았지만 옷의 아랫자락을 추켜들듯이 해서 길 한복판을 성큼성큼 걸어간다. 이곳은 무사는 늠름해야 된다는 기풍이 다른 번보다 강하다. 그래서 걷는 모양까지도 범절이 있다.

설사 소나기를 만난다 해도 처마 밑으로 달려드는 것은 평민이나 할 짓이다. 무사는 뛰지도 않고, 신을 벗어서 품에 넣고 길 한가운데를 태연히 걸어간다.

성의 서쪽으로 나왔다.

가키 내(柿川)라는 작은 개울을 건너서 성의 외곽으로 들어섰다.

그곳에 번의 수석 중신인 이나가키 헤이스케(稻垣平助)의 저택이 있다.

쓰기노스케는 짚으로 지붕을 이은 문을 들어섰다.
"이봐, 이봐."
현관 옆에서 나무를 손질하고 있는 하인을 불러 천천히 엄지손가락을 세워 보였다.
"계시냐?"
중신 이나가키님이 집에 계시냐는 뜻이다.
벌써 사흘째 같은 용건으로 찾아온 것이다.
"아, 알겠네."
별로 낙담하지도 않는 표정이다. 이집 주인인 수석 중신은 친척의 제사에 갔다고 한다.
"기다리지."
쓰기노스케는 문 옆 광에서 철 지난 살평상을 들고 나와 그 위에 벌렁 드러누웠다. 베개는 하인의 것을 빌렸다.
이나가키 집안사람들은 가와이 쓰기노스케(河井繼之助)가 날마다 집으로 찾아오는 이유를 알고 있었다. 에도(江戶)와 그 밖의 지방으로 사비(私費) 유학을 하겠다는 것이다.
그러나 번에서는 허락을 안 해 준다. 5년 전 허락을 했더니, 에도 번저(藩邸) 관원들의 애를 먹이는 문제만 저질렀다는 것이다.
엄연한 번사가 밖에서 사건을 일으키면 불평은 번이 당하게 되므로 곤란하다는 것이다.
쓰기노스케는 그 정도로 물러서지 않고, 이렇게 수석 중신의 집에 출근을 하다시피 하며 사정하고 있다.
점심때가 되었다. 쓰기노스케는 품에서 대나무 껍질로 싼 꾸러미를 꺼내어 끌렀다.
"도시락까지 지참했구먼."
정원수의 월동 준비를 하고 있던 종들이 서로 옷자락을 당기며 말했다.
집안 아녀자들 사이에서도 그것이 화제가 되었다. 다만 이 집안은 여자들의 예절 교육이 철저했기 때문에 뒤에서 재잘거리기는커녕 '집안으로 모셔서 자시도록 해야지' 하는 것이 공론이었다. 아무리 떼를 쓰는 손님이라고 하지만 100섬짜리의 당당한 벼슬아치에게 뜰에서 식사를 하도록 둔다는 것은 옳은 일이 아니다.

결국 하녀가 심부름을 나섰다.

그러나 쓰기노스케는 움직이지 않는다.

"아니, 괜찮소."

안에서는 난처해 그렇다면 더운 물이라도 하녀가 아닌 집안사람이 갖다 주자는 데 의견을 모았다. 그렇게나마 대접을 하자는 것이다.

이 집 주인에게 '오유(夕)'라는 여동생이 있다. 시집갈 나이에 병을 앓았기 때문에 혼기를 놓치고 말았으나 그 용색은 성 밑 거리에 소문이 나 있었다.

"……제가."

오유는 자진해서 나섰다. 태연하게 행동했으나 번에서 소문이 자자한 가와이 쓰기노스케라는 사나이에 흥미가 없었던 것은 아니다.

부엌에 나가 찻잔을 헹궈서 급히 차를 끓였으나 그때는 이미 뜰이 조용했다. 하인들이 점심을 먹기 위해 쉬는 것이겠지.

안마당을 돌아 현관 옆으로 나서자 와자지껄 웃음소리가 들린다.

바라보니 살평상 위에 쓰기노스케가 책상다리를 하고 앉았고, 하인 한 녀석이 무릎을 꿇고 마주 앉아 있다.

목침뺏기 내기를 하는 중이다.

목침 양쪽을 쥐고 서로 당기는 것이다.

다른 자들은 둘러서서 구경을 하고 있다. 금방 쓰기노스케가 이겼다.

"나리, 이번에는 소인이……."

또 한 하인 녀석이 나선다. 이 녀석은 손가락 네 개로 용을 썼으나 손가락 세 개를 쓰는 쓰기노스케에게 끌려가고 만다.

"날 이기면, 술 한 되든 만두 스무 개든 내도록 하마."

이 말에 모두들 '와아' 소리를 질렀다.

그 환성이 오유의 귀에 들린 것이다.

'안 되는데.'

집안의 법도가 문란해지지 않나.

이윽고 이나가키 헤이스케가 돌아왔다. 수석 중신이라고 하지만 아직은 젊다.

이나가키 가문은 중신직을 세습하고 있다. 헤이스케는 그것을 계승했을 뿐이니 유능하다고는 할 수 없어도, 독실하고 근직한 사내였다. 나이는 쓰기노스케보다 서너 살 위이리라. 흰 살결의 멀끔한 용모가 명문가의 주인답다.

"많이 기다리셨겠습니다."

그는 평소에는 하급자에게도 공손한 말을 쓴다. 그러나 번의 중신이라는 위엄은 잊지 않고 할 말은 따끔하게 하는 인물이다.

"오유한테서 들었습니다. 집안에서 내기를 하셨다죠. 그런 짓은 안 됩니다. 절대로 안 됩니다. 그까짓 목침뺏기쯤 하고 생각하시겠지만, 그래서는 집안의 법도가 서지 않습니다."

이나가키 헤이스케로서는 무인의 가문이란 곧 질서를 중시한다는 것이다. 무사란 질서를 지키는 자이며, 그것 외에는 다른 계급과 구별되는 것이 없다고 했다.

예컨대 충의(忠義)도 무사의 전유물은 아니다. 상인의 집 점원 가운데도 굉장한 충의를 지닌 자가 있다. 용맹 또한 무사만의 것은 아니다. 에도의 소방대원 가운데도 얼마든지 용맹스런 자가 있다.

그러나 그들에게는 질서가 없다.

"무사만이 가지는 것입니다."

우리는 애써 질서를 지켜야만 한다. 그런 무인의 집안에서 내기로 목침뺏기 따위를 해서는 곤란하다고 부드럽게 설명했다.

"그러나"

쓰기노스케는 엉뚱한 말을 한다.

"중신께서는 행복하시겠습니다."

"왜?"

"무사의 세상이 망하려 하는 이때, 그것을 우려하시지 않고 목침뺏기는 못 쓴다고 태평연월을 말씀하시니 말입니다."

때는 안세이(安政) 5년(1858년)이었다.

에도에서는 이이 나오스케(井伊直弼)가 늦은 봄에 최고집정관에 취임하더니 가을에는 막부의 권한을 회복시키기 위해 소위 안세이 대옥(安政大獄)이라는 사상 탄압을 개시하여 막부의 위신을 크게 세웠다.

이러한 시기에 200섬짜리 무사가 무사의 세상이 망한다는 따위의 불온한 예언을 지껄이고 있다.

"그래서 당신을 번 밖으로 내보낼 수가 없는 거요."

"분명히 말씀드리거니와 나는 근자 유행하는 근왕주의자(勤王主義者)는 아닙니다. 유행은 딱 질색이외다."
 따라서 막부를 지지하는 측도 아니다. 그런 단순한 주형(鑄型)에 스스로 틀어박혀서 만족할 수 있는 자는 행복하다. 난 그럴 수가 없다. 번은 장차 어떻게 나아가야 하나, 무사는 어떻게 살 것이냐, 이것만이 근심이 되어 잠을 이룰 수가 없다.
 "번 밖으로 보내 주십시오. 밖에서 생각해 보고 싶습니다."
 "그 대답은 어제 했잖소."
 "그럼, 내일 또 오겠습니다."
 "며칠을 온다 해도 마찬가지요."
 "아니죠. 모레, 그리고 그 다음날도 또 오죠."
 "잠깐, 그런데 굳이 밖으로 나갈 필요가 없지 않소. 여기서도 생각해 볼 수 있는 일이 아니오?"
 "사람을 잘 모르시는 말씀이외다."
 쓰기노스케는 엷은 다갈색 눈동자를 크게 뜨며 말했다. 사람은 현실에서 한 걸음 떨어져야만 사물이 제대로 보인다. 거리가 필요하고 자극이 필요하다. 어리석은 자도 만나야 하고 어진 사람도 만나야 한다. 가만히 앉아서 사물을 제대로 볼 수 있다는 것은 거짓말이다, 라고 쓰기노스케는 설파했다.
 이나가키 중신은 고집 싸움에서 졌다. 마침내 각 지방을 돌아볼 수 있도록 허락하기로 했다.
 "지긋지긋한 녀석 같으니."
 쓰기노스케가 돌아간 다음 이나가키는 혼자서 중얼거렸다. 넓지 않은 안마당 구석에 수선(水仙)의 싹이 텄다. 머지않아 큰 눈이 내린다는데 싹이 터서 어쩌자는 것인지.
 "어머나!"
 옆방에서 차를 준비하고 있던 여동생도 그것을 깨달은 모양이다. '수선이 싹을' 하고 말했다.
 "그래, 싹이 텄구나."
 "가와이님은 이상한 분이군요."
 차를 잔에 따르면서 화제를 바꾸었다. 그 얘기가 하고 싶어서 차를 가지고 나온 모양이다.
 "별난 자야."

기분 좋은 목소리는 아니었다. 이나가키는 어릴 적부터 무사는 남에게 좋고 나쁜 것을 드러내 보여서는 안 된다, 특히 중신쯤 되는 신분이면 더 삼가야 된다는 가르침을 받아 왔다. 그래서 꾹 참고는 있으나 목소리까지 속일 수는 없다.

불쾌하기 짝이 없다. 그 녀석은 아까 자기가 외지로 나가고 싶은 나머지 그것을 허가하지 않는 자기를 무능하다고 말했다. 당치도 않은 수작이다. 중신은 사물을 생각하지 않는다고 한다. 번의 위기도 생각지 않는다고 한다.

'번에 무슨 위기가 있다는 거냐!'

반문을 하니 그는 큰 소리로 300년의 도쿠가와 천하가 지금 무너지려고 한다, 역사가 바뀐다, 일본의 내일은 불투명하다, 7만 4,000섬의 에치고 나가오카 번(長岡藩)이라고 무사할 것 같은가, 그렇게 생각한다면 훌륭한 중신님이올시다, 라고 지껄였다. 얼마나 막되먹은 소리인가. 에도에 나가고 싶은 일념으로 남을 그토록 헐뜯다니.

"에도에서 무엇을 하겠소?"

"요시와라(吉原)에서 외도를 하겠소."

본심인지, 무슨 꿍꿍이셈이 있는지, 아니면 나 이나가키를 놀리는 것인지 모르겠다.

"……어떤 점이"

여동생 오유도 생각에 잠긴 듯하다.

"별나다는 것이죠?"

노토(能登) 특산인 옻칠한 쟁반 위에 조그만 찻잔을 올려놓으며 물었다.

"글쎄."

팔짱을 꼈으나 실은 그에게는 답이 나와 있다.

쓰기노스케는 사물을 지나치게 생각한다. 그는 자기가 사람으로 태어난 것조차 마치 자기 책임인 것처럼 골똘히 생각한다. 무사로 태어난 데 대해서도 생각하고 나가오카 번사로 태어난 데 대해서도 흡사 달군 철판 위에 올려놓은 닭 날뛰듯하며 생각한다.

"무사는 그런 근본을 따져서는 안 되는 거야. 농부도, 상인도, 그리고 며느리도, 시어머니도 너무 생각만 해서는 안 되는 거야. 그것이 미덕이라는 거지."

그렇지 않으면 봉건제도는 무너진다. 이 제도는 300년 전 이에야스(家康)

가 만들어, 신분과 도덕을 쇠굴레를 씌운 듯이 고정시켜 놓았다. 사람들은 그 쇠굴레 속에서 살아야만 한다.

그렇게 살아감으로써 생활의 평온이 있고 세상이 무사하다.

"저 녀석의 결점은, 자기 발밑에서부터 세상 앞날까지 지나치게 생각하는 점이다. 그것이 저 녀석의 악덕이다. 저 사내가 그 버릇을 버리지 못하는 한 가족도, 남도, 세상도 불행하게 만들리라."

쓰기노스케의 집은 담 안에 큰 소나무가 솟아 있다.

문을 들어서니, 아버지 다이에몬(代右衛門)이 정원석에 앉아서 하인을 감독하여 소나무에 짚을 둘러치고 있었다.

"이제 오느냐."

아버지가 먼저 말을 건넨다. 정원수를 키우는 것과, 다기(茶器), 도검 감정을 할 줄 안다는 것 외에는 다른 재주가 없는 인물이었으나, 관아에서는 착실하게 소임을 다한다. 지금은 번의 재정 감독관으로 있다.

쓰기노스케가 고개를 숙여 인사한 다음 안으로 들어갔다. 아내인 오스가가 안방에 있었다.

"어머니는?"

쓰기노스케가 물었다. 어머니는 오사다(貞)라고 하는데, 여간 알뜰하지 않아서 가와이의 집은 이 부인 때문에 지탱해 나간다는 말까지 듣고 있다.

"조금 전에 마키노(牧野)댁에 가셨습니다."

마키노란 딸 오야스(八寸)의 시집이다. 오사다는 거기 갔다는 것이다.

"그것 잘됐군."

쓰기노스케는 찻잔을 좋아하는 아버지보다 여자이면서 사서삼경을 외는 어머니를 더 불편해했다.

"할 말이 있어."

"제게 말씀이세요?"

오스가는 정말 놀랐다. 남편이 이런 말을 한 적은 단 한 번도 없었다. 오스가는 열여섯 살 때 같은 집안인 나기노(梛野)에서 시집을 왔는데, 너무 어려서 그랬는지 쓰기노스케는 제대로 말 상대조차 해주지 않았다. 그것이 버릇이 되었는지, 남편은 오늘날까지도 오스가를 어린애 취급했다.

"말씀이라뇨?"

오스가는 그만 반가운 생각이 들어 쓰기노스케에게 기댈 듯이 다가앉았다.

"집을 지키라구."

쓰기노스케는 뜬금없이 내뱉었다.

"한 5, 6년 집을 지켜. 얘기는 그것뿐이야."

그 말만 내던지고 남편은 일어서려 했다. 오스가는 얼른 몸을 일으켰다. 아닌 밤중에 홍두깨라더니 무슨 영문인지 알 수가 없다.

쓰기노스케는 그 자리에 서 있었다. 실은 그 말만 하고 밖으로 나올 작정이었다. 속을 털어 놓아 봐야 오스가가 알 턱도 없고, 여러 말을 늘어놓을수록 오스가의 불쌍한 처지가 자기에게 되느껴져서 견딜 수가 없을 것 같았다.

"대관절 어딜 가시는 거예요?"

"시나노 강(信濃川)을 조금 올라간 곳이야."

그 강은 이곳 에치고 나가오카의 교외를 흐르고 있으니 아무리 세상 물정을 모르는 오스가라 해도 알고 있다. 그 상류라는 것이다.

"뭐라고 하는 마을입니까?"

"에도라는 마을이야."

"네에."

오스가는 고개를 끄덕였다. 그곳이 일본의 수도인 것쯤은 오스가도 알고 있다. 그러나 에도가 시나노 상을 조금 올라간 곳에 있다고 한 남편의 말을 그대로 오스가는 믿어버렸다. 그토록 쓰기노스케는 대수롭지 않다는 투로 말한 것이다.

"내 처는 불쌍해."

후일 이 사내는 에도의 기식처에서 창연(愴然)한 표정으로 그렇게 중얼거린 적이 있다.

"나는 이렇게 만리타향 에도에 나와 있다. 그러나 오스가는 고향의 강물을 조금만 거슬러 올라가면 내가 있는 줄 알고 안심하고 있어."

겨울이 의외로 빨리 왔다.

그 날 밤부터 그칠 새가 없이 눈이 내렸다.

오스가가 가와이 집안에 출가해 왔을 때 광 안에 흰 나무로 만들어진 제상 같은 것이 있었다. 그 상에 오래된 핏자국이 남아 있었다.

"저건 웬 피죠?"

무뚝뚝한 남편에게 물었다.

"닭 피야."

남편은 퉁명스럽게 대답할 뿐이었다. 닭의 피를 어째서 묻혀 놓았을까 하는 생각이 들었으나 그 이상은 말을 붙일 수가 없었다.

나중에 시아버지에게 물었다. 오스가에게는 시아버지가 훨씬 친근하게 느껴졌던 것이다.

"응, 그것은 쓰기노스케가 닭을 잡은 피야."

"손으로 닭을?"

"글쎄, 그 점은 잘 모르겠다. 내가 본 것은 뜰에 그 제상을 내어놓고 닭 피를 상 위에 뿌리는 광경이었으니까."

쓰기노스케가 열일곱 살 때 맑게 갠 어느 가을 아침이었다고 한다. 푸른 하늘을 우러러보고 그러한 행동을 했다는 것이다. 중국 고대의 선비들이 하늘에 제사 지내는 의식인데 쓰기노스케는 그것을 염두에 두고 자기 나름대로 제를 올린 모양이다.

"하늘에 제사를 지내는 줄 알았는데 생각해 보니 왕양명(王陽明)의 제사를 지낸 것 같더라."

왕양명이란 명(明)나라 학자이다. 젊었을 때는 방종한 무뢰한으로서 협객 노릇도 하고 무술에도 열중했는가 하면, 시에 탐닉하기도 하고, 신선과 불법에 정신을 쏟기도 했으나 결국은 유교에 전념하여 독자적인 학파를 세웠다.

지식은 행동과 일치해야만 한다는 다소 과격한 사상으로서, 왕양명 자신이 관리, 정치가, 군인 따위를 지내면서 몸소 그 사상을 실천에 옮겼다.

쓰기노스케는 일찍이 그 왕양명을 경모했는데 그의 열여덟 살 때의 기행은 발분하여 왕양명의 뒤를 따르겠다는 맹세였으리라.

──열일곱, 하늘에 맹세하여 보국안민(輔國安民)코자 한다.

이러한 글귀로 시작되는 쓰기노스케의 시를 다이에몬은 몰래 펴본 적이 있는데, 오스가에게는 그 시 얘기까지는 하지 않았다.

눈은 닷새 동안 밤낮으로 내렸다. 나가오카는 성의 해자와 시나노 강을 제외하고는 함빡 눈에 덮였다.

사람들은 눈 속으로 터널을 뚫어 놓고 가까스로 왕래를 했다.

"이런 대설에 에도에 가실 수 있습니까?"

어느 날 밤 오스가가 물었으나 쓰기노스케는 간다 못 간다는 말은 하지 않고 번청에서 허가가 나오는 대로 떠난다는 말만 했다.

가능, 불가능을 논하지 않고 해야 한다는 것만을 논하는 것이 쓰기노스케의 사상인 듯했다.

쓰기노스케는 낮 동안에는 거의 집에 있지 않았는데, 출발 전날 밤 그는 외출한 곳에서 아내에게 사람을 보내어 곧 오라고 했다.

오스가가 눈 터널을 더듬어 당도한 곳은 어이없게도 기생집이었다.

쓰기노스케는 기녀를 데리고 노는 것을 더없이 즐겼으며, 특히 샤미센(三味線)을 퉁기며 노래부르는 것을 좋아했다.

"오스가, 당신도 놀라구."

쓰기노스케는 여느 때처럼 무뚝뚝하게 말했다.

이 사내로서는 자기가 이처럼 재미있어하는 기녀놀이를 오스가도 당연히 좋아할 것으로 생각했으리라. 이것으로써 오스가에 대한 미안함을 털어버릴 작정인 것 같았다.

그 날 밤 쓰기노스케는 실컷 노래 부르고 오스가에게도 노래를 시키면서 오스가의 노래에 자기가 샤미센을 들고 반주까지 했다.

눈, 한마디로 눈이라지만 태평양 연안 지방에서 생각하는 그런 호락호락한 것이 아니다.

사람이 간신히 호흡할 수 있을 정도의 지붕 밑 공간을 남겨 놓고 그 물질이 하늘로 쌓여 올라간다.

"나가마치 나리."

춤을 추던 기녀가 털썩 주저앉았다. 쓰기노스케를 이렇게 부르는 것은 가와이댁이 나가마치 거리(長町)에 있기 때문이다.

"정말 내일 떠나세요?"

이런 대설에 절대 무리라며 고개를 저었다.

쓰기노스케는 다갈색 눈으로 기녀를 말없이 바라보았다.

실은 오늘 아침, 차석 중신인 야마모토 간에몬(山本勘右衞門)에게 인사를 하러 갔더니 완고하고 말이 험하기로 소문난 이 늙은이가 이렇게 말했다.

"에치고에서 바보가 하나 줄겠군."

이토록 눈이 오는데 시나노(信濃) 에치젠(越前)의 산길을 넘다니 바보도 이만저만이 아니다. 가다가 횡사할 것이라는 것이다.

참고로 말하면, 이 간에몬의 야마모토 집안은 그의 양자 다테와키(帶刀)

의 대에서 끊어졌는데, 훨씬 후년에 이 고을에서 나온 한 해군사관이 가명(家名)만을 계승했다. 태평양 전쟁 초, 일본의 연합함대 사령장관으로서 진주만 공격을 지휘한 야마모토 이소로쿠(山本五十六)가 바로 그 사람이다. 그러나 그것은 이 이야기와는 연관이 없다.

"겐신(謙信)조차도……."

간에몬은 전국시대의 에치고의 무장 이름을 들먹였다.

"눈이 오는 계절에는 군사를 움직이지 않았단 말이야."

쓰기노스케는 대답을 하지 않았다. 마음에 들지 않으면 이 사나이는 늘 입을 다문다.

그 때문에 인사를 하러 갔는지 간에몬과의 사이를 서먹하게 만들기 위해 갔는지 모르는 가운데 야마모토댁을 나왔다.

지금, 같은 말을 기녀에게 듣고 있다.

"봄에 떠나시죠? 봄이 온다고 에도가 녹아 흘러내리는 것도 아닐 테고요."

"오스가."

쓰기노스케는 아내를 바라보았다.

"그 샤미센, 이리 줘."

기녀를 묵살하는 것이다. 쓰기노스케는 이미 결정된 일을 가지고 이러쿵저러쿵 떠들어 대는 게 싫었던 모양이다.

"꾀꼬리의 노래를 부르지."

흰 얼굴을 흔들며 노래를 시작했다. 목청이 신기할 만큼 좋다.

꾀꼬리가 웁니다.
도성으로 가는 길에 어쩌다 잠깐
매화 가지에서 낮잠 잤어요
어제 저녁 꿈에도 아침 꿈에도
다다미 석 장, 돗자리 석 장
합쳐서 여섯 장을 깔아 놓고요
화려한 비단 옷자락 그늘에서
훌쩍훌쩍 눈물 흘려요

'무슨 노래일까?'

나가오카 동요이다. 무슨 뜻이 있는지, 기녀들은 알 수가 없어서 모두들 입을 다물었다.

노래를 마친 쓰기노스케는 갑자기 수다스러워져서 옆에 앉은 오스가를 돌아보며 말했다.

"기녀들에게 해웃값을 주라구."

오스가는 기생집에 와 본 적이 없었기 때문에 얼떨떨하다.

"네."

가볍게 끄덕이고는 품에서 지갑을 꺼내어 돈을 있는 대로 주고 말았다.

기녀들은 오스가의 후한 인심에 놀라 눈이 휘둥그레졌다.

이 날 밤 눈이 더 내려 쌓였다.

이곳 에치고에서 에도까지는 서른여섯 개의 역참이 있다. 눈이 오지 않는 계절에도 7일은 걸리는 거리이다.

쓰기노스케는 떠났다.

미쿠니(三國) 가도를 거쳐 에도까지 간다. 우에스기 겐신(上杉謙信) 때부터 있던 오래된 길이었으나 겐신이 살았을 때는 미쿠니 고개는 없었다.

미쿠니 고개는 에치고와 간토(關東) 사이에 우뚝 솟아 있는 험준한 고개로, 이 가노에서 가상 험한 곳이라 하여 에도 막부 초기에 길이 넓혀졌다.

겨울에 이 고개를 무사히 넘으면 우선 목숨을 건진 셈이 된다.

"일종의 미치광이라고 봐야지."

성 밖까지 쓰기노스케를 전송한 사람들은 각자의 집으로 돌아와 화덕가에 앉아서 고개를 가로 내저었다. 모든 사람의 눈에 끝없이 쌓인 눈 속으로 사라져 간 쓰기노스케의 도롱이에 삿갓 쓴 모습이 선했다.

——왜 봄에 떠나지 않는지.

이것이 성 밑 거리 친지들이 미심쩍어하는 점이었다. 쓰기노스케는 여행 이유를 이렇게 밝혔다.

"내 가슴속에 있는 어떤 의문을 풀기 위해."

그렇다면 봄이라도 상관없지 않은가.

쓰기노스케는 눈 속을 걸었다.

'맞는 말이야.'

스스로도 미치광이인 것을 인정하고 있었다.

그뿐 아니라 자기를 미치광이로 만들려 하고 있다. 양명학은 사람을 미치광이로 만든다.

항상 사람을 행동하도록 몰아세운다. 이 사상은 언제나 자기의 주제를 불태워야 한다.

이 세상에서 자기의 목숨을 어떻게 사용하느냐? 그것을 생각하는 것이 양명학적 사고방식이며, 생각에 이르면 그것을 끊임없이 불태워 항상 행동하며, 세상의 어려움을 보면 단호히 움직여야만 된다는 격렬한 상호성을 띤 무서운 사상이었다.

쓰기노스케는 오시오 헤이하치로(大鹽平八郞)를 떠올렸다.

오시오 헤이하치로는 쓰기노스케가 열 살 나던 무렵에 죽은 오사카 덴마(大坂天滿) 행정청의 포도대장이었으며 양명학파의 선배였다.

1836년, 일본 서부에 흉년이 들어 쌀값이 폭등하여 거리에 아사자가 속출했다. 오시오는 막부에 몇 차례 구제를 요청했으나 묵살되었다. 그러자 마침내 그는 막부 관리의 신분으로 군사를 일으켜 오사카 성(大坂城)을 공격했으나 패하여 자살했다. 세상에선 '오시오의 난'이라고 한다.

쓰기노스케는 오시오가 쓴 《세심동차기(洗心洞箚記)》를 애독하고 있다. 그렇다고 인간의 미에 대해 엄격한 쓰기노스케가 반드시 오시오를 칭송하는 것은 아니다. 원래 발가벗은 인간을 존경하지 못하는 것이 쓰기노스케의 초조이며 불행이었으리라.

'나야말로.'

이 생각을 늘 가졌다. 자신 이외에는 이 세상을 구할 수 없다는 고독과 비장이 양명주의에 사로잡힌 인간들의 특징이었다.

자신의 생명을 쓸 수 있는 방법과 장소를 자기가 발견해야만 한다. 그 점이 늘 쓰기노스케를 초조하게 만들고 있다.

'미치광이나 다름없지.'

쓰기노스케는 그것을 인정하고 있었다. 정상적인 사람이라면 이런 겨울엔 눈 속에서 화덕을 껴안고 잠들리라.

그것이 상식이라는 것이고 인간의 순진한 점인데, 그 순진한 인간들은 쓰기노스케를 비웃는 것이다.

그러나 쓰기노스케는 아랑곳하지 않고 눈 속을 걷고 있다. 스스로를 광인으로 만드는 이외에는 살길을 찾을 수가 없다.
쓰기노스케는 그렇게 믿고 있는 것이다.

도중 무이카 거리(六日町)에서 길이 좋지 않아 에치고의 유자와(湯澤)에 도착한 것은 떠난 지 나흘째 되는 날 저녁때였다.
이곳엔 온천이 나온다. 지금은 철도역이 우오노 강(魚野川) 연안 가까이 있기 때문에 온천장이 그 근처로 내려왔으나, 당시에는 산 중턱 길옆으로 있어서 아득히 계류를 내려다볼 수 있었다.
눈이 많이 쌓였다.
객주집 처마 밑에 들어서자 여자들이 달려나와 삿갓과 도롱이를 벗겨 주었다.
"추우셨죠?"
한 여자가 말을 건넸다. 쓰기노스케는 금세 사투리를 알아챘다.
"넌 도카 거리(十日町) 출신이구나."
이렇게 말하면서 흰 턱을 만져 주니 여자는 좋아라고 떠들어댔다.
——이 무사님은 여자를 좋아하는 모양이지.
여자들은 속으로 생각했다. 이 유자와에서는 역참 거리의 풍습으로 손님에게 반드시 작부를 붙여 준다. 거절하면 아침에 떠날 때 이것저것 불편을 주기 때문에 손님은 대개 그 풍습을 따르고 있다.
따라서 객주집에는 자연 작부의 수가 많은데 지금은 눈이 많이 와서 오고 가는 나그네가 적기 때문에 여자들은 손님 기갈이 들어 있는 것이다.
쓰기노스케는 우선 탕에 들었다.
물이 뜨거워서 싸늘하게 언 몸으로 갑자기 들어갈 수 없었다. 쓰기노스케가 욕탕 밖에서 주저앉아 있노라니 한 손님이 들어와 텀벙거리며 탕 안으로 뛰어들어갔다. 물이 튀어 쓰기노스케의 몸을 적셨다.
쓰기노스케는 가만히 있다.
객은 취한 것 같았다. 무사였다. 그러나 낭인 같아 보인다.
"에도에 가시는 길이오?"
낭인이 물었다. 쓰기노스케는 대답을 하지 않는다.
"난 교토(京都)에 가오."
낭인은 혼자 지껄였다.

"지금부터는 세상에 뜻을 펼치려는 자는 에도가 아니라 교토로 가야 한다. 교토에는 천자(天子)가 계시다."

사실 서양 배들이 들어온 이후로 교토는 갑자기 정론의 중심지가 되고, 전국에서 뜻을 펴지 못한 자들이 교토에 모여들어 공경들의 집을 드나들며 무언가를 계기로 세상이 변하기를 기다리는 기운이 일고 있었다.

낭인은 욕탕 안에서 지금 유행하고 있는 존왕양이론을 늘어놓기 시작했다.

'이 녀석도 유행병자구나.'

쓰기노스케는 느꼈으나 잠자코 있었다. 이런 유행 사상을 합창함으로써 세상의 어려운 일이 해결될 정도라면 나도 고생 따위는 하지 않는다고, 평소 쓰기노스케는 생각하고 있었고, 거의 기적이라 할 만큼 그의 생애를 통해 틀에 박힌 사상에 감염된 일이 없었다.

"임자는"

낭인은 마침내 화를 냈다. 무슨 말을 해도 계속 묵살해 버리는 다갈색 눈의 사나이에게 노여움을 느꼈으리라.

"벙어리야? 아니면 나를 업신여기는 거야?"

"움직이지 마!"

쓰기노스케가 별안간 물통을 들고 높이 쳐들었기 때문에 낭인은 불쑥 탕 안에서 일어나려 했다.

"꼼짝 마라!"

쓰기노스케는 거듭 날카롭게 소리쳤다. 막상 모욕감을 느낀 건 쓰기노스케였다. 낭인은 처음에 물장구를 쳐서 남에게 물을 끼얹고도 사과조차 하지 않았다. 쓰기노스케는 그러한 사소한 무례도 용서하지 않는 성미였다.

낭인은 물에서 얼굴만 내놓고 움직일 수 없었다. 움직였다 하면 눈앞의 사내가 물통으로 얼굴을 후려칠 것이 아닌가. 한참 동안 그대로 서로 노려보았다. 이윽고 낭인은 상기된 듯 입을 벌리고 괴로운 듯이 숨을 쉬었.

쓰기노스케는 그제야 마음을 풀고 물통으로 더운 물을 퍼서 몸에 뒤집어쓴 다음 그대로 밖으로 나왔다.

──과연 여자를 좋아하는 모양이다.

여자들이 이렇게 생각한 것은 객주집 안주인이 나그네에게 끈덕지게 작부를 권했을 때, 나그네는 잠깐 생각하다가 이렇게 말했기 때문이다.

"숫제 죄다 오라지. 내가 고를 테니."

이윽고 여자들은 나그네의 방에 와서 죽 늘어앉았다. 모두 여덟 명이다.

──여자를 좋아하는 사내치곤 무뚝뚝하구나.

모두 어이가 없었다. 나그네는 묵묵히 술잔을 기울이고 있다. 웃지도 않는다. 술을 그다지 좋아하지 않는지 이맛살을 몹시 찌푸리며 잔을 비운다. 아마도 추위를 녹이기 위해서 마시겠지.

"모두들 물그릇으로 한 잔씩 따라 주라구."

쓰기노스케는 찬을 날라 온 하녀에게 일렀다. 큼직한 잔에 한 잔씩 따라 주라는 것이다.

해웃값도 준다. 무뚝뚝한 주제에 그런 점에는 경우가 밝다.

추운 날씨에 여자들은 어깨를 움츠리고 연방 손을 비비고 있다. 이윽고 술기운이 돌아 몸이 훈훈해졌는지, 여자들의 동작이 멈췄다.

"모두들 대단한 미인이군."

쓰기노스케는 얼굴을 들고 말했다. 한 여자가 좋아라고 교성을 질렀다.

'호박 같으니.'

쓰기노스케는 속으로 혀를 찼다. 어느 계집이든 돼먹은 것이 하나도 없다. 하기야 미인이든 아니든 그는 이런 시골 객주집에서 계집을 살 취미는 없고 이 문제를 어떻게 해결하느냐, 하고 아까부터 생각히고 있었다. 이곳 유자와에는 나쁜 풍습이 있어, 여자를 잠자리에 부르지 않으면 아침에 떠날 때 편의를 봐주지 않는다.

'그렇다면 이대로 앉아서 날이 밝기를 기다리자.'

그런 생각을 했다. 매사에 생각하는 것이 이렇게 극단적이며, 생각하면 곧 행동으로 옮기고 만다.

"난 노래를 좋아한다. 노래가 색보다 훨씬 좋거든. 자아, 모두들 돌아가면서 한 곡씩 부르라구."

"노래요?"

한 여자가 소리를 질렀다. 모두들 서로 바라본다. 부끄러워 아무도 노래를 못한다.

쓰기노스케는 그런 태도들을 보고 고개를 끄덕이며 물었다.

"노래 부르기가 부끄럽단 말이지?"

여자들은 당황했다. 당연한 일이다. 이렇게 눈만 반짝이는 무사 앞에서 입을 벌린 데도 긴장되서 소리가 제대로 나올 리가 없다.
모두들 꿀 먹은 벙어리이다. 쓰기노스케는 다시 한 번 고개를 끄덕이며 말했다.
"그럼 내가 노래를 부르지."
쓰기노스케는 갑자기 목청을 돋우었다.

　세월이 태평해도
　잘릴 때는 잘린다
　샤미센(三味線) 베개 삼아 얼씨구
　한 세상 잠이나 자자

쓰기노스케의 십팔번이다. 목청이 굵직하고 낭랑하면서도 감미롭다. 전문가 뺨친 것 같은 목소리에 모두 놀랐다.
"나리, 한 곡조 더……."
한 계집이 두 손을 모아 부탁했다. 부탁을 안 받아도 쓰기노스케는 불렀으리라.
"좋아."
젓가락을 들고 접시를 두드리며, 부르고 또 부르다가 기어이 밤을 새웠다. 작부들이야말로 우습게 된 셈이다.
새벽에 쓰기노스케는 떠났다.

이튿날은 고개 기슭의 아사카이(淺貝)에서 머물렀다. 이 아사카이의 역참을 마지막으로 에치고는 끝이다.
고개만 넘으면 간토 땅이다. 그러나 이렇게 눈이 쌓여서는 도저히 고개를 넘을 수 없을 것 같다.
"며칠 더 머무르시죠."
객주집 주인이 말했다. 2, 3일 이곳에 머무는 동안에 고개의 제설 작업이 끝날 테니 그것을 기다리라는 것이다.
지난날 이 고개에서 나가오카 번사 아홉 사람이 에도에서 귀번하다가 눈사태를 만나 인부 네 사람과 함께 고스란히 몰사한 일이 있다. 주인이 말리는 것도 무리는 아니다.
"아니, 새벽에 떠나겠네."
쓰기노스케는 일러 놓고 방으로 들어왔다. 이 말을 듣고 있던 사람이 있었는데 바로 유자와의 객주집에서 만난 존왕양이파의 그 낭인이었다.
데와(出羽)의 한 촌장의 둘째 아들로 태어난 요시자와 스케고로(吉澤助五郎)라는 자로, 당시 유행하는 국학에 몰두하면서부터는 요시마로(義麿)라 칭하고 있었다.
"여보게, 나도 내일 아침에 떠나겠네."
요시자와가 말했다. 유자와 욕탕에서의 감정이 남아 있다. 고개에서 기회만 된다면 분을 풀어야지.
"그자는 어떤 사내야?"
하인이 들고 있는 숙박부를 들여다보았다. 하인은 얼른 숙박부를 덮었으나, 보여주지 않는다는 것도 서투른 짓이라 여겨 얼른 말을 건넨다.
"말투로 봐서는 나가오카 분인 것 같습니다."
그러자 요시자와는 고개를 가로저었다.
"그렇지 않아. 나는 데와 사람이라 나가오카 장사꾼들이 자주 오기 때문에 잘 알지. 나가오카의 말투는 저렇지 않아. 나가오카가 아닐 거야."
그러나 이 점은 그 집 하인이 훨씬 더 잘 알고 있었다.
"말씀을 거스르는 것 같습니다만 나리가 상대하신 것은 나가오기의 평민들뿐이시죠. 무사분을 모르시는 말씀이십니다. 나가오카에서는 평민들과 무사분들의 말이 전혀 다릅니다."
정말 에치고 나가오카라는 곳은 기묘한 고을이었다.
나가오카의 번주인 마키노(牧野)는 옛날 도쿠가와 이에야스의 장수들 중 한사람으로서 미카와(三河)의 호이 군(寶飯郡)에 살았었다. 후일 조슈 오고(上州大胡)의 성주를 거쳐 오사카의 여름 싸움이 끝난 이듬해에 에치고 나가오카로 봉직처를 옮기게 되었다. 그 이후 200 수십 년 동안 7만 4,000섬을 통치하고 있으나, 조상의 발상지가 미카와인 무사들은 미카와 호이 지방의 사투리와 말투를 버리지 않고 무사 계급 특유의 방언을 만들어낸 것이다.
가령 에치고에서는 평민이 경칭으로 남을 부를 때 '사마'라 한다. 그러나 무사는 '상'이라 했다. 성주에 대해서 평민은 '도노사마'라 했으나, 무사는 '도노상'이라 했다. 미카와식인 것이다.

그 밖에도 예는 허다하다.

이튿날 아침, 쓰기노스케는 아사카이를 떠나 눈을 헤치며 미쿠니 고개로 향했다. 다리가 무릎까지 빠지곤 해서 오리도 못 가서 숨이 찼다.

그러나 쉬지는 않았다.

뒤에서 데와의 낭인 요시자와가 따라온다. 인사도 없이 묵묵히 쓰기노스케의 뒤를 따라 올라온다. 이 사내 자신도, 자기가 무엇 때문에 쓰기노스케의 뒤를 따르는지 잘 모르고 있음에 틀림없다.

도중에 길이 무너져 벼랑을 끼고 돌지 않으면 갈 수 없는 곳이 있었다.

'갈 수 있을까?'

쓰기노스케는 판단이 서지 않아 걸음을 멈추었다. 그러자 발밑의 흙이 무너져 내리고, 아득히 아래를 흐르는 계곡의 물소리만이 들린다. 잘못 디디면 눈이 무너져 만의 하나라도 목숨을 건지기가 어렵다.

"여보시오!"

뒤에서 낭인 요시자와가 보다못해 말을 건넸다.

"무리요. 아사카이의 주막까지 돌아갑시다."

요시자와의 말이다. 이 사내는 쓰기노스케의 뒤를 따라 올라오는 동안에 밉살스러운 가운데서 일종의 호감을 느끼게 된 모양이다.

"뭣 때문에 서두르는 거요?"

요시자와는 집요하게 따져 묻는다.

"나는 유자와의 원한을 풀려고 이렇게 따라 왔지만, 당신이 숨을 헐떡이며 올라가는 모습을 보고 감동해서 이젠 적의를 버렸소. 그릇된 말을 하는 것이 아니니 주막거리로 되돌아갑시다."

"서두를 일이 있기 때문에 서두르는 거요."

쓰기노스케는 눈 위에 주저앉아 허리춤에서 담배쌈지를 꺼냈다. 그러고는 도롱이를 버린다. 이 재를 넘는 동안에 더이상 눈은 만나지 않을 것이다.

"얘기를 좀 하시오."

젊은 데와 낭인이 말했다. 이 사내도 집과 고향을 버리고 교토에 가려는 이상 제가 살 곳을 자기 나름대로 찾고 있음에 틀림없다. 그것이 이 시절의 풍조이기도 했다.

쓰기노스케는 담배를 피웠다.

"모르오."

불쑥 말했다. 사실 자기로서도 모르는 일이었다. 에도에 나가 학당에 들어간다고, 겨우 그 정도의 일로 어째서 이렇게 길을 서두르며 도중의 위험까지 무릅써야만 한단 말인가. 중신 이나가키가 말했듯이 봄을 기다리면 되지 않는가.

"모를 일이야."

쓰기노스케는 자기 가슴을 날카롭게 타이르듯 중얼거렸다.

얼굴을 약간 쳐들고 골짜기 저쪽 하늘을 응시하였다. 요시자와의 존재를 무시하고 있었다.

그의 지적(知的) 종지(宗旨)인 양명학의 학풍 탓인지 늘 남을 무시하고 자기의 마음만을 대화의 상대로 삼는다. 양명학에서는 산중의 도적은 물리치기가 쉬우나 심중의 도적은 물리치기가 어렵다고 한다. 쓰기노스케는 설사 산중에서 도적을 만난다 해도, 도적의 출현으로 반응하는 자기 마음의 움직임만을 주시하고 다음에는 그 마음의 소리에 귀를 기울여 즉시 그 명령에 따라서 행동으로 옮긴다.

도적이라는 객체는 쓰기노스케에게 있어서는 한낱 자연물에 불과했다.

요시자와의 존재도 자연물이다. 말하자면 근처의 나무와 바위와 다를 바가 없다.

눈앞에 험로가 있다. 이것도 쓰기노스케의 사고방식으로는 산중의 도적이리라. 쓰기노스케는 험로 그 자체보다는 험로로 인해 반응하는 자기 마음의 동요를 관찰하고, 그것이 진정되었을 때 마음의 명령을 듣는다.

'이런 마음을 단련시키기 위해 나선 것이 나의 천하 편답의 목적이다.'

이런 말을 이 낭인에게 해도 모르리라. 낭인은 쓰기노스케를 미친놈이라고 생각할지 모른다.

쓰기노스케는 일어섰다.

이윽고 바위 모서리를 붙들고 벼랑을 안고 건너기 시작했다.

열엿 푼

도중에 해가 바뀌어 에도에 당도했을 때는 정월 초나흘이었다.

곧 에도의 번저로 인사를 갔다. 에도의 중신 마키노 다노모(牧野賴母)는 에치고의 큰 눈을 알고 있기 때문에 그것을 무릅쓰고 온 이 사나이의 옹고집에 놀라 입을 벌렸다.

"마치 부모의 원수라도 쫓아온 것 같군."

에도는 에치고의 겨울을 생각하면 마치 별천지인 양 따사로운 날이 계속되고 있었다.

그 날 밤 번저의 행랑에서 잤는데, 너무 지쳤던지 이튿날 아침 눈을 뜨니 한낮이었다. 벌떡 일어나 덧문을 열자 푸른 하늘이 펼쳐졌다.

'이것이 에도다.'

쓰기노스케는 가슴이 벅찼다.

이런 감동은 겨울철 잿빛 구름에 갇힌 북국 사람이 아니면 모르리라. 그는 본능적으로 이 하늘이 그리워서 남하해온 것인지도 모른다.

아버지와 어머니에게 무사히 도착했다는 편지를 썼다. 아내 오스가에게는 쓰지 않는다. 자기 아내에게 알뜰히 편지를 낼 정도로 쫀쫀하지 않다는 것이 당시 무사들의 기풍이었다.

붓을 놓고 밖으로 나왔다. 햇살을 반기고 싶은 심정이다. 대낮에 여기저기를 쏘다니다가 이윽고 구단사카(九段坂)를 내려가 마나이타 다리(俎板橋) 곁에 있는 학당을 찾아갔다.

규케이샤(久敬舍)라고 했다. 에도에서는 '고가(古賀)선생의 학당'으로 통하고 있었다. 막부의 양서학당(洋書學堂) 학장직을 맡고 있는 고가 긴이치로(古賀謹一郎)의 사설 학당이다.

이 당시는 당연한 일이었지만 제자가 선생을 선택한다.

쓰기노스케는, 처음 유학을 왔을 때는 당시 에도에서 으뜸가는 대유 소리를 듣던 사이토 세쓰도(齋藤拙堂) 문하에 들어갔으나 그 학풍에 실망했다.

'시문만 가르치니 시시하다.'

그 후 고비키 거리(木挽町)에서 문하생을 가르치고 있던 양식 병술가인 사쿠마 쇼잔(佐久間象山)의 학당에도 가본 적이 있다. 그런데, 쓰기노스케는 네덜란드어를 배우려 하지 않았다.

"네덜란드어 따위는 그 부호를 외우는 데만 10년은 걸리겠다. 나는 네덜란드어를 해독하는 자에게서 얘기를 듣는 것만으로 족해."

어느 날 쇼잔은 막부의 사격장을 빌려 문하생에게 양식 총의 조작법을 가르치려 했다. 쓰기노스케가 총을 잡으려 하자, 쇼잔은 중지시켰다.

"너는 자격이 없다. 우선 네덜란드어를 배우고 난 다음에 기능을 알고 그런 연후에 총을 쏘아라."

쓰기노스케는 쇼잔이 희세(稀世)의 천재이며 또한 선각자로서 그만한 인물도 없다고 생각했으나 스스로 존대한 체 자처하는 그의 언행이 질색이었다. 자신의 존대함을 내보이기 위해 고작 양식 총 한번 쏘는 데 우선 네덜란드어부터 배워라, 그만한 학문이 없으면 쏠 수 없다는 말을 한 것이다.

'그런 핑계를 내세우는 심보에 배알이 뒤틀린다니까.'

그는 차츰 쇼잔에게서 멀어졌다.

그때에도 지금 찾아가려는 고가의 학당에 다닌 적이 있다. 이번에도 거기 들어가고 싶었다.

쓰기노스케에게는 고가 학당의 매력은 그 장서에 있다. 막부의 학자인 고가 집안은 세이리(精里) 선생 이래로 삼대에 걸친 학자 집안이다. 당대의 긴이치로에 이르러서 반양반한(半洋半漢)의 학자가 되었는데 아무튼 삼대째 전해 내려오는 장서는 엄청나게 많았다.
'학문이란 자고로 남에게서 배우는 것이 아니다. 자기가 좋아하는 것을 스스로 배우는 것이다.'
고가 학당은 그에게 도서관으로서 매력이 있었던 것이리라. 그로서는 고가 학당에 재입학한 셈이다. 학당은 이층집이었다. 문하생은 30명으로 각 번에서 자비 또는 공비로 온 유학생들이었다. 거의가 기숙생이었다.
나이도 서로 차이가 많았다. 마흔을 넘은 사람이 있는가 하면 겨우 열여섯의 소년도 있었다.
이 소년이 후일 가리야 무인(刈谷無隱)이라 불린 스즈키 사키치(鈴木佐吉)였다. 그도 학당에 입학한 지 얼마 되지 않았다.
"학당에서는 내가 가장 어리고 모두들 아버지나 숙부처럼 나이든 사람들뿐이었습니다."
후일 사키치가 한 말이다.
고가 선생은 양서학당(도쿄 대학의 전신)의 학장으로서 공무가 바빴기 때문에 문하생을 지키고 앉아서 지도할 수가 없어 태반의 시간을 자습했다. 그리고 급장이 주도하여 윤독을 하였다.
이 윤독을 듣고 사키치 소년은 대단한 학당이라 생각했다. 30명의 학생이 저마다 각 부문에서는 걸출함을 지니고 있었다.
시문에 능한 자가 있는가 하면, 경서나 사서에 통달한 자도 있다. 학문보다는 도의를 중시하는 자가 있는가 하면, 도의보다는 절조를 숭상하는 자도 있었다.
같은 자리에서 배우는 이들 서로가 선생이 되곤 하는 것은 고가 학당뿐만이 아니라 당시의 학당의 특징이었다. 사키치가 고향 이세(伊勢)를 떠나올 때, 선배 한 사람이 가르쳐 주었다.
"고가 학당은 옛날부터 인재가 많이 모인다. 잘 선택해서 사사(師事)하라."
즉 대선생인 고가 긴이치로 외에 직접적인 선생을 자신이 찾아야만 했다.
과연 누가 있을까. 급장 오다기리(小田切)는 요네자와 번(米澤藩) 출신으로 경사는 그를 따를 자가 없었으나, 오만하고 교활한 듯한 느낌이 들었다.
어느 날 사키치 옆에 처음 보는 사람이 앉았다. 눈매가 날카로운 것이 얼핏 보기에도 범상치가 않았다.

'이분이 좋겠군.'

순간적으로 결정했다. 계속 관찰해 보니, 독서회가 열려도 이 사람은 책을 덮어두고 자기 혼자서 습자를 한다. 그런데 글씨를 보니 나이에 비해서는 별로 신통치가 않다.

그러나 획 하나하나에 정신을 쏟아 글자 한 자를 쓰는 데 비지땀을 흘리고 있다.

나중에 사키치가 학당 사정에 밝은 선배에게, 저분이 누구냐고 물으니 에치고의 가와이 쓰기노스케라고 가르쳐 주었다. 전에 이 학당에 다니다가 이번에 다시 입학을 했다는 것이다.

"그분은 독서회 때 혼자 글씨를 쓰고 있었습니다."

"원래 그런 사내야."

선배의 말에 의하면 가와이는 자자구구(字字句句)의 뜻을 캐는 것 따위를 시시하게 여겨 그것을 시작하면 으레 딴 짓을 한다고 했다.

그는 학자보다는 행동가에 뜻을 두고 있어 행동의 원리를 찾고 있는 것 같다고 선배는 말했다.

"곁에서 보고 있자니 흡사 신음이나 하듯이 기백을 쏟아서 글씨를 쓰셨습니다."

"응, 그렇지."

선배는 웃음을 띠었다.

"가와이는 글씨를 쓰는 것이 아니라 글씨를 파는 거야."

왜 글씨를 파는 것인지 사키치로서는 알 수가 없었으나, 보기에 잘 쓰는 것 같지도 않은 글씨를 그토록 기백을 넣어서 쓰려고 하는 정신 속에는, 다른 문하생에게는 없는 그 무엇이 있으리라고 사키치는 생각했다.

2월이 되니 에도의 여기저기에서 매화가 봉오리를 텄다.

사키치는 계속 쓰기노스케를 관찰했다. 그러나 말을 붙이기에는 어쩐지 두려운 느낌이 든다.

식사는 학당 부엌에서 했다. 개다리 소반에 밥그릇이 차려지면, 손이 빈 사람부터 먹는다. 부식은 다쿠앙뿐이었다. 그것만으로는 견딜 수 없기 때문에 거의 모두가 자기 방에서 몰래 찬을 만들어 그것을 접시에 담아 가지고 나온다.

그러나 가와이만은 일체 그런 짓을 하지 않고 다쿠앙 조각만으로 밥을 먹는다.

"왜 그러시죠?"

후일 사키치가 친해져서 물으니, 도둑고양이처럼 반찬을 만들어 접시에 담아 들고 나르다니, 그런 치사한 짓을 할 수 없다고 했다.

돈이 없는 게 아닐까도 생각했으나 그렇지는 않다. 한 달에 한두 번은 야나기바시(柳橋)에 가서 기녀를 불러 놓고 노는데, 거기에서 맨밥의 괴로움을 푸는 것 같았다. 선배 말에 의하면 전에도 그랬다는 것이다.

'이분으로 결정했다.'

사키치는 작정하고 기회를 봐서 부탁하려는데 당사자인 가와이 쓰기노스케가 먼저 말을 걸어 왔다.

이 날은 고가 선생이 시문 숙제를 낸 날로 각자 제목을 받고 있었다.

"자넨 스즈키라 했지?"

쓰기노스케는 뜻밖에 상냥한 말투였다.

"부탁이 있네. 이거야, 대나무 죽(竹) 자."

그건 쓰기노스케가 고가 선생에게서 받은 시작(詩作)의 제목이었다.

"자넨 시를 잘 짓지. 미안하지만 내 대신 이것으로 시를 좀 지어 주게."

사키치는 놀랐다. 쓰기노스케라면, 다른 고참 문하생들도 인정을 하는 터라 어느 정도는 학문이 있을 것이라 생각하고 있었는데 숙제를 대신 해달라니 어찌 된 일일까.

쓰기노스케는 다시 말한다.

"지어 주면 대신 군고구마를 열엿 푼어치 사줌세."

"하지만……."

사키치는 울고 싶은 마음이었다. 시를 지으려 해도, 자기는 초급 과정을 겨우 마쳤을 뿐이니 어른의 시는 지을 수 있을 것 같지 않았다.

"가와이님의 수치가 됩니다. 고가 선생께서 가와이님이 이 정도의 시밖에 못 짓느냐고 실망하실 겝니다."

"괜찮다니까."

시 따위를 잘 짓듯 못 짓든, 가와이 쓰기노스케의 값어치가 어떻게 되는 것은 아니다.

"그럴까요?"

사키치로서는 뜻밖이었다. 이 당시의 한학 공부라면, 자구(字句)의 해석과 시문을 짓는 것이 전부였으며 시문만 훌륭히 지으면 이미 학자로서 능히 통용되고 있었다.

그것을 쓰기노스케는 시시한 것이라고 한다.

"부탁했네."

그러고는 나가 버렸다.

하는 수 없이 사키치는 꼬박 사흘 동안 진땀을 흘리며 시를 지어서 쓰기노스케에게 주었다. 쓰기노스케는 한 번 읽어 보고 맘에 든다 하고 그것을 급장에게 전한 다음 한참 있다가 군고구마를 사들고 들어왔다.

"사례야."

'이분을 스승으로 받들기는 어렵겠군.'

사키치는 낙담했다.

이상한 사람이다.

'무슨 목적으로 이 학당에 적을 두고 있을까?'

사키치는 가와이 쓰기노스케라는 사내를 흥미를 가지고 관찰하게 되었다. 대부분의 학생들은 번에 돌아가 학자가 되는 것이 목적이고 사키치 자신도 그러했으나, 쓰기노스케는 학자가 될 마음은 없는 것 같다.

"어지간히 해둬라."

어느 날 쓰기노스케는 독서를 하고 있는 사키치를 보고 말했다.

사키치는 독서를 좋아해서 학당에 있는 책을 가급적 많이 읽으려고 했다. 이 날은 맹자에 관한 송대(宋代)의 주석을 읽고 있었다.

"용케도 날마다 지치지 않고 골똘히 공부를 하는구나."

"저는……"

사키치는 말문이 막혔다.

"별로 골똘히 공부하는 것이 아닌데요. 재미가 있어서 읽는 것이니 지칠 리야 없죠."

"재미만으로 책을 읽는다면 차라리 책을 읽지 말고 희문(戲文)이나 광대 놀이를 보는 것이 훨씬 재미있을 거야."

"예?"

사키치는 알 수가 없다. 그렇다면 쓰기노스케는 뭣 하러 학당에 와 있다는 말인가?

사키치가 보기에 쓰기노스케가 독서회나 과제연습에는 예의상 참석하고 있다. 그가 평소에 열중하는 것은 그 자신의 독자적인 과제였다. 이 학당의 서고에는 왕양명의 전집이 있다.

이 집안의 조상인 세이리 선생의 장서이다. 세이리는 사가 번(佐賀藩) 출신으로 처음에는 교토에 나가 재야학파(在野學派)인 양명학을 전공했으나 나중에 오사카(大阪)에서 공부하다가 그것을 버리고 막부의 관학인 주자학으로 돌아섰다.

그는 후일 주자학으로 막부의 학자가 되었지만 젊은 시절 양명학을 공부하였기 때문에 전집을 소장하고 있었다. 전집을 소장하고 있는 것은 에도에서도 고가 집안뿐으로, 그것을 읽기 위해 쓰기노스케는 이 학당에 와 있는 것 같았다.

읽는 태도도 특이하다. 단순히 읽는 것만이 아니라 조각하듯이 힘을 들여 베끼는 것이다.

'무척 정성을 들이는 독서법이군.'

사키치는 그 점을 이상히 여기고 있었다. 베끼는 작업에는 긴 시간이 걸려서 평생 많은 책은 읽지 못하리라.

"그렇지 않으십니까?"

어느 날 물어 보았다. 쓰기노스케는 웃지도 않고 이것이야말로 올바른 책읽기라고 대답했다.

"난 지식을 긁어모으지는 않아."

부지런히 읽어서 기억하면 뭘 하는가. 지식의 덧셈을 할 뿐이 아닌가. 지식이 아무리 많아도 때를 구제하고 역사를 바로 잡을 수는 없다.

"난 지식이라는 돌멩이를 마음속의 불꽃으로 녹이고 있는 거야."

"녹여요?"

사키치는 우스웠다. 과연 쓰기노스케의 표정은 돌이라도 녹일 것 같아 보였다.

한 마디로 녹인다고 하지만 쓰기노스케의 양명주의에서는 지식을 정신 속에 녹여 넣어서 행동의 에너지로 전화(轉化)하는 것이리라.

"말씀이 어려워서 잘 모르겠습니다."

"너, 요시와라(吉原)에 간 적이 있나?"

"없습니다."

"좋아, 아직은 이르지."
이번에는 괴상한 예를 들어 설명을 한다.
"――요시와라에서 돌아오는 길에"
쓰기노스케는 얘기를 시작했다.
논두렁길을 걷고 있는데 거름통을 진 농부가 부지런히 다가온다. 이쪽에서 가는 줄 알면서도 길을 비키지 않는다. 인사도 안 한다. 에도의 농부는 무사를 겁내지 않는다니까. 특히 요시와라 근처의 농부는 더하지.
출렁, 똥물이 튀어서 깃과 소맷자락과 발에 묻었다. 똥물이 말이야.
"어쩔 텐가?"
쓰기노스케가 물었다. 이런 예를 일부러 드는 것을 보니 실제로 그런 일을 체험한 모양이다.
원칙으로 말한다면 마땅히 무례한 짓을 책하여 목을 칠 일이다. 무사는 만민의 으뜸이다. 농공상(農工商)의 무리에게 모욕을 받을 때는 무례를 꾸짖어 목을 쳐야만 하고, 또한 그것이 무사 계급의 권위를 유지하기 위해 도쿠가와의 체제에서는 불문율로 허용되고 있다. 일도양단(一刀兩斷)을 하고 나서 규칙상 관찰 행정청에 제출만 하면 그만이다.
그러나 현실은 그렇지가 못하다. 농부의 친척이 귀찮게 행정청에 찾아와서 엉뚱한 변명을 늘어놓으리라. 그것을 행정관은 막부의 감찰관에게 보고한다. 감찰관은 번의 중신을 호출한다. 이렇게 귀찮고 복잡한 단계를 거친 다음에 결국은 즉결 처분을 받아 마땅하다는 원칙에 따라 농부는 억울한 대로 체념하고 말지만, 무사 또한 무사하지 못하다.
'평소의 행실이 불건전하다'는 죄목이 씌워져, 가벼우면 금족에 처해지고 무거우면 제적이나 할복 자결까지 당하는 경우가 있다.
평민들은 그것을 알고 있다. 그래서 봄에 우에노(上野) 산에 꽃구경이라도 가게 되면 술 취한 불량배들이 취기를 빌려 무사에게 시비를 건다.
"뽑아, 뽑으라구. 뽑지 못하나!"
하지만, 무사로서 일단 칼을 빼면 자기 가문을 걸어야 하기 때문에 좀처럼 칼을 빼지 못한다. 결국 모욕을 참고 견뎌야만 한다. 그것이 예사이다.
"그래서는 무사의 면목이 서지 않아."
쓰기노스케의 말이다. 무사 최고의 윤리는 떳떳함과 당당함이며, 무사라면 반드시 이것을 지켜내야만 한다.

그 경우 집안과 녹(祿), 그리고 자기 생명을 저울질해서 행동을 결정한다는 것은 무사도에 어긋나는 일이므로, 그 원칙에서 따진다면 거름통을 멘 농부의 목을 단번에 베어야 하는 것이다.

그러나 그래서는 안 된다. 다른 한편에 그와 동일한 무게의 원칙이 있다. 농부의 생명이다. 마땅히 인간 본래의 측은지심이 일어나야만 하며, 측은지심이야말로 인(仁)의 근본이라고 유교에서는 가르치고 있다.

무사의 윤리를 지킬 것인가, 측은지심이라는 인간 윤리의 원리를 따를 것인가. 이 두 원칙이 서로 용납하지 않는 모순을 안고 맞서 있기 때문에 이 경우 판단을 쉽사리 내릴 수가 없다.

"사람의 모든 행동에는 이런 종류의 모순이 숱하게 전후좌우를 둘러싸고 있다. 크게는 천하의 일을 비롯해서 작게는 고부 사이의 일에 이르기까지 모두 이런 모순에 차 있다. 그런 모순에 즉각적으로 대처할 수 있는 인간이 되는 것이 내 학문의 길이다."

쓰기노스케는 그렇게 설파했다.

즉시 대처하기 위해서는 자기 자신의 원칙을 만들어 내야만 한다. 그 원칙만 있다면, 원칙에 비추어 모순을 해결할 수 있다. 원칙을 찾는 일이 곧 내 학문의 길이라고 쓰기노스케는 말한다. 그것을 아직 찾지 못했다.

"그러니 나는 똥물을 뒤집어써도, 벨 것인지 살려 둘 것인지 아직 몰라."

'만약 에도에서 일이라도 저지른다면.'

고향의 아버지는 늘 걱정하고 있었다.

한 달에 두 번 오는 어머니의 편지로 아버지의 걱정을 알 수 있었다.

얼마 지나지 않아서 아버지 다이에몬이 노령을 이유로 번에 퇴직 의사를 밝혔다.

'단단히 결심을 하셨구나.'

쓰기노스케는 이 급보를 받았을 때 어이가 없었다.

관료로서 순탄한 생애를 보낸 아버지로서는 평생에 처음 내리는 용단이리라. 이제는 쓰기노스케가 가와이 집안의 주인이 되어 번의 정식 벼슬아치가 되는 것이다.

다이에몬으로서는 쓰기노스케에게 책임만 지운다면 자중할 것이라 생각한 모양이었다.

이에 따라 쓰기노스케는 에도 번저로 가서 중신들에게 인사를 했다.
"이젠 시하(侍下)가 아니네. 행동을 삼가서 열심히 노력하게."
늙은 중신들은 충고했다.
'뻔한 잔소리를 하는군.'
쓰기노스케는 이런 감상을 노골적으로 얼굴에 나타내며 입을 꾹 다물고 있었다.
이들 번의 각료들은 뻔히 아는 일을 굳이 당연스레 지껄이는 것 이외에는 재주가 없는 모양이다.
이튿날 번저에서 급히 오라는 전갈을 받았다.
'이래서 싫다니까.'
한 가문의 책임자가 되면 전과 달리 번의 일이 많아진다. 곧 거리의 가마를 집어타고 니시노무라의 번저로 달려가니 영주께서 각별히 배알을 허락하신다는 것이다.
영주는 제11대 마키노 다다유키(牧野忠恭)이다. 미카와 니시오 번(三河西尾藩)의 마쓰다이라(松平) 집안에서 온 양자로서 영주치고는 드물게 보는 준재였다.
그런 만큼 평범한 영주 생활을 싫어해서 일찍이 막부 정치에 참여하여 의전관을 거쳐 지금은 사찰 감독관이 되어 있었다. 지금은 사찰 감독관에 불과하지만 장차 오사카(大坂) 영주내리, 교도 고등정무관, 집정관의 차례를 밟기 위해서는 겪어야 되는 벼슬이다. 다다유키 정도의 재간이면 아마 집정관까지는 무난히 승진하리라.
이건 여담이지만, 영주가 이러한 막부 정치의 일선을 맡는다는 것은 일종의 도락으로서, 번으로서는 비용의 지출이 많아 번의 벼슬아치들이 좋아할 일은 아니다.
쓰기노스케는 갑작스러운 배알이어서 전혀 준비가 없었다. 남의 예복을 빌려 입고 대기실에서 기다렸다.
이윽고 관원들의 안내로 접견소로 나갔다. 저쪽 상단에 다다유키가 나와 앉았다.
쓰기노스케는 머리를 조아렸다.
"뜻하는 바를 말하라."
영주의 말씀이다. 무슨 뜻을 말하라는 것인지 질문의 의도를 얼른 알 수가 없다. 영주란 다다유키처럼 똑똑한 인물이라도 대개는 이런 어이없는 면이 있는 모양이다.

그러나 쓰기노스케는 당황하지 않는다. 항상 당황하지 않게끔 단련되어 있다.

"이번에 가문을 상속함에 있어서 소원이 있사옵니다. 자고로 무사의 가문을 가리켜 궁시(弓矢)의 집이라고 하옵니다만, 그 말을 지켜 나간다면, 장차 번을 잃고 일본을 무너뜨리는 화근이 될 것이라고 생각하옵니다."

"무슨 말이냐?"

다다유키는 반문했다.

쓰기노스케는 궁시의 집이 아니라 대포와 군함의 가문이라고 해야 할 것이며, 번의 군제를 개혁하여 대포를 갖추고 군함을 바다 위에 띄우지 않는다면, 번은 러시아와 영국의 노예가 될 것이라고 말했다.

이 날은 쓰기노스케도 들떠 있었는지 말의 비약이 심해서 영주의 이해를 얻지 못한 것 같았다.

──자중하라.

번저를 물러나올 때 번의 중신들은 거듭 당부를 했다.

쓰기노스케가 그들에겐 위험인물로 보이는 모양이다.

'무슨 잠꼬대야?'

쓰기노스케는 어처구니가 없었다. 무엇을 어떻게 자중하라는 것인지, 듣는 사람도 지껄이는 사람도 통 알 수가 없다.

세상에는 그러한 쓸데없는 말이 많다. 피해를 당하지나 않을까 벌벌 떨고 있다. 덮어놓고 자중하라고 한다.

번 중역들의 뜻을 모르는 바는 아니다. 그들은 한결같이 무사함을 바라는 것이다. 무사함을 보석처럼 소중히 여기고 있다.

'어리석은 것들 같으니.'

쓰기노스케는 그 정신을 멸시했다.

봉건제도란 그런 것이다. 무사하면 그만이다. 무사하기만 하면 위로는 장군, 영주에서 아래로는 보졸 잔병에 이르기까지 조상이 물려주는 녹을 먹고 그런대로 살 수가 있고, 그 녹을 다시 아들과 손자에게 물려줄 수가 있다.

잘된 제도이고 역할이다. 숨도 조용히 쉬고 거친 말도 지껄이지 않고, 남에게 폐를 끼치지 않으려고 항상 조심하고, 자기 행실을 바로하고, 남의 불행을 못 본 체 슬그머니 자리를 뜨는 그런 생활이 기술이고 정신이다.

에치고 나가오카 번사인 가와이 집안은 쓰기노스케로서 5대가 된다. 번에서는 신참에 가깝다. 전국시대 때 먼 조상이 도쿠가와 이에야스의 발상지인 미카와(三河)에 살았으나 그 조상이 어떤 활약을 했는지는 전해지지 않고 있다.

마키노 집안을 섬기기 시작한 초대의 다다에몬(忠佐衛門)이라는 사람은 도쿠가와 초기에 오미 제제(近江膳所)의 성주였던 혼다(本多) 집안의 가신이었는데, 혼다 집안의 공주가 마키노 집안에 출가해 올 때 주명(主命)으로 공주를 따라 마키노 집안에 왔다.

태평한 시대였으니 초대 조상에게 이렇다 할 무공 따위는 없다. 성주를 가까이 모시며 총애를 받았다고 하니 재치가 있었던 모양이다.

그 증거로 처음에는 35섬의 녹을 받다가 나중에 140섬으로 가봉(加俸)되었다. 그 140섬을 대대로 물려받았는데 쓰기노스케의 아버지 다이에몬 때에 가벼운 사고를 내어 20섬이 감봉되었다.

어쨌든 큰 과오가 없었던 덕분으로 가와이 집안은 100년 동안 100섬 남짓한 녹을 대대로 상속할 수가 있었던 것이다. 쓰기노스케도 '자중'만 하면 이 녹을 자손에게 물려줄 수가 있으리라. 어찌된 일인지 그의 아내 오스가는 통 태기가 없기는 하지만.

아무튼 내 몸의 무사함을 비는 마음이 도쿠기와 300년 최고의 도덕이 되어서, 무사도 백성도 모두 그 세습적인 도덕이 피와 살이 되고 뼈까지 여물게 만들었다. 말하자면 골수에 맺힌 사상인 셈이다.

'내 대부터는 그렇게는 안 될 것이다.'

서양의 오랑캐가 그 무력과 야망을 가지고 일본의 60여 주 해변에 밀어닥치고 있다.

가에이(嘉永) 6년(1853년), 미국의 페리가 온 이래 소동이 끊이질 않는다.

에도 막부의 무위는 흔들리고 이른바 지사들은 교토에 있는 잠재 정권에 눈을 돌려, 막부를 부정하고 천자(天子)를 옹립하려는 기운을 조성하고 있다. 봉건제도 그 자체가 흔들리고 있지 않은가.

이런 때를 당하여 내 몸 하나만이 다락에 숨어서 무사함을 비는 근성으로 어쩌자는 말인가.

이런 일 저런 일이 번 중역들에 대한 불만으로 쌓여간다.

쓰기노스케는 날마다 저녁을 먹고 나면 목욕을 간다.
목욕 값은 열엿 푼이었다. 나설 때 한 푼짜리 엽전을 열엿 닢, 단단히 실에 꿰어 들고 간다.
"목욕이십니까, 군고구마입니까?"
나서면 스즈키 사키치가 묻는다. 군고구마도 역시 열엿 푼인 것이다.
"목욕이야."
쓰기노스케는 한 마디만 하고, 가벼운 옷차림으로 나간다. 소도(小刀)만 허리에 차고 대도(大刀)는 차지 않는다. 무사는 집 밖에 나갈 때, 반드시 대소의 칼을 차는 법이지만 쓰기노스케는 그렇지가 않다. 이 대수롭지 않은 행동이 그가 사는 시대에는 법도를 무시하는 일이 된다.
성질은 급한 주제에 목욕은 오래 한다. 언제나 때를 민다.
이 날도 등을 밀게 하고 있는데, 등판 한가득 산에 산다는 귀녀(鬼女)의 문신을 한 장한(壯漢)이 역시 문신을 한 패거리 둘을 데리고 들어섰다.
"저 녀석은 산귀녀의 요시(芳)라는 놈입니다."
평소에 말이 없던 때미는 녀석이 이 날만은 쓰기노스케의 귓전에다 대고 묻지도 않는 말을 했다. 이 근처에서 협객을 자처하는 건달이라고 했다.
"협객이라."
쓰기노스케는 싱긋이 웃었다. 그의 지식으로는 협객의 협(俠)자는 인(人)변에 낄 협(夾)이다. 좌우의 수하에게 끼어서 그들을 거느리는 글자라는 말을 예전에 사이토 세쓰도(齋藤拙堂)에게 들은 적이 있다. 절대로 혼자 나다니지 않고 도당(徒黨)을 짜서 수를 믿고 그것으로 제 뜻을 관철하려는 인간인데, 목욕탕에 오면서까지도 문자 그대로의 행동을 취하고 있는 것이 우습다. 그래서 웃었다.
그러나 때밀이 녀석의 걱정은 딴 데 있다.
이 욕탕에 아까부터 들어와 있는 소방부(消防夫)가 둘 있다. 그 중 형뻘 되는 녀석이, 비천(飛天)하는 용의 문신을 하고 지금 탕에 들어앉아 있는 사나이이다. 이 비천룡과 산귀녀는 서로 원한을 품고 있다.
때밀이 녀석의 말로는, 산귀녀의 부하가 수건으로 식칼을 둘둘 말아서 아무 것도 아닌 체 가지고 있다, 반드시 싸움이 벌어진다, 그러니 나리는 그만 일어나시는 게 좋겠다는 것이다.
 다른 손님도 그런 분위기를 짐작했는지 슬금슬금 밖으로 나간다.
 "상관 없어."
 쓰기노스케는 계속 때를 밀라고 했다. 태연한 그 태도를 보고 때밀이 녀석은 '과연 무사로구나' 하고 느꼈다.
 검술에도 상당한 자신이 있는 모양이라고 생각했으나 유심히 살펴보니 얼굴이나 손에 칼이나 목도로 연습한 자국이 전혀 보이지 않는다.
 쓰기노스케는 무술가가 아니다.
 그도 번의 다른 집 자제들처럼 적령에 달해서 검술은 기토(鬼頭)에게, 궁술은 네기시(根岸)에게, 마술은 미우라(三浦)에게, 창술은 우찌(內)에게 각각 배웠으나 원래 방식에 얽매이기를 싫어하는 성격과 두뇌를 가졌기 때문인지 제 고집만 부려서 좀처럼 숙달되지 못했다.
 그러다 마침내 집어치웠다.
 "마술 따위는 말을 달리게 하는 법과 멈추게 하는 법만 알면 되는 거야. 어떤 기술이든 뭐라는 것만 알면 족한 거지."
 그래서 숙련된 무술이라곤 한 가지도 없었다.
 그러나 싸움은 잘했다.
 잘한다기보다는, 그는 싸움의 호흡을 천성으로 몸에 터득하고 있다는 것이 정확하리라.
 그러나 이 경우 그는 당사자가 아니다. 쓰기노스케는 지금부터 벌어지려는 싸움의 구경꾼이면 되는 것이다.
 때밀이 녀석이 물을 쓰기노스케의 등에 죽 들어부었을 때, 저쪽 탕에서는 이미 싸움이 벌어지고 있었다. 산귀녀가 먼저 시비를 걸었다.
 '오호라, 싸움은 저렇게 거는구나.'
 쓰기노스케가 감탄할 정도로 능란하다. 우선 산귀녀는 탕에 손을 넣어 보고는 소리쳤다.
 "아이, 뜨거!"
 문어를 삶는 것도 아닌데 이런 더운 물에 예사로 들어앉은 놈은 어떻게 돼먹은 거야. 애들아, 어서 냉수를 퍼 넣어라, 하고는 부하를 시켜 마구 찬물을 퍼 넣었다.
 탕에 들어앉아 있는 자들은 비천룡과 그 부하들이다. 한 마디 대꾸도 없이 산귀녀의 부하 놈을 탕 속에 처박고는 용이 못에서 뛰어오르는 기세로 탕 밖으로 나왔다. 그때는 이미 그의 손에 널빤지가 쥐어져 있었다.

"이놈, 한 번 더 주둥일 놀려 봐!"

휙, 하고 널빤지로 산귀녀의 얼굴을 후려갈겼다. 산귀녀는 가까스로 피하여 얼른 바닥의 물통을 주워들고 그것을 힘껏 집어던졌다.

난투가 벌어졌다.

"나리."

때밀이 녀석이 불렀다. 재미없게 됐습니다, 불티가 튀기 전에 나가시죠, 했으나 쓰기노스케는 여전히 그냥 머물러 있었다.

'이제 가문을 상속했으니 자중하라.'

번의 중역들한테서 충고를 들은 것이 바로 어제이다. 군자는 위태로운 것을 가까이하지 않는다는 유교의 가르침도 있고, 무사시호일(無事是好日)이라는 선(禪)의 말씀도 있다. 나가오카 번의 사훈(士訓) 17조의 제 2조에도 '머리를 때려도 치욕이고 맞아도 치욕이다'라는 구절이 있다.

모두 다 무사함을 처세의 첫째 원리로 삼는 말이다.

'그러나 이걸 가만 보고 있을 수가 있나.'

아까 산귀녀의 문신을 한 요시라는 불량배가 들어오자 사람들은 이맛살을 찌푸리며 슬금슬금 밖으로 나갔다. 그때부터 쓰기노스케는 대중을 위해 방약무인한 패거리를 혼내 줄 생각을 했다. 그래서 그는 자리를 뜨지 않았다.

'공연한 참견일까?'

매사에 행동에서 원리를 찾으려는 쓰기노스케는 한번은 되뇌어 보았다. 분명히 공연한 참견이다. 유교의 시조인 공자가 이 자리에 있었으면 위태로운 것을 가까이하지 않는다는 신조로 몸을 피했으리라.

나가오카 번의 사훈 제 2조의 소박한 교훈도, 요는 무사는 쓸데없는 시비에 손을 대어 욕을 자청할 필요가 없다는 말이다.

그러나 그러한 교훈이 백 묶음 있어도 이런 경우 해결에는 아무런 도움이 되지 않는다.

보라, 산귀녀의 부하가 식칼에 감은 수건을 서둘러 풀고 있지 않은가.

"너 그래도 에도 놈이냐!"

비천룡이, 싸움에 칼을 꺼내는 상대를 욕하고는 있지만 아무래도 이대로 가다가는 피를 보고야 말 것 같다.

쓰기노스케는 일어섰다.

지금부터는 원리가 아니고 기질일 것이다.

"그만둬!"

소리를 버럭 질렀다. 그러고는 말없이 다가가 쌍방 사이에 들어가 먼저 얼굴을 오른편으로 돌려 비천룡의 곰보 얼굴을 노려본 다음, 천천히 산귀녀를 보았다.

'이 녀석 얼굴은 밉상이 아니군.'

산귀녀의 요시라는 거창한 이름은 가졌으나 인형 같은 곱상한 눈매를 가졌다.

"내가 중재한다. 양쪽 다 물러서라."

"이 자식!"

외친 것은 그 산귀녀였다. 산귀녀가 먼저 건 시비이니 이제 와서 중재를 받아들인다면 약점이 된다. 이럴 때는 내 위세를 보여야 한다. 이렇게 느낀 산귀녀는 목욕탕이 터져나갈 듯한 소리로 고함을 질렀다.

"녀석, 넌 시골뜨기냐, 병졸이냐? 뭣 때문에 남의 싸움에 참견이야. 썩 비키지 못해? 안 비키면 네 놈부터 요절을 낼 테다."

"……."

쓰기노스케는 팔짱을 끼고 묵묵히 산귀녀를 노려보았다.

"더 소리쳐 봐."

쓰기노스케는 한마디 했다. 산귀녀는 소리쳤다. 그러나 목소리가 점차 위축된다. 쓰기노스케의 다갈색 눈이 무섭게 빛을 뿜는다.

"비켜!"

쓰기노스케의 오른쪽 뒤에 섰던 비천룡도 그냥 있을 수는 없다. 소리를 지르지 않으면 중재를 반기는 꼴이 되어 체면이 안 선다.

"닥쳐!"

쓰기노스케는 사지에 힘을 주면서, 그와는 반대로 들릴까말까한 낮은 소리로 말했다.

"나는 에치고의 가와이 쓰기노스케다. 지금 고가 선생의 문하생으로 있으니 그대들과는 한동네에 사는 셈이다. 그래서 중재를 하는 거다."

잘 알아들을 수가 없다. 쌍방은 무슨 말을 하나, 하고 귀를 기울였다.

쓰기노스케는 계속한다.

"무사가 이렇게 중재에 나섰다. 내가 나선 이상 벼락이 떨어져도 물러설 수 없는 것이 무사의 도리다. 중재를 못 받겠다면……."
이번에는 귀청이 떨어질 만큼 큰 소리로 호통쳤다.
"내가 상대한다!"
소리친 다음 얼른 뒤를 돌아보며 때밀이 녀석에게 내 칼을 가져와 하고 명령했다.
양쪽이 모두 그 기백에 눌렸다.
──기백이 중요하다.
쓰기노스케는 평소에도 말했다. 싸움이든 검술이든 씨름이든 승부의 기술 따위는 문제가 아니라고.
여담이지만 쓰기노스케는 씨름을 좋아했다. 본 시합이 시작되면 하루도 빠지지 않는다. 특히 에치고의 가리와 군 오구니(刈羽郡小國) 출신의 이세노우미(伊勢海)를 좋아했는데, 이 이세노우미에게도 '씨름은 맞서는 찰나의 기합으로 승패가 판가름난다'는 말을 자주 하곤 했다.
쓰기노스케의 이러한 기합에 산귀녀와 비천룡은 굴복한 모양이다.
죄송합니다, 하고 그들은 마침내 허리를 굽혀 쓰기노스케의 중재를 받아들이기로 했다. 중재를 하자면 다소의 돈이 든다. 쓰기노스케는 그들을 욕탕 이층으로 데리고 가서 작부를 불러다가 푸짐하게 술을 한턱 냈다.
"나리가 노려보실 때는 몸이 오그라드는 것 같았습니다."
"그런가?"
쓰기노스케는 근엄한 표정이었으나 속으로는 웃고 있었다.
산귀녀가 말한 것처럼, 분명히 그때 이 사나이의 불알은 오그라들어 있었다.

해자에 창포꽃이 한창일 무렵, 사키치 소년이 쓰기노스케의 방을 찾아가니 그는 책상 앞에 단정히 앉아 있었다.
'뒷모습이 근사하신데.'
사키치는 요즘 쓰기노스케에게 매료되어 있던 터라 그 뒷모습까지도 두드러져 보였다.
쓰기노스케는 원래 몸집이 작아서 그 모습과 거동이 무사라기보다는 에도의 젊은 기술자와 같은 세련됨이 느껴지지만 앉으면 전혀 딴판이다. 꼿꼿이 등을 세우고 약간 턱을 당긴 자세로 책을 읽고 있다.

"방해가 되지 않겠습니까?"

"괜찮아."

대답은 했으나 등은 움직이지 않는다. 사키치는 무슨 책을 읽는가 해서 옆에 가 조용히 앉았다.

무심코 넘겨다보니 쓰기노스케는 손바닥에 감추어도 될 만큼 조그만 책을 앞에 놓고, 가끔 붓을 들어 붉은 점을 찍고 있다.

"작은 책이군요."

"응."

쓰기노스케는 고개를 끄덕였다.

소년은 모르고 있다. 그가 읽고 있는 책은 에도의 한량이면 누구나 알고 있는 《요시와라 편람(吉原便覽)》이었다. 요시와라 창녀의 명단과 안내서를 겸한 책으로서 이 한 권만 가지면 요시와라의 사정은 거의 알 수가 있다.

"그건 무감(武鑑)입니까?"

사키치가 물었다. 무감은 300 영주의 신사록(紳士錄)으로서 매년 개정판이 나온다. 그러나 그의 착각을 쓰기노스케는 웃지 않았다.

"아아니, 이건 유녀의 무감이야."

그러고는 간단히 설명했다. 사키치는 그만 낯을 붉혔다.

쓰기노스케의 허락을 받아 그 책을 들여다보니 유녀의 이름들 위에 ◎○△×의 붉은 표시가 하나하나 되어 있다. 쓰기노스케가 그린 모양이다.

"이건?"

"감상이야."

쓰기노스케의 설명을 들으니, 멍충이이고 못생긴 여자는 ×표이고 기교만 좋은 여자는 △표이며 예쁘고 영리한 것은 ○표이다. 그리고 인간적으로 되어 먹은 여자가 ◎표인데 이건 수가 가장 적다.

'야, 굉장한데.'

사키치가 놀란 것은 거의 대부분의 이름 위에 표시를 해 놓은 것을 보니 요시와라의 창녀 7, 8할을 쓰기노스케가 샀다는 결론이 나오는 것이다.

마침 사키치에게도 애깃거리가 있었다. 그저께 학당의 선배들을 따라 창포꽃 구경을 갔다 돌아오는 길에 모르는 사이 요시와라에 끌려가서 골라보라는 말을 들었다.

사키치는 새파랗게 질려서, 난 그런 나쁜 짓은 하고 싶지 않습니다, 하고 돌아오고 말았다.

그 얘기를 꺼내자 이미 다른 사람에게서 들었다며 책상 밑에서 과자 통을 꺼내 놓고 말했다.

"뿌리치고 돌아온 것을 칭찬해 주려고 이렇게 과자를 사두었다. 상이니 많이 먹어."

이 스승은 그렇게 말했다.

사키치는 아무래도 자신이 선정한 스승의 말과 행동을 이해할 수가 없었다. 스승 자신은 그토록 요시와라에 드나들면서 사키치에게는 어인 까닭으로 그러는 걸까.

어쨌든 소년의 신분으로 홍등가에 발을 들여놓지 말라고 한다.

"그렇다면 평생 발을 들여놓지 말라는 말씀이십니까?"

"그렇지, 그것이 상책이야."

쓰기노스케는 팔짱을 끼고 엄숙한 표정으로 앉아 있다. 그런 낯을 보고 사키치는 문득 놀려 주고 싶은 생각이 들었다.

"왜요?"

그토록 나쁜 곳이라면 쓰기노스케가 다니는 것 자체가 우습지 않은가.

"남아의 뜻을 상실하게 돼."

쓰기노스케는 말했다.

"모름지기……."

사내가 값어치를 하고 못하는 것은 뜻의 유무에 달렸다. 시가 소중하고 그림이 소중하고 글이 소중하고, 그리고 예악(禮樂)이 소중한 것은 그것으로 남자의 뜻을 펴기 때문이며 그것으로 남자의 뜻을 키우기 때문이다.

"뜻이란 무엇이냐!"

쓰기노스케는 눈을 감았다. 마치 자신을 향해서 지껄이는 것 같다.

"세상을 그림으로 친다면 한 폭의 화폭이다. 거기에 붓을 대어 그림을 그린다. 무엇을 그리느냐. 뜻을 가지고 그린다. 그것이 곧 뜻이다."

쓰기노스케의 뜻이란, 사나이들 각자가 가지고 있는 인생의 주제라고 할 수 있으리라. 그 주제를 어떻게 그리느냐는 데는 연구가 필요할 것이다.

주제와 연구라는 것이 쓰기노스케가 말하는 뜻의 의미인 것 같다. 이것은 쓰기노스케가 만들어 낸 말이 아니라, 유교에서는 일반적으로 뜻을 존중한다. 쓰기노스케는 말을 잇는다.

"그 뜻의 높고 낮음에 따라 남자의 가치가 정해진다. 이 점은 새삼 내가 말할 필요도 없겠지. 단지 내가 말하고 싶은 것은……."

쓰기노스케는 잠시 숨을 돌린다.

"뜻만큼, 세상에 용해되기 쉽고 부서지기 쉽고 깨어지기 쉬운 것은 없다는 사실이야."

쓰기노스케는 이렇게 생각하고 있다. 뜻은 소금처럼 잘 녹는다. 남자의 생애에서 어려운 일은 그 뜻의 높음을 어떻게 지탱하느냐에 달렸으며, 그 연구는 특별한 것이 아니라 일상생활의 자기 규율에 달렸다고 했다.

수저를 놀리는 데도 자기 방식이 있어야만 한다. 말하는 법, 남과 상종하는 법, 숨 쉬는 법, 술 먹는 법, 노는 법, 장난치는 법 등 모든 면에서 뜻을 지키려면 연구가 따라야만 한다는 것이 쓰기노스케의 사고방식이었다.

"여자는 좋지."

쓰기노스케는 격한 어조로 말했다. 말투로 봐서 그는 무척 여자를 좋아하는 모양이다.

"그런 만큼, 여자보다 더 남자의 뜻을 녹이는 것은 없는 거야. 무서운 사실은, 뜻이 박약한 시정의 한량만이 여자에게 빠지는 것이 아니라 영웅호걸이 더 빠진다는 점이지."

이건 자기에게 타이르는 말이리라. 잠시 말을 끊었다가 말을 잇는다.

"다감하기 때문이야."

알량한 수단에 속지는 않지만, 영웅호걸은 다감하다고 한다.

"그러나 말할 수 없는 야릇한 정에 끌려 그만 철석 같은 뜻이 녹아나고 마는 거야. 알겠나?"

그러니 그 짓만은 삼가라고 했다. 그렇다면 자기는 왜 그 짓을 할까.

"나 말이냐?"

쓰기노스케는 신기한 동물이라도 보는 것처럼 자기의 가슴팍을 내려다보았다.

"난 별개야."

"자기만이 특별한 사람이라고 말씀하시는 건가요?"

"바보 같으니!"

일부러 목소리를 낮추어 말했다.

"특별한 인간이 어느 세상에 있단 말이냐. 보통 인간이니까 서로 자신을 처리하는 데 고생하고 있는 거야."

"그럼 역시 여자가 좋으신 모양이죠?"

"안타까운 일이지."

쓰기노스케는 웃지 않는다.

"남보다 세 갑절은 그럴 거야."

"그럼, 선생님도 홍등가에서 뜻을 녹이고 마시겠군요."

"그렇지."

"농담은 어지간히 하십시오."

사키치는 소년이었지만 정색을 했다.

"어리다고 너무 얕잡아보시면 곤란합니다."

그럴 것이다. 지금까지 잔뜩 여자를 가까이 말라는 설교를 해놓고 자기는 예사로 홍등가에서 넋을 빼앗기고 있다니, 될 법이나 한 말인가.

"글쎄……"

쓰기노스케는 생각에 잠겼다. 사실 이 무렵에는 정치와 자연을 설명하는 일본어의 어휘는 얼마든지 있었으나 자신의 마음을 표현할 단어는 그다지 발달하지 않아서 설명하기가 여간 어렵지 않았다.

설명을 하려면 예를 들어야 하는데 그것으로는 자칫 진실이 빗나가고 만다.

가만히 입을 다무는 수밖에 도리가 없다.

"왜 대답을 안 하십니까?"

"내 낯을 보고 판단해."

"낯으로요?"

소년은 놀라서 얼굴을 쳐들었다. 새삼 쓰기노스케의 낯을 바라보았으나 여느 때와 같다. 한마디로 말해서 주먹을 불끈 쥔 듯 한 그런 낯을 하고 있다.

"낯을 보고 짐작해야지."

"잘 모르겠습니다."

"헛!"

쓰기노스케는 짤막하게 웃었다. 돌을 망치로 딱 때린 듯한 웃음이다.

"모르겠나?"

"예, 유감스럽게도……."
"낯을 보고 상대를 살필 수 있을 만큼 자신을 키워라. 대장부는 모름지기 그래야만 해. 낯을 보면 상대방의 속마음을 알 수 있는 거야."
"저 같은 어린 몸으로서는 말이 아니고는 잘 모르겠습니다."
"말로는 속마음을 알 수 없지."
"알겠습니다."
대답은 했으나 소년은 불만이었다. 쓰기노스케는 선문답과 같은 말을 지껄이고 있는데, 혹시 속고 있는 것은 아닌가 해서 질문의 방향을 돌려 보았다.
즉, 좀전에 요시와라 편람이라는 오입쟁이 책을 보고 있는 것은 무슨 까닭이냐고 대담하게 물어 보았다.
"그것 말인가?"
쓰기노스케는 시원스레 대답해 주었다. 지금까지 상대해 보지 못한 여자들 가운데 쓸 만한 것이 있나 하고 찾아보았다는 것이다.
"이나모토(稻本)라는 청루의 고이네(小稻)라는 유녀가 제법 쓸 만한 계집인 것 같다."
사키치는 딱 질리고 말았다.
소문으로 듣기에는 이나모토 청루의 고이네는 상당히 도도한 여자라 했다.
'과연 소문대로일까?'
쓰기노스케는 그 점을 생각하고 있었다. 마침 그 생각을 골똘히 하는 중에 사키치가 들어온 것이다.
사키치는 쉽게 이해가 가지 않는 쓰기노스케의 설교를 듣고 얼빠진 낯이 되어 물러났다.
'고이네렷다.'
쓰기노스케는 뭐든 자기가 확인하지 않고는 소문을 믿지 않는다.
'사내로 치면 사쿠마 쇼잔 같은 녀석인지도 모르지.'
쇼잔은 지금은 천하에 이름을 떨치는 명사가 되었지만, 수년 전 그가 아직 무명 인사였을 때는 일부에서 평판이 상당히 나빠 도도하다느니 엉터리라느니 하는 말을 들었다. 그래서 지난해 에도에 유학을 했을 때, 쓰기노스케는 고비키 거리(木挽町)에서 사설 학당을 차려 놓고 있는 쇼잔을 찾았었다. 소문보다도 쇼잔의 본질을 자기 눈으로 확인하고 싶었던 것이다. 입학은 하지 않고 청강생으로 있었다.
'엉터리 소리를 듣는 것도 무리는 아니겠군.'
그렇게 느낀 것은 쇼잔이 오만하게 세상을 깔보고, 막부가 채용하고 있는 양학자나 교토에서 공경들에게 접근하여 존왕양이의 기분을 부채질하는 낭인 학자들을, 저능아 취급을 하며 입에 침이 마르도록 매도하기 때문일 것이다.
그러나 쓰기노스케가 보기에 쇼잔은 엉터리가 아니었다.
'이 사람이야말로.'
그런 생각이 들었다. 쇼잔에 비하면 고금의 학자 따위는 저능아 취급을 받아도 할 수 없다. 그러나 그 위대성을 쇼잔은 스스로가 너무 과시하고 있다.
언제나 영주와 같은 몸차림을 하고 시대에 맞지 않게 턱수염을 길게 길렀으며, 필요 이상의 무서운 눈빛으로 늘 남을 위압하려 한다. 이러한 교양인답지 않은 겉치레가 일부의 평판을 그르치고 있음에 틀림없었다.
쓰기노스케가 그렇게 보았다.
어쩌면 고이네도 그런 부류인지 모른다.
'내 눈으로 봐야 확실하지.'
쓰기노스케는 진심이었다. 요시와라의 유녀와 사쿠마 쇼잔을 하나로 묶어 생각하는 오류를 자기 자신은 깨닫지 못하고 있다. 아니, 설사 누가 그것을 지적한대도 마찬가지라며 딱 잘라 말할 것이다. 요시와라의 유녀도 사쿠마 쇼잔도 같은 차원에서 따질 때 비로소 인간의 문제점이 나온다고 쓰기노스케는 믿고 있다.
'고이네를 한번 사볼까' 하는 심경과, 사쿠마 쇼잔을 만나고자 한 심경에는 다를 바가 없었다. 단지 고이네에 대한 경우는 성욕이 매개가 되어 있고, 쇼잔의 경우는 지식욕이 매개가 되어 있다는 사소한 차이가 있을 따름이다.
이튿날 아침 학과를 마치고 점심도 훨씬 이른 시각에 요시와라를 향해 학당을 나섰다.
무사의 오입은 보통 낮에 이루어진다. 유곽을 밤에 찾아가 자고 온다는 것은 어엿한 무사의 할 짓이 아니다. 무사는 언제 주군으로부터 출진, 또는 그 밖의 임무가 하달될지 모르기 때문에 외박이 허용되지 않았다. 그래서 부득이 낮시간의 오입이 자연 무사의 풍류가 된 것이리라.

아사쿠사 관음당(淺草觀音堂)을 지나면 논밭이 펼쳐진다. 쓰기노스케는 가마를 이용했다.

길은 산야보리(山谷堀)까지 외길이었다. 가마의 발이 바람에 말려 올라가 시야 가득히 전개되는 논밭 건너로 요시와라가 보인다. 사나이로서 이 근처를 가마로 달려갈 때처럼 들뜬 기분은 없으리라.

이윽고 가마는 둑으로 올라선다. 산야보리의 조그만 둑이지만 이름만은 거창하게 니혼즈쓰미(日本堤)라 한다. 한량이 거나한 기분에서 붙인 이름임에 틀림없다.

둑을 따라가다가 큰 문 앞에서 가마를 내려 문을 들어서면 그곳이 요시와라이다. 이곳만이 일본의 별천지이다. 일단 이곳에 들어오면 사농공상(士農工商) 사민(四民)의 계급이 없어진다. 막부에서 특별 자치를 인정하고 있으며, 여기서 노는 자의 계급이라면 돈의 유무와 한량이냐, 아니냐는 두 가지 밖엔 없다.

큰 문을 들어서면 찻집이 즐비하다. 쓰기노스케는 그 중의 한 집으로 들어섰다. 밖으로 삼 척짜리 미닫이가 있는데 거기에 '야마구치 도모에(山口巴)'라는 옥호가 씌어 있다. 다락방으로 안내되면 뜨거운 차가 나온다.

이 찻집들은 각 기루(妓樓)의 신청을 중개하는 장소이다. 찻집에는 여자가 없다.

요시와라에서도 중류 이하의 기루는 창녀들이 가게에 나와 앉아서 손님을 끄는데, 손님은 왔다갔다하면서 기루와 직접 흥정을 하고 안으로 들어간다.

그러나 홍루라고 불리는 상류급의 기루는 반드시 찻집을 통해야만 출입할 수가 있다.

"이나모토의 고이네."

쓰기노스케는 목적한 기녀의 이름을 지명했다. 찻집 심부름꾼이 이나모토루로 달려간다. 형편을 알아보러 가는 것이다.

그동안 차를 마신다. 차에 따라 나오는 과자는 유곽 안 제과점인 다케무라 이세노 다이조(竹村伊勢大掾)에서 만든 명물 모나카이다.

이윽고 심부름꾼이 돌아왔다. 쓰기노스케는 허리에 찬 칼을 찻집 계집아이에게 맡기고 심부름꾼을 데리고 밖으로 나섰다.

걸어갈 것도 없다. 넘어지면 코 닿을 곳이 나카노 거리(仲町)이다. 모퉁이 집이 가도에비(角海老)이고, 오른쪽이 다이몬지야(大文字屋), 왼쪽이 쓰기노스케가 가려는 이나모토 루였다.

이 세 집만이 홍루로 불리고 있었으며, 유녀의 수준도 높았다.

대낮이었다.

그러나 쓰기노스케는 조금도 면구스러워하지 않았다. 이 거리에서는 낮에 오는 손님이 상등객인 것이다.

상은 낮에 와서 밤에 돌아간다.

중은 밤에 와서 아침에 돌아간다.

하의 하는 계속 눌러 있는다.

등급을 매기면 이렇다.

여담이지만, 다카오 다유(高尾太夫)의 전설에도 나타나 있듯이 손님이 영주라도 마음에 들지 않으면 거절할 정도로 유녀의 수준이 높았던 것은 에도 중엽까지이며, 쓰기노스케의 이 무렵에는 요시와라도 전통이 무너져 손님을 거절하는 따위는 거의 없고 모든 것이 손님 중심으로 돌아가고 있었다.

그러나 이 이나모토 루와 다른 두 집만은, 옛 격식을 지키며 다유(太夫 : 고급 유녀)의 교양과 범절도 옛 그대로라고 한다. 특히 고이네는 그 중에서도 특출하다는 소문을 듣고 쓰기노스케는 일부러 찾아온 것이다.

이윽고 고이네의 방에 안내되었다.

방은 아래 위 두 칸으로 나누어져 있는데 어느 시골의 영주 따위는 흉내도 못 낼 만큼 호화로웠다.

쓰기노스케는 아랫목에 앉았다. 뒷벽에 삼행으로 글씨를 쓴 오래된 족자가 하나 걸려 있었다.

이런 큰 홍루에 와서 고이네 정도의 유녀와 시간을 보내는 손님은, 물론 근처를 어정거리는 보통 오입쟁이가 아니다.

돈 많은 큰 상인이 아니면, 적어도 각 번의 에도 번저 수비관 정도는 되어야 한다. 에도 번저 수비관이란 일종의 외교관으로서, 날마다 다른 번의 관료나 막부의 벼슬아치들과 홍등가에서 만나 술독에 빠지는 것이 공무인 괴상한 소임을 맡은 자들이다.

쓰기노스케처럼 일개 서생으로는 감히 엄두도 못 낸다. 복장 하나만 해도 그렇다. 여기에 오는 객은 무사이든 평민이든 근사하게 차려 입고 오는데, 쓰기노스케는 비단이라고는 한 오라기도 몸에 감은 것이 없었다. 이 사나이가 평생 제복처럼 입고 있는 검은 무명베에 가문을 박아 넣은, 시골 무사 차림 그대로였다.

——아무래도 묘한 손님이야.

이나모토 루 종업원들의 공통된 감상이었을 것이다. 다행히 쓰기노스케는 찻집인 야마구치 도모에 얼굴이 통하기 때문에 이 집에 올 수가 있었다. 이나모토 루 쪽에서는 속으로 괴이쩍게 생각했으나, 야마구치 도모에에서 보내 온 손님이라 해서 안심하고 있는 것이다.

참고로 말하자면, 기루에서 노는 손님은 화대를 찻집에 지불한다. 기루에서는 찻집에서 손님을 보내면 설사 거지라도 맞아들여야만 한다. 그래도 손해볼 일은 없는 것이다.

쓰기노스케는 고이네의 방안 집기를 대수롭지 않게 살펴보았다.

모두 영주가 쓰는 물건들이다.

장식품을 놓기 위한 도코노마에는 탐스럽게 꽃꽂이를 해놓았다. 고이네가 손수 했으리라.

'상당한 여자인 것 같군.'

쓰기노스케가 이렇게 생각한 것은 꽃꽂이 솜씨를 보았기 때문이다. 그의 아버지 다이에몬이 성중에서 이름난 차도락가였기 때문에 꽃꽂이를 잘하고 못하는 것쯤은 알고 있다.

담배합이 나왔다. 합은 금으로 상감을 했으며 합에 걸쳐 놓은 담뱃대는 문장을 새겨 은으로 도금한 것이었다.

바둑판, 장기판, 골패판도 있다. 방구석에 문갑이 놓여 있고 그 위에 나전이 번쩍이는 벼루 상자에다, 손님이 필요할 때는 언제든지 쓸 수 있도록 선지(宣紙)가 마련되어 있었다. 다른 한구석에는 찻잔이 놓여 있다.

차는 중요한 표현 예술의 일종이었다. 손님이 차 한 잔을 요청하면 주인의 입장에서 솜씨를 보여야만 한다.

'흡사, 영주의 공주 같군.'

이런 생각도 들었으나 정작 영주의 공주보다도 이 방 주인이 더 학예에 소양이 있는지도 모른다.

어릴 때부터 바깥세상과는 다른 품격을 만들기 위해 주입식 교육을 받고 있다. 한 가지 예로, 일체 돈을 못 만지게 하며 그 세는 법조차 가르치지 않았기 때문에 그녀들은 돈에 대해서 아무런 감동도 나타내지 않는다.

오로지 기예와 노래 공부만 가르치고, 한결같이 교양만을 갖추게 한다.

'묘하게 되어 있지.'

이런 여자를 데리고 노는 것으로 해서, 평민들에게 하룻밤이나마 영주의 기분을 맛보게 하여 계급에 대한 울분을 풀게 한다.

쓰기노스케가 생각하기에는 만약 이 요시와라가 없다면 신분이 고정된 도쿠가와의 봉건제도는 진작 무너졌을지도 모른다.

쓰기노스케를 위해 계집 여종이 와서 이것저것 시중을 들었다.

"대체 몇 사람이나 있는 거냐?"

쓰기노스케가 물었다. 고이네에게 몇 명의 종자가 붙어 있느냐고 물은 것이다.

"여덟쯤 될 거예요."

여종은 뻔히 아는 수를 하나하나 손가락을 꼽아 본다. 여종이 셋, 의복 일체를 맡는 여종이 둘, 그리고 몸종이 셋이라 한다.

'대단한 구성이구나.'

나가오카의 그의 집에는 할아범 하나와 하녀 하나밖에 없다.

쓰기노스케는 인간 세상의 구성에 대해 흥미를 가지고 있다. 벗겨 놓으면 보통 인간에 지나지 않는 것을, 거기에 권위를 씌우려고 할 때 어떤 구성이 필요할까 하는 점이다.

장군과 영주의 권위의 구성은 혈통과 관직, 성곽, 저택, 거기에 그들을 떠받드는 숱한 신하와 다시 그 권위를 드높게 할 예의범절과 의식 따위가 그 구성 요소인 것이다.

쓰기노스케는 냉소주의자는 아니었기 때문에 그것을 비웃으려고는 하지 않았다. 인간 사회를 형성하는 질서에는 그런 구성이 필요하다는 것도 인정하고 있고, 현재 자신도 엄연한 에치고 나가오카의 무사로서 그 구성 속에서 살고 있다.

무사의 행장(行裝), 즉 두 자루 칼을 차는 것이(그는 가끔 그것을 벗어 놓고 싶어하지만) 곧 권위의 구성이며, 그 구성 덕택으로 지금의 도쿠가와 사회의 질서가 유지되고 있는 것이 아닌가.

'사쿠마 쇼잔의 턱수염도 그런 거야.'

100년에 한 번쯤 나타나는 쇼잔의 대 학식을 존경하면서도 그 인품이 싫다는 이 사나이이다. 쇼잔 정도라면 턱수염을 깎고 영주가 입는 비단옷을 벗어 던져도 충분히 진가가 빛날 것인데, 역시 겉보기 금박을 바르려 든다. 묘한 일이라고 생각하고 있다.

'다유야말로 그 표본이구나.'

쓰기노스케는 그 일에 흥미가 있었다. 당초는 근본조차 희미한 계집애를 이렇게 키운다. 좌우로 여덟 사람이나 종자를 거느리면 자연 품격이 갖추어지고, 이 방안의 도구처럼 서민들에게는 한 개가 한 재산이 될 물건들을 잔뜩 갖추어 놓으면 사쿠마 쇼잔의 턱수염 이상의 역할을 하리라.

이 세상의 권위라는 것을 생각할 때는 다유를 생각하는 것이 가장 이해가 빠르다.

이윽고 미닫이가 열렸다.

몸종에게 인도되어 고이네가 들어왔다. 쓰기노스케의 정면에 앉는다.

손님에게 옆모습을 보일 뿐, 똑바로 앉지는 않는다. 그것이 이른바 소문난 경국의 앉음새라는 것이다.

여자는 약간 옆으로 보는 모습이 아름답기 때문이리라.

여종이 쓰기노스케에게 고이네를 소개했다. 아, 그래, 하고 쓰기노스케는 고개를 끄덕였다.

유녀도 다유가 되면 좀처럼 말문을 열지 않는다. 말은 듣고 있었으나 막상 접하고 보니 사실이다.

얼굴도 움직이지 않는다. 용무가 있으면 눈을 가볍게 움직일 따름이다. 종자들은 그것만으로도 알아차려서 용무를 처리해야만 한다. 이 점도 영주의 공주와 같으리라.

'이것이 구성이구나.'

쓰기노스케로서는 구성을 제거한 인간의 참모습에 항상 흥미를 갖는다.

고이네가 흘긋 눈을 움직인 것은 담배를 달라는 뜻이었다. 여종은 그 뜻을 알아서, 알았다기보다는 그것이 이 유곽의 정해진 격식일 것이다──얼른 담뱃대를 들고 담배를 담아 고이네에게 바쳤다.

고이네는 무표정하게 그것을 받아 담배를 옆에 있는 숯불에 댄다.

불이 붙었다.

"한 대 피우세요."

쓰기노스케에게 넘겨주었다. 얼굴에 표정이 없는 대신 목소리는 활기에 차 있다. 쓰기노스케는 비로소 처음으로 사람과 접하는 느낌이 들었다.

대답은 하지 않고 담뱃대를 받아 뻐끔 한 모금 빨았다.

당황하지 않았다는 증거로 연기의 동그라미 하나가 천천히 천정으로 올라갔다.
'정말, 근사한 여자다.'
바른대로 말해서 쓰기노스케는 태연하기는 하지만, 사실은 항복하고 싶은 심정으로 담배만 뻐끔뻐끔 피우고 있다.
이윽고 담뱃대를 놓고 말했다.
"나는 에치고 나가오카의 가와이 쓰기노스케라는 사람이야."
여자는 고개를 끄덕이며 말했다.
"잘 오셨습니다."
나직하고 젖은 듯한, 고막을 깃털로 간질이는 듯한 목소리이다. 물론 유곽촌의 말투이다.
유녀는 각지에서 모여들지만 그 사투리를 통일하기 위해 유곽에서는 인위적인 말을 만들어 사용케 한다. 하기야 홍루가 아닌 조그만 집에서는 특별한 경우가 아니면 그런 말을 쓰지 않는다.
"수행(隨行)이시옵니까?"
고이네가 물었다. 이건 좀 실례되는 질문이다. 수행이라면, 영주가 막부의 장군에게 문후를 드리기 위해 에도로 나오는 데 따라온 시골무사로서, 시골에 마누라를 두고 왔기 때문에 여자에 굶주리고 돈이 없으며, 거기다가 언동이 촌스럽다는 개념이 있어서 에도 사람들은 수행 무사라면 촌놈의 대표처럼 생각하고 몹시 꺼렸다.
"무슨 말을 하는 거냐?"
쓰기노스케는 씁쓸히 웃었다. 그러나 그다지 노엽게 여겨지지 않는다. 요시와라 홍루의 유녀라면 바깥 세상에 어두워서 수행이라는 말이 무사에게 나쁘게 사용되고 있는 것을 모르는 것이다.
"그러심, 파견이신가요?"
고이네는 약간 당황했다. 파견이란 조상 대대로 에도 번저 근무를 하는 무사를 가리킨다. 말도 에도 말을 쓰고 범절도 당연히 에도를 따른다.
무사의 계급으로서 구태여 본국 근무와 파견 근무에서 상하의 구별이 있는 것은 아니지만 에도 사람이 볼 때는 땟물을 벗고 안 벗고의 차가 크다.
"수행보다 더 못해."
못하다는 것은 촌스럽다는 말이다. 에도의 토박이들은 가치 기준을 멋쟁이냐 촌스러우냐로 따지며 촌스럽다는 것이 때로는 악으로도 통한다.

"난 서생이야."

"어머, 학자님이세요?"

"참, 말만은 편리하구나."

쓰기노스케는 서생을 학자로 바꾸어 부르는 고이네의 수고에 웃음을 터뜨렸다.

"사람에게 있어서 허식은 방귀 같은 거야. 에치고 출신의 쓰기노스케라고 생각해 주면 되는 거다."

──인간에게 있어서 허식 따위는 방귀 같은 거다.

당연한 것을 굳이 입 밖에 내어 지껄이다니, 시골뜨기의 머저리 짓이라는 것을 쓰기노스케는 알고도 남음이 있다. 그러나 이번 경우는 그것을 확실히 규명하기 위해 일부러 이나모토 루라는 큰 홍루에 들어서 고이네를 부른 것이니, 하는 수가 없다.

아까 찻집에서 대충 고이네에 대한 지식은 얻어 들었다.

──직속 무사의 딸인 것 같다는 것이다.

당치도 않은 소리, 쓰기노스케는 믿지 않았다. 아무리 막부가 쇠퇴했기로서니 장군 직속인 대감님이 요시와라에 딸을 팔아먹을 정도로 낙백(落魄)하지는 않았을 거다.

──아니, 사실입니다.

찻집 안주인이 장담을 했다. 더구나 300섬짜리 직속 무사라 했다.

아버지는 이시코 신자에몬(石河新左衞門)이라 하며, 2대째 무역(無役)이라 아무 벼슬도 얻지 못해 집안에 하인도 못 둘 정도로 궁핍했었다. 무역이란 아무런 보직이 없는 계급이다.

막부 신하들의 살림은 주인이 보직이 있어야만 수당이 있어서 숨을 쉴 수가 있었다. 무역은 정해진 녹봉만으로 살아가야 한다. 그러나 이 녹봉은 일찌감치 어느 집이든 몽당 채권자에게 잡혀 있어서 실제로는 무일푼이나 다름이 없다. 그런 무역이 2대쯤 계속되면 다시는 변통이 안 된다. 거기다가 가장이 병이라도 앓게 된다면 팔 것은 딸밖에 없는 것이다.

'그런 경우도 있겠군.'

쓰기노스케는 에도의 직속 무사들이 궁핍하다는 말은 가끔 듣고 있었으나 그토록 심한 줄은 몰랐다.

모든 일에 생각이 많은 사나이이다. 막부의 그러한 곤궁의 근원은 쌀 때문이라고 이 사나이는 생각했다.

'쌀을 가지고는 어쩔 수가 없다.'

평소 이렇게 생각하고 있다. 쌀이란, 즉 농업 입국이란 말이다.

막부의 직할령은 400만 섬이라고 하며 산출에 따라서는 800만 섬이 되나 실제 수입은 200만 섬 정도밖에 안 된다고도 한다.

아무튼 그것을 가지고 국정의 경비를 지출해야 하고, 직속 무사 8만 기(실제는 5만 명 정도)의 봉록을 지급해야만 한다. 그것이 이에야스 이래의 막부의 경제이다.

막부 성립 당시에는 사람들은 아직 전국시대의 기풍이 남아서 생활은 검소하고 식생활만 해결되면 만족했었으나 그 후 2세기가 지나 세상도 많이 진보했다.

평민이 발흥하고 화폐 경제가 발달하여 세상은 쌀이 아닌 화폐로 움직이게 되고, 또 사람들의 생활도 사치스러워졌다.

그런데 막부 경제의 상황은 2세기 전과 변함이 없다. 그렇다면 딸을 팔아야 하는 직속 무사도 나옴직하다.

각 번들은 다르다. 특히 현실에 민감한 서부 각번의 영주들은 이미 백 년 전부터 막부 체제의 결함을 깨닫고 쌀 위주의 경제에 병행하여 식산(殖産)과 내국무역을 개발하여, 조슈번 따위는 표면상 36만 9,000섬이지만 해마다 100만 섬의 수입이 있다고 하며, 사쓰마 번(薩摩藩)도 밀무역 따위를 해서 많은 금은을 비축하고 있다는 것이다.

그러나 막부는 그런 짓을 안 한다.

――장군께서 상인의 흉내를 내실 수는 없다.

그런 자존심도 있고 또한 막부를 근본적으로 개혁할 경제가가 나오지 않은 이유도 있다.

어쨌든 지금 눈앞에 있는 고이네는 쓰기노스케의 해석으로 보면 막부 경제의 희생자라 해도 좋다.

얼마가 지나서 고이네는 옷을 갈아입으려 일어나고 쓰기노스케는 용변을 보러 일어났다. 다시 돌아왔을 때는 방에 이부자리가 깔려 있었다.

두툼한 비단 이불이 두 채 겹쳐 깔려 있다. 처음 오는 손님은 설사 영주라도 침구는 두 장이었다. 두 번째부터는 단골이라 해서 석 장이 된다. 말하자면 손님의 계급은 초면과 단골 두 계급으로 나누어지는 것이다.

이윽고 여종이 이불자락 곁에 두 손을 짚고 공손히 말했다.

"자리에 드시옵시오."

이렇게 떠받들리면 손님으로서는 하늘에 오르는 기분이 안들 수가 없다. 더욱이 지게 하나로 큰 재산을 이룩한 장삿꾼 따위는 유곽에 와서 이런 대접을 받을 때, 비로소 내 몸이 출세한 느낌을 맛보리라.

여종은 못 들을 줄 알았는지 한 번 더 말했다.

"대감마님, 주무시옵시오."

쓰기노스케는 허허 웃었다.

"난 대감이 아냐. 내가 대감마님으로 모시는 분은 종오품인 마키노 겐바노 카미(牧野玄蕃頭)라는 대단한 명군이야."

"아니옵니다. 이 유곽에서는 무사님은 어느 분이든 다 대감마님이라 부르옵니다."

"아하, 그렇구나."

쓰기노스케는 감탄하듯 고개를 끄덕였다. 무사는 대감마님이고, 돈을 가진 평민은 모두 영감마님이다.

모든 것이 이렇게 꾸며진──신파극의 무대와 같은 환상의 영화를 하루 저녁만이라도 돈으로 사도록 만들어 놓은 것이 유곽이며 또 유곽의 재미이리라.

이 인위적인 꿈을 꿈으로서 고스란히 즐기는 것이 소위 오입쟁이로 불리는 한량들인지도 모른다.

쓰기노스케는 옷을 벗었다.

여종은 그것을 받아 소지품은 서랍에 넣고 옷은 옷걸이에 걸치면서 쓰기노스케의 거동을 은밀히 관찰하고 있다. 그녀로서는 손님의 인품을 평가하는 것 이외에 낙은 없다.

이 손님이 입은 옷이란 아래 위가 모두 무명이다. 이런 차림으로 이나모토루 같은 큰 홍루에 찾아든다는 것은 그것만으로도 대단한 모험가이다.

'그러나 고향 댁은 유복하시겠지.'

이렇게 생각할 도리밖에 없다.

더구나 잠옷을 권했더니 그것을 물리치고 훈도시 하나의 알몸이 되었다. 눈의 고장 사람들은 벌거숭이로 잔다는데 역시 그런 습관 탓인지도 모른다.

'아니야, 풍채는 저래도 에치고에서는 상당한 신분임에 틀림없어.'

이렇게 생각한 것은 그가 잠자리에 드는 태도 때문이었다.

여종은 평소에 남자가 잠자리에 드는 태도를 보고 그 출신을 안다.

돈 많은 상인이라도 상노에서 올라온 자는 상노 때의 버릇을 못 버려 강아지가 북더기 속으로 파고들 듯이 이불 속으로 파고드는데 이 손님은 훌쩍 위쪽 이불을 걷어 젖히고 벌렁 드러누웠다.

여종은 일어서서 윗이불을 덮어주어야만 했다.

'재미있는 분이구나.'

아까부터 그런 생각을 했으나 이때 문득 또 한 번 그렇게 느꼈다.

이윽고 여종은 물러가고 대신 고이네가 잠옷 차림으로 들어왔다.

30분쯤 지난 후, 쓰기노스케는 벌렁 바로 드러누웠다.

"아직이야."

주의를 시켰다. 아직 자기는 잠들지 않았으니 너도 자서는 안 된다는 말이다.

"네, 자지 않아요."

고이네는 조용히 대답했다. 굳이 말을 듣지 않아도 손님이 잠들기 전에 잠드는 것은 싸구려 청루의 창녀들이나 하는 짓이다. 큰 홍루의 유녀쯤 되면 그런 범절은 철저하다.

'좋은 여자야.'

정직하게 말해서 쓰기노스케는 이 세상에 태어나서 이런 여자를 만난 적이 없다.

유곽 용어를 쓰지 말라 명령했다.

쓰기노스케의 욕구는 여자가 모든 것을 말끔히 벗은 적나라한 것에 접하고 싶었다. 의복과 용품과 유곽의 통용어로 감싸인 고이네의 허식에는 아무래도 취할 수 없는 체질이다.

'쓰지 말라'고 쓰기노스케가 명했을 때, 고이네는 순간적으로 몸을 도사렸다. 불쾌했으리라. 그런 주문을 함부로 하는 손님은 보지도 못했다. 일종의 모욕이 아닌가.

고이네쯤 되면 이런 손님은 사정없이 뿌리칠 수가 있다. 잠자코 잠자리를 빠져 나오면 그만이다. 나중에 손님이 툴툴거려도 그것은 손님의 수치가 될 뿐이다.
 '그러고 말까.'
 실제로 고이네는 그런 생각도 했다. 에도의 유녀는 북국의 유녀에 비해 그런 점에서 도도하다. 예를 들면 에도에서는 싸구려 창녀도 속칭 새치기를 한다. 손님을 방안에 앉혀 놓고 다른 손님의 방을 몇 군데나 거친다. 그래도 손님은 얌전히 방에서 기다려야만 한다. 그것이 관습인 것이다.
 북부 지방의 홍등가에는 그런 에도의 관습은 없다. 아마 이러한 것은 에도의 성립과 관계가 있는 듯하다.
 에도는 도요토미(豊臣)시대에 도쿠가와 이에야스(德川家康)의 간토 지방 이봉(移封)으로 성립되었다. 그 전까지는 태반이 소택지였으며, 반농반어(半農半漁)의 주민이 약간 살고 있는 고장에 불과했다. 그런 곳에 한꺼번에 대인구가 들이닥쳤다.
 무사들뿐만 아니라 에도의 번성을 쫓아 숱한 상인과 기술자도 왔다. 그들의 태반은 독신자였는지라, 창기를 필요로 했다. 늘 창기가 부족한 상태였다.
 그것이 에도 창기의 관습을 만든 것 같다. 그 후 에도는 날로 번창했으며 들어오는 인구는 언제나 독신자들이 많은 데도 불구하고 그들을 맞는 창기의 수는 늘 부족해서 그 부족이 만성화됐다. 어느 시대를 보아도 에도 인구의 남녀 비율이 균형을 이룬 때는 없었다. 이 점은 쓰기노스케 이후이 메이지 시대에도 마찬가지였고, 현재도 다름이 없다.
 그러나 고이네는 고분고분 말을 들었다. 쓰기노스케의 어느 점에 매력을 느꼈던 것인지 그녀 자신도 모른다.
 그렇지만 어릴 때부터 유곽의 통용어가 입에 익어서 바깥세상 말을 잘 사용할 수가 없다.
 에도의 무사 가문에서 쓰는 말을 찬찬히 상기해서 더듬더듬 말했다. 그러자 그녀 자신이 기묘하게 느껴질 정도로 유곽의 의식에 싸인 미사여구가 떠오르지 않고 이것저것 본심이 자꾸만 드러났다.
 쓰기노스케는 그녀의 어렸을 때 일을 물었다. 고이네는 그런 질문에 말려들지 않으려고 하면서도 그만 무심코 대꾸를 하였다.
 쓰기노스케는 이 날은 짧은 시간으로 깨끗이 요시와라를 나왔다. 처음 만날 때는 시간이 짧아야 한다는 것이 한량의 멋이다.

'아무리 보아도 좋은 여자야.'

버드나무를 오른쪽으로 끼고 쓰기노스케는 에몬 고개(衣紋峙)를 올라간다. 마루턱이 니혼즈쓰미다. 바람이 거리 쪽에서 불어온다.

'꽤 비싸게 먹히겠군.'

이 달 중에 한 번 더 가야지. 사실 비싼 오입이다.

부르는 값이 석 냥에다 해웃값을 합치면 일곱 냥이 넘는다. 하녀의 급료가 일 년에 석 냥 남짓했을 때이다. 하기야 같은 요시와라에서도 싸구려 창녀라면 한 냥으로 스무 번은 놀 수가 있지만 이번 것은 그렇지가 않다.

'각오를 해야겠군.'

쓰기노스케는 어지간히 요시와라에 다녔지만 아직까지 창기에게 곱빼기를 한 적이 없다. 곱빼기란 다시 찾는 일이다. 세 번째 가면 단골이 된다. 물론 그에게는 단골 따위는 없다. 그런데 이번만은 아무래도 다를 것 같다.

고향에는 돈이 있다.

가와이 집안은 불과 100섬 남짓한 봉록이었으나 조상 대대로 행정관이나 회계 감독관 보직에 있었기 때문에 수당을 받아 모은 것이 있었으며, 거기에다 이재(理財)에 밝은 집안이어서 봉록 외에 논밭 따위가 많아서 번에서는 자산가로 꼽히고 있었다. 거기에다 아버지 다이에몬은 아직까지 쓰기노스케를 위해서 돈을 아낀 적이 없었다.

'하지만 이번에는 오스가에게 부탁해야지.'

이미 쓰기노스케가 가와이 집안을 상속한 이상, 은퇴한 부모에게 부탁하는 것보다 그녀의 면목도 세워 줄 겸 이번에는 한번 오스가의 도량을 기다려 보자는 생각이었다. 우선 번저에 들러서 편지를 적어 고향으로 띄우고, 학당으로 돌아와 가진 돈을 털어 보았다. 몽땅 털면 곱빼기는 할 만하다.

"아, 선생님 돌아오셨군요."

사키치 소년이 찾아왔다. 안 계신 동안에 고가 선생으로부터 시(詩)의 숙제가 나와 있습니다, 선생님은 백구(白鷗)라는 제목입니다, 고 알려주었다.

"백구?"

"네, 흰 갈매기입니다."

"응, 알겠네. 그러나 난 지금 바쁜데."

"무슨 일이신데요?"

"좀 골똘히 생각하는 일이 있어서 시가 문제가 아냐. 또 군고구마를 열엿 푼어치 살 테니 자네가 좀 지어줘."

"또 지어줘, 십니까? 하지만 저는 백구 따위는 질색인데요."

사키치는 새에 대해서는 통 몰라서 참새와 까마귀 외에는 어느 것이 갈매기인지 모른다고 했다.

"물새라는 것입니까?"

"물에 살기는 마찬가지지만 다르지. 갈매기는 비둘기보다 크고 몸통은 흰데, 등과 날개만이 담회청색이다. 다리는 9월의 은행잎처럼 녹황색이야."

"네, 다리가요······."

사키치는 막연했다. 그 정도의 지식으로 시를 지으라는 것은 무리이다. 그러나 쓰기노스케는 사정없이 명했다.

"시나가와(品川)의 바다에 다녀오려무나. 얼마든지 날아다니고 있을 테니."

'지독하다'는 생각이 들었으나, 가와이 쓰기노스케의 말투가 너무도 담담하기 때문에 아무래도 명령을 따라야만 할 것 같은 느낌이 든다.

며칠 후, 쓰기노스케는 가진 돈을 몽땅 호주머니에 넣고 요시와라에 가서 찻집 야마구치 도모에다 그 돈을 지갑째 내놓고 짤막하게 말했다.

"고이네야."

대개 사전에 찻집에서 음식을 드는 것이 통례였으나, 쓰기노스케에게 호감을 가지고 있는 찻집 안주인은 그에게 가급적 돈을 안 쓰게 하려는 셈인지, 오늘도 과자 한 개와 차 한 잔으로 그를 이나모토 루에 안내했다.

이 날은 낮놀이가 아니고, 이미 해가 진 뒤였다. 그래서 찻집 하녀가 초롱을 들고 길을 밝혀 주었다.

두 번째라 그런지 오늘은 대우가 좀 다르다. 주인이 현관까지 나와 맞으며 머리를 조아린다.

"어서 오십시오. 잘 오셨습니다."

요시와라의 단골인 그였지만 주인이 현관에 나와 영접하는 것은 처음 겪는 일이었다.

찻집 야마구치 도모에의 안주인이 귀띔을 한 것인지 고이네가 부탁을 한 일인지, 혹은 이것이 큰 홍루의 관습인지 쓰기노스케는 알 수가 없었다.

방에 안내되어 들어가니 벌써 잠자리가 마련되어 있었다.

"어서 자리에 드시옵시오."

쓰기노스케는 곧 자리에 들었다. 이내 고이네가 몸종에게 인도되어 방안에 들어와 베갯머리에 앉았다. 모든 점이 처음보다 빠른 것 같다. 고이네도 처음 만날 때처럼 무표정하지 않았다. 여전히 옆으로 비스듬히 앉아서 생긋이 웃으며 퍽 진실한 목소리로 말했다.

"잘 오셨습니다."

이게 나한테 반했나, 하고 쓰기노스케가 갑자기 상기되었을 정도였다.

'나 이것 참, 영웅호걸은 이래서 안 된다니까.'

자만이 지나치다. 그가 사키치 소년에게 말한 치정론(癡情論)은 바로 이런 것이었다.

"차라도 한 잔 주려나."

쓰기노스케는 벌떡 일어나서 아무렇게나 옷을 주워 입었다. 아무리 상대가 창기이지만 다짜고짜 자자는 것은 좀 천박한 것 같은 느낌이 든 것이다.

고이네는 아랫방으로 갔다. 거기에 차 그릇이 있기 때문이다.

"아니, 전차(煎茶)로 해두지."

손쉬운 것을 부탁한 셈인데, 그건 그런 대로 시간이 걸려서 제법 본격적인 차가 되고 말았다. 한참 후에야 쓰기노스케는 찻잔을 들어 한 모금 마실 수 있었다.

"그림을 그리나?"

탁상의 화선지를 보면서 물었다. 아뇨, 고이네는 고개를 저었으나, 쓰기노스케는 사정없이 부탁을 한다.

"어디 까마귀 그림을 하나 그려 다오."

고이네는 그 요구를 순순히 받아들였다. 쓰기노스케가 찻집 안주인에게 들은 바에 의하면 고이네는 묵화를 잘 쳐서 거의 전문가를 능가할 정도라고 했다.

그러나 여간해서 손님의 청에 응하지 않으며 웬만한 경우가 아니고는 붓을 들지 않는다고 했었다. 그런데 고이네는 순순히 말을 들었다.

사실 쓰기노스케는 까마귀 그림 따위는 흥미가 없었지만 머리까지 올라와 있는 상기된 자신의 감정을 다소라도 가라앉히고 싶었다.

고이네는 생각에 잠겨 있다.

머릿속에서 까마귀의 형상을 생각하고 있으리라.

——딱하게도.

곁에서 먹을 갈고 있는 여종이 이런 표정을 지었다. 같은 새라도 색조가 분명한 원앙새는 그리기 수월하지만 까마귀는 어려운 것임에 틀림없다.

술상이 나왔다. 쓰기노스케는 여종이 따르는 잔을 들면서 시선을 떼지 않고 가만히 주시하고 있었다.

고이네는 한참 동안 생각하고 있다. 여종은 더욱 안타까워서 재잘거리듯 입을 놀렸다.

"좀 쉬면서 대작이라도 하셔요."

생각해서 지껄이는 소리였다. 그러나 고이네는 화선지를 들여다보는 자세를 조금도 흐트리지 않고 '당신은 물러가 있어요' 하고 따끔히 꾸짖었다. 구상에 방해가 된다는 것인지, 혹은 다른 뜻이 있는지 알 수가 없다. 여종은 하는 수 없이 물러갔다.

즉석 그림이란 사대부들의 파적이다. 본격적인 그림은 뜻을 나타내지만 즉석 그림은 재기를 보여야만 한다.

'여간내기가 아니구나.'

쓰기노스케가 이렇게 생각한 것은, 까마귀 따위야 아무렇게나 그려도 될 법한 것을 고이네는 그 구도에 자신의 재치를 표현하려고 열심히 머리를 짜고 있기 때문이다.

"찬(讚)은 어떤 글을 쓰실 작정이셔요?"

고이네는 그제야 얼굴을 들었다. 그림의 여백에 쓰기노스케가 찬을 쓴다. 고이네는 그 글 뜻에 맞추어 구도를 잡으려는 것이다.

"생각하지 않았어."

쓰기노스케는 그렇게 물음을 받아 넘기고는 곧 딴소리를 했다.

"난 까마귀를 좋아해."

별난 취미이다. 새 가운데서 불길하다는 소리를 듣는 까마귀 따위를 좋아하는 사람은 드물 것이다.

"무슨 까닭이시죠?"

"그놈은 날 닮았단 말이야."

"어떻게?"

"까마귀를 잘 아는가?"

그놈이 다른 새와 다른 점은 언제나 태양을 향해서 똑바로 난다는 것이다. 까마귀는 아침에는 뜨는 해를 바라보며 비상하고, 저녁에는 지는 석양을 향하여 곧장 날아간다.
 새의 종류는 몇 천 몇 만이 있는지 모르지만, 태양을 똑바로 보고 날 수 있는 새는 까마귀 외에는 없다.
 "나는 그렇게 작정하고 있지."
 쓰기노스케의 말뜻은 자기가 결정한 생애의 큰 목적을 향하여 한눈을 팔지 않고 비상하겠다는 암시이다.
 "눈이 부실 텐데요."
 고이네는 문득 까마귀의 입장이 되어 말했다.
 "안 부셔."
 쓰기노스케는 웃으면서 곁에 있는 촛대를 끌어당긴다.
 "보라구."
 쓰기노스케는 대초의 불꽃을 주시한다. 눈을 깜박이지 않는다. 눈자위가 찢어질 정도로 크게 뜨고 눈동자가 마르는 것도 구애하지 않고 바라본다.
 ──가와이는 태양을 바라보면서도 눈을 깜박이지 않는다.
 이 점은 학당에서도 유명했다. 어찌된 일인지 깜박이지 않았다.
 "그것이 까마귀야."
 즉, 자기라는 말이다. 고이네는 끄덕이면서 다시 붓을 들었다.
 선을 쓰지 않는다.
 몰골법(沒骨法)을 써서 다짜고짜 붓을 눕혀 대담하게 농담(濃淡)의 먹칠을 했다. 다음에는 붓이 돌아가는 대로 화면을 만들어 간다.
 저녁 까마귀인 것 같다. 잎이 떨어진 앙상한 감나무 가지에 한 마리가 앉아 있다. 말하자면 겨울 까마귀의 구도이리라.
 그러나 고이네가 그리고 있는 까마귀는 찬바람에 깃을 움츠리고 있는 까마귀가 아니다. 흡사 매나 독수리처럼 지금부터 날려고 날개를 반쯤 편, 자못 의기양양한 모습이다. 본시 겨울의 쓸쓸한 풍물로 잘 그려지는 까마귀치고는 이건 엉뚱한 용자가 아닐 수 없다.
 그러면서도 감나무 가지는 잎이 앙상하다. 다만 감 한 개가 동그마니 가지에 남아 있어서 엷은 햇살을 받아 겨우 이 화면을 장식하고 있다. 까마귀는 지금 석양을 향하여 날려 하고 있는 것이리라.
 "이놈은 나 같구나."
 쓰기노스케는 고개를 갸우뚱하며 지껄였다. 어느 점이 자기 같은지, 쓰기노스케는 잘 모르면서도 어쩐지 자기를 닮은 듯한 느낌이 든다.
고이네는 대꾸를 않는다.
엎드려서 계속 그리기만 한다. 먹색이 또렷할 뿐만 아니라 그림 속에 기백이 꿈틀거린다. 여자의 그림으로서는 보기 드문 일이다.
이때 갑자기 아래층이 소란해졌다.
바깥 한길에서도 떠들썩하다. 종소리가 급하게 들리고 소란이 위층까지 번져 왔다. 사람들이 소리를 지르면서 복도를 달려간다.
불이 났다.
사람들의 외치는 소리를 들으니 이웃집에서 불이 난 것 같다. 생각 탓인지 냇내가 나는 듯하다. 그리고 금시 눈앞에 엷은 연기가 흘러온 것 같다.
그러나 고이네는 태연하다.
계속 그림을 그린다.
"이봐, 옆집에서 불이 났어."
쓰기노스케가 알려 주었다. 고이네는 가볍게 고개를 끄덕였다. 그러나 붓을 놓지 않는다.
"피해야지."
"아직 덜 그렸는걸요."
서두른다고 불이 꺼지는 것도 아닐 테니 그림을 완성토록 하죠, 하면서 남의 일처럼 중얼거렸다.
'비범한 여자야.'
쓰기노스케는 말문이 막혔다.
기어이 고이네는 그림을 완성해서 쓰기노스케에게 건네 주었다. 쓰기노스케는 그것을 접어 품에 넣고 그대로 도사리고 앉아 있다.
"어쩔 테야?"
"좀 치우고 오겠습니다."
고이네는 주변을 치우기 시작했다. 어찌된 일인지 여종들이 나타나지 않는다. 고이네를 버려두고 달아나 버렸는지, 아니면 손님과 함께 있을 때는 방에 들어와서는 안 된다는 규칙을 미련하게 지키는 것인지, 나중에 가서도 쓰기노스케는 알 수가 없었다. 종이라지만 유녀의 여종들은 무사의 부하와 달라서, 이런 경우에는 전혀 박정한 것인가.
벽 저쪽에서 불꽃 튀는 소리가 들리기 시작했다.

고이네가 가재도구를 치우는 태도에는 일종의 풍취 같은 것이 있다.
몸을 날렵하게 움직이지 않고 천천히 흡사 춤이라도 추듯이 유유히 움직이는데, 그런데도 한 가지씩 척척 짐이 꾸려진다. 그녀의 담력과 재질에서 빚어지는 것일 것이다.
'놀라운 여자야.'
쓰기노스케는 연기 속에서 감동했다. 그러면서도 그 감동이 위험하다고 느꼈다. 이미 반한 것이다.
고이네는 끌어낼 물건을 자신이 들려고 했다. 족자라든가 금은류의 조그만 물건 등 값나가는 것들이다.
다른 값나가는 물건, 즉 병풍이라든가, 나전 문갑 따위의 큰 물건은 아예 태울 작정을 하고 처음부터 거들떠보지도 않는다.
"당신께서도 하나 들어주셔요."
쓰기노스케에게 다가와서 가부도 묻지 않고 족자 두 개와 금은제의 조그만 향로를 앞가슴에 안겨 주었다.
당황스러워하는 쓰기노스케는 아랑곳하지 않고 고이네는 이미 떨어져서 피해야만 될 줄 알고서, 여기서 헤어지겠습니다, 아무쪼록 조심하셔서 피하도록 하십시오, 하고 깍듯이 고개를 숙이고 나서 쓰기노스케를 방 입구까지 전송했다.
"사람을 어떻게 보는 거냐. 무사인 내가 먼저 달아나란 말이냐?"
쓰기노스케가 말했으나 고이네는, 당신께서 무사이든 아니든 이 방에서는 통하지 않는 말씀, 방에서 제가 주인이며, 주인의 법을 따라 줘야 합니다, 라고 잘라 말했다.
'큰소리치긴······.'
쓰기노스케는 손님으로서 먼저 방을 나서고 고이네는 주인으로서 배웅을 나왔다.
복도는 이미 연기로 꽉 차 있다. 쓰기노스케는 거칠게 고이네의 손을 끌었다. 고이네는 끌리는 대로 자연 종종걸음을 쳤다. 이렇게라도 하지 않으면 그녀는 뛰려고 하지 않을 것으로 쓰기노스케는 생각했던 것이다.
한길에 나왔을 때, 이미 불길은 지붕을 뚫고 치솟았다. 몇 초만 늦었더라면 두 사람은 소사(燒死)를 면치 못했으리라.
──엉뚱한 정사를 할 뻔했군.

쓰기노스케는 혼잡한 큰 문을 나서서, 잠시 후 니혼즈쓰미를 내려왔다.
초롱을 들지 않아도 화재 불빛으로 길이 훤하다. 거기서 쓰기노스케는 가마를 잡아타고 학당으로 돌아왔다.
자기 방에서 숨을 돌리고 있는데 사키치 소년이 들어왔다.
"족자로군요."
족자를 보여 달라고 했으나 쓰기노스케는 고개를 저었다.
"보관물이야."
열흘쯤 지나서 쓰기노스케는 화재 소동이 가라앉았을 거라 생각하고 요시와라에 다시 가보았다.
야마구치 도모에의 찻집은 불을 면했기 때문에 이나모토 루의 가족들은 이 집을 피난처로 하고 있었다.
집 안으로 들어가 현관 마루에 앉아서 고이네를 불렀다. 고이네가 나와 앉자 곧 보관물을 돌려주었다.
"고맙습니다."
고이네는 가볍게 고개를 숙이기만 하고 더이상 말이 없다. 요것 봐라, 쓰기노스케는 기가 찼다.
"내가 어디 사는 누군지도 모르는데 만약 갖고 달아나면 어쩔 셈이었나?"
그러자, 고이네는 티 없는 미소를 지었다.
"저는 가지고 달아날 분에게는 부탁하지 않아요."
쓰기노스케는 할 말이 없었다.

출진

이 해는 안세이(安政) 6년(1859년)이다.
에도(江戶) 연표에 다음과 같이 씌어 있다.
7월 18일, 러시아 사절의 군함, 시나가와 앞바다에 이름.
동 24일, 미타 다이추 사(三田大中寺)에 투숙함.
"막부에선 대단한 소동이 벌어지고 있는 모양이야."
학당에서도 이런 소문이 나돌았다.
 문하생 30여 명이 모두 제후들의 에도 번저(藩邸)에 소속되어 있기 때문에 정보는 비교적 빠르다.
 사키치 소년만이 소속된 번이 없지만, 원체 몸이 날렵했기 때문에 그는 일부러 시나가와까지 구경을 갔다 왔다.
"네 척입니다."
 시나가와 만 앞바다에 들어온 것이 네 척이고, 가나가와 항(神奈川港)에도 세 척이 와 있어서 모두 일곱 척이라고 했다. 대함대라 할 만하다.
 이젠 세상 사람들도 외국 군함에는 놀라지 않는다. 6년 전 가에이(嘉永) 6년에 미국의 페리 제독이 동양함대를 거느리고 왔을 때는 온 일본이 발칵 뒤집혔었다.

그 후 이이(井伊) 최고집정관이 천황의 윤허는 받지 않았으나 미국, 영국, 네덜란드, 프랑스, 러시아 등 5개국과 조약을 맺고, 가나가와(실제는 요코하마)를 개항했기 때문에, 사람들은 이제 외국 군함이 와도 그다지 놀라지 않는다.

그러나 이번의 러시아 함대의 경우는 군함의 수가 약간 많다.

"그렇게 많은 군함을 거느리고 왔다면, 요구 조건이 크겠지."

쓰기노스케는 이렇게 말했으나, 그렇다고 다른 양이주의자들처럼 밖으로 드러내어 격분하지는 않았다.

"가와이님은 왜 노하시지 않습니까? 이 몸은……"

사키치 소년까지 칼을 움켜쥐며 잔뜩 흥분했다. '이 몸'이니 하는 지사들의 유행어를 쓰는 것도, 사키치 소년이 이때의 소용돌이에 말려들기 시작했다는 증거이다.

"이 몸은, 러시아 배에 쳐들어가서 일본도의 위력을 한 번 보여 주고 싶습니다."

"그걸로 끝나는 거지."

쓰기노스케는 코웃음을 쳤다. 그는 가슴속에 기약하는 바가 있어서, 문하생들이 자살적인 양이론을 터뜨리면 깨끗이 자리를 뜨곤 하였다.

"이째시오?"

사키치가 묻자, 이기지 못해, 하고 일축해 버린다. 급한 것은, 그들과 대등한 승부를 할 수 있도록 대포와 군함을 갖추는 일이다. 그 전에, 대포와 군함을 만들어 낼 국가를 만들어야 한다. 아니 그 이전에, 어떻게 하면 일본을 제후 체제의 현상을 유지하면서 그러한 체제로 전환시킬 수가 있는지, 그 방법을 찾아야만 한다. 그것이 급선무이며, 자기가 주야로 노심초사하는 점이라고 쓰기노스케는 말한다.

"나는 그런 머리를 가지고 있다. 이 자리에 오다 노부나가(織田信長)나, 우에스기 겐신(上杉謙信)이나, 도요토미 히데요시(豊臣秀吉)나, 도쿠가와 이에야스(德川家康)를 데리고 온대도 모두 나와 같은 생각을 할 거다. 그들은 지금의 지사라는 무리들처럼 일본도를 쥐고 시나가와까지 달려가는 헛수고는 하지 않을 게다."

그 후 열흘쯤 지나서, 러시아인이 막부 요로에 제시한 요구가 밝혀졌다.

──사할린(樺太)을 내놔라.

그동안 숱한 외국 사절이 왔으나 모두 무역을 강요했을 뿐이지 영토를 내놓으라는 상대는 없었다.

러시아 제국의 사절은 시베리아 총독인 무라비예프 백작이었다.

그가 일곱 척의 대함대를 이끌고 사가미 만(相模灣)에 나타나, 다시 기함 외의 네 척을 몰고 시나가와 앞바다까지 이르러 닻을 내리자, 막부의 각료들은 놀라서 우선 외국 담당 행정관을 보내어 온 뜻을 물었으나 무라비예프는 나타나지도 않고 통역관을 통해 말을 전해 왔다.

"나는 러시아 제국의 귀족으로서, 황제의 명에 의해 이 나라에 사절로 온 것이니, 응당 상응하는 예우를 하라."

일본 막부의 외국 담당 행정관이란 자기네 나라 성의 과장 정도에 불과하다는 것을 그들은 이미 알고 있었다.

게다가 그들은, 일본의 막부에 대해서는 위협 외교가 가장 효과적이라는 것을 지난번 페리 제독의 성공을 보고 알고 있는 것이다.

미국의 페리는 그때까지의 열강의 외교가 온건한 태도로 쇄국의 불리함을 납득시키는 방법이 모두 성공하지 못한 것을 깨닫고, 대함대를 도쿄 만에 몰고 와서 시위함으로써 일본인을 위협했고, 막부의 하급 관원이 찾아와도 만나지 않고, '대군폐하(大君陛下 : 도쿠가와 장군의 국제적 호칭)나 그 권한을 대행할 자만을 만난다'고 선언하여 일을 성사시켰던 것이다.

그의 성공은 유럽 여러 나라의 극동 담당 외교관들 사이에 일본을 대하는 하나의 통념을 만들어 주어, 러시아의 무라비예프도 그것을 크게 참고로 해서 나타났다.

결국 막부에서는 정무감독관을 내보내기로 했다. 이만하면 차관과 국장을 겸한 고관이니 무라비예프도 만족하리라.

면담에 나선 사람은 정무감독관 엔도 다지마노카미(遠藤但馬守)와 사카이 우쿄노스케(酒井右京亮) 두 사람이었다.

회견 장소는 가나가와 항에 있는 러시아 영사관이다. 무라비예프는 크게 만족해서 요리와 좋은 술을 내어 두 사람을 접대한 다음, 이윽고 용건을 꺼냈다.

"우리 러시아 제국은 이번에 청국(淸國)에 요구하여 흑룡강 일대의 땅을 할애받는 데 성공했소. 참고로 말씀드리자면, 이 땅은 우리 러시아 제국의 영구 영토가 된 거요.”

무라비예프는 붉은 얼굴에 흰 수염을 기른 거한으로, 눈을 똑바로 뜨고 가슴을 펴면서 두 일본 고관을 우선 육체적인 위용으로 위압하려 했다.

어린애 장난 같은 수작이지만, 중국에 대한 외교가 이것으로 성공한 이상, 일본인에 대해서도 유효하리라 생각했던 모양이다.

약간은 유효했다. 아니 그보다도, 엔도와 사카이는 요구 내용에 전율을 느꼈다. 중국이 그토록 광대한 땅을, 단순한 공갈만으로 내놓았다는 것이다.

이어지는 논법은 무법이었다.

“그러니 귀국도 사할린을 내놓아라.”

그 이유는, 새로 러시아 영토가 된 흑룡강 연안 지방과 사할린은 해협 하나를 사이에 둔 근접지이다. 가깝기 때문에 꼭 필요하며, 귀국도 마땅히 러시아에 협력해야만 된다는 것이었다.

무라비예프는 말을 계속했다.

사할린은 일본 영토라 하지만, 그 영토권이 매우 모호하다. 왜냐하면, 일본 어부가 활동하고 있는 곳은 최남단의 아니와 항뿐이며, 사할린 지역에 일본인이 살고 있는 것은 아니다.

그 어업권은 권익으로서 존중한다. 그러나 영토 그 자체는 내놓으라는 것이다.

——이런 경우가 있나!

엔도와 사카이는 서로 얼굴을 쳐다보았다.

횡포도 이만저만이 아니다.

이 러시아 황제의 사절은, 남의 집(중국령의 흑룡강 연안)을 탈취한 끝에 그 건넛집(사할린)까지를 내놓으라며 정면으로 요구하고 있다. 경우고 뭐고 아무 것도 없다.

물론 러시아인도 유럽의 외교 무대에서는 이런 날강도 같은 말은 차마 꺼내지도 않았고 또한 통하지도 않는다. 그들에게는 유럽만이 원리 원칙이 통하는 세계이며, 아시아에서는 무력과 공갈로 무슨 일이든 다 통한다고 믿고 있다.

이런 사상은 거의 신앙처럼 되어 있다.

‘양이 지사들이 들고 일어나는 것도 무리가 아니다.’

막부의 두 고관은, 차라리 막부를 괴롭히고 있는 양이 지사들과 오히려 얼싸안고 싶은 충동을 느꼈다.

이미 저녁때가 되었다.

"일이 국가의 중대사인만큼, 막부로 돌아가 상부와 상의하여 회답을 드리겠습니다."

두 사람이 이렇게 말하자 무라비예프는 그건 안 되오, 그건 안 돼, 하고 외치면서 큼직한 손을 내저었다.

"이 자리에서 즉각 결정하시오."

"당치도 않은 말씀이오."

사할린을 이 자리에서 러시아 영토로 넘겨주는 얘기를 정무감독관이 어떻게 결정한단 말인가.

그러나 러시아의 백작은 마치 일본인이 어린아이이기나 한 것처럼, 일이 빠를수록 좋다고 으르고 빰치기를 한다.

엔도 다지마노카미는 오우미 미카미(近江三上) 1만 섬의 영주이며, 사카이 우쿄노스케는 에치젠 쓰루가(越前敦賀) 1만 섬의 영주이다.

두 사람이 다 유능하지는 않지만, 영주 출신인만큼 거동이 우아하고 좀처럼 화를 내지 않기 때문에, 실례되는 거친 언동은 보이지 않았다.

"그 점은 아무래도……."

미소를 지으며 무라비예프에게 그릇됨을 깨우쳐 주려 했다.

그들이 만약 사쓰마나 조슈 또는 도사의 시골 무사였다면, 격분한 나머지 무라비예프를 베어 버렸을 것이다.

무라비예프는 두 사람의 우아한 미소가 그가 알고 있는 동양인 특유의 무지와 나약과 면종복배(面從腹背)의 표현이라 보고는 더욱더 소리를 높여 떠들었다.

"무례하오!"

기가 차는 논법이다. 자기는 러시아 황제의 사절이며, 대 러시아 제국의 귀족이다. 자기와 대등한 신분을 가진 사람을 보내라 했더니, 당신들 둘이 왔다. 당연히 일본 정부의 대표가 되는 인물이다. 그런 인물이 이 자리에서 결정을 못하고 돌아가서 나중에 어쩌고저쩌고 하는 것은 말이 안 된다.

이런 주장이었다. 무라비예프의 등 뒤 바다에는 일곱 척의 함대가 있다. 두 정무감독관은 그 무력에 대해 깍듯이 몸을 낮추어 일단은 무라비예프를 에도까지 와 달라는 것으로 이야기의 매듭을 지었다.

그들이 에도에 온 것은 24일이었다. 막부는 니시쿠보(西久保)의 덴토쿠사(天德寺)를 그들의 숙소로 정해 주고, 26일부터 정식 담판을 시작했다.

8월에 접어들어도 결말이 나지 않았다.

이 담판의 경과를 전해들은 시모쓰케모 오카(下野眞岡)의 향사 고바야시 고하치(小林幸八)라는 앳된 얼굴의 사나이가 쓰기노스케의 학당에 놀러 와서 자신이 처치할 것이라며 친구인 듯한 학당의 문하생 두세 명에게 동조를 구했다.

이때 쓰기노스케는 우연히 그 방에서 발톱을 깎고 있었다. 등 뒤로 고바야시의 말을 들으며 '이런 자가 무섭다' 하고 느꼈다. 정말 일을 저지를 것 같다. 고바야시는 입매가 어린애같이 앳된 얼굴이었다. 그가 격해서 터뜨리는 말은 의견이라기보다는 외침이었다. 자신의 논리를 칼 하나로 관철시키려는 생각이다.

"가와이님."

고바야시는 돌아앉았다. 고바야시도 이 고가학당에 가끔 놀러 오기 때문에 학당의 명물인 쓰기노스케의 이름을 알고 있다.

"당신도 양명학도(陽明學徒)인 이상 오랑캐의 횡포를 보고, 앉아서 발톱만 깎을 때가 아니잖소. 일당에 가담하시오."

"적은 군함이 일곱 척이야."

딱 하고 발톱이 튀었다.

"그것이 무섭습니까?"

"딱하군. 적은 일곱 척이나 군함을 몰고 와 있소. 무섭지 않을 리가 있소?"

"당신도 일본 무사요?"

"더욱 딱하군. 당신의 이론은 도적의 변명이란 거요."

"도적의?"

고바야시는 발끈했다. 그러나 쓰기노스케의 표정에는 말과 같은 독기가 없었기 때문에 주먹을 휘두를 수도 없다.

"내 설명하리다."

쓰기노스케는 말한다.

사람은 누구든지 재물을 원하지만, 백 명 가운데 아흔아홉까지는 도적이 되지 않는다. 도적이라는 것은 어린애의 본능을 지니고 있어서 원하는 것은 무엇이든 손을 뻗쳐서 그것을 잡고 있다. 도적뿐만 아니라 거리의 무뢰한도 마찬가지이다. 하지만, 백 사람 가운데 아흔아홉 사람의 정상적인 사람은 그 재물을 얻기까지에는 어렵고 숱한 곡절을 겪어야만 된다는 것을 알고 있다. 장사를 한다든가, 기술을 익힌다든가 혹은 쓸 돈을 안 쓰고 절약한다든가, 정말 인간이란 위대한 거야."

"그것과 이 일이 무슨 상관 있다는 거요?"

"크게 있지. 러시아인의 횡포를 보고 분통이 터진다면 이쪽도 군함을 만들어야지. 일곱 척은 고사하고 스무 척은 만들어야 해."

"요원한 소리요."

"그것이 도적의 구실이라니까."

"군함 스무 척을 만드는 동안에 일본이 망하면 끝장난 게 아니오!"

"오랑캐를 열이나 스물쯤 죽이면 일본이 산단 말이오?"

"응징하는 거요."

"이야기의 씨가 안 먹히는군. 지금 일본을 구할 방법을 논하는 것이지, 이 국인을 응징할 것을 논하는 것은 아니잖소."

"난 응징할 것을 말하고 있소. 일본의 무사가 어떤 기백을 가졌는가를 러시아의 해적 놈들에게 보여 주려는 거요. 가와이님은 그래도 가담하지 않겠소?"

"내 목숨은 자객이 될 정도로 값싼 것은 아니오."

쓰기노스케는 튀어나간 발톱을 주워 모으면서 말했다.

"장차는 나가오카 번 7만 4,000섬을 걸머져야만 하오."

"가와이 쓰기노스케는 그 정도의 사내요?"

"그렇소. 왜, 작소?"

"작아!"

"흥."

쓰기노스케는 가볍게 웃었다.

"당신들은 일의 대소를 모르오. 일의 크고 작은 것은 달인이 되어야만 겨우 아는 거요. 난 달인은 아니지만, 그렇게 되려고 노력하는 중이오."

고바야시는 혀를 차며 입을 다물었다. 아무래도 상대하기가 거북한 사내임을 깨달았기 때문이다.

며칠이 지나서 러시아인 장교가 살해되었다는 변보가 들려왔다.
'고바야시 녀석, 기어이 해치웠구나.'
쓰기노스케는 이렇게 생각했다. 틀림없는 고바야시의 소행이리라.
살해한 장소는 가나가와의 개항지 요코하마였다. 살해된 자는 장교 한 사람과 수병 두 명이었다.
"무시무시했습니다."
그 날 저녁 사키치 소년이 쓰기노스케의 방에 와서 나직한 목소리로 말했다.
"아니, 사키치. 너 그 녀석들에게 가담했느냐?"
"천만의 말씀이에요."
"그럼 어떻게 아느냐?"
"재판장 같군요."
사키치는 쓰기노스케의 강한 말투에 주춤했다.
"후일 참고가 될까 해서 따라가 보았습니다."
고바야시는 고가 학당에서는 동지를 얻지 못하고 결국 간다(神田)의 검술 도장인 지바 슈사쿠(千葉周作)의 문하에 있는 친구 두 사람을 끌어낸다. 이 당시 에도에서 양이열이 가장 고조되어 있는 곳이 지바 도장이었으며, 그 문하에서 이듬해에 사쿠라다 문(櫻田門)의 습격자가 한 사람 나왔다.
사키치 소년이 입회인으로서 따라가고 싶다고 하자, 고바야시께는 쾌히 승낙을 했었다. 그래서 요코하마로 갔다.
이 거리는 불과 한 달 전까지만 해도 인가가 50호 정도밖에 없는 어촌에 지나지 않았는데 지난달 이 날에 그곳이 개항장으로 지정되고서부터 날로 내외국의 상점이 늘어나 이젠 시가지를 형성하고 있었다.
번화가는 혼마치 거리(本町)와 벤텐 거리(辯天通)의 두 곳으로 서양 상점과 일본 상점이 점포를 벌이고 저마다의 상품을 팔고 있다.
서로 무엇을 찾고 무엇이 팔릴지 몰라서 일본인 상점은 우선 칠기와 도기, 동기(銅器), 일용 잡화, 포목 따위를 내다놓고 외국 상점은 모직물과 시계, 잡화 따위를 내놓고 있었다. 이 두 거리의 뒷길과 옆길에는 주민들을 위한 생선 가게와 야채 가게가 있었다.
각처에서 맨주먹으로 모여든 사람이나 떠돌이 중국인들은 가게를 차릴 밑천이 없기 때문에 밤에 노점을 내고 있었다. 이런 노점은 거리의 끝까지 뻗어 있어서 날마다 마치 축제일처럼 번잡을 이루고 있었다.

앞바다에 러시아 군함이 정박하고 있었다.

고바야시패는 낮에는, 상륙병의 제복을 기억해 두고 밤을 기다렸다. 밤이 되자 노점가를 어슬렁어슬렁 구경했는데 마침내 러시아 군함의 승무원으로 보이는 무리들이 나타났다.

사관이 둘에다 수병이 다섯이다.

'수가 좀 많구나.'

고바야시는 동지 두 사람을 생선 가게가 있는 옆 골목으로 숨으라 하고, 혼자서 한길에 나가 그들이 다가오기를 기다렸다.

그들이 바로 코앞에 다다르자 고바야시는 크게 재채기를 했다.

그것이 신호이다.

우르르──실은 두 사람이지만──동지가 달려 나와 번개같이 두 사람을 베었다. 그들이 비명을 지르며 도망치려 하자 고바야시가 호통 소리와 함께 숨통을 완전히 끊어 놓았다.

그러고는 고바야시패는 흩어져서 어둠 속으로 자취를 감추었다.

이들은 시나가와에서 그 날 밤을 새우고 이튿날 아침 에도로 돌아왔다.

사건의 전말은 이랬다.

외국인 암살 사건은 그 후 꼬리를 물고 이어져, 막부 말엽의 정국을 뒤흔들었는데 이것은 그 최초의 사건이었다.

따라서 소동도 컸다.

여담이지만 메이지(明治)에 들어와서 신문 기자 노릇도 하고 극작가 노릇도 했던 후쿠치 오우치(福地櫻痴)는 이 당시 막부의 통역관으로 요코하마에 나가 근무하고 있었다. 그 날 밤 10시, 세관으로 모이라는 전갈을 받고, 급히 사택에서 달려갔다가 사건을 알게 되었다.

현장에 하수인의 것으로 보이는 회색 하오리(羽織) 한 벌과 미투리 한 짝이 버려져 있을 뿐, 그 이상의 단서가 없었다.

결국 하수인은 찾지 못하고 말았다. 고바야시는 그 후 미토 덴구 당(水戶天狗黨)에 들어가 다케다 고운사이(武田耕雲齋)의 난에 참가했다가 에치젠(越前)에서 체포되어 쓰루가(敦賀)에서 참수되었다.

목을 잘리기 직전 이렇게 막부 관리에게 알리고 죽었다.

"그 사건은 내가 한 짓이다."

아무튼 요코하마는 벌집을 쑤셔놓은 듯했다. 러시아 공사만이 아니라, 영국, 네덜란드, 프랑스 등 조약의 가맹국들이 모두 들고 일어나, 공동의 문제로서 영국 공사 올콕이 대표로 에도에 가서 막부에 항의하는 한편, 저마다 육전대(陸戰隊)를 상륙시켜 시중을 경비시켰다. 그러면서 다시 상해의 동양 함대 기지에 요청하여 증원병을 보내라고 법석을 떨었다.

——이러다간 전쟁이 벌어질지도 모르겠다.

막부는 긴장한 나머지, 몇몇 제후들에게 만일의 경우에 대비하여 요코하마를 경비하라는 명을 내렸다.

때는 이미 가을이었다.

가을이 되기 전 8월 초순의 어느 날, 쓰기노스케가 학당에서 송나라의 명신 이충정(李忠定)의 저서를 읽고 있는데, 번저에서 사람이 와서 서신을 전했다.

공무이니 즉시 출두하라는 사연이었다.

"무슨 일일까?"

고개를 갸우뚱거려 보았다. 일개 서생인 자기에게 번에서 공무가 있을 리 없다.

"예복을 입어야 하나?"

"아뇨. 중신께서 부르시는 겁니다."

곧 번저로 달려가니 에도 주재 중신들이 모두 모여 있었다.

"주군의 명으로 부른 거요. 이번에 막부에서 우리 번에 요코하마 경비 명령을 내렸소. 그대가 그 임무를 재량토록 하오."

말하자면 경비대장이 되라는 것이다.

일개 서생에게 그러한 군사 임무를 명한다는 것은 이례적인 일이거니와, 요컨대 에도 번저에는 정작 싸움이 벌어지면 군사를 지휘할 장재(將才)가 없다는 결론이 나온다.

"삼가 받들도록 하오."

'거절하자'는 생각을 했다. 쓰기노스케로서는 막부의 요코하마 경비 그 자체가 어리석다. 만약 전투가 벌어지면 적의 함포와 야포 그리고 신식총 앞에 비참한 패배를 겪고 말 것이다. 그것을 이길 만한 군비를 갖추지 않고 공연히 인원수만 채워 내보낸다면, 나라의 수치를 세계에 퍼뜨릴 뿐이라고 생각했다.

그러나 무사는 주명을 거역하지 못한다.

"한마디 묻겠습니다. 그 재량에는 생살여탈권(生殺與奪權)이 부여되는 것입니까?"

즉, 부하를 죽여도 되는 권한을 갖느냐는 질문이다. 중역들은 당황해서 고개를 내저었다. 없다는 것이다.

"주명이오."

중역 하나가 말했다. 무엇이 주명이라는 거냐, 자기들 멋대로 적당히 협의한 일이 아니냐.

그렇다고 그런 말을 할 수는 없다. 지껄여도 구차한 구실밖에 안 된다. 전국시대와는 달라서 이 무렵의 주명은 조직의 명령이라 할 수 있었으니, 중역들도 그릇된 말을 하는 것은 아니다.

그릇된 것은 아니지만, 쓰기노스케는 조직 그 자체가 비위에 안 맞는다.

모두들 문벌에서 나온 자들로 부전자승(父傳子承)으로 중역 자리에 앉아 있다. 위는 막부로부터 아래는 조그만 번에 이르기까지 모두 그렇다. 둔한 머리와 해이해진 직무 감각으로 날마다 무사안일만 바라고 있다.

어리석은 자의 극락세계이다.

일찍이 쓰기노스케는 봉건 문벌제라는 것을 이렇게 생각하고 있었다.

이를테면 번의 방침은(막부도 마찬가지이지만) 같은 직에 반드시 복수의 인원이 있어서 책임의 소재라는 것이 모호했다. 일단 일이 생기면 연기처럼 문제를 우물우물해 버린다. 꼭 마법 같은 조직인 것이다.

하지만 주명만은 거역할 수가 없다. 그래서 한 가지 조건을 붙였다.

"부하에 대한 생살여탈권만 부여하신다면 맡겠습니다."

전결권이 없이는 제대로 군사 활동을 못한다.

"그렇지 않다면, 아무래도 명을 받들 수가 없습니다."

이것을 끝까지 주장했기 때문에 결국 이 주명은 엉거주춤해지고 말았다.

쓰기노스케는 씁쓸한 표정을 짓는 중역들을 무시하고, 번저를 나와 학당으로 돌아왔다.

이 날 학당에서는 마침 글짓기 모임이 있었다. 쓰기노스케가 들어서니 고가 선생이 오랜만에 상좌에 나와 앉아 있었다.

"공무의 주명은 무엇이었는가?"

고가 선생이 물었다.

쓰기노스케는 자초지종을 이야기했다. 듣고 난 고가 선생은 눈살을 찌푸리며 입을 떼었다.

"그건 그대가 잘못이야."

고가 선생의 말에 의하면, 나라의 사변에 즈음하여 일개 서생을 발탁해서 요코하마 경비의 대임을 맡긴다는 것은 여간한 일이 아니다. 그것을 가벼이 거절한다는 것은 있을 수 없는 일이라는 것이다.

"조상 대대로 큰 은혜를 입고 있는 주군의 명을 너무 경시하는 것은 옳은 일이 아니야. 그렇지 않은가?"

고가 선생은 거듭 물었다.

쓰기노스케는 즉각 반박했다. 사제지간의 토론이라기보다, 이 문제는 쓰기노스케에게는 삶의 중대사였다.

"제 생각으로는, 사람이 세상에 처하는 데 가장 중요한 것은 출처진퇴(出處進退), 이 네 가진 줄 압니다. 이 가운데서 나서는(出) 일과 나아가는(進) 일은 윗사람의 도움을 요하는 것이지만, 집에 있는 일(處)과 물러나는(退) 일은 남의 힘을 빌리지 않더라도 자신이 할 수 있는 일이 아니겠습니까. 제가 오늘 중임을 거절한 것은, 물러나 집에 있겠다는 것으로서 제 스스로 결정할 일이었습니다. 제 소신껏 한 일이므로 천지에 부끄러울 바가 없는 줄 압니다."

"음, 과연 가와이는 대장부야."

고가 선생은 자기의 의견을 즉시 거두고, 제자의 의견을 따랐다.

그로부터 3일이 지났다.

다시 번저에서 사람이 왔다.

──주명으로 부르오.

쓰기노스케는 즉시 출두했다. 번에서는 어떻게든 쓰기노스케를 등용하려 하는 것 같다.

사키치 소년은 쓰기노스케의 거동을 지켜보고 있었다.

'또 주명으로 호출당했구나.'

이런 생각을 하고 있는데, 점심때쯤 벌써 학당으로 돌아오더니, 자기 짐을 정리하기 시작했다.

짐이라 해야 책을 넣는 조그만 가죽 손가방 하나뿐이었다. 쓰기노스케는 가방에 몇 권의 책을 넣고는 바지 자락을 탁탁 털었다.

"어떻게 되신 거예요?"

"간다."

"어디로 가세요?"

"넌 뭐든지 묻는구나."

"걱정이 됩니다."

"내가 그토록 이상한 동물로 보이나?"

"그 점도 있습니다만, 가와이님은 제 스승이시니까요."

"변명으로 지금부터 요코하마에 간다."

"역시."

사키치는 어른처럼 고개를 끄덕였다.

"그럼, 그 생살여탈권을 번에서 부여한 거군요."

"이 녀석."

쓰기노스케는 사키치의 볼을 손가락으로 한번 퉁겨 주었다. 어른스럽게 구는 사키치의 얼굴이 우스웠던 것이다. 그러나 그래, 허락되었다, 하고 진지하게 대답해 주었다.

"만약 영국이나 러시아가 발포를 한다면 어쩌시렵니까?"

"나도 그 점을 생각하고 있다."

"싸우십니까?"

"물론이지. 나도 일본 남아란 말이다."

"그럼 어째서 생각하신다고 하셨습니까?"

"그건 별개의 일이야."

쓰기노스케는 사키치와 헤어져서 문하생의 급장격인 요네자와(米澤) 출신 번사 오다기리(小田切)의 방을 찾아가, 사정을 이야기했다.

"선생님께 그렇게 좀 전해 주게."

고가 선생은 관아에 나가 있었기 때문에, 귀가를 기다릴 여유가 없었던 것이다.

"알겠네. 오랑캐의 목이나 선물로 갖다 주게."

"경박한 위인이군."

쓰기노스케는 내뱉듯이 말했다. 그는 이 오다기리라는 자가 어쩐지 싫었다.

전일에 학당의 문하생 대여섯이 신주쿠(新宿) 너머에 있는 긴세카이(銀世

界)에 매화꽃 구경을 간 적이 있었다.
 돌아오는 길에 오다기리의 제안으로 근처 요정으로 들어갔다. 모두들 이층에서 술을 마시고 밥을 먹었다. 나중에 계산할 때가 되자 오다기리는 품에 손을 넣더니 돈 주머니를 만지는 시늉을 하면서 말했다.
 "이거 내가 가진 것은 금화뿐인데 잔돈이 없으니 누가 좀 대신 치러 주게."
 사실 돈이 없었는지도 모르지만 인색해서 그랬으리라. 악인은 아니었으나 이 사람에게는 그런 버릇이 있었다.
 쓰기노스케는 그런 점을 용서할 수가 없었다.
 "좋아, 내가 계산하지."
 주머니를 꺼내어 하녀에게 셈을 한 다음, 오다기리를 보고 잘라 말했다.
 "단, 자네 몫은 계산 못해."
 결국 오다기리를 그 요정에 남겨 놓고, 모두들 밖으로 나오고 말았다.
 이것이 쓰기노스케의 논리였다.
 "어째서 이국인의 목을 선물로 달라는 게 경박한가?"
 "그토록 필요하면 네 자신이 베어 오면 되잖나. 그 뜻을 알겠나?"
 쓰기노스케로서는 지난번 요정에서 계산할 때와 같은 성질의 일인 것이다.

 쓰기노스케는 학당을 나와 번저로 가는 도중 생각에 잠겼다.
 이 세상을 움직이는 자는 미치광이가 아니면 무능력자뿐이다. 하는 일들이 모두 얼빠진 짓이다.
 '제도가 나쁘다.'
 정말 행정 제도가 나쁘다. 세상의 구조도 나쁘다. 이런 고루한 봉건제도로는 인물이 나올 수가 없고, 나온대도 아무 일도 못한다.
 요코하마 경비를 가서 어쩌라는 말인가.
 영국을 위시한 5개국 공사들이 막부 요로에 공갈을 치고는 있으나, 쓰기노스케가 간파한 바로는 가에이(嘉永) 이후로 이국인들의 태도를 보면 전쟁을 할 생각은 거의 없다. 일본과 장사를 하고 싶을 따름이다. 전쟁을 할 작정이면 처음부터 태도가 달랐을 것이다.
 '그런데도 막부는 꼭 겁먹은 말과 흡사하다.'

사사건건 옴찔옴찔한다. 옴찔거리기 때문에 놈들은 공갈을 친다. 공갈이 안 통하는 상대라면 놈들도 다른 태도로 나오겠지.

'쓰러뜨려야 해.'

쓰기노스케는 문득 생각한다. 이런 정치 체제를 말이다. 이런 약해빠진 정치체제를 일본이 가지고 있는 한, 마침내는 외국의 밥이 되고 말리라.

'내가 서부 제후의 땅에 태어났다면 반드시 그렇게 하겠다.'

말하자면 근왕 도막(勤王倒幕)의 지사가 되었을 것이다.

조슈 번과 사쓰마 번 따위는 도쿠가와 가문의 방계 제후들로서 도쿠가와 집안에 대한 은혜와 의리가 희박하다. 지난날 난세(亂世)에 역량의 차이로 어쩔 수 없이 도쿠가와 집안에 굴했을 뿐이다.

그들이 천하를 근심할 때는 당연히 이 썩어 빠진 막부 체제를 일소하고 새로운 통일국가를 만들어, 그것으로 외적을 막으려 하리라.

'그러나 나는 그럴 수가 없다.'

그의 번은 누대(屢代)로 도쿠가와를 섬겨 온 번이다. 마키노(牧野)씨는 전국시대 때 미카와 우시쿠보(牛久保)의 작은 토호로서 일찍부터 도쿠가와 이에야스의 휘하에 들어가, 이에야스의 창업을 도와 도쿠가와 십칠장(十七將)의 한 사람으로서 모든 싸움에 참가했었다. 이에야스가 대업을 성취하자 그 공에 의해 마키노씨는 영주가 되었다.

방계 영주와는 달라서 누대의 영주란 도쿠가와 집안의 청지기이다. 그 청지기의 부하인 쓰기노스케가 서부 출신의 지사들처럼 철저하게 도쿠가와 가문을 부정하는 짓은 못한다.

'그것은 절대로 안 된다.'

이것이 쓰기노스케가 자기 자신을 묶어 놓고 있는 중요한 구속이었다. 무사의 이런 구속이야말로 그 자신을 하나의 남아로 만드는 중요한 조건이라고 쓰기노스케는 생각하고 있다.

그 구속 속에서 열심히 가능성을 찾아야 하고 찾기 위해서 주위와 피투성이가 되어 싸워야만 한다고 생각하였다.

번저에 도착하자 곧 출진 준비를 했다.

전립은 친척한테서 빌렸다. 말을 탈 때 입는 옷은 번저의 친구가 빌려 주었다.

대소의 두 자루 칼만은 자기 것이었다.

만일을 대비해서 칼첨자를 갈아 끼웠다.

칼은 무명(無銘)이었다.

평소 학당의 문하생들이 눈을 크게 뜨고 부러워했을 정도의 물건으로 길이가 두 자 세 치에다 폭이 한 치 두 푼이며, 칼등이 굽었고 칼날 양쪽으로 피가 흐를 수 있는 홈이 패여 있다.

이 칼은 메이지 이후에, 조슈 출신의 육군 중장 마쓰모토 가나에(松本鼎)의 수중에 들어가 세이난 전쟁(西南戰爭)과 청일, 러일의 여러 전장에까지 휴대되어 마쓰모토의 평생 자랑거리가 되었다. 출진하는 번사들은 모두 나가오카에서 불러온 보졸 잡병을 포함한 100명 남짓한 인원이었다.

모두들 의기가 양양했다. 조상 전래(祖上傳來)의 갑옷을 입은 자도 있고, 선조가 오사카의 여름 전투에서 수공(首功)을 세웠다는 붉은 대창을 꼬나잡고 있는 자도 있었다.

'드디어 일본도 나가오카 번도 망하는구나.'

쓰기노스케는 자기 눈앞에서 태양이 떨어지는 듯한 느낌이 들었다.

쓰기노스케는 그들을 번저의 검술 도장에 모으고, 정면에 나가 앉았다.

전진(戰陣)의 격식을 좇아 대장석을 마련해 놓고 거기 앉아 있다. 과히 나쁜 기분은 아니다.

"여러분, 수고가 많소."

쓰기노스케의 말이다.

그러나 그 이상은 말하지 않고, 눈에만 생기를 모았다. 그 얼굴이 섬뜩하여 모두들 숨을 죽였다.

'졌다.'

가슴속에는 외치고 싶은 생각뿐이다. 물론 영국과 그 밖의 유럽의 열강에 대해서다. 번조(藩祖) 때부터 백전백승의 무훈을 자랑하는 나가오카 번도 결국은 오사카 성의 여름 공략 때까지였지, 현대의 세계열강을 어떻게 상대한단 말인가.

왜?

쓰기노스케는 늘 일의 본질을 간파하여 거기서부터 사고를 출발시키는 버릇이 있다.

그는 사쿠마 쇼잔과 고가 긴이치로로부터 산업혁명에 대한 얘기를 들었다.

유럽에서는 증기 기관이 발명되고 다시 그 후 반세기쯤 지나는 동안에 기계문명이 발전하여 국력이 충실해졌으며, 열강들은 서로 자극을 주어 병기를 발달시켜 동양과의 사이에 커다란 차가 생겼다.

그동안 일본은 잠을 자고 있었다. 그 때문에 전쟁을 하는데도 이꼴이다. 300년 전의 무사의 망령이 나타난 것 같지 않은가.

일본과 유럽의 차는 산업혁명으로 생겨났다. 그것뿐이다. 그 점만 따르면 된다고 쓰기노스케는 평소부터 생각하고 있었다.

생각은 하고 있으나 한낱 번사의 신분으로서는 앉은뱅이 용쓰기에 불과하다.

'막부의 각료들이나 번의 중역들은 모두 무지 무능의 비굴한 자들로서 무사 안일을 쫓는 자들이다. 그 무능한 막부 각료가 무지한 번의 중역에게 요코하마 출진의 명령을 내렸다. 번의 중역들은 무조건 막부를 두려워한 나머지 아무런 의견 제시도 못하고 나한테 임무를 뒤집어씌웠다. 그 결과가 갑옷투구와 화승총이라는 이 꼬락서니이다.'

이 무리들을 끌고 가야만 한다.

"가와이씨, 무슨 말씀을 좀……."

곁에 있던 감찰관 한 사람이, 입을 다물고 있는 쓰기노스케에게 한 마디 했다.

"알았소. 말하리다."

쓰기노스케는, 대장인 자기는 생살여탈권을 가지고 있다, 따라서 군령의 비판을 용서하지 않는다, 즉시 영을 따라야 한다고 서두를 떼고는 명했다.

"모두들 그 갑옷투구를 벗어라."

모두들 놀랐다.

쓰기노스케의 설명에 의하면, 그런 장비는 무용지물이라는 것이다.

"모두들 나와 같은 차림을 하라. 창과 총을 꾸려서 먼저 요코하마로 보내라."

기이한 명령이었다.

"그래서야 낭인 무사 집단밖에 더 됩니까?"

"낭인 집단으로 족해. 아무리 조상 전래의 갑옷을 입어도, 서양식 총알 앞에서는 창호지밖에 안 돼."

씁쓸한 표정으로 말했다.

쓰기노스케는 출발했다.

대장인 그만이 말을 탔다. 100명의 대원이 조조 사(增上寺)의 산문 앞을 통과한 것은 점심때를 조금 지나서였다. 이대로 가면 요코하마에 닿을 무렵에는 해가 지리라.

몸집이 작은 쓰기노스케는 안장 위에서 건들거리며 천천히 말을 몰았다.

그는 마술이 그다지 능하지 않다. 오히려 그런 것에 열중하는 것을 싫어하는 성미였다.

소년 시절의 일화 한 토막이 있다.

마술은 번의 사범인 미우라 지부헤이(三浦治部平)에게 배웠다.

미우라는 마술의 달인으로서 권위를 제일로 치는 인물이며, 초심자에게는 좀처럼 말을 태우지 않고 입으로만 가르쳤고, 문하생이 얼마간 수련을 쌓게 되어도 쉽사리 비결을 가르쳐주지 않았다. 가르치고 나면 자기의 권위가 약해진다고 생각했기 때문이다.

이 점은 검술 사범이나 창술 사범도 비슷했다. 쓰기노스케는 무엇보다도 권위자라는 것이 질색이었다.

"고작해야 말이 아닌가. 말은 탄다는 것뿐이다. 타고 일을 보면 그만이다."

그렇게 밀히며 초심자로서의 설명을 들으려 하지 않고, 다짜고짜 말 등에 올라 채찍을 때려 달렸다. 미우라는 크게 노하여 소리쳤다.

"내려와, 멈춰!"

쓰기노스케는 들은 체도 않았다. 매번 그 모양이었다.

사범이 꾸짖자 반항할 뿐이었다.

"난 마술을 깊이 배우고 싶지는 않습니다. 달리는 것과 멈추는 것, 두 가지만 가르쳐 주면 됩니다."

미우라는 끝내 쓰기노스케를 미워해서, 곁에 와도 말조차 하지 않았다.

쓰기노스케의 마술은 그런 정도의 것이다.

이윽고 에도에서의 첫 역참인 시나가와에 들어섰다. 객주집이 길 양쪽으로 있고, 왼쪽 뒤는 바로 바다였다.

역참이라고 하지만 시나가와는 사실상 창녀의 거리이다. 객주 집마다 하녀의 명목으로 창녀를 두고 있으며 그 수가 모두 합쳐서 1,000명이나 되었다.

손님 시중을 드는 하녀라 하지만, 실제의 풍속은 요시와라와 비슷했으며, 그 대신 값이 싸다.

도조 사가미(土藏相模)라는 옥호가 붙은 집 앞에 이르자 쓰기노스케는 얼른 말에서 내려 말고삐를 마부에게 넘겨주고는 그 집 안으로 들어가 버렸다.

행전도 풀고 윗옷도 벗어 평복 차림을 하고는 이층 방으로 대(隊)의 우두머리격인 자들을 불렀다.

"난 여기서 기녀와 놀겠다. 요코하마에는 가지 않겠다. 요코하마에 가고 싶은 자는 제 마음대로 가서 지키라고 해라. 나와 함께 창녀를 끼고 놀 생각이 있는 자는 이 집으로 들어오라 하고, 에도의 번저로 돌아가겠다는 자는 돌려보내라."

"농담을 하십니까?"

두 우두머리는 놀랐으나, 쓰기노스케는 즉시 두 사람을 눌러 버렸다.

"명령이다!"

"나는 번에서 생살여탈권을 부여받았다. 거역하는 자는 벤다."

──이럴 수가.

하나, 복종할 도리밖에 없었다. 우두머리 하나가 밖으로 나가 대원들에게 상의하니, 사실이지 창녀를 끼고 놀겠다는 자는 한 사람도 없고, 모두 일단 에도로 돌아간다고 했다.

'가와이님은 할복을 해야지.'

말단 잡병들까지 그렇게 생각했다.

쓰기노스케는 이 사가미집이 처음이 아니다. 사실은 단골 창기도 있었다.

"웬일이세요, 이런 시간에."

단골 기녀인 오요시가 들어오자마자 물었다. 조금 전 노상에서의 문답을 들은 모양이다.

"아무 것도 아냐."

쓰기노스케는 잘라 말하고 술을 청했다.

바다쪽 창문을 열게 하고 혼자서 술을 마셨다. 오요시가 가끔 들어와서 인사치레로 술을 부어 주고 갔다.

바다에 군함이 몇 척 보인다.

'저 군함이구나.'

저 러시아 군함이 사할린을 내놓으라고 억지를 부리러 와서, 그 때문에 상륙했던 사관과 수병 몇 사람이 양이 낭사에게 참살되었지, 하고 생각하니 무심히 바라볼 수도 없었다.

지금쯤은 저 군함에서도 육전대가 요코하마에 상륙하여 경비를 하고 있겠지. 만일의 경우, 그들과 싸우기 위해 쓰기노스케는 주명을 받고 여기까지 온 것이다.

'군함의 모양이라도 봐두면, 다소 임무의 체면이 서겠지.'

오요시가 들어와서 쓰기노스케의 옆에 앉았다.

이곳 시나가와에서는 요시와라처럼 창기들이 한자 이름을 쓸 수가 없어서, 보통 민간에서 부르는 이름을 쓴다.

"저를 만나러 오셨어요, 아니면 군함을 보러 오셨어요?"

쓰기노스케의 무릎에 기대면서 종알거렸다.

"둘 다 보러 왔다."

이건 정직한 대답이리라.

"얼마 전에 소동이 크게 벌어졌더랬어요."

며칠 전 저 군함이 잇달아 공포를 쏘아 대는 바람에, 이 근처 집들의 지붕 기와가 흔들렸다는 것이다.

"무슨 예포(禮砲)였겠지."

쓰기노스케는 사볍게 대꾸했다.

그 날 양이 지사로 보이는 낭인 대여섯 명이 이 집에 묵으며 술자리를 펴 놓고 사뭇 진지한 표정으로 상의하더라고 들려준다.

"밤중에 작은 배를 몰고 쳐들어가자."

"실제로 그리 했다는 소문도 없잖나."

쓰기노스케는 중얼거리듯 말했다.

그들의 대부분은 헛소동뿐이고 대단한 일도 못하는 주제에 기염만은 크게 토했던 것이다.

"대포는 어느 정도였나?"

"이 건넛집 시라키야(白木屋)는 미닫이 문살이 떨어져 나갔다고 하더군요."

"부럽군그래."

"시라키야가 말입니까?"

"러시아가 말이지."

출진 323

문살을 뺄 만한 대포를 가졌느냐 안 가졌느냐에 따라, 지구상의 민족은 강약 두 계급으로 나누어진다.

"에치고 나가오카 7만 4,000섬도 그런 대포와 군함이 필요하구나."

"없어서 밸이 뒤틀리시나요?"

이 오요시란 기녀는 번의 중역들보다 총명한 것 같아서, 쓰기노스케의 마음 한구석을 알아맞혔다.

"아까 우리집 하인들이 말하기를"

오요시는 걱정스레 말했다. 자기 집 하인이 한길에서 대원들이 지껄이는 소리를 들었다는 것이다.

"가와이님은 에도에 돌아가시면 할복을 하셔야 된다나요."

"아마 십중팔구 그렇게 될 거야."

"왜 그런 짓을 하세요?"

"술이나 따라."

오요시에게 설명할 수도 없는 일이다. 요는 할복을 건 기행(奇行)을 연출해 보이지 않으면, 중역들은 눈을 뜨지 않는다는 생각에서, 쓰기노스케는 이 어처구니없는 연극을 꾸민 것이다.

한편, 에도의 번저로 돌아간 대원들은 중역들이 묻는 대로 사실을 말하지 않을 수 없었다.

"그래서 가와이는 어디 있는 거야?"

"시나가와의 창녀 집에 있습니다."

"저런 놈이 있나!"

모두들 입을 딱 벌리고 말았다. 이윽고 노무라 오이리(野村織居)란 자가 중얼거렸다.

"고금에 이런 얘기는 처음 듣는군. 가와이는 할복을 면치 못할 거야."

에도 번저 중신인 마키노가 혀를 찬다.

"대체 그 녀석은 어쩌자고 그토록 계집을 좋아하지."

"그렇지도 않을 겝니다."

변호해 주는 사람은 나고야 군베에(名兒耶軍兵衛)라는 인물이다.

"아무리 여자를 좋아한대도, 창녀집 앞에서 요코하마에 가는 것을 중지하고 대를 해산시켜 자기 혼자 들어가 버릴 만큼 여자를 좋아하지는 않는다고 봅니다. 그 나름대로 무슨 까닭이 있을 겝니다."

"계집질하는 놈에게 까닭은 무슨 까닭이 있을라구."

의론이 분분했으나, 아무튼 쓰기노스케가 귀번하거든 심문한 다음에 할복을 시키든지 하자는 결론을 내렸다.

이튿날 점심 전에 쓰기노스케가 불쑥 나타났다.

번저를 들어서니 문지기까지 외면을 한다. 웃음을 참는 것이 아니면, 할복을 동정해서 짓는 태도들이다.

정무실로 안내되어 한참을 기다렸다. 그동안에 엽차도 안 나온다.

이윽고 중역들이 모였다.

"어찌 된 일인가?"

번저의 감찰관이 물었다.

"예."

쓰기노스케는 보라는 듯이 등을 꼿꼿이 세우며 고쳐 앉았다.

이런 때는 일의 시비보다도 굳건한 기백이 중요하다. 기백이 약하면 진다는 것을 그는 알고 있다.

"영국은 요코하마에 임전 태세를 갖추고 요로에 공갈을 치고 있소. 그러나 위협뿐이지 전쟁을 할 의사는 조금도 없소."

"그것과 창녀집이 무슨 상관일까?"

"상관 있소."

쓰기노스케는 감찰관을 무서운 눈초리로 바라보며

"귀하의 머리 정도로는 그것과 이것이 관계가 없을 거요. 그러나 이 쓰기노스케로서는 큰 관계가 있소."

쓰기노스케의 격론이 터져 나왔다.

상대가 공갈을 치는 줄 알면서 군사를 출동시킨다, 그보다 바보짓은 없으리라. 왜? 첫째는 이쪽의 초라한 장비를 보임으로써 이국인의 멸시를 살 것이며, 따라서 그들의 콧대를 점점 더 높여 준다.

둘째는 번의 비용 낭비이다. 요코하마에 100명의 군사가 4개월간 주둔한다면 그 비용이 막대하다. 그렇지 않아도 궁핍한 번의 재정이 무용의 출병으로 바닥이 들어난다, 고 했다.

이런 내용을 도도히 설파한 다음 여러 중역을 노려보았다.

"그래도 이의가 있소?"

그의 말에 중역들은 말문이 막혀
"막부의 분부가 아닌가."
그 점 하나만을 변명으로 삼았다.
"낮소, 낮아."
지금 하는 말들의 차원이 낮다고 쓰기노스케는 뇌까렸다.

이튿날 그는 학당으로 돌아가지 않았다. 당분간 번저에서 기거하기로 결심했다.
이유는 단 하나였다. 여러 중역들에게 번(藩)과 나라를 생각하는 사고방식을 뜯어고치기 위해서였다.
"젊은 녀석이, 귀찮게스리."
나이 많은 중신 마키노는 노발대발하며 주제넘은 이 사내를 물리치려 했다.
"이것 참 뜻밖의 말씀을 하십니다."
쓰기노스케도 지지 않고 목소리를 가다듬었다.
"번의 위기를 귀찮다고 하시니, 그래서야 어찌 중신이라 하겠습니까?"
"귀찮다고 한 것은, 자네가 귀찮단 말이야."
"잘못입니다."
"잘못이야?"
'계집에 미친 녀석 같으니.'
마키노는 울화가 치솟는다.
"들어보십시오."
쓰기노스케는 오늘날 번의 중역들이 가져야 할 정신 상태를 설파했다.
앞으로의 세계는 어떻게 되는가, 일본이란 나라는 어찌 되는가, 막부는 어찌 되며 나아가서 에치고 나가오카의 7만 4,000섬은 어찌 되느냐는 큰 안목을 가지지 않고서는, 번의 사소한 일도 결정할 수가 없는 것이다. 그런데 중역들은 하루하루의 안일만을 좇는 집무를 하고 있다. 이건 큰 죄악이라고 했다.
"죄악!"
늙은 마키노가 소리쳤다.
"누가 죄악인가?"
"귀공께서."
"하, 정신없는 소리 마라!"

마키노는 들었던 부채로 방바닥을 쳤다.
"쓰기노스케, 자네는 지금 어떤 입장에 놓여 있나. 전장에서 군사를 버렸다는 큰 죄목이 아직 미결이 아닌가. 할복을 시킬지, 어쩔지……."
"할복을 시키시오."
쓰기노스케는 서슴지 않고 말했다.
"이건 할복할 사람의 유언입니다. 그런 줄 아시고 들어 주십시오. 안 들어주신다면 귀하께서 할복을 하셔야 하오."
"내가 할복을?"
늙은 마키노는 의론이 자기에게 불리해지고 있는 것을 깨달았다.
"내가 할복을 해야 한단 말이지."
"진정하십시오. 졸도를 하실 테니."
"괘씸하군. 내가 어째서 할복을 해야 하나!"
"귀하뿐만 아니라, 에도와 고향에 있는 모든 중역이 할복을 해야 하오."
"이 녀석이 정말 미쳤구나!"
"귀하 같은 속된 벼슬아치의 눈으로 보면 바른 정신을 가진 사람이 모두 미치광이로 보일 겝니다."
쓰기노스케는 평소에 '무능자는 죄악이다'라는 생각을 가지고 있었다.
번의 운명을 길미진 중역들이, 급변하는 세계관을 가지지 않고, 번의 앞날을 어떻게 할 것인지 대책도 없이 그날 그날을 보내고 있다는 것은 도적의 죄보다 크다.
"그런 뜻이외다. 불초 쓰기노스케가 비록 서생의 몸이지만, 지구상의 동향과 일본의 운명, 그리고 우리 번의 앞날에 대해 설명을 하려는데, 노성(怒聲)과 욕성(辱聲)만 발할 뿐 귀를 기울이지 않으십니다. 한 번을 짊어진 신분임을 생각할 때 그 죄 만 번 죽어 마땅하외다."
"이놈이!"
크게 소리쳤으나, 속속들이 미운 생각이 들지 않는 것은, 쓰기노스케의 인덕이라고 해야 할는지.
"오늘은 기분이 좋지 않으신 것 같으니, 내일 다시 오겠습니다. 내일은 들어 주십시오."
쓰기노스케는 물러났다.
재차 심문을 하겠다는 공론이 돌았다.

──쓰기노스케를 할복시킬 수는 없다.

이런 생각이 고향과 에도의 모든 중역들 가슴속에 있었다. 그 때문에 번저에서는, 고향에 이 사건을 정식으로 통보하지 않았다.

어느 번에서나 볼 수 있는 서로를 생각하는 인정이었다. 무사 안일의 미덕이라 해도 좋다.

왜냐하면, 쓰기노스케가 할복했을 경우 그에게 자식이 없으므로 가와이 가문은 말살된다. 그렇게 되면 문중의 가와이 친척들이 낭패이다.

"부친 다이에몬의 충성과 충실에 비추어서 일을 평온하게 수습하자."

그것이 에도 중역들의 취지였으며, 그래서 다시 심문을 하여 어떤 이유를 찾자는 것이다.

그 날 사문회(査問會)는 저녁 식사 후에 열렸다.

"쓰기노스케, 그때 자네는 복통을 일으켰다고 하는데."

마키노 노인이 입을 떼었다.

"...... ?"

쓰기노스케는 어리둥절했다.

"그래서 아픔을 참지 못해 부근의 주막에 달려 들어가 급히 자리를 펴고 누워서 진정되기를 기다렸다. 복통이 좀처럼 낫지 않아 간호인으로서 여자가 대령했다, 그런 말이 아닌가?"

'잘도 꾸며 대는군.'

듣는 쓰기노스케는 중역들의 창작력에 감탄했다. 창녀가 간호인이라니, 참으로 기발한 재치이다. 이것이 봉건 관료의 지혜이다.

300년의 도쿠가와 체제는 일본인에게 이러한 꾀를 발달시켜 놓았다. 그리하여 세계에 비길 데 없는 독특한 국민성이 만들어졌다.

쓰기노스케가 죽은 지 100년이 지난 오늘날에도 그것은 민족적 특성의 하나로 엄연히 살아 있는 것이다.

"그렇지? 순순히 사과하라."

마키노 노인이 다짐하자, 중역 하나가 쓰기노스케에게 다가앉으며 나직한 목소리로──실은 이것도 꾸며진 연극이었지만 속삭였다.

"가와이님, 사과하시오."

그는 마키노 노인을 향해 고쳐 앉으며 아뢴다.

"대신 말씀드리겠습니다. 가와이님께서 사과드린다고 하십니다."

멋진 연극이다.
'이런 연극을 300년 동안 계속하며 도쿠가와 집안과 나가오카 번과 가신들 모두 나라와 집과 자신을 유지해 왔다.'
이런 생각을 가지고, 바야흐로 국제 사회를 향하려는 일본을 어떻게 한다는 것은 무리이다. 그러나 막부와 제후들은 여전히 그런 짓을 한다.
'그것을 고치자면 어떻게 해야 하나?'
한 가지 길밖에 없다. 자기가 번의 정치를 장악하여, 제도를 뜯어 고쳐서 재출발하는 수밖에 없다. 그러나 고작 100섬의 녹봉을 받는 가와이의 신분으로서는, 행정관 이상의 자리에 올라갈 수가 없다.
"이것으로 회의를 마치겠소."
마키노 노인이 일어섰다. 쓰기노스케는, 기다려 달라고 했다.
"뭔가?"
노인은 불쾌한 낯이었다.
"말씀드릴 것이 있습니다."
"그보다도 감사하다는 인사나 해."
"인사를요?"
"그렇지. 우리들의 배려로 가와이 집안이 멸문을 면했다. 그 인사를 하란 말이다."

이렇게 쓰기노스케 사건은 낙착되었다.
그러나 막부의 외교 문제는 쓰기노스케의 사건과는 달라서, 간단히 마무리 지어지는 것이 아니었다.
쓰기노스케는 경비하라는 것을 도중에서 멋대로 되돌아오고 말았으나, 그 문제에 대한 관심만은 악착같이 가졌다. 그는 자기가 무죄로 낙착되자마자, 일부러 요코하마까지 가서 조사해 보기로 했다.
'수고스러운 일이야.'
누구에게 부탁받은 것도 아니고, 말하자면 쓰기노스케 나름대로의 호기심인 것이다.
그러나 이 사건을 알아둠으로써 일본을 둘러싼 외국의 동태와 그 환경을 파악한다는 것은 후일에 도움이 될 것이다. 다행히 알 길이 있었다.
요코하마의 막부 세관에 막부의 통역관으로 있는 후쿠치 오우치라는 젊은 관원을 알고 있었다.

'약삭빠르기 이를 데 없는 영리한 자였다.'

이런 생각을 하면서, 쓰기노스케는 에도에서 요코하마로 가는 길을 재촉했다. 그렇지만, 후쿠치와 절친한 사이는 아니었다.

쓰기노스케의 선생인 고가 긴이치로가 막부의 양서 학당 학장직을 맡고 있었기 때문에, 그런 관계로 후쿠치가 고가 선생을 추앙하여 가끔 학당에 놀러 왔었다. 그것이 알게 된 인연이었다.

"괴짜야."

이것이 학당에서의 평판이었다. 후쿠치는 원래부터 막부의 관료 출신이 아니고, 나가사키 태생이었다.

이 이야기를 계속하기 전에 여담이지만, 메이지에 들어와서의 후쿠치 오우치에 대한 얘기를 해 둔다.

막부가 와해되자 이 약삭빠른 막부 관리는 즉시 집을 팔아서, 도쿄 시타야 카야 거리(下谷芽町)에 셋집을 얻어 '고코 신문(江湖新聞)'이라는 이름의 신문을 발행했다. 관군이 에도 성을 손에 넣은 직후이므로 일본 신문의 효시로 꼽힐 것이다.

신문은 전지 4절 크기로 목판인쇄를 해서 열 장 내지 스무 장을, 3일이나 4일에 한 번씩 발행했다.

발행인 후쿠치의 능숙한 어학 실력 덕택으로, 이 신문은 외국 신문의 번역란이 많았다. 거기에다 후쿠치는 뒷날 희곡과 소설을 썼으니만큼 필치가 부드러웠으며 사회면이 볼 만했다. 그 밖에 새 정부의 공고라든가 정부에 대한 건의란(사설 같은 것)도 있었다. 이런 지면을 후쿠치는 거의 혼자서 메꾸었다. 그리고 한 가지 특기할 것은 그가 막부의 관료였고 또한 막부의 지지자였기 때문에, 그 당시 도호쿠 산야에서 싸우고 있는 아이즈 번(會津藩)의 저항을 상당히 동정적으로 보도한 일이다. 그로 인해 필화를 입어 미결감방에 수감되었다가 나와서는 저술과 번역 등 펜 하나로 생계를 이어갔다.

그는 메이지 3년(1870)에 신정부에 들어가 관료 생활을 하다가 메이지 7년(1874)에 야인이 되어 마이니치 신문(每日新聞)의 전신인 도쿄 니치니치 신문(東京日日新聞)의 주필이 되었고, 2년 후에는 사장으로 취임한다.

메이지 10년의 세이난 전쟁(西南戰爭)에는 자신이 직접 종군하여 전황을 신문에 게재하여 크게 인기를 모았다. 세이난 전쟁 말기에 참의 야마가타 아리토모(山縣有朋)의 부탁을 받고 사이고군(西鄕軍)에 항복 권고문을 쓴 것도 바로 후쿠치 오우치였다고 한다.

그 후 그는 도쿄의 부회의원(府會議員)이 되기도 하고 실업가 생활도 했으나, 메이지 21년(1888) 도쿄 니치니치를 퇴사한 후는 작가로 전향하여 소설과 희곡, 평론을 썼다. 역시 그에게는 이 생활이 적성에 맞았던 모양이다. 그는 당시로서는, 세상의 주목을 끄는 많은 작품을 남겼다.

특히 그는 희곡에 재능을 보였다. 그는 막부 말엽에 오사카와 도쿄에 주재하면서, 이미 셰익스피어와 실러를 읽었다. 그때는 한창 신센조(新選組)가 설칠 때였다. 이때의 소양이 희곡 대본을 개량하는 데 크게 도움이 되었고, 특히 단주로(團十郞)를 위해 쓴 작품에 걸작이 많다.

후쿠치 오우치의 출신에 대해 살펴본다.

그는 막부의 관료라 해도, 선조 때부터의 직속 무관은 아니었으며, 나가사키에서 의사의 아들로 태어났다. 그의 아버지는 조슈의 지번(支藩) 검술 사범의 아들이므로, 오우치에게는 조슈의 혈통이 있는 셈이다. 그러나 그는 자신의 어학 실력으로 막부에 채용되었었기 때문에, 메이지에 들어와서도 막부 의식이 강하게 남아서, 사쓰마 조슈 출신자의 영달을 부러워하면서도 그들을 백안시했다.

어쨌든 생기는 나가사키 모토싯쿠이 거리(本石灰町)의 의원 집이었다.

소년 때는 신동 소리를 들은 것 같다. 아니, 그는 죽을 때까지 천재였다 해도 과언이 아니다. 그 현란(絢爛)한 재능을 여러 분야에서 낭비하면서 64세의 생애를, 러일 전쟁 후에 마쳤다.

그가 열다섯 살 때, 나가사키 주재의 막부 통역관 나카무라 하치에몬(中村八右衛門)의 문하에 들어가 네덜란드어를 배우게 된 것이, 그의 어학 수업의 시초였다. 그전에 이미 한학에 소양이 있어, 소년이면서 훌륭한 한문 문장과 한시를 지었다.

네덜란드어는 특히 회화에 능했던 것 같다. 회화를 잘한다는 것은 재능이라기보다 성격 탓이다. 쉽게 남의 말 흉내를 낼 수 있는 가벼운 성격이 아니면 어려운 일이다. 그래서 그는 열여섯이라는 어린 나이에 이미 예비 통역관이 되었다. 예비 통역관은 정식 관직이 아니고, 연습 삼아 통역관의 조수 노릇을 하는 것이다. 어찌 되었든 네덜란드어를 배우기 시작해서 불과 2년 만에 통역보가 되었다는 것은 보통 재주가 아니다.

그러나 그는 자신의 재능을 스스로 높이 평가해서, 나가사키 통역을 생애의 목표로 삼지 않고, 열여덟 살 때 에도로 가서 본격적인 어학 수업을 했다. 그는 막부의 일류 어학자를 차례로 찾아가서 그 문하에 들었다. 그래서 외교 담당인 미즈노 다다노리(水野忠德)라든가 이와세 히고노카미(岩瀨肥後守), 그리고 양서 학당의 학장 고가 긴이치로, 군감 우두머리 야다보리 가게조(矢田堀景藏), 가쓰 가이슈(勝海舟), 에노모토 다케아키(榎本武揚) 등을 알게 되었고, 그들로부터 재능을 인정받았다.

그러나 성격에 대해서는 한결같이 '오만한 애송이'라는 평가를 받았다.

"너 에도 태생이지?"

가쓰 가이슈의 질문을 받았다.

"아니, 나가사키입니다."

"그렇게 안 보이는데."

토박이 에도 태생인 가쓰 가이슈조차 고개를 갸우뚱거릴 정도로, 나가사키에서 갓 올라온 그는 에도의 말을 능숙하게 구사했다.

성격과 몸가짐에서 어딘지 세련됨이 묻어나왔다.

——지금부터는 영국 말이다.

에도에서 그는 이렇게 생각했다. 막부는 창업 초기의 쇄국 이후로 네덜란드어를 유일한 서구어로 삼아 왔기 때문에 영어를 아는 자는 일본에서 두 사람밖에 없었다. 표류 어부의 신분에서 막부 관리로 등용된 도사(土佐) 출신의 나카하마 만지로(中濱萬次郞)와 외국 담당인 나가사키 출신의 모리야마 다키치로(森山多吉郞) 두 사람이다.

두 사람 모두 막부의 공무를 보면서 자택에서 사설 학당을 열고 있었다. 모리야마 학당은 구문(構文)을 배우는 데 적합했고, 나카하마 학당은 회화를 배우기가 좋았다.

후쿠치 오우치는 이 두 학당에 다니면서 거기서 후쿠자와 유키치(福澤諭吉), 누마 모리카즈(沼間守一), 쓰다 센(津田仙) 등과 알게 되었다. 그는 영어를 불과 일 년이 채 못 되어 습득하고, 스승 모리야마의 추천으로 막부의 통역관이 되었다. 나이 불과 열아홉에 영어를 가지고 열 식구분의 녹봉을 받는 관원이 된 것이다. 그래서 요코하마에 주재했다.

그런 후쿠치를 쓰기노스케는 만나러 갔다.

요코하마는 이해 여름에 갑자기 생겨난 시가지이다. 개항이 되자 순식간에 일본에서 가장 활기를 띠는 항구 도시가 되었다.

가나가와의 나루터 저쪽이 요코하마 시가였고 그 나루터에 관문이 있었다. 현재의 해안 사거리에 해당되는 듯하다. 관문은 까다롭다. 다른 가도의 관문과는 달라서 평민에게는 관대했으나, 무사에게는 까다로웠다. 양이 지사에 대한 막부의 경계인 것이다. 들어가는 자는 번에서 발행하는 감찰이 있어야만 한다. 쓰기노스케는 그것을 내보였다. 관문 안쪽을 '관내'라 했다.

관문은 요코하마 주변에 세 군데 있었다. 이 가나가와의 나루터 외에, 요시다 다리(吉田橋)와 노게 산(野毛山)에 각각 있었다. 이 세 관문을 잇는 안쪽의 '관내'가 현재의 요코하마 최초의 시가지였다 해도 과언이 아니다. 그 시가의 중심지에 막부의 세관이 있었다. 현재 가나가와의 현청이 되어 있다.

세관에는 가나가와 행정관(외국 담당인 미즈노 다다노리가 겸임)이 책임자로서 관세 업무, 무역 업무, 시정, 외인 거류지와의 접촉, 외국 영사와의 교섭 등을 맡고 있었다. 이 세관이 일본인 거리와 외인 거류지와의 경계도 이루고 있었다. 서쪽은 일본인 거리이고 동쪽은 외인 거류지이다. 세관 옆에 관리들의 사택이 20여 채 나란히 있는데, 하급 관리는 일자집에서 살고 있었다.

"후쿠지 오우치님 댁이 어디요?"

마침 근처를 지나는 장사꾼 차림의 사내에게 묻자 턱으로 가리켰다. 쓰기노스케는 문득 노여웠다. 무사에 대해 이렇게 무례할 수가 있단 말인가. 계급 질서가 엄연한 에도에서는 볼 수 없는 일이다.

'어찌 이런 일이 있을 수 있단 말인가.'

쓰기노스케는 노할 수도 없어서 생각에 잠겼다. 개항한 지 불과 몇 달밖에 안 되었는데 그 사이 이 새 도시의 평민들은 벌써 외국인의 풍습을 본뜨기 시작했는지 모른다. 사실 외국에는 무사라는 특권 계급이 없다.

더구나 이곳은 평민이 장사를 하기 위해 형성된 소도시이다. 상인이 주역이다. 상인이 생사(生糸)와 차, 칠기 따위로 버는 돈이 막부의 이윤이 되고 있다. 무사는 아무런 소용도 안 되는 거리인 것이다.

'다 시대의 추세다.'

이렇게 생각했다. 지금은 요코하마라는 특정지에서 제한 무역을 하고 있으니 아직은 괜찮다고 해도, 장차 일본의 모든 항구가 요코하마처럼 될 때는 무사 계급은 망하고 평민의 세상이 되지 않을 수 없으리라.
'머지않아 그렇게 된다.'
쓰기노스케는 사소한 일을 보아도 곧 큰일에 연결시키려 하는 버릇을 가지고 있다. 자기가 수백 년 내려오는 무사의 긴 역사에서 마지막 한 사람이 될지도 모른다는 생각이 문득 들었다. 벌써 저녁때였다.
'후쿠치는 퇴근했겠다.'
이렇게 생각하고 조그마한 현관의 처마 밑에서, 불러 보니 마침 돌아와 있었다.
"아이구, 어서 오십시오."
후쿠치는 현관 마루에서 반겼다. 쓰기노스케는 현관에 선 채 자기가 찾아온 용건을 간단히 말했는데, 시장기가 돈다.
"밖으로 나갑시다."
쓰기노스케는 애송이에게 정중하게 말했다. 애송이라 해도 후쿠치는 버젓한 막부의 관리이고, 거기다가 네덜란드어와 영어에 능숙한 양학자이다. 그 점에 경의를 표한 것이다.
애송이는 가볍게 어깨를 으쓱거리더니 말을 꺼낸다.
"청루(青樓)에라도 가실까요?"
근자에 그런 재미를 알게 된 모양이다.
"허어, 요코하마에도 그런 고약한 곳이……."
"예, 요즘 생겼습니다."
자랑스러운 듯이 말했다. 막부의 방침에 의해, 시나가와 유곽의 출장소 같은 것이 이곳에도 새로 생겨나 있었다. 그것은 나가사키처럼 외국인 전용의 창기와 일본인을 위한 창기로 구분되어 있었다.
"재미있는 곳입니다."
"그것도 좋겠소만……."
쓰기노스케는 언제나 목적 제일주의이다. 후쿠치에게 무엇을 물어 보러 온 것이지 유곽에 가기 위해서 온 것이 아니다.
"그보다는 식사가 하고 싶소. 그리고 얘기도 듣고 싶고. 그럴 만한 장소가 없겠습니까?"
"그러시다면, 재미있는 곳으로 안내하죠. 하지만 저는 무일푼입니다."
"아니, 돈은 내게 얼마간 있소."

두 사람은 밖으로 나왔다. 이윽고 외국인 거류지로 들어가니 부두 가까운 곳에 쓰기노스케가 처음 보는 건물이 서 있었다. 초록색으로 칠해 놓았다. 녹색의 건물은 쓰기노스케의 시각엔 이상하기만 했다.

'이게 뭔가?'

쓰기노스케는 쳐다보았다. 식민지풍의 목조 이층 양옥인데, 그 색채의 화려함에——나중에 눈에 익으니 별것도 아니었지만——크게 놀랐다.

"서양 오랑캐는 집에 색칠을 하오?"

"무슨 말씀을."

후쿠치는 웃음을 지었다.

"일본에서도 절은 단청을 하지 않습니까. 그렇게 놀라실 것 없습니다."

후쿠치는 천성인 경박한 말투로 가볍게 지껄였으나, 그 말이 쓰기노스케에게는 아프게 느껴졌다.

'하긴 그렇구나.'

일본의 절들은 붉고 푸른 색칠을 하고 있다. 그 방식은 천 수백 년 전에 중국에서 건너왔다. 처음에 야마토(大和) 근처에 중국식 절이 건립되었을 때, 당시의 사람들은 그 크기와 색채의 화려함에 쓰기노스케처럼 놀랐을 것이다. 놀란 나머지 천자를 비롯한 모든 사람이 불법의 심취자가 되어 버렸다. 시각의 경악은 망막을 놀라게 할 뿐만 아니라, 사상까지 변화시키는 모양이다.

'너무 놀라서는 안 돼.'

쓰기노스케는 자신을 꾸짖었다. 이건 단순한 풍속의 차이일 뿐이다. 그것에 지나치게 놀란다면 이쪽 사상이 동요되어 무사의 정신까지 빼앗길 염려가 있다.

'놀라지 말자.'

스스로를 주의시켰으나, 대체 이 건물은 뭘 하는 집이란 말인가.

"호텔입니다."

후쿠치가 설명했다. 양이들의 숙소라는 것이다. 요코하마의 개항 직후에는 서양 상인들이 항내에 정박 중인 배를 숙소로 삼았으나, 불편을 느껴 상해에서 여관업자가 와서 이 건물을 지었다고 한다.

후쿠치는 세관의 통역관인만큼 이런 서양식 시설에서의 몸가짐이 퍽 자연스러웠다.

"모든 걸 제게 맡겨 두십시오."

애송이는 득의양양하게 건물 안으로 들어섰다.

'경박한 녀석.'

쓰기노스케는 이런 후쿠치가 우습기도 하고 때로는 귀엽기도 해서 마음이 복잡했다.

입구에 청국인 사환이 나와 맞았다. 얄팍한 낯짝을 한 사내로 어딘지 일본인을 깔보는 표정이다. 그러다가 후쿠치가 호주머니에서 잔돈푼을 꺼내어 손에 쥐어주니 금시 헤헤, 하고 굽실거리며 후쿠치의 곁에 달라붙듯이 해서 걷는다. 쓰기노스케의 눈에는 퍽 거북한 광경이었다.

"저게 청국인이오?"

쓰기노스케는 식탁 앞에 앉자 대소의 칼을 샅에 끼듯이 간수하면서 곁에 앉은 후쿠치를 보고 나직이 물었다.

"그렇습니다."

후쿠치는 고개를 끄덕였다.

'흐음, 저게 청국인이라니.'

쓰기노스케는 간들거리며 걸어가는 사환의 뒷모습을 보며 속으로 적지 않이 당혹했다. 쓰기노스케는 처음으로 그 민족의 대표자를 본 것이다. 그러나 문자로는 그들의 문화적 소산을 너무 잘 알고 있으며 그것으로 쓰기노스케의 정신이 형성되어 있기도 하다. 본다는 것은 무섭다.

'보지 않았으면 좋았을 것을.'

이런 생각도 들었다. 저것이 쓰기노스케의 교양의 원천인 공자 맹자의 자손이며, 그의 학문의 원조인 왕양명의 나라 사람이라니, 이 어찌된 일이란 말인가.

"귀하는 너무 과대하게 생각하십니다."

후쿠치는 쓰기노스케의 술회를 듣고 웃기 시작했다.

"그 인종은 4억이나 된답니다. 4억 가운데에서 공자도 나오고 도척 같은 큰 도둑도 나오는 것입니다."

쓰기노스케도 그제야 따라 웃었다. 후쿠치의 말처럼 저 급사에게서 쓰기노스케 자신이 간직하고 있던 중국 정신문화의 상을 찾으려 한 것은 잘못이었다. 중국인을 처음으로 보았다는 호기심이 그만 관찰을 과대하게 만든 것이었다.

이윽고 사환이 주문을 받으러 왔다.

"나칭꿔화쒀빠(那淸國話說把)."

후쿠치의 말이다. 이 어학의 천재는 나가사키 태생인만큼 중국어도 아는 모양이다. 뜻은 청국말로 하자는 것이었으나 사환에게는 그것이 통하지 않는 듯 아첨의 웃음만 얼굴에 띄우고 있다.

후쿠치는 그 꼴을 쓰기노스케에게 오히려 뽐내 보인다.

"보십시오. 이 녀석은 알아듣지 못합니다."

"당신의 중국어가 통하지 않는군."

"예, 안 통합니다. 내가 지금 한 말은 북경 만주인들의 말입니다. 그러나 이 녀석은 필시 상해나 복건 근처 태생일 겝니다. 중국에는 방언이 무수히 있어서 그 지방의 말이 다른 지방에서는 통하지 않습니다. 청나라라고 한 마디로 말하지만, 그 나라가 그만큼 넓다는 것을 귀하에게 보여 드리고 싶었습니다."

"흠."

쓰기노스케는 고개를 끄덕였다. 그러면서 후쿠치의 잘난 척에는 속으로 질색을 했다. 말이 통하지 않은 부끄러움을 그런 식으로 둘러대면서 자랑하고 있는 것이다. 후쿠치는 영어로 주문했다. 이윽고 술과 요리가 나왔다.

'놀랄 거야.'

후쿠치의 쓰기노스케에 대한 기대였다. 요리는 쇠고기이다. 일본인은 짐승의 고기를 먹지 않는다. 그러나 후쿠치가 놀란 것은, 쓰기노스케가 나이프와 포크를 놀려 예사로 그 고기를 먹는 일이었다.

"당신은 처음 자시는 것이 아니군요?"

"뭣을?"

"쇠고기를 자시는 것이."

"처음이오."

쓰기노스케는 눈살을 찌푸리며 대꾸했다.

일본인이 육식을 안 하게 된 것은 불교가 건너온 이후이리라. 종교적인 금기이다. 그렇다고 모든 일본인이 안 먹는 것은 아니다. 산간 오지에서는 멧돼지와 노루를 잡아먹었다. 미나모토씨(源氏), 다이라씨(平氏) 무렵에는 반도(坂東)의 무사들은 사냥을 해서 잡은 짐승 고기를 먹고 그들의 체력을 양성했다.

그랬던 것을, 도쿠가와 시대에 들어오자 막부는 법률로써 그것을 금지했다. 도쿠가와 막부가 불교의 살생계에 충실했다는 것이 아니라, 육식을 함으로써 일본인이 강한 체력을 가지게 되는 것을 두려워했던 것이다.

그 법률이 나중에는 도쿠가와 치하의 백성들의 사상으로까지 변했다. 동물의 피와 고기가 이미 시체인 이상 신도에서 말하는 예물이다. 즉 더러운 물건이다. 동시에 불법(佛法)으로 봐서도 도살은 살생계에 위배된다. 그러면서도 조류나 생선은 먹을 수 있었다는 것은 그 정도의 육식은 생존의 최저한의 요구로서 어쩔 수 없었던 것이리라.

그러나 도쿠가와 치하에서도 환자만은 돼지나 노루 고기를 약으로 먹는 것을 허용했다. 하지만 그것을 장만할 때는 불단이나 신단에 종이를 둘러쳐 부정을 막았고, 가급적 집 밖에 냄비를 내다가 삶거나 찌거나 했다.

육식이란 그 정도의 것이었다.

'과연 먹을까?'

후쿠치가 쓰기노스케의 반응에 흥미를 가져 본 것도 무리가 아니다.

"이건 쇠고기입니다."

"알고 있소."

"처음 자시는 셈치고는 예사시군요."

"속은 그렇지도 않소."

쓰기노스케는 쓴웃음을 지었다.

입 안에 가득 소내장이 찬 것 같아서 기분이 좋지 않다. 그러나 쓰기노스케의 사상은, 그에게 이것을 먹으라고 강요하고 있었다. 먹어야만 한다.

일본의 양이 사상은 양이를 짐승 취급을 하여 더럽다고 하는데, 근본을 캐어 보면 이 쇠고기 때문이다. 양이는 소의 피를 마시고 고기를 먹는다. 그런 더러운 자들에게 성스러운 신의 땅을 밟게 해서는 안 된다는 종교적인 감정에서 출발하고 있는 것이다. 그러나 쓰기노스케의 합리성은 전부터 그런 감정적인 양이주의를 좋지 않게 여기고 있었다.

그에 의하면 음식은 습관에 지나지 않는다. 생선을 먹는 일본인이 정결하고 소나 돼지를 먹는 외국인이 부정하다는 것은 당치도 않은 논리이다. 오히려 일본인도 육식을 즐겨 해서 양이와 다름없는 체력을 만들어 그들과 대항해야만 된다고 생각하였다.

여기까지가 쓰기노스케의 사상이다.

그러나 사상만으로는 쇠고기를 삼킬 수가 없는지 그는 씹는 데 여간 애를 먹지 않았다.

'얼굴이 창백하군.'

후쿠치는 우스웠다. 그는 가와이라는 사내를 나가오카 번의 으뜸가는 호걸로 듣고 있다. 그런만큼 꽤나 볼 만한 광경이었다.

"아, 그 사건 말입니까?"

후쿠치는 포크로 고기를 찍으면서 입을 떼었다. 그 사건이란, 러일 양국 간의 외교 문제가 되고 있는 러시아의 해군 장병 살해 사건이다.

"낙착됐습니다."

"아, 낙착되었군요."

쓰기노스케는 나이프를 멈추었다.

"예, 러시아인은 영국인에 비해 어딘지 배포가 큰 것 같더군요."

"배포가 크다니?"

"그들은 자기 나라 사람 한두 명쯤 길바닥에서 맞아 죽어도 예사로 알며 놀라지도 않는 모양입니다. 영국인이었다면 지금쯤은 상해함대가 시나가와 앞바다에 들이닥쳐 큰 소동이 일고 있을 겝니다."

"그래도 상당히 시끄러웠잖소. 실제로 나도 요코하마의 경비 명령을 받았었소."

"하하, 불난 데 부채질한 것은 일을 당한 러시아보다 곁에 있는 영국인이었습니다. 영국이란 그런 깍쟁이 같은 데가 있습니다."

"나쁘군."

"나쁘기로 따지면 세계 제일이지요. 남의 일을 부채질해 놓고 슬쩍 이권을 확대하려는 속셈이니. 중국도 그런 수에 제법 당했습니다."

"러시아인도 탐욕스럽죠?"

"양이는 죄다 탐욕가입니다. 다만 러시아인의 탐욕은 재주를 부리지 않고 영국인의 탐욕은 요술사처럼 재주를 부립니다. 러시아인은 덮어놓고 사할린을 내놓으라고 억지를 쓰지만, 영국인은 능수능란합니다."

"그래, 어찌 되었소?"

러시아의 전권인 무라비예프 백작이 막부의 각료들과 담판하여 세 가지 조건을 제시했다.

첫째는, 그 날 밤 가나가와 행정관인 미즈노가 즉시 현장에 출두하여 범인 체포를 명하는 신속한 조치를 취하지 않았다. 이건 직무 태반이니 일본 정부는 그를 처벌하라.
 둘째는, 일본 정부는 비용을 들여서 피해자의 묘를 만들 것.
 셋째는, 일본 정부는 러시아 정권에 사과하라.
 "그것뿐이오?"
 "예, 그것뿐입니다. 아마 다른 나라라면 배상금을 내라, 섬을 할양하라, 병력을 상주시켜라, 하고 귀찮게 나왔을 겝니다."
 "러시아인은 사람이 좋은 셈이군."
 "천만의 말씀."
 후쿠치는 크게 고개를 내저었다.
 "외교에 사람이 좋은 법은 없습니다. 러시아로서는 사할린이 필요한 겁니다. 여기서 은혜를 입히고 관대하게 보여 놓고 나서는 나중에 슬그머니 사할린을 빼앗을 작정이죠."
 "한비자(韓非子)의 세계이군."
 인(仁)도 의(義)도 없다. 있는 것은 책모뿐이다. 그것이 열강의 세계이다.
 후쿠치의 말처럼 러시아는 프차아친의 내항 이후로 일본에 대해 온후(溫厚)로 일관하는 외교 방침을 취하고 있다. 나가사키에서는 현지 관리들을 군함으로 초대해서 이상야릇한 환등을 보여 주었고, 에도에서는 이렇게 든든한 말을 했다.
 "영국과 미국이 억지소리를 한다면 우리나라가 일본에 가담해서 쫓아 주겠소."
 모든 면에서 인정적이어서, 영국, 미국, 프랑스와는 다르다. 그 때문에 막부 안에는 친러파 관료들이 많았다.
 그건 그렇다 치고, 후쿠치의 말에 의하면 그 사건은 우선 일단락됐다는 것이다.
 식사를 마치고 잠시 앉아 있노라니, 한 서양인이 후쿠치 곁에 다가와서 허리를 굽혔다. 후쿠치에게 무슨 말을 한다.
 '아는 사이구나.'
 쓰기노스케는 이렇게 생각했다. 쓰기노스케는 서양인의 나이를 짐작할 수는 없었으나, 윤이 흐르는 금발과 흰 이빨로 미루어 보건대 아직 30세 전이 아닐는지. 키는 그다지 크지는 않았지만 용모는 그림에서 보는 잡귀를 쫓는 신 종규(鍾馗 : 중국에서 역귀나 마귀를 쫓는 신)처럼 당당했다.

"가와이님."

후쿠치는 일어서서 이 외국인을 쓰기노스케에게 소개하려 했다.

"이 사람은 스위스인입니다."

쓰기노스케는, 그런 나라 이름을 대지만 알 수가 없기 때문에 그대로 앉아서 허리춤에서 담뱃대를 꺼내어 담배를 담았다. 후쿠치는 말허리가 꺾여 잠깐 입을 다물었다. 그러나 곧 방구석으로 가서 지구의를 들고 와 탁자 위에 놓으며 한 군데를 가리켰다.

"여깁니다."

알프스 산맥 속에 여러 나라에 둘러싸인 조그만 나라가 있다. 그곳이 스위스라 했다.

"작지만 지능이 우수한 나라입니다."

"우리나라의 나가오카 번 같군."

쓰기노스케는 진지하게 대꾸를 했다. 본심으로 그렇게 여기고 있는 것이다.

"유럽의 대고원(大高原)에 위치하고 설국(雪國)인 점에서도 귀번과 비슷합니다."

후쿠치의 설명을 들으니 인구는 적지만 학문과 예술이 발달허고 상당히 부유한 나라라고 한다. 그 점에서도 에치고 나가오카 번을 닮은 것같이 느껴진다.

후쿠치는 얘기를 계속한다. 스위스는 일찍이 프랑스 보호국이었는데 4, 50년 전에 유럽 열강의 승인을 받아 중립국이 되었다고 했다. 그래서 스위스는 다른 나라를 침략하기 위한 군대를 갖고 있지 않다는 것이다.

'그것 참 희귀한 일이군.'

쓰기노스케는 그 점에 날카로운 반응을 보였다. 영토 확장에 혈안이 되어 있는 유럽의 나라들 가운데 이런 나라도 있는가.

"저 사람은 스위스의 무사요?"

쓰기노스케가 물었다.

"아니, 상인입니다."

'평민치고는 아까운 생김새군.'

쓰기노스케는 문득 이런 생각을 했다. 이름은 페블브란드라고 하는데 일본에 시계를 팔기 위해 한 달쯤 전에 요코하마에 왔다고 한다. 상품은 시계뿐만이 아니라 무기도 취급하겠다는 것이다.

"그래서 귀하와 사귀기를 원하고 있습니다."

"나를 나가오카 번의 가와이 쓰기노스케로 알고서 하는 말입니까?"

"아뇨, 이 사람은 아까부터 저 구석에서 식사를 하면서 귀하의 풍모를 지켜본 모양입니다. 아무래도 보통 인물이 아닐 거라는 것입니다."

"아니, 관상쟁이요?"

"아니죠. 서양 사람들은 일반적으로 관상을 잘 봅니다. 말도 통하지 않는 외국에 단신으로 상륙하기 위해서는 관상만이 의지가 되는 경우가 많습니다."

"난 대포를 사지 않을 텐데."

"상인으로서 귀하와 친해지려는 것이 아니라 서로 신사로서 사귀고 싶다는 것이겠죠."

"좋소."

쓰기노스케는 하는 수 없이 응낙했다.

'이게 서양 오랑캐로구나.'

쓰기노스케는 스위스인의 얼굴과 몸집을 바라보면서 신기한 느낌을 금할 수가 없었다. 당연한 일이다. 그는 유럽이나 미국의 이인종을 처음 보는 것이다. 그래서 페블브란드를 바라보는 눈매가 흡사 고양이가 먹이를 노리는 것처럼 빛을 발하고 있다.

그 시선에 젊은 스위스인은 질렸는지 두 손을 벌리며 몇 번이나 반복해서 말했다.

"우린 같은 사람이오."

그러나 쓰기노스케는 좀처럼 수긍이 가지 않는다. 같은 사람일 수 있을까? 머리칼은 물을 들인 것처럼 노랗고, 눈은 파랗다. 코는 맹금의 부리처럼 뾰족하고 피부는 붉은 술을 먹은 것처럼 붉다. 이런 괴상한 형상의 인간을 과연 우리와 같은 사람이라 할 수 있을까?

'이건 인간이 아니다.'

이성은 모르거니와 감정으로는 아무래도 그렇게 밖에는 느껴지지 않는다.

"좋은 느낌은 안 드시죠?"

후쿠치가 나직이 소곤거린다. 사실 좋은 기분이 아니다.
"그러나 우린 다행한 일이오."
쓰기노스케는 후쿠치에게 말했다.
만약 원시시대에 어느 숲속에서 이 페블브란드와 딱 마주쳤다고 하면 서로 놀라는 것으로 끝나지 않을 것이 아닌가. 공포감이 모든 이성을 잃게 해서 서로 상대의 숨이 끊어질 때까지 싸워 상대가 안 움직일 때 비로소 안도감을 느낄 것이 아닌가.
'아무래도 이건 쉽사리——'
쓰기노스케는 감정의 처리가 어려웠다. 무슨 일이든 첫 경험은 인상을 크게 확대하는 것이지만 특히 다른 종류의 사람을 보는 것만큼 강한 충격은 없다.
"자주 대하면 그렇지도 않더군요."
후쿠치가 쓰기노스케의 굳은 표정을 보고 위로하듯이 말했다.
"그렇겠지."
쓰기노스케는 웃지도 않고 긍정했다. 감정이 다소 가라앉은 것이다.
"우리나라는 예부터 바다 가운데 동떨어진 섬나라이기 때문에 이민족과의 접촉이 없었소. 그러므로 인간이란 일본인과 같은 형용을 한 것으로만 알고 있소."
"그렇습니다."
"양이론자들이 놀라 설치는 것도 무리가 아니오. 아무리 보아도 이 사람은."
뒷말은 하지 않았다. 짐승의 일종이지, 사람은 아니라고 말하고 싶었던 것이다.
"그렇지만."
쓰기노스케는 말을 잇는다.
"이 사람도 우리 일본인을 사람으로 여기지 않을 게 아니오?"
"그 점은 좀 다를 겝니다."
후쿠치가 대답한다. 그의 말에 의하면 유럽인들은 일본인보다 다른 인종과의 접촉에 경험이 많다. 한 가지 예로, 일본의 가마쿠라(鎌倉)시대에 몽고의 칭기스칸이 유럽을 정복했다. 그때 일본인과 비슷한 용모의 인종을 질리도록 보았을 것이고, 그 후 일본의 전국시대 때는, 배와 항해술이 발달하여 모험가들이 세계를 돌면서 중국인을 알게 되었다. 현세기에 들어와서는 증기 기선이 발명되어 그들은 세계적으로 활동 무대를 넓혀서 모든 인종에 대한 지식을 가지고 있다는 것이다.

가와이 쓰기노스케라는 날카로운 성격을 가진 사람은 이 세상의 '원리'를 찾고 있는 것 같다. 세상의 원리뿐만 아니라 자기의 삶에 대한 원리도 찾고 있으리라.

이 스위스인이 내일 저녁 집으로 초대하고 싶어한다는 것을 후쿠치의 통역으로 알게 되자, 쓰기노스케는 즉석에서 응낙을 했다.

"귀하도 상당히 신기한 것을 좋아하시는군요."

후쿠치는 자기와 비슷하다는 듯이 놀렸으나, 쓰기노스케는 이런 후쿠치의 경박함이 싫어서 한마디의 대꾸도 하지 않았다. 쓰기노스케는 호기심이 많은 사내가 아니다.

'이 스위스인으로부터 무엇이든 배울 것이 있겠지.'

쓰기노스케는 그런 뜻에서 즉시 응낙을 한 것이다. 그렇다고 이 스위스인을 통해 새 지식을 얻자는 것은 아니다. 복잡한 심정이다. 설명이 쉽지 않다.

쓰기노스케는 스스로가 자신은 지식주의자는 아니라고 여기고 있다.

지식 따위는 삶에 큰 보탬이 되지 않는다는 것이 그의 신조였다.

한학을 배움에 있어서도, 만 권의 책을 읽으려 하지 않았다. 지식이 쌓여갈수록 인간의 행동욕과 행동의 순수성이 약해진다는 신조를 갖고 있었다.

모든 제후들이 거느리고 있는 지식의 괴물 같은 저 유생들을 보라. 그들처럼 행동 정신이 없는 지식주의자들을 그는 부유(腐儒)라 불렀다.

쓰기노스케가 알고 싶은 것은 오직 하나뿐이었다. 원리였다. 역사나 세계는 어떤 원리로 움직이고 있나? 자기는 이 세상에 어떤 형태로 존재해야 할까? 어떻게 살아야 하는가?

이것이 알고 싶다. 알기 위해서는 옛것과 새 것, 신기한 것, 내 기호에 반대되는 것 따위에 몸소 부딪쳐 보아야만 하리라. 그래서 스위스인의 초대를 승낙한 것이다.

쓰기노스케는 이 날 밤, 요코하마의 청루인 간키 루(岩龜樓)의 한 방에 누워서 이렇게 생각했다.

'내 생각에 틀림이 없다.'

이렇게 자기를 다짐했다. 다짐을 해야만 될 정도로 양이와 직접 접촉하는 것은 주관적인 면에서 모험이었다.

양이는 동물의 일종이며 더럽고 윤리 도덕도 없이 욕망만으로 움직인다고 하는 이 나라의 양이관을 쓰기노스케도 마음 한구석에 가지고 있다. 그것을 제쳐놓고, 그 스위스인을 찾아가 초대에 응하려 한다. 이를 악무는 결심이 필요하다.

또한 객관적으로도 모험이었다. 막부는 그런 짓을 좋아하지 않는다.

막부는 양이들의 위협에 굴복하여 겨우 조그마한 통상의 문호를 개방하기는 했으나, 무역은 어디까지나 정부의 통제 하에서 하려 했고, 각 번의 인사들은 직접 그들과 접촉하는 것을 꺼렸다. 막부뿐만 아니라, 세상의 여론이 이와 같은 직접적인 접촉을 용서하지 않았다. 세상의 공론은 양이 일색이다. 만약 쓰기노스케의 행동이 다른 데로 누설되면, 그는 양이 지사에 의해 살해될지도 모른다.

이튿날 쓰기노스케는 외국인 거류지로 갔다. 후쿠치가 동행을 했다.

"이것이 일번관(一番館)입니다."

후쿠치는 길모퉁이의 영국인 상관을 손으로 가리켰다. 그 옆에 이번관이 있는데, 역시 영국 상인의 것이다. 일번관에서는 생사(生絲)와 기름, 우무, 미역, 농(銅)을 취급하고, 이번관에서는 시세의 변동이 심한 생사만을 전문으로 취급한다.

"장사는 역시 영국인입니다."

세계에서 제일이라고 후쿠치는 말한다. 영국 상인은 해외 시장의 확대를 위해 영국 의회와 군대와 외교관을 자유자재로 움직인다고 했다.

'설마?'

쓰기노스케는 고개를 갸우뚱했다. 후쿠치의 말은 언제나 과장이 섞여 있어서 그만큼 빼고 들어야 하지만, 어쩌면 참말인지도 모른다.

이 외국인 거류지의 거리를 걷고 있노라니 세계는 상인이 움직이고 있다는 실감을 아니 느낄 수가 없다.

'일본도 무사의 세상이 끝날지도 모른다.'

문득 이런 생각이 들었다.

삼번관은 미국인의 상관이다. 이 세 상관이 요코하마 상관의 효시라고 후쿠치가 설명했다.

"아, 예."

후쿠치는 계속 고개를 끄덕이며 걸어갔다. 서양인들이 후쿠치를 보고 연신 인사를 하는 것이다. 하급 관리이지만 세관의 통역인 이상, 이 애송이는 일종의 세력을 가지고 있는 모양이다.

'좋은 사람을 알았어.'

이 점, 쓰기노스케에겐 행운이었다. 후쿠치를 안다는 것은 세계를 아는 것으로 통할지도 모른다.

이 세 집이 상관의 효시이지만, 그 후 우후죽순처럼 늘어나서 지금 그들이 찾아가는 스위스인 페블브란드의 상관은 175번 관이라고 했다.

이윽고 그곳에 당도했다.

소박한 목조 이층 양옥이다. 건축 재료는 다른 상관처럼 상해에서 운반해 왔다고 한다.

시계의 간판이 걸려 있다.

"여깁니다."

후쿠치가 문을 열고 들어서자, 안에서 페블브란드가 나와서 두 팔을 크게 벌리며 환영의 뜻을 표했다. 그는 쓰기노스케의 앞에 서서 가게 안을 안내했다. 시계니 총기 따위의 상품 견본을 보여 주기도 하고, 자기의 침실과 손님용의 침실까지를 구경시켰다.

"가와이님, 이 집은 당신에게 가장 충실한 친구의 집이라고 생각해 주십시오."

젊은 스위스인이 말했다.

'왜 이토록 나에게 접근하려 할까?'

쓰기노스케는 이상하게 느꼈으나, 그에 대한 후쿠치의 설명은 간단했다.

"친구를 얻고 싶어서 그러는 겁니다."

좋은 친구를 얻고자 해서 그런다는 것이다. 그뿐이라고 했다. 이 고독한 젊은 모험가인 상인으로서는 수수께끼의 나라에 와서 혼자 살아가기 위해서는 이해관계를 떠난 좋은 친구를 갖고 싶은 것이 당연할 것이다. 그러나 아무리 그렇다손 치더라도, 친애의 표현 방법이 너무 조급한 것 같다.

'풍속과 습관의 차이겠지.'

이윽고 식사 준비가 되었다고 청국인 하인이 와서 보고했다. 여자가 있는 것 같지 않은 것을 보니, 스위스인은 아직 독신인 모양이다. 식탁을 사이에 두고 대화가 시작되었다. 서로 인간임에는 다를 바 없으나, 각각 걸머지고 있는 문명이 다르다.

"전 노넬 호반에서 태어나 베른에 있는 대학에 2년 동안 다녔습니다."

페블브란드의 말이다. 인류학에 흥미를 가졌으나 학자는 되지 못하고, 상인이 되었다고 한다.

뒷벽에 호수를 그린 유화 한 폭이 걸려 있다. 아마 그의 고향 풍경인 모양이다.

후쿠치는 통역을 하면서, 인류학이란 말에 흥미를 가져, 쓰기노스케를 벙어리로 만들어 놓고 연신 질문을 해댔다. 그건 아무래도 인류학이라기보다도 민족 형태학인 것 같은 내용이다. 후쿠치는 대충 자기가 납득을 하자, 쓰기노스케를 보고 그 개요를 설명했다.

'한가한 학문도 있군.'

쓰기노스케의 느낌이다. 예부터 내려오는 일본의 학문은 유교이다. 유교의 목적은 수신제가치국평천하(修身齊家治國平天下)로서, 말하자면 실용 철학이다. 그리고 지금 양학이라 하여 일본인이 흥미를 가지기 시작한 분야도, 병기 공학, 군사 기술, 항해술, 의술 따위의 실리면에 한정되어 있지 페블브란드처럼 한가한 얘기 같은 학문은 존재하지 않았고, 그런 지적 오락 같은 것을 학문이라고 부를 줄조차 몰랐다.

'서양인은 여가가 남아도는 모양이구나.'

쓰기노스케에게는 이렇게 이해되었다. 즉 여가가 남아돌 정도로 사회생활에 여유가 있다는 것이 아니냐는 생각을 한 것이다.

아마 생활의 여유는 앞에서 말한 '실리 양학'으로 산업을 크게 발달시켰기 때문이리라. 일본은 우선 열심히 산업과 군사를 일으키는 일부터 시작해야만 한다.

'그래야지.'

쓰기노스케는 다짐했다.

페블브란드는, 학문을 중단해야만 했기 때문에 모험을 택했다고 했다.

'학자가 상인이 되었군.'

일본이라면 계급의 전락이지만, 서양인의 세계에서는 그렇지가 않은 모양이다. 단순히 정열이 바뀐 것뿐이다. 쓰기노스케는 그 점을 후쿠치에게 말하자, 후쿠치는 그 뜻을 통역했다.

"아니, 같은 호기심입니다."

페블브란드는 부정했다. 다른 인종과 그 문명을 알고 싶었다. 학문으로 그것을 만족시킬 수가 없었기 때문에 무역 상인이 되기로 결심을 하고 유럽인에게는 수수께끼의 나라인 일본에 왔노라고 했다.

"오랜 옛날, 우리 아리안 인종은 중앙아시아의 어느 곳에 살다가 유럽으로 이동했습니다. 일본인의 먼 조상도 그 근처에 살다가 거꾸로 동쪽으로 이동을 했겠죠. 그러고 나서부터 우리는 만나지 않았던 것입니다."

지금 처음으로 당신과 나는 이렇게 만났다고, 그동안 서로의 문명이 달라졌기 때문에, 지금에 와서는 여간한 애정과 지혜를 가지지 않고는 서로를 이해할 수가 없게 되었다고 젊은 상인은 눈을 번쩍이며 말했다.

"스위스란 어떤 나라입니까?"

쓰기노스케가 물었다. 후쿠치는 그것을 통역하였다.

"국토는 좋지 않습니다."

페블브란드의 말에 의하면, 인류가 살 장소로서는 가장 부적당한 땅이라고 했다. 무척이나 높은 지대로서, 간단히 비교해서 후지 산(富士山)의 꼭대기 근처에 사람들이 살고 있다고 했다. 주위에는 후지 산을 훨씬 능가하는 높은 산들이 있고, 다른 유럽 지방에 내려가기 위해서는 몇 개의 고갯길밖에 없다. 추운 지방인 데다 토지는 메말랐다. 국토의 22퍼센트가 불모지이며, 29퍼센트가 삼림이다. 나머지 50퍼센트가 초원이지만, 일본처럼 수리 시설이 좋지 않기 때문에 농지로서 적합하지 않다.

'쓸모없는 나라로군.'

쓰기노스케는 생각했다.

그런데도 페블브란드는 오히려 그 자연의 악조건을 자랑이라도 하듯이 기쁘게 떠들어 대고 있다.

'말하자면 일본의 오슈(奧州)이군. 아니 그보다 더 심한 나라야.'

쓰기노스케는 이렇게 판단했다. 일본 오슈 지방의 나쁜 자연 조건과 빈곤함은 이루 말로 못한다. 스위스도 그렇구나, 하고 연상한 것이다.

"광물 자원도 없습니다."

일본처럼 금, 은, 동이 산출되지도 않고 겨우 암염(岩鹽)과 소량의 철이 나올 뿐이다.

"그 점, 동정이 갑니다."

후쿠치는 일본어로 지껄였다.

그런데도 페블브란드의 말에 의하면 스위스는 유럽에서 가장 부유한 나라로 손꼽히며, 지적 수준이 가장 높고, 공업의 번성함은 다른 나라를 압도하고 있다는 것이다. 쓰기노스케로서는 알 수 없는 일이었다.

"그것이 유럽이라는 곳입니다."

페블브란드는 강조했다. 이 젊은 스위스인은 바로 그 점을 말하고 싶었으리라.

"유럽인은 한 가지 특성을 가지고 있습니다. 자연 조건의 결함만큼 정열의 대상이 되는 것은 없습니다."

농지에 부적당하기 때문에 스위스는 예부터 목축을 주산업으로 해서, 버터와 치즈 따위의 제품을 다른 유럽 여러 나라에 수출하여 윤택한 생활을 했다.

근세에 와서는 목축만이 아니고, 기계류를 만들어 다른 나라에 팔고 있다.

"그것도 큰 기계는 만들지 않습니다."

다른 나라로 나가는 길이 고갯길이고 길기 때문에 큰 기계는 수송이 부자유스럽다. 그래서 스위스가 정성을 들이는 것은 정밀 기계, 특히 시계라고 했다. 이것은 타국에서 사들이는 원료가 적어도 된다. 운임도 싸다. 즉 고도의 숙련 기술을 다른 나라에 파는 것으로써 국가가 번성하고 있다는 것이다.

"아시겠습니까?"

즉, 유럽 문명을 알겠느냐는 말이다.

"저는 내 나라 자랑을 하고 있는 것이 아닙니다. 유럽인의 사고방식을, 스위스를 예를 들어 말씀드린 것뿐입니다. 자연을 종으로 삼아 그것을 길들이고 마는 것입니다."

'그렇다면 오슈하고는 다르다.'

쓰기노스케는 생각을 고쳐먹었다.

아시아인은 자연 속에서 자연을 믿고 사는 방법밖에 모른다. 한 번 흉년이 들면 굶어 죽는 수밖에 없다. 그것을 부득이한 것으로 알고 있다. 어느 쪽이 어떻게 우열하다는 것을 떠나, 아무튼 엄청나게 다른 인종인 것 같다.

자기 집처럼 생각해 달라는 페블브란드의 권유로, 그 날 밤 쓰기노스케는 이 집 이층에서 잤다. 잠자리는 침대였다.

'지금쯤 오스가는 무엇을 하고 있을까?'

문득 고향에 두고 온 아내 생각을 했다. 그녀는 여전히 시나노 강의 상류가 에도라고 알고 있을 터이고, 남편인 쓰기노스케가 설마 개항지의 서양집 이층의 침대에서 자고 있을 줄은 꿈에도 모르리라.

'괴짜 남편을 둔 불행한 여인이야.'

쓰기노스케의 얼굴을 램프가 비추고 있다. 램프라는 조명구가 오랜 개항지인 나가사키 사람들에게는 신기한 것이 아니지만, 쓰기노스케는 이번에 요코하마에 와서 처음으로 그것을 보았다.

'참 밝구나.'

등잔불을 쓰는 일본인의 눈으로 보면 대낮처럼 밝다. 이 한 가지 점만 보아도 일본은 세계의 조류에서 뒤떨어져 있다.

──왜 뒤떨어졌나?

대답은 간단했다. 문명이란 민족과 국가 사이에서 서로 영향을 주고받음으로써 발전하는 것인데, 일본은 지리적으로 고립해 있기 때문에 그 능력을 다른 문명으로부터 자극받은 적이 없었다.

헤이안(平安)시대 초기까지는 중국과의 공식 접촉이 있었다. 그러나 그것이 두절된 지 1,000년이 되었다. 그 때문에 고작 램프를 보고도 눈을 동그랗게 뜨게 된 것이다.

또 한 가지 쓰기노스케가 페블브란드의 애기를 듣고 충격을 받은 것은 봉건제도의 문제였다.

──일본의 봉건제도는 머지않아 망하게 되는 것이 아닐까요?

젊은 스위스인은 그 말만은 목소리를 낮추어 조심스레 말했다. 장군과 영주에 의한 토지와 인민의 지배 제도는 망한다는 것이다. 스위스에도 그런 시기가 있었다. 그러나 무너졌다. 상인과 기술자들의 재력과 실력이 그것을 무너뜨렸다.

──당연한 일입니다. 옛 왕후들은 농민과 목민을 지배했습니다만, 사람의 지혜가 발달하여 산업이 흥해지면, 귀족보다도 산업가 쪽이 실력을 가지게 되는 것입니다.

페블브란드의 주장이었다.

"그렇다면, 후쿠치님."

쓰기노스케가 입을 떼었다.

"에치고야(越後屋 : 뒷날의 미쓰이 재벌)가 일본을 지배할 시대가 온단 말이오?"
"글쎄, 그 점은 어떨는지."
서양 사정에 밝은 후쿠치조차 설마 하는 태도였다. 무사의 세상이 끝나리라는 생각은 후쿠치도 염두에 두지 않고 있었다. 그래서 그는 나가사키 마을의 의사의 아들이라는 신분에서 양학을 익혀 막부에 등용된 하급 관리이지만 무사의 신분을 누렸던 것이다.
'일본은 산업을 일으켜야만 한다. 그러나 산업을 일으키면 봉건제도는 무너진다.'
무사로서 자기 부정의 길이다. 가령, 쓰기노스케가 나가오카 번의 상인을 시켜 총기나 대포를 만든다고 하면 머잖아 그들이 강대해져서 번은 무너지고 만다. 즉 주가인 마키노 집안이 쓰러진다. 결국 간접적인 모반이 된다. 무사로서 그보다 더한 불충의 사상이 어디 있겠는가. 아무튼 자본주의는 욕망의 제도이다. 금욕과 물욕을 추구하고 있다. 구미의 발전을 보면 그 이외에는 일본을 부국강병으로 만들 방법이 없을 것 같으나, 그것이 봉건제도를 용납하지 않는다면, 무사로서 쓰기노스케는 어떻게 처해야 옳은가.

쓰기노스케는 에도의 고가 학당에 돌아와서도 한동안 멍하니 생각했다.
"웬일이십니까?"
스즈키 소년이 물었으나 쓰기노스케는 단지 이 한 마디 말뿐, 다른 말은 하지 않았다.
"홍역이다."
그렇다고 열이 있는 것도 아니고, 눈도 충혈되지 않았으며 더구나 붉은 반점이 생긴 것도 아니다. 첫째 홍역은 어린애가 앓는 병이다.
——가와이가 홍역에 걸렸다.
이런 소문이 학당 안에 퍼졌다. 모두들 웃었다. 홍역에 걸릴 정도로 귀여운 사내는 아니라는 것이다.
소문이 스승인 고가 긴이치로의 귀에 들어가, 밤중에 스승의 집으로 호출을 당했다. 안마당을 사이에 두고 스승의 저택이 있다. 쓰기노스케가 스승의 서재에 들어서자 고가가 대뜸 말한다.
"아니 자네 건강하잖은가?"
고가는 화란 학자인만큼 다소의 의술에도 통해서, 바라보기만 해도 상대가 홍역인지 아닌지쯤은 안다.

"별 일은 없는 것 같군."

"보기에는 그렇습니다."

쓰기노스케는 머리를 조아렸다.

"그저께 요코하마를 다녀왔습니다."

"그래?"

고가는 처음 듣는 얘기이다. 문하생들에게도 쓰기노스케는 비밀로 해두고 있다. 척화론이 기세를 떨칠 때여서, 양이의 거리에 간 것을 퍼뜨릴 계제가 못되었던 것이다.

"어떻던가?"

"아직 확실한 의견을 세우지 못하겠습니다. 그저 견문했을 따름입니다."

쓰기노스케는 자초지종을 이야기했다. 그가 관심을 갖는 것은 고가 선생에 대해서다. 고가는 집안 대대로 한학을 했는데 자진해서 양학을 선택한 인물이다. 그런 고가라면, 쓰기노스케의 이 혼란——그가 홍역이라고 말하는——을 해결할 돌파구를 찾아주겠지, 하는 생각이었다.

그러나 그 기대는 허사였다.

"그 정도로 관심이 끌린다면 자네도 양학을 하는 게 어떤가."

지극히 평범한 권유뿐이었다. 쓰기노스케는 고개를 저었다. 그는 자신이 양학을 배우고자 생각한 적은 없었다. 양학 공부에는 많은 여가와 끈기가 필요하다. 그런 것에 적합한 다른 사람이 할 짓이지, 꼭 자기가 해야만 된다고는 생각하지 않았다. 자기에게 양학의 지식이 필요할 때는 그 방면의 권위자에게 의견을 물으면 된다. 그렇게 생각하고 있는 것이다. 필요한 것은 원리이다. 번과 일본을 이 복잡한 시대의 흐름 속에서 구하자면 어떻게 해야 좋을지 그 원리를 찾고 있는 것이며, 양학은 그 참고 자료에 불과하다.

"자넨 양학을 시시한 것으로 생각하나?"

"천만의 말씀을. 다른 사람이 하는 것은 찬성입니다만, 저는 그것을 배우지 않겠습니다. 사람의 일생은 짧은 것이 아니겠습니까."

"응, 그런 뜻인가."

고가는 이 점에 대해서는 별반 의견을 말하지 않았다.

"부국강병을 위해 산업이 발전하면 왕후가 지배하는 봉건제도가 망하고 에치고야의 시대가 온다."

또한 쓰기노스케가 말하는 이 과제에 대해서도, 고가는 이렇다 할 의견이 없었다.
고가는 단순한 학문의 기술 주의자에 지나지 않는 것 같았다.

나그네의 길

무코 섬(向島)에서는 이미 등꽃이 피기 시작했다고 한다. 여름이 가깝다.
쓰기노스케는 이미 에도에 실망을 느끼고 있었다. 고향의 아버지에게 띄우는 편지에도 다음과 같이 적었다.

"이곳은 과연 대도시로서, 대학자도 많고 실제로 미숙한 소자가 스승으로 받들 분도 많습니다만, 모두들 학문을 직업으로 삼고 있는 사람뿐이지 실학(實學)의 인사는 얼마 되지 않는 듯하옵니다."

요코하마를 다녀온 뒤로는 이런 생각이 한층 심해졌다. 쓰기노스케에게 시원스레 그 점을 깨우쳐 주는 사람이 없다.

"이상하게도 그 외국인뿐이었다."

스위스의 젊은 상인인 페블브란드 말이다. 그 자체는 대단한 인물이 아니었으나, 그의 배후에는 우뚝 솟은 이질(異質)의 문명이 있어서 그것이 쓰기노스케의 '원리적 사고'에 크게 자극을 주었다.

그렇지만 극동의 반(半)쇄국주의 나라의 조그만 영주의 신하 가와이 쓰기노스케가 그 생애를 어떻게 살아야 하느냐에 대해서까지는, 페블브란드는 조언자가 되지 못했다.

쓰기노스케는 스승인 고가에게도 실망했다.

"그럼 양학을 배워라."

그 정도의 조언밖에 못한다면 고가도 필경은 학문을 직업으로 삼고 있는 사람에 지나지 않으리라.

이 날 쓰기노스케는 사키치 소년의 청에 못 이겨 아사쿠사 마쓰치 산(淺草待乳山)의 쇼덴(聖天) 경내에 가서 등꽃을 구경했다. 이미 철이 지난 후라 정취는 덜했다.

그러나 전망이 좋았다.

마쓰치 산의 능선에 올라가서 동쪽을 바라보니 스미다 강(墨田川)의 긴 둑이 뻗어 있고, 강물이 무사시(武藏) 하늘의 푸르름을 파르게 비쳐 주고 있었다. 가까이로 가쓰시카(葛飾)의 마을이 보이고 멀리 고노다이(國府臺) 근처까지 보이는 듯했다.

"이제 곧 나의 에도 생활도 끝장이구나."

쓰기노스케는 사원의 돌층계에 앉으면서 이마의 땀을 닦았다.

"고향으로 돌아가십니까?"

사키치가 놀라 묻는다.

"아니, 고향엔 안 가."

"그럼?"

"여행이야."

쓰기노스케는 중얼거리듯 대꾸했다.

"어디로 가세요?"

사키치는 다그쳐 물었다. 쓰기노스케가 학당에서 없어지면 당장 곤란을 느낄 사람은 이 소년이었다.

"서쪽이야."

"교토로 가십니까?"

"아니, 훨씬 더 서쪽이야. 그런데 번에서 허가를 해줄지 그것이 문제다. 여비도 마련해야겠고. 확실해지면 알려 주지."

"지금 말씀해 주세요."

"바보 같으니."

쓰기노스케는 웃지 않고 콧소리로 말했다. 사키치는 자기의 호기심을 나무랐다. 무사는 될지 안 될지 모르는 장래의 일은 말하지 않는다. 거짓말이 될 것을 두려워하기 때문이다.
　이윽고 긴 돌계단을 내려가기 시작했다. 한 열 계단쯤 내려오다가 쓰기노스케가 사키치를 돌아보았다.
　"이봐!"
　"저건 어느 방향이지?"
　댕댕댕, 급한 종소리가 울린다. 불이 난 것이다. 사키치는 도로 돌계단을 올라가 언덕 위에서 사방을 살펴보고 돌아왔다.
　"요시와라입니다."
　쓰기노스케는 펄쩍 뛰었다. 적어도 사키치의 눈에는 그렇게 보였다.
　소년이 놀란 것은 쓰기노스케의 날쌘 동작이었다. 돌층계를 뛰어내리면서 쓰기노스케의 하오리가 펄렁, 하는 것 같았는데, 어느새 그것이 조그맣게 뭉쳐져 품안으로 들어갔다. 하오리를 입고는 뛰기가 불편했으리라. 이어 하카마 자락을 접어 허리춤에 꽂았다. 그리고 조리를 벗어 허리띠에 찔렀다.
　그런 차림으로 돌계단을 뛰어내리자 거리를 쏜살같이 달려 금방 사라져버렸다.
　'이상한 분이야.'
　사키치는 아직 돌계단의 중간쯤에 있었다. 짐작하건대, 쓰기노스케는 요시와라 고이네의 안부가 궁금해서 달려가는 것이리라.
　'고작 창녀를 위해서.'
　경멸하고 싶다. 쓰기노스케라는 인물에 대해 실망도 느꼈다. 평소 왕양명과 이충정(李忠定)에게 심취하고 있는 점과, 요시와라의 화재 소리를 듣고 단숨에 달려가는 저 사나이의 행동에 어떤 연관성이 있단 말인가.
　사키치는 돌계단 아래에 있는 찻집에 앉아 떡을 한 접시 주문했다.
　마침 학당의 급장인 오다기리가 지나가다가 걸음을 멈추었다.
　"아니, 자넨 가와이와 동행하지 않았나?"
　이 사내도 등꽃 구경을 온 모양이다.
　"가와이는 어디 갔나?"
　오다기리는 집요하게 물으며 떡을 청했다. 사키치는 마지못해 그만 사실대로 얘기했다.
　"호색한이야."
　오다기리는 한 마디로 단정했다. 고가 학당의 으뜸가는 이 수재는 쓰기노스케를 좋아하지 않았다. 불량한 문하생으로 간주하고 있다. 오다기리는 요네자와 번사로서 그의 학식은 번의 자랑이며 귀번하면 번의 최고 학자가 된다는 소문이 있었다.

쓰기노스케도 오다기리를 싫어했다. 종종 사키치에게 오다기리와 같은 인간이 되지 말라고 가르쳐 왔다. 사키치는 그것을 지금까지 이해 못하고 있다.

'이토록 나쁜 사람일까?'

사키치는 오다기리의 얼굴을 유심히 바라보았다. 이 급장은, 시문은 스승인 고가를 능가할 정도로 뛰어나며, 고전의 해석에 조예가 깊고 독서 범위가 넓은 점에서 타의 추종을 불허한다. 그러나 성격이 다소 속되고 인색한 편이었다. 그래서 문하생 간에 미움을 사고 있었다. 그러나 그것이 이 사나이의 치명적인 결함이라 할 수는 없다.

'서로 호흡이 안 맞는 게지.'

이렇게 생각은 했으나, 호흡 여부로 돌리기에는 문제가 너무 심각하다.

쓰기노스케는 오다기리를 가리켜 말한다.

"학문을 출세의 밑천으로 삼고 있는 녀석이다. 저런 녀석이 이 세상에서 가장 나쁘단 말이야."

목수나 미장이라면 괜찮다. 목수나 미장이가 솜씨를 닦아서 에도에서 제일가는 사람이 되면 훌륭히 살 수가 있다. 그러나 학문의 길은 다르다. 이 길은 기능의 길과는 달라서, 한 나라와 한 번의 정의와 통하는 길이다. 학문으로 세상에서 명예를 얻으면, 번은 그 자에게 정치를 맡기겠지. 그런 정신의 소유자가 정치를 하면 악영향을 미치게 된다. 한 나라의 부패와 연결된다. 그러니 처치가 곤란하다고 쓰기노스케는 설파했던 것이다.

"말할 것도 없이 색한이야."

오다기리는 거듭 말했다. 쓰기노스케를 가리키는 말이다.

"그럴까요?"

사키치는 고개를 약간 갸우뚱하고는 떡을 하나 입에 넣었다. 이런 태도는 아직 어린애이다.

"마땅치 않은가?"

오다기리 앞에도 떡이 나왔다.

"예, 가와이님에게는 훨씬 다른……."

"뜻이 있다는 말이지. 종소리를 듣자마자 요시와라로 달려가는 그 사나이에게 다른 뜻이 있다고 생각하나?"

"그렇게 생각합니다."

"지나치게 잘 보기 때문이야. 자넨 무턱대고 그를 너무 존경해. 그런 건달에게 사사(師事)하고 있으면 자네도 그렇게 돼."

"건달이란 말입니까?"

"고가 선생도 말씀하셨다. 가와이는 학문을 경멸하고 있다고."

'천만에, 학문을 경멸하는 것이 아니라 가와이님은 지금의 학자를 멸시하고 있는 거야.'

사키치는 속으로 이렇게 생각했으나, 급장에게 대꾸할 수도 없고 해서 잠자코 떡만 먹었다.

오다기리는 무척이나 쓰기노스케가 얄미운 듯이 지껄인다.

"그 녀석은 독실하게 공부를 안 해."

'이거 재미있군.'

사키치는 문득 이런 생각을 했다. 오다기리는 고가 학당을 대표하는 수재이며 가와이는 숙제인 시작(詩作)조차 사키치에게 대작시키는, 말하자면 열등생이다. 두 사람은 극과 극인 셈이다. 이 두 사람을 비교함으로써 사키치 자신이 앞으로 취할 길이 분명해질 것이 아닌가.

"하기야 오다기리님의 학문 수업은 독실하기 이를 데 없는 것이죠."

사키치는 일부러 칭찬을 했다.

"학당의 공부에 착실해야 하는 것은 우리 서생들의 길이야. 학당의 학업을 성실히 안한다면 굳이 학당에 올 필요가 있나."

오다기리는 당연한 체 지껄인다.

"중요한 점입니다. 좀 더 그 점에 대해 가르쳐 주십시오. 학업에 착실하면 어떻게 되는 거죠?"

"학문이 진보하지."

"진보하면 어떻게 되죠?"

"명성이 나지."

"나면?"

"출세의 길이 열리지."

오다기리는 마침내 본심을 털어놓았다. 상대가 아이라고 생각하고 한 말이리라.

"그럼 학문의 명성은 입신출세의 수단이 되겠군요."

"그렇구말구."

오다기리는 퍽 대담하게 단정을 했다. 하기야 그것이 사실이기도 하다. 전국시대에는 용자가 무공에 의해 벼슬과 녹이 올라갔지만, 지금 시대에는 학문의 공이 있는 자가 번에서 요직에 앉는다. 경우에 따라서는 대대로 내려오는 중신을 제쳐놓고 번의 최고 권력자의 자리에 앉을 수도 있다. 그 때문에 학문을 닦는다, 하고 오다기리는 말하는 것이다.

"번의 요직에 앉아야 비로소 자신의 뜻도 펼 수가 있는 거야."

"그러나 학문, 학문, 하지만 실제로는 어구(語句)의 해석밖에 더 있습니까? 그런 짓만 하다가는 천하를 다스릴 길도 못 찾고 그 뜻도 키울 수가 없지 않습니까?"

"자넨 가와이의 나쁜 관념에 물들어 있네. 건달이 아니면 반역자가 될 거야. 조심해."

"옛?"

사키치 소년은 놀랐다. 쓰기노스케의 본을 뜨다가는 건달이나 반역자가 된다는 말을 듣고는 그냥 있을 수가 없다.

"설마……."

사키치는 오다기리를 바라보았다.

"진정으로 하시는 말씀은 아니실 테죠?"

'이 녀석은 역시 어린애군.'

오다기리는 우스웠다. 그러나 사키치로서는 웃을 일이 아니었다. 실은 은근히 그 점이 걱정이기도 했던 것이다.

'가와이 선생은 사물을 너무 철저히 따지고 든다. 세상일도 지나치게 따지다 보면 결국 세상을 포기하는 건달이 되든지, 모반이라도 일으키는 도리밖에 없다. 인간은 역시 오다기리처럼 속된 마음과 이기심이 왕성한 것이 안전할지도 모른다.'

문득 이런 생각을 가지기도 했었다.

'그러나 그렇게 되고 싶지는 않다. 가와이 선생이 참된 인간이다.'

이렇게 생각하고 싶다. 사키치는 솔직히 말해서 막막한 생각이 든다.

"대관절 가와이는 평소에 자네에게 뭣을 가르쳤는가?"

"아무 것도 안 가르쳤습니다."

"그럴 리야 있나. 그는 양명학의 무리이니 그에 대해서 무슨 말을 했겠지?"

"마음이란 말을 가끔 하십니다. 만물과 만상은 내 마음에 달렸다고 말입니다."

"그게 양명학이지."

오다기리는 같은 유학이라도 주자학파이다. 오다기리뿐만 아니라 스승인 고가도 그렇고, 에도는 고사하고 온 천하의 학자 가운데서 99퍼센트가 주자학파이다.

왜냐하면 주자학은 막부의 관학(官學)으로, 그것을 모르면 관에 나갈 수가 없다. 양명학은 막부로 봐서는 가장 혐오할 이학(異學)이었다.

별, 달, 산, 강, 인간 따위의 모든 실재는 정말 실재하는 것일까? 주자학의 주장을 따르면 천지 만물(실재)은 엄연히 객관적으로 존재한다. 돌멩이도, 길을 가는 개도, 둑 위의 소나무도 모두가 객관적인 존재라고 한다.

그러나 쓰기노스케의 양명학에서는 그렇게 보지 않는다. 그와 같은 천지 만물은 사람인 자기가 그렇게 눈으로 보고 마음에 느끼기 때문에 그렇게 존재하는 것이지 실제로는 그런 것이 없다.

쓰기노스케는 언젠가 사키치에게 한 예를 들어 설명했다.

"봄이 와서 벚꽃이 핀다. 그건 거짓말이다."

벚꽃은 객관적으로는 존재하지 않으며, 꽃도 피지 않고 봄이라는 것도 없다. 사람이 마음에서 그것을 느끼기 때문에 하늘에 봄이 있고 땅에 벚꽃이 있으며 또한 봄에 꽃이 피는 현상이 있다고 했다.

인간의 눈과 마음이 있기 때문에 천지 만물이 존재한다는 것이다. 즉 천지 만물은 주관적 존재라고 했다. 말하자면 유심론적 인식론이라 하겠다.

요컨대, 인간이 천지 만물을 인식하는 것은 인간의 마음에는 천지 만물과 영서상통(靈犀相通)하는 감응력(感應力)이 있기 때문이라고 한다.

천지 만물과 인간의 마음은 두 개의 것이 아니다. 그것은 '동체(同體)이다'라고 했다.

"그러니 항상 마음을 흐리지 않게 간직하면 사물이 잘 보인다. 학문은 무엇이냐. 곧 마음을 맑게 하고 감응력을 예민하게 하는 길이다."

이렇게 쓰기노스케는 종종 사키치에게 말했다.

──마음은 만인이 공통이며, 만인이 하나이다.

이것이 왕양명의 학설이었다. 어떤 인간의 마음도 한 종류밖에 없다. 마음에 차이는 없다고 한다. 이 경우, 마음이란 정신과 두뇌를 말하는 것이리라.

"그렇지만 그건 이상합니다. 실제로 사람은 현우(賢愚)가 있지 않습니까?"

사키치가 대꾸하자 쓰기노스케는 좋은 질문이라고 했다. 과연 현실적으로는 현과 우가 있다. 그러나 그것은 본질적인 것이 아니라는 것이 왕양명의 주장이었다.

"그렇다면 뭐죠?"

"사람에게는 마음 외에 기질이라는 것이 있다. 현우는 기질에 의하는 거다."

잘 모르겠다.

그것을 쓰기노스케는 차근차근 풀어 주었다.

기질에는 부정한 기질과 옳은 기질이 있다. 바르지 못하면 사물에 사로잡힌다. 즉 속된 욕심과 물욕에 사로잡혀 마음이 흐려지고, 마음의 감응력이 약해져 잘 안 보이게 된다. 바로 우자(愚者)의 마음이 된다.

쓰기노스케에 의하면, 학문의 길은 그 기질의 도야(陶冶)에 있는 것이지 지식의 수집에 있는 것이 아니다. 기질이 항상 잘 닦여져 있으면 마음은 언제나 맑은 거울과 같이 깨끗해서 사물이 똑똑히 잘 보인다.

"즉 그 명경(明鏡)의 상태가 맹자가 말하는 양지(良知)라는 거다."

여기까지는 주자학의 초보를 배운 사키치도 쉽게 알 수가 있다.

그러나 양명학은 그보다 한 걸음 더 나아가서 잘 안다(良知)는 것은 아는 것으로 그치지 않고 실행을 따르게 한다. 적극적인 행동이 뒷받침하고 있다.

여기까지 사키치가 생각했을 때 속으로 외침이 나왔다.

'앗!'

알 듯한 느낌이 든 것이다. 쓰기노스케가 종소리를 듣고 요시와라로 달려간 이유 말이다.

"오다기리 선생!"

떡을 먹고 있는 급장을 불렀다.

"가와이 선생이 달려간 것은 역시 그분의 학리(學理) 때문일까요?"

"학리로 창녀에게 달려갔단 말인가?"

"그렇다고 봅니다."

"자넨 미쳤군. 그 미치광이의 광증이 전염됐군그래."

오다기리는 기분 나쁜 듯이 사키치를 바라보았다.

"아닙니다. 잘 표현을 못하겠습니다만, 저는 가와이 선생이 학리를 좇아 달려가신 것으로 봅니다. 그분이 경모하는 왕양명이라도 이 마당에 있으면 뛰어갔을 겝니다."

"나도 요시와라에 단골 여자가 있어. 하지만 불이 났다고 달려가지는 않아."

"그건 오다기리님이니까 그렇죠. 가와이 선생은 달려갑니다. 실제로 달려갔습니다."

"왕양명도 그렇다는 거냐?"

"예, 왕양명도 달려갑니다."

사키치가 생각하건대, 달려간다는 것은 유교의 근본인 인(仁)의 소치이다. 유교에서는 측은지정(惻隱之情)을 중시한다. 길을 걷다가 어떤 아이가 물에 빠지는 것을 보았다. 어떤 악인이라도 그걸 보고는 그냥 있지 않고 무슨 수를 쓰든지 아이를 건지려 한다.

사람이 태어날 때부터 가지는 애처로움을 느끼는 마음——측은지심——이야말로 인의 원시(原始) 형태라고 맹자도 말하고 있다.

쓰기노스케는 그것을 느끼자마자 그가 신조로 하는 행동을 일으켰으리라. 그 행동은 순수한 기질에서 비롯된 것이며, 높은 산 위의 호수처럼 맑고 맑은 것이라고 사키치는 생각했다.

"그래서 달려간 것이지요."

"아냐, 그에게는 단지 시정(市井) 무뢰배의 기질이 있을 따름이야."

종은 댕댕댕, 여전히 울리고 있다.

쓰기노스케는 요시와라의 큰 문으로 달려들었다.

'헛수고를 했군.'

이때 이런 생각이 들었다. 불은 요시와라에 난 것이 아니었다. 들 저쪽의 류센지 거리(龍泉寺町) 근처에 검붉은 연기가 치솟고 있었다. 먼 데서 보면 같은 방향이라 그만 오인을 한 것 같다.

그러나 여기까지 온 이상 그냥 되돌아갈 수도 없어서 찻집에 들러 쉬어 가기로 했다.

"웬일이세요?"

찻집 안주인이 웃음을 참고 있다. 쓰기노스케가 헐레벌떡 큰 문으로 뛰어 들어오는 것을 보았던 것이다. 창기와 놀기 위해 오는 데 이렇게 숨이 턱에 닿도록 달려오는 사나이는 없을 것이다.

"아무 것도 아냐."

"그토록 고이네 아씨가 좋으세요?"

안주인은 쓰기노스케가 고이네를 좋아한 나머지 그처럼 달려온 줄 안다.

"아냐, 불이 났다기에."

"어디서요?"

"아까 종이 울렸잖았어."

"아, 류센지 거리 쪽예요."

"요시와라로 잘못 안 거야."

쓰기노스케는 씁쓸한 낯으로 대꾸했다. 안주인은 그 말을 듣고 두 번째로 놀랐다. 아무리 이 거리의 단골이라 해도 화재 소리를 듣고 이토록 헐레벌떡 달려온 사나이는 없을 것이다.

'이 시골 무사는 진국이야.'

진국도 으스스할 정도로 박력이 있는 진국이다. 유곽 따위는 필경은 놀아나는 곳이지 이렇게까지 할 곳은 못된다.

'그래서 시골 사람은 무섭다니까.'

그렇게 생각되기도 하고 기특한 생각도 든다. 그 증거로 이 홍등가에서 창기와 정사를 하는 사람이라면 에도 사내는 거의 없고 시골 사람이 대부분이다.

"목욕을 안 하시겠습니까?"

안주인이 물었다. 쓰기노스케는 목까지 흙이 튀었고 등에도 군데군데 흙탕이 묻어 있다. 목욕하는 동안에 말끔히 손질해 주겠다고 한다. 고마운 일이었다.

"부탁하네."

"이나모토에도 기별해 놓겠습니다."

안주인은 쓰기노스케를 욕탕으로 안내했다. 그는 더운 물을 한 통 뒤집어 쓰고 탕 안으로 들어갔다. 잘됐다는 생각이 들었다. 쓰기노스케는 남의 마음

나그네의 길 363

에 민감한 사나이였기 때문에 자기의 행동을 보고 안주인이 어떻게 생각하는가를 충분히 헤아리고 있었다.

'굉장한 시골뜨기로 여겼겠지.'

그것으로 족하다. 속도 없이 반한 것은 아니지만, 고이네를 사랑스럽게 여기고 있다. 그렇다면 그녀의 위태로움을 보면 앞장서서 구해야 한다. 이것이 그의 사상이었다. 쓰기노스케는 그 사상을 가지고 그 자신의 마음을 단련시키려 하고 있다. 그의 최종 목적은 번(藩)의 위기에 도움이 될 자신이 되기를 바라는 것이었으나, 상대가 창기라도 상관은 없다.

급한 종소리를 들었을 때, 그의 마음이 고이네의 신변을 염려하여 전율했다. 측은지심이리라. 그 측은지심이 그에게 순간적으로 행동을 명했다.

비록 창기를 위해서일망정 그로 인해서 불 속이라도 무릅쓰는 사나이고 싶다는 생각을 가지고 있다.

'오입도 나를 연마하는 길이다.'

꼬치꼬치 캐고 드는 이 행동가는 이렇게 생각했다.

쓰기노스케가 온다고 한다. 고이네는 찻집의 연락을 받았다. 찻집 하녀가 덧붙이기까지 했다. 화재에 관한 이야기 말이다.

'별난 분이야.'

고이네는 그렇게 생각했다. 그 에치고 양반이 그토록 자기에게 반했으리라고는 믿어지지 않는다.

——반했다는 것과는 다른 것일 거야.

쓰기노스케가 고이네를 대하는 태도는 어딘지 대결하는 느낌을 준다. 쇠가 쇠를 쳐서 불꽃을 퉁기는 듯한, 혹은 검객이 다른 검객과 맞서서 자기의 수업을 쌓으려는 듯한 그런 기묘함이 있다. 고이네는 밤낮으로 손님을 받는다. 그것이 직업이다. 이 거리에 와서 몇 백, 몇 천의 뜨내기손님과 베개를 나란히 했는지 모르지만, 이런 종류의 사나이는 처음이었다.

우선 잠자리에서 상냥하고 달콤한 말을 해준 적이 없다. 그렇다고 음탕한 농담도 없다. 담백해서 어딘지 모르게 성(性)을 초월한 벗과 같은 접촉을 한다. 잠자리에서 하는 모든 동작이 찻집에서 차를 즐기는 듯한 그런 여유가 있어 보인다.

'유별난 나리야.'

이렇게 생각하고 있는데 쓰기노스케가 여종에게 안내되어 들어왔다.
"엽차를 한 잔 할까."
쓰기노스케는 앉자마자 말했다. 고이네가 교쿠로(玉露 : 고급 차 이름)를 끓이려고 했다.
"엽차라니까."
쓰기노스케는 고이네의 손바닥을 찰싹 때릴 듯이 날카롭게 일렀다.
고이네는 머리를 조아리며 여종에게 엽차를 가져오라 했다. 여종이 아래로 내려갔다.
'새침해졌군.'
쓰기노스케는 고이네의 이러한 새침한 표정이 더없이 귀여웠다. 도코노마엔 등꽃을 꽂꽂이해 놓았다. 등의 꽃꽂이는 좀 귀하다.
"저건 네가 한 거냐?"
"부끄럽습니다."
"나쁘지 않군."
쓰기노스케는 등을 바라보았다. 고향에 계신 아버지 생각이 난다. 차와 꽃꽂이에 조예가 깊었다.
'꽃의 마음을 아는구나.'
쓰기노스케는 고이네의 솜씨를 이렇게 관찰했다.
"니도 오늘 등꽃을 보고 왔어."
"쇼덴(聖天)에 가셨습니까?"
"알고 있구나."
"네, 들었습니다. 류센지 거리의 종소리를 듣고 달려오셨다는 얘기도 이미 ……."
"쑥스러운 짓을 했어."
"고이네를 그토록 생각해 주시다니, 기쁘게 생각합니다."
"무슨 소릴."
겸연쩍은 듯이 얼굴을 쓰다듬었으나 문득 고이네의 차분한 태도가 얄미워진다.
"고이네."
쓰기노스케는 일어섰다. 조그만 미닫이를 발로 열었다. 거기에 차탕기가 놓여 있었다. 쓰기노스케가 보기에도 열 냥이나 열다섯 냥으로 살 수 있는

나그네의 길 365

탕기가 아니다. 발을 들어 그것을 찼다. 차탕기가 미닫이 밖으로 날아 땅 위에 떨어져 박살나는 소리가 들려왔다. 쓰기노스케는 엽차를 마셨다.

고이네는 과자 상자 뚜껑을 열었다. 젓가락으로 과자를 집어 '드셔요' 하며 쓰기노스케를 쳐다보았다. 낯빛이 여전하다. 왜 차탕기를 걷어찼느냐고 물으려도 않는다.

'별난 여자로군.'

쓰기노스케는 자기의 미친 짓을 잊은 듯 이렇게 생각했다. 아무래도 쓰기노스케가 진 것 같다. 쓰기노스케는 과자를 손바닥에 받았다. 전분 만두이다.

"드셔요."

"그래, 먹지. 그런데……."

쓰기노스케는 고이네를 똑바로 바라보았다. 고이네는 살짝 시선을 피해 옆으로 외면했다. 쓰기노스케는 약간 조급해졌다.

"뭐라고 한 마디 하지 않나?"

차탕기를 깬 반응을 강요하는 것이다. 그러나 그건 쑥스러운 일이었다. 고이네는 싱그레 웃었을 뿐이었다.

'내가 졌구나.'

사실 왜 그랬는지 쓰기노스케 자신도 알 수가 없다. 고이네의 차분함이 문득 얄미워졌던 것은 사실이다. 그 비싼 차탕기를 차서 깨뜨린다면, 어떤 소리를 내고 어떤 낯을 할 것인지 문득 한번 실험해 보고 싶었다. 그런데 연못에 돌멩이 하나를 던진 정도의 반향도 없다.

'별난 사람이군.'

고이네는 속으로 이런 생각만 한다. 차탕기를 깬 것이 조금도 불쾌하지 않다. 오히려 즐겁기조차 하다. 고이네의 직감으로는 차탕기를 깬 것은 이 에치고인의 자기에 대한 애정의 표현이리라. 평소 자기에 대해서 반했다느니 사랑한다느니 한 마디 말도 없다. 그러나 이 에치고인은 자기를 사랑하고 있다. 차마 사랑의 말을 지껄일 수도 없고 고이네의 사랑을 확인할 수도 없어서, 결국은 그런 행동을 취함으로써 고이네에게 한 번 응석을 부려 본 것이리라. 혹은 고이네의 사랑을 시험해 보려 했는지도 모른다.

"어째서 이렇지?"

쓰기노스케는 과자를 먹으면서 고개를 갸웃거렸다. 고이네는 까닭을 물었다.
"아니, 이 과자는 좀 쓰군."
"호호호."
고이네는 웃는다. 그건 당연하죠, 독이 들어 있으니까요, 하고 뜻밖의 말을 했다.
"독이?"
"그런 장난을 하셨으니 저의 보복이에요."
"음, 듣고 보니 독 냄새가 나는군."
쓰기노스케는 진지한 낯으로 나머지 반쪽을 입에 넣으려 했다.
"그만 잡수셔요."
"왜 말리나?"
쓰기노스케는 남은 과자를 입에 넣었다. 물론 농담이겠지만 독이라도 상관없다. 무사는 어떤 의미의 죽음이라도 언제나 그 자리에서 죽을 수 있는 각오를 길러야만 한다는 것이 그의 평소의 사상이었다. 창기에게 독살을 당한대도 조금도 후회할 것이 없다.
"다 먹었다."
"그것으로 차탕기와는 상쇄되었어요."
고이네는 새로 차를 끓였다. 쓰기노스케는 그 차를 마셨다. 쌍방이 서로 담담하다. 말하자면 이런 일련의 행동이 그들의 사랑의 속삭임인 셈이다.
밤중에 고이네가 문득 역시 유곽의 통용어로 소곤거렸다.
"다음에는 언제 와주옵셔요?"
고이네는 아마도 쓰기노스케를 깊이 생각하게 된 모양이다.
"이제 안 올 거야."
쓰기노스케는 남의 일처럼 시원스럽게 말했다. 그러나 여전히 일부러 그러는 것 같다.
"왜요?"
"내가 너무 반한 것 같다."
쓰기노스케는 베갯머리의 담배통을 끌어당겼다.
"그것이 어때서요?"
왜 나쁘냐고 물었다. 쓰기노스케는, 나한테는 좋지 않다고 했다.
"실은 나는 이상한 연구를 하면서 살고 있어."

"연구를?"

고이네는 눈살을 찌푸렸다. 듣고 있자니 이 사나이는 정말 이상한 말을 잘한다.

"연구라니, 무슨 일이셔요?"

"글쎄, 내 생명은 나에게 있어서 하나의 도구지."

"도구라니, 목수의 대패 같은?"

"응, 농부의 괭이 같은."

쓰기노스케는 말했다. 그의 사상으로는 가와이 쓰기노스케라는 것은 한 개의 영(靈)이다. 영이 생명을 소유하고 있다. 영이 주인이며, 생명은 도구에 지나지 않는다는 것이다.

"생명이 자기 것이 아니란 말씀입니까?"

"그렇지."

쓰기노스케는 고개를 끄덕였다.

그 증거는, 당장 네가 좋은 예가 아니냐, 너는 이나모토 루의 유녀로서 밤낮 손님을 받고 있다, 아침저녁 장삼이사(張三李四)를 맞는 기구한 팔자이다, 그러나 그것은 단지 생명이라는 도구가 그러는 것이지, 영까지 그런 짓을 하는 것은 아닐 것이다.

"결코 아니죠."

고이네는 분명히 부정했다. 결코 영혼까지 손님과 베개를 같이 하는 것은 아니다. 생명은 도구에 지나지 않는다고 자신이 그것을 떼놓고 있기에 이런 짓을 할 수 있는 것이 아닌가.

"그렇지?"

쓰기노스케는 말했다. 나와 나의 생명은 같지가 않다. 생명은 내 도구에 불과하다. 이런 그의 사상을 가장 솔직히 이해해 주는 것이 유녀라고 쓰기노스케는 전부터 생각하고 있다. 학자와 무사는 쉽사리 이해를 못한다.

"도구이니까 괭이는 능히 땅을 갈 수가 있고, 대패는 나무를 깎을 수가 있다. 나도 내 생명을 도구로 해서 이 난세를 갈고 깎아 보고 싶다."

그런데, 하고 쓰기노스케는 말했다.

"여자에게 빠지면 곤란하다. 처음에는 생명이 여자를 좋아한다. 도구가 좋아하는 동안에는 별일이 없다. 실컷 좋아하도록 버려두면 되지만, 반하면 도구의 소유주인 영혼까지 전율한다. 영혼까지 전율하게 되면 이미 그때는 자신이 어디 갔는지 날아가 버리고 말아.”
──그것이 어찌 나쁩니까, 하고 고이네가 약간 시무룩하게 말하자, 쓰기노스케는 천만에라고 했다. 이 세상에서 자신의 도구를 사용해서 무슨 일을 하려는 사내가, 영까지 이나모토 루의 고이네에게 빼앗겨서 될 말이냐.
"어머나!"
고이네는 한숨을 쉰다. 이런 기묘한 사나이에게 잠시 동안이나마 자기의 영을 기울였던 것은 잘못이었는지도 모른다.
"너와 나는 생명의 교제다."
쓰기노스케는 말했다. 고이네는 반갑지가 않다. 생명이라는 도구끼리의 교제일 따름이라고 이 사나이는 예사로 지껄이고 있는 것이다. 쓰기노스케는 반듯이 누워 눈을 감았다.
'여행을 떠나자.'
이런 생각이 불현듯 든다. 여행을 떠나야 된다. 여행길에서만이 자기 몸 하나가 이 세상에서 어떻게 해야만 되는가를 깨달을 수 있을 것만 같다.
"가와이님."
고이네는 나직이 불렀다. 그녀도 말이 많아졌다. 새침하기로 소문난 이 여자에게는 드문 일이었다. 무슨 생각을 하느냐고 쓰기노스케에게 물었다. 상대 남자의 침묵에 신경이 쓰인다는 것은 반했다는 증거인지도 모른다.
"에도에 싫증이 났다는 생각을 했다."
"싫증이 나실 만큼 계셨나요?"
"아니, 일 년도 채 못 됐어."
일 년이나 살다 보면, 마치 겨울철 잠자리처럼 자기의 체온이 에도라는 잠자리에 스며들고 만다. 그렇게 되면 살기는 편해지지만, 생각을 안 하게 된다. 잠자리는 싸늘한 것이 좋다. 쓰기노스케는 전부터 이런 생각을 해왔다. 여행은 언제나 자기에게 싸늘한 잠자리를 제공해 주리라. 좀 거창하지만, 외계와의 대결에서 그것이 쓸쓸하든, 노엽든 혹은 새로운 놀라움이든, 쓰기노스케의 마음을 잠시라도 쉬게 하지 않을 것이다. 집을 떠나야만 마음이 바쁘고 탄력이 있을 것 같다. 그런 상태에 마음을 두지 않으면, 이 가슴속의 문제는 성장하지 않으리라.
……이러한 뜻의 말을 쓰기노스케는 천천히 늘어놓았다. 고이네에게 말한다기보다도 자기의 생각을 정리하기 위해 혀를 빌기라도 하는 것 같았다.

"가와이님……."

고이네는 다른 감정이 있는 것 같다. 불러 놓고는 잠시 숨을 죽인다. 물을 것인지 아닌지 망설이는 모양이다. 이윽고 물었다.

"연세가 몇이셔요?"

쓰기노스케는 대답을 안했다.

'나이 따위가 무슨 상관이냐.'

그런 불유쾌한 생각이 입을 다물게 했다. 그러나 고이네가 궁금해하는 심정은 알 만하다.

"서른셋."

고이네는 웃음을 참았다. 웃으면 실례가 된다. 서른셋이라면 이미 애송이가 아니다. 무사든 평민이든 확고한 연륜이 아닌가. 그런데 이 가와이 쓰기노스케라는 인물은 아직 학당의 일개 서생에 불과하며, 지껄이는 말을 17, 8세의 애송이 같은 번민과 회의 속에 빠져 있다.

"그건 왜 묻지?"

쓰기노스케는 고이네의 속을 헤아렸기 때문에 좀 짓궂게 반문했다.

"얼굴이 너무 젊으셔서……."

"거짓말 마라."

깜깜한데 무슨 얼굴이 보인다는 말인가.

"지껄이는 말이 애송이 같았지?"

"아뇨."

"알고 있다. 말해 두지만, 애송이 같지 않은 인간은 못 쓴다. 시들어서 사리에 통달한 인간이 몇 천만 명이 있어도 지금 세상은 건지지 못하는 거야."

"가와이님은 호주이시죠?"

"호주야."

"그러신 데도 길을 떠나시다니……."

번에서 아마 허락하지 않으리라고 고이네는 생각했다. 그러나 그 이상은 오다가다 알게 된 자기가 입을 뗄 일이 못된다고 생각했다.

이튿날 아침, 학당으로 돌아온 쓰기노스케는 옷을 고쳐 입고 번저로 갔다. 전국을 만유(漫遊)할 허가를 얻어야만 한다. 도중에 문득 지난밤의 일을 생각하고 목욕탕에 들렀다. 목욕을 하고 나서 다시 걸었다. 도중에 이상하게도 눈병을 앓는 여자를 자주 만났다. 젊은 평민의 딸들이다. 모두 붉은 천 따위로 안대를 하고 있다.

'역시 눈병이 돌고 있는 모양이구나.'

학당에서 그런 잡담을 하는 것을 들은 적이 있다. 눈병이 유행한다. 항간에서는 그 눈병이 요코하마의 개항지에서 전염했다고 한다. 상해에서도 유행한다고 했다. 그래서 상해 눈병이라는 자도 있다. 또한 이런 격론을 펴는 자도 있었다.

"이 한 가지 일만 보더라도 개국은 안 된다. 양이를 단행해야 한다. 오랑캐는 바다에 몰아넣어야 하고, 그들의 배는 쫓아 버려야 한다."

세상에는 근왕 양이(勤王攘夷)의 물결이 세차게 일고 있었다.

'눈병도 양이의 구실이 되는구나.'

쓰기노스케는 그런 이 나라의 사람들이 우스웠다. 상당한 지식인까지도 핏대를 올려 눈병 양이론을 입에 담고 있다. 그런 논의에 편승하여 한 마디 지껄이면 그때에는 이미 버젓한 지사가 되는 세상이다. 모두 한 사상으로 기울어져 있다. 취하고 있다. 함께 취해 버리면 그보다 편한 일은 없겠지만 자기 혼자만 취하지 않고 깨어 있기만 한다면, 이건 목숨에 관계되는 일이다. 사실 깨어 있기 때문에 목숨을 잃을지도 모른다.

'목숨을 길디라도 니는 께어 있을 테다.'

그렇게 쓰기노스케는 생각했다.

학당에서도 퍽 냉정한 자가 있었다. 그런 무리들은 단순히 냉정한 방관자로만 있지, 시대의 흐름이라는 큰 불꽃 속에 뛰어들려고는 하지 않는다.

그들은 아가씨들의 눈병에 대해서도 용하게도 꿰뚫어보았다.

"뭘, 그건 단순한 유행이야."

과연 한때 눈병이 조금은 퍼졌는지도 모르지만, 아가씨들이 붉은 안대를 한 것이 멋이 있다고 해서 멀쩡한 아가씨들도 따라서 했다. 살결이 희고 얼굴이 갸름한 화사한 아가씨에게는 잘 어울렸다. 그래서 연지나 분처럼 그것은 일종의 화장이라고 냉정한 방관자는 말하는 것이다.

'그럴지도 모르지.'

쓰기노스케도 반쯤은 동감이었다. 그렇긴 하지만 유행이라는 것은 이 얼마나 이상한 것인가. 눈병이나 열병처럼, 이것은 확실히 인간의 병의 하나임

나그네의 길 371

에 틀림없다. 평소에는 생각하지도 못한 일을 한다. 눈은 앓는 것도 아닌데 안대를 한다. 유행 속에서는 인간이라는 동물은 무슨 일을 저지를지 모른다.

'계집애들만을 비웃을 일이 아니다.'

양이론이 그렇다.

'하기야 영웅이란 그런 유행과 추세 속에서 그 열기를 이용하여 큰일을 하는 자를 가리킨다.'

이것은 쓰기노스케가 평소에 생각하고 있는 점이다. 그러나 그런 종류의 영웅이 되는 것은 질색이었다. 쓰기노스케는 유교도이기 때문에 영웅이란 말을 좋아한다. 그러나 유교 가운데서도 왕양명의 학파는 그런 시대의 흐름에 편승하는 영웅을 존경하지 않는다. 즉, 유행이나 풍조를 좋아하지 않는다.

쓰기노스케는 번저에 들어섰다. 다행히 나가오카에서 중신 두 사람이 에도에 나와 있다고 한다.

'얘기가 빠르겠군.'

방에서 기다리노라니, 이윽고 수석 중신인 마키노 다노모가 같은 중신 두 사람을 데리고 들어왔다.

"쓰기노스케."

다노모는 말을 놓는다.

"또 말썽을 부린다면서."

"품의서를 보셨습니까?"

"읽었다."

못마땅한 표정이다. 쓰기노스케는 이미 전국을 만유하겠다는 품의를 올려놓고 있었다.

"너는 이미 시하가 아니잖아. 엄연한 가와이 집안의 호주가 아닌가. 좀 지그시 눌러 있지 못하겠나?"

"그럴 때가 되면 지그시 견디겠습니다. 현재는 다행히 가친께서 아직 기력이 좋으시니까."

이러한 대화를 질질 끌어야만 했다. 다노모는 허락을 하기보다는 설교를 할 심산인 것 같다.

"지난번에도 그런 짓을 저지르고."

요코하마 경비 때의 일이다. 멋대로 대원을 해산시키고 시나가와의 창녀

집에 들어가다니, 아무리 생각해도 언어도단이다.
"어쩔 작정이었나?"
"그건 이미 그때 말씀드린 바와 같이, 그것으로 무용의 경비 지출을 막고자 했던 것입니다."
"공연한 소리!"
다노모는 혀를 찬다.
"번의 비용 걱정은 우리 어른들이 하는 거다. 너는 명에 따르면 되는 거야. 그런데 이번의 만유는 무슨 목적이냐?"
"서면으로 말씀드렸습니다."
"진심은 뭐냐?"
"진심 말씀입니까?"
차라리 털어놓고 싶었다.
"오늘날의 지구상의 움직임을 보건대……."
쓰기노스케는 말했다. 지구란 유행어로서 세계라는 정도의 어감이다.
"장차 일본뿐만 아니라 우리 에치고 나가오카 번도 위급 존망(危急存亡)의 때가 닥칩니다."
"큰 소릴 하는구나."
"아닙니다. 3, 4년 내로 번이 풍비박산될 위기가 옵니다."
"그래, 얘길 들어 보자."
"그때엔 번을 이끌어 그 위기를 구해야만 합니다."
"누가?"
"소인이 말입니다."
"허튼 소리."
다노모는 기가 찼다. 중신의 가문에 태어나지도 않은 자가 어떻게 번의 집정관을 맡는단 말인가. 개구리가 날개를 달고 날려는 것과 같다.
"우린 어떻게 되나?"
다노모는 어이없어 웃었다. 화도 나지 않는다.
"자진해서 정사 일선에서 물러나실 겝니다. 왜냐하면 이 지구가 어떻게 되나, 그러면 번은 어찌 되나, 그때에는 어떻게 해야 하는가를, 죄송하오나 중신께서는 주야로 생각지 않고 계십니다."
"잘도 지껄이는군."

노하지도 않는다. 그런 점이 마키노 다노모의 인품이며 동시에 번의 풍습이기도 했다. 나가오카는 조그만 번이지만 전통과 역사가 오래이기 때문에, 번사들은 거의 인척이나 혈연으로 맺어져 있어 지위의 상하에 모두 숙질간의 정이 흐르고 있었다.

"네가 중신을 한단 말이냐?"

다노모는 한 번 더 물어 보았다. 쓰기노스케는 그 물음에 답하여 뻔뻔스레 지껄였다.

"안 될 수가 없을 겝니다."

모두 어처구니가 없어서 이 녀석이 미쳤나 하고 생각했다. 고작 100섬 남짓한 가문의, 그것도 아직 서생에 불과한 주제에 번의 중역들 앞에서 그런 말을 하고 있다. 다노모는 진지한 표정으로 목소리를 낮추었다.

"너, 생각을 너무 골똘히 해서 요즘 정신이 좀 이상한 것은 아니냐?"

"미쳤다고 말씀하시는 겁니까?"

"그렇다고 하는 것은 아니다. 하지만 공연한 일이야. 너의 가문으로 중신이 될 수 없다는 것은 차분히 생각하면 알 일이 아닌가."

"지금은 그렇겠죠."

쓰기노스케는 귀찮다는 듯이 말했다. 이런 문답은 자기가 생각해도 우습다.

"저는 제가 바라든 안 바라든 가까운 장래에 그렇게 된다고 말씀드렸을 뿐입니다. 말하자면, 내일은 비가 올지 눈이 올지 혹은 갤지 모르는 날씨 얘기와 같은 것입니다."

"눈 말이냐?"

"자연의 얘깁니다."

"네가 중신이 된다는 것은 자연의 일이란 말이지?"

"글쎄요."

"분명히 말하거라."

"예컨대, 성에 불이 났는데 소생 혼자만이 소화기를 가졌다고 합시다. 중신께서는 저더러 출동하라, 출동해서 성의 불을 끄라고, 말씀하실 테죠."

"암, 그러고말고."

"그와 같습니다."

"그럼 네가 소화기란 말이냐?"

"소화기가 되겠다는 것이 이번 만유의 목적입니다. 제가 그 소화기를 염려하지 않으면 아무도 하지 않습니다. 번거로운 일이지만 그것을 은근히 자부하고 있는 바입니다."
"잘도 지껄인다."
"우스우십니까?"
"우습다."
다노모는 못 참겠다는 듯이 끝내 웃음을 터뜨렸다. 모두 따라 웃었다. 그러나 모든 사람들의 웃음에는 조금의 악의도 없다. 악의를 품을 수가 없다. 이토록 털어놓고, 마치 남의 말을 지껄이는 듯 태연한 낯으로 자부심을 드러내 보이니 오히려 유쾌했다. 쓰기노스케의 표정은 천연스러웠다.
"태연하군."
다노모가 무릎을 치며 칭찬한 것은 그 표정이 천연스러웠기 때문이다.
"천연스러운 낯으로 자기를 말할 수 있다는 건 여간한 대장부가 아니고는 어려운 일이야."
다노모가 말했다. 표정이 천연스럽다는 것은 자부심은 있어도 이기심이나 야심이 없다는 뜻이다.
"좋도록 해라."
다노모는 말했다.
"만유를 허락해 주시는 겁니까?"
"허락하지. 그러나 번에서 비용은 줄 수가 없다."
"알고 있습니다."
사비(私費)이다. 쓰기노스케는 또다시 고향의 아버지에게 돈을 부탁해야만 한다.

쓰기노스케의 만유에는 목적지가 있다. 비추 마쓰야마 번(備中松山藩)——이타쿠라 집안(板倉家) 5만 섬——의 유학자이며 수상격(首相格)인 야마다 야스고로(山田安五郎)를 만나고 싶은 것이다. 야마다는 호(號)를 '호코쿠(方谷)'라고 한다.
"호코쿠는 훌륭하다. 그는 살아 있는 학자다."
에도에서도 그에 대한 평판이 높았다. 야마다 호코쿠는 옹색한 봉건제도라는 제약 속에서, 그것을 깨뜨리지 않고 훌륭히 번의 개혁을 수행한 인물로서 천하에 비길 자가 없었다.
　쓰기노스케는 그의 소문을 들었을 때 '어느 정도의 인물일까?' 하는 의문이 들었다. 쓰기노스케는 자부심이 강해서 그런지 사람을 동경하는 여유가 없다. 사람에게 반하지 않았고, 또 아직껏 심취할 만한 상대를 만난 적이 없다.
　──인간 그 자체는 다 뻔한 것이 아니냐?
　다만 사람 가운데는 자기가 많이 섭취할 것을 가진 상대가 있다. 그런 인물을 만나 그것을 많이 섭취하면 그만이라는 생각이었다.
　──인간은 서로가 비료(肥料)일 따름이다. 비료한테 반해서 어쩐단 말이냐.
　그는 사람에게 반하는 것을 두려워했다. 아무튼 마쓰야마의 야마다를 만나 그가 뭐든지 훌륭한 것을 가졌으면 그에게 사사(師事)하여 그것을 섭취하고 싶다.
　그런 성질이다. 매사 제멋대로이고 빈틈이 없다.
　고향의 아버지에게 편지를 썼다. 만유를 허용해 달라는 말과 여비 50냥을 보내 달라고 간청했다. 아버지 다이에몬은 이제 그만 고향에 돌아와 주길 바라고 있었다. 그 때문에 간청의 편지는 사연이 길어졌다. 쓰기노스케가 평생에 쓴 글 가운데서 가장 긴 글이었으리라. 이미 중신의 허가를 얻었다는 말을 먼저 적었다.

　유학할 곳은 '비추 마쓰야마, 이타쿠라 스오노카미(板倉周防守)의 신하 야마다 야스고로'라 적었다. 장차 스승으로 섬길 사람에게 경칭도 붙이지 않았다. '호코쿠(方谷)'라는 호조차 부르지 않았다. 야마다를 아버지에게 소개하는 말도 이렇게 적었다.
　"이 야스고로라는 자는 원래는 농부 출신으로서……."
　과연 야마다는 농부에서 입신한 자였으나, 그의 탁월한 경제지식은 천하에 명성을 떨쳤으며, 더구나 마쓰야마 번의 수상격인 인물이다. 굳이 '원래는 농부 출신으로서'라고 적지 않아도 되련만, 쓰기노스케의 성격은 이런 점, 사정이 없다. 편지 사연은 계속된다.
　"지금은 번에 등용되어 정사를 다스리니 온 고을이 신주처럼 받들어 모시며, 그의 사업은 실로 감복할 만한 것으로 사료되옵니다."

야마다의 인물을 말하지 않고 그 사업에만 감탄하고 있다.

이 야마다를 쓰기노스케에게 적극 추천한 이는, 에도의 사토 잇사이(佐藤一齋) 학당에 유학하고 있는 나가오카 번의 다카노 도라타(高野虎太)란 젊은이였다. 그 얘기도 물론 편지에 적었다.

참고로 부연하겠는데, 이 다카노 집안에서 후년에 쓰기노스케를 경모한 야마모토 이소로쿠(山本五十六)가 나왔다.

얼마후 고향의 아버지한테서 50냥의 돈이 왔다.

이 날 쓰기노스케는 사키치 소년을 불러 밖으로 데리고 나왔다.

"산야(山谷)의 야오젠(八百善)에 데려가 주지."

똑똑히 말하지는 않았으나 이 소년과 이별연(離別宴)을 가질 작정이었다.

"무슨 바람이 부셨습니까?"

소년은 걸어가면서 정중히 물었다. 쓰기노스케는 잠자코 있었다. 저쪽에서 망태기를 둘러맨 고물장수가 왔다.

"사키치, 네가 이 한길에서 홀랑 벗으면 몇 푼어치나 되겠나?"

쓰기노스케가 갑자기 물었다. 괴상한 스승이다. 질문의 뜻은 지금 입고 있는 것을 고물장수에게 팔면 얼마나 되는지 자신이 한번 흥정을 해보라는 것이다. 단, 허리에 찬 두 자루 칼만은 제외한다고 했다.

"글쎄요?"

사키치는 자신의 차림을 훑어보았다. 초라하다.

"이거라면 두 냥 두 푼쯤은 나가겠죠?"

"무슨 소릴!"

쓰기노스케는 웃었다.

"하지만, 이 옷은 고향의 어머니가 손수 짜서 지으신 겁니다."

"어머니의 수고와 물건 값은 다르다. 너 같은 차림에 두 냥 두 푼을 준다면 고물장수는 그 날로 망할걸."

"그럼 얼마나 나갈까요?"

"고작 두 돈이겠지."

한 돈은 한 냥의 16분의 일이다. 너무 심하다는 생각이 들었다.

"불만이라면 저 고물장수에게 물어 보라니까."

쓰기노스케는 고물장수를 불러 세웠다.

나그네의 길 377

"예, 예, 아니, 입으신 것을 몽땅 말씀입죠?"
고물장수는 허리를 굽신거리며 사키치의 차림을 훑어보다가 말했다.
"속옷까지 합쳐서 두 돈이면 어떻겠습니까?"
사키치는 그만 도망을 쳐서 쓰기노스케에게로 달려갔다.
"역시 두 돈이더군요."
"그렇겠지."
"너무 쌉니다."
"비판할 것은 없어. 그러나 물건의 값은 알아두는 게 좋다."
"무사가 고물장수의 흥정까지 알아야 합니까?"
"쌀값이 물가의 왕자라면, 옷값은 물가의 재상격이다. 언제나 민감한 마음을 갖도록 해라."
"하지만 저는 무사입니다."
"무사니까 알아둬야지. 대소의 칼을 차고 빼기고만 있다가는 시대의 패배자가 되고 만다. 머지않아 그렇게 될 것이다."
"모르겠습니다."
사키치는 불만이었다. 무사니까 돈을 알아두라는 것은 과히 듣기 좋은 사상은 아니다.
"천하에 무사는 많다. 그러나 한 사람이라도 에치고야의 지배인을 해낼 사람이 있는 줄 아느냐?"
쓰기노스케의 말은 에치고야의 지배인을 맡을 수 있는 정도의 무사라야만 앞으로의 나라와 천하를 다스릴 수가 있다는 것이다.
"오직 한 사람 있는 것 같다."
비추 마쓰야마의 야마다 호코쿠라는 사람이다, 그곳에 유학을 하기 위해 나는 에도를 떠난다, 아마 이것이 영원한 이별이 될지도 모른다고 했다.
야오젠은 아사쿠사 신토리고에 거리(新鳥越町)에 있다. 시인 기쿠치 고잔(菊池五山)이나, 만담가인 쇼쿠 산진(蜀山人)이 활약했던 에도의 전성기에
'시는 고잔(五山), 배우는 도자쿠(杜若),
절세 미인은 기녀 오카쓰,
요리는 야오젠'이라는 말을 들었을 정도의 집이다.
에도 성(江戶城) 내전에 요리를 대령하는 요리집이었으니, 쓰기노스케 같은 서생 따위가 출입할 집이 못된다. 그러나 충분히 얼굴이 통한다.

번의 에도 수비관이라는, 이를테면 에도에 주재하는 번의 공사(公使) 격인 자가 가끔 쓰기노스케를 데리고 이 요리집에 왔다. 그래서 그는 요시와라의 찻집처럼 버젓이 들어설 수가 있다. 그런데 어째서 번의 관료들에게 쓰기노스케가 인기 있는 것일까.

잘 알 수 없다.

언젠가 번의 에도 수비관이 다른 번의 수비역과 함께 이 야오젠에 왔다. 하녀가 쓰기노스케의 안부를 물었다. 언제나 초라한 무명옷을 입고 오는 그 늙다리 서생이 장소에 어울리지 않는만큼 야오젠의 하녀들도 기억하고 있었으리라.

"반했나?"

수비관은 놀렸다. 하녀는 깔깔 웃어 댔다. 차림이 초라해서 기억할 따름이다.

"하지만 어딘지 마음이 쓰이는 분이네요."

"허어."

수비관은 알쏭달쏭한 대로 맞장구를 쳤다. 사실이다. 야오젠의 하녀들뿐만 아니라, 나가오카 번의 에도 주재 관원들도 어딘지 쓰기노스케에 대해서는 마음이 쓰인다.

——언젠가 번의 실권자가 되지 않을까 하는 다소의 두려움과 기대와 흥미와, 그리고 약간의 불쾌감을 가지고 있다. 관료의 육감으로 어찐지 쓰기노스케를 좋게 대접하는 것이 좋을 것 같아서 가끔 그를 대접한다. 이유는 그런 것이다.

"그 친구는 무뚝뚝하고 재미라고는 없는 그런 위인이지만, 자칫하면 에치고 나가오카의 7만 4,000섬을 맡을 중신이 될지도 모른다."

수비관이 취한 김에 하녀에게 지껄였다.

"이럴 때 잘 봐주라구."

쓰기노스케는 그런 얘기가 있었는지 모르고 있으나, 아무튼 야오젠에 얼굴이 통했다. 야오젠에는 대문이 있다. 대문에서 현관까지 길게 돌을 깔아놓았다. 비가 와도 맞지 않도록 돌길 위에 노송나무 껍질로 지붕을 이어 놓고 있었다.

"괜찮습니까?"

그 길을 걸으면서 사키치 소년은 주눅이 들어 물었다.

"뭐가?"
"이런 비싼 집에……."
"고작 요리집이 아니냐?"
쓰기노스케는 사키치의 주눅을 꾸짖었다.
"왜 겁을 내냐?"
"이런 데는 처음 옵니다."
"사람이 죽으면 지옥이든 극락이든 가지 않으면 안 돼. 그런데 이승에서 고작 야오젠에 놀란다면 이 업을 어떻게 헤쳐가겠느냐."
"업이라뇨?"
"인간이라는 업 말이야."
방안으로 안내되자 간단한 요리상을 주문했다.
"비싸겠죠?"
하녀가 나가자 사키치는 걱정스레 나직이 물었다. 쓰기노스케는 눈살을 찌푸렸다.
"겁내지 말래두."
"하지만 걱정이 됩니다."
"무사는 값의 고하를 따지지 않는 법이야."
"그건……."
사키치는 고개를 갸우뚱했다. 모순이 아닌가. 아까는 무사는 고물장사의 시세까지 알 필요가 있다고 하지 않았는가.
"모순된 말씀을 하십니다."
"정신을 말하는 거야. 난 고물장수의 흥정과 마찬가지로 이 야오젠의 계산이 얼마나 되는 것인지, 이미 속으로 짐작하고 있다. 계산을 할 줄 모르는 자가 괜히 주눅이 드는 거다. 무슨 일이든 주눅이 드는 자는 무사가 아니야."
"무사란 어려운 것이군요."
"지구상에서 가장 어려운 거다."
쓰기노스케는 말했다.
무사는 정신의 미(美)라고 한다. 더구나 그것은 정지된 미가 아니라 뼈마디가 든든한 기능미(機能美)라야만 한다는 말을 쓰기노스케는 했다.
더구나 무사의 정신상(精神像)이 이룩되기까지에는 도쿠가와 300년이라는 세월이 걸렸다.

"이 쓰기노스케도 300년 걸려서 만들어졌다. 너도 마찬가지다."

"아까 인간도 업이라고 말씀하셨습니다. 그렇게 되면 무사는 뭣이 되는 겁니까?"

사키치의 물음이다. 쓰기노스케의 말에 의하면 하나의 영이 인간이라는 업을 행하고 있다. 그럼 무사의 경우, 인간이란 것이 근본인지 아니면 무사라는 것이 근본인지, 잘 모르겠다는 까다로운 질문을 사키치는 했다.

"무사라는 것이 근본이다. 그래야만 비로소 인간성이 되는 셈이다."

쓰기노스케에 의하면 인간이란 생명의 개념에 지나지 않는다. 원숭이, 개, 나비처럼 개념에 불과하다. 개라고 하자. 단지 개라고만 한다면 그런 것은 아무 데도 없다. 에도 아사쿠사의 야오젠에서 기르고 있는 붉은 개, 라고 했을 때에 비로소 살아 있는 개가 된다.

야오젠의 개는 나름대로의 처지가 있다. 예컨대 쓰쿠바 산(筑波山) 산중에 있는 늑대와는 다른 처지에 있다. 야오젠의 개는 야오젠의 개로서의 처지를 스스로 규명하는 데에 비로소 개의 문제가 성립되는 것이다.

"잘 모르겠습니다."

"그런 거야. 나도 지난 2년 동안 그것을 줄곧 생각해 왔다. 겨우 각오가 섰을 뿐이야."

예를 늘자면, 쓰기노스케라는 문제이나, 그는 인간이고 일본인이다. 일본인이고 무사이다. 그리고 무사이면서 에치고 나가오카 번에서 100섬의 봉록을 받는 처지이다.

지금 근왕 양이와 근왕 도막(勤王倒幕)의 이데올로기가 시국을 들끓게 하고 있는데, 이에 대해 어떻게 대처하느냐는 처지에 놓여 있다.

"나는 에치고 나가오카 번사라는 처지를 한 치도 벗어나지 않겠다. 그 범위 안에서 깊이 우물을 파듯이 생각하려 한다. 줄 떨어진 연처럼 마구잡이의 지사가 되어 시세를 논한다고 무엇이 되겠나. 나의 인간업을 보람 있게 하기 위해서는 에치고 나가오카 번 마키노 집안의 신하라는 처지를 놓치지 않고 떠나지 않는 일이다. 그렇지 못한 사람은 모두 허공에 뜬 일생을 보내고 만다."

요리가 나왔다. 사키치가 처음 보는 요리들뿐이다.

"맛이 어떠냐?"

도미구이를 저로 집어 올리는 사키치에게 쓰기노스케가 물었다.
"별맛이 아니군요."
"하지만 천하의 야오젠이야."
연전에 미국의 페리 제독 일행이 왔을 때, 막부는 야오젠을 시켜 요리를 내다가 대접했다. 진수성찬이었다고 한다.
"페리는 좋아했겠군요."
"왜?"
"야오젠의 요리니까요."
"알 턱이 있나!"
쓰기노스케는 웃었다. 페리에게 야오젠의 명성은 통하지 않으리라.
"권위니 명성 따위는 그 힘이 미치지 않는 상대에게는 안개 같은 거다."
"저한테는 통하지 않는 것 같습니다."
사키치는 안타깝다는 듯이 중얼거렸다. 기대가 컸던 만큼 별것이 아니구나 하는 생각밖에 들지 않는다. 도미도 이세(伊勢)의 고향 집에서 먹은 도미가 훨씬 맛이 있었다. 사키치는 이런 요리보다도 군고구마가 훨씬 맛이 있다.
"넌 뭘 좋아하나?"
"구운 주먹밥입니다."
"집에서 먹었나?"
"어머니가 가끔 만들어 주셨습니다."
솥바닥에 눌어붙은 밥찌끼를 뭉쳐 주먹밥을 만들어 석쇠에 굽는 것이다.
"야오젠이 울겠구나."
쓰기노스케는 또 웃었다.
"어릴 때는 식욕이 왕성하니 늘 뭐가 먹고 싶다. 그런 입에는 뭐든지 맛이 있지. 어릴 때 먹은 음식은 뭐든지 맛이 있었다는 추억이 나는 것은 그런 이유야."
"저는 지금도 뭐가 먹고 싶은데요."
"아직 어린 아이 때를 못 벗었으니까 그렇지."
"그래서 저는 가끔 선생님이 사주시는 열엿 푼짜리 군고구마가 아주 좋습니다."
"너한테는 신세를 졌다."

숙제의 시를 대작시킨 얘기이다.

"어쨌든 권위란 이와 같이 시시하다는 것을 안 것만도 좋다."

"그 때문에 이곳에 데려다 주셨습니까?"

"동시에 권위란 무섭다는 것도 장차 알게 될 거야. 어른이 되어 식욕이 떨어졌을 때는 혀끝으로 맛을 찾게 된다. 맛의 미묘함을 알게 되지. 이 세상은 매사가 맛을 아는 어른과 식욕이 왕성한 젊은이의 싸움이다."

스즈키 사키치로서는 쓰기노스케가 떠나면 난처한 일이 한 가지 있다. 선생의 질문이다. 물론 공적인 뜻에서의 스승은 고가 긴이치로이다. 그러나 고가 선생을 만날 수 있는 것은 닷새에 한 번이 고작이다. 나머지 시간은 자습을 하든지 학당의 연장자에게 물어야만 한다. 이런 제도는 이 고가 학당뿐만 아니라 당시의 학당은 모두 그러했다. 그래서 같은 문하생 가운데서 선생을 선택해야 한다. 그런 이유로 사키치는 쓰기노스케를 선택했다. 그런 분이 학당을 떠나고 에도를 하직한다면 어떻게 해야 하는가?

"이름을 좀 가르쳐 주십시오. 다음에는 어느 분을 선생으로 모셔야 할 것인지."

"글쎄······."

쓰기노스케는 생각했다. 그러나 이내 입을 열었다.

"쓰치다 고헤이(土田衡平)가 좋을 거야."

'이런!'

사키치는 놀랐다. 쓰기노스케와 마찬가지로 수재는 아니다. 뿐만 아니라 쓰치다 고헤이는 만학도로서 스물다섯부터 학문을 시작했다. 그런 만큼 지금 서른이 되었으나 책을 전혀 못 읽는 사람이라는 평을 듣고 있다.

데와(出羽) 유리 군(由利郡)에 야시마(矢島)라는 산골 고을이 있다. 이곳에 8,000섬의 직속 무장인 이코마(生駒)의 처소가 있었다. 1만 섬 이상이라야 영주이므로 이코마는 영주가 아니다. 그러니 번(藩)도 아니다. 그러나 이코마는 도요토미(豊臣) 시대에는 사누키(讚岐)에서 17만 섬의 영주였는데 도쿠가와에 들어와서 그것이 겨우 1만 섬으로 삭감되고 다시 8,000섬이 되어 영주의 자격을 잃었다. 이런 역사적인 경위가 있어서 데와 야시마의 이코마 님 하면, 세상에서는 영주처럼 생각하고 있다. 쓰치다 고헤이는 그 번의 신하이다.

본시는 사토 마다에몬(佐藤又右衛門)이라는 무사의 차남으로 태어나, 쓰치다 집안에 양자로 갔다. 소년 때부터 무예를 좋아해서 무예는 뭐든지 능했으나 특히 권법이라는 희귀한 무예에 능숙하여 그 솜씨가 비상하다는 말을 사키치도 듣고 있다.

그런데 이 무술가가 번의 명령으로 에도 번저에 와서 서기 일을 보게 되었다. 그래서 쓰치다는 발분하여 뒤늦게 학문을 닦으려고 이 고가 학당에 들어온 것이다.

"쓰치다님과는 친하십니까?"

난처하게도 쓰기노스케는 고개를 젓는다.

"말을 나눈 적도 없어."

이것이 학당의 풍습이었다. 문하생끼리 서로 말을 나누게 된 것은 메이지(明治) 이후 일본에 학교 제도가 생기고 나서부터이다.

며칠이 지나 사키치는 쓰치다 고헤이를 찾아 부탁을 드렸다. 쓰치다가 도리어 놀랐다.

"가와이란 자는 이상한 녀석이군."

쓰치다의 말에 의하면, 가와이와 쓰치다는 학당에서 오래 함께 지냈으나 한 번도 얘기를 나눈 적이 없다고 한다. 그러나 자기도 장년인 지금에 이르기까지 많은 사람을 보았으나 가와이 같은 인물은 본 일이 없다는 것이다. 사키치는 이상하게 생각하고 물어 보았다.

"한 번도 얘길 나눈 적이 없으신데 어떻게 가와이 선생이 인물이라는 것을 아십니까?"

"넌 나이가 몇이냐? 그래, 그 나이로는 아직 사람 분간을 못할 거다."

쓰치다는 웃었다.

쓰치다 고헤이에 대한 얘기를 계속한다.

그는 데와인답게 어깨가 딱 벌어지고 윤곽이 뚜렷한 늠름한 용모를 가졌다. 큼직한 턱의 수염 자국이 시퍼런 것을 보면 옛날의 씩씩했던 조상의 피를 물려받은 것 같다.

"네 처지로서는."

사키치 소년에게 설명한다.

"사람을 아직 분간 못한다. 도대체 얘기를 나누어 봐야 겨우 상대방의 인물 정도를 안다고 해서는 이 세상을 헤어나기 어려워."

"한눈으로 알 수 있습니까?"
"영웅호걸은 그렇지."
쓰치다의 말이다. 이 시대는 세상이 들끓고 있을 때였던만큼, 무사인 서생들은 영웅호걸이란 말을 자주 사용했다. 영웅이란, 세상의 어지러움을 타고 세상을 변혁하여 새 시대를 이룩하는 자를 말하며, 호걸이란 그 영웅의 사업을 보필하는 자를 말하는 듯하다.
가와이 쓰기노스케야말로 그런 사람이라고 쓰치다 고헤이가 말했다. 그런데도 두 사람은 한 학당의 같은 문하생이었으면서도 얘기를 나눈 적이 없다는 점이 사키치로서는 석연치 않았다. 어째서 그것을 알 수 있느냐고 새 선생에게 그는 끈질기게 물었다.
"언젠가 가와이가 학당에서 바둑을 두는 것을 보았어."
"저도 본 적이 있습니다."
"그 친구의 바둑처럼 유쾌한 바둑은 없을 거다. 승패는 안중에도 없는 데 매번 이기더구나."
"네, 그런 것이군요."
사키치는 고개를 끄덕였다. 사키치가 쓰치다에게 감복한 것은, '승패가 안중에 없는 데도 이겨 나간다'고 쓰기노스케의 인물을 평한 그 관점과 비평의 표현이었다. 이런 표현을 할 수 있다는 것은 송학에서 말하는 성리학을 훌륭히 터득한 증거라고 생각했다. 쓰치다 자신 과히 넓은 학문을 하지 않았기 때문에 지식은 적겠지만, 성리학의 본질을 알고 있다.
결국 쓰치다를 선생으로 모시기로 했다.
그런데 사키치는 두 선생과는 모두 인연이 깊지 못했다. 왜냐하면, 쓰치다도 얼마 지나지 않아서 학당을 뛰쳐나가 풍운 속으로 뛰어들었던 것이다.
그는 쓰기노스케와는 달리 미도(水戶)식 근왕 양이주의에 공명하여 쓰쿠바 산에서 막부에 반대하는 반란군의 지휘자가 되어 눈부신 활약을 했다. 일이 실패하자 오우(奧羽)로 달아나 나카무라(中村) 6만 섬을 움직여 재거를 도모하려다 막부 관원에게 붙들려 겐지(元治) 원년(1864) 11월 5일 사형되었다.
스즈키 사키치는 부인(無隱)이라 불리던 후년에——가와이에게는 미치지 못했으나, 메이지의 대관들 가운데서 쓰치다 고헤이만한 인물이 몇 사람 있을는지? 하고 술회했다.

이 고가 학당에 훗날 불세출의 외상(外相)이라고 일컬어진 무쓰 요노스케(陸奧陽之助 : 훗날의 무네미쓰)가 자주 출입을 했었다. 아직 그가 사카모토 료마(坂本龍馬)에게 발견되기 전의 에도 수학 시절이다. 무쓰의 야단스럽고 날카로운 변설에는 학당의 거의가 당하지 못했다. 그러나 가와이는 새의 지저귐이라며 한 번도 상대를 하지 않았다. 쓰치다 고헤이는 무쓰가 올 때마다 상대를 했는데, 훗날 스즈키 부인(鈴木無隱)은 이렇게 말했다.

──그런 무쓰도 쓰치다 앞에서는 꼭 어린애 같더군.

지리쓰보(塵壺)

 쓰기노스케가 하코네(箱根)의 산길을 넘던 날은 하늘이 맑게 푸르렀다. 어깨에는 가죽으로 된 조그만 책가방을 멨다. 가죽에 등의 땀이 밸 정도로 디웠다. 후지 산(富士山) 꼭대기의 눈이 푸른 하늘에 반짝이고 있었다. 쓰기노스케는 험로에 발을 멈추고 뚫어지게 그 모습을 지켜보았다.
 ──실로 성인(聖人) 같도다.
 그의 여행기인《지리쓰보(塵壺)》에 쓴 말이다. 후지를 단순한 대지의 융기라고는 도저히 볼 수가 없었던 것이다.
 '저것은 천지의 맑고 깨끗한 정기가 뭉친 것이다.'
 생각이 곧 실재인 것이 쓰기노스케의 인식론이다.
 후지 산의 경우는 쓰기노스케뿐만 아니라 일본의 많은 시인이 그렇게 접하여 왔다. 신이 아니면 성인이지, 자연은 아니다.
 이치노 산(一山)의 찻집에서부터 따라온 몸집이 작은 젊은 무사가 있었다.
 ──동행을 허락해 주시겠습니까?
 그러라고 했다. 쓰기노스케는 원래 말 수가 적은 사람이기 때문에 동행을 해도 재미가 없는 사나이다. 그러나 젊은 무사는 끈기 있게 줄곧 따라왔다.

후지미마쓰(富士見松)라는 노송이 있다. 쓰기노스케가 그 노송 곁에 서서 후지를 우러러보자, 젊은 무사도 나란히 서서 같은 자세로 후지를 쳐다보았다.

'이상한 녀석이군.'

쓰기노스케가 이렇게 생각한 것은, 젊은 무사가 후지를 보면서 눈에 눈물이 글썽한 것을 보았기 때문이다.

"후지를 좋아하오?"

쓰기노스케가 물었다. 젊은 무사는 황망히 미소를 지으며, 아뇨, 선생님을 생각했기 때문입니다, 라고 말했다. 스승이 어떤 비운으로 에도로 송치되었을 때, 이 하코네를 죄수용 교자를 타고 넘었다. 그때 이 장소에서 후지를 바라보며 노래를 읊었다고 한다. 그것을 회상했노라고 했다.

"스승은 뉘시었소?"

쓰기노스케가 물었으나 젊은 무사는 대답하지 않았다. 대답을 못할 사정이 있었으리라. 고개를 내려가며 쓰기노스케는 자기의 주가(主家)와 성명을 밝히고 젊은이의 이름을 물었다.

"에도에 사는 마쓰무라 쇼스케(松村小助)라 합니다."

주가는 밝히지 않는다. 더구나 에도인치고는 서쪽 지방의 사투리가 심하다. 아마 지금 댄 성명은 변성명을 한 것이겠지, 하고 쓰기노스케는 짐작했다.

에도로 압송되었다는 말을 듣고 쓰기노스케는 문득 이 젊은이의 스승이 조슈의 요시다 쇼인(吉田松陰)이 아닌가, 하는 생각을 했다.

그는 쇼인과는 약간의 인연이 있었다. 함께 사쿠마 쇼잔 문하에 있은 적도 있고, 또 쇼인은 고가 학당에 자주 왔었던 것이다. 쇼인은 지금 진행 중인 안세이 대옥(安政大獄)에 연루되어 국사범으로 막부에 체포되어, 에도 덴마거리(傳馬町)의 옥에 갇혀 있다. 소문으로는 미구에 참형될 것이라고 한다.

"난 쇼인을 아는 사람이오."

갑자기 쓰기노스케가 말하자, 젊은이는 분명히 안색이 변했다. 그러나 대꾸는 없다.

"왜 나를 따라오는 거요?"

쓰기노스케가 묻자, 모습을 뵙고 끌렸을 뿐입니다, 하코네의 고개를 넘는 동안에 무엇이든 한 말씀 가르침을 받고자 했습니다, 젊은이는 진지하게 대답했다. 책의 종류가 빈약했던 때인만큼 사람이 책의 구실을 하는 시절이었다. 젊은이에게는 쓰기노스케가 걷는 책처럼 보였던 것이리라. 쓰기노스케도 역시 그런 책을 구하기 위해 비추로 가고 있다. 그래서 젊은이의 대답을 쓰기노스케는 별로 미심쩍게 여기지 않았다. 젊은이는 쓰기노스케가 짐작했던 대로 조슈 번사였다. 성명을 요시다 도시마로(吉田稔麿)라 했다. 요시다 쇼인의 문하생이다.

일찍이 요시다 쇼인은 문하생인 요시다 도시마로와 다카스기 신사쿠(高杉晋作), 구사카 겐즈이(久坂玄瑞) 세 사람을 가리켜 '나의 양약(良藥)이다'라고 말하면서 젊고 더구나 문하생인데도 하나의 덕인(德人)으로서 경의를 표했다.

요시다 도시마로는 조슈 하기(萩)의 성 밖에서 출생했다. 집안은 조슈 번 모리(毛利) 집안의 미관(微官)이었다. 성 밖에 살 때는 이토 히로부미(伊藤博文)의 집과 이웃이었다. 히로부미는 도시마로의 영향을 받아 그의 인도로 쇼인의 문하에 들어갔다.

도시마로에게는 일화가 많다. 그의 최후가 그를 가장 잘 표현해 주고 있다.

그는 겐지(元治) 원년(1864) 6월 5일, 이른바 이케다야(池田屋)의 변을 만났다. 교토 산조 작은 다리(三條小橋)의 여인숙 이케다야 이층에서 동지들과 회합 중, 신센조(新選組)의 습격을 받았다. 그는 분전하다기 싸움 도중에 적의 포위를 뚫고 가와라 거리(河原町)의 번저에 달려가 변을 알렸다. 번저에서는 다시 못 가게 말렸으나 그는 가까이 있던 단창을 비껴들고 다시 이케다야로 달려가 싸우다 죽었다. 나이 스물넷이었다. 행동가였던 것 같다.

쇼인을 크게 존경한 나머지, 쇼인이 죄수로 에도에 압송되자 번을 탈출하여 에도에 가서 고향을 숨기고 직속 무사인 쓰마기다(妻木田)씨의 수하로 들어가 몰래 쇼인의 소식과 막부의 동정을 살폈다. 그러나 목적을 이룰 수가 없어서 다시 에도를 떴다. 나중에 번으로 되돌아갔는데, 쓰기노스케를 만난 때는 에도를 떠나 교토로 가는 도중이었다.

길에서 도시마로가 쓰기노스케를 보았을 때 '저 사람은 분명 인물이다' 하고 느꼈다. 그래서 접근하여 무엇을 얻으려 했던 것이다. 아는 사람도 아닌 남에게 접근한다는 것은 얼른 보기에 괴이쩍게 여겨지나, 이 무렵의 젊은이에게는 이런 행동이 일종의 낭만이라고 할 수 있었다.

가와이 쓰기노스케라는 말을 듣고 이렇게 물었다.

"고가 학당의?"

도시마로가 희미하게나마 쓰기노스케의 이름을 알고 있는 것은 그가 일종의 기인으로서 에도의 서생들간에 소문이 나 있었기 때문이리라.

두 사람은 미시마(三島) 역참의 여인숙 하타야에 투숙했다. 이층의 동쪽 넓은 방에 안내되어 저녁 식사를 마쳤다. 방안에는 평민 차림을 한 두 사람과 행자(行者)로 보이는 한 사람이 있었다.

책 이야기가 벌어졌다. 그것은 도시마로가 다독가(多讀家)였기 때문이다. 그는 젊은 나이인데도 유포되고 있는 책은 거의 읽고 있었다. 그래서 자연 쓰기노스케에게 물었다.

"무슨 귀한 책을 근자에 읽으셨습니까?"

도시마로는 쓰기노스케를 상당한 학자로 알고 있었다.

"읽은 것이 없소."

쓰기노스케의 대답이다. 나는 마음에 드는 책밖에 읽지 않소, 그런 책이 있으면 몇 번이고 읽소, 회심의 대목에 이르면 백 번이라도 읽소, 하고 쓰기노스케는 나직한 목소리로 말했다.

'쇼인 선생을 닮았다.'

도시마로는 이렇게 생각했다. 다만 닮지 않은 점은 쇼인처럼 상대를 포용하는 따뜻한 맛이 없고 예리한 창끝처럼 싸늘해서 상대를 감싸주기보다는 찔러 물리치는 점이었다.

도시마로는 팔팔한 젊은이이다. 이 세상에서 자신의 과제를 추구하는 이외의 여유가 없는 듯했다. 이야기의 연관성이고 뭐고 고려하지 않는다. 화제를 돌변시켜 근왕론을 들고 나왔다.

"근왕에 대해서 어떻게 생각하십니까?"

"관계가 없소."

"무슨 까닭이신지?"

"그다지 흥미가 없습니다."

쓰기노스케의 말이다. 도시마로는 놀랐다. 지금 천하에서 가장 첨단적인 주의사상에 대해 관계도 흥미도 없다고 단언하다니, 이건 대담한 거냐, 우둔한 거냐.

여기서 잠깐 일본 역사상의 왕가(王家)에 대한 설명을 해야겠다.

왕실로는 세계에서 가장 오랜 가계(家系)를 가지고 있다. 그것은 일본의 왕가인 동시에 일본의 고유한 신앙인 신도(神道)의 종가이기도 하다. 이런 두 가지의 성격을 겸하고 있는 점이 다른 나라에는 유례가 없는 일일 것이다.

고대 일본인은 그 '스메라미코토'의 위치를 한역하여 천황(天皇)이라 불렀다. 일본 천자의 위치에는 종교성이 농후해서, 중국의 황제와는 다르다고 느꼈기 때문에 매우 종교성이 강한 호기심을 택한 모양이다.

나라(奈良) 시대까지의 천황은 현실의 정치가이기도 했다. 헤이안(平安) 시대에 들어서는 후지와라 집안(藤原家)과 같은 세습 수상의 가문이 권력을 장악하여 천황의 정사를 대행했다. 이 대행자의 역사가 일본의 권력사였다.

가마쿠라(鎌倉) 시대에는 그것이 무가(武家)로 넘어갔다. 천황은 일본인 혈통의 종가로서의 신성권밖에는 갖지 못했다. 그 후로 아시카가(足利), 오다(織田), 도요토미(豊臣), 도쿠가와(德川)로 권력이 계승되었다. 그들은 법리적으로는 천황이 가지는 정권의 대행자였다고 하지만 현실적으로는 일본의 지배자였고, 중국이나 서구의 황제와 다름이 없었다.

도쿠가와 막부는 시조 이에야스 때 천황가의 지위를 법령으로 명확히 했다. 즉 천황은 여행을 못한다. 영주가 사적으로 교토에 접근하지 못한다. ──이와 같이 일상생활까지 규정하여 그 감시자로서 막부는, 집정관(각료)에 버금가는 고관인 교토 고등정무청을 두었다. 막부가 천황가에 준 봉록은 도요토미 시대보다 훨씬 적어서 공경의 녹까지 합쳐서 1만 섬에 불과했었다.

제 6대 장군인 이에노부(家宣)의 정치 고문이었던 아라이 하쿠세키(新井白石)는 이렇게 정의를 내렸다.

"일본의 원수는 장군이다. 천자는 야마시로 지방(山城 : 교토 시와 그 주위)의 지방적 존재에 불과하다."

천황의 권위는 그토록 쇠약했다.

그런데 한편으로 도쿠가와 시대는 일본 역사상 공전의 교양 시대였다. 그래서 초기부터 국가론의 연구가 성행했다. 막부도 유교를 장려했고, 영주도 그러했다. 유교는 일면에서는 정치학이다. 군주를 섬기며 백성을 무육(撫育)하는 방법을 연구한다. 군주란 장군이며 영주였다.

그런데 다른 한 파가 생겨났다. 군주란 교토에 있는 천황이라는 설이다.

이 설을 수립한 최대의 연구 기관은 얄궂게도 도쿠가와 집안의 하나인 미토(水戶) 집안이었다. 미토 집안에서는 대대로 계속되는 사업으로서 대일본사를 편찬하여 그것을 역사적으로 밝히려 했다. 존왕사상은 여기에서 일어나게 된 것이다.

그 사상은 막부 말엽에 대외 문제가 시끄러워지자 갑자기 활기를 띠기 시작하여 근왕론으로 발전했다. 근왕론은 존왕론에서 비약한, 이른바 혁명론으로 천황을 중심으로 하는 통일 국가를 만들어 정체를 단일화하는 것 외에, 일본을 외국의 침략으로부터 지키는 방법은 없다는 사상이다.

"인간은 제각각의 입장에서 살고 있소."

쓰기노스케는 눈을 내리깔고 고개를 약간 기울여 자신에게 얘기하듯 조용한 어조로 말했다. 쓰기노스케로서도 그 문제는 중요했다. 근왕에 관한 문제 말이다.

"나의 입장은 조슈인과는 다르오."

"조슈인이 유난을 떤다는 뜻입니까?"

요시다 도시마로는 언짢았던 모양이다.

"그렇소."

쓰기노스케는 단정했다.

번이 300이나 되지만 저마다 성립의 여건이 다르다. 조슈 번 모리 집안은 도쿠가와에 의해 성립된 번이 아니고, 전국시대부터 이미 존재하고 있었다. 영주로서는 도쿠가와 집안보다 역사가 오래다. 거대한 번이었다. 일본 중부지방의 10개 번의 패왕으로 번영하여 도요토미 시대에도 그 산하의 최대 영주의 하나였다. 그랬던 것이 세키가하라(關原)의 싸움 때 서군(西軍)의 맹주로 추대되었기 때문에 전장에서 총 한 방 쏘지 않았는데도 패배와 동시에 그 영토의 사분의 일을 깎이고 스오(周防)와 나가토(長門)로 밀려났다. 그리고 그 거성도 지극히 불편한 일본 해안의 하기로 옮겨졌다. 모리 집안의 사람들은 말단 잡병에 이르기까지 궁핍을 겪으면서 은근히 도쿠가와를 원망했다. 이 원망은 에도 막부에서도 당연히 알고 있었다. 그래서 이에야스는 죽을 때 다음과 같이 유언했다.

——내 시체를 서쪽을 향하여 매장하라.

서부의 영주——조슈 모리 집안과 사쓰마의 시마즈(島津) 집안——에 대해서 간토(關東)를 지킨다는 뜻이었다. 이에야스의 뇌리에 있었던 가상 적국(假想敵國)은 이 두 번이었으며, 그렇기 때문에 그들이 장차 동정군(東征軍)을 일으켜 에도로 쳐들어올지도 모를 길목에 몇 개의 거대한 요새까지 만들었다. 히메지 성(姬路城), 오사카 성(大阪城), 나고야 성(名古屋城)이 그것이다. 히메지와 오사카가 실함되고 나고야까지 떨어지면 마지막으로 하코네의 요험에 의거하여 적을 막는다는 것이 도쿠가와 집안의 서쪽에 대한 방위 체제였다. 아무튼 조슈의 모리 집안은 그런 영주이다. 300년 동안 조슈 번은 에도 막부에 대해 개처럼 충실하게, 노새처럼 비굴하게 신하 노릇을 해왔다. 이 점은 사쓰마 번의 시마즈 집안도 마찬가지였다.

그러나 지금은 사정이 다르다.

막부는 구미(歐美) 열강에게 휘둘려 그들이 하자는 대로 굽실거리며 그 약체를 폭로했다. 이것을 보고 사쓰마 조슈 무사들은 본래의 야성을 되찾았다.

"조슈는 그런 입장이오. 은연 중 이빨을 갈고 있다고까지는 않더라도 적어도 생각만은 자유요."

막부에 대한 충성심 따위는 처음부터 없었던 것이니 이런 판국에서는 쉽게 근왕론을 펼 수도 있다.

사실 일본은 이중 정치 체제이다. 교토에 천황이 있고 에도에 장군이 있다. 외국과 조약을 맺는데도 막부가 외교를 대신하고, 최종적인 조인도 장군이 한다지만, 일단 칙허(勅許)를 얻어야만 한다. 이러한 이중 구조를 일원화하는 것이 강국이 되는 길이라는 것을 쓰기노스케도 알고는 있다.

"나는 그런 사상은 가질 수가 없소."

인간은 제각각의 입장에 따라 살아간다. 쓰기노스케의 나가오카 번 마키노 집안은 이른바 도쿠가와 집안의 개국공신이다. 도쿠가와 집안의 직속 가신이며 더구나 미카와(三河)때부터 이에야스의 창업을 도와 온 영주였다. 가와이 쓰기노스케는 그 신하인 것이다.

"입장 따위는 황국존망(皇國存亡)의 이 시기에 사사로운 정이 아니겠습니까?"

"허둥대지 마라."

쓰기노스케는 그렇게 말하려다가 참았다.

스루가 간바라(駿河蒲原)의 역참에서는 유녀와 잤다. 정확히는 밥상 시중을 드는 하녀이다. 멋대로 이불 속에 파고 들어왔다.
"나리, 괜찮겠죠?"
들어온 다음에 웃고 있다. 막부의 법규는, 도카이도(東海道)의 역참에는 여인숙 한 집에 두 사람의 유녀를 둘 수가 있었다. 그런데 실제로는 여인숙마다 대여섯 명의 여자를 두고 있었다.
'창녀의 강매라······.'
쓰기노스케는 우스웠다. 이런 따위의 여자들은 길에 나가 손님을 끌기도 하고 손님의 식사 시중을 들기도 하며 한가할 때는 뒷밭에 나가서 뽕도 딴다.
"자, 담배 한 대 피우세요."
누워서 여자는 담뱃불을 붙여준다. 쓰기노스케는 엎드려서 담뱃대를 받아 몇 모금 빠니 어느새 기분이 묘해진다.
'──아무래도 나는'
원래부터 호색인 것 같다. 담뱃대의 불빛 너머로 여자를 바라보니, 뜻밖에 순진한 얼굴이다.
"스루가가 고향이냐?"
출신지를 묻는 외엔 화제가 없다.
"네, 스루가예요. 나리는?"
"에치고야."
"참, 에치고에도 간바라라는 곳이 있다죠?"
"넌, 아는 것이 많구나."
"역참에 있다 보니 그렇죠."
"그렇겠군."
도카이도의 역참에서 유녀 노릇을 하면 굉장히 지리에 밝을 것이다.
"일본 60여 주(州)의 손님을 거의 골고루 접했느냐?"
"아아뇨."
"왜?"
"이런데 나온 지 2년도 채 안 된걸요. 그렇게는 도저히······."
"손님을 못 받은 지방은 어디어디야?"
"오슈 지역에선 센다이(仙臺) 무사님 한 분뿐이고, 데와(出羽)도 없어요."
"오우와는 인연이 없는 셈이군."

"그쪽 분들은 도카이도를 여행하지 않습니다."
"많은 것은 어디야?"
"중부와 서부."
"그렇겠군."
쓰기노스케는 생각에 잠겼다.
옛날부터 도카이도는 권력의 왕복로다. 겐페이(源平) 때는 교토의 헤이케(平家)가 가마쿠라로 옮겨 갔고, 다음에는 아시카가가 거꾸로 간토에서 일어나 교토에서 정권을 수립했다. 다시 오다(織田)는 오와리(尾張)에서 일어나 교토로 갔고, 도요토미도 그것을 계승했다. 도쿠가와는 미카와에서 일어나 교토의 권력을 에도로 옮겼다. 이 모두가 도카이도를 왕복한 것을 보면 이 가도는 단순한 교통로가 아니라 일본의 생명과 관계가 있는 듯하다.
그 증거로 쓰기노스케의 고향인 에치고에서 전국시대에 패자로 군림한 우에스기 겐신(上杉謙信)은 그만큼 뛰어난 천재였으면서도 끝내 지방 정권에 머물고 말았다. 이유는 평생 동안 그 지리적 제약 때문에 도카이도로 못 나갔기 때문이리라. 나카센도(中仙道)의 연변에 있었던 가이(甲斐)의 다케다 신겐(武田信玄)도 같은 운명이었다.
유녀의 말에 의하면 요즘의 손님은 주로 조슈와 사쓰마, 그리고 규슈(九州) 손님이 많다고 한다. 그들이 빈번히 도카이도를 왕래하고 있는 것은 무엇인지 역사의 내일을 예감케 하는 것이 아닌가.
"에치고의 손님은?"
"나리가 처음이에요."
쓰기노스케는 실망했다. 북부 사람은 겐신 이래로 도카이도와는 인연이 희박한 것 같다.
쓰기노스케는 유녀와 자고 있다. 자면서 요코하마의 스위스인 페블브란드가 조심스럽게 했던 말을 생각했다.
——일본인의 풍속은 좀 음탕한 것이 아닙니까.
그 젊은 스위스인은 서양에서는 그렇지 않다고 했다.
"난 서양을 본 적이 없소. 그러니 그런 비교를 믿지 않소."
쓰기노스케는 그렇게 대답하고 다시 말을 덧붙였다.
"내가 듣고 알기에는 거꾸로 서양인이 호색이 심하다 하오."
그러자 스위스인은 머리를 가로저으며, 그건 일본에 오는 서양인의 선입

감 때문이라고 했다. 일본에 오는 그들은 일본의 풍속이 얼마나 음탕한 것인지를 알고 있어서 그것을 기대하고 오기 때문이라고 했다.

스위스인은 말했다. 일본의 가장 중요한 교통로인 도카이도에는 쉰세 곳의 역참이 있으며 막부가 관리하고 있다. 그 쉰세 곳의 역참마다 모두 관허의 창기가 있는데 이것은 유럽에서는 볼 수 없는 일이다. 또한 수도인 에도의 명물은 춘화(春畫)이다. 그리고 일본인은 음담패설을 좋아한다. 계급의 고하를 막론하고 술자리에서 지껄이는 말은 그것이다. 이러한 음탕에 대한 관용은 기독교 국가에는 없다고 했다.

'그런가?'

그때 쓰기노스케는 별로 화도 내지 않고 물었다. 왜냐하면 그 젊은 스위스인은 그런 비판을 하기 전에 최대한의 감동을 얼굴에 나타내면서 이렇게 말했기 때문이었다.

"일본은 비기독교 국가이지만 우리 기독교의 세계와 비견할 만한 문명과 교양을 가진 나라이며 국민입니다. 그것은 일본을 아는 모든 유럽인이 느끼고 있는 점입니다."

"다만 유일한 결점이라 할 수 있는 것은 그 호색의 풍속과 그 풍속에 대한 도덕적인 둔감입니다."

스위스인은 말했다.

'그런 것일까?'

이런 생각을 하면서 쓰기노스케는 그 얼굴이 둥근 간바라의 작부를 안고 있었다. 이렇게 여자를 안았다고 해도 쓰기노스케는 별로 자기가 호색한이란 생각이 들지 않는다. 다른 일본인 나그네도 마찬가지이리라. 관습인 것이다. 서생이 고구마를 사먹듯 창기를 사서, 고구마를 먹듯이 아무렇지도 않게 창기를 안는다. 끝나면 그것으로 그만이다. 그것뿐이라는 생각이 든다. 호색이니 뭐니 떠들 필요는 없다.

이튿날 아침 해가 뜬 다음에 쓰기노스케는 아침을 먹기 위해 자리에 앉았다. 간밤의 여자가 복도를 바쁘게 왔다갔다하고 있다. 이윽고 밥상을 가지고 와서 빠른 말로 물었다.

"술을 드시겠습니까?"

어젯밤의 일 따위는 벌써 잊은 듯한 바쁜 표정이다.

'이 담백함이 일본이다. 페블브란드에게 알려줘야지.'

"필요 없어."

여자는 고개를 끄덕이며 달칵 밥상을 내려놓고 휑하니 밖으로 나가 버렸다. 아마 서로의 생애에 다시 만나는 일은 없으리라. 이런 풍속을 호색이라고 할 수 있을는지.

쓰기노스케는 가도에 나왔다.

빠른 걸음으로 걷는다. 지난밤의 일 따위는 몸뚱이 어느 구석에 티끌만한 찌꺼기도 남겨 두지 않았다.

도중에 오와리에서 길을 바꾸었다. 북상하여 기소 강(木曾川)을 건너 미노(美濃)에 들어가 미노 굴지의 번인 오가키 번(大垣藩)으로 향했다. 사람을 찾아가는 길이다.

스노마다(墨俣)에서 하룻밤을 묵고 다음날 아침 이비 강(揖斐川)을 건너니 아지랑이 너머로 오가키 성의 천수각이 보였다. 사층이다.

'규모는 작지만 좋은 성이군.'

성 밖의 찻집에서 쉬면서 이런 생각을 했다. 흰 벽이 푸른 하늘에 번쩍이고 있다. 하지만 성의 역사는 피비린내가 짙다. 미노는 전국 때 전란의 고장이었기 때문에 이 성은 헤아릴 수 없을 만큼 숱한 공방전을 겪은 바 있다. 도쿠가와 시대에 들어와 도다(戶田) 씨가 성주가 된 이후 벌써 10대째 이어 내려온다. 미노는 요지(要地)이기 때문에 막부는 이곳에 직속 영주인 도다 씨를 배치했으리라. 10만 섬으로 쓰기노스케의 나가오카 번보다 좀 크다.

"아가씨!"

쓰기노스케는 찻집의 딸을 불렀다.

"심부름 하나 해주렴."

"어디까지요?"

"성의 해자 가까이야."

편지를 써서 거기에 수고비를 첨부하여 소녀에게 주었다. 편지 겉봉에는 '오하라 뎃신(小原鐵心) 선생'이라 씌어 있다. 소녀는 문자를 읽을 줄 아는 듯, 겉봉을 한참 들여다보다가 수고비와 함께 되돌려주려 했다.

"이건 싫어요."

오하라는 오가키 번의 수석 중신이다. 소녀는 그 지체에 눌린 모양이다.

"싫은가?"

"무서워요."

쓰기노스케는 소녀를 달래어 간신히 응낙을 받았다. 소녀는 옷매무새를 다듬은 다음 나갔다.

'소녀가 무서워할 만큼 오하라의 위세가 대단한가.'

찻집 영감에게 물으니, 백성들이 어버이처럼 떠받든다고 했다.

"그럴 거야."

오하라는 에도까지 명성이 알려진 경세가(經世家)이다. 작년에 이비 강이 범람하여 영내의 논밭이 거의 물에 잠겼을 때, 가산을 팔아서 백성을 구휼했다. 그 후 번의 정사를 개혁하여 산업을 일으키고 경리를 바로잡아, 그때까지 궁핍했던 번의 재정을 수년 만에 복구했다. 그런 인물이 백성을 무섭게 대할 리가 없다.

"아닙니다. 얼굴 때문입니다."

영감은 웃었다.

단순한 이유이다. 소녀가 무서워하는 것은 오하라의 얼굴 때문이라고 한다. 그는 교외까지 말을 달릴 때 가끔 이 찻집에도 들르는데 그의 얼굴을 보고 젖먹이 아이가 경기를 일으킨 일까지 있다고 한다.

얼마 안 되어 소녀가 돌아왔다. 오하라의 답장을 가지고 왔다.

──기다리겠소.

쓰기노스케는 성 밑 거리로 들어가 숙소를 정했다. 짐을 놔두고 나선 김에 해자 곁의 중신 저택으로 갔다. 오하라는 쓰기노스케 동문의 선배이다. 쓰기노스케는 최초의 에도 유학 때 사이토 세쓰도(齋藤拙堂)의 학당에 들어갔는데 그때 오하라가 그곳에 문하생으로 있었다. 그러나 같은 시기가 아니었기 때문에 얼굴을 대한 적은 없었다.

이렇게 사람을 찾는 버릇은 쓰기노스케에게만 있는 것이 아니다. 이 시대에는 사람을 만나는 일 이외에는 자기를 깨우쳐 나갈 방법이 없었다. 그래서 천하의 선비들은 방방곡곡을 주유(周遊)하고 있었다.

오하라는 서재로 쓰기노스케를 안내하여 마주 앉았다.

'과연 특이한 관상이군.'

그런 생각이 들었다. 물고기를 닮았다. 그것도 남해에서 잡힌다는 쑤기미를 닮았다. 나이는 40세 전후이다.

"난 술을 좋아하오."

오하라는 부끄러운 듯이 말했다. 그것은 쓰기노스케도 이미 들은 바가 있었다. 주객이 많다는 미노에서도 오하라만큼 주량이 센 사람은 없다. 날마다 술을 두 되씩 마시는데도 실무를 보는 데 아무 지장이 없다고 한다.

"그러니 귀찮으시겠지만 대작을 해주시기 바라오."

생김새에 어울리지 않게 공손하게 말하며, 식구에게 술상 준비를 시켰다. 술을 데우는 것은 하녀에게 시키지 않고 딸에게 시킨다. 맏딸은 이미 데릴사위를 들였기 때문에 손님 앞에 나오지 않고 둘째와 셋째가 번갈아 술을 데운다. 두 아가씨가 모두 아버지를 닮아서 얼굴은 이상했으나 거동이 발랄하여 시원시원하다.

쓰기노스케는 오하라의 번정(藩政) 개혁의 비결을 물었다.

"어렵지 않소."

오하라는 숨기지 않고 들려주었다. 쓰기노스케가 두세 가지 날카로운 질문을 하자 오하라는 잠시 꺼리는 듯 하면서도 대답해 주었다.

"마치 법정에서 심문을 받는 것 같군."

오하라의 말에 의하면, 오가키 번이 서양에 뒤떨어지고 있는 것은 첫째 산업이다. 산업을 일으키지 않으면 병제(兵制)를 신식화할 수가 없다는 것이었다. 이건 새로운 의견은 아니다.

"쌀이 우선 문제요."

오하라는 말한다. 번의 경제의 기초는 섬(石)으로 따지는 쌀인데, 이건 전국시대 이후 변함이 없다. 그 후 화폐를 쥔 상인이 발흥하여 '쌀장수'인 번이 '돈장수'인 상인에게 쫓기고 있다. 앞으로의 번은 '돈장수'가 되지 않으면 안 된다.

"쌀로는 서양 총을 살 수가 없소."

오하라의 말이다. 쓰기노스케는 전부터 생각하고 있던 일을 문득 상기했다. 차라리 무사의 봉록을 쌀의 섬 수로 주지 말고 돈으로 주면 어떻겠습니까, 고 넌지시 물었더니 오하라는 무릎을 탁 치며 묘안이야, 라고 말했다.

"그러나……."

이내 말을 잇는다.

"그때는 봉건의 세상이 무너질 때야."

사실이다. 나라의 경제를 산업 중심으로 하고 무사의 녹봉을 금전으로 대치한다면 봉건제도의 명분이 허물어진다. 장군도, 영주도, 그리고 무사도 없어지리라. 곤란한 것은 그 점이었다. 번을 근대 국가로 만들지 않으면 자멸하는 수밖에 없고, 그렇게 되면 무사의 세상 자체가 망한다. 그대로 지내도 멸망이고 개혁을 해도 멸망이다.

"이 모순을 어떻게 생각하십니까?"

쓰기노스케가 묻자, 오하라도 얼른 대꾸를 못한다.

"그 이상은 천황이지."

장차는 거기에서 해결점을 찾는 도리밖에 없다. 즉, 봉건 사회가 붕괴하면 그 다음 질서의 중심점을 천황에게 가지고 가지 않고는 혼란을 수습할 수가 없다. 오하라는 근왕주의자였다. 그러나 항간에 유행하고 있는 감정적인 근왕론이 아닌, 앞서 말한 것과 같은 이론적인 근왕론자라 할 수 있었다.

쓰기노스케는 그 무엇을 얻었다.

이튿날 그는 오가키를 떴다.

이세(伊勢)의 쓰(津).

점심때가 좀 지나서 배에서 내리니 그곳이 바로 성 밑 거리였다.

도도(藤堂) 집안 32만 3,000섬의 거성이 있는 곳이건만, 성 밑 거리 특유의 조용함이 없다.

　이세는 쓰로 버티고
　쓰는 이세로 버틴다

이세 신궁 참배객을 상대하는 외잡(猥雜)한 역참 거리를 형성하고 있어서, 유녀들 때문에 길도 제대로 걸을 수가 없다.

"쇤네가 수청을 듭죠. 주무시고 갑죠."

한길 양쪽의 객주집에서 여자들이 몰려나와 옷자락을 당기고 짐을 붙든다. 시끄러워서 귀를 가리고 싶을 정도다.

'너무한데.'

아무리 쓰기노스케가 여자를 좋아한대도 이렇게 길에서 마구 달라붙는데서야 마음이 내킬 리 없다. 여자들의 팔을 뿌리치면서 에도의 고이네 생각이 문득 났다.

'여자는 역시 요시와라의 홍루라야지.'

이런 생각이 든다. 아무튼 쓰는 일 년 내내 이세 참배객으로 들떠 있는 거리이다. 여기에서는 여자를 뿌리치면서 걷지 않으면 한 걸음도 앞으로 나가지 못한다. 음습(淫習)이 넘쳐흐르는 거리이다.

숙소를 정했다.

——여자는?

지배인이 묻는다.

"필요 없어."

구역질이 날 것만 같은 기분으로 얼른 고개를 흔들었다.

"근실하시군요."

"근실하긴, 뭘."

쓰기노스케는 굳은 표정으로 대꾸했으나, 속마음은 취한 것처럼 도도했다. 이러한 부담 없는 일본의 성의 모습을 스위스인 페블브란드에게 맛보여 주고 싶다. 그 사내는 필시, 이거야말로 인간의 문화라고 생각하고 하룻밤 새에 그 자랑스러운 기독교를 버리리라.

'그건 그렇고.'

곧 편지를 썼다. 사람을 만나야 한다. 이곳에는 꼭 인사를 해야 할 소중한 분이 있다. 그의 은사인 사이토 세쓰도였다. 일본 굴지의 학자이다. 세쓰도는 대대로 도도 번사이다. 비록 오가키 번의 오하라 뎃신처럼 번의 명문 출신은 아니었으나 잡병 정도의 번사 집에 태어나 학문으로 누진을 거듭하여 지금은 이 큰 번에서 중신 버금가는 대우를 받고 있다.

막부의 최고 학부인 에도 유지마(湯島)의 쇼헤이코(昌平黌)에서 배웠고, 다시 고가 세이리(古賀精里)의 문하에 들어갔었다. 세이리는 쓰기노스케의 스승인 긴이치로의 조부이다. 24세 때 쓰로 돌아와서 번의 학당 선생이 되었다. 젊었을 때 교토에서 노닐다가 당시 시명(詩名)을 천하에 떨치고 있던 라이 산요(賴山陽)를 찾았다. 산요는 처음에 애송이 취급을 하다가 세쓰도가 지어낸 문장을 보고 놀라서 '선생'이라고 부르며 상좌로 모시고 벗을 대하는 예의를 갖추었다. 이런 광경을 함께 갔던 같은 번의 번사가 목격한 다음부터 세쓰도의 이름은 갑자기 높아졌다.

그 후 40년 동안, 번의 학무와 정무를 맡아 천하에 혁혁한 업적을 쌓았다. 특히 경제에 능하여 번의 재정을 쇄신했다.

세쓰도는, 에도 당시의 문하생으로 가와이 쓰기노스케를 높이 평가하였다. 학문의 제자로서의 평가보다는 쓰기노스케라는 인간의 불가사의한 점을 사랑했던 것 같다. 어쨌든 세쓰도 선생에게 심부름을 보내 놓고 답을 기다렸다. 얼마쯤 지나서 '요스케(用助) 서방'이라는 애칭을 갖고 있는 세쓰도의 제자가 찾아왔다. 거리를 달려왔는지 숨을 헐떡였다.

"참, 반갑습니다요."

요스케는 손바닥으로 다다미를 훑으면서 쓰기노스케를 쳐다보았다. 요스케도 늙었다.

그는 옛날 사이토 학당의 명물이었다. 그의 바른 이름을 쓰기노스케는 모른다. 아키타(秋田)가 고향이라 했다. 요스케란 고용인이란 뜻으로서, 세쓰도 선생이 그를 요스케라 부르기 때문에 문하생들도 따라서 거기에다 서방이란 칭호를 덧붙여 '요스케 서방'이라 불렀다. 그는 젊었을 때 학문에 뜻을 두고 문하생으로 들어왔다. 그러나 학문은 적성에 맞지 않는지 성공을 못했다. 그러나 세쓰도를 떠날 마음이 없어 사정해서 제자 겸 고용인이 되었다. 말하자면 비서이다. 학문보다도 세쓰도의 인간에 매료되어 생애를 바치고 있는 것이다.

'그것도 뜻있는 일생이다.'

쓰기노스케는 요스케를 멋있는 사람으로서 믿음직스럽게 느끼고 있었다.

"지난날에는 참 좋았습니다요."

요스케는 에도 시절을 그리워하며 쓰기노스케와 같은 시기의 문하생들의 소식을 연신 묻곤 했다. 쓰기노스케가 얘기를 해주니 열심히 고개를 끄덕였다.

"옳지, 옳지."

잘된 사람의 소식을 들을 때는 활짝 웃고, 불행한 소식을 들으면 금시 눈시울을 붉혔다.

"요스케 서방도 늙었구려."

"그렇습니까요!"

요스케는 불만인 듯이 고개를 갸우뚱했다.

"옛날 얘기에 너무 관심을 쏟으니 말이오."

"고구불망(故舊不忘)이니까."

"하긴 그렇소."

쓰기노스케는 수긍했다. 인간이 지닌 아름다움의 하나는 늙을수록 자기의 과거가 아름답게 여겨지는 일이리라.
"가와이님은 그립지 않으십니까?"
"참지."
"예?"
"과거를 돌아보지 않는 것이 신조요."
"아직 젊으시니까요."
"그렇지도 않아요. 서른이 넘었소. 그러나 내겐 언제나 장래만이 있을 따름이오."
"가와이님다운 말씀."
 요스케는 고개를 끄덕였으나, 금시 맥이 풀린 표정이 된다. 남이 옛날이야기로 잠시 도취하고 있는데 찬물을 끼얹는 말을 하다니.
"선생님은 내일 아침 댁에서 기다리시겠다고 하셨습니다. 가와이님이 오셨다고 여간 반가워하지 않으십니다요."
"나도 내일 아침을 기다리기가 지겹소."
"무척이나 그리워하셨습니다요."
 요스케는 약간 빗대는 듯이 말했다. 쓰기노스케는 금시 그 뜻을 알아차리고, 웃으면서 말했다.
"옛날이 그리워서 선생을 찾아온 것은 아니오."
 세쓰도 선생에게는 뜯다 남은 고기가 있겠지, 그것을 뜯고 싶어 왔노라고 하자, 요스케는 입을 딱 벌렸다.
"매정하십니다요."
 정말 매정하다는 말투였다.

 이튿날 아침 쓰기노스케는 나섰다. 성을 바라보고 갔다. 스승의 집은 성곽 안에 있었다. 성은 푸른 수목이 우거지고 천수각은 오층이었다. 그 흰 거인이 여러 개의 망루를 거느리고 있는데 과연 그 위용은 32만여 섬의 근거지로서 손색이 없다.
 ──과연 도도(藤堂)님이로다.
 성 밑 거리를 통과하는 사람은 누구나 이 성을 보고 놀란다.
 쓰를 통과하는 이세 신궁의 참배객은 한 달에 20만이 넘을 거라는 말을 어제 저녁 객주집에서 들었다. 그들이 한결같이 이 성을 보고 도도의 웅대함에 탄복을 한다니 이 건축물이 치른 역할은 크다.

'시조인 도도 다카토라(藤堂高虎)는 여간 음흉하지가 않았건만.'

쓰기노스케는 생각했다.

다카토라는 오다 시대에서부터 도요토미, 도쿠가와의 3대를 무사히 처신한 요령꾼이다. 3대의 풍설 속에 살면서 더구나 그때마다 지배자에게 소중한 존재가 되었다니, 처세에 있어서는 명인의 재능을 가진 사람이었다.

오미(近江) 출신이다. 창 한 자루로 입신을 했다. 생가는 북부 오미의 영주 아사이(淺井)씨의 신하였다. 그러나 아사이 씨가 오다의 공격을 받아 기울자 다카토라는 재빨리 주가(主家)의 앞날을 단념했다. 나이 불과 17세 때였다.

그 후 몇 차례 주가를 바꾸었다. 오미의 호족인 아베 씨, 이소노(磯野)씨 등을 섬겼으나 그들이 모두 자기의 장래에 도움을 줄 것 같지 않아서 떠나곤 하였다.

오다 노부즈미(織田信澄)를 섬긴 적도 있다. 노부즈미는 노부나가(信長)의 조카로서 노부나가로부터 오미의 오미조 성(大溝城)을 얻었다. 그러나 노부즈미에겐 불행이라 할 수밖에 없는 일이었지만, 아케치 미쓰히데(明智光秀)의 딸을 아내로 맞이했기 때문에 '혼노 사(本能寺)의 변' 이후 노부나가의 셋째 아들인 노부타카(信孝)에게 살해되었다. 다카토라는 또 재빨리 물러났다.

아케치가 망하고 도요토미 히데요시가 일어났다. 다카토라는 추세를 간파하여 연줄을 달아 히데요시의 동생인 히데나가(秀長)를 섬겼다. 머리도 민첩하게 돌았지만, 다카토라에게는 그만한 실력도 있었다.

그때까지 네 번 주가를 바꾸었으나, 어느 주가를 섬기든 그때마다 한 번은 반드시 큼직한 무공을 세웠다. 히데나가의 휘하에서도 항상 선봉을 맡아 어느 전장에서나 발군의 공을 세웠다. 히데요시는 이러한 다카토라를 주목하여 그의 무용보다도 오히려 언변과 처세의 재능이 뛰어남을 보고 '그대의 기량이라면 영주가 될 만하다' 하여 직속 무사로 삼아 2만 섬을 주었다. 그러다가 다시 이요(伊豫)의 6만 섬을 가봉했다.

히데요시의 만년, 다카토라는 도요토미 집안의 적자가 아직 어린 것을 보고 장래의 멸망을 예감하여 일찍부터 도쿠가와 이에야스에게 접근했다. 접근했을 뿐만 아니라 이에야스를 위해 밀정의 역할까지 했다. 세키가하라의 싸움 전야에 오사카의 내정이 고스란히 이에야스에게 알려진 것은 다카토라의 암약에 의한 것이다.

이에야스가 천하를 차지하자 다카토라는 크게 포상되고 차차 가봉되어 마침내 이세와 이가(伊賀) 두 번을 받아 쓰의 성주가 되었다.

'불쾌한 사나이야.'

쓰기노스케는 이곳 시조에게 호의를 가질 수가 없었다. 그러나 그 전까지 이세 바닷가의 일개 한촌에 불과했던 쓰를 천하의 도시로 발전시킨 다카토라의 수완에는 감탄하지 않을 수 없다.

다카토라는 쓰로 옮겨오자 이 거대한 성을 구축하고, 사방의 평민에게 돈까지 주어 가며 이 성 밑 거리에 살도록 하여 짧은 시일에 큰 도시를 이룩했다. 오늘날 하루에 20만 명의 여행객이 통과한다는 것은 다카토라의 공이리라.

쓰기노스케가 찾아가자 세쓰도는 크게 기뻐했다. 손수 현관까지 나와 반긴다.

"쓰기노스케, 어젯밤에는 자네 꿈까지 꾸었다네."

"꿈을요?"

"그럼."

세쓰도는 껴안을 듯이 반기며, 이내 황급히 현관을 내리섰다. 늙어서 몸이 쪼그라들었다.

"아니, 어딜 가시럽니까?"

쓰기노스케는 놀랐다. 자세히 보니 세쓰도는 이미 외출 차림을 하고 있었다.

"가긴 어딜 가. 이 집보다 내 산장으로 안내하려네."

쓰기노스케는 요스케와 함께 뒤를 따랐다.

"내가 은퇴한 것을 아는가?"

"예, 요스케 서방한테서 들었습니다."

"닷새 전에 겨우 허락을 받았네."

지난날 세쓰도는 무척이나 바쁜 몸이었다. 오랜 영주의 보좌역을 벗어나 독서 생활을 하려고, 누차 영주에게 간청을 드렸으나 허락이 내리지 않았다. 영주의 세쓰도에 대한 극진한 대우는, 그가 에도에서 귀국했을 때는 길에까지 나와 맞이해서 나란히 성 안으로 들어올 정도였다. 그래서 세쓰도는 굳이 은퇴를 고집하기가 죄송했으나, 이미 60을 지나고 보니 건강이 허락하지 않았다.

그리하여 일전에 허락이 내린 것이다. 가독(家督)은 아들 마사타다(正格)에게 물려주었다. 은퇴를 하면 원래는 녹이 없으나 번에서는 특별히 은거비(隱居費)를 지급하여 그의 공에 보답하기로 했다. 종신급이었다. 지급액은 한 달에 15인 몫의 녹이라는 거액이었다. 보통 은거비는 중신을 지낸 사람이 아니면 지급되지 않는다. 이 사실만 보아도 세쓰도가 그의 반생 동안에 이룩한 번정 개혁이 얼마나 큰 사업이었던가를 알 수 있으리라.

"나는 남아로서 비길 데 없는 행복을 누렸다."

첫째 명군을 만났고, 둘째는 그 명군의 이해를 얻어 소신껏 일을 할 수가 있었고, 셋째는 공을 이룩하고 이름을 떨치며 여러 사람의 석별 속에 은퇴하는 것이라 했다.

"그런 기쁜 날에 또 자네가 찾아오지 않았나."

"축하드립니다."

쓰기노스케는 나직이 말했다. 과연 세쓰도는 행복한 사람이다. 그러나 쓰기노스케는 세쓰도의 시대와는 비교도 안 되는 굉장한 동란기를 살아가야만 한다. 그는 동란기를 예감하고 있는 것이다. 세쓰도와 같은 행복은 문하생인 자기에게는 있을 수 없는 일이라고 속으로 느꼈다.

산장은 성 북쪽의 언덕에 있었다. 붉은 흙의 오솔길을 올라갔다. 산의 이름을 차우쓰 산(茶臼山)이라 했다. 세쓰도는 작년에 이 산의 중턱을 사서 별장을 지었다. 이름을 세이헤키 산방(栖碧山房)이라 붙였다. 푸른 산에 깃들이는 집이라는 뜻이다. 바다가 보인다. 뜰앞 울타리가 바다의 푸르름에 물드는 듯하고, 등 뒤에는 산허리의 푸른 숲이 바람에 흔들려 번쩍번쩍 빛나는 것 같다. 노학자의 은거지(隱居地)로는 이만한 곳이 없으리라.

'내게는 이런 행복은 없을 거다.'

쓰기노스케는 이러한 예감이 들었다.

세쓰도는 특이한 관상을 하고 있다. 얼굴은 곰보이고 큰 두 귀가 늑대의 귀처럼 쫑긋하게 서 있다. 사람을 대할 때는 턱을 당기고 이마를 내밀어 마치 관상이라도 보듯이 흰 눈으로 노려보는 버릇이 있다. 그러나 성격은 관대해서 남의 말을 잘 들었다.

"근자에 뭣을 읽고 있나?"

"여전하옵니다."

"책명을 대어 봐."

쓰기노스케는 하나하나 열거했다.

위숙자문초(魏叔子文抄) 3권

가의신서(賈誼新書) 2권

문장궤범(文章軌範) 6권

남정여운부미(南亭餘韻附尾) 1권

명신주의(名臣奏議) 24권

동파집(東坡集) 19권

양명문집(陽明文集) 10권

산요외사(山陽外史) 12권

"여전히 마음에 드는 대목만 골똘히 읽는가?"

"예, 글자가 꼿꼿이 일어설 때까지 읽습니다."

쓰기노스케의 경우 책에서 지식을 얻는 것이 아니라 판단력을 연마하고 행동의 에너지를 구하려 한다.

"소문에 들으니, 강의를 거절했다면서?"

"오래 된 애깁니다."

4년 전, 쓰기노스케는 에도의 사이토 학당에서 학업을 마치고 귀번했다. 그 직후에 영주의 후계자인 다다유키(忠恭)가 번으로 돌아왔다.

이런 경우 관례로서 번에서는 학문, 무술에 뛰어난 자를 선발하여 어전에서 그 재주를 보이게 한다. 번에서는 쓰기노스케를 그 중의 한 사람으로 선정하여 '어전에서 경사를 강의하라'는 명을 내렸다. 마땅히 가문의 명예였다. 그러나 그것은 쓰기노스케의 사상에 위배되는 일이었다. 그의 사상으로는, 학문은 그 지식이나 해석을 필요로 하는 것이 아니라 행동하는 것이다. 그 사람의 행동을 가지고 그 사람의 학문을 판단하는 수밖에 없다는 사상이었다. 쓰기노스케는 명령을 되돌려보냈다. 번청에서는 놀라서 그를 호출했다.

"어찌 된 일이냐?"

"난 강의를 하기 위해 학문을 닦은 것이 아니오. 강의를 시키겠다면 강사를 부르시오."

번은 소연해졌다. 쓰기노스케는 굽히지 않고 자신의 뜻을 강하게 주장했다.
"여기서 내가 강의를 하면 내 학문(사상)은 밑바닥부터 허물어집니다. 내가 소멸하는 거요. 그래도 강의를 하란 말이오?"
"알았다. 그렇다면 아프다는 이유를 제출하라."
그러나 쓰기노스케는 이것도 거절했다. 아프지도 않은 사람이 어떻게 병이 났다고 하느냐는 것이다. 번에서는 어쩔 수가 없어서 마침내 그를 견책처분했다.
이 소동을 사이토 세쓰도는 들은 모양이다.
"순수하군."
세쓰도는 미소를 지었으나 그의 행동에 대해 아무런 비평도 하지 않았다.
"경탄스럽기는 하네. 그러나 다소 불안하군."
"어째서 그렇습니까?"
"하긴 공연한 불안이지만."
앞으로 쓰기노스케처럼 외곬으로 나간다면 무슨 일이든 생기고야 말 것이라고 세쓰도는 생각하는 것이다.

이튿날 아침, 쓰기노스케는 다시 스승의 산장에 가서 얘기를 들었다.
──선생님은 여전히 마음은 한창이었으나 적지않이 노쇠한 듯이 보였음.
쓰기노스케가 그의 일기인 '지리쓰보(塵壺)'에 적었듯이 세쓰도는 좀 피로한 듯이 보였다. 30분쯤 지나서 하직을 고했다. 스승은 간곡히 만류했다.
"며칠 동안 내 곁에서 쉬고 가게."
몇 차례나 붙들었다. 세쓰도도 늙으니 사람이 그리운 모양이었다. 그러나 쓰기노스케는 끝내 작별을 고했다.
오후에 간키(神吉)라는 세쓰도의 제자의 안내를 받아 이 번의 학당을 구경했다. 이 학당은 세쓰도의 생애 가운데서 최대의 작품이라 할 만하다.
──학교는 경리를 기초로 한다.
이것이 세쓰도의 생각이었다. 아무리 학당을 정비한대도 그것을 유지할 재정 기반이 없으면 안 된다.
'과연 스승이시다.'
쓰기노스케는 그 점에 감복했다. 이 학당에서는 출판도 했다. 특히 《자치통감(資治通鑑)》의 출판은 그것이 천하의 독서인에게 얼마나 도움을 주었는지 모를 정도였으나, 그것도 이 학당의 경제력의 덕택이었다.
 그리고 학당에는 무술 도장도 병설하고 있었다. 과목 중에서도 서양 포술 부문에 주력해서 많은 연구생을 에도에 유학시키고 있는데, 그 경비도 번의 예산에서 지출하지 않고 학당에서 지출하였다. 학당에는 또 종두관(種痘館)도 두었다. 세쓰도는 어릴 때 천연두를 앓았기 때문에 그 병에 대해 깊은 관심을 가지고 있었다.
 이미 덴포(天保) 12년(1841)에 에도의 네덜란드인 의사가 우두 접종의 기술을 도입했으나 세상에서는 이해가 부족하여 받아들이지 못했다. 세쓰도는 그것을 번의 방침으로 정해서 모든 백성들에게 우두를 맞게 했다. 그 비용도 모두 학당에서 지출하였으니, 이 한 가지만으로도 이 학당의 경제력을 짐작할 수 있을 것이다.
 '과연 대단하군.'
 쓰기노스케는 더욱 감복했으나 다소의 불만도 있었다.
 ──위대하기는 하지만 치세(治世)의 능리(能吏)에 불과하다.
 천하가 안정된 시기에는 세쓰도의 능력은 크게 빛날 것이다. 그러나 나라가 허물어지려 할 때는 세쓰도는 어떻게 할 것인가.
 '은퇴밖에 없겠지.'
 쓰기노스케는 이렇게 판단했다. 그의 앞날에 전개될 시대상은 세쓰도가 산 시대처럼 평화롭지는 않을 것이다. 난세(亂世)가 온다. 세쓰도는 난세의 영웅은 되지 못하리라. 세쓰도의 결점은 그 점이었다. 그의 문장만 해도 소품은 극히 우수했으나 대문장은 아니라고 쓰기노스케는 평가하였다. 한 시대의 운명을 예언하고 천하의 나갈 방향을 가리키는 예언자로서의 웅대한 두뇌는 되지 못한다. 그 능력과 사고 범위는 어디까지나 도도 번 32만 3,000섬에 한정되어 있다. 능리인 것이다. 그것도 과거의 능리밖에 안 된다.
 '세쓰도 선생은 학자이고 능리이나 아깝게도 사상이 없다. 사상이 없기 때문에 장래를 예언하지는 못한다.'
 이것이 세쓰도에 대한 불만이었다. 이 불만을 혹시 비추의 야마다 호코쿠(山田方谷)는 해소시켜 줄는지.
 "또 한 사람, 쓰에는 명물이 있는데요."
 간키가 말했다.
 사람을 찾아가는 것은 사람을 먹으러 가는 것이라고 쓰기노스케는 말한

적이 있다.

"먹혀도 좋다."

그는 이런 생각도 가지고 있다. 먹힐 만한 값어치가 있다면 기꺼이 남의 밥이 되어도 좋다. 그 어느 쪽이 아니면 안 된다고 쓰기노스케는 생각하고 있다.

"그분은 도이 고가(土井聱牙) 선생이 아니오?"

쓰기노스케는 간키에게 물었다. 이곳에서 세쓰도와 비견되는 학자라면 누구든 도이 고가를 지목한다.

도이는 버젓한 도도 번사로서 학문을 가지고 녹을 먹고 있다. 그는 처음 세쓰도에게 사사했다. 그래서 쓰기노스케로서는 만나지 못한 동문의 선배가 된다. 그는 명문가로서 에도에까지 알려져 있었다. 게다가 웅변가였다.

그러나 천하의 유용지재(有用之才)는 못된다고 쓰기노스케는 생각하고 있다. 그는 학문을 세상의 구제에 쓰지 않는, 단순한 문인이며 도락가였다.

"굉장한 기인입니다."

간키는 걸어가면서 얘기했다.

젊었을 때 글씨 연습을 하려고 우선 서른 냥 어치 재료를 사들였다. 서른 냥이라면 한 재산이라고 할 만하다. 먼저 비싸기로 이름난 단계(端溪) 벼루를 샀다. 다음에는 순양털로 만든 붓과 최상등 종이를 샀다. 그 재료를 한 달 남짓한 동안에 전부 써버렸다. 고작 연습을 하는 데 그렇게나 비싼 재료를 쓸 것까지는 없지 않습니까, 하고 누가 물었더니 도이는 이렇게 말했다.

"아냐, 나는 호기를 기른 거야."

그의 말은 글씨의 기술보다 기를 길렀다는 것이다. 글씨는 기다. 그 호방한 기를 기르기 위해서는 하찮은 연습을 위해서라도 가산을 갈아 부수지 않으면 안 된다는 것이다.

도이는 육 척이 넘는 거한이다. 거한인 데도 장이 약한지 자주 변소에 드나들었다. 어느 날 어떤 이가 도이를 찾아갔다. 이 날도 도이는 배탈이 났었다. 변소에서 큰 소리로 용건을 물으니 '글씨를 얻으러 왔습니다'라고 손님이 대답했다.

도이는 변소에서 뛰쳐나와 다다미 위에 종이를 펼쳐놓더니 그 위에 가랑이를 벌리고 앉아 큰 붓으로 글을 쓰기 시작했다. 먹물이 종이 위 여기저기에 떨어졌다. 도이는 태연했다. 지저분한 얘기지만, 급기야는 대변 찌꺼기도 종이에 떨어져 누렇게 번졌다. 그래도 태연했다. 손님은 기겁을 하여 달아나 버렸다.
"도이 선생은 굉장히 더위를 타셔서……."
간키가 그에 대해 계속 늘어놓는다. 도무지 사람같지 않은 이 거한도 더위만은 질색이어서 여름은 늘 허덕이듯이 지낸다. 여름철에는 손님을 피하고 종일 벌거숭이로 집에 박혀 있다고 한다.
작년에 그의 자당이 별세했다. 때마침 한여름이었다. 도이는 제단 앞에서 훈도시도 걸치지 않은 채 알몸으로 더위에 헐떡이고 있었다. 그의 부친도 같은 체질이어서 똑같은 모습으로 앉아 있었다. 그때 문상객들이 올라왔다. 도이는 당황했다. 손님을 맞기 위해서는 옷을 입지 않으면 안 된다. 도이는 황급히 거구를 추스르며 옷을 입기 위해 제단 앞을 지나갔다. 발가벗고 제단을 가로질러 가는 것이 혼령에게 무례한 짓이라는 것을 알고 있다. 게다가 유생이므로 효심이 지극하다.
"어머님, 처음 소자를 낳으셨을 때……."
아주 진지하게 제단 앞에 무릎을 꿇고 중얼거렸다.
"알몸으로 저를 낳으신 줄로 아옵니다. 지금 저의 무례함을 용서하옵소서."
그 다음 늙은 부친도 일어나 발가벗은 몰골로 제단 앞에 무릎을 꿇고 말했다.
"방금 저애가 말씀드린 그대로올시다."
그런 다음 일어서서 아들을 따라 나갔다. 두 부자의 언행이 너무나 진지했기 때문에 문상객들도 웃을 수가 없어서 모두 고개를 숙이고 억지로 참았다.
"기인이군."
쓰기노스케는 말했다. 기인이란 모두 그렇게 진지한 것이지만 도이도 그런 것 같다. 자신을 기인이라고는 생각하지 않는 모양이다.
"기인이란 것을 어떻게 생각하십니까?"
간키가 물었으나 쓰기노스케는 잠자코 있었다. 그는 기인을 좋아하지 않는다. 기인이란, 풍경으로 말하자면 기암괴석일 것이다. 풍경으로서 감상하는 데는 퍽 재미가 있겠지만 필경은 세상의 장식물일 뿐 세상을 위해 도움이 되는 것은 아닐 것이다. 그러나 달리도 생각할 수 있다. 단순히 성질이나 행동이 색달라서 세상의 상식에 걸맞지 않는다는 정도의 기인이라면 문제 삼을 것도 없으나, 신념과 그 신념에 대한 추구가 강렬하기 때문에 세상과 조화를 이루지 못해 결국 기행을 하게 되는 인물은 인간의 가장 순수한 존재일 것이다.

"기인은 세상에 대해 배려할 줄 몰라. 그것은 순수하기 때문이오."

쓰기노스케는 그렇게 말했다. 광물에 비하자면 순수 결정과 같은 것일 것이다.

'이 인물은 감상할 만하겠군.'

아무튼 도이를 만나고 싶었다. 쓰기노스케에게는 인간만큼 볼 만한 구경거리가 없다. 희한하게도 도이 선생은 소문 그대로 벌거숭이로 있었다. 아무래도 방문자에게는 거북한 집 구조였다. 문을 들어서면 바로 거기에 방이 있기 때문에 안내를 청할 필요가 없다. 방은 항상 열어젖힌 채였고, 도이는 언제나 거기에 있었다. 오늘도 있었다. 벌거숭이였다.

"에치고 나가오카의 가와이 쓰기노스케올시다."

쓰기노스케가 마루 끝에서 인사를 하자, 도이는 황급히 주변을 둘러보았다.

"엇!"

옷을 찾는 것이다. 쓰기노스케는 보기에 딱하여 그를 말린다.

"선생, 그럴 필요는 없습니다."

더위를 타는 도이로서는 퍽 다행이었겠으나 부끄러움을 숨기기 위해 느닷없이 말을 건넨다.

"그렇다면 내가 쓴 것을 받아주시겠소?"

쓰기노스케는 놀랐다. 그것이 도이의 첫인사였으니 문답도 아무 것도 될 수가 없지 않은가. 이렇게 나오면 쓰기노스케의 대답도 자연 기발해지지 않을 수가 없다.

"저는 아직 남에게 글씨 같은 것을 받아본 적은 없습니다만, 그러나 주신다면 얻어 볼까요?"

웃지도 않고 말했다. 도이는 연방 끄덕이면서 우선 올라오라고 했다. 쓰기노스케는 마루에 올라가 초면 인사를 했다. 도이는 사타구니를 부채로 가리고 큰 몸뚱이를 굽혀 정중히 답례했다.

"당신의 고명은 세쓰도 선생으로부터 들었소. 헌데 누추한 이곳에 대체 무슨 일로 오셨소?"

찢어질 듯이 두 눈을 부릅뜨고 말한다. 쓰기노스케는 앉음새를 고치고 그 눈을 똑바로 바라보면서 말한다.
"용건은 없습니다. 선생의 꾸중을 듣고자 찾아뵈었습니다."
그러자 도이는, 뭐라구? 남의 말은 들어먹지도 않을 상판을 하고서, 라며 씹어뱉듯이 말했다. 자못 진지하다.
쓰기노스케는 되받았다.
"네, 남의 말 따위는 듣지 않습니다만, 그러나 들을 가치가 있다면 들어보겠습니다."
도이는 책상을 탕 치더니 이렇게 버럭 소리를 지른 다음 입을 다물었다.
"귀는 분명하오?"
분명하게 이해할 수만 있다면 얼마든지 말해 주겠다는 것이리라. 도이는 쓰기노스케에게 근 세 시간에 걸쳐 시세(時勢)를 논했다. 과연 도이의 이론은 평범한 것이 아니었다.
돌아오는 길에 간키가 감상을 물었다.
"역시 기인이야."
쓰기노스케의 대답이다. 도이의 변설은 기인에게서 흔히 볼 수 있는 자신과 예기에 차 있었다. 그러나 그 날카로움도 필경은 혀끝의 날카로움에 불과하다.
"진품이었나요?"
간키가 물었다. 쓰기노스케는 뭐라고 대답은 하지 않았으나 속으로는 한 푼의 가치도 없는 인간이라고 단정하고 있었다. 도이는 변설은 있어도 행동이 없다.
"그는 등용되지 않는 것을 분개하고 있다."
나중에서야 쓰기노스케는 말했다.
"불우함을 분격하는 정도로 미숙해서는 도저히 인물이라고 할 수는 없다."

교토에 들어갔다.
오사카(逢坂)의 언덕을 내려가 소나무가 늘어서 있는 아와타(栗田) 어귀의 길을 천천히 지나서 산조(三條)의 큰 다리께에 다다르자 쓰기노스케의 가슴은 설레기 시작했다. 다리 저쪽은 교토 거리이다. 예부터 일본의 남아로서 이곳을 동경하지 않은 자가 있었을까.

'과연 천 년 왕도로구나.'

다리께에 서니 시정(詩情)으로 가슴이 벅차다. 발 아래로 일본에서 가장 아취 있는 가모 강(鴨川)이 흐르고 있다. 강의 흐름은 쓰기노스케의 고향인 에치고 시나노 강과 다를 바 없으나 이 냇물을 사람들, 특히 궁정의 귀족들이 천 년의 세월과 그들의 미의식을 기울여 미화시켰다는 점에의 일본의 다른 강과는 전혀 다르다.

예부터 일본의 방방곡곡에서 권력의 화신들이 몸을 일으켜 이 왕도에 기치를 세우기를 염원했었다.

"내일은 세타(瀨田)에 깃발을 세워라."

고열(高熱)로 헛소리를 하면서 죽은 것은 다케다 신겐이었다. 신겐은 만년에 이 왕도에 들어가려고 도카이도의 여러 성을 유린하면서 서쪽으로 진격해 오다가 진중에서 병이 들어 기어이 일어나지 못하고 허무하게 장도를 좌절시키고 말았다.

쓰기노스케의 고향인 에치고의 우에스기 겐신도 그러했다. 그의 생애의 꿈도 이곳에 깃발을 세우는 일이었다. 그러나 생애의 태반을 가이(甲斐)의 다케다 신겐과의 쟁투로 보내다가 신겐이 죽은 뒤에 겨우 교토로 나오려 했다. 도중 엣추(越中)와 가가(加賀)번에서 오다군이 저항했으나 무리없이 격파했다. 그러나 배후인 간토의 정세가 악화되었기 때문에 부득이 회군하였으며 얼마 후 그의 거성인 가스가 산(春日山)의 성에서 병사했다.

교토에는 영웅들의 이루지 못한 꿈과 한이 서려 있다.

에도 시대가 되었다. 도쿠가와 이에야스는 이 왕도에 다시 영웅이 들어가는 것을 두려워하여 인지(人智)가 미치는 최대한의 법령을 만들어 이곳을 속박했다. 천자와 공경들의 일상생활까지 구속하여 학예(學藝)에만 전념토록 명을 내렸고, 영주들이 이곳을 통과하는 것까지 금했다. 영주들이 궁정과 연락하여 천자를 옹립하는 것을 두려워한 것이다.

이에야스는 특히 서부 지방의 영주들을 두려워했다. 이에야스는 생존 중에 도쿠가와를 대적할 자는 필시 조슈의 모리 집안과 사쓰마의 시마즈 집안일 것이라고 예언했었다.

그 예언이 300년이 지난 오늘날에 와서 과연 적중했다. 지금 교토에서 은밀히 활약하고 있는 자는 태반이 서쪽 지방 사람들이다. 고래로 왕도를 제패하는 자는 동이 아니면 서에서 일어났다. 지금 동쪽이 쇠퇴함을 보고 서쪽 사람들의 피가 들끓고 있는 것이 아닐까.
　쓰기노스케는 여비가 허용하는 한 이곳에 체류하고자 했다. 이곳이야말로 장차 일본을 뒤흔들 진원지가 되리라.
　'이곳을 잘 봐둬야만 한다.'
　대개의 나그네가 그러는 것처럼 쓰기노스케도 산조 거리의 객주집에 숙소를 정했다.
　"여자가 필요하다."
　저녁을 먹으면서 하녀에게 말했다. 간장을 달라는 정도의 가벼운 말투였다. 그는 교토에 온 이상 이곳을 어느 정도 피부로 느끼고 싶었다. 그러기 위해서는 이곳 여자와 잠자리를 함께 하는 것이 좋으리라.
　"네? 여자를요?"
　하녀는 놀란 모양이다. 일어서려다가 도로 앉았다. 무릎에 쟁반을 세우고 있다.
　"왜요?"
　이상한 반문이다. 쓰기노스케는 여행을 하면서 이런 반문을 받아 본 적이 없다.
　"왜요라니?"
　뭐라고 대답을 해야 좋을지 난처하다. 여자가 필요한데 무슨 이유가 필요하단 말인가.
　"필요하니까, 필요하다는 거야."
　"왜요?"
　하녀는 이상하다는 듯이 쓰기노스케를 바라보았다. 교토 사람은 이상하다.
　"아아니, 그건……."
　쓰기노스케는 고지식하게 이유를 찾으려고 머리를 짰다. 이런 점, 쓰기노스케는 딴 나라 사람이었다. 왜냐하면 교토에서 동쪽에 있는 일본인과 이쪽 사람은 발상 자체가 전혀 다르다. 이쪽 사람은 입이 가볍다. 입과 머리가 서로 연락 없이 말을 지껄인다. 마음에는 없어도 회화만은 독립하고 있다. 회화만으로 사교(社交)가 성립하는데, 대개의 경우 그 말은 진담이 아니다. 진담을 지껄이는 것을 교토에서는 오히려 촌스럽다고 한다. 그러나 동쪽 일본인들은 언제나 회화를 진담으로 한다. 언제나 그 회화는 논리적이다. 교토 사람은 다르다. 회화는 상대와의 정서를 부드럽게 하기 위해서만 존재한다. 따라서 그것은 재주 같은 것으로서 밑도 끝도 없다.

─여자가 필요하다.

쓰기노스케는 요구를 확실히 말했다. 이 말은 바로 내용뿐이지 다른 장식은 전혀 없다. 그 점에 하녀는 놀란 것이다.

'이 사람이 왜 이럴까?'

이런 생각이 들었으리라. 이곳 사람들이 본심으로 무엇이 '필요하다' 할 때는 '의사가 필요하다'고 할 때 정도이다. 심한 복통으로 칠전팔도(七顚八倒)하면서 숨이 턱에 닿아 '의사를, 의사를' 하고 외칠 때만이 이곳 사람의 세련된 회화 감각 속에서의 본심이 드러난다. 그런 정도의 경우가 아니고는 본심을 드러내지 않는데, 이 나그네 무사는 다짜고짜 '여자가 필요하다'고 한다. 하녀는 망설였다.

'혹시, 딴 뜻이 있는 게 아닐까?'

쓰기노스케로서는 기묘하기 짝이 없는 반문을 했던 것이다. 교토 사람과 다른 지방 사람은 이런 점에서 꼭 이방인의 관계에 있다고 할 수 있으리라.

이윽고 하녀도 쓰기노스케의 진의를 알아차리고는 깔깔 웃었다.

"교토 여인숙에는 창녀가 없답니다."

마치 쓰기노스케의 어깨를 두드릴 듯이 호의를 보였다.

이튿날, 아침 일찍부터 쓰기노스케는 시내 구경에 나섰다. 매사에 계획을 세우는 걸 좋아하는 이 사나이는(그렇다고 노상 계획대로 일이 진행되는 건 아니지만) 우선 이 날은 히가시 산(東山)의 기슭부터 구경하기로 했다. 사원이니 탑이니 전각 등을 두루 돌아보다가 대불전 근처에 이르니 어지간히 지쳤다. 경내에 들어가 찻집에서 떡을 주문했다.

'이상한 놈이 있군.'

한눈으로도 건달 같아 보이는 조그만 사내이다. 찻집 구석에 앉아서 쓰기노스케의 모습을 머리에서 발끝까지 훑어보고 있다. 이윽고 다가와서 묘하게 꼬치꼬치 묻는다.

"나리는 산조 작은 다리의 객주집 이케다야의 손님이시죠?"

쓰기노스케는 천천히 고개를 돌려 말없이 사내를 바라보았다. 에치고에서는 무사에게 함부로 말을 거는 버릇없는 놈은 없다.

"나 말인가?"

"네, 나리 외에는 아무도 없지 않습니까?"

밉살맞게 지껄인다. 윗녘에서는 무사를 조금도 존경하지 않는다는 말을 듣고 있었으나, 이건 그것만이 아닌 것 같다.

"무슨 용무야?"

"공무(公務)입니다."

사적인 일이 아니라 공적인 용무라는 것이다. 사내는 품에서 포졸용 철척을 꺼냈다. 끄나풀이다. 주명과 성명을 밝히라 한다.

이러는 동안 찻집 영감이 쓰기노스케에게 눈짓을 했다. 그 사내에게 맞서지 말라는 충고인 것 같았다. 쓰기노스케도 상상할 수 있었다. 현실의 교토는 시(詩)의 도시가 아니라, 이런 종류의 인간들이 우글거리는 곳이다.

에도에 있는 최고 집정관 이이 나오스케(井伊直弼)의 정론(政論) 탄압이 진행 중이었다. 소위 안세이 대옥(安政大獄)이다. 위는 공경 영주로부터 아래로는 승려, 낭인, 지사, 학자, 화가에 이르기까지 이이가 친 그물에 걸려들었다.

이이는 그들을 찾아내기 위해 심복 부하인 나가노 슈젠(長野主膳)이라는 자를 교토에 주재시켜, 막부를 비판하는 모든 계급의 명단을 만들어 놓고 있었다. 그들을 체포할 때는 고등정무청, 행정청 등 막부 기관까지 지휘할 수 있는 권한을 나가노에게 주었다. 그래서 그 끄나풀들이 시중에서 설치고 있는 것이다.

'이 녀석도 그런 놈이군.'

쓰기노스케는 사내의 얼굴을 바라보았다. 사내는 쓰기노스케가 수상쩍어 객주집에서부터 따라온 모양이다.

"난 무사야."

쓰기노스케는 낮은 목소리로 입을 떼었다. 무사에게 '주명을 대라'고 요구할 수 있는 자는 신분이 그럴 만한 자가 예의를 갖춘 연후에나 물을 수가 있다. 그것을 이 녀석은 한때의 권세를 등에 업고 무례하게도 철척을 보이며 묻는다. 예법으로 따진다면 일도양단을 해도 그만이다. 쓰기노스케는 더 이상 상대를 않고 떡을 먹고 나서 밖으로 나왔다. 사내는 멀어져 가는 쓰기노스케를 찻집에서 바라보고 있다.

쓰기노스케가 어째서 끄나풀에게 미행당했는지 그 점은 나중에야 해명되었다.
　유언비어의 시대였다.
　이 무렵, 미토의 지사들이 최고 집정관 이이 나오스케(井伊直弼)의 폭정에 반대하여 반란을 일으킨다는 유언이 교토와 에도에 퍼졌다. 이 폭동 모의에는 사쓰마인도 가담하고 있다는 것이다. 더구나 그들은 폭동을 성공시키기 위해 조정에서 밀칙을 받으려 한다고 했다. 그래서 막부의 경찰 기관은 총력을 기울여 유언의 내사에 혈안이 되었다. 도쿠가와 막부는 성립 당시부터의 독특한 성격의 밀정 정치를 펼쳤다. 그 능력은 세계사상 어느 정권보다도 우수했는지 모른다.
　그런데 후년 폭동 모의는 단순한 낭설이었던 것이 밝혀졌다. 그러나 기묘하게도 이 낭설과는 하등의 연관도 없이 이듬해(1860)에 미토인과 사쓰마인의 공동 모의에 의한 이이 나오스케의 저격 계획이 세워져 성공했다. 이른바 사쿠라다 문(櫻田門)의 변이다. 우연의 일치이다.
　아무튼 이러한 유언 때문에 막부의 끄나풀이 시중에 득실거리게 되었다. 특히 왕도로 들어오는 나그네 무사를 더욱 주시하였다. 유언에 의하면 미토의 지사가 밀칙을 받으러 온다는 것이다. 그 때문에 여행객의 사투리에 끄나풀들의 주의가 쏠렸다. 쓰기노스케는 에치고인이지만 이곳 밀정의 귀에는 미토 사투리로 들린 모양이다.
　사흘째는 기요미즈 산(淸水山)에 올라 절과 폭포를 구경하고 기슭에서 삶은 두부를 먹었다. 돌아오는 도중에 해가 저물었다. 시가를 가로 질러 히가시 산(東山)의 큰 골짜기에서 흘러내리는 계류가 있다. 돌다리가 걸려 있었다. 거기까지 왔을 때 난데없이 귓전에 짧은 비명이 울려왔다. 쓰기노스케는 걸음을 멈추었다.
　'여자를 희롱하고 있군.'
　다리 옆 버드나무에 여자를 밀어붙이고 있는 것 같다. 여자의 숨소리가 가쁘다. 힘껏 저항하는 모양이다. 사내는 나직한 목소리로 위협한다. 쓰기노스케가 뒤에 서 있는 것을 사내는 깨닫지 못하고 있다. 사내는 여자의 약점을 쥐고 있는 듯, 그것을 미끼로 여자를 능욕하려 한다.
　'그놈이구나.'
　쓰기노스케는 사내의 목소리에 놀랐다. 그저께 찻집에서 쓰기노스케에게 걸고 들던 끄나풀이었다. 여자는 어느 저택에 매여 있는 몸인 것 같다. 쓰기노스케는 오른팔을 뻗쳐 말없이 사내의 목을 감았다. 그는 팔 힘이 세다. 힘을 주어 몸을 뒤로 젖히니 끄나풀은 목이 졸려 큭큭거리며 발을 버둥거렸다.
'이놈을 기절시켜야 할 텐데.'
생각은 했으나 젊어서 유도를 게을리했기 때문에 급소를 모른다.
'어떡하지?'
쓰기노스케는 사람을 기절시킬 급소가 마흔네 군데라는 것을 알지만, 정확히 그곳이 어딘가는 한 곳도 모른다.
또 이런 자세로는 무리일 것이다.
"쳇!"
쓰기노스케가 혀를 찬 것은 그가 급소를 생각하면서 목을 조르고 있는 동안에 사내가 그만 쭉 뻗었기 때문이다.
"너무 졸랐나?"
사내를 땅에 눕히고 들여다보았다. 이번에는 숨을 되돌리게 하는 법을 모른다. 기절이나 또는 가사(假死)한 자에게 자극을 주어 소생시키는 법인데, 유도에서는 그 비법을 함부로 가르쳐 주지 않고 구전(口傳)으로만 제자에게 전한다. 유도를 게을리 한 그가 그 구전을 들었을 리 없다.
"아가씨!"
쓰기노스케는 여자를 불러 초롱을 밝혀 달라고 했다. 몸을 꾸부리는 여자한테서 향내가 났다.
"이거 낭패군."
쓰기노스케는 사내의 눈까풀을 뒤집어 보면서 중얼거렸다. 나는 기절시키는 방법도 소생시키는 방법도 모른다, 그런데 이 성급한 녀석이 기절을 해버렸다, 하고 투덜거렸다.
여자는 이런 쓰기노스케를 보고 놀란 모양이다. 조금 전까지 겁에 질려 와들와들 떨고 있었는데 갑자기 우스워진 모양이다. 그러나 억지로 웃음만은 참고 있다.
'젊으니까.'
젊은 여자란 속을 알 수가 없다. 쓰기노스케의 걱정은 사내가 죽지나 않았을까 하는 점이었다.
"초롱을 좀 가까이로."
사내의 눈까풀을 뒤집어 눈동자를 보니 검다. 다음에는 엉덩이를 벗겼다.

여자는 얼른 외면했으나 쓰기노스케는 사내의 항문을 들여다보았다. 항문이 닫혀 있다.
"살았군."
쓰기노스케는 안심했다.
"정말 살았을까요?"
여자가 나직이 묻는다. 살았다니 또 겁이 나는 모양이다.
"내 진단을 못 믿겠나?"
쓰기노스케는 사내의 항문을 만진 손가락으로 이번에는 사내의 입을 벌렸다.
"보라구."
아래 위의 이가 가지런히 물려 있다. 죽었으면 이렇게 안 된다고 설명해 주었다. 손가락에 음식물의 찌꺼기 같은 것이 묻어나왔다. 그것을 사내의 옷자락으로 닦으며 말한다.
"사람도 이쯤 되면 불쌍한 거야."
인간의 위엄이란 별 게 아니다. 살아서 손발을 놀린다는 단지 그 가냘픈 조건만으로 성립되고 있는 것이다.
"이 녀석은 누구냐?"
쓰기노스케의 물음에, 여자는 이 사내가 이치조(市藏)라는 끄나풀로서 요즘 한창 설치는 자라고 설명했다.
'궁중 말씨인가?'
쓰기노스케는 교토의 말을 잘 몰랐으나 객주집 하녀의 말과는 많이 다르다는 것을 느꼈다.
"어서 가지 않고 뭘 꾸물거리고 있는 거야?"
그러자 여자는 망설이면서 입을 떼었다.
"감사의 말씀을 드리려고요."
여자는 빠른 말투로 자기 주인의 이름과 집과 그리고 자기 이름을 댔다. 그러나 쓰기노스케는 끝까지 듣지 않고 서쪽으로 이미 걸음을 옮겨 놓기 시작했다. 여자는 황급히 뒤쫓아왔다.
"성함을 말씀해 주셔요."
"공연한 일이야."
이 목적주의자는 짧은 일생 가운데서 단 몇 분이라도 공연한 일에 번거로

움을 받는 것을 지극히 싫어한다.

 길을 북쪽으로 꺾어 들었다. 그의 어림으로는 이대로 곧장 가면 고조 다리(五條橋)의 다릿목 거리로 나갈 것만 같았다.

 뒤에서 여자가 따라왔다.

 "그리로는 가시기가 어렵습니다."

 여자의 말로는 앞쪽 다릿목 거리의 초소문이 이미 닫혀 있다고 한다. 초소를 피해서 가자면 동쪽으로 멀리 돌아서 일단 후시미(伏見) 가도로 나가야만 한다는 것이다.

 '말을 들어야 하겠군.'

 쓰기노스케는 모퉁이를 동으로 꺾었다. 여자는 그동안에도 같은 말을 몇 번이나 되풀이한다.

 "저희 집에 들렀다 가세요. 주인의 인사를 받아 주셔야 해요."

 '공연한 일이다.'

 쓰기노스케가 좋아하는 일본 역사상의 인물 가운데 도요토미 히데요시의 옛날 참모인 다케나카 한베에(竹中半兵衞)가 있다. 다케나카는 자기의 재능인 전술을 예술가가 예술을 사랑하듯이 했던 사나이로서 평소의 입버릇이 있었다.

 ──무도 이외에는 모두 공연한 일이다.

 쓰기노스케는 결핵으로 요절한 그 천재의 생애 기운데서 특히 이 입버릇을 좋아하여 이렇게 잘라 말하며 그 긴장감을 즐겼다.

 ──공연한 일이다.

 걸어가 보았으나 그 거리의 초소문도 닫혀 있었다. 빗장을 열고 나갈 수도 있으나 그러자면 경비소에 통고를 해줘야 한다.

 '그것도 귀찮고.'

 조금 전에 저쪽에서 꼬나풀을 기절시킨 장본인이 제 발로 경비소에 얼굴을 알릴 필요는 없다.

 결국 여자의 말을 따랐다.

 "여기옵니다."

 검은 판자벽의 쪽문을 여자가 밀었다. 쓰기노스케는 집 안으로 따라 들어섰다. 오월의 무성한 나뭇가지와 잎들에 묻혀 장명등이 밝혀져 있다.

 ──아, 발을 적셔요.

여자가 쓰기노스케의 소맷자락을 당겼다. 그 정원에도 교토답게 화초에 물을 대는 조그만 도랑이 만들어져 있었기 때문이다.

마루에 올라 그대로 방으로 안내되었다. 그러더니 근 30분쯤 혼자 버려둔다. 방안의 살림으로 미루어 여자들만 사는 집인 것 같았다. 이윽고 아까 그 여자가 들어와 쓰기노스케 앞에 술상을 갖다 놓았다. 뭔가 좀 이상하다.

"오늘 저녁은 이 댁에서 주무시기 바랍니다."

여자는 말했으나 쓰기노스케는 눈살을 찌푸리며 잠자코 있었다. 객주집도 아닌 여염집에서 잘 생각은 없다. 여자는 이 집과 자기에 대해서 말했다.

"저는 이 집의 시녀로서 이름은 사쓰키(五月)라 합니다. 이 집 주인은 여자로서 성씨는 오리베(織部)라 합니다."

쓰기노스케는 속으로 웃었다. 아까 들어오는 뜰에 오월의 푸르름에 안기듯이 장명등이 놓인 것을 보았는데, 이 여자끼리의 주종도 그렇게 의지하며 사는 모양이었다.

'아무래도 무가(武家)는 아닌 것 같다.'

살림살이를 봐서 짐작할 수가 있다.

"이 댁은 공경의 집안인가?"

듣고 보니 그에 가깝다고 한다. 여주인은 귀족 니시혼간 사(西本願寺) 주지의 이복 누이동생으로서, 불교에 귀의한 어떤 여황족의 상궁으로 있었는데, 지난해 그 귀인이 죽어서 사가로 물러나와 있다고 했다.

'과연 교토답구나.'

평민도 아니고 무가도 아닌 일종의 귀족이라면 에도나 다른 지방에는 없는 존재이다.

"니시혼간 사 계통이시니, 때가 때인만큼 여러 가지 일들이 생깁니다."

'무슨 말을 하나?'

좀더 듣고 보니 근왕 문제인 것 같다. 쓰기노스케는 모르고 있었으나 니시혼간 사는 근왕 색이 짙고, 반대로 히가시(東)혼간 사는 명백한 막부 지지파였다. 양파가 모두 1만 개 내외의 말사(末寺)를 거느리며 그 경제력은 오사카의 부상(富商)인 고노이케(鴻池)에 필적할 만하고, 주지는 모두 황족이어서 친왕(親王)과 같은 대우를 받고 있었다. 덧붙여 말하자면, 니시혼간 사는 도요토미 히데요시의 비호를 받았었다.

이에야스는 혼간 사의 세력을 꺾기 위해 분파를 시켜서 히가시혼간 사를 세웠다. 이것이 두 파의 전통이 되어 교토의 근왕 세력은 니시혼간 사에 연결되고 있었다. 자연 이런 시국이 되니 서쪽은 막부의 시달림을 많이 받게 되었다. 아까의 끄나풀 건도 그 한 예이리라.

'이상하게 되었군.'
거나하게 취한 몸을 잠자리에 뉘었을 때 문득 그런 느낌이 들었다. 쳐다보는 천정이 낯설다. 당연한 일에 새삼 놀란다. 아무리 봐도 남의 집이다. 스스로 이래서는 안 된다고 꾸짖어 보았으나 이미 몸뚱이는 나른하게 풀려 있다. 스스로 그것이 불쾌했다.
'난 언제나 자신을 의지로 움직여 왔다. 그 줄이 어디에선가 끊어졌어.'
여기에서 자고 있는 쓰기노스케는 쓰기노스케의 의지에서 버림받은 껍데기에 불과하다. 조종자의 줄에서 떨어져 나와 송장처럼 거기에 놓여 있는 인형에 불과하다. 자신을 이런 상태에 두는 것은 쓰기노스케의 주의에 어긋난다. 그러나 피로가 그를 잠들게 했다.
눈을 뜨니 이미 덧문 틈으로 햇살이 스며들고 있었다. 쓰기노스케가 기침을 하자, 어제 저녁의 사쓰키라는 여자가 금시 나타나서 덧문을 열고 세숫물을 대령했다.
'재빠르군.'
쓰기노스케는 단지 사쓰키가 시중드는 대로 몸을 맡기었다. 사쓰키의 시중으로 조반을 들었다.
'난 뭐지?'
쓰기노스케는 우스워졌다. 그는 단지 밥을 입에 떠 넣고 씹고 있는 사람일 따름이다. 단순한 생물에 불과하다.
"이건 좀 난처한데."
세 공기째의 밥을 먹고 나서, 쓰기노스케는 낯을 찌푸리며 그렇게 말했다.
"대체 어떻게 된 거야? 이런 집에서 이유도 없이 밥을 먹고 있는 것 같으니."
여자는 고개를 갸우뚱하며 약간 미소를 지었을 뿐 그 대답은 하지 않고 묻는다.
"더 안 드시겠습니까?"
쓰기노스케는 황급히 손사래를 쳤다.

"과식했을 정도야."
"잘하셨습니다."
"후회가 되는군."
"속이 거북하십니까?"
"아니, 내가 지금 어떤 사람인지를 모르겠군."
"어려우신 말씀을."
여자는 상대를 않고 일어섰다.
"이제, 나도 떠나야지."
"안됩니다. 밝을 때 이 집을 나가시는 것은 좋지 않습니다."
"으응?"
머리를 갸웃거렸으나 그는 금방 짐작을 할 수가 있었다. 끄나풀의 사건으로 지금쯤 소동이 났을 게다. 이 집에서 낯선 나그네 무사가 나가면 이 집도 피해를 입을 것이고, 자신도 위험하다.
"그 때문이지?"
쓰기노스케가 묻자 여자는 그저 미소만 지었다. 그 표정이 맞았습니다, 라고 한다. 그러나저러나 교토의 정세는 쓰기노스케의 상상 이상으로 암울한 것 같다.
"곧 주인께서 인사를 하러 나오십니다."
기다렸다. 사쓰키가 미닫이를 약간 열었다. 문지방 저쪽에 화려한 색채가 얼씬했다. 거기에 여자가 앉아 있었다. 무릎 앞에 부채를 놓고 눈을 내리깔고 있다. 오리베라는 이 집 주인인 모양이다. 바로 살펴보니 고개를 숙이지 않고 있다.
'이건 또 뭐야.'
쓰기노스케가 무사인 이상 상대가 머리를 조아리고 이쪽은 답례만 하면 되는데 저쪽은 머리를 숙이지 않고 있다. 그러나 생각을 고쳐 해 보니 쓰기노스케의 생각이 잘못됐다. 그는 에치고다, 에도다, 하는 무사와 평민만이 사는 곳에서 지냈기 때문에 이런 점에 둔했으나 교토에는 공경이라는 귀족 계급이 있다. 실권은 없지만 위계만은 높다. 공경의 우두머리인 고노에(近衛) 집안마저 겨우 2,860섬이고 구조(九條) 집안이 2,043섬에 불과하여 중간 정도의 번 중신의 봉록도 안 된다. 100섬, 200섬짜리 공경이 수두룩한데 위계만은 영주보다 높다. 도쿠가와의 작은 집인 기이(紀伊)와 오와리(尾張)

는 태정 차관인데, 교토에서는 200섬 정도의 공경이 거뜬히 태정 차관 노릇을 하고 있다.

이 부인은 귀인의 상궁이었다고 한다. 그렇다면, 여자이지만 종 몇 품인 신분이다. 쓰기노스케처럼 무위무관의 무사 정도는 그 발밑에도 따를 수 없다.

'과연 교토에서는 이래서 무사의 지위가 낮구나.'

이곳이 일본의 특수 지대라는 것을 순간 뼈저리게 느꼈다. 쓰기노스케는 방석에서 내려와 앉아야만 한다.

'귀찮은 일이군.'

자기의 영주도 아닌 사람에게 머리를 숙인다는 것은 밸이 뒤틀리는 일이었으나 시속을 따라야만 한다. 상대의 지위에 머리를 숙여야만 한다.

'공경의 허수아비 감투'라는 항간의 말이 있다. 이 허수아비 감투에 머리를 숙이는 것이 최근의 서부 무사들의 유행이라고 한다. 그것이 근왕이라 한다. 북부의 무사인 쓰기노스케로서는 그런 의식이 눈꼴시다. 그러나 이곳은 토론을 할 장소가 아니다. 어쨌든 자리를 내줘야 한다. 왜냐하면 상대는 쓰기노스케가 상좌를 차지하고 앉았기 때문에 방안에 들어오지도 못하고 있다.

"사쓰키님."

쓰기노스케는 시녀를 손짓으로 불러 자기가 어디 앉아야 되는가를 물었다. 사쓰키는 말없이 손을 들어 아랫자리를 가리켰다.

'쳇!'

그렇게 생각했으나 일어나 아래로 물러앉아서 상체를 굽혔다. 오리베라는 여주인은 치맛자락을 끌면서 방으로 들어와 쓰기노스케의 앞을 지나 상좌에 앉았다.

사쓰키가 부인을 소개했다.

"안녕하십니까?"

이것이 부인의 첫인사말이었다. 그리고는 사쓰키를 재난에서 구해준 것을 '큰 신세를 졌습니다' 하고 감사해했다. 쓰기노스케는 단지 이렇게 말했을 뿐이다.

"에치고 나가오카, 마키노 비겐노카미의 신하, 가와이 쓰기노스케외다."

그러고는 천천히 고개를 들어 부인을 바라보았다.

'이런!'

뜻밖에 젊다. 처녀처럼 얼굴의 혈색이 좋고, 검은 눈동자가 초롱초롱 빛난다.

인사는 그것으로 끝났다. 여주인은 치맛자락을 끌며 방을 나갔다.

쓰기노스케도 곧 사쓰키를 불러 말하고 나서 일어섰다.

"나도 떠날 테다."

사쓰키는 머리를 절레절레 흔들었다. 머리를 흔드니 입술이 조금 벌어져서 예쁜 얼굴이 된다.

"그렇게 무리한 말씀은 하시지 마세요."

"왜?"

"아침부터 수상한 사람이 이 집 근처를 서성거리고 있습니다."

탐색자는 쓰기노스케가 이 집에 틀어박힌 줄은 모를 것이나 탐색의 상식으로 근처를 지키고 있는 모양이다. 그 증거로, 아침부터 낯선 장사가 둘이나 부엌문 안으로 들어왔었다고 한다.

"그러하오니……."

사쓰키는 두 손을 모았다. 제발 잠자코 있어달라고 했다.

"어쩌라는 거지?"

"2, 3일 머물러 주세요. 이 집을 살리시는 셈치시고."

'고약하게 되었군.'

자기의 위험쯤은 어떻게든 모면할 수가 있지만 이 집에 피해를 끼친대서야 도리가 없다.

"병환을 앓으신 적이 있으신가요?"

사쓰키는 괴상한 질문을 한다. 쓰기노스케가 큰 병을 앓은 적은 없으나 금년 2월에 허벅지에 종기가 나서 고생을 했다고 말했다.

"그럼 종기라도 앓으시는 셈치고 머물러 주세요."

별수가 없다.

모처럼 교토 구경을 왔는데 밖에도 못 나가게 되었다. 할 수 없이 책이라도 읽으며 머물기로 했다. 다행히 책을 넣은 가방을 객주집에서 가지고 나왔기 때문에 책은 달리 구할 필요가 없었다. 거기에다 사쓰키가 교토의 얘기를 해주었다. 궁중의 이야기며 대옥(大獄)이야기, 이를테면 시인 야나가와 세이간(梁川星巖)이 체포되기 전에 콜레라로 죽었다는 등의, 자세한 얘기를 사쓰키는 요령 있고 재미있게 해주었다. 쓰기노스케는 여자의 총명함에 감탄하였다.
'이 정도라면 무의미하게 명소 구경을 하고 다니기보다 실속이 있겠군.'
"주인은 어떤 분이야?"
쓰기노스케가 묻자 사쓰키는 주저하면서, 저보다 세 살 아래이십니다, 하고 불필요한 나이 같은 것을 말했다. 주인이 어떤 사상을 가졌으며 어느 방면과 접촉이 깊다는 따위에 대해선 일체 입을 다문다. 이이 최고 집정관의 정치 탄압이 한창이니만큼 조심하는 모양이었다. 다만 국학에 조예가 깊다고 했다. 이즈미 시키부(和泉式部)에 관해서는 궁중에서도 이 여주인을 따를 자가 없다는 말을 했다.
"교토에 대해 그 밖에 어떤 것에 관심을 가지고 계십니까?"
사쓰키가 물었다. 구경을 못하는 대신 이야기로 벌충을 해주겠다고 한다.
쓰기노스케는 즉시 말했다.
"시마바라(島原)야."
에도의 요시와라, 나가사키의 마루야마(丸山), 교토의 시마바라는 일본의 삼대 유곽이라 한다. 그곳에서 교토 여자와 자보고 싶다고 했다.
"……그것은."
사쓰키는 말문이 막혔다. 그것은 이야기만으로는 어떻게 해볼 도리가 없다.

저녁상은 다실에 준비되어 있다고 한다. 주인이 접대한다는 것이다. 안마당을 돌아 다실에 가니 이미 오리베가 차 준비를 해놓고 기다리고 있었다.
"아침에는 그런 일로."
오리베가 말했다. 그녀의 말은 아침에는 실례했다, 관습상 부득이 상좌에서 인사를 받았으나 자기의 본의는 아니다, 아무쪼록 오늘 저녁에는 거리낌 없이 지내라는 것이다.
다실을 택한 것은 여기서는 단지 손님과 주인이라는 관계만이 통용되지 계급의 상하는 따지지 않아도 되기 때문이리라. 차는 한 잔으로 끝났다. 이어서 주안상을 겸한 저녁상이 나왔다. 놀랍게도 오리베가 손수 상 하나를 들고 나오지 않는가. 오리베가 술을 따랐다. 쓰기노스케는 예사로 받았다. 교토의 술맛은 각별하리라.
한 잔을 마시니 '음, 과연' 하는 생각이 들어 쓰기노스케는 칭찬을 했다. 천자도 이런 미주(美酒)를 잡수시겠지요, 하고 물었다.

"네, 근자에는."

오리베는 그렇게 대답한다. 불과 수년 전까지는 아주 질이 좋지 않은 술을 마셨다. 시중의 가마꾼도 그런 술은 안 마신다고 했다.

조정은 궁핍했었다. 이에야스 때 정해진 황실의 내탕금이 300년 동안의 물가 앙등을 무시하고 지금도 같다는 것이다. 그래서 내수사에 출입하는 상인은 그 돈에 해당하는 물품밖에는 납품하지 않는다. 생선은 썩기 직전의 것뿐이고, 술은 물을 탄 초 같은 것이라고 한다. 고메이(孝明) 폐하는 술을 좋아한다. 그러나 처음부터 나쁜 술밖에 몰라서 그것을 줄곧 마시고 있었는데, 어느 때 고노에(近衛)가 한 잔을 받아 마시고는 그 정체 모를 액체에 놀라 비로소 천자가 어떤 술을 마시는가를 알았다.

마침 고노에 집안의 영토는 셋쓰 이타미(攝津伊丹)여서 그곳의 명주(銘酒)인 겐비시(劍菱)라는 이타미 술을 구할 수가 있었다. 그것을 수라간에 헌상하게 되면서부터 천자는 그제야 세상에서 먹는 술을 마시게 되었다.

"막부가……."

오리베는 말을 이었다. 조정에 대해 어떤 처우를 해왔는지 그 하나만 보더라도 알 수 있을 것이라고 했다.

"……제가 이렇게 말씀드리면."

오리베는 몸을 움츠렸다.

"때가 때인만큼 막부의 밀정 귀에 들어가면 나 같은 것도 감옥에 들어갈 거예요."

쓰기노스케는 웃지 않았다. 더 파고 물었다. 그러자 요즘은 근왕론이 비등하면서부터 사쓰마와 조슈, 도사 등 서부 영주들이 돈과 양식을 헌납하게 되고 또 막부도 조약의 윤허를 얻기 위해 갖가지 금품을 헌상하기 때문에 전보다는 많이 낫다고 했다.

"자, 이제 그만해 둡시다."

오리베가 말했다. 그런 정치적인 이야기는 그만하자는 것이다. 오리베도 취기가 도는 모양이다.

"시마바라에 가고 싶다 하셨다죠?"

화제를 바꾼다.

"그렇습니다. 교토를 피부로 느끼고 싶었습니다."

"하지만 시마바라의 논다니들은 교토 태생은 별로 없고, 니와(丹波)의 처녀들이 교토 물로 광을 낸다고 하더군요."
 그러니 시마바라 같은 데서 교토의 여자를 알려고 하지 말라고 오리베는 말한다. 오리베는 까르르, 하고 잘 웃는다.
 '이것 참.'
 쓰기노스케가 속으로 놀란 것은 그 점이었다. 마치 소녀 같지 않은가. 이 소녀가 종사품으로 얼마 전까지 궁정에서 내로라하는 지위에 있었던 여인으로는 여겨지지 않는다. 더구나 별것도 아닌데 웃는다. 쓰기노스케의 에치고 사투리만 들어도 웃음을 참느라고 가슴을 누른다.
 "난 시골뜨기라서."
 쓰기노스케는 쓴웃음을 지었지만, 이렇게 우스운 존재가 되고 보면 유쾌하지가 않다. 에도에서는 에치고 사투리를 아무도 우스워하지 않았다. 에치고 사람이 많기 때문인가.
 "전 고시(越) 분이 처음이에요."
 오리베는 진지하게 지껄인다.
 "'고시'라고 하다니!'
 쓰기노스케는 기가 찼다. 고시라는 말은 나라조(奈良朝) 이전의 옛 이름이다. 고대에는 지금의 호쿠리쿠도(北陸道)뿐만 아니라 북쪽의 일본 해안 전부를 고시(越)라고 불렀다. 지방의 이름이라기보다는 '고시 사람이 사는 지대'라는 뜻이리라. 고시 사람이란 에조(蝦夷) 종족을 말하며 살결이 희고 이목의 윤곽이 뚜렷한 사람들로서 현재의 아이누어 같은 독특한 고대어를 쓰는 변방의 인종인 것이다.
 "난 에조가 아닙니다."
 쓰기노스케는 못마땅하게 대꾸했다.
 "알고 있습니다."
 오리베는 얼른 머리를 끄덕였다. 그러나 와카(和歌)에서는 고시라는 말이 현재도 살아 있기 때문에 불쑥 말이 나왔다고 한다.
 "그토록 에치고인이 신기합니까?"
 "네."
 오리베는 애써 웃음을 참는다. 교토 사람들은 에치고에서 왔다는 상인조차도 보지 못한다. 이 넓은 장안에 승려를 제외하고는 한 사람도 없으리라. 에치고 지방에는 다카다(高田), 시바타(新發田), 나가오카 등 11개 번이 있지만 어느 번도 교토에 번저를 두고 있지 않기 때문에, 이곳에서는 에치고 무사를 좀처럼 구경할 수가 없다. 오리베가 신기해하는 것도 무리가 아니다.

"눈이 많이 내립니까?"

오리베는 누구나 묻는 상식적인 것을 물었다. 많이 내린다고 쓰기노스케가 대답하자 이 아가씨는 두 손으로 가슴을 껴안는다.

"고시의 눈이 보고 싶네요!"

필경 노래의 명소로서 요시노(吉野)의 벚꽃이 유명한 것처럼, 그런 아름다운 것으로 연상하는 것이리라.

"아닙니다. 에치고의 눈은 무섭습니다."

몇 가지 실례를 들어 얘기해 주자 오리베는 그만 몸을 움츠렸다. 너무 순진해서 아침의 위엄 있는 인사 모습과는 딴 사람이 된 것 같다.

'귀여운 여자야.'

이런 생각이 쓰기노스케의 취기를 한층 돋구었다. 좋은 술에다 아름다운 여자이다. 저토록 순진한 여자가 이즈미 시키부의 연구에서는 궁중 제일이라니 믿어지지가 않는다. 술도 그렇고 여자도 그렇고, 과연 교토는 일본의 별천지 같았다.

'기소(木曾)의 무사들이 미쳐 날뛴 것도 무리가 아니었군.'

옛날 겐페이 두 가문이 싸웠을 때 기소 요시나카(木曾義仲)가 교토를 점령했다. 그를 따라온 미개하고 야만적인 시골 무사들은, 교토의 화려한 문물에 충격을 받아 온갖 만행을 자행하여 후세의 웃음거리가 되었던 것이다. 그들의 광태를 지금의 쓰기노스케는 알 만했다. 교토가 너무 찬란한 것이다.

'아무래도 이 여인이 탐나는데.'

쓰기노스케는 기소의 무사와 같은 충동이 자주 일어났으나 참고 견디었다. 그는 700년 전의 에치고인이 아니다.

"이즈미 시키부에 조예가 깊으시다죠."

현대의 에치고인은 이런 고상한 질문을 했다. 여자는 아뇨, 하고 고개를 저었다. 단지 좋아할 뿐이라고 한다. 쓰기노스케는 왕조 전성시대의 여류 가인(歌人)에 대해서 별로 아는 것이 없다. 어떤 노래가 있습니까, 가장 좋다고 생각하시는 노래가 어떤 것입니까, 하고 물었다.

"저 혼자만이 좋아하는 거예요."

조용히 대답한 다음, 작은 소리로 한 수를 읊었다.

어두운 데서 왔다가
어두운 곳으로 가는구나
멀리멀리 비추어 다오
산 위의 밝은 달아

쓰기노스케는 눈을 감고 듣고 있다. 인생과 부처를 읊고 있는 것 같다. 사람의 삶은 언제 왔다가 언제 가는지도 모르게 사라진다. '어두운 데서 왔다가 어두운 곳으로 간다'는 것이 곧 그것이겠지. 그 허무한 인간을 구제하기 위해 부처님의 기원이 산 위의 저 밝은 달처럼 사방을 비추어 주었으면 하는 뜻이리라. 그녀가 살았던 왕조풍의 염세주의가 뭉클하게 풍기고 있다. 그건 그렇거니와, 눈앞에 있는 이 처녀티가 물씬한 상궁 출신의 여인이 이런 노래를 즐긴다는 것은 무슨 까닭일까.

"이즈미 시키부란 진실한 분이었겠죠?"

"어머!"

여인은 눈을 둥그렇게 떠보였다. 천만의 말씀이란 뜻이다.

그녀는 어느 하급 공경에게 출가하여 아이까지 낳았으나, 부름을 받아 이치조(二條天皇)의 황후를 섬기다가 어느 친왕과 정을 통했다. 얼마 후 연인인 친왕이 병사하자 이번에는 그 동생인 친왕과 정을 통하여 그 애정 관계를 지속하면서 다시 딴 공경에게 시집을 갔다. 사랑을 좇아 제멋대로 산 여인인데 그런 만큼 이 노래의 슬픔을 알 것 같은 생각이 든다고 오리베는 말했다.

"대관절 왜?"

쓰기노스케는 정색을 하고 날카롭게 물었다. 이즈미라는 여인이 왜 그렇게 남성 편력을 했느냐는 물음이다. 왜? 라는 것은 이 사나이의 사고벽이다. 좀 어린애 같기도 하다.

오리베는 당혹했다.

"왜……?"

중얼거리며 난처하다는 생각이 들었다. 그렇게 따져들면 무슨 대답을 어떻게 하라는 것인지. 이즈미 시키부는 사내를 무척 좋아했다. 그뿐이 아닌가. 왜는 뭣이 왜란 말인가.

"부득이한 까닭이 있었을 게 아닙니까?"

쓰기노스케는 자신의 편력에 비추어서 묻고 있다. 물론 이 사나이는 시키부에 대해서 착각을 하고 있다. 이 사나이는 좀 전의 시키부의 노래를 무척 깊이가 있는 염세 철학의 표현인 줄 알고 그 근원을 알고 싶어한다. 그러나 오리베는 난처했다. 이런 염세 취미는 헤이안 조(平安朝) 귀족들의 미적 생활의 한 양념으로 그토록 심각하게 생각할 문제가 아니다.
"시키부는 왕조의 귀족들이 다 그러했던 것처럼 향락주의자였습니다."
이승을 구가(謳歌)하고 성(性)의 즐거움을 향기로운 것으로 심미하기 위해서는——목숨은 이승에만 있는 것, 아니 즐기랴——하는 염세주의의 자포자기적인 정신이 담기지 않으면 향락에 미와 빛이 없다. 시키부의 경우도 그런 것이 아닐까요, 하고 오리베는 고개를 갸우뚱거리며 설명했다.
"그리고 시키부는 늘 현세의 남자들에게 불만이었던 것이 아닐까요."
시키부라는 여류 가인은 남자에 대해 지나친 기대와 지나친 호기심을 가지고 있었다. 그녀는 자기의 상념 속에 있는 남자를 현세에서 찾으려 했으나 언제나 실망을 느껴 차례로 사내를 바꾸었다. 때로는 동시에 몇 사람의 애인도 가져 보았다. 그래도 역시 시키부는 시장기를 채우지 못한 모양이라고 오리베는 연신 고개를 갸웃거리며 말했다.
픽, 하고 쓰기노스케는 웃었다. 이 순진할 것 같은 아가씨가 그런 남녀 관계를 진지하게 논하는 것이 우스워졌던 것이다.
"왜 웃으세요?"
오리베는 따졌다.
"오리베님의 그 입술에서 그런 해괴한 말이 나온다는 것은 아무래도 좀 기묘해서……"
"무슨 말씀을."
오리베는 한술 더 뜬다. 나도 시키부와 같답니다, 아니, 같다기보다도 제 자신의 몸으로 시키부의 편력을 헤아리고 있답니다, 하고 대담한 소리를 한다.
쓰기노스케는 입을 다물었다.
'이건 마치 시마바라의 유녀와 같잖아.'
이렇게 착각할 정도로 눈앞에 있는 오리베에게는 농염한 교태가 과즙처럼 배어 나오고 있다.
'아냐, 반대일지 모른다.'
요시와라와 시마바라의 일류 창기들이 실은 교토의 귀족 여성들을 본떠 만들어진 것이어서, 지금 눈앞에 있는 여성이야말로 혹 그 창기들의 원형이나 종가가 아닌가 하는 생각을 했다.

오리베가 지금 지껄이는 말을 일반적인 표현으로 한다면, 이렇게 말하는 것이 아니냐 말이다.

"오늘 저녁 같이 잡시다."

밤이 되니 바람이 잔다. 온 거리가 한증막같이 찌기 시작한다.

"장안의 여름은 이렇습니다."

오리베는 몸에 배어 그런지 땀 한 방울 흘리지 않는다.

'이것이 여자야.'

쓰기노스케는 생각했다. 여자는 이래야만 한다. 나가오카 변의 무사집 딸의 몸가짐은 한여름에 정장을 하고도 남의 앞에서 땀을 흘리지 않는 것을 첫째로 꼽고 있다. 유별나게 더위를 타지 않는 사람이면 정신 하나로 가능한 일이다. 에도에서는 기녀라도 그렇게 한다. 여자는 그래야만 된다.

쓰기노스케는 그렇게 생각하고 있다. 땀을 안 흘리겠다는 긴장이 온몸의 신경을 팽팽하게 만들어 여인을 훨씬 더 돋보이게 한다.

'그런 몸가짐은 교토의 궁중 여인한테서 나왔구나.'

쓰기노스케는 오리베를 보고 문득 생각했다. 뭐니뭐니해도 여자의 미를 닦고 가는 데는 천 년의 전통이 있는 것이다. 궁중 여인의 전통이 무가의 여자에게 보급된 것인지도 모른다. 그러나 쓰기노스케는 덥다. 무사는 그런 몸가짐에서 해방되어 있으니 땀을 흘린다.

"이제 실례를 해야겠습니다."

쓰기노스케는 술잔을 놓고 오리베에게 인사를 한 다음 밖으로 나왔다. 사쓰키에게 말했다.

"뒤뜰을 좀 빌려야겠어."

쓰기노스케는 물을 뒤집어쓰고 싶었다. 술내와 땀내를 씻고 자고 싶었다. 부엌께로 나갔다. 거기 우물이 있다. 쓰기노스케는 두레박을 들고 물통에 물을 폈다.

"제가 해드리죠."

사쓰키가 내려왔다. 쓰기노스케는 물통을 뒤뜰 가운데로 들고 나왔다.

캄캄하다. 동쪽 하늘에 별이 총총하다. 담 쪽으로 한 50년은 되어 보이는 전나무 한 그루가 우뚝 서 있다. 쓰기노스케는 거기에서 물을 뒤집어쓰고 수건을 적셔 몸을 닦았다.
'나가오카에서도 자주 이랬지.'
쓰기노스케는 고향집을 생각했다. 눈이 많은 나가오카지만 한여름에 한 열흘쯤은 굉장히 덥다. 소위 풍염 현상이다.
어둡다. 더듬어서 물통의 물을 폈다. 이때 부엌 쪽에서 초롱불이 다가왔다. 다시 물 한 통을 가지고 와서 놓는다.
"이거 미안하군."
쓰기노스케는 사쓰키에게 인사를 했다. 사쓰키는 잠자코 초롱을 비춰 준다.
"어두워도 괜찮아."
쓰기노스케가 돌아보니 초롱을 든 사람은 사쓰키가 아니라 오리베였다.
"아니, 이건."
쓰기노스케는 황송해서, 제발 그만두십시오, 하려는데 오리베는 입술에 손가락을 대고 '쉿!' 하고 어린아이 같은 행동을 하며 재미가 있다는 듯이 허리를 약간 구부리며 소곤거렸다.
"남자 분의 목소리는 금지예요."
담 저쪽에서 끄나풀이 엿들을지도 모르니 조심하라는 말인데, 아무래도 이런 긴장을 즐기는 듯한 태도였다. 그보다도 쓰기노스케는 벌거벗은 자기 몸이 겸연쩍었다. 훈도시도 벗어 버린 알몸인 것이다.
이윽고 쓰기노스케는 잠자리에 들었다. 잠을 잘 때도 무사에게는 법도가 있다. 화재나 적이 침입했을 때의 사태에 대비하여 캄캄한데서도 행동을 취할 수 있도록 방안을 미리 살펴둔다. 덧문의 견고성, 벽장의 넓이 따위를 탈출에 대비해서 봐둔다. 천정의 판자가 제대로 붙어 있는지, 병풍 뒤에 누가 없는지 따위는 침입자에 대한 방비로 살펴본다. 두 자루 칼은 머리맡에. 의복과 보따리도 역시 머리맡에 둔다. 재빨리 몸에 끼기 위해서이다. 그런 다음 등불을 끈다. 잘 때는 어릴 때부터 왼쪽을 위로 하고 자라는 말을 듣고 있다. 만일 적이 침입하여 칼을 맞을 경우 상처는 위쪽에 있는 왼팔이 입는다. 그러나 아래에 있는 오른팔이 건전하니 맞서 싸울 수 있다.
'괴상한 거야.'
쓰기노스케는 가끔 이러한 자상한 법도에 의문을 느낄 때가 있다. 이런 습관은 옛날 전국시대의 무사에게는 필요할지 모르지만 3세기 가까이 태평세월을 누려 온 지금의 무사에게는 필요가 없지 않은가. 그러나 요즘에 와서는 이것을 수긍하고 있다. 구체적으로는 큰 필요가 없다. 그러나 항상 갖는 긴장이 무사의 정신을 수련시키고 그 거동을 깨끗하게 만들어, 유사시에는 언제라도 깨끗이 죽을 수 있는 각오를 굳혀 나가는 것이리라. 무사는 깨끗하라는 것이 그 정신의 기본이었다. 그런 자세로 자리에 들었다. 그러나 무덥다. 견디기 어려운 더위였다.

'교토의 밤이 덥다는 말은 들었으나 이런 줄은 몰랐는데.'

자정이 안 되면 좀처럼 잘 수가 없다고 한다. 그때까지는 아직 시간이 한참 남았다. 이때 복도에 인기척이 났다.

'뭘까?'

발소리를 죽여서 다가오는 것은 아니다. 방 앞에 오더니 일부러 미닫이 소리를 크게 낸다.

"저예요."

목소리가 태연하다. 오리베였다. 목소리와 동시에 미닫이가 열리더니 곧 닫혔다. 쓰기노스케는 일어났다.

"무슨 일이 있습니까?"

여인은 대답을 않고 쓰기노스케의 곁에 와 앉았다.

"수청을 들겠습니다."

목소리가 좀 떨리고 있지만, 애써 쾌활하게 보이려 하는 것을 쓰기노스케도 어렴풋이 느낄 수 있다.

'수청?'

쓰기노스케는 생애에서 이 순간만큼 놀란 적은 없다. 설마 교토의 귀족 사회의 풍습은 아니겠지, 이건 어찌된 셈이냐?

"대답을 해주셔요."

여인은 사정없이 강요한다. 좋은지 나쁜지 대답을 하라는 것이다.

"교토 여자와 주무시고 싶다 하셨기에 제가 대접을 하는 것이에요."

"대접……?"

쓰기노스케는 이부자리 위에 책상다리를 하고 앉아 팔짱을 끼면서 중얼거렸다. 대접이란 요컨대 자기 몸으로 손님을 즐겁게 해준다는 것이 아닌가.

'처음 듣는 말이군.'

두메산골에는 그런 풍습이 남아 있다는 말은 들었다. 지체가 높은 손님이 묵게 되면 자기 딸 등을 수청 들게 한다는 것이다. 그것이 일본의 옛 풍속이라고도 하고, 또 산골에서는 같은 피가 너무 진하니 다른 피를 섞기 위해 우생학적(優生學的)으로 그런다고도 한다. 그러나 이곳은 화려한 왕도 교토이다.

"교토에는, 말하자면……."

그런 기이한 풍속이 있습니까, 하고 물으니 오리베는 깔깔거리고 웃었다.

"없습니다."

목소리가 너무 밝다. 쓰기노스케는 어이가 없어 이유를 물었다. 이유를 모르면 직성이 안 풀리는 성미의 사나이이다.

"글쎄요……."

오리베는 적당한 말을 찾고 있다.

"보살도(菩薩道)라 할까요."

불도를 모르는 쓰기노스케는 말뜻을 물었다. 별난 정사 장면이다.

보살이란 불도에서 부처님 다음가는 성인을 말한다. 불도를 닦아 보리(菩提)를 구하고 뭇 중생을 교화하여 미구에 부처님이 되는 경지로, 대자대비의 마음으로 남을 위해 행동하는 사람을 가리킨다.

오리베가 좀 농담을 섞어 보살도라고 한 것은 '부처의 마음으로 남을 도와주려는 수도'라는 뜻이리라. 그래서 자기 몸을 쓰기노스케에게 제공하겠다는 것인 모양이다.

쓰기노스케는 묵묵히 있었다. 그 침묵이 오리베를 당혹케 했다. 당혹한 나머지 말이 많아졌다.

"저는 혼간 사(本願寺) 가문에서 태어났습니다."

오리베가 말하는 바에 의하면, 혼간 사 가문에는 전설이 있다고 한다. 그 개조(開祖)인 신란 상인(親鸞上人)이 수도 시절에, 그는 자기의 수도를 방해하는 성욕 때문에 번뇌했다. 성욕을 극복하지 못하는 이상 도를 깨칠 수가 없다고 한다면 자기는 끝내 구제되지 못한다는 것을 깨닫고, 록카쿠 당(六角堂:頂法寺)에 틀어박혀 자기의 욕망을 매질하고 있는데, 기도가 끝나는 날 꿈에 눈부신 여인이 나타났다. 자기는 관세음보살이라 하며, 그대가 아무래도 이성에 대한 생각을 끊을 수 없다면 차라리 자기가 여자가 되어 그대의 품에 안기리라. 평생토록 그대의 품에 안김으로써 그대의 성도(成道)를 도와주리라는 뜻을 가타(加陀)로 말했다. 신란은 그 후 대처승이 되었다. 대처승이 됨으로써 성욕의 번뇌에서 해방되었다. 즉, 그에게 있어서 여인이란 성도를 위한 관세음보살이었다는 것이다.

오리베는 그런 뜻으로 자기의 행동을 '보살도'라 한 것이다. 쓰기노스케는 엷은 이상한 안개에 싸인 듯 몽롱한 느낌이 들었다.

"이제 아시겠습니까?"

오리베는 미소를 머금은 목소리로 물었다. 자상하기도 한 구애(求愛)이다. 쓰기노스케는 겨우 고개를 끄덕였다.

"말하자면 옆에 모시고 누워 안아드리면 되는 것이겠죠?"

쓰기노스케는 겨우 한숨을 돌렸다. 지쳤다.

'가만 있자.'

이 기묘한 사나이는 고개를 갸웃거렸다. 보통이라면 이토록 여자가 간청하면 덥석 껴안아 주면 그만이다. 그런데 괴팍스럽게도 이 막다른 마당에서 또 따진다. 껴안는 것이 미이냐, 않는 것이 미이냐, 따지는 것이다. 그러면서 어이없게도 그의 사타구니는 사정없이 열을 뿜고 있다. 그는 본시 여자는 유녀 외에는 상대 않는다는 신조를 갖고 있다. 예외는 아내가 있을 뿐이다. 그러나 아내는 색의 대상이 아니다. 아내가 색의 대상이 되면 인륜(人倫)의 엄숙함은 허물어지고 만다. 색의 대상은 어디까지나 직업적인 여자이어야만 한다.

'여염집 여자는 곤란해.'

여염집 여자와 인연을 맺으면 문제는 색으로 그치지 않는다.

'정말 색이란 곤란한 것이군.'

그는 자기의 행동을 의지로 결정하는 사나이이지만 성욕만은 어쩔 수가 없다. 현재도 자기 몸뚱이는 자기 의사와는 상관없이 꿈틀거리고 있다. 꾸짖어도 말을 들을 것 같지가 않다.

'공자님도 별 수가 없었지.'

문득 이런 생각이 든다. 공자도 성욕의 횡포에는 소극적이어서 고작 남녀 칠 세면 부동석이란 정도의 말밖에 더 했는가. 공자는 또 색을 좋아하는 정도로 학문을 좋아하는 자를 보지 못했다고 해서, 성욕의 완강함을 인정하고 그렇게 행동하는 사람을 외면했을 뿐이었다.

"어찌 되셨나요?"

오리베의 재촉에 쓰기노스케는 그러한 자기 생각을 천천히 들려주었다. 그러나 숨결과 말소리가 맞지 않고 점차 숨이 가빠졌다. 얘기를 듣고 나자 오리베는 한마디로 그 문제를 해결했다.

"제가 유녀가 되면 되겠군요."

딱 잘라 버리는 대담한 말이다.

'과연 그렇군.'

소녀 같은 얼굴을 하고 있으면서도 색에 대해서는 이렇게 슬기롭다.

덧문을 가랑비가 적시고 있다. 젖어 가는 기척이 깜깜한 어둠 속에 가득 차 간다. 쓰기노스케는 잠자리에 들었다. 오리베의 가냘픈 두 어깨가 쓰기노스케의 가슴에 묻혔다. 쓰기노스케는 이미 그 자신이 생각해 온 사람이 아니었다. 굶주린 범과 같이 여자의 살을 포식하고 있다. 그 밖에 어떤 생각도 없다.

한순간이 지났다.

쓰기노스케의 의사가 소생하더니 후회가 시작되었다. 후회가 평소의 그를 딴 사람으로 만들었다.

'안 되겠는데.'

자기 자신이 안 되겠다는 말이다. 상대가 유녀일 경우에는 정사가 끝나면 완전히 쓰기노스케로 돌아올 수가 있는데, 지금의 경우는 오히려 정사와 정념의 출발이 되리라.

"인연이 있었네요."

오리베가 나직한 목소리로 말했다.

'인연이라——'

딴 생각을 하면서도 쓰기노스케는 오리베의 말을 재미있다고 느꼈다. 인연임에는 틀림없다.

"언제 교토에 되돌아오세요?"

"교토에는 안 올 거요."

"매정하셔."

오리베는 쓰기노스케의 새끼손가락을 더듬어 쥐고는 관절을 힘껏 꺾었다.

"아프시죠?"

오리베가 물었으나 쓰기노스케는 꾹 참고 있었다. 아프다. 뭣 때문에 이 여자가 이럴까.

"비추의 마쓰야마에 가시죠?"

"가오."

"여기 계시면 좋을 텐데."
"남아서 무얼 하오?"
"이런 짓을 하죠."
"날마다?"
"네, 날마다 밤마다."
대꾸하면서 오리베는 쿡쿡 웃는다. 물론 농담이지만 기분만은 참말인 듯이 보인다.
"묶어 놓고 싶어요."
오리베는 무서운 말을 한다. 쓰기노스케의 손발을 묶어서 낮에는 벽장에 넣어 두었다가 밤에만 꺼내겠다면서 소리 없이 웃고 있다.
"낭인이 되란 말이오?"
"주인이 저로 바뀔 따름이에요. 무사의 봉록이란 벽장 속에 가두어 놓고 밤마다 주는 것이 아닐까요?"
'하기야 그렇지.'
무사의 부자유스러움과 봉록의 관계는 허식을 버리면 대충 그런 것임에 틀림없다. 오리베의 속삭임이 계속된다.
"쓰기노스케님."
새삼스레 부른다. 자칫하면 딴 생각에 잠기려는 쓰기노스케를 오리베는 자기편으로 끌어들이고 싶다.
——아앗!
쓰기노스케는 그럴 때마다 비명을 질렀다.
'사람이란 별게 아니군.'
그리 생각하지 않을 수가 없다. 불과 새끼손가락 하나의 아픔으로, 아무리 심각하고 진기한 생각도 그만 연기처럼 사라지고, 온몸의 관심이 새끼손가락에 모이고 만다. 그렇다면, 즉 새끼손가락 하나로 그 사념(思念)이 무산돼 버린다면 인간은 과연 쓰기노스케가 생각하는 것처럼 거룩한 생물일까? 그 새끼손가락 하나를 포로로 한 오리베는 확실히 영리하다.
"새끼손가락을 놓아요."
쓰기노스케는 참다못해 나직이 요구했으나, 오리베는 살짝 웃을 뿐 묵살했다.
"뭣 때문에 비추 마쓰야마에 가세요?"

"아침에 말했잖소."

"야마다 호코쿠 선생에게?"

"물론, 만나보고 인물이 확실하면 문하에 입문하겠소."

"무슨 공부를?"

"삶의 공부요. 어떻게 하면 자기가 이 세상에서 보람 있게 빛날 수 있느냐 하는 학문을 말이오."

"출세를 하시렵니까?"

"아니오."

여자는 알 수 없는 문제이다. 총명하다는 말을 듣는 쓰기노스케의 어머니도 이번 유학은 반대한 것 같다. 출세를 위한다면 그런 학문의 도락을 하기보다는 하루 속히 번에 돌아와 벼슬자리에 앉는 것이 영달이 빠르다고 어머니는 말했다. 출세만이라면 어머니의 말이 지당하다. 보잘 것 없는 인물이라도 가와이 집안이라면 회계 감독관까지는 오를 수 있는 가문이다. 그러나 쓰기노스케의 뜻은 그런 것이 아니다.

'이 세상은 자기를 표현하는 장소이다.'

그것이 무엇인지 사람에 따라 각각 다르겠지만 자기의 뜻, 재능, 소원, 영원한 모든 것을 이 세상에서 털어놓고 표현하고 연소시키지 않으면 원한이 남는다. 원한을 남겨두고 죽고 싶지는 않다는 생각이 쓰기노스케의 가슴속에 늘 파란 불꽃이 되어 이글거리고 있다.

"사내는 다 그런 거요."

"글쎄, 그럴까요?"

오리베는 어둠 속에서 고개를 갸우뚱거리는 것 같았다. 궁중에 있는 친왕이니 공경, 그리고 여러 백관들과 같은 사내들에게 그런 타오르는 불꽃이 있을 것 같지가 않다.

"아니오, 크든 작든 사내는 그런 거요. 이루려 해도 이루지 못하는 뜻이 원한이 되어 파란 불꽃을 내고 있는 거요. 여자는 아무리 영리해도 그것을 봐주려 하지 않소."

"여자가 나쁘다는 말씀인가요?"

"아니, 나쁘다는 것이 아니라."

그러한 눈을 하늘이 여자에게 점지하지 않았으리라.

마쓰야마(松山)의 지폐

쓰기노스케가 비추 마쓰야마의 성 밑 거리에 들어선 것은 7월 16일이었다. 현재의 지명은 오카야마 현 다카하시 시(岡山縣高梁市)이다. 이곳은 예부터 다카하시와 마쓰야마의 두 지명을 가지고 있었다. 메이지 유신 전에는 성과 무사 저택 거리를 말할 때는 마쓰야마라 불렀고, 성 밑 거리를 말할 때는 다카하시라 불렀다.

그래서 메이지 2년(1869)에, 에히메 현(愛媛縣)에 마쓰야마라는 같은 이름이 있기도 해서 다카하시로 통일했다. 그러나 지금도 성을 말할 때는 다카하시 성이라 하지 않고 비추 마쓰야마 성이라 한다.

쓰기노스케는 날마다 뜨거운 햇볕 아래 길을 걸었다. 일단 산요도(山陽道)의 오카야마(岡山)에 나갔다가 거기서 북쪽 산악 지대로 향하였다.

"120리쯤 될 것입니다. 산중 도시예요."

오카야마의 객주집 창녀가 가르쳐 주었다. 창녀는 마침 마쓰야마 근처 출신이어서 호코쿠(方谷) 선생 이름을 물으니 안다고 했다.

그러나 자기는 마쓰야마 출신이 아니라 좀 떨어진 다른 영지라 했다.

"만약 제가 호코쿠 선생이 계시는 마쓰야마에서 태어났으면 이렇게 창녀로 팔려 오지 않았을 겁니다."

"어째서?"

"살기가 좋으니까 그렇죠."

비추 마쓰야마 번도 야마다 호코쿠가 정사를 쇄신하기 전까지는 부채가 산더미 같은 번으로서, 백성들은 과중한 세금에 허덕였고 번은 지폐를 남발하여 생활이 극도로 궁핍해서 딸을 창녀로 파는 집이 많았다. 그러나 지금은 옛날에 비해서 꿈 같은 낙원이 되어 있다고 했다.

'창녀에게까지 호코쿠는 하느님처럼 숭앙을 받고 있다.'

쓰기노스케는 이런 생각을 하면서 다카하시 강을 따라 북쪽을 향하여 올라갔다. 강은 넓다. 해가 질 무렵이 되니 강폭은 좁아지고 흐름도 빨라졌다. 도중에 소나기를 만나 젖으면서 걸어갔다. 물에 풍덩 잠긴 듯이 젖었으나 이 사내의 버릇은 뛰지 않는다. 미련하게 젖으면서 간다. 도중에 간신히 농가 한 채를 발견하여 처마 밑을 빌렸다.

"잠깐 옷을 벗겠소."

양해를 구하고는 속옷까지 벗어서 빗물을 짰다. 집주인이 놀라 불을 피워 쬐게 해주었다. 옷이 꾸덕꾸덕할 때까지 쉬었는데, 그동안에 집주인한테서 번의 지폐(藩札)에 대한 이야기를 들었다. 이곳 비추, 비젠(備前), 미마사카(美作)의 세지방(오카야마 현)은 제후의 수가 많기로 이름난 곳으로서 크게는 31만 섬의 오카야마 번에서 작게는 비추 아사오(淺尾) 1만 섬의 마키타(蒔田) 집안에 이르기까지 아홉 번이 있다. 모든 번이 재정이 달려서 모두 지폐를 발행하고 있다.

"여기쯤 살고 있으면……."

집주인이 말했다. 각 번의 지폐가 모두 모인다고 했다. 그러나 대부분의 지폐가 백성들에게 신용을 잃고 있지만, 오직 하나 마쓰야마 지폐만은 신용이 대단하다는 것이다.

호코쿠가 있기 때문이었다. 호코쿠는 한때 5푼짜리 지폐가 과다하게 발행되어 신용도가 낮다는 말을 듣고 포고를 내려 그것을 모두 회수하여 은과 바꾸어 주고, 그것을 백성들이 보는 앞에서 불태워 버렸다. 그로부터 일시에 마쓰야마 지폐의 신용도가 높아졌다는 얘기를 집주인이 들려주었다.

비가 그치자 쓰기노스케는 다시 강을 따라 나 있는 길로 나갔다. 날이 어두워지자, 밤을 기다린 듯이 우측 전방의 숲에서 둥근 달이 떴다. 열엿새의 달이다. 그 달빛이 왼쪽을 흐르는 다카하시 강의 물결에 잠겨 기막히게 아름다운 밤경치를 이룬다.
"기비(吉備 : 오카야마 현의 옛 명칭)의 달이구나."
불현듯이 중얼거리며 그 감동을 노래로 부르려 했으나 눈물이 넘쳐흘러 그 이상의 말을 못하게 했다. 그 풍경에 감동한 것인지, 아니면 무엇에 홀려 이 밤중에 낯선 타향의 계류(溪流)를 따라 올라가는 자신의 외로운 그림자를 스스로 동정하는 눈물인지, 쓰기노스케 자신도 잘 알 수가 없었다.
그의 일기 '지리쓰보'의 문장을 빌려 본다.
"맑은 밤하늘에 달빛이 교교하다. 좌우가 절벽이니 달은 앞쪽 산 위에 뜨는가. 이쪽 산 그림자가 앞산의 중턱에 비친다. 가운데 청계수(淸溪水)가 흐르니 참으로 절경이로구나."
밤 8시에 비추 마쓰야마에 당도했다. 산협의 도시이지만 이타쿠라(板倉) 집안 5만 섬의 성 밑 거리이다.
밤이건만 성 밑 거리는 보름놀이로 들떠 있었다.
"잘 방이 있는가?"
객주집을 찾아다니며 물었으나 어느 집이든 다 만원이었다. 멀고 가까운 마을에서 성 밑 거리의 보름놀이를 즐기기 위해 미리부터 와서 묵고 있는 것이다.
"잘 수 없을까!"
마지막 객주집에 들어서자 겨우 묵을 만한 곳을 찾았다.
"글쎄올시다, 합숙도 괜찮으시다면 주무실 수 있습니다."
다다미 십조 방에 모르는 사람 아홉 명과 함께 자게 되었다. 낯선 아홉 사람은 모두 멀고 가까운 마을의 백성들로 개중엔 처녀가 둘 끼어 있었다.
"나리는 어디서 오시는 길이세요?"
부유하게 보이는 늙은 농부가 조심조심 물었다.
"에치고."
쓰기노스케가 대답하자, 모두들 눈을 휘둥그렇게 떴다.
"오래 산 보람이 있군."
미련하게 흥분하는 자까지 있었다. 오래 산 덕택으로 에치고라는 먼 나라 사람을 볼 수 있어서 다행이라는 뜻이다.
"비추 마쓰야마라는 곳은 살기도 좋고 인정도 후한 곳인 것 같군."

쓰기노스케는 으레 하는 식으로 여러 가지 평판을 듣기 위해 슬쩍 서두를 꺼냈다.

"호코쿠님 덕분이지요."

모두 이구동성으로 대답했다. 10년 전만 해도 살림이 말이 아니었고 보름 놀이도 초라했으나, 호코쿠가 정사를 맡은 뒤부터는 모든 면이 좋아졌다고 한다.

'이건 듣던 것보다 훨씬 평이 좋구나.'

쓰기노스케는 크게 고개를 끄덕였다. 특히 호코쿠가 평민 출신에서 발탁되어 마침내는 번정의 실권을 맡았다는 특수한 경력이 백성들에게 친밀감을 더해 주는 것이리라.

"헌데, 나리께서는 무슨 볼일로?"

"그 호코쿠 선생을 만나려고. 가능하면 문하생으로 들어가고 싶군."

"아, 그건 좀"

한 사람이 입을 떼었다.

"어려울지 모르겠습니다. 호코쿠님은 좀처럼 타지방 분을 안 만나신다는 말을 들었습니다."

이런 얘기를 하다가 잠자리에 들었다.

이튿날 아침은 안개가 꼈다.

객주집 옆이 계곡이어서 쓰기노스케는 이슬에 젖으면서 계곡으로 내려가 여울에서 세수를 했다.

'저것이 마쓰야마 성이구나.'

냇가 저쪽의 산을 쳐다보았다. 보기에도 비탈진 산이다. 이른바 산성이다. 이런 따위의 성은 드물다. 성이 험한 산 위에 있다는 것은, 총이 들어오기 이전의 상식이다. 그러나 전국시대 전기에 총이 수입된 뒤로는 이 방식은 취하지 않게 되었다. 활보다 사정거리가 긴 총이라는 병기가 산성에 웅거하는 적을 수월하게 쓰러뜨렸기 때문이다. 그러자 성은 평지로 내려왔.

에치고 나가오카 성은 에도 성, 오사카 성과 마찬가지로 평지에 있다. 산성은 이미 수백 년 전의 유물인데, 이 마쓰야마 성은 그 전형 같은 산성이다.

'묵은 격식도 좋군.'

쓰기노스케는 쳐다보면서 이런 느낌이 들었다. 산기슭에는 안개가 흐르고 있고, 산꼭대기에 우뚝한 흰 벽에 아침 해가 번쩍번쩍 반사되고 있다. 객주집을 나와 무사 저택 거리를 지나 야마다 호코쿠의 저택을 찾았다.

"호코쿠 선생의 저택은?"

길에 나온 사람에게 물으니, 호코쿠 선생은 저택이 없다고 한다. 중신에 준하는 직책을 가진 호코쿠가 성 밑 거리에 저택이 없다니, 이건 어찌 된 일인가.

'더더욱 스승으로 모실 만한 분이로군.'

호코쿠는 자기 저택을 갖는 무용의 지출을 안 하는 것이다. 성 밑 거리에서는 언제나 성주의 오래 된 별장 한 칸을 빌려쓴다고 했다. 그곳을 찾아갔다.

"선생님은 안 계십니다."

집을 지키는 잡병이 한 마디로 자른다. 성 밑 거리에는 안 계시고 여기서 북쪽 산중으로 훨씬 들어간 곳에 가 계시다고 했다.

"어디야?"

"멉니다. 먼 곳이지요."

잡병은 몹시 불친절하다. 쓰기노스케는 역정을 내며 호통을 친다.

"멀다 멀다 하지만, 난 에도에서 왔다. 그 전은 에치고. 네가 멀다 한다고 내가 놀라 돌아설 줄 아느냐!"

잡병은 크게 놀라며, 여기서 30리 떨어진 계곡에 집을 짓고 개간에 종사하고 있다고 했다. 그 장소도 가르쳐 주었다. 어느 지방이든, 큰 소리로 호통을 치지 않으면 못마땅하게 구는 인간은 있는 모양이다. 쓰기노스케는 성 밑 거리를 떠났다.

'개간이라.'

쓰기노스케는 이 말을 되씹어 본다. 호코쿠는 이 번에서 그만한 요인이면서도 녹봉은 하급 무사 정도밖에 받지 않았다. 그 대신 재정과 제도의 대개혁을 단행했다. 스스로 탐하지 않기 때문에 문중 가신들의 불평이 적었다.

그런데 호코쿠는 번의 경제를 구제하기 위해 번사들에게 개간을 시키는 정책을 썼다. 그것이 불평을 유발했다. 개간을 명령받은 자가 그를 원수처럼 미워했기 때문에, 호코쿠 자신도 솔선해서 개간에 나서 그 불평을 막으려 하는 것이라고 한다.

'정말 흥미 있는 일이구나.'

이런 생각을 하면서 쓰기노스케는 여전히 계속되는 계류를 따라 북쪽으로 갔다. 마쓰야마에서 20리를 가니 벌써 산이 깊다. 쓰기노스케는 길을 가면서 '이 길이 맞는지 모르겠다' 하고, 다소 불안한 느낌을 가졌다. 그러나 길을 확인하려 해도 사람 그림자가 보이지 않는다. 만나는 것은 다람쥐와 꿩뿐이다.

'굉장한 곳에서 사는군.'

한숨을 몇 차례나 쉬었다. 번의 재상격인 사람이 개간 정책을 세웠다고 해서 굳이 스스로 개간자가 되어야만 하나? 그러나 이곳 실정은 심각한 그 무엇이 있는 것 같다. 호코쿠는 무사들 가운데서 쓸모없는 건달을 골라 개간을 지명한 모양이다. 자연 그들의 원망이 심해서 '호코쿠를 죽이겠다' 하고 반감이 격렬했다. 그의 여러 가지 개혁 가운데서 이 정책이 가장 큰 저항을 받았다. 그래서 호코쿠와 같은 대공로자도 한때 벼슬을 물러나 자진해서 개간자가 되어 산중에 들어가게 되었다니, 이만저만한 일이 아니었으리라.

'사실, 살해될 뻔했는지도 모른다.'

개혁자는 거의 미명이 남지 않는다. 오히려 악명이 남는다. 예부터 그렇다. 겐로쿠(元祿) 때부터 어느 제후든 모두 재정이 궁핍했다. 당연한 일이었다. 번에서는 번사들의 녹을 쌀로 계산하는 낡은 경제를 토대로 하고 있는데, 한편에서 화폐를 중심으로 하는 자본주의가 일어나 평민 계급이 부자로 출현했다. 각 제후들은 그 모순을 개혁하려 들었다. 개혁은 대개 번의 경비를 절감하고 극도로 검약을 하는 정책이었다. 그러면서 번에서도 평민들처럼 산업을 일으키고 장사를 한다는 방법이다. 그러나 산업과 상업을 추진하는 데는 그만한 재능이 있는 사람이 필요했다. 그런 재능은 거의 하급 번사에게 있기 마련이었다. 번에서는 그러한 재정가들을 발탁하여 중신 자리에 앉힌다. 다른 번사들은 '미천했던 놈이' 하고 그 존재를 역겨워한다.

그런데 이 재정가들은 재정을 맡다 보니 자연 부상(富商)들이 집에 출입을 하게 된다. 그들과 접촉하면 무척 조심을 해도 자기도 모르게 뇌물을 받게 된다. 이윽고 생활도 윤택해진다. 그렇게 되면 개혁으로 궁색을 겪는 다른 번사의 눈에 자연 가시처럼 보이게 된다.

——문중의 대악당

이런 죄명이 씌워져 소박하고 단순한 두뇌의 '충신'의 칼을 맞고 쓰러지고 만다.

예부터 많은 개혁자들이 이러한 운명의 길을 걸었고, 죽은 후에도 악인의 누명을 남겼던 것이다.

'호코쿠는 그것을 알고 있는 거다.'

쓰기노스케는 이렇게 생각하지 않을 수가 없었다. 알고 있었기 때문에 호코쿠는 번사의 평균 녹봉보다 낮은 녹을 감수했고, 알고 있었기 때문에 정책자로서는 하지 않아도 될 괭이 든 개간자가 되어 반대 공론을 피하려는 것이리라. 그 세심한 점, 그 깊은 지혜, 실로 놀랄 만한 인물이라 하겠다.

그렇지만 쓰기노스케의 보는 바로는 지나친 세심이고, 지혜가 모근처럼 너무 뻗어 있어서 오히려 그 인물이 작아 보이기도 한다.

쓰기노스케가 개간지에 있는 호코쿠의 모옥(茅屋)을 찾은 것은 오전 9시를 지났을 때였다.

——이건 상자 속 같군.

이런 느낌이 들 정도로 사방이 산으로 둘러싸인 골짜기의 밑바닥이었다. 그 밑바닥을 계류가 소리 내어 흐른다. 눈에 보이는 곳에는 호코쿠의 모옥 외에 집이라고는 없었다. 말하자면 고래로 사람이 산 흔적이 없는 땅이다.

'이런 골짜기를 개간할 수 있나?'

억지라는 생각이 든다. 좁은 냇가를 제외하고는 평지를 찾아볼 수가 없다. 호코쿠는 개간 정책으로 문중의 인기가 떨어져서 눌러 있을 수가 없었기 때문에 스스로를 이런 곳으로 유배시켰다고밖에는 생각할 수가 없다. 사실은 자신을 격리시킴으로써 악평이 수그러지기를 기다리는 것이 아닐까.

오늘날에는 이 산중을 하쿠비 선(伯備線)이 지나고 있다. 이 철도는 쇼와(昭和) 3년(1928)에 개통했는데, 개통 후 반 세기가 지난 지금에도 아직 이 부근에는 인가가 없다. 말하자면 사람의 거주에 적합한 땅이 아니다. 주위의 경치는 아직도 쓰기노스케가 찾아갔을 때와 별로 다를 바가 없다.

다만 역이 있다. 역사는 호코쿠의 개간 모옥터에 세워져 있다.

"희귀한 역입니다."

필자가 찾아갔을 때, 역장은 난롯가에서 들려주었다.

"역 근처에 마을이 없습니다. 이런 역은 전국에서도 드물 겁니다."

취락(聚落)은 여기서 안으로 6킬로미터쯤 들어간 나카이(中井)라는 곳에 있다고 했다. 그런데 아침저녁으로 타고 내리는 여객은 많다. 모두 으슥한 골짜기에서 나와 모두 마을 없는 이 역——역 앞에 자전거를 보관해 주는 집이 열두 채 있다——에 모이는 것이다.

"어째서 역이 생겼습니까?"

"이 지방의 청원의 결과입니다."

이 역이 말하자면 이 부근의 산가(山家)나 산촌의 현관이 되는 모양이다.

——현관 앞에 마을이 없어도 현관은 있을 수 있습니다. 역이 생기면 어느 정도는 산골 마을이 문명의 혜택을 입지 않겠습니까?

이것이 청원의 사연이었다. 역의 이름을 '하쿠비 선 호코쿠 역'이라 했다. 호코쿠가 이곳에 있었다고 하지만 인명을 역명으로 한 예는 없다. 일본에서는 이곳뿐이라고 한다. 이 역명도 이 고장의 청원이었다. 철도성은 당연히 반대했다. '인명은 역명이 될 수 없다'는 것이 그 이유였다. 그러나 고장 사람들은 줄기찬 운동을 했다. 야마다 호코쿠라는 학자가 얼마나 위대했는가를 열심히 설명했으나, 철도성은 그 이름을 몰랐다.

고장에서는 미시마 주슈(三島中洲)라는 이름을 내세웠다. 이 인물은 이미 다이쇼(大正) 8년(1919)에 90세로 사망한 뒤였으나, 그의 높은 이름은 쇼와에 와서도 전국에 알려져 있었다. 메이지 유신 후의 한학계의 거성이며, 다이쇼 천황의 스승으로, 궁중 고문관이었다.

——그 주슈 선생의 선생님이 바로 야마다 호코쿠 선생이십니다.

이러한 설명의 결과 철도성도 양해했다. 양해는 했으나 선례를 깨뜨릴 수가 없다 하여 이런 단서를 붙여 명명되었다.

"호코쿠(方谷)는 인명이 아니라 지명이다."

"골짜기의 역이라서 태양은 불과 몇 시간 보일 뿐입니다. 겨울에는 10시에 해가 솟아서 2시면 벌써 집니다."

역장이 이렇게 설명하는 그런 땅에 호코쿠는 살고 있었다.

쓰기노스케가 모옥의 문전에 섰을 때, 호코쿠는 뒷밭에 있었다. 밭은 비탈진 산에 있었기 때문에 아래쪽 문전의 쓰기노스케의 눈에 훤히 바라다보였다.

'조그마한 분이군.'

첫인상이다. 손발을 부지런히 움직이고 있었다. 콩에 북이라도 덮어 주고 있는 것일까.

한편 호코쿠는 젊은 제자의 기별로 쓰기노스케의 내방을 알았다.
'에치고 나가오카 번 가와이 쓰기노스케'라고 종이에 적혀 있다. 달필은 아니지만 기백이 들어 있는 필적이다.
"무슨 볼일이라나?"
"문하생의 말석에 거두어 주십사는 말이옵니다."
"그건 안 돼."
호코쿠로서는 번거로운 일이었다. 다른 번의 사람을 지도하기는커녕, 마쓰야마의 재건에 여념이 없다. 당면한 일로는 이 근처의 경사지를 개간하여 그것을 밭으로 만들어야만 한다. 거기에다 사흘에 한 번은 마쓰야마에 나가 번의 정사를 보살펴야만 하는 생활인 것이다.
"거절해라."
호코쿠는 딱딱한 사람은 아니었으나, 이런 분망한 생활에서는 어쩔 수가 없었다.
"하오나, 일부러 에치고에서……."
"그건 그쪽 사정이다. 그의 사정을 내가 맞추어 줘야 할 일은 아니잖나."
"하오나, 학문을……."
"그래, 학문이라면 나한테 배우지 않아도 스승은 얼마든지 있다."
"여기 전에 사사한 스승들의 이름을 적어 준 것이 있습니다."
젊은 문하생은 다른 종이쪽지를 꺼내어 호코쿠에게 보였다. 사이토 세쓰도, 고가 긴이치로, 사쿠마 쇼잔의 이름이 씌어 있다. 그래도 호코쿠는 별로 마음이 내키지 않는 듯했다.
"내가 하라는 대로 해."
"죄송한 말씀이오나, 좀처럼 쉽게 물러갈 것 같지 않은 풍골이옵니다."
"안내해라."
호코쿠는 직접 거절하려고 손을 씻고 문복(紋服)으로 갈아입었다. 응접실로 나가니 쓰기노스케가 바위를 옮겨다 놓은 듯이 앉아 있다가, 정중히 인사를 한다.
"에치고 나가오카의 가와이 쓰기노스케올시다."
'음.'
호코쿠가 긴장한 것은 그 목소리를 듣고서였다. 밤중에 계곡에서 폭포 소리를 듣는 것처럼, 몸 깊숙한 곳에서 울려나오는 듯한 소리였다.

마쓰야마의 지폐 449

'이 자는 사람으로서는 진짜구나.'

용모에 나타나 있다. 눈이 광채를 발하는 것이 그의 얼굴의 특징인데, 의식적으로 날카로움을 속으로 감추고 부드러운 눈매를 짓는다. 죽으라고 하늘이 명한다면 그냥 눈만 감으면 그 자리에서 죽을 수 있을 것 같은 각오가 서 있는 인물처럼 보인다. 그러나 호코쿠는 괴로웠다.

"죄송한 일이지만, 내겐 여가가 없습니다. 학문을 논할 수가 없군요."

"알고 있습니다."

쓰기노스케는 깍듯이 수긍했다.

"소생은 선생께 경서(經書)의 강의를 배청하러 온 것은 아닙니다."

"그럼 무슨 일로?"

"선생께서 치르시는 일상생활을 배우러 왔습니다."

호코쿠는 그만 쓰기노스케에게 매력을 느끼고 말았다. 한참 생각한 후 스스로도 예기치 않은 대답을 한다.

"그럼, 2, 3일 동안 마쓰야마의 객주집에서 답을 기다려 주시오."

쓰기노스케는 그 날은 이 모옥에서 신세를 지고, 이튿날 아침 일단 마쓰야마의 성 밑 거리로 돌아왔다.

'하나야(花屋)에 숙소를 정함.'

쓰기노스케는 그의 일기 '지리쓰보'에 적었다. 하나야는 객주집 옥호로, 특이하게도 무사 이외에는 손님을 받지 않았다. 동숙객이 한 사람 있었다. 아이즈 번(會津藩)에서 왔다는 쓰치야 데쓰노스케(土屋鐵之助)였다. 자그마한 사내로서 인상이 좋았다.

"좋은 분을 알게 되었습니다."

마냥 기뻐하면서 술을 청해다가 쓰기노스케에게 연신 권했으나, 자기는 거의 마시지 않았다.

"못 마십니까?"

쓰기노스케가 미심쩍어서 물으니 고개를 내젓는다.

"아닙니다, 아닙니다."

그렇겠지. 코끝이 빨간 것을 보니 술을 좋아할 것 같다. 그러나 오늘만은 삼가겠다고 한다. 데쓰노스케는 이야기 중간 중간에 수첩을 꺼내어 쓰기노스케의 말을 부지런히 적어 넣었다. 요코하마의 이야기, 도카이도의 실정, 교토에 대한 감상 따위를 '네, 예, 과연' 하고 하나하나 감탄하면서 열심히 붓을 놀렸다. 별로 기이한 일도 아니다.

당시 뜻을 가진 자들은 부지런히 여러 지방을 주유했다. 미국의 페리가 왔다 간 이후로, 일본인은 일본에 대하여 새로운 생각을 가지게 되었다. 그래서 뜻을 가진 자들은 전국을 주유하면서 훌륭한 사람을 만나 그 의견을 듣고, 또 다른 번의 실정을 보고 일본의 현실을 파악하려 했다.

'이 사람도 그 중의 하나로군.'

시대가 비등하고 있다. 몇백 몇천의 쓰치야 데쓰노스케와 같은 자들이 지금도 부지런히 여러 지방을 돌고 있으리라. 그 중에서 혁명적인 열기를 띤 자는 주유하는 동안에 서로 동지를 얻어서 후일 궐기할 것을 기약하고 있으리라.

더운 날이 계속되었다.

그동안 '입문의 건, 좀더 기다리도록' 하고 호코쿠로부터 몇 차례 연락이 왔었다. 그가 성 밑 거리에 나왔을 때는 곧 불려가서 얘기도 들었다. 그러나 입문의 허가는 내리지 않는다.

"번청에 신청을 해봤는데."

호코쿠의 변명이었다. 번의 정무 장관인 호코쿠의 신청이니 곧 허가가 내림직도 한데 웬일일까?

'나를 괸찰하고 있는 거다.'

쓰기노스케는 이렇게 생각했다. 다른 번 사람이기 때문에 일단은 의심을 한다. 간첩인지 모르리라는 생각에서이다.

허가가 내린 것은 8월에 들어와서였다. 7월 16일에 이곳에 들어와 40여 일 만이다. 그동안의 숙박비만도 무시 못 할 액수였다.

"잘 참아 주었소."

호코쿠도 칭찬을 했다. 8월 3일, 쓰기노스케는 '하나야'를 물러나와 20리 떨어진 호코쿠의 개간 모옥으로 옮겨 갔다. 입문료와 수업료는 약소한 금액이었다.

"마른 가다랭이 100마리 값."

이것이 입문료이다. 두 냥 반이니 대단한 돈이 아니다. 따로 호코쿠의 가족들을 위한 선물로 과자 한 상자를 샀다. 그것뿐이다.

"학문의 강의는 필요 없습니다."

처음부터 이렇게 사양했으니, 선생과 기거를 함께 할 뿐이다. 저녁에 호코쿠가 틈이 있을 때는 잡담을 해주었다. 그 잡담이 쓰기노스케에게는 보석처럼 귀중했다. 쓰기노스케가 이곳 개간 모옥에서 있었던 기간은 한 달 반밖에 안 된다. 그동안의 호코쿠의 잡담은 이것이었다.

"예부터 영웅은 자립했다."

그러나 지금은 봉건제도 세상이라 위로 장군과 영주가 있다, 영웅의 자질을 가지고 있어도 자립은 할 수가 없다는 내용이다.

"가와이, 그렇지 않은가?"

호코쿠는 다짐을 했다. 그는 쓰기노스케의 성격이 극히 독립자존의 기개가 강하다는 것을 간파해서 하는 말이다.

"그 때문에 지금 세상에서는 영웅은 남에게 고용되어야만 한다. 지금 세상에서 남에게 고용되지 못하는 인간은 대단한 인물이 아니다."

"그럼, 사쿠마 쇼잔을 어떻게 보십니까?"

쓰기노스케가 물었다. 쇼잔은 신슈 마쓰시로 번(信州松代藩) 사나다(眞田) 집안의 신하이다. 그러나 쇼잔은 자기의 재능을 믿고 번의 중신들을 경멸하여 그들과 의견이 맞지 않아서 그의 활동은 오히려 바깥이 중심이 되어 있다.

"사쿠마의 재주는 100년이나 1,000년에 한 사람 나올까 말까 하는 천재이다. 그러나 성격이 교만해서 못 쓴다. 사람들은 그의 재주를 두려워하지만 그 인물은 사갈(蛇蝎)처럼 싫어한다. 그래 가지고는 모처럼의 재주가 세상에 빛을 볼 수가 없다. 봉건의 시대를 움직이려면 남에게 부림을 받아야 하며, 남에게 부림을 받기 위해서는 온순하고 겸허해야만 된다."

──가와이, 명심하라.

호코쿠는 쓰기노스케의 이품(異稟)을 보고 일부러 사쿠마 쇼잔을 나쁜 예로 들었으리라.

9월 중순이 되었다. 낮 동안에 호코쿠는 괭이를 들고 개간을 했다. 다른 제자들도 일을 거들었다. 그러나 쓰기노스케는 거들지 않는다. '공연한 짓이다' 하고 오히려 호코쿠의 그 점을 경멸하는 것이었다.

──농부의 흉내를 내서 어쩐다는 거야.

"가와이씨는 왜 괭이를 안 드십니까?"

젊은 제자 하나가 책망하듯이 물은 적이 있다. 쓰기노스케는 일언지하(一

言之下)에 대답한다.
"싫기 때문에."
"왜요?"
"좋고 싫은 데 이유는 없잖나."
"글쎄 그럴까요. 천하 제일가는 학자이신 호코쿠 선생조차도 솔선해서 괭이를 들고 계십니다. 에치고의 가와이씨만이 낮에 책을 봐야 된다는 법은 없지 않을까요."
쓰기노스케는 못마땅한 표정으로 말했다.
"무사의 필수 과목인 검술, 창술, 마술조차도 일일이 남에게 배우는 것이 싫어서 팽개친 사내야. 자신의 근육을 움직여 가며 뛰어다니는 것을 싫어하는 성미야. 그런 내가 이제 와서 농부의 흉내를 어떻게 내겠소?"
할 수 없다고, 대꾸할 수밖에 없는 완고한 의견이다. 그러나 젊은 제자는 금시 반론을 내세운다.
"자기가 좋아하는 일만을 하고 좋아하지 않는 일은 행하지 않고 피한다는 가와이씨의 태도와 생활 방식은 과연 어떨까요?"
"사람의 인생은 짧은 거요. 자기가 좋아하지 않는 것을 참고 어색하게 꿈틀거리기보다는 자기가 좋아하는 것을 갈고 키우는 그 일이 훨씬 소중하다는 것을 알아야지."
"게으름뱅이의 귀에 솔깃한 말씀이고요. 그렇다면, 좋은 약은 입에 쓰다두가, 고생 끝에 영화라는 속담은 필요 없겠습니다."
"당신은 속담을 믿고 살고 있소?"
쓰기노스케는 이상하다는 듯이 상대의 얼굴을 바라보았다. 그런 단순한 인간미에 흥미를 느낀 모양이다.
"어느 정도의 속담을 외고 살고 있는 거요? 스무 개요, 아니면 백 개요?"
"놀리지 마시오."
상대는 화를 냈다. 그러나 쓰기노스케는 예사로운 낯으로 대꾸했다.
"속담이란 죽은 거요. 온 세계의 속담을 만 개 모은들 뭣에 쓰겠소."
"얘기는 농사일이오. 속담이 아닙니다. 어째서 선생의 개간을 거들지 않습니까. 그렇다면 호코쿠 선생을 우롱하고 있는 게 아닙니까——도대체."
젊은 제자는 정색을 했다.
"가와이씨는 호코쿠 선생을 존경하고 계십니까?"

"당연한 말씀. 존경하지 않으면서 어떻게 에치고에서 예까지 오겠소. 그러나 존경한다 해서 내가 하기 싫은 농부의 일까지 거든다면 이건 아첨이야. 존경은 어디까지나 순수해야지 아첨이 따라서는 안 되는 거요."
——괴짜야.
이것이 이곳 개간 모옥에서 기거하는 수제자들의 평이었다.
그러나 호코쿠만은 아무런 말도 없었다. 그 호코쿠가 어느 날 작업복 차림을 한 채 쓰기노스케의 등 뒤에 섰다. 쓰기노스케는 책을 보고 있었다.
"무엇을 읽는가?"
호코쿠는 조용히 물었다.
쓰기노스케는 책상을 밀치고, 스승을 향하여 무릎을 꿇었다.
"이것이옵니다."
읽던 책을 바쳤다. 호코쿠는 그것을 받아 무릎 위에 놓고 첫 장부터 읽어 내려갔다.
"……."
호코쿠는 계속 읽었다. 근 두 시간 동안 호코쿠는 말없이 읽었다. 다 읽고 나서는 고개를 갸우뚱거렸다.
'이 사내는 보통 기인이 아니구나.'
심각하게 생각했다. 그 책은 《육선공 주의집(陸宣公奏議集)》이라는 제목이었다.
육선공은 당이 쇠망할 무렵에 나온 명신(名臣)으로서 그의 생애는 기구했다. 당의 9대 황제인 덕종(德宗)을 보필했다. 덕종(742~805)때 당의 국세는 크게 기울고 천하는 난마처럼 어지러웠다. 변경에 파견된 무장들이 저마다 웅거하여 그 군사력을 믿고 조정을 압박했다. 조정에서는 환관(宦官)이 세력을 전횡하였고, 황제의 권위는 땅에 떨어졌었다.
'현재와 비슷하구나.'
호코쿠도 이렇게 생각했다. 막부의 권위가 떨어지고 사쓰마와 조슈 같은 강대한 제후가 자립의 의사를 비추어 장군을 경시하고 막부의 명령을 듣지 않는다. 당나라 말기와 흡사하다.
당의 덕종 황제는, 그러한 불행한 시대에 났으면서도 열심히 세상을 바로잡으려 했다. 우선 세제(稅制)를 개혁했다. 중국 사상 최대의 세제 개혁이었다.

다음에는 변방의 무장들이 자기의 권력을 멋대로 세습시켜 제후와 같은 세력을 이루고 있는 것을 깨뜨리려고 했고, 그들의 벼슬을 조정에 반환시키려 했다. 그러자 대부분의 무장들은 이에 반대하여 반란을 일으켰다. 덕종은 그것을 토벌했다.

그러나 한 싸움에서 크게 패하여, 기어이 수도 장안을 버리고 여러 지방으로 쫓겨 다녔다. 이때의 덕종을 보좌한 것이 재상 육선공이다.

이 책은 상주문집(上奏文集)이다. 육선공이 덕종의 재가(裁可)를 본받으려고 쓴 주의문(奏議文)을 모은 책으로서 덕종의 정책이 잘 나타나 있다.

그뿐 아니라, 이 명문을 통하여 정책 수립자인 육선공의 감정까지 능히 알 수가 있다.

──육선공의 문장을 읽고 울지 않는 자는 사람이 아니다.

일부 학자들에게서 이런 말까지 듣고 있다. 난세 속에서 외로운 충의를 다하려는 자의 비창(悲愴)이 물결처럼 문장에 스며 있기 때문이다.

"그대는 언제부터 이것을 읽고 있는가?"

"한 2년 전부터 읽고 있습니다."

'여간 마음에 든 게 아니군.'

호코쿠는 이렇게 생각했다.

"닮았다."

호코쿠는 중얼거렸다. 그가 상상하는 육선공의 풍모와 에치고 나가오카 번의 가와이 쓰기노스케가 닮았다는 말이다.

"만약 그대가 당나라 덕종 때 태어났더라면 어떻게 할 텐가?"

"육선공처럼 살았을 겝니다."

"음."

호코쿠는 정색을 했다. 육선공의 길은 다난(多難)하고, 비장하고, 그러면서 통렬한 미에 차 있다. 쓰기노스케는 그 비장미를 좇는 행자가 되려는 것이리라.

쓰기노스케가 비추 마쓰야마를 떠나던 날은 산골짜기가 가랑비로 흐려 있었다. 삿갓을 쓰고 다카하시 강을 남쪽으로 내려갔다. 멀리 나가사키를 향하였다.

"나가사키에 가고 싶습니다."

스승인 호코쿠에게 말했을 때, 스승은 말없이 고개만 끄덕이었다.

'말려도 안 듣겠지.'

쓰기노스케는 남의 의견이 아닌 자기 의견으로, 그것도 한 푼의 틈도 없이 자기 자신의 규정에 의해 살아가려 하는 모양이다.

호코쿠는 쓰기노스케가 떠난 뒤, 놀라움과 불안이 담긴 말을 다른 제자들에게 했다.

"대단한 사내를 제자로 삼았다."

'대단한'이란 말이 어떤 뜻인지, 그 점에 대해서는 입을 다물고 설명하지 않았다.

쓰기노스케가 나가사키에 도착한 것은 시월 오일이었다. 이 개항지에서 그는 13일 동안 체류했다.

──세계의 동향을 살피고 싶다.

이것이 그의 목적이었다. 단순히 견문을 넓힌다는 것이 아니라, 견문 속에서 나가오카 번의 앞으로의 진로를 결정하겠다는 생각이었다.

"그럼 귀공은 나가오카 번의 중신이오?"

이렇게 질문한 사람은, 나가사키에 계류중인 막부 군함 간코마루(觀光丸)의 함장인 야타보리 사누키노카미(矢田堀讚岐守)였다.

야타보리는 유신 후 고(鴻)로 개명한다. 처음에는 게이조(景藏)라 했으며, 막부의 간토(關東) 민정관의 아들로서 막부 관료인 야타보리 가문에 양자로 들어갔다. 막부의 최고 학부인 쇼헤이코(昌平黌)에서 공부했으며, 그 후 서양식 해군학을 배웠다. 그는 산술에 뛰어나 측량의 권위자이며, 막부 해군으로서는 가쓰 가이슈(勝海舟)와 동기였다. 가쓰는 나중에 정론가(政論家)로 이름을 떨쳤지만, 야타보리는 끝까지 해군의 기술 세계에 종사했기 때문에 세사에 이름은 그다지 알려지지 않았다.

쓰기노스케는 '나가사키에서의 안내자는 야타보리이다' 하고 처음부터 작정을 했었다. 요코하마에서의 안내자가 후쿠치였던 것처럼, 미지의 세계의 안내자는 언제나 일류의 인물을 선택해야만 된다는 생각이었다. 그래서 곧장 야타보리를 찾아갔다. 그의 관사는 나가사키의 서쪽 관아 안에 있었다.

──에치고 나가오카 번 가와이 쓰기노스케

이 쪽지를 보자 야타보리는 곧 만나 주었다. 쓰기노스케라는 이름을 에도의 고가 긴이치로를 통해 들은 적이 있다.

"중신은 아닙니다."

쓰기노스케가 말했다.
'중신도 아닌데.'
야타보리는 미심쩍었다. 중신도 아닌데 우리 번의 방침을 결정하기 위해 나가사키를 보러 왔다는 것은 어찌된 일인가.
"그렇지만"
쓰기노스케는 가볍게 말했다.
"장차 제가 중신이 됩니다. 불행하게도 우리 번에는 그만한 인물이 없습니다."
"하하아."
야타보리는 그제야 경계를 풀었다. 쓰기노스케의 말에 의하면, 장차 자기가 번의 운명을 걸머져야만 할 테니 그때 가서 난처하지 않게 지금 자기 자신을 키우고 있으며 이 주유도 그런 목적에서 하는 것이라 한다.
"무엇을 보겠소?"
"한 가지는 군함을 보고 싶고, 또 한 가지는 서양인의 집을 방문하고 싶소. 그 두 가지뿐이외다."
야타보리는 응낙했다.
나가사키에서는 두 군데 객주집에서 묵었다. 첫 번째 객주집은 긴야 거리(銀屋町)에 있는 요로즈야(萬屋)였고, 다음은 니시하마 거리(西濱町)의 야마시타야(山下屋)였다. 니시하마는 선창이 가까운 곳이었다.
──번저가 있으면 좋으련만.
이런 생각을 몇 번이나 했다. 번저가 있으면 거기서 잘 수도 있고, 자지는 않더라도 주재 관원에게 나가사키의 사정을 물을 수가 있다.
'우리 번은 나가사키에 번저가 없다.'
이것은 중대한 문제였다. 서부 지방의 큰 제후들은 모두 이 개항지에 번의 무역 출장소를 가지고 있는 것이다.
사쓰마 번이나 사가 번 따위는 해변가에 당당한 번저를 가지고 있었다. 그들은 그곳을 근거지로 외국 사람들과 직접 무역을 하고 있음에 틀림없다.
'서부의 큰 번에는 돈이 있다.'
도사 번은 번저는 안 가졌지만, 도사 출신의 나가사키 상인들과 특별한 관계를 가져 번저나 출장소와 다름없는 기능을 수행하고 있다. 그러나 동부 일본의 여러 제후는 그렇지 않다. 신슈 에치고, 간토, 오슈 등 여러 번들은 나가사키라는, 세계를 향한 창구와는 전혀 교섭이 없다.

'이래서야 뒤떨어질 뿐이다.'

이러한 공포가 쓰기노스케의 심장을 얼어붙게 한다. 장차 막부의 위신이 쇠퇴하여 제후들이 전국시대의 군웅할거처럼 각자 독립했을 경우, 서부 일본의 제후들은 무기와 돈 따위의 물질적 위력으로 동부 일본의 여러 제후를 제압하리라. 거기에다 장차 막부를 쓰러뜨리는 자가 서부의 제후라면(사실 세상에서는 모두들 그렇게 쑤군거리고 있다), 그것은 가능한 이야기이다. 그들은 이 나가사키에서 흡족하게 양분을 섭취하여 통통하게 살이 찌고 있지 않은가.

'동부 일본의 여러 나라는 잠자고 있다.'

지리적인 악조건이었다. 일본 열도라는 종(縱)으로 길쭉한 열도가, 나가사키라는 서쪽 끝에 현관을 가졌다는 것은 동쪽 나라로서는 어쩔 수 없는 불리한 조건이다.

'우린 요코하마다.'

쓰기노스케는 요코하마의 가치를 새삼 나가사키에 와서 깨닫게 되었다. 이제 막 개항된 요코하마를 동쪽의 여러 번이 크게 이용하지 않으면 마침내는 서쪽에 압도되고 말 것이다.

'그러나 동쪽 제후들은 그것을 깨닫지 못하고 있다. 모두 고루한 양이 사상의 테두리 속에서 숨을 죽이고 있다.'

반면에 서쪽 제후들은 근왕 양이를 소리 높이 외치고 있다. 그러면서도 사쓰마 번 같은 경우는 입으로는 양이를 외치면서 몰래 나가사키에서 무역을 하고 있지 않는가.

요코하마, 요코하마다.

쓰기노스케는 날마다 나가사키의 항구와 거리를 걸으면서 애인을 생각하듯 갓 개항된 요코하마를 생각했다.

그는 야타보리의 호의로 막부 군함 간코마루를 견학했다. 네덜란드제 중기 군함인 간코마루의 내부는 완전히 서양식이었다.

마지막으로 함장실 의자에 앉아 쓰기노스케는 유명한 예언을 했다.

"지금 일본은 양이다 양이다 법석을 떨고 있지만, 10년 후에는 모든 것이 서양식이 될 거요. 그것이 문명(사실 이런 말은 쓰지 않았지만)의 기세라는 거요. 기세라는 것은, 산에서 떨어지는 물과 같아서, 그 무엇으로도 저지할 수 없소."

함장인 야타보리는 크게 수긍했으나, 이 서양에 통하는 막부의 신하조차 그렇게 간단히는 생각하지 않았다. 그러나 9년 후에 메이지 유신이 성공을 거두게 된다.

나가사키에 체류하면서, 3월 7일 쓰기노스케는 네덜란드 상역관을 방문했다. 야타보리가 딸려 준 통역을 데리고 갔다. 그는 가네쿠라(金倉)라는 젊은이였다.

"무엇을 목적으로 하십니까?"

통역은 미리 이렇게 물었다. 현명한 사내다.

"아니, 그저 네덜란드인을 만나보면 그만이오. 보면 무엇을 느낄 거요."

"요는 보시기만 하면 괜찮으시죠?"

"그러나 사람을 구경할 수는 없잖소. 몇 마디 대화도 필요할 거요. 귀공이 익히 아는 네덜란드인이면 더욱 좋겠소이다."

"친한 자가 있습니다."

통역인 젊은이는, 나가사키 통역관이라는 막부의 관리가 되기 위해 어학을 공부중인 사람으로, 말을 배우기 위해 특정 네덜란드인과 교제를 하고 있었다.

상역관은 오우라(大浦) 해안에 있었다. 상역관 저쪽으로 각국의 선박이 정박하고 있었다.

쓰기노스케는 세어 보았다.

서양 선박 16, 7척

중국 선박 3척

조선 선박 1척

그 밖에 막부 군함인 간코마루와 간린마루(咸臨丸), 그리고 미토 번(水戶 藩)이 만든 국산 양식 범선이 한 척 떠 있었다. 이 범선은 서양 배를 본떠서 만든 것이나, 제 구실을 하지 못하여 세상 사람들에게 야카이마루(성가신 배라는 뜻)라는 별명을 듣고 있었다.

네덜란드 상관에 들어가 응접실로 안내되었다. 이윽고 주인이 나타났다. 아직 스물대여섯 정도의 젊은이였다. 쓰기노스케는 우선 그 젊음에 놀랐다. 요코하마의 스위스인도 젊었으나, 이 사람이 훨씬 더 젊다.

"이 분은."
통역은 쓰기노스케를 소개했다. 일본국 에치고의 조그만 번의 무사인데, 머잖아 수상이 될 분이라고, 터무니없는 거짓말을 했다.
서로 마주 보고 앉았다. 한참 동안 침묵하고 있다가, 그것도 실례일 것 같아서 쓰기노스케가 칭찬을 건넨다.
"당신은 상당한 미남이오."
솔직한 말이었다. 이 날의 일기에도 쓰기노스케는 이렇게 적고 있다.
——미남자였다. 나는 미남자라고 칭찬했노라.
쓰기노스케는 계속해서 칭찬의 말을 덧붙인다.
"삶은 달걀을 까 놓은 것 같다."
통역은 난처해서 이 말은 통역하지 않았고, 상대는 뜻도 모르고 웃었다.
잠시 후 상대는 포도주를 내왔다. 쓰기노스케는 두 잔을 마셨다.
'별로 맛있는 것도 아니군.'
권련도 내놓았다. 쓰기노스케는 몇 마디 아는 네덜란드어로 인사를 했다.
"이키테페이(고맙다)."
그러자 통역이 정정해 주었다.
"약간 틀립니다. 이키테페이레겐이라고 해야 합니다."
탁자 위에는 일본의 담배통도 준비되어 있었다. 네덜란드인은 친절하게도 담뱃통을 가리키며 말했다.
"이게 편리하지 않습니까?"
쓰기노스케는 고개를 저으며 괴상한 이유를 붙여 사양했다.
"아뇨, 밤에 마루야마의 청루에 갈 예정이라."
통역이 그 말을 전하자, 네덜란드인은 얼른 이해를 못했다. 통역은 하는 수 없이 설명을 했다.
"이 분은 창기와 노는 것을 좋아해서."
청루에 가면, 기녀가 담뱃대에 불을 붙여 준다. 그 예정이 있기 때문에 지금은 피우지 않겠다, 여기서는 권련을 피우겠다는 내용의 말을 길게 설명했다. 회견은 그것으로 끝났다.

이 정도로 가와이 쓰기노스케에 대한 전반부를 마쳐야 하겠다.
전반에서는 큰일은 없었다.

후반에 이 사내는, 그의 성격과 사상대로 자진해서 험준한 벼랑을 기어오르고, 자청해서 풍운을 불러서 그 때문에 천지가 뒤집힐 만한 파란을 불러일으켰지만, 그 근원은 모두 전반부에 있다.

그 때문에 잔잔해서 소설적인 기복이 적은 전반부의 풍경 속을 필자는 독자와 함께 걷지 않을 수 없었다.

쓰기노스케는 규슈를 주유한 후 다시 비추 마쓰야마의 야마다 호코쿠를 찾았다. 그 해가 저물도록 호코쿠의 모옥에서 지내다가 이듬해 정월에 하직을 고했다.

"일단 에도로 돌아갔다가 귀국하겠습니다."

며칠 전에 스승에게 알렸다. 이 해는 예년보다 추워서, 이곳 산악 지대는 온통 눈에 뒤덮여 있었다.

"역시 떠나는 건가?"

호코쿠는 못내 석별의 정을 이기기 어려워 아침마다 쓰기노스케의 얼굴을 보고는 중얼거렸다. 눈에는 눈물까지 괴어 있었다.

"아무 것도 해주지 못했는데, 조금은 내게서 얻은 것이 있었나?"

마지막 밤에 호코쿠가 이렇게 묻자, 쓰기노스케는, 생애에서 가장 충실한 나날이었습니다, 하고 대답했다. 공치사는 아니었다.

그러나 호코쿠는 인사치레라고 생각했다. 호코쿠는 바빠서 쓰기노스케의 독서 상대조차 되어 준 적이 없었던 것이다. 오직 쓰기노스케는 관찰만 했다. 한결같이 호코쿠를 관찰하기만 했다. 그 관찰은 알맹이가 꽉 찬 것이었다고, 쓰기노스케는 말했던 것이다.

훗날의 이야기를 부연한다.

호코쿠가 공용으로 에도에 나왔을 때, 쓰기노스케의 처남인 나기노 가헤에(梛野嘉兵衛)는 호코쿠에게 사람을 보내어, 그를 야나기바시(柳橋)의 주루로 초대했다.

"매부가 신세를 많이 져서 인사를 드리고 싶습니다."

나기노는 술자리에서, 쓰기노스케로부터 들은 마쓰야마 번의 개혁 정치에 관한 얘기를 꺼냈다.

호코쿠는 놀랐다.

"그런 얘기를 가와이에게 한 적이 없는데."

마쓰야마의 지폐

더구나 하나 하나 사실대로였으며, 하나 하나 핵심을 이해하고 있었다. 사실을 말하자면 쓰기노스케가 호코쿠의 문하에 있을 때, 호코쿠는 솔직히 그가 다른 번에서 온 사람이기 때문에 기밀에 속하는 것은 일체 말하지 않았던 것이다.

호코쿠는 몇 번이나 감탄하면서 되풀이해서 말했다.

"가와이의 재능입니다."

이 감탄의 말을, 나기노는 유신 후 자기가 죽을 때까지 기회 있을 때마다 사람들에게 전달하였다. 또한 호코쿠는 후일 사람들에게 이렇게 말했다.

"가와이는 훌륭하기 이를데 없다. 그토록 훌륭한데도 그토록 빈약한 에치고의 나가오카에 태어났다. 너무 훌륭한 그 점이, 가와이와 그리고 나가오카 번을 위해 과연 행복한 결과를 초래할 것인지, 아니면 불행을 초래할 것인지 모를 일이다."

이별의 날 아침, 쓰기노스케는 모옥을 나와 통나무 다리를 건너서 맞은편 길로 나섰다. 호코쿠는 문 앞에 나와 전송하였다. 쓰기노스케는 길 위에 꿇어앉았다. 꿇어앉아서 다카하시 강의 급류 저쪽에 선 스승의 조그맣게 보이는 모습을 향해 머리를 조아렸다. 모든 일에서 좀처럼 남을 존경하는 일이 없는 이 사나이가, 아무리 스승이라고는 하지만, 땅에 꿇어앉은 것은 그의 생애에서 이것이 처음이자 마지막일 것이다.

뜰 앞의 소나무

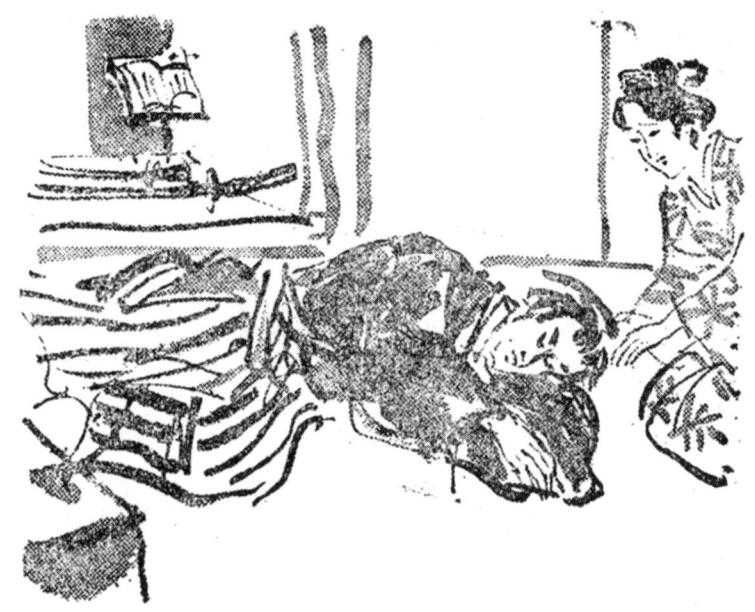

에도(江戶)로 돌아온 쓰기노스케는 당장은 에치고(越後)로 돌아가지 않고 잠시 에도에서 놀다가 가기로 했다.

고가 학당으로 돌아갔다.

"잘도 나갔다 들어왔다 하는군."

스승인 고가 긴이치로(古賀謹一郞)는 쓰게 웃었다. 가장 기뻐한 것은 스즈키 사키치였다. 일 년 동안에 완전히 어른스러워져서, 앞머리도 시원스럽게 밀어올렸다. 숙사 이층 방에 짐을 푼 쓰기노스케를 사키치는 제일 먼저 찾아가서 재회의 기쁨을 털어놓았다. 쓰기노스케도 기뻤다.

"이제 어른이 다 됐군."

"어째서 이 고가 학당으로 다시 되돌아오셨습니까?"

"이유 말이냐?"

버렸던 주인집을 되찾아온 이유를 대라는 것이다. 이유를 좋아하는 쓰기노스케는 잠시 생각하다가 대답한다.

"하나는, 여자지."

사키치는 놀랐다. 고가 학당에 여자는 없다.

"요시와라(吉原) 이나모토 루(稻本樓)의 고이네(小稻)야. 그 여자한텐 연정이 있거든. 찾아가지 않으면 안 돼."

"요시와라에 드나드는 발판으로서의 고가 학당이군요?"

"그렇다."

명쾌하게 고개를 끄덕였다. 에도에서는 여관에 묵기보다 낯익은 학당 숙사에 드는 편이 훨씬 싸게 먹힌다. 더욱이 학당에 비치해 둔 책도 있고 여러 번의 일류 인재도 찾아온다.

"인간은 말이다, 가게와 마찬가지야."

자리가 중요하다. 사람이 모이는 번화가에 가게를 내면 번창하듯이, 고가 학당에 있으면 학문을 하지 않더라도 자연히 안목이 높아진다.

"예부터 속담이 있지."

시골의 3년보다 교토의 낮잠. 시골에서 3년 동안 열심히 학문을 하기보다 교토에서 낮잠을 자고 있는 편이 훨씬 진보한다는 뜻이다.

"요새 말로 바꾸면, 시골의 3년보다 에도의 낮잠이지. 몇 달, 낮잠이나 잘란다."

"번에 돌아가시지 않아도 됩니까?"

"언젠가는 돌아간다. 하지만 지금 돌아가 봐야 나가오카의 시골 양반들은 아직도 여전히 둔해."

둔하다는 것은 시국에 대해서이다. 시국에 대한 긴박감도 위기감도 없다. 그러한 상태 속에서 쓰기노스케가 돌아가 시세의 강렬한 전류를 전해 봐야, 그들은 아예 감전이 되지 않거나 아니면 불쾌해하여 쓰기노스케를 기인으로 취급할 뿐이며 오히려 결과가 좋지 않다.

"돌아갈 시기가 있지. 머지않아 천하가 뒤흔들릴 사변이 일어날 거야. 그때 천천히 돌아갈란다."

"어떤 사변 말입니까?"

"무사는 함부로 예언하지 않는 법이야."

쓰기노스케는 대답을 삼갔으나, 그는 막부 정치 시작 이래 가장 강렬한 독재자인 최고 집정관 이이 나오스케(井伊直弼)가 습격당하지 않을까 하는 예감을 짙게 품고 있었다.

"야마다 호코쿠 선생이란 분은 어떤 분입니까?"

"글쎄다."

쓰기노스케는 호코쿠에 대한 견해를 털어놓았다. 정치와 행정의 실력으로 그를 따라갈 사람은 천하에 없다고 말하고, 아울러 마지막에 뜻밖의 말을 덧붙였다.

"약간 인물이 작아."

그 까닭은, 불과 5만 섬의 조그마한 번의 재상이기 때문이다. 작은 천지는 결국 그 격에 맞는 인물밖에 키우지 않는다. 이것은 호코쿠 선생의 불행이라고 그는 말했다.

"신랄하시네요."

"이건 존경과는 별개야. 이를테면 새우를 좋아한다고 해서 좋아하는 나머지 고래처럼 크다고는 못할 게 아닌가."

──봄이 되어 눈이 녹거든 에치고로 돌아가자.

이렇게 생각하고 있었다. 그런데 번은 쓰기노스케의 존재를 잊어버렸는지, 도무지 돌아오라는 소리가 없다.

'묘한데.'

이따금 에도 번저에서 중역들과도 만나지만 돌아가는 문제에 대해서 일체 말을 꺼내지 않는 것이다.

쓰기노스케는 무기한의 '만유자(漫遊者)'가 되어 버렸다. 번은 그를 잊어버린 모양이다.

'마침 잘됐군.'

쓰기노스케는 이렇듯 태평한 마음으로 이대로 에도에서 계속 놀아 버리기로 했다. 물론 은근히 화는 난다.

'나같은 인재를 몰라보다니.'

이런 자부심이 있었다. 가와이 쓰기노스케만한 사나이를 번은 왜 등용하지 않는가? 태평 시대라면 모르되, 번의 경제가 풍족하다면 모르되, 지금은 정반대로 모든 것이 궁핍해져서 한 나라 한 천하가 붕괴 직전에 있는데도, 이 위기를 수습하여 미래로 비약시킬 인재를 왜 활용하지 않는 것일까?

번의 에도 근무 중역의 한 사람인 처남 나기노 가헤에도 이따금 만난다. 나기노는 쓰기노스케를 육친 이상으로 걱정하고 있다. 어떤 때는 '왜 에치고로 돌아가지 않는가?' 하고 아버지 같은 목소리로 말했다. 이것은 중역으로서 말하고 있는 것이 아니라 인척으로서 말하고 있는 것이다.

뜰 앞의 소나무 465

'중역으로서 말하라' 하고 쓰기노스케는 생각했다. 생각이나 해보라, 지금 막연히 번으로 돌아가 봐야 시나노 강(信濃川)에서 낚시질을 하거나, 늙은 부친을 상대로 화분에 물이라도 주거나 하는 일밖에 없다. 무슨 일자리나 마련해 놓고 맞으러 오라고 말해 주고 싶었다. 지금 나가오카 번을 구할 수 있는 자는 나 이외에 없지 않은가?

그러나 쓰기노스케는 남자로서 이것만은 입이 찢어져도 말하지 않았고 내색도 하지 않았다. 나기노같이 민감한 사나이도 이것만은 눈치채지 못하고 기껏해야 이 말밖에는 하지 않는다.

"늙으신 아버님이 걱정하고 계시다."

나기노는 자신의 처남을 단순히 학문을 좋아하는 괴짜로밖에 보고 있지 않았다.

쓰기노스케는 에도에만 있지 않았다. 에도도 따분해졌다. 요코하마가 좋다.

'요코하마에는 내일의 일본이 있다.'

쓰기노스케는 그렇게 생각하고 있었다. 이따금 요코하마에 가서, 열흘이고 보름이고 머물렀다. 숙소는 젊은 스위스인 페블브란드의 상관(商館)이었다.

"자기 집으로 생각하십시오."

이 스위스인이 이렇게 말하면서, 언제나 열심히 붙들어 오래 묵게 만드는 것이다. 나가오카 번의 중역보다 이 이국인이 가와이 쓰기노스케에게서 범상치 않은 무엇을 발견하고 있었다.

'이 사람은 장차 대성한다.'

그렇게 꿰뚫어보고 있었고, 장래에 오래 두고 사귀더라도 손해볼 상대가 아니라고 생각했다.

쓰기노스케는 이 상관의 식객이었다.

"단순한 식객으로 있어서는 마음이 무거워."

그러고는 밤에 수건으로 얼굴을 푹 싸고 딱따기를 두들기며 불조심을 외치고 돌아다녔다.

"그러시면 곤란한데요."

젊은 스위스인은 진심으로 말렸다. 그러나 쓰기노스케는 듣지 않았다.

이 무렵 에피소드가 있다.

요코하마 175번 관, 페블브란드 상회는 바깥에 시계의 간판이 걸려 있다. 그러나 총과 대포 등의 병기도 취급하고 있어서, 이 때문에 여러 번의 무사들이 자주 찾아온다.

"이국 사람이지만 성실한 사나이야."

그것이 여러 번의 번사들 사이에서 나돌고 있는 평판이었다.

이 무렵, 엔슈 가케가와 번(遠州掛川藩)의 후쿠시마 스미카즈(福島住一)라는 번사가 양식총을 사려고 몇 번인가 이 상회를 찾아왔었다.

'언제 와도 저 사나이가 있어.'

후쿠시마는 쓰기노스케의 존재를 깨닫고 왠지 마음에 걸렸다. 언제 보아도 검소한 무명옷을 걸치고 띠를 둘둘 감았으며, 짧은 소도(小刀)만 찾지 대도는 차지 않았다.

'뭘하는 자일까?'

상회 주인 페블브란드가 이 사나이에게 대하는 태도는 매우 공손하고 진심으로 존경하고 있는 듯이 보인다. 한 번은 큰맘 먹고 정중히 인사를 건넸다.

"저는 엔슈 가케가와 번의 후쿠시마란 자입니다만."

"저는 나가오카의 가와이 쓰기노스케라고 합니다. 이 요코하마 체류가 번에 알려지는 날엔 이거지요."

나살색 눈을 가진 그는 고개를 끄덕이고 배를 가르는 시늉을 하며 말한다.

당연한 일이다. 버젓한 번사가 요코하마의 외국인 집에서 빈들빈들 놀고 있는 것이 막부나 번에 알려지면 아마 무사하지 않을 것이다. 양이 낭사의 귀에 들어가도 두 조각이 나버릴 것이다.

"이런 시국에 배짱도 좋으시군요."

후쿠시마는 진심으로 감탄했다.

"대체 무슨 목적으로?"

쓰기노스케는 빙그레 웃으면서 대답하지 않았다. 그의 본심은, 페블브란드를 통해 세계정세를 알고 싶다는 것이었으며, 또 이 상회에서 취급하는 병기를 실제로 봄으로써 근대적인 군사지식을 얻자는 것이었다. 그러나 그런 말은 하지 않았다.

"식객이지요, 뭐."

"천만에."

옆에서 부인한 것은 페블브란드였다.
"가와이님은 식객이 아니십니다. 우리를 보호해 주시는 분입니다."
이 점은 사실이었다. 일본 전국의 양이 지사는 요코하마를 노리고 있다. 요코하마를 습격하여 외국 공관이나 상관을 불사름으로써 막부에 양이의 바람을 불어넣고 있었다. 만일 이 인간들이 내습해 올 경우, 쓰기노스케가 감싸주어 그들을 쫓아 주겠거니, 하는 기대를 페블브란드는 갖고 있었다.
"나는 지구를 구경하러 다니고 싶소."
쓰기노스케는 말했다. 그러나 해외 도항은 300년 전부터 나라에서 금해 온 일이며, 안세이(安政) 조약으로도 이것만은 풀리지 않았다.
"갈 수가 없으니까, 대신 요코하마에서 지구의 경치를 바라보고 있는 거요."
"보입니까?"
후쿠시마가 웃으며 묻는다. 보일 까닭이 없지 않은가.
"그런데, 보이거든."
쓰기노스케는 말했다. 그의 말은, 일본인처럼 상상력이 왕성한 인종은 없다, 예부터 중국의 고전을 읽고 그것만으로 중국을 상상해 온 어처구니없는 실적을 가지고 있다, 지금 이 요코하마에서 심안(心眼)을 크게 뜨고 똑똑히 바라보면 유럽의 움직임이 환히 보인다는 것이다.
이동안 만엔(萬延) 원년(1860) 3월 3일, 막부의 최고 집정관인 이이 나오스케가 에도 성 사쿠라다 문(櫻田門) 밖에서 미토 낭사들에게 암살당했다.
쓰기노스케는 요코하마에 있었다.
"올 것이 왔구나."
쓰기노스케가 보건대, 이 날 이후로 일본은 혼미에 빠져 막부의 권한은 쇠퇴하고, 제후는 전국시대처럼 자기 영토나 자기 성에서 독립할 것이며, 낭사는 교토에 모여 조정을 옹립하면서 막부에 대항하게 되리라 생각했다.
"이 날 이후, 막부 300년의 천지는 허물어져 간다."
쓰기노스케는 손짓을 해 보이면서 젊은 스위스인에게 말했다.
"한 나라의 수상이 장군 집안 친척의 부하들 손에 죽다니, 믿을 수 없는 일입니다."
스위스인은 사건의 해설을 쓰기노스케에게 듣고 싶어했다.
"글쎄."

쓰기노스케가 몇 마디씩 귀담아 익힌 네덜란드 말의 지식을 다 동원했으나 통하지 않았다. 거기에 마침 요코하마 세관의 통역인 후쿠치 오치(福地櫻痴)가 찾아와서 회화가 간신히 통했다.

이이는 극단적인 막부 권세 회복책을 취하여, 막부에 대한 비판 세력에 큰 탄압을 가했다. 이른바 안세이(安政)의 대옥(大獄)인데 위는 영주나 공경에서 아래는 낭인들에 이르기까지 피해자는 엄청난 수에 이르렀다.

'미토 대감님'이라 일컬어진 도쿠가와 나리아키(德川齋昭)도 그 한 사람이었으며, 미토 낭사들은 이 습격의 목적을 첫째, 주군의 원수를 갚는다는 데 두었다. 목적의 둘째는 이이의 개국 정책에 대한 반대이다.

"이이님도 기묘한 사람이었어."

후쿠치 오치가 말했다. 예의 그 안세이 통상 조약을 조정의 반대를 묵살하고 단행할 만큼 배짱이 큰 사나이였지만, 그렇다고 본격적인 개국 사상가도 아니었다. 오히려 극단적인 보수주의자로, 서양식 사상을 싫어해서 막부의 군비를 다시 구식으로 돌리는가 하면, 막부의 외국 담당 수재들을 대량으로 정리하기도 했다.

"이 점, 흑백이 뚜렷하지 않아서 소인지 말인지 정체 모를 괴물이었지."

후쿠치 오치는 이렇게 말하는 것이다. 후쿠치의 말을 들어 보면, 이이의 죽음을 가장 좋아하고 있는 것은 막부의 외국 담당자들——외무 관료들———이라고 한다.

"그건 아무래도 좋아."

쓰기노스케는 말했다. 그가 심각하게 생각하고 있는 것은, 이이 그 사람보다 그 변사 그 자체였다. 막부 정치의 최고 책임자가 에도 성문 앞에서 등성 행렬 중에 습격을 받다니 그런 일이 있어서 될 일이 아니다.

"천하에 막부의 무력(無力)과 난세라는 것을 포고한거나 마찬가지야. 앞으로 이 이상의 사건이 잇달아 일어날걸."

'이러고 있을 순 없구나.'

쓰기노스케는 부랴부랴 에도로 돌아가서 번저로 달려갔으나, 번의 에도 근무 중역들은 놀랄 만큼 둔감했다.

"뭘 그렇게 떠드느냐? 남의 번 일이 아니냐?"

쓰기노스케에게 이렇게 말하는 자가 다 있어서 이런 분위기로서는 무엇을 건의할 기분도 나지 않아 그대로 고가 학당 숙소로 돌아와 버렸다.

뜰 앞의 소나무

빈둥빈둥 놀고 있는 동안에 해가 저물어 분큐(文久) 원년(1861)이 되었다.

이 무렵에는 고향에서 송금도 끊어지고, 오랜 유학을 이제는 매듭짓지 않을 수 없게 되었다. 봄에 미쿠니 고개(三國峠)의 눈이 녹기를 기다려 고향으로 돌아갔다.

성 밑 거리엔 봄이 와 있었다.

"쓰기노스케님이 돌아온 모양이야."

소식은 금방 퍼져나갔다. 왜냐하면 쓰기노스케는 매일 이 좁은 성 밑 거리를 돌아다녔기 때문이다. 인사차 돌아다닌 것이다. 중신직의 댁을 비롯해서 가와이 집안에 인연이 있는 상사댁에 인사하러 가야 했고, 친척 일가집도 돌아보지 않으면 안 된다. 그것이 열흘이나 걸렸다. 그런 의례적인 볼일만도 무사 사회에선 예삿일이 아니다.

"아무튼, 무사해서 반갑다."

아버지 다이에몬은 하루에도 몇 번이나 말했다. 객지에서 병사하는 일이 흔한 시대라 죽지 않고 살아서 돌아온 것만도 고마운 일이었다. 한 달이 지났다.

"묘한데."

다이에몬은 늙은 아내에게 말했다. 실은 쓰기노스케에 대해서 번이 침묵을 지키고 있는 것이다. '출사하라'는 명령이 오지 않는 것이다. 모처럼 유학을 마치고 돌아왔는데, 번에서는 임직을 마련하여 맞이할 기미가 통 보이지 않는 것이다.

"묘해."

다이에몬은 되풀이했다. 이 늙은 아버지는 스무 살 때부터 출사하여, 40대에 니가타(新潟) 행정관이 되고, 50대에 회계 감독관에 올라가서, 100섬 정도 가문 출신으로서는 그럭저럭 순조로이 영달의 길을 걸었다.

"쓰기노스케는 뭐라고 말하던가?"

늙은 아내 오사다(貞)에게 물었다.

"아무 말도 하지 않던데요."

"불만이겠지."

"글쎄요."

오사다는 고개를 갸우뚱거렸다. 아무래도 이 온후한 남편과 아들 쓰기노스케는, 같은 남성이지만 전혀 다른 종족에 속하는 모양이다.
"불만인지, 아닌지."
"그야, 불만이지."
다이에몬은 공을 세우고 이름을 빛내어 지금은 관계에서 물러나 좋아하는 차(茶)에 관한 일을 즐기며 살고 있다. 다도를 무엇보다도 좋아하고, 특히 차 도구에 대한 감정의 눈은 나가오카에서도 따를 자가 없다. 말하자면, 태평 세대의 전형적인 관료라고 할 수 있을 것이다.
'남편의 그러한 눈으로 쓰기노스케의 마음을 짐작한다면, 마땅히 불만으로 보겠지.'
오사다는 생각했다.
"그런 성격으로는, 출세는 좀 무리겠죠."
"일전에도 들으니, 미마 야스에몬(三間安右衛門)님한테는 인사를 안 갔다 더군."
미마는 참정(參政)이다. 번의 수상이라고도 할 수 있는 직책이며, 그 위세는 겨눌 자가 없다. 이 미마가 쓰기노스케를 미워한다는 것을 다이에몬은 알고 있었다.
"쓰기노스케는 관리는 못해."
미마는 늘 말하고 있었다. 과거에 그럴 만한 사정이 있었다. 쓰기노스케가 아직 20대였던 안세이 원년(1854)에 발탁되어 '감찰격, 평의원 보좌관'이라는 조그마한 직책에 앉았다. 선대의 번주가 아직 살아 있을 당시의 일이며, 번주인 다다마사(忠雅)가 직접 한 인사였다고 한다. 그런데 그 자리에 앉자마자 정작 그 맡은 일은 보지 않고, 번의 방침이나 시책 같은 큰일에 관해서만 번주에게 건의했으며, 이 때문에 중신들은 항상 심기가 불편했다.
'분수를 모르는 자'라고 하여 중신들의 압박을 받아 곧 사직하지 않을 수 없게 되었다. 그때의 언짢음을 참정인 미마는 아직 갖고 있어서 쓰기노스케의 출세길을 막고 있는 모양이다.

성 아래 나가마치 거리에 있는 가와이(河井) 댁에는 문을 들어선 곳에 거대한 소나무가 서있다.
──아무리 보아도 이것은 용이다.
쓰기노스케는 땅을 기는 노송의 우람함을 소년 때부터 좋아했다. 밑동에 이끼가 끼어 있어 용은 용이라도 창룡(蒼龍)일까. 어느 날, 글을 쓰다가 '창룡굴'이라고 서명했다. 그것을 아호로 삼았다. 이 날도 글씨를 연습하고 있었다.

거기에 누가 찾아왔다.

"오야스예요."

맑은 목소리가 들리고 발자국 소리가 마당으로 돌아 이윽고 툇마루에 앉았다. 막내 누이 오야스(八寸)이다.

"아아."

쓰기노스케는 제일 귀여워하는 누이라 무척 반가운 얼굴을 해 보였다. 오야스는 이미 처녀가 아니다. 쓰기노스케가 유학하고 있는 동안에 같은 번의 마키노 긴조(牧野金藏)에게 출가하였다.

"보여 드리려고 왔어요."

오야스는 손을 들어 가슴 언저리를 톡톡 쳐보였다. 나가오카에서는 볼 수 없는 모직으로 된 허리띠이다.

"잘 어울리는구나."

"그렇죠?"

오야스는 뽐내 보였다. 쓰기노스케가 나가오카에서 돌아올 때 사온 선물이었다. 귀국했을 때 쓰기노스케 자신이 오야스의 시가로 전해 주면서 말했다.

──내가 나가오카에서 힘들게 짊어지고 온 거야.

오야스는 이것을 얼싸안고 너무나 기뻐 울음을 터뜨려 버렸다. 그 허리띠가 지금 완성되어 보여 주려고 왔다는 것이다.

"잘 어울리는데, 정말 잘 어울려."

쓰기노스케는 어린 아이처럼 손뼉을 쳤다. 그런데 오야스는 갑자기 정색을 하면서 뜻밖의 것을 묻는다.

"오라버님, 왜 출사하시지 않으시죠?"

"별안간 무슨 소리냐?"

쓰기노스케는 쓰게 웃었다. 오야스의 버릇이다. 화제가 느닷없이 바뀐다.

"왜 그런 말을 묻느냐?"

"하지만."

오야스는 양친으로부터 쓰기노스케의 진의를 떠보라는 부탁을 받고 있었다. 왜냐하면 그저께 중신 야마모토 댁에 불려 가서 '회계관 견습으로 출사하지 않겠느냐?' 하는 이야기가 있었던 것을 쓰기노스케는 한 마디로 거절해 버렸다는 것이다.

"직책이 마음에 안 드시는가 보죠."

오야스는 생각한 대로 말한다. 마음에 안 든다면 이토록 오만한 일은 없다는 비난도 그 말투에 깃들어 있었다. 그럴 것이다. 아버지 다이에몬조차 젊은 시절 회계관 견습에서 출발했고, 누구나 필요한 단계는 밟아야 하는 것이다.

"마음에 안 들긴."

쓰기노스케는 큰 소리로 부정했다.

"마음에 안 들기는커녕 내가 그런 건실한 사무에 적합하다면, 얼마나 행복한지 모르겠다. 첫째, 오스가가 기뻐할 거거든."

"네, 언니두 걱정하고 계셔요."

"아무리 걱정해 줘도, 나한텐 그런 하급 관료의 재능은 없어. 인간은 모름지기 맞지 않는 짓은 해선 안 되는 거야."

"오라버님은 뭣에 적합하시죠?"

"중신이지."

"네에?"

오야스는 깜짝 놀라 비렸다. 당장에 번의 재상을 시켜라, 하고 이 오빠는 진정으로 생각하고 있는 모양이다.

"인간의 재능은 다양하다."

쓰기노스케가 말했다.

"소리(小吏)에 적합한 사나이도 있고, 대장(大將)밖에 하지 못하는 사나이도 있어."

"어느 쪽이 행복할까요?"

"소리가 행복할걸."

번 조직의 한쪽 구석에서 꾸준히 싫증도 내지 않고 조그만 사무를 보아 나간다, 그런 조그만 기량의 사나이로 태어난 자는 행복하다는 것이다. 자기의 일생에 의심도 품지 않고, 모험도 하지 않고, 위험한 곳에는 접근도 하지 않고, 다만 자기 분수를 지켜 처자를 사랑하고, 그것으로 한평생을 보낸다.

"한쪽 귀퉁이를 비추는 자는 국보이니라."

쓰기노스케는 말했다. 히에이 산(比叡山)을 열어 덴타이 종(天太宗)을 창설한 덴쿄 대사(傳敎大師)의 말이다. 기량이 작지만 진지한 인간이야말로 국보라는 것이다.

"오라버님은?"

"네가 보는 바와 같지."

아무리 보아도 덴쿄 대사가 사랑한, 기량이 작은 인간이 아니다.

"큰 기량의 인물?"

"그렇게밖엔 생각되지 않는구나."

쑥스러워하지도 않고, 천연덕스럽게 씁쓸한 얼굴로 말했다. 이렇게 태어난 것은 불행이라고 쓰기노스케는 말한다. 작은 기량의 인간이 맡을 직분이라면 세상에 무수히 있지만, 큰 기량의 직분은 그리 많지 않다. 항상 실업자가 되기 마련이다.

"영주나 중신으로 태어나서, 태어날 때부터 한 번을 이끌어 간다면 아무 일도 없겠지만, 나처럼 100섬 집안에 태어나 버리면 좀 우습단 말이야."

"우스워요?"

오야스는 웃었다. 하기야 이 오빠가 힘 한 번 써보지도 못하고 뜰 앞의 소나무를 바라보며 살고 있는 모습은 비참하다기보다 오히려 우스운 꼴에 가깝다.

"우선, 뭘 하시죠?"

오야스는 물었다. 그 사정을 쓰기노스케에게 물어 봐 달라고 양친에게서 부탁을 받았던 것이다.

"모반이나 일으킬까."

쓰기노스케 같은 사나이가 번정을 개혁하려면 반란이라도 일으켜 실권을 잡는 수밖에 없다.

"그러나 그렇게는 하지 않겠노라."

그는 말했다.

"또 하나의 길은 번에서 탈퇴하는 거야. 이것은 지금 천하에 유행하고 있다."

그러나 그것도 하지 않아, 하고 쓰기노스케는 말했다.

"그렇다면, 책이라도 읽고 빈들빈들 노는 수밖에 없잖나."

"장차는요?"

"글쎄, 장차는 번에서 나를 부르러 오겠지."
"오지 않으면?"
"취생몽사(醉生夢死)지 뭐. 하는 일 없이 이 세상에 살다가 죽어 가는 것, 그 각오만은 되어 있다. 이런 각오가 없는 녀석은 쓸 만한 사나이가 못 돼."
오야스는 쓰기노스케의 책상 위에 약봉지가 하나 놓여 있는 것을 발견했다. 봉지에는 '장명환(長命丸)'이라고 씌어 있었다. 유명한 약이다. 에도 료코쿠(兩國)의 요쓰메야(四目屋)가 조제원(調劑元)으로 되어 있는 잘고 검은 환약이다.
"에도에서 사오셨어요?"
"아니, 얻었다."
비추의 야마다 호코쿠 댁을 떠날 때, 호코쿠가 무슨 수수께끼인지 이 약을 선물로 주었다.
"무슨 수수께끼지, 좀 마음에 걸리는구나."
쓰기노스케는 이렇게 말하면서 그것을 손궤에 넣었다.

에치고 나가오카에서 해를 넘겼다.
"어쩜, 쓰기노스케가 집에서 설을 다 쇠다니."
어머니 오사다는 섣날 아침부터 밤까지 몇 번이니 이런 말을 했다. 그것만으로도 신기한 모양이다. 지난 몇 해 동안 쓰기노스케는 나가오카에서 설을 쉰 적이 없다.
다이에몬은 요즈음 신사 참배하기를 즐기는 늙은이가 되어 버렸다. 무사 주제에 상인(商人) 늙은이와 같은 소원을 바란다.
가내 안전(家內安全)
가운 번창(家運繁昌)
무사 식재(無事息災)
장수 만세(長壽萬歲)
다만 여기에 다음 한 가지를 잊지 않고 꼭 덧붙였다.
"부디 쓰기노스케가 무도한 짓을 저지르지 않게 해주소서."
무도한 짓을 저질러 버리면 가내 안전이고 가운 번창이고 다 있을 수 없다. 한평생 번의 관료로서 무사히 근무를 마쳐 온 다이에몬으로서는, 다음대에도 풍랑이 일어나지 않고 가운이 신장(伸張)해 나가기를 빌지 않을 수 없다.

1월 15일은 '여자의 설'이라고 한다. 이 날은 팥죽을 끓여서 축하하고, 여자들은 아무 일도 하지 않으며, 그렁저렁 놀면서 시간을 보내게 되어 있다. 가와이 댁에서는 이 날에 한하여 부엌일을 남자들이 하는 관례가 있었다. 쓰기노스케는 어두울 때부터 부엌에 들어가 아내 오스가를 내쫓아 버렸다.

"내가 모두 할게."

"아녜요. 제가 하겠어요."

오스가는 당황했다. 그러나 쓰기노스케는 듣지 않고 마침내 오스가를 번쩍 안아 마루턱에 얹어 버렸다.

"하지만, 부엌 사정을."

오스가는 울상이 되어 말했다. 무엇이 어디에 놓여 있는지, 그러한 부엌의 사정을 쓰기노스케가 모르지 않겠느냐는 것이다.

"다 알아."

사실 쓰기노스케는 다 알고 있었다. 이미 간밤 늦게 부엌을 살펴보고, 그릇과 재료가 놓여 있는 장소를 자세히 보아둔 것이다.

"저리 가."

쓰기노스케는 닭이라도 쫓는 듯한 손짓으로 오스가를 쫓아 버렸다. 그런 뒤 하인에게 물을 길게 하고, 아궁이에 불을 지펴 팥 냄비를 얹고, 신을 모시는 감실의 물을 갈고, 불단의 꽃을 바꾸고, 복도를 닦고, 다시 아궁이로 돌아가서 죽 냄비를 얹고 하는 동안에 날이 샜다. 종일 이런 일을 했다. 그 동안 오스가는 친정으로 돌아가 있다가 날이 저물기 전에 돌아왔다.

"서방님은?"

하녀에게 물으니, 고단하셔서 방에 들어가 주무시고 계셔요, 한다. 오스가는 살며시 들여다보았다. 과연 쓰기노스케는 고타쓰(화로 위에 덮개를 만들어 이불을 씌워 놓은 것)에 다리를 넣은 채 옆으로 쓰러져 있다. 오스가는 그 몸에 솜을 넣은 잠옷을 덮어 주었다. 그러나 쓰기노스케는 깨지 않았다. 그 모습을 들여다보고 있는 동안에 '흑' 하고 오스가는 자기 가슴을 눌렀다.

얼른 복도로 나갔다. 솟은 눈물이 떨어질 듯이 되어 있었다. 이런 안온한 날이 언제까지 계속될까? 계속되어 주었으면 하는 소원과 불안이 저도 모르게 오스가를 흥분시켰다. 쓰기노스케는 평온하다. 암만해도 성깔이 일어날 것 같지 않으서, 하고 아내 오스가는 몰래 관찰하고 있었다. 오스가는 하루하루가 즐겁다. 까닭은 쓰기노스케가 언제나 집에 있다는 다만 그것뿐이다.
'이 댁에 시집와서, 이토록 며느리다운 나날을 보낸 적은 없어.'
오스가는 친정에서 믿는 아미타여래(阿彌陀如來)에게 감사하고 싶은 마음이었다.
에치고에도 난만한 봄이 왔다.
"오스가, 봄이 왔으니 어디 데려가 줄까?"
쓰기노스케는 그 날 평소에 하지 않는 말을 해주었다. 오래 집을 지켜 준 위로턱이라는 것이다.
"민들레를 꺾을래요?"
오스가는 바보 같은 소리를 했다. 봄이 되면 들에 나가서 민들레를 꺾어다가 불전에 꽂아야 한다. 언제 나갈까 하고 지난 며칠 동안 줄곧 생각하고 있었기 때문에 저도 모르게 이런 말을 해 버렸다.
"바보군."
쓰기노스케는 오스가의 흰 이마를 손가락 끝으로 퉁겼다. 무사가 꽃 같은 것을 따러 갈 수야 있느냐는 것이다.
"그럼, 어떤 데로 데려가 주시겠어요?"
"좋은 곳이야."
기생놀이를 가자고 한다. 기생을 불러다가 술을 마시고, 신나게 노래를 부르자는 것이다. 그야 남자들에게는 재미있을는지 모르지만, 여자인 자기에게 얼마만큼 재미있는 일일까? 쓰기노스케는 양친의 허락을 얻고는 날이 저물기도 전에 집을 나선다.
"나중에 오스가를 보내 주십시오."
"우스운 녀석이다."
나중에 아버지 다이에몬은 배를 움켜쥐고 웃었다. 자기가 기생놀이를 좋아하니까 오스가도 재미있겠거니, 하고 생각하는 모양이다.
그 뒤 오스가는 시부모의 재촉을 받아 가마를 불러타고 나갔다. 장소는 여관 마스야이다. 오스가가 방에 들어가니 쓰기노스케는 벌써 취해서 세 사람의 기생에 둘러싸여 기분이 좋았다.
"자아, 이 사람이 주빈이다."
오스가를 상석에 앉혀 기생에게 술을 따르게 했다.

"취하게 해라."

채찍질하듯 술 따르는 손을 재촉했다.

"오스가는 마실 수 있어."

'그럴까?'

오스가도 자신을 알 수 없다. 쓰기노스케가 자꾸만 마실 수 있다니까 방싯방싯 웃으면서 잔을 거듭했다. 쓰기노스케는 나가오카에서 익힌 캉캉 춤을 추었다. 기생이 노래를 부르자 그는 샤미센(三味線)을 탔다.

'어쩜, 저렇게 잘 하실까.'

오스가는 처음 보는 남편의 일면에 아연해하면서, 그 인상이 하도 성성하여 가슴이 두근거렸다. 아무튼, 쓰기노스케는 이런 놀이가 무척 좋은 모양이다.

"자, 내 장기다."

그러고는 그 노래를 부르기 시작했을 때는 날카로운 얼굴이 녹을 듯 흘해졌다.

　　세월이 태평해도
　　잘릴 때는 잘린다.
　　샤미센 베개 삼아 얼씨구
　　한세상 잠이나 자자

"앗하하하."

남자처럼 입을 벌리고 웃어 버린 것은 오스가였다. 웬만큼 취한 모양이다.

"오스가, 나가오카 민요(長岡民謠)를 해 봐."

쓰기노스케는 일어서서 수건으로 얼굴을 동여매고, 기생의 띠를 빌려 두 어깨에 비스듬히 걸쳐 소매를 걷어 붙였다.

"우란분(盂蘭盆) 춤이에요?"

"아아, 같이들 추자구."

이것을 굉장히 좋아하는 그다.

오스가가 가와이 집안에 시집왔을 때, 쓰기노스케의 누이 오야스가 이렇게 말한 것을 오스가는 기억하고 있다.

"오라버님은 말이에요, 우란분 춤을 무척 좋아하셔요. 얼마나 좋아하시는지, 가엾을 정도예요."

 에치고 나가오카 성 밑 거리에서 벌어지는 우란분 춤이라는 윤무가 얼마나 성대한지, 아마 그 유(類)를 찾기 어려울 것이다. 성 밑 거리와 인근 마을의 서민들이나 농민들이 유카타(浴衣)에 지리멘 천의 띠를 두 어깨에 걸쳐 소매를 걷어붙이고 몰려나와서 낮에는 즉흥 희극을 꾸며 누비고 다니고, 밤에는 네거리에 누대를 세워 그 둘레에 둥그렇게 둘러서서 춤을 춘다.

 초저녁에는 대단치 않다. 밤이 깊어져야 목청 좋은 선창자들이 나오기 때문에 더더욱 춤이 짜여진다. 노래는 나가오카 민요이기도 하고, '오우미 겐지(近江源氏)'의 악곡 중의 한 대목이기도 한데, 저마다 명인 명수들이 다투어 아주 볼 만하다. 다만 무사는 참가하지 못한다.

 무사 집안의 자녀도 참가하지 못한다. 그런데 쓰기노스케는 열여덟 살 때부터 몰래 변장하고 나갔다. 오야스에게 유카타를 내오게 한다. 그 모오카(眞岡)의 아이들 유카타를 깡똥하게 입고, 수건으로 얼굴을 가리고는 명령해 놓고 나간다.

 ──어머님에게는 잠자코 있어.

 오스가 시집온 후에도 이것은 변하지 않았다. 젊은 아내의 유카타를 입고 얼굴을 가리고는 변함없이 말한다.

 ──어머님에게는 잠지고 있어.

 지금 방에서 추기 시작한 것은 그 장기를 자랑하는 우란분 춤인 것이다. 기생이 나가오카 민요를 노래했다.

  저기 저 산 위의 벚꽃 천 그루
  꽃은 천이지만 열매는 하나
  구백아흔아홉은, 그야
  쓸모없는 꽃
  아아 그만뒀다 그만둬

 춤이 끝나자 쓰기노스케는 방을 나섰다.
 "오스가, 이제 가자구."
 오스가 뒤따라 현관에 나갔다. 차마 둘이서 나란히 걸어갈 수는 없을 테니까 '저는 뒤에서'라고 말했으나, 쓰기노스케는 말이 없었다. 기어이 두 사람이 나란히 걸어가지 않을 수 없는 상황에 놓였다.
"역시, 저는 부끄러워요."
오스가는 쓰기노스케 뒤에 반 걸음쯤 처져서 따라갔다. 함께 걸어가기가 부끄럽다는 것이다. 젊은 하인 젠스케(善助)가 선두에 서서 초롱불을 땅 바닥에 비추며 간다. 등불이 바람에 흔들렸다.
"함께 걸어간다고 누가 화를 낼까."
"그야, 화를 내지 않겠지만서두."
집까지의 길은 세 마장쯤 될까. 고작 이 정도의 길을 아무런 취향도 없이 걸어간 데 지나지 않는다. 그것이 오스가로서는 평생의 추억이 되었다. 집에 돌아가자 쓰기노스케는 양친 방에 가서 인사하고, 이어 오스가도 그렇게 했다.
그 뒤 두 사람은 자기들 방에서 차를 마셨다.
"어때, 기생놀이는 재미있었나?"
"남자 분들만큼은……."
"그야 당연하지. 남자만큼 기생놀이가 재미있어서야 곤란하지."
"어디가 재미있을까요?"
오스가가 약간 고개를 갸우뚱거렸다. 핵심이 알고 싶다.
"돈이지, 뭐."
즉, 돈을 시궁창에, 그 무의미하고 얼빠진 놀이에 쏟아넣어 버리는 느낌이 재미있다고 쓰기노스케는 말한다. 순식간에 무일푼이 되는 그러한 통렬함을 맛보러 가는 것이라고 했다. 그 통렬함이 자극제가 되는데, 그 자극에 잠기어 헤어나지 못하는 것이 탕아이고, 그 자극을 뱃속에 넣어 심보를 단련하는 것이 대장부야, 하고 쓰기노스케는 말한다.
"저어."
오스가는 얼굴을 들었다. 이 기회에 늘 걱정이 되는 일을 물어 두고 싶었다.
"성에는 출사하시지 않으셔요?"
"관리가 되는 일 말이지?"
쓰기노스케는 갑자기 표정을 굳혔다. 오스가의 친정 오빠 나기노 가혜에 한테도 이 말을 자주 들었다.

"지금은 비상시야. 모두들 깨닫지 못하겠지만 번(藩)이라는 것이 앞으로 10년이나 갈까 몰라. 이런 때에 성에 올라가서 장부나 기록하고 있어 봐야 별수 없잖겠나."

'그렇게 위험한가.'

오스가는 이상하게 여겨졌다. 문중에선 아무도 그런 말은 하지 않잖는가.

"이대로 가다간 번은 무너져."

무너지지 않도록 다시 세우지 않으면 안 된다. 다시 세우는 큰 작업이라면 자기는 할 수 있으나, 현 체제대로 조그마한 관리 노릇은 못한다고 쓰기노스케는 말했다. 말하자면 쓰기노스케가 할 수 있는 일이란 비상시의 재상(宰相) 이외에 없다는 것이다.

"그래서, 놀고 있는 거야."

'그러시다면, 이대로 한평생 놀고 계셔도 좋은데.'

오스가는 생각했다. 쓰기노스케는 이것을 눈치챈 듯 말한다.

"나한테는 성깔이 있어. 그 성깔까지 몽땅 임자의 남편이란 말이야. 이런 성깔을 가진 남편을 얻으면, 여염의 아내들이 느끼는 즐거움은 평생 없을 걸."

계절이 더워졌다. 7월에 들어섰을 무렵부터 쓰기노스케의 그 성깔이 고개를 들기 시작한 것 같다.

9월이 되었다.

어느 날 밤, 쓰기노스케는 밤이 깊었는데도 방에 들어가지 않고 마루턱에 앉아 있었다.

"뭘 하고 계셔요?"

오스가는 물어보고 싶었으나, 마치 주물(鑄物)과 같은 그 의연한 모습을 보고서는 물어볼 용기를 잃었다. 벌레가 요란스럽게 울고 있었다. 오스가는 모기향을 바꾸었다.

'서민의 아내라면, 이런 일도 없을 것을.'

문득 그런 생각이 들었다. 출입하는 피륙 가게의 점원 딸이 지난 봄 성 밑 거리의 잡화 가게로 시집을 갔다. 오스가는 그녀가 출가할 때 무척 뒤를 돌봐 주었는데, 일전에 어디 갔다 오는 길에 문득 생각이 나서 그 가게에 들러 보았다. 가게라야 뒷골목의, 더욱이 노점 정도의 것이어서, 두 평 남짓한 봉당에서 내외가 서로 몸을 비비대듯 일하고 있었다.
"앞길에 버젓한 가게를 한 채 갖고 싶습니다."
아내가 말했다. 그 때문에 남편은 에치고 일대의 여러 마을에 행상을 다니고, 노점은 아내가 지키고 있다. 마침 신랑이 돌아와 있었는데 오스가가 놀란 것은, 신접살림을 차린 지가 아직 반년도 되지 않는데 새색시가 마구 신랑을 닦아세우고 있었으며, 남편도 지지 않고 대꾸했다.
"설마, 싸움을 하고 있는 것은 아니겠지?"
오스가가 어이가 없어서 말하자 두 사람은 함께 황송해하면서 똑같은 리듬으로 머리를 굽신거리고 오스가의 귀에 거슬리는 입을 놀려서 미안하다고 사과했다.
"하지만 말씀이에요."
새색시가 변명했다. 10년 후에는 앞길에 나가고 싶어요. 그러려면 이 사람의 마음이 해이해져서는 안 되며, 저도 뼈에 소리가 나도록 일을 해야 해요, 라고 말했다. 그래서 그만 저도 모르게 흥분해서 요란스레 마구 해대게 된다고 말하는 것이었다.
'이런 내외도 있을까?'
세상을 모르는 오스가는 진기한 나라라도 들여다보는 듯 놀라움을 느꼈다. 그러나 버젓한 무사 집안은 다르다. 쓰기노스케가 지금 무엇을 생각하고 있는지 물어보기조차 주저되는 것이다.
'철썩' 하고 쓰기노스케는 팔의 모기를 쳤다. 그것이 신호이기나 한 듯이 쓰기노스케는 몸에서 기를 빼고 오스가를 돌아보았다.
"또 없어지게 생겼어."
'어머나' 하고 마음이 어두워졌다. 그러나 되도록 밝게 물었다.
"또 에도에 공부하러 가셔요?"
"아니, 이제 서당에는 안 가."
쓰기노스케의 말을 들어보면, 이번에 번주가 사사(寺社) 감독관에서 교토(京都) 고등정무관으로 영전되었다. 태평 시대라면 이만큼 경하할 만한 영전도 없을 것이다.
에도 막부의 중직은 이에야스(家康) 때부터 내려오는 법에 따라 친번(親藩) 영주나 외방(外方) 영주 등은 맡지 못한다. 직속 영주에게만 한정되어 있었다. 마지막 현직은 집정관(각료)인데, 그러려면 의전관(儀典官)――종교기관 감독관——오사카 성 수호관——교토 고등정무관을 거치지 않으면 안 된다. 그런데 이번에 마키노 다다유키(牧野忠恭)는 종교기관 감독관에서 껑충 뛰어 교토 고등정무관에 발탁된 것이다.

"천만의 말씀이지. 이런 시국에 교토 고등정무관이라는 것은 화약고에 불을 안고 뛰어드는 거나 마찬가지야. 무슨 일이 있어도 말리지 않으면 안 돼."

'괴짜야.'

오스가는 생각했다. 아무 직책도 없는 그가 주군의 영전을 제지하다니, 할 수 있는 일이 못될 것이다.

여담이지만, 도쿠가와 막부에서는 정치의 최고 담당자를 '집정관', '정무 감독관' 등이라고 한다. 이전의 정치 체제에는 없던 말을 사용한다.

이에야스가 남긴 유법이다. 겐나(元和) 2년(1616), 이에야스는 자기의 죽음을 깨닫고 유언을 남겼다.

"가정(家政)을 다스리는 방법은 미카와(三河) 때 그대로 하라."

도쿠가와 집안이 아직 미카와 마쓰다이라(松平) 영토의 조그마한 영주——촌장 정도의——였을 무렵, 대대로 그 가정은 직속 신하들이 맡아보았다. 앞의 직함들도 그 무렵부터의 호칭인 모양이다.

도쿠가와 집안이 커지자 그 무렵의 신하들이 영주(1만 섬 이상)가 되기도 하고, 직속 무사(1만 섬 이하)가 되기도 했다. 이것을 지속이라고 한다. 막부의 정무관은 이 두 종류의 집단 호주가 아니면 취임하지 못한다.

집정관 위에 최고 집정관이 있는데, 이것은 항상 있는 것이 아니다. 도쿠가와 300년 동안에 이 최고 집정관이 있은 것은 열 번밖에 없으며, 하나의 비상직이다. 이 직책을 맡은 가문은 직속 영주의 필두인 이이(井伊) 집안과 사카이(酒井) 집안에 한정되어 있었다(예외가 두 번 있었지만).

보통은 집정관이 최고직이다. 오늘날의 대신이라고나 할까. 정무 감독관은 집정관 차석이라고 할 수 있는 것으로 오늘날의 각부 차관과 국장을 겸한 직위로 보면 된다. 이것도 집정관과 마찬가지로 직속 영주 중에서 선발되는데, 집정관이 될 수 있는 집안보다 약간 낮다. 1만 섬에서 2, 3만 섬 정도의 영주로서 충당된다. 마키노 집안은 7만 4,000섬이지만 집정관이 될 수 있는 가문이다.

쓰기노스케의 어린 시절의 번주는 명군의 칭호를 얻은 마키노 집안 9대째의 다다키요(忠精)였다. 그의 관력(官歷)은 에도 성 서성(西城) 정문(正門) 근무에서 시작하여 의전관을 6년 반, 종교기관 감독관을 5년, 오사카 성 수호관을 6년 반 교토 고등정무관을 2년 반 맡아 왔고 그 후 집정관을 15년이나 했다.

다음 10대째 다다마사(忠雅)도 비슷한 관력을 갖고 있다. 그는 사람을 보는 눈이 있어 젊을 때의 쓰기노스케를 보고 '제법 쓸 만하다' 하면서, 한때 가벼운 직책에 앉힌 적이 있었다. 쓰기노스케 자신이 관료 조직 속에서 도저히 적응하지 못해 곧 사임해 버렸지만.

현재의 번주인 제11대 다다유키는 양자이다. 미카와 니시오(西尾) 6만 섬, 마쓰다이라 집안에서 왔다.

"그런대로 괜찮은 명군."

이렇게 은근히 평하는 자가 있다. 영주로서의 교양은 수준 이상이며, 막부의 행정가로서의 수완도 보통 이상이었다. 그가 종교기관 감독관 재임 중에는 얼마나 바빴던지, 역대의 종교기관 감독관 가운데서도 그 유례가 없을 정도였다.

"운이 좋으신지 나쁘신지, 마키노님만큼 일이 많은 분도 없다."

에도 성의 다인(茶人)들 사이에서 오가는 평이었다. 그가 종교기관 감독관에 취임하여 불과 반 년 동안에 역사적인 사건이 몇 개나 일어났다.

후시미(伏見)의 데라다야(寺田屋) 사건.

에도 도젠 사(東禪寺)의 영국인 살상 사건.

나마무기(生麥) 사건.

그런데 이번에는 교토 고등정무관에 발탁된다고 한다. 교토는 낭사(浪士)들의 횡행이 심하고, 무정부 상태라고 해도 무방하다.

"이건 큰일이다."

쓰기노스케의 걱정이었다. 쓰기노스케가 스스로 사서 하는――오스가에게는 그렇게밖에 여겨지지 않았다――분주한 나날이 시작되었다. 그 다음날 의견서를 써서 중신 마키노 이치에몬(牧野市右衞門)의 저택을 방문했다.

"뭔가, 이건?"

이치에몬은 쓰기노스케의 내방을 분명히 경계하는 태도였다.

"읽어 보시기 바랍니다."

"그대가 소리 내어 읽으라, 내가 들으마."

"그것은 잘못 생각하시는 것입니다."

쓰기노스케는 말했다.

"문자는 눈으로 읽어야 하는 것입니다."

문장이라는 언어는 눈을 통해 머리와 마음에 호소하게 되어 있다. 그것을 귀로 들으면 전혀 다른 인상을 받기 쉽다는 것이다.

"어서 눈으로써."

명령하듯 말했다.

이치에몬은 하는 수없이 눈으로 훑어보았다. 요컨대 논지는, 주군께서는 교토 고등정무관에 취임해서는 안 된다는 것이었다. 중신은 순식간에 얼굴이 붉어졌다. 노여움이 치솟아 오른 모양이다.

"이렇듯 경하해 드릴 만한 일을."

말하다가 입을 다물었다. 퍼부을 욕을 찾는 모양이다.

"속된 말로, 어째서 트집을 잡는가?"

"그 이유도 그 의견서에 씌어 있을 것입니다."

"이건 망언이다. 아니, 요언(妖言)이겠지. 적어도 시국을 너무 과장하고 있다."

"천만의 말씀입니다."

교토는 마치 혁명 전야와 같은 느낌을 준다는 취지의 내용을 쓰기노스케는 썼다.

사실 만엔(萬延) 원년(1860) 3월 3일, 최고집정관 이이 나오스케가 사쿠라다 문(櫻田門) 밖에서 미토(水戶)와 사쓰마(薩摩)의 낭사들에게 살해된 이래, 이 사건을 고비로 교토의 정세는 일변해 버렸다. 이이가 살아 있는 동안에는 안세이 대옥(安政大獄)이라는 지사 탄압이 폭풍처럼 휘몰아쳤으나, 그가 쓰러지자——그것도 장군의 거성 문전에서 살해되자, 바람의 방향이 거꾸로 되었다. 교토에 모여 있는 지사들은 모두 때를 만난 듯이 우쭐대며 횡행하고, 어제까지 이이에게 협력한 좌막파의 공경들을 협박하여 그 부하들을 죽이고, 막부의 행정관청 관리들까지 사형(私刑)하거나 사형의 위험에 떨게 하고 있었다.

"이미 교토에는 막부가 없습니다."

쓰기노스케는 말했다. 그가 비추 마쓰야마(備中松山)로 여행하는 도중에 들렀던 교토는 안세이 대옥이 진행 중이었으며, 이이 정권의 무서운 검찰 정치에 끽소리도 못하고 떨고 있었다. 사쿠라다 문 밖 이후의 정세에 대해서 쓰기노스케는 에도에서 상세히 풍문을 모아 잘 알고 있었다.

막부는 골머리를 앓았다. 마침내 결심하여 강대한 경찰군을 교토에 두기로 했다. 아이즈 번(會津藩)을 이주시킨다.

이 번은 도쿠가와 집안의 '어가문(御家門)'으로서 각별한 대우를 받고 있을 뿐 아니라, 번의 통제력은 일본에서 가장 정연했으며, 번사의 교육 수준은 다른 번보다 뛰어났고, 아울러 그 병력은 이에 필적하는 번으로서는 사쓰마를 제외하고 없을 만큼 강했다. 막부는 그 번주 마쓰다이라 가타모리(松平容保)를 '교토 수호직'이라는 종래에 없던 신설직에 앉히고, 교토의 중진으로 삼아 치안을 혼란에서 구하자는 것이었다.

그 교토 수호직 밑에 종래의 교토 고등정무관이 그대로 존치된다. 그 자리에 쓰기노스케의 주군 마키노 다다유키가 임명된 것이다.

"아이즈도 망합니다. 시국의 폭풍 속에서는 아이즈만한 큰 배도 선체가 부서져서 바다 밑에 가라앉고 말 것입니다."

쓰기노스케가 의견서에 쓴 내용이다.

"그 길동무로서 나가오카 번 같은 조그만 배는 순식간에 돛대가 부러지고, 키는 빼앗겨 바다의 해조 찌꺼기가 되어 버릴 것입니다."

불쾌하다. 중신 마키노 이치에몬은 도무지 쓰기노스케의 의견이 불쾌해서 견딜 수 없다.

"말도 안 돼."

몇 번이나 말했다.

"그대의 의견은 정체를 모르겠단 말이야."

심하게 머리를 저어 대며 말한다. 쓰기노스케의 의견은 시세의 장래가 극락도로 그려진 것이 아니라 지옥도로 그려져 있다. 더욱이 그것을 요란스레 채색하여 눈앞에 들이댄 것이다.

"이해하실 수 없겠습니까?"

쓰기노스케는 상대편이 지금 한 가지 납득하지 못하고 있는 이유를 그 나름으로 알고 있다. 가장 중대한 관측을 쓰기노스케의 의견서는 숨기고 있기 때문이다.

──막부는 망한다.

그것을 말하면 쓰기노스케는 불손 불경의 죄로 투옥될지 모른다. 그러나 그것을 말하지 않으면, 이 범용한 중신은 의견서를 끝내 이해하지 못할 것이다.

"중신님, 지금부터 이 쓰기노스케가 드리는 말씀을 마지막까지 들어 주십시오."

그러고는 목소리를 낮추었다. 쓰기노스케는 도쿠가와 막부의 멸망을 세계 정세에서부터 풀이하기 시작했다.

──지구(地球), 지구.

이 말을 쓰기노스케는 자주 들먹였다. 이와 같은 의론을 전개할 수 있는 자는 이 시대의 일본에서 과연 몇 사람이나 있었을까? 사쿠마 쇼잔(佐久間象山)은 세계 지식의 소유자였으나 이 대천재는 자기의 지식을 자랑하는 나머지 지식 기술자로 타락해 버렸다. 달리 찾는다면, 막부의 신하로서 군함 기술자인 가쓰 가이슈(勝海舟) 정도일까. 쇼잔이나 가이슈는 천하의 명사라 세상은 그들의 말을 권위로서 받아들일 것이다. 그러나 쓰기노스케는 무명 인사에 지나지 않는다. 그 말은 같은 번의 상사에게조차 권위로서 받아들여지지 않았다.

"쓰기노스케, 그대는 요즘 유행하는 근왕(勤王)에 물들었는가?"

중신은 물었다.

"중신님, 낮으시군요."

쓰기노스케는 목소리에 무서운 울림을 깃들였다. 이해하는 정도가 천박하고 낮다는 것이다. 다시 막부의 멸망을 그 경제적 이유에서도 논했다.

"그래, 알았다는 것으로 해 두자."

중신은 마침내 몰릴 데까지 몰려 하는 수 없이 말했다. 그러나 불만이었다. 막부가 망한다면 나가오카 번은 어떻게 되나? 나가오카 번도 함께 망하지 않는가.

"그대의 의견은 그 점이 모호하다."

중신은 일갈했다. 중신의 말은 나가오카 번 마키노 집안은 도쿠가와 집안의 직속 영주이다. 막부가 망하지 않도록 진력해야 하지 않는가.

"그것은 공론입니다."

쓰기노스케는 명쾌했.

"공론입니다. 막부의 일은 막부 자신이 생각할 일이며, 일개 나가오카 번이 무엇을 생각해 본대야 별 도리가 없는 것입니다. 우리는 나가오카 번사입니다. 존재하는 것은 오직 나가오카 번사로서이며, 그 이외의 입장은 없습니다."

그러기 때문에 나가오카 번의 현재와 미래만을 생각하면 된다. 사람은 입장에 따라 살고, 입장에 따라 죽는다. 그것밖에 없으며, 그러해야 한다고 쓰기노스케는 역설했다.

며칠이 지나서 온 나가오카 번에 소문이 퍼졌다.
"쓰기노스케는 막부가 망한다고 했네."
"글쎄, 막부 따위는 망해도 상관없다고 했대."
이런 소문을 마키노 집안에 출가한 누이 오야스가 듣고 달려왔다.
"정말이세요?"
오야스는 만일 사실이라면 오빠라도 용서치 못한다고 생각했다. 우리 번은 조슈 번(長州藩), 사쓰마 번(薩摩藩), 도사 번(土佐藩), 게이슈 히로시마 번(藝州廣島藩) 등과 같은 외방 번이 아니라, 장군 직속의 번이다. 그 번사쯤 되는 사람은 배신(陪臣)이라 하더라도, 도쿠가와 집안에 대해서는 각별한 충성심을 가져야 한다는 것이 오야스의 의견이며 온 집안의 사고방식이다.
"시시한 소리다."
쓰기노스케는 날카롭게 토했다.
"도쿠가와 집안과 막부는 달라."
막부는 하나의 체제이며 도쿠가와 집안은 직할령 400만 섬을 가진 하나의 가문이다. 따로따로 생각해야 할 개념이라는 것이다.
"나는 도쿠가와 집안을 어쩌니저쩌니 운운하진 않는다. 다만 막부라는 이 체제가 계속하는 한 일본은 자멸한다."
"그럼 오라버님은 토막론자(討幕論者)셔요?"
"아니."
쓰기노스케는 말했다.
"막부는 앞으로 10년 이내에 썩은 나무처럼 쓰러질 것이라는 관측을 말했을 뿐이다, 내가 쓰러뜨릴 생각은 없다."
"그러면 쓰러지는 것을 오라버님은 가만히 보고만 계시겠어요?"
"글쎄, 그렇다고 할 수 있지."

나가오카 번은 막부와 관계 없이 자주 독립의 체제를 마련하지 않으면 안 된다, 그 준비를 지금부터 해야 한다는 것이 쓰기노스케의 의견이었다.

"그러기에 주군께서."

얼빠지게 교토 고등정무관 따위가 되어 막부의 방패 노릇을 하면서 시국의 화살을 맞을 필요는 없다는 것이다.

"이것이 내 원칙이야. 동시에 나가오카 번의 원칙이기도 해야 한단 말이야."

사람은 원칙을 가져야 한다고 그는 말했다.

"지렁이에게는 지렁이의 원칙이 있어. 올챙이에게는 올챙이대로의 원칙이 있고, 그 원칙에 따라서 살아가는 거야. 인간도 고상한 인간에게는 그게 있지. 신란(親鸞), 도겐(道元), 니치렌(日蓮), 료칸(良寬), 리큐(利休), 노부나가(信長), 겐신(謙信)에게는 모두 원칙이 있어. 하지만 다른 인간에게는 지렁이 같은 명쾌한 원칙이 없단 말이야. 그 점, 이국인은 달라."

쓰기노스케는 말했다. 모든 이국인에 대해서는 모르지만, 요코하마에서 친히 사귄 스위스인과 나가사키에서 서로 이야기를 나눈 네덜란드 사람에게는 모두 그것이 있다는 것이다.

"중신에게 내가 한 말은 바로 그거야. 막부에 대해 욕을 한 건 아니다."

쓰기노스케는 에도로 떠나기 위해 번청(藩廳)에 허가원을 냈으나 당장 각하당해 버렸다. 의견서가 나쁜 영향을 가져온 모양이다.

그런데 '일은 저지르고 봐야 하는 거다' 하는 생각이 든 것은, 이 의견서가 번의 중신에게는 묵살당해 버렸지만, 그 소문이 에도에 전해져서 번주의 귀에 들어간 것이다.

"쓰기노스케더러 교토로 올라오라고 해."

번주 마키노 다다유키는 이 말을 남겨 놓고 에도를 떠나 교토로 올라갔다. 이것이 인연이 되어 쓰기노스케는 관리가 되었다.

교토는 가을이다.

에치고 나가오카 7만 4,000섬의 번주 마키노 다다유키가 교토 고등정무관으로서 교토에 들어간 것은 분큐(文久) 2년(1862) 9월 29일이었다.

이 무렵, 쓰기노스케는 아직 교토에 와 있지 않았다. 아마 갑작스러운 번주의 명령으로 에치고를 떠났을 무렵일 것이다.

'의견이 듣고 싶다. 무엇보다도 지금 듣고 싶은 것은 합리적인 의견이다.'

올해 30대의 마지막 나이를 맞이하는 마키노 다다유키는 구리타구치(栗田口)에서 교토로 들어가는 행렬 속에서 생각했다. 직무에 자신이 없다. 가와이 다이에몬의 아들 쓰기노스케라는 자는 비록 미록(微祿)이지만, 깊이 천하의 앞날을 통찰하고 있다고 한다. 나를 위해 얼마간의 지혜를 빌려 줄 수 없을까?

길가에 고추잠자리들이 날고 있다. 다행히도 입경하는 이 날은 간밤부터 오던 비가 멎고, 멀리 니시 산(西山)의 하늘은 진한 군청색을 쏟아부은 듯이 개어 있다.

그러나 중신들은 간밤에 번주의 영광스러운 입경일의 날씨를 한탄했다.

"참으로 서글픈 입경(入京)이시구나."

교토 고등정무관 하면 교토 조정의 최고 감시관이다. 이에야스 이래 막부는 교토 조정을 동결시켜 버릴 방침을 세워, 천자(天子), 공경(公卿)으로부터 일체의 정무를 빼앗고 자유를 구속했다. 조정은 학예에만 전념하라는 명령을 받았으며, 궁궐을 하나의 감옥으로 간주하여 이를테면 천자가 교토 근교로 나가는 것조차 금했다. 영주들이 교토 시중에 들르는 것도 금했다. 그들이 교토 조정을 옹립하여 막부 타도를 위해 궐기할지 모른다는 걱정은, 이미 이에야스 시대부터 도쿠가와 집안이 품어온 공포의 망상이었다. 이제 그것이 '망상'이 아니라 현실적인 예감으로 되어 가고 있는 것이다.

불과 얼마 안 되는 전임자의 시대까지는 교토 고등정무관의 부임이라고 하면 얼마나 위엄에 찬 것이었는지 모른다.

그 무렵까지는 고등정무관의 입경 행렬이 내일 교토로 돌아온다는 날, 교토 행정관 이하 왕도의 모든 관리들이 야마시나(山科) 광장까지 나와서 행렬을 맞이하는 것이 관례였다. 그들 마중 나온 자들이 선도 행렬을 만들어 교토 시중으로 들어가는데, 연도에는 집집마다 길을 쓸고 물을 뿌리고, 처마 밑에 물통을 내놓고 행렬의 통과를 기다린다.

고등정무관이라고 하면 교토에서는 장군의 대리자이다. 막부의 권세가 얼마나 엄숙한 것이며, 막부의 권위가 얼마나 무서운 것인가를 왕도의 시민들에게 알려 주지 않으면 안 된다. 그것이 이 관습을 만들었다.

그런데 이번에 그것이 폐지되었다. 그런 소식이 통고된 것은 간밤에 야마시나에서이다. 교토 행정관 나가이 몬도노쇼(永井主水正)가 찾아와서 그렇게 말했다.
"오히려 자극을 주게 됩니다."
교토에는 천황을 지지하는 과격한 존왕파(尊王派)가 들끓고, 여러 번의 지사들이 공경들을 선동하여 오만해져서 그들의 안중에 막부가 없다는 것이다. 그 소용돌이 속에 교토 고등정무관의 행렬이 옛 격식대로 위엄을 갖추어 들이닥친다면, 그들의 반감을 사서 예측할 수 없는 사태가 일어날지 모른다는 것이었다.
다다유키의 행렬은 니조 성(二條城) 옆에 있는 고등정무관 관저로 들어갔다.
시중 사람들은 그 모습을 이렇게 표현했다.
"겁을 먹고 슬금슬금 들어왔다."

교토 고등정무관이라는, 이 시국에서 가장 다난한 직위에 앉은 번주 마키노 다다유키는 부리부리한 눈을 갖고 있었다. 번주의 얼굴이라는 것일까. 말상이라고 해도 좋을 만큼 얼굴이 길고, 코가 무척 높다. 여담이지만 이 무렵 일본에 온 어느 서구인이 한 말이 있다.
"어찌된 일인지 일본인 중에서도 귀족은 코가 높은데 이 점 유럽인과 비슷하다. 또 귀족이 아니라도 학문을 한 사람도 코가 높다. 서민들 중에는 코가 빈약한 자가 많다."
적은 예만을 본 인상이므로 믿을 수는 없지만, 아무튼 마키노 다다유키는 그런 코를 갖고 있었다.
"과연 생각 이상으로 곤란한 직책이로구나."
부임하자마자 그가 골치를 앓은 것은 궁정인들의 오만한 태도였다. 그들 공경들은 고양이가 야성으로 돌아간 것처럼 교토 고등정무관이라는 우리의 자물쇠지기의 말을 듣지 않았던 것이다.
"이이님이 살아계실 당시의 압정이, 어쩌면 더 좋았는지 모릅니다."
다다유키 측근의 한탄이었다.
그러나 존왕이라는 것은 이 당시의 독서 계급——장군에서 막부 관리를 포함한——의 보편적인 개념이 되고 있었다. 마치 20세기 후반의 민주주의라는 것과 마찬가지일 것이다.
도막파는 이 존왕을 '근왕(勤王)'이라는 행동적인 말로 고쳐, 이것을 도막의 원리로 삼으려 하고 있으며, 막부측은 현행 질서──막번 체제──대로 천자를 공경하는 것을 존왕으로 삼고 있었다. 후일의 민주주의라는 개념이 가진 그 이중성과 어쩌면 이렇게도 흡사한 것인가.

"황실을 공경하라. 황실에 대해 불경스러워서는 안 된다."

아무튼 다다유키는 이런 말로 번사들을 타이르고, 외부에 대한 언동을 되도록 온화하게 하여 과격론자들로부터 쓸데없이 트집을 잡히거나, 여론에 쓸데없는 자극을 주거나 하는 일이 없도록 하라고 주의시켰다.

부임 다음 달인 10월 11일, 신임 고등정무관으로서는 놀랄 만한 일이 일어났다.

'내일 칙사가 에도로 출발한다'는 소식이 궁정의 대 막부 교섭관인 도성태정 차관으로부터 다다유키에게 통고되어 온 것이다.

한 장의 통첩이었다.

"이럴 수가!"

다다유키의 측근은 흥분했다. 공경은 여행하지 못한다는 것이 300년을 내려온 막부의 엄법이다. 그것이 무시당한 것이다. 그뿐 아니다. 그러한 중대사는 장군 대리인 교토 고등정무관의 내락을 미리 얻기 위해 상의가 있어야 하는 법이다. 그것이 없다. 완전히 무시당했다. 더욱이 오늘, 내일이라는 급한 통고이다. 이만큼 막부가 무시당하고, 이토록 모욕당한 일은 일찍이 없지 않은가.

그 칙사는 정사(正使)가 태정 판관 산조 사네토미(三條實美), 부사(副使)가 소장 아네노코지 긴토모(姉小路公知)라는 젊은 과격공경이다. 그 용건은 '에도 막부에 양이를 촉구한다'는 것이었다. 조약국과 즉시 개전하여 통상조약을 파기하고, 그들을 거류지에서 쫓아내라는 것이었다. 막부로서는 할 수 있는 일이 아니다.

"나는 어떻게 하면 좋은가?"

다다유키는 마침내 비명을 질렀다. 그리고 어쨌든 한밤중이지만 교토에 있는 막부 관리들을 소집했다. 그러나 이 사태를 어찌 하지도 못하고 마침내 불명예스럽기 짝이 없는 '묵인'의 형식을 취했다. 이 무렵 쓰기노스케는 교토를 향해 걸음을 재촉하고 있었다.

니조의 고등정무관 공관의 남쪽 벽에 담쟁이덩굴이 얽혀 있었다. 교토의 노인네들 말로는 백 년 전부터 있었다고 하는데, 어떤 종류의 덩굴인지 잎사귀가 기묘할 만큼 도쿠가와 이에야스의 문장인 접시꽃 잎과 비슷해서 교토의 한가한 사람들의 화젯거리가 되고 있었다. 그 덩굴이 아름답게 단풍지기 시작할 무렵, 쓰기노스케는 교토에 도착하여 관저로 들어갔다.

"맡을 일은 섭외관이다."

중역이 알려주었다. 섭외관이라는 것은 교토에서 활약하는 여러 번에 설치된 새로운 직책이다. 번에 따라 주선(周旋) 담당관이라고도 한다. 중신급의 외무 조정관 밑에서 번의 외교를 담당하며 교토 정계에서 번의 방침을 정해 나가는 역할이다. 관저에 섭외관 사무실이 있다. 쓰기노스케가 거기에 얼굴을 내밀자 고참 섭외관이 말을 건다.

"뭐 할 일이래야 기온(祇園)의 기생집에서 여러 번의 섭외 담당들과 술을 마시는 게 주된 일이야."

그러니 한 달에 20일 정도는 술만 마신다고 한다. 서로 정보를 교환하고 장래의 전망을 이야기한다는 것이 표면상의 구실인데, 실제로는 안방에 들어앉아 술을 마시는 것만이 일인 모양이다.

"자네에겐 안성맞춤의 역할이지. 술을 아주 좋아한다며?"

"에도에서 놀아난 일, 다 듣고 있지."

"……."

쓰기노스케는 잠자코 있었다.

"대답을 해보게나!"

고참이 호통을 쳤다. 쓰기노스케는 비웃었다.

"술은 좋아하지만 내 돈으로 마시오. 공금으로 먹는 술이 얼마나 맛있는지, 미안하지만 아직 나는 모르오."

공기가 서먹해졌다.

그때 마침 번주가 쓰기노스케를 부른다고 했다. 쓰기노스케는 얼른 일어나 갔는데, 뒤에 남은 사람들에게는 의외였다. 섭외관인 일개 신임관리가 번주를 단독으로 배알한다는 것은 전례 없는 일인 것이다. 번주 마키노 다다유키는 쓰기노스케의 교토 도착을 고대하고 있었다. 오늘 중역한테서 그 보고가 있었을 때 이렇게 물었다.

"가와이 쓰기노스케란, 고향에서 의견서를 냈다는 그 사람인가?"

그리고 다짐해 보고 나서 만나겠다고 말했다. 중역은 난처한 표정을 지었다. 번의 일개 소관리——비록 배알권을 가진 가문의 인간이라고 하더라도——를 번주가 단독으로 만난다는 것은 질서를 문란케 하는 일이다. 쓰기노스케의 의견을 번주가 듣고 싶다면, 적당한 상사에게 명하여 그 상사의 입으로 그의 의견을 진술시키는 것이 온당한 일이며 관습이었다.

"혼자만 자리에 불러라."

다다유키는 말했다.

중역은 난색을 보였다. 혼자서 번주를 만나는 관례도 없다. 반드시 그 상사가 배석하고 아울러 감시자가 배석한다. 그런데 다다유키는 그럴 필요가 없다는 것이다.

"내 뜻대로 하게 하라."

다다유키는 중역에게 사정하는 시늉을 했다. 중역은 하는 수 없이 그대로 했다. 다다유키는 쓰기노스케를 만났다.

'과연, 다부지고 좋은 얼굴을 가졌군.'

다다유키는 부하의 얼굴을 한참 들여다보았다. 그의 말을 듣기로 했다.

"말해 보라."

뱃속에 있는 것을 모두 말하라, 나한테 말한다고 생각하지 말고, 혼잣말을 하듯이 속에 있는 것을 죄다 털어 놓아라, 하고 말했다.

"그러시다면."

쓰기노스케는 입을 열고 평소에 생각하고 있는 것을 털어놓았다.

"옛말에 멸치가 이를 간다는 말이 있습니다."

"멸치는 나도 알지."

번주지만 그 조그마한 잡어의 이름을 알고 있다. 힘도 없는 멸치가 분개해 봤자 어쩔 도리도 없다는 것이, 멸치가 이를 간다는 뜻입니다, 하고 쓰기노스케는 이 교양 있는 번주를 위해 그 바탕부터 해설했다.

"불과 7만 4,000섬."

쓰기노스케는 말했다. 나가오카 번은 죄송하지만 멸치입니다, 도저히 교토 고등정무관 같은 것은 할 수가 없다고 말했다.

"나는 멸치냐?"

"그렇습니다."

쓰기노스케는 고개를 끄덕였다. 이 사나이가 말하는 것은 세상의 힘이다.

강대한 힘을 배경으로 하면 설혹 평범한 능력자라도 그가 토하는 말은 세상을 떨게 할 수 있다. 힘없는 자는 아무리 능력이 있어도 멸치가 이를 가는 것과 다름없다.

"쓰기노스케!"

마키노 다다유키는 미간을 찌푸렸다.

"멸치라지만, 나는 장군 집안의 정무관이며, 막부의 공적인 힘을 배경으로 가지고 있다. 결코 멸치가 아니다!"

"죄송합니다만, 생각하시는 것이 얕으십니다."

쓰기노스케는 말했다. 하기야 막부는 일본의 지배 조직이며, 장군은 프랑스 공사 등도 말하고 있듯이 유럽에 있어서의 황제 폐하인지도 모른다. 그 직속 부하는 속칭 '직속 무사 8만 기(騎)'라고 일컬어지듯이 어느 영주도 미치지 못하는 최대 다수의 무사단을 가지고 있다. 마키노 다다유키는 그것을 생각하고 말하는 것이다.

——대막부를 배경으로 가지고 있다.

그러나 쓰기노스케는 세차게 고개를 내저었다.

"기대할 수 없습니다."

막부는, 무슨 일이 일어나면 교토에서의 나가오카 번을 결코 지원하지 않을 것이라는 이유를 쓰기노스케는 자세히 설명했다.

이 지구상의 어떤 나라의 여하한 정치사에도 예가 없는 일이지만, 막부 자신이 묘하게도 '나의 지배 체제는 비합법이 아닌가?' 하고 은근히 생각하고 있는 시대인 것이다.

"교토의 천자야말로 일본에 있어서의 유일한 합법적 주권자이며, 장군과 그 막부는 임시 정권에 지나지 않는다. 억지로 그 존재를 합법화한다면, 장군은 천자에게서 임시로 일본의 정치를 위탁받고 있을 뿐이다."

이것이 미토학(水戶學)의 존왕 사상으로, 일본의 모든 독서계급(장군, 영주, 막부 관리를 포함해서)은 시대사상으로서 이것을 시인하게끔 되었다. 막부의 창설자 도쿠가와 이에야스는 생각지도 못한 사상일 것이다.

"그런 어처구니없는 사고방식은 없다."

국제법적인 입장에서 프랑스 공사 등은 막부를 격려하고 있었다. 프랑스는 훨씬 오래 전에 혁명을 일으켜 왕가는 무너졌고, 그 후 곡절을 거쳐 나폴레옹 황제가 출현했다가 이것도 쓰러지고, 지금은 나폴레옹 3세가 괴상한 술책을 써서 다시 제왕의 자리에 앉아 있기 때문에 자국의 정세에서 생각하더라도 장군을 황제로 간주하고 싶은 것이다. 그러나 다른 나라의 외교관은 이미 천자야말로 공식 원수라는 실정을 깨닫고 있었다.

이처럼 막부는 자기의 정체 자체에 자신이 없기 때문에 막상 교토의 근왕 혁명이 일어나는 날이면 교토 고등정무관 따위는 죽어도 본체만체하게 될 것이다. 나가오카 번은 교토에서 외톨박이가 되어 역사상 개죽음을 당하지 않으면 안 될 것이라고 쓰기노스케는 주장하는 것이다.

쓰기노스케는 그 후에도 교토 정세를 살펴보니, 사태가 심상치 않다. 아마 몇 해 안 가서 도막(倒幕) 혁명이 일어날 것이라 생각하였다.

"나가오카 번이 교토에 있어서는 안 된다."

이런 신념은 점점 더 강해졌다. 교토는 위험한 곳이다.

"확실히 위험한 곳이다."

그 견해에 있어서는 교토에 있는 나가오카 번 관리들 모두가 쓰기노스케와 같았다.

"교토 고등정무관을 당장 사임하신다는 것도 어떨지?"

그렇다고 해서 재경 중역들은 이 점에서 결단을 내리지 못한다. 번주에게도 체면이라는 것이 있을 것이다. 부임하자마자 사임한대서야 막부의 인사 명령을 너무 경시하는 것이 되지 않겠는가?

쓰기노스케는 그런 중역들을 설득하고 돌아다녔다. 차츰 그들도 쓰기노스케의 의견에 찬성하게 되었다.

"다만 현실 문제로서 어떨는지?"

"그게 바로 틀렸다는 것입니다."

쓰기노스케는 중역들에게 사물에 대한 사고방식이라는 것을 설득했다.

"무슨 일을 행할 경우, 열 사람 중에 열 사람이 다 좋다는 대답이 나오면 단호히 그렇게 해야 합니다. 아울러 말씀드리지만, 무슨 일이고 거기에는 항상 무수한 협잡물이 있습니다. 실패자라는 것은, 모두 그 협잡물을 과대하게 보고 협잡물에 손을 빼앗겨 다리가 걸리고 마음마저 빼앗겨, 마침내 어떻게 하지도 못하고 옆길로 빗나가서 멍청하니 패의 나락으로 떨어지고 마는 것입니다. 막부에 대한 체면만 찾다간 마침내 우리 나가오카 번도 그렇게 되고 말 것입니다."

"일이라는 것은 그대가 말하는 것처럼 그렇게 간단히 되는 게 아니야. 세상은 단순하지 않거든."
"바로 그겁니다."
쓰기노스케는 위협했다.
"그것이 실패자의 사고방식이라는 것입니다."
여러 중역은 모두 이맛살을 찌푸렸다.
"도무지 저 녀석의 의론에 걸리면."
그들은 모두 투덜거렸다.
"우리가 차츰 무능하고 아무 짝에도 소용없는, 항상 실패의 나락에서 헤매는 속수무책의 인간으로밖에 생각되지 않는단 말이야."
그렇다고 쓰기노스케를 굴복시킬 만큼 날카로운 의견을 가진 자도 없다.
분큐 2년(1862)도 거의 다 저물 무렵, 교토 조정에서는 제멋대로 하나의 관계를 창설했다.
'국사괘(國事掛)'라는 것이었다. 즉 쇼렌인노미야(靑蓮院宮)를 총장으로 22명의 과격 공경들을 임명하여, 이것으로 국사(일본 문제)를 의논하고 결정하게 된 것이다. 국정은 막부가 담당하고 있는데, 여태까지 일본의 유명무실한 종주권밖에 없었던 조정이 별안간 정권 비슷한 것을 위조한 것이다.
"그것은 가짜 정권이다."
만일 막부가 지난날의 세도를 잃지 않고 있다면 교토 고등정무관이 법령에 의거하여 탄압 분쇄했을 것이다. 그러나 이 사태에 이르러도 쓰기노스케 등의 번주 마키노 다다유키는 묵인하지 않을 수 없었다.
더욱이 이 국사괘 공경들한테는 과격한 지사들이 꼭두각시를 놀리는 괴뢰사처럼 달라붙어서 그들을 마음대로 조종하여 막부를 괴롭히기 시작했다. 그 지사의 일부는, 이를테면 지난날의 좌막파인 지구사(千種) 집안(공경)의 가신 가가와 하지메(賀川肇)를 사형(私刑)하여 목을 치고, 그 수급을 굽 달린 쟁반에 얹어 히토쓰바시 요시노부(一橋慶喜)의 저택 안에 던져 넣는 폭거를 감행했다. 그래도 고등정무관은 아무 조처도 취하지 못한다.
해가 바뀌어 봄이 되자, 마침내 신센조(新選組)라는 비상 경찰대가 조직되어 칼로 대항하는 사태가 벌어졌다.

초여름이 될 무렵, 번주 마키노 다다유키는 교토 고등정무관이라는 중책을 더 견디지 못하게 되자 어느 날 측근에게 명령했다.
"쓰기노스케를 불러라."

쓰기노스케는 이 날 구로다니(黑谷)에 가서 아이즈 번사들과 시국에 대한 정보를 교환하고 있었다. 그는 당장 니조의 고등정무관 공관으로 돌아가서 복도를 달리듯이 건너 다다유키를 뵈었다.

'여위셨구나.'

쓰기노스케는 다다유키를 쳐다보면서 생각했다. 그다지 유능하지도 않은 소번(小藩)의 주인이 격에도 맞지 않는 직에 앉아 있다는 것은 이제 비통함을 지나서 우스꽝스럽기까지 했다.

"역시 나는 그만두고 싶구나."

비명을 지르듯 말했다. 그러나 다다유키는 교양인인만큼 그만두게 된다면 거기에 대한 합당한 이유가 필요하다.

"쓰기노스케, 내게 배짱을 만들어 다오."

"배짱을요?"

쓰기노스케는 고개를 갸웃거렸다.

"처음부터 말씀드린 대로입니다."

쓰기노스케의 말은, 번도 인간과 마찬가지로 정세 수습의 확고한 성산(成算)도 없이 교토라는 위험하기 짝이 없는 장소에 머물러 있어서는 안 된다는 것이었다. 몸을 망치는 원인이라는 것이다.

"우리 번이 취해야 할 긴급 방침은, 이 정세에서 발을 빼고 독립적인 입장을 가지며 크게 병제를 고쳐 무기를 양식화하고 강대한 힘을 기르는 것뿐입니다."

힘있는 자만이 정의를 주창할 수 있다고 쓰기노스케는 말한다.

"알았다. 사임 운동을 그대에게 맡길 테니 잘 조처하라."

쓰기노스케는 즉각 실행에 착수했다. 이 사나이가 막부 말의 풍운 속에서 제일 먼저 한 사업은 짓궂게도 번주의 관직을 그만두게 하는 일이었다. 더구나 그 일로써 수완이 인정되었다.

쓰기노스케는 번주의 편지를 대필하여 번주의 서명을 받아, 그것을 들고 마침 교토에 주재하고 있던 집정관 미즈노 다다키요(水野忠精)를 찾아가서 다짜고짜로 번주가 병들었다는 이유로 사직시켜 줄 것을 간청했다.

이해(1863) 6월 11일, 마침내 그것이 허락되어 다다유키는 에도로 돌아가게 되었다. 그리하여 번사 일동도 번주를 모시고 에도로 돌아갔다.
"에도도 좋지 않습니다. 차라리 에치고로 가시는 편이 낫습니다."
쓰기노스케는 역설했으나 받아들여지지 않았다. 쓰기노스케는 이렇게 생각했다.
'아직 모르시는군.'
번주 다다유키를 다른 번주들과 비교해 본다면 그런대로 된 인물이다. 그러한 인재가 에도에서 우물쭈물하고 있으면 '집정관을 시키지 않을까?' 하는 우려가 쓰기노스케에게 있었다.
집정관, 즉 각료가 되면 더더욱 막부라는 시궁창에 목까지 빠지게 될 것이다. 이 관측은 들어맞았다. 마키노 다다유키는 에도에 돌아온 지 두 달 만에 집정관에 임명되고 말았다. 더욱이 그 직책은 시국이 시국이니만큼 가장 문제가 많은 외무 관계였다.
쓰기노스케는 크게 발탁되어 내정관 겸 외정관이 되었다. 쓰기노스케는 곧 번주에게 건의하였다.
"그만두십시오."
열심히 주장하고 중신들과도 격론을 나눈 끝에 그들을 굴복시켜, 일단 다다유키를 병이라는 구실로 집안에 틀어박히게 하기로 했다. 그러자 막부는 의심하기 시작했다.

기묘한 일이다.
"결국 저 친구가 번의 중심이 되고 있다."
쓰기노스케의 처남 나기노 가헤에 등은 호의와 불안의 눈으로 쓰기노스케의 활동을 지켜보았다. 나기노는 오스가의 오빠이다. 둥근 눈과 둥근 얼굴을 가진 온후한 장자풍의 인물이라 쓰기노스케 같은 사람조차 이렇게 말하곤 했다.
"처남은 너무 점잖아서 믿음직스럽기도 하지만, 거북스럽기도 해."
이 당시 나기노는 고향에 있고, 쓰기노스케는 에도에 있었다.
오스가가 어쩌다가 친정에 돌아오면 오빠 나기노 가헤에는 미묘한 말을 한다. 이 날도 그랬다.
"오스가는 어처구니없는 남편을 얻었단 말이야."
"쓰기노스케가 에도에 근무하는 내정관 겸 외정관이 되었어."

오스가에게 말했다.
"출세하신 걸까요?"
"글쎄, 그렇다고 할 수 있지."
번주의 참모 역할이다. 상사로는 중신이 있지만, 어느 의미에서는 그 이상으로 실권을 휘두를 수 있을지 모른다. 내정관은 내정을 위한 참모이고, 외정관은 번의 외교를 위한 외교관이다. 쌍날의 칼 같은 직책이라고 할까.
"무서워졌어."
"왜요?"
"그 녀석은 도를 지나치게 될 거야."
그러나 나기노가 이 경우 눈이 둥그레지는 느낌으로 쓰기노스케를 본 것은, 한 개의 인물이 세상에 나오는, 그 방식이었다. 그것을 나기노 가헤에는 쓰기노스케한테서 똑똑히 보았다.
"쓰기노스케는 날개를 가졌어."
"날개를요?"
"그 사람은 이 번에서 아무도 갖고 있지 않은 것을 갖고 있단 말이야."
나기노가 말하는 날개란, 쓰기노스케가 그의 사상과 일본의 장래에 대한 전망에서 끌어낸 번의 원리일 것이며 아울러 그 실행 방법일 것이다.
"오랜 유력(遊歷) 동안에 그 사람은 그것만 생각하고 있었던 모양이야."
"대체 어떤 일을 하셔서 인정을 받으셨어요?"
"아무 것도 한 건 없지."
한 일이라고는, 번 방침에 대한 반대뿐이다. 원래는, 교토 고등정무관이 무사히 근무할 수 있도록 그를 훌륭히 보필하는 것으로써 수완이 인정되어 영달하게 되는 법인데, 쓰기노스케는 번주가 관직을 그만두게 하려고 열심히 활약했다.
"지금도 모처럼 집정관이 되신 주군을 그만두게 하려고 안간힘이야."
"어머!"
"에도의 중역들은 모두 시뻘겋게 화가 나 있지."
"그러면 그이는 중역 여러분들한테서 미움을 받고 계시겠네요?"
"미움을 받아?"
나기노는 고개를 갸웃거렸다.
"글쎄, 아마도 미움을 받고 있을 거야. 그렇지만 중역들은 미워할 능력조차 없다고 말하는 편이 정확할는지 몰라."
 미워하려면 쓰기노스케를 공격할 수 있을 만한 이론이나 자료나 전망 같은 것이 필요하다. 그들은 그것을 갖고 있지 않기 때문에 숨을 죽이고 쓰기노스케가 하는 일만 그저 바라보는 수밖에 없는 것이다.
 "그 녀석, 마침내 번정(藩政)에 뛰어들었단 말이야."
 나기노는 말했으나, 그 기쁨에는 불안이 따랐다.

 쓰기노스케에게는 잘라말하는 버릇이 있다.
 "그것은 좋다."
 "그것은 나쁘다."
 매사에 단호히 말하며 항상 그 이론이 명쾌하여, 그렇게도 말할 수 있고, 이렇게도 말할 수 있다——는 식의, 다른 일본인이 늘 사용하고 싶어하는 모호한 말은 쓰지 않았다.
 "그 녀석은 유별난 인간이야."
 나가오카 번 사람들이 이렇게 생각하게 된 것의 하나는 그런 데에도 이유가 있었을 것이다.
 아울러 말하지만, 일본인이 오랜 옛날부터 몸에 지니고 있는 사고의 버릇은 '진실은 항상 둘 이상 있다'는 것이었다. 이런 사고방식은 지식인일수록 더 심했다.
 이를테면 이런 사고방식이다.
 "막부라는 존재도 옳고 아울러 가치가 있지만, 조정이라는 존재도 옳고 아울러 가치가 있다."
 하느님도 거룩하지만 부처님도 거룩하다, 공자 맹자도 못지않게 거룩하다. 꽃은 붉고, 수양버들은 초록이며, 모두 그 모습은 각각이지만 그 존재 나름으로 가치가 있다는 것이다.
 일신교를 믿고 있는 서양인들은 이것을 이상하게 여길 것이다. 그들로서는 신은 절대로 하나이며, 자연히 진리도 진실도 하나여야 한다. 그러나 일본인은 미개 시대부터 산에도 골짜기에도 강에도 무수한 신을 갖고 있었다. 각각의 신들은 모두 진실이었으나, 거기에 불교가 건너와서 숭앙할 만한 대상이 더 불어났다. 게다가 유교가 끼어들어, 두 손에 남을 만큼 무수한 진실을 안고도 별로 그것을 이상하게 여기지 않았다. 더욱이 그 무수한 모순을 통일하는 사상이 가마쿠라(鎌倉) 시대에 나타났다. 선(禪)이었다.
선은 그러한 여러 진실을 색(色 : 現象)으로 보고, 그러한 모순을 '그것은 그것으로 존재해도 무방하다'고 하여 그 모든 것은 최종의 대진리인 '공(空)'에 참가하기 위한 문에 지나지 않으니 개의할 필요가 없다고 했다.
이것은 사물의 사고방식에 있어서의 일이지만, 현실 생활 속에서도 일본인은 다신교적(多神敎的)인 가벼운 마음과 모호함을 지녀 왔다.
이를테면 막부나 여러 번의 관직은 반드시 동일 직종에 두 사람 이상이 앉는다. 에도의 시정 장관인 시 행정관은 남북에 각각 한 사람씩 둘이 존재하고, 둘이서 교대로 근무한다. 오사카의 시 행정관도 동서 두 사람이었다. 모두가 두 사람 이상이며, 그 점에서 책임의 소재가 어딘가 흐릿했다.
공무를 위한 사자(使者)도 항상 둘이며, 둘이서 간다. 이 때문에 막부 말에 네덜란드에 유학한 막부 수재들은 그곳에서 어린애들에게까지 경멸당했다.
"일본인은 언제나 둘이 걸어간다."
그것이 여간 신기하지 않았던 모양이다. 그런 조롱의 노래까지 생겨 아이들은 일본인 뒤를 따라다니면서 놀려 댔다. 그런데 쓰기노스케는 이 점에서 색달랐다.
"집정관에 취임하신다는 것은, 나가오카 번의 자멸을 의미합니다. 절대로 안 됩니다."
번주 다다유키에게 끈질기게 주장하는 것이다.
다다유키는 처음에는 '이상한 놈이군'이라 생각했으나, 차츰 접촉함에 따라 그 논지가 고층 건물처럼 토대가 있고 역할이 있고 층층이 쌓여 꿈쩍도 않는 것임을 알고, 그 '단언'에 반하게 되었다. 이어 쓰기노스케의 말에서 풍기는 절대적인 울림에 일종의 신앙을 갖게 되어 '다른 자는 모호하다. 쓰기노스케만이 의지가 된다'고 생각하기 시작했다.

"꾀병이 아닐까?"
막부는 에치고 나가오카 번주 마키노 다다유키의 집정관 사임원을 당연한 일이지만 이렇게 의심했다.
"시국이 시국이라, 하고 싶은 대로 다 들어 줄 수는 없다."
집정관들의 평의 석상에서 문제가 되었다. 영주라고 하면 보잘것없는 인간들이 많은 요즈음, 마키노 다다유키 정도의 인재라도 막부로 봐서는 귀중하기 짝이 없는 존재였다.
　——왜 꾀병을 쓰는가?
　그 이유도 집정관들은 대강 짐작하고 있다. 경제 문제일 것이다. 직속 영주가 막부의 중책에 앉으면 다소의 보수는 받지만, 그 정도의 보수로는 단솥에 물붓기라고 할 만큼 자기 돈이 든다.
　——그것을 아끼고 있는 것이다.
적어도 집정관 가운데 한 사람은 이렇게 꿰뚫어보고 있었다. 마키노 다다유키보다 일 년 전에 집정관에 승격한 비추 마쓰야마(備中松山) 번주 이타쿠라 가쓰키요(板倉勝靜)가 그 사람이었다. 가쓰키요가 집정관이 되자 야마다 호코쿠가 모신(謀臣)으로서 에도에 나와 있었다.
　"가와이가 배후에 있을 것입니다."
　쓰기노스케의 스승은 쓰기노스케의 '일번(一藩) 독립 사상'을 잘 알고 있으니만큼, 그와 같이 관찰했다.
　"가와이라는 자는 그대의 문하인가?"
　"그렇다고 할 수 있습니다."
　"그렇다면, 그대가 가와이를 설득시키면 어떻겠는가?"
　"도저히 안 됩니다."
　호코쿠는 당황하여 고개를 저었다. 가와이 같은 명쾌하고 단호한 사나이를 설득하려 든다는 것은, 사탕수수의 빈 깍지로 돌을 들어 깨려는 거나 마찬가집니다, 하고 호코쿠는 대답했다.
　"그렇다면 마키노의 친족들에게 설득시키라고 하지."
　그것이 정공법일 것이다. 도쿠가와 직속 영주로서 마키노씨만큼 번영하고 있는 일족도 드물다. 이를테면 이이씨는 한집이 영주가 되어 있을 뿐인데, 마키노씨는 다섯 집이 영주가 되어 있다.
　에치고 나가오카 번 7만 4,000섬
　시나노 고모로 번(信濃小諸藩) 1만 5,000섬
　에치고 미네야마 번(三根山藩) 1만 1,000섬
　단고 다나베 번(丹後田邊藩) 3만 5,000섬
　히타치 가사마 번(常陸笠間藩) 8만 섬
　정해진 문장은 모두 세 잎 떡갈나무이며, 깃발의 표지는 사다리이다. 도쿠가와 이에야스의 창업에 즈음하여 이 사다리 표 깃발을 든 마키노 군의 군사적 공적이 얼마나 컸는가 알 수 있을 것이다. 이들 다섯 집의 마키노씨 가운데서 본가는 나가오카 마키노로 되어 있었다.

"가사마(笠間)에게 설득시키라고 해야겠네."

이렇게 집정관 평의회에서 결정되었다. 도쿠가와 체제에서는 위로 영주에서 아래로 일반 농민, 서민에 이르기까지 친족의 연대 책임제가 되어 있다.

이 때문에 가사마의 마키노 사다아키(牧野貞明)는 황공해했다. 본가의 실수는 분가의 책임이기도 하다는 입장에서 볼 때, 사다아키는 무슨 일이 있더라도 본가의 그릇됨을 규명하지 않으면 안 된다.

당장 찾아갔다.

마키노 다다유키는 다쓰노쿠치(龍口)의 집정관 저택에 거주하고 있었다. 가사마 번주는 느닷없이 그곳으로 찾아갔다. 다다유키가 나왔다.

"아니, 얼굴을 뵈니 도무지 편찮으신 것 같지도 않은데, 왜 출사하시지 않으십니까?"

"아뇨, 아픕니다."

다다유키는 거북스러운 듯이 말했다. 번주쯤 되는 사람인만큼 거짓말에 익숙하지 않기 때문이다.

"그 벚꽃 같은 화색이 도는 얼굴로?"

"아니, 가슴이 아픕니다."

다다유키는 주장했으나, 마침내 추궁을 당해 할 말을 잃었다. 쓰기노스케가 다다유키 옆에 대기하고 있다가 앞으로 나가 앉았다. 이것이 이 사나이가 나가오카로 쫓겨가는 원인이 되었다.

쓰기노스케는 홀연히 나가오카로 돌아왔다.

"돌아왔느냐. 어찌된 일이냐?"

아버지 다이에몬은 놀랐다. 무사히 에도에서 열심히 근무하고 있는 줄만 알았다. 더욱이 번주의 측근에서 내정관으로 있고, 아울러 번 밖에 나가면 번을 대표하는 외정관을 겸하고 있다니까, 한 가문의 명예가 이에 더할 수 없다고 기뻐하고 있었던 것이다.

"파면당했습니다."

쓰기노스케는 문지방 밖에 두 손을 짚고 남의 일처럼 말했다. 그의 등 뒤에 마당의 햇살이 넘쳐 그 표정이 잘 보이지 않는다.
'왜 파면당했느냐?'
다이에몬은 이유를 알고 싶었으나, 질문을 삼갔다.
"그래?"
아버지는 담배 그릇을 끌어당겼다. 무사 집안의 관습으로서 아버지라 하더라도 아들의 직무 세계에 간섭을 해서는 안 된다. 쓰기노스케가 실패를 하건 나쁜 짓을 하건 모두 쓰기노스케의 책임이며, 마지막에는 쓰기노스케가 배를 가름으로써 낙착이 되는 것이다.
"배는 어떡할 참이냐?"
마음이 약한 다이에몬은 담뱃대를 든 손이 떨렸다.
"가르지 않겠습니다."
"아아, 그래?"
다이에몬은 마음을 놓았으나 내색은 하지 않았다.
"올해는 나가오카가 덥니라."
아버지는 부채질을 심하게 했다. 북쪽 고장이라고는 하나 나가오카의 한여름 더위는 정평이 나 있다.
"에도의 여름은 바람이 불 텐데."
"예, 나가오카보다 견디기는 쉽습니다."
'왜 그만두었느냐?'
하마터면 목구멍에서 이 말이 나올 뻔했으나, 부채질만으로 그쳤다.
쓰기노스케가 돌아온 날부터 번 사람들이 바쁘게 출입하기 시작했다. 쓰기노스케의 처남 나기노 가헤에도 그런 사람 중의 한 사람이었다.
다이에몬은 나기노에게 물었다.
"곤란한 일입니다."
나기노는 웃으면서 말했다. 말만큼 곤란한 일도 아닌 모양이다.
가사마 번주 마키노 사다아키가 쓰기노스케 등의 번주 다다유키를 설득하러 왔을 때, 쓰기노스케는 번주 곁에 대기하고 있었다.
그러다가 다다유키가 설득당하게 되었다.
"황송합니다만."
쓰기노스케는 번주를 옆으로 밀치듯이 하여 가사마 번주에게 응대하기 시작했다. 격론이 벌어졌다.

"그대, 신하의 신분으로 무례하지 않은가!"
가사마 번주는 얼굴이 시뻘게져서, 물러나라고 소리쳤다.
"아닙니다. 물러나지 않겠습니다. 대감께서는 친족의 체면을 위해 주장하고 계십니다. 그러나 저희들로 봐서는 주군의 생사에 관한 문제입니다."
"생사라고 하지만 뵙건대 안색도 좋으시지 않은가?"
"대감께서는 언제 의사가 되셨습니까?"
이쯤에서 쓰기노스케의 혀끝이 날카로워지고 마침내 가사마 번주는 새파랗게 질렸다. 이 세상에 태어나서 이처럼 통렬하게 매도당한 적은 없다.
"무례하구나, 물러가라!"
다다유키는 보다못해 쓰기노스케를 몇 번이나 나무랐지만, 그는 듣지 않았다. 마침내 가사마 번주는 거칠게 자리를 박차고 일어나 버렸다.
다다유키로서는 그에 대한 체면상 쓰기노스케를 면직시키지 않을 수 없게 되었다. 쓰기노스케는 번의 지시대로 '병이 들어 소임을 다하지 못함'이라는 사표를 써 놓고 나가오카로 돌아온 것이다.

오스가의 즐거운 날이 시작되었다. 파면된 쓰기노스케가 다시 나가오카의 자택에서 나날을 보내기 시작한 것이다.
어느 날 밤 오스가가 말했다.
"오스가는 요즘 행복하답니다."
쓰기노스케는 자리에 엎드린 채 웃으며 말한다.
"오스가, 마음을 놓지 마."
마음을 놓고 있는 동안에 다시 또 어디로 가버린다는 뜻이다.
"대체 무엇을."
오스가는 말하다가, 자칫하면 무례한 질문을 할 것 같아 얼른 입을 다물었다. 그러나저러나 대체 남편은 무엇을 하려는 것일까?
그만큼 학문을 배워도 다른 사람처럼 서당을 열 생각도 하지 않고, 한 사람의 문하생도 가지려 하지 않는다. 번을 위해 학문을 유용하게 쓰겠다면서도 출사하자마자 금방 그만두지 않는가.
"뭐야, 오스가?"
쓰기노스케의 귀에 거슬렸다. 남편의 일신에 관한 공적인 일에는 참견하지 말라고 평소에 말해 두었다. 아내에게 규방에서 비판받으면, 아무리 영웅호걸이라도 밖에서 떨치는 정채(精彩)가 차츰 흐려진다는 것이 쓰기노스케의 지론이다.

"무언가 말하다 말았지?"

쓰기노스케는 이상하게 명랑했다.

"나라는 남편이, 어지간히 이상한 놈으로 보이는 모양이지?"

"무슨 그런 말씀을 하세요."

"감추지 마. 나도 내 스스로를 이상한 놈이라고 생각하고 있는데, 아내인 당신이 그렇게 생각지 않을 까닭이 없잖아."

"사실……."

"생각하고 있지?"

"네."

오스가는 잠옷 자락으로 얼굴을 가리면서 가느다랗게 몸을 떨기 시작했다. 웃고 있는 것이다. 참지 못하겠는 모양이다.

"우스운가?"

"아뇨, 천만에요."

"웃고 있으면서."

쓰기노스케는 지고 말았다. 그래서 이런 규방에서 할 이야기가 못되는 줄 알면서두, 오스가에게 일신상의 일을 말해 주자고 생각했다.

"내가 그만둔 것, 그건 그것으로 괜찮은 거야. 괜찮다기보디, 요즘 나가오카 번으로서는 아주 썩 잘된 일이지."

쓰기노스케의 파면은 형식상으로는 병에 의한 의원면직이다. 병명은 '치질'이라고 썼다. 거짓말이 아니라 치질기는 다소 있다. '소생, 치질로 말미암아'로 시작되는 사표였다.

——치질만 가지고는 부족한 것 같군.

쓰기노스케는 사표를 쓸 때 이렇게 중얼거리고는, '거기에다 가슴병까지 생겨' 하고 덧붙였다.

"아무튼 나는 남의 번주에게 욕설을 퍼부었기 때문에 파면당했는데, 그 대신 우리 주군께서도 일이 슬슬 잘 되어 집정관을 그만두시게 됐단 말이야."

서로 껴안고 정사(情死)하는 격이라고나 할까. 아무튼 주군이 집정관을 그만두었기 때문에 번의 경비는 크게 절약되고, 그 액수만큼 번의 빚도 갚을 수 있으며, 다른 필요한 일에 쓸 수도 있다.

"이만큼 큰일도 없었어."

"어머, 그러세요?"

오스가는 고개를 끄덕였으나, 내심으로는 뭐가 어떻게 되어 있는지 알 수 없다. 다만 어쨌든 쓰기노스케가 집에 있는 것만이 그녀로서는 기쁘다.

할 일이 없으니 한가하다. 매일처럼 쓰기노스케는 나간다.

"마쓰조(松藏), 오너라."

이렇게 부르는 것이 외출 신호이다. 마쓰조는 가와이 집안의 하인이다. 오스가는 '마쓰조 오너라'는 소리가 들리면 허리에 찰 칼과 지갑 같은 것을 챙겨 현관으로 나간다. 친구 집을 찾아가기도 하고 성 밖 농촌으로 나가기도 한다.

이 해는 겐지(元治) 원년(1864년)이다. 막부 말의 소란은 이 해부터 본격화된다. 교토에서는 유월에 이케다야(池田屋)의 변(變)이 일어났다. 이 소식은 나가오카 번의 교토 근무자로부터 고향에 급보되어 왔다.

"교토는 싸움터가 된 모양이구나."

나가오카 번 사람들은 이런 인상을 갖게 되었다. 쓰기노스케도 친구인 관리들한테서 이 소식을 듣고 고개를 갸웃거렸다.

"막부도 이제 대담한 짓을 하는군."

교토의 산조 다리(三條橋) 서쪽에 있는 여관 이케다야에서 조슈계(長州系), 도사계(土佐系)의 지사들이 회합하였다 한다. 밀정이 탐지한 바에 의하면, 밀회의 취지는, 교토에서 쿠데타를 일으키는 일이었던 모양이다. 설마 낭인 따위가 아무리 사력을 다해 봐야 어떻게 될 일도 아니겠지만, 아무튼 열풍이 부는 밤을 골라 교토 거리에 불을 지르고, 그 화재를 틈타 단숨에 구로타니(黑谷)의 아이즈 번진을 습격하여 교토 수호직인 마쓰다이라 가타모리의 목을 친다는 것이 그들의 계획이었던 모양이다.

쓰기노스케가 아는 바로는, 아이즈 번은 무장 번병(藩兵)을 교토에 1,000명을 주둔시키고 있었다. 낭인들의 손에는 감당할 수 없는 힘으로 여겨지지만, 그것을 진정으로 해보자고 하는 데에 시대의 광기가 나타나 있다. 아울러 일부는 교토 고등정무관을 습격하고, 일부는 궁궐을 습격하여 천자를 조슈로 모셔 가려는 계획이었다.

그것을 탐지한 신센조가 칼을 휘둘러 이케다야를 습격하여 회합자 20여 명을 거의 다 포살했다고 한다.

'바보 같은 짓을 했구나.'

쓰기노스케는 생각했다. 막부 스스로가 병력을 사용한다는 것은 스스로 법치 능력을 부정하는 것이 된다.

"난을 부르겠구나."

쓰기노스케가 예언한 대로, 그로부터 두 달 후, 조슈 군이 세토 내해를 항행하여 오사카 만에 상륙, 교토에 난입했다. 이케다야의 변에 대한 복수라고 한다. 막부와 조슈군이 교토 시내에서 격렬한 시가전을 벌였는데, 조슈군은 소수라 패주했다. 교토의 도심부는 대부분이 병화(兵火)로 불탔다고 한다. 동시에 막부는 일본 정부로서의 위엄을 지탱하기 위해 조슈 번 정벌을 천하에 호령했다. 이 소식은 60여 주(州)에 이르렀으며 당연히 나가오카에도 온갖 형식으로 들어왔다.

"오스가, 막부도 이제 끝장이야."

쓰기노스케는 이 상보(詳報)를 들은 날 밤 오스가에게 말했다.

"막부가 말씀예요?"

오스가는 믿을 수 없었다. 막부는 천지와 더불어 있는데, 그것이 끝장이니 어쩌니 하는 것은 오스가로서는 이해할 수 없었다.

"오스가도 각오해."

대란이 닥치면 나가오카 번도 휘말려 들어갈 것이다. 그렇게 되면 쓰기노스케도 과연 천수를 다할 수 있을지 알 수 없다.

이 해도 저물었다. 이듬해는 게이오(慶應) 원년(1865)이다. 쓰기노스케는 아직 아무런 직책도 갖고 있지 않았으나 이 해 7월 다시 번의 관리로 등용되었다.

뜰 앞의 소나무 509

시나노 강(信濃川)

게이오(1865) 원년 7월, 쓰기노스케는 외방 판관(外方判官)이 되었다.

지방관이다. 지방이라고 해도 대대로 내려오는 번령이 아니라, 새로 편입된 토지의 재판관 같은 것이다. 쓰기노스케를 발탁한 것은 요즘 고향으로 돌아와 있는 번주 마키노 다다유키(牧野忠恭)였다.

"하지만 그자는 매우 과격해서."

중신들이 선뜻 찬성하지 않았으나, 다다유키는 자신의 뜻을 관철시킨다.

"인간이란 온화한 것만이 미덕은 아니다."

번의 인사를 번주가 손수 한다는 것은 보기 드문 일이다.

"그 사람이 필요하단 말이야."

번주는 말했다.

실은 나가오카 번이 지금 골치를 앓고 있는 문제가 있었다. 새 영지의 백성들이 번에 정을 붙이지 않고 항상 분란을 일으키고 있는 것이 그렇다.

에치고 가리와 군(刈羽郡) 야마나카 마을(山中村)이 그러했다. 원래는 막부의 직할령이었으나, 2년 전 막부의 희망으로 나가오카 번이 다른 마을과 교환했다.

"지금까지 천령(天領 : 막부영토)의 백성이었는데, 이제부턴 조그만 영주의 정사 따위를 시시해서 어찌 따를 수 있어?"

야마나카 마을의 농민들은 이렇게 큰소리치면서 사사건건 불평을 늘어놓을 뿐 아니라 지주, 촌장 등을 에워싸고 마을에 분쟁을 자꾸 일으켰다.

"쓰기노스케에게 외방 판관을 맡겨라."

번주가 지시한 것은 이 야마나카 마을의 문제가 있었기 때문이다. 쓰기노스케는 단시일에 이것을 처리해 버렸다. 번주 다다유키는 놀랐다.

"한 번 쓰기노스케를 천천히 만나보고 싶구나."

에도에 있을 무렵에는 내정관이었으므로 자주 그 다갈색 눈을 가진 사나이를 만났지만, 고향에 돌아와서는 단독으로 만난 적이 없다.

"하지만, 그것은."

측근자가 난색을 보였다. 에도에 있는 번저와는 달리 고향에서는 만사가 까다로워 외방 판관 정도의 관리가 영주를 단독으로 배알한다는 것은 전례가 없다는 것이다.

"학문의 강의를 듣는다는 명목이라면 상관없을 테지."

"선례가 없습니다."

"선례보다 정치가 더 중요하지 않느냐."

다다유키는 이 점에서도 자기 뜻을 관철했다. 이 미카와에서 온 양자 영주는, 12년 전에 가문을 물려받았을 때는 무슨 일이고 번의 선례에 따르는 온순한 성격이었으나, 요즘에는 자기주장을 고집하는 일이 많아졌다.

'말단 관리에게 번주가 단독 알현을 허락하면 간신을 만든다.'

이 말이 이 선례의 지혜라는 것은 다다유키도 알고 있다. 그러나 쓰기노스케라면 아무리 친해져도 그리 간사하게 달라붙지는 않겠지, 하는 것이 그의 견해였다. 과연 그러했다. 쓰기노스케는 영주 앞에 나가더니 이런 어처구니없는 소리를 했다.

"본시 번주라는 것은 아무리 태어날 때 영리해도 대개가 바보입니다."

번주라는 생활 속에서는 영명하고 숙달된 정치가가 태어날 수 없다는 것이다.

"그렇기 때문에 현신(賢臣)을 등용하고, 등용한 이상에는 여하한 일이 있더라도 그자를 끝까지 신용하는 것이 명군의 길입니다."

말하자면 자기를 그렇게 하라는 거나 다름 없지 않은가.

에도에는 쓰기노스케의 스승 야마다 호코쿠가 비추(備中)의 산에서 나와 있었다. 이것은 이미 말했다. 이유는 간단하다. 그의 번주 이타쿠라 가쓰키요가 집정관이 되어 국정 전반을 맡아 보게 되어 있었다. 모신(謀臣)의 역할을 하기 위해서였다.

아울러 말하자면, 이타쿠라 가쓰키요는 그 후 최고 집정관(수상)이 되어 막부의 종말 때까지 국정의 선두에 세워졌다.

"수상 이타쿠라는 선량한 신사지만 결코 줏대가 없는 인물은 아니다. 나이는 40대인데 보기에 노인 같다."

영국 공사관의 어네스트 사토는 그에 대한 인상을 이렇게 표현하고 있다.

야마다 호코쿠는 가쓰키요를 보좌하고 있었으나, 시국이 너무나 복잡하고 변전이 심해 그의 능력만으로는 일을 처러 낼 수 없게 되었다. 원래 야마다 호코쿠는 내정가로서, 영내의 행정을 시키면 일본에서 제일가는 명인이었을는지 모르지만, 일본 정부의 수상을 보좌해 나갈 만한 외정가는 아니다. 호코쿠는 그 일이 자기의 능력 밖이라는 것을 재빨리 깨닫고 줄곧 사직을 간청했다.

"곤란해, 곤란해."

가쓰키요는 몇 번이나 재고시키려 했으나 끝내는 허락했다. 그 대신 가쓰키요는 자기가 자리를 비운 고향 비추 마쓰야마 번의 내정 일체를 호코쿠에게 맡기기로 했다.

호코쿠가 에도를 떠날 무렵, 나가오카 번 사람한테서 '쓰기노스케가 군 감독관에 영진됐다'는 이야기를 들었다.

"호오, 군 감독관의 중직에? 과연 비상한 일이구려."

호코쿠는 몇 번이나 중얼거리고 자꾸만 고개를 갸웃거렸다. 승진이 너무 빠르다.

7월에 외방 판관에 취임하여 불과 3개월 만이 아닌가. 타인인 호코쿠조차 이해하기 곤란한 이례적인 출세이다.

"어째서 그렇게도?"

"번주가 대단한 쓰기노스케 신자가 되셔서요."

나가오카 번 사람들은 쓰기노스케의 이례적인 승진을 별로 달갑잖게 생각하는 투로 말했다. 대부분의 번사들도 아마 비슷한 심경일 것이다.

'이례적이라는 것은 좋지 않다.'

호코쿠는 전부터 그렇게 생각하고 있다. 호코쿠 자신, '농민 야스고로(安五郞)'의 처지에서 중신에 준하는 신분으로 올라갔다는 것도 크게 이례적이지만, 그 때문에 호코쿠는 항상 남의 눈치를 봐야 하고 그 배려만으로도 얼마나 심로가 큰지 모른다. 호코쿠에 의하면 이례적인 출세를 하는 자는 이례적인 운명에 빠지기 쉽다는 것이었다.

'쓰기노스케의 장래는 어떻게 될까?'

호코쿠는 불안해졌다.

"영주께서는 쓰기노스케를 어떻게 이해하고 계십니까?"

호코쿠는 물었다. 쓰기노스케의 장래로 봐서 그것이 문제일 것이다.

"글쎄요. 높은 곳의 일이라 잘 알 수 없습니다만……."

나가오카 번 사람은 말했다. 그러나 쓰기노스케가 번주와 단독으로 배알했을 때 말했다는 이야기를 호코쿠에게 했다.

"번주란 영리해도 실은 바보입니다. 명군된 길은 현신을 끝까지 믿는 것 이외에 없습니다."

이 말을 듣고 호코쿠는 미간을 찌푸리고 웃었다.

'쓰기노스케답군.'

보신책의 궁리 따위는 전혀 하고 있지 않은 모양이다.

군 감독관이라는 것은 성 밑 거리 이외의 민정을 총괄하는 정책이다.

"이거 큰일 나겠는걸."

이것이 모두의 생각이었다. 이 시기에는 이미 가와이 쓰기노스케라면 성 밑, 성 밖에서 모르는 사람이 없을 정도로 일종의 명사가 되어 있었다.

"새파랗게 젊은 놈이 뭘 하겠다고 그래."

오랜 번의 관료들은 그렇게 생각했고, 쓰기노스케에게 호의를 갖고 있는 사람들조차 위험시했다.

"저렇게 대담한 사나이이니, 불과 7만 4,000섬밖에 안 되는 이 소번에서 터무니없는 짓이나 저지르지 않을는지."

영민들도 이렇게 걱정했다.

"자아, 앞으로 세상이 어떻게 변할까?"

이 시대의 사람들은 보수적이어서 변화를 좋아하지 않고 풍파가 일지 않기만을 바랐으며, 그것이 일본인의 기본 사상이 되어 있었다. 그러한 마음으로 본다면, 군 감독관 가와이 쓰기노스케의 출현은 폭풍의 도래를 예감시키는 그 무엇이 있었다.

군 감독관은 중직이다. 수많은 민정관, 지방 총대, 촌장 등을 지휘 감독하는 영내 정치의 실질적인 담당관이다.

"오라버님이 군 감독관이 되셨을 때."

누이 동생인 오야스가 후일 이때를 회상하고 있다. 오야스는 이 날 볼일이 있어 친정인 가와이 댁에 가서 오스가와 한방에서 물건을 정리하고 있었다.

"언니, 손님이 계셔요?"

소리를 낮추어 오스가에게 물었다. 오스가는 말없이 고개를 끄덕이고, 입술에 손가락을 대면서 잠자코 있으라는 표정을 지었다.

문종이 하나를 사이에 두고 방 두 개가 이어져 있는데 이 두 방을 터서 번내의 민정관, 지방 총대, 촌장 등을 모아 쓰기노스케가 무언가 한바탕 연설을 하고 있었다.

'아아, 무서워.'

오야스는 고스란히 들려오는 쓰기노스케의 낭랑한 목소리를 듣고, 무언가 전율을 느끼는 기분이었다. 쇼와 초년까지 장수한 오야스는 이때의 묘한 전율을 만년이 되도록 잊어버리지 못했다.

모여 있는 지방 총대와 촌장들은 어쨌든 간에, 민정관이라면 지방에서는 굉장한 권세가로서 들어오는 뇌물도 대단하였다.

우는 아이도 그칠 정도였다. 번사로 이 자리에 앉으면 금방 가산이 불어난다고 해서, 마을에서는 이런 노래까지 있었다.

민정관님에겐 미치지도 않지만
하다못해 번주님이라도 되고 싶어라

쓰기노스케는 이 민정관님들을 모아놓고 무시무시한 목소리로 협박을 하는 중이었다.

"나는 이 천지에서 뇌물처럼 싫어하는 것이 없다. 나도 뇌물을 받지 않는다. 그대들도 받지 말라."

"만일 받은 사실이 내게 알려져 봐라. 성 밑 거리에 나 있는 소문처럼 이 쓰기노스케는 무슨 짓을 할지 모른다. 그것을 감추어도 소용없다. 내 눈은 그대들과 달라서 뼈 속까지 꿰뚫어볼 수 있단 말이야."

만당이 숨을 죽이고 기침 소리도 없이 고개를 푹 숙이고 있는 기미를, 문을 사이에 둔 오야스 등도 알 수 있었다.

"뇌물뿐 아니다. 원래 미풍으로 되어 있던 선물도 금한다. 나는 번의 금고에 돈을 비축하려고 그러는 것이다. 나의 이 계획을 방해하는 자가 있다면, 그건 역적이야. 치고 말겠다."

쓰기노스케는 그렇게까지 경고했다.

"뇌물을 주고받지 말라."

쓰기노스케가 말하는 것은 표면상으로는 도덕론으로 하는 말이지만, 그 자신의 속셈은 돈이 필요한 것이다. 번의 금고에 금은을 잔뜩 채워놓지 않으면 아무 일도 못한다. 그 돈으로 무엇을 할 참인가? 쓰기노스케의 본심을 만일 남이 안다면 아마 나가오카 번이 발칵 뒤집힐 만한 소동이 일어날 것이다.

단 한 사람에게만은 실토했다.

"료운(良運)씨."

"료운씨만큼 머리가 영리한 인물도 드물걸."

쓰기노스케는 평소에 말하였다.

씨라고 부르고 있지만 실은 쓰기노스케와 같은 나이의 소꿉동무이며, 더욱이 가문도 별 차이 없다. 그러나 쓰기노스케는 이 친구를 존경했다. 료운 쪽에서는 '쓰기군' 하고 부를 뿐이다. 쓰기군이라는 것은 동격자를 아무렇게나 부르는 경칭이다.

고야마 료운(小山良運). 번의 어전의 고야마 집안의 장남(제법 나이가 찼지만, 몸이 약해서 아직도 가독을 상속하지 않고 있다)이다. 어릴 때부터 비상한 수재로 집안 대대의 가학(家學)인 의학을 공부하기 위해 먼저 에도에 유학하고, 이어 난의(蘭醫)가 되기 위해 당시 난학(蘭學)의 총본산으로 알려진 오사카의 오가타 고안(緒方洪庵)의 학당에서 공부한 뒤, 몇 해 후에는 나가사키에 유학했다. 단순히 의학뿐만 아니라 난서(蘭書)를 통해서 유럽 정세며 병학, 물리학, 법률, 경제 등에도 능통했다.

게다가 료운의 특성은 위기의식이 강하다는 것이다. 지사적(志士的) 의식을 가지고 중부 지방과 규슈 계통의 인물을 많이 찾아 다녔으므로 일본이 어떻게 해야 하는가 하는 사상도 충분히 단련되었다.

오사카의 오가타 고안 학당의 동창 중에도 좋은 친구를 많이 가지고 있다. 조슈의 무라타 조로쿠(村田藏六 : 메이지 육군의 창설자인 오오무라 마스지로의 처음 이름)나 사쓰마 번의 마쓰키 고안(松木弘庵 : 메이지 정부의 외무대신 테라다 무네노리)과 가장 친해서 처음부터 그 인물을 알아보았다.

"이 두 사람은 단순한 의사로서 그치지 않을걸."

그러나 료운은 병이 잦았다. 몹시 허약해서 금방 감기에 걸렸다. 이 때문에 번으로 돌아와 그만한 학재를 가졌으면서도 날마다 집에 틀어박혀 평생 햇빛을 못 보게 될 것을 각오하고 있었던 것이다.

이 료운의 저택에 쓰기노스케는 예전부터 매일 찾아갔다. 군 감독관이 된 후에도 날마다 갔다. 어쩌다가 오지 않는 날이 있으면 료운은 이렇게 중얼거렸다.

"쓰기군은 어째서 안 오지?"

원체 도검에서 시문, 그림에 이르기까지 두 사람은 취미가 같았고, 번정 개혁에 대해서도 생각이 일치했다.

"이 지상에서 료운 씨 같은 좋은 벗을 다시는 만나지 못할걸."

쓰기노스케는 항상 말하고 있었다.

이 료운에게 쓰기노스케는 말하였다.

"개혁, 개혁, 하지만 실은 최종 목적은 나가오카 번을 독립 왕국으로 만드는 일이야."

작다고 하더라도 유럽의 한 나라처럼 만드는 것인데, 그러려면 군사력과 독자적인 체제를 갖추지 않으면 안 된다.

이 점, 우연이지만 조슈 번의 다카스기 신사쿠(高杉晋作)와 같은 의견이었다. 다카스기도 이런 생각을 가지고 있었다.

"막부를 무너뜨리고 교토를 수도로 하여 일본을 통일한다는 시대까지는 도저히 기다릴 수 없다. 일본을 구하는 길은 웅번(雄藩)의 독립 할거(割據)뿐이다."

쓰기노스케의 은밀한 계책도 그것이었다.

"개혁은 성급히 하지 말라."

그것이 스승 야마다 호코쿠의 체험에서 얻어진 지혜였다. 성급하게 하면 구세력의 저항이 커져서 개혁은커녕 생각지도 않던 반동이 일어나 번에 커다란 상처를 입히게 된다는 것이다.
"인간은 본래가 보수적인 거야. 누구나 개혁을 싫어해."
호코쿠는 말했다.
그러나 쓰기노스케는 '나는 다르다'고 생각하였다. 수술은 눈 깜짝할 사이에 해치우는 편이 낫다. 게다가 호코쿠가 비추 마쓰야마 번의 개혁에 착수한 것은 꽤 오래되지만, 오늘날의 쓰기노스케의 경우는 다르다. 시급하다. 지금 일본의 운명 그 자체가 어떻게 될는지 모르는 절박한 시대가 아닌가.
쓰기노스케는 취임하자마자 못된 소문이 나 있는 민정관과 민정청의 회계 관리 및 사람의 목을 잘랐다. 여러 마을도 돌아다녔다. 조세에 대한 불만이 있는 마을은 스스로 나가서 직접 조사하여 상대편의 불만을 해소해 주었다.
"가와이님에게는 두 손 들었어."
이런 소리가 나오기 시작했다. 뜻밖에도 호의에서 나오는 말이었다.
"그 사람에게는 두 손 들 수밖에 없지."
료운은 소문을 듣고 가족에게 이렇게 말하며 웃었다.
"그 사람은 사욕과 사심을 버렸을 뿐 아니라 목숨까지 버리고 덤벼들고 있거든. 그런 사나이에게 트집을 잡을 도리가 없지."
그 문제의 가리와 군 야마나카 마을――쓰기노스케가 외빙 편괸 때, 일단 시비를 가려 물의를 가라앉혔어야 할 그 악명 높은 마을의 정세가 다시 악화되었다.
――백성들이 민란을 일으킬지 모른다.
그런 소식이 번청에 들어왔다. 야마나카 마을이 불온해진 것은 세금 문제가 아니라 촌장과 촌민(村民)들의 대립이었다. 촌민들은 촌장 도쿠베에(德兵衞)를 쫓아내려 하고, 도쿠베에는 민정관에 매달려 그 자리를 유지하려고 한다.
"번에서야 어차피 촌장 편이겠지."
촌민들은 번에 대해서도 악의를 품었다. 워낙 불과 몇 해 전까지 천령(막부 영토)이었으니만큼, 번을 경멸하고 있었다. 번청에서는 놀라 곧 몇 사람의 포교를 파견했다. 포교는 마을에 들어가 주모자 네 사람을 묶어 성 아래로 끌고 오려고 했다.

그러자 촌민들은 죽창을 들고 나와 포교를 위협했다.

"그 네 사람을 풀어 주지 않으면, 우리도 생각이 있습니다!"

이 급보에 번청은 더더욱 놀라 잡병 조장 다베 다케하치(田部武八)에게 잡병 20명을 주어 급파했다. 말하자면 군대 출동이다.

그런데 조장 다베는 현지에 도착하여 사태가 이제 민란의 양상을 띠기 시작하고 있는 것을 알고, 자기 배를 가를 각오로 독단적인 조치로서 주모자 네 사람을 풀어주었다.

"자, 풀어주었으니 일단 해산하라!"

마을 사람들도 다베의 결사적인 기세에 감동하여 이 날 밤은 일단 해산했다.

"독단의 죄, 어떻게든 처분해 주십시오."

다베는 섬으로 돌아가 상신하고 죄를 기다렸으나, 쓰기노스케는 상사들을 누르고 다베의 조치를 크게 칭찬하여 용서해 준 다음 지시했다.

"나중에 내가 간다. 그 뜻을 야마나카 마을에 알려라."

혼자 그 마을로 들어갈 작정이었다.

이 사나이가 민란 직전의 악명 높은 마을에 들어가기 위해 성 밑 거리를 출발한 것은 그 이튿날이다.

"군 감독관이나 되는 사람이!"

신분을 들먹이며 그 경솔함을 비난하는 자도 있었고, 쓰기노스케의 주변에 있는 사람들조차 한사코 말렸다.

"쓰기님, 위험합니다."

그러나 쓰기노스케는 듣지 않고 이 사건의 해결법은 지방 행정의 최고관인 자기 자신이 가는 수밖에 없다고 생각했다. 서생 히코스케(彦助)만을 시종 대신 데리고서 성 밑 거리를 저녁 때 출발했다. 밤길을 가면서 주의를 시킨다.

"히코스케, 저쪽에 도착하면 시종 돌처럼 입을 다물고 있어야 한다."

이런 경우, 수행원은 오로지 말을 하지 않는 편이 박력이 있다고 쓰기노스케는 말했다.

"예."

히코스케는 고개를 끄덕였다. 본시 히코스케는 에치고 고시 군(古志郡)

라이덴 마을(來傳村)의 촌장 아들로, 일찍이 학문에 뜻을 두고 열한 살 때 성 밑의 사노(佐野) 집안에 기숙하고 있었다. 마침 이 집이 가와이 집안의 친척이라, 그것이 인연이 되어 쓰기노스케를 알게 되었다. 그때부터 십 수 년, 쓰기노스케가 나가오카에 돌아올 때마다 그 신변에서 떠나지 않았다.

"히코스케, 네가 개죽음이야 할 수 있느냐?"

걸어가면서 쓰기노스케가 말했다.

"나의 나날의 목적은, 그 언제라도 개죽음을 할 수 있는 인간이 되자는 거야. 죽음을 장식하고, 죽음을 뜻 깊게 하려고 애쓰는 인간은 단순히 허영의 도배이며, 막상 다급할 때는 죽지 못하는 법이야. 인간은, 아침저녁으로 개죽음할 각오를 새로이 해가면서 살아가는 의의만을 생각하는 자가 훌륭한 거야."

"예."

히코스케는 초롱불을 소매로 가리면서 고개를 끄덕인다.

"지금 밤길을 가고 있다."

쓰기노스케는 말한다. 바람이 세다.

"이 바람이 몸을 뚫고 통과하는 것처럼 되지 않으면 큰일은 못해."

"무슨 뜻이온지?"

"정신이 걸어가고 있을 뿐이야."

"아, 예."

"육체는 아무 데도 없어. 몸을 바람이 그냥 불어 지나가고 있는 거야. 한 개의 정신이 걸어가고 있단 말이야. 나는 그런 거야."

마을에 들어갔다. 쓰기노스케는 미리 숙소에 대한 연락을 받고 있었다.

촌민들로부터 '절에 유숙해 주시기 바랍니다'라는 전갈이 와 있었다.

보통 같으면 성 밑 거리에서 관리가 오면 촌장 저택이 숙소가 되지만, 이번 분쟁의 경우, 그 촌장이 촌민 일동의 적이 되어 있기 때문에 마을 사람들은 이런 이유를 내세우고 있었다.

"촌장 도쿠베에 댁에 유숙하시게 되면, 도쿠베에와 뜻을 맞추어 결탁을 하시게 될지도 모릅니다. 그러니 절에서 주무시기 바랍니다."

그러나 쓰기노스케는 절로 가지 않고 그대로 촌장 도쿠베에의 집으로 들어가 거기를 숙소로 삼았다. 온 마을이 떠들었다. 촌장 댁을 포위하고, 대표는 쓰기노스케를 찾아와서 숙소를 바꾸어 달라고 대들었다.

"너희들은 천만 뜻밖의 말을 하는구나! 천만 뜻밖이다!"

쓰기노스케는 허리에 아무 것도 차지 않고 마루 끝에 우뚝 서서 뜰아래의 대표들에게 일갈했다.

"사물의 도리를 어떻게 생각하고 있느냐?"

그는 반문했다. 숙사에 대한 도리를 한 시간에 걸쳐 도도히 떠들어 대고는, 마침내 설득시켜 쫓아 버렸다.

"내일 불러 낼 테니 얼른 돌아가라."

──보나마나 거짓말이 틀림없다.

마을 사람들은 그래도 쓰기노스케의 말이 믿어지지 않는 듯 촌장 댁 마당의 풀숲이며 울타리 사이에 몸을 감추고, 숨을 죽인 채 눈을 번들거리면서 집안을 감시했다.

'기분 나쁜 놈들이로군.'

젊은 히코스케는 화가 나서 당장 베어 버릴까 하는 생각까지 들었다. 이것도 세태가 바뀐 양상의 하나이다. 지난 몇 해 동안 각지에서 백성들이 눈에 띄게 거세고 오만해지기 시작하였다.

페리 호가 내항하고부터 국내에 존왕 양이론(尊王攘夷論)이 들끓어 막부의 권세는 땅에 떨어지고 지사들이 횡행하는가 하면, 한편 교토, 오사카에서는 '양이 어용도(攘夷御用盜)'라는 자칭 근왕 지사(실은 무사가 아니라 농촌 출신의 건달들이 많다)들이 돈 많은 상가에 침입하여 강도질을 자행했다.

그러한 시대의 비등이 300년 동안 괄시를 받아 온 백성들에게, '막부를 두려워하지 않는다'는 오만한 기분을 불어넣은 모양이다. 메이지의 자유 민권 운동의 바탕은 이미 막부 말에 태동이 있었다고 해야 할 것이다.

"10년 전까지만 해도 이런 일은 없었습니다."

히코스케는 말했다. 도쿠가와 시대를 통해서 농민 폭동은 각지에 있었지만, 그것도 지독한 악정(惡政)이나 무거운 세금이 원인이었지, 이 야마나카 마을의 소동처럼 단순히 마을 안의 불화가 도져서 백성들이 번을 뒤흔든다는 이런 종류의 소동은 없었다.

"앞으로는 이렇다."

쓰기노스케는 말했다. 앞으로는 농민이나 서민들이 자꾸만 고개를 쳐들게 된다는 것이다.

"우선, 저 마당 숲속에 있는 인간들을 어떻게 하시겠습니까?"

"내버려 둬라."

쓰기노스케는 말하고, 곧 집주인인 촌장 도쿠베에를 불러 근처에 쩌렁쩌렁 울리도록 큰 소리로 선언했다.

"이 저택을 내일까지 막부에서 공용으로 사용한다."

촌장 저택은 말하자면 반관 반사(半官半私)의 건물이기 때문에, 쓰기노스케의 조치는 합법적이다.

"가족들은 광에서라도 자거라."

이렇게 명령하고, 명령이 끝나자 온 집안의 창문과 미닫이와 장지문 등을 모두 열어젖히게 하고, 여기저기 불을 밝혀 온 집안을 구석구석이 밖에서 다 볼 수 있도록 했다.

"이렇게 해두면 농민들도 납득이 가겠지."

"하지만, 춥습니다."

이미 십일월 중순이라 금년은 눈이 늦기는 했으나 찬바람이 사정없이 불어 들어온다.

"밖에서 자는 것보다는 낫겠지."

쓰기노스케는 히코스케와 이불을 나란히 깔고 드러누웠다.

"춥지 않으십니까?"

"정치란 원래 추운 거야."

히코스케는 이 말의 뜻을 몰라 메이지가 된 후에도 줄곧 생각했다. 간신히 생각이 미친 것은, "정치를 하는 자는 몸이 춥다"라는 말이 틀림없다. 내 몸을 그런 장소에 두지 않으면 백성들은 도저히 따라오지 않는다는 뜻인 모양이다.

아무튼 촌민들도 이러는 데에는 놀라 풀숲 속에서 이렇게 서로 소곤거렸다.

"저러다가는 군 감독관이 얼어 죽겠다."

그러고는, 이 군 감독관을 믿게 되었다.

이튿날 아침, 쓰기노스케는 정장을 하고 관계자 일동을 촌장 저택의 법정에 불러냈다. 재판이다.

번으로 봐서 농민 폭동만큼 무서운 것은 없다. 한번 성 밑 거리에 폭동의 거적 깃발이 오를 경우, 막부는 번에 대해서 그 책임을 묻고, 경우에 따라서는 번 영토를 깡그리 몰수하여 영주의 집안을 폐가시켜 버린다.

"어쩌면 이것은 폭동이다."

나가오카의 번청에서는 숨을 죽이고 사태를 지켜보았으며, 번주 마키노 다다유키도 쓰기노스케가 출발한 날은 잠을 이루지 못했다.

이윽고 정각이 되었다. 사건의 주모자 네 사람이 법정에 나란히 앉아 쓰기노스케가 나타나기를 기다렸다.

"나오는 태도를 보고 7만 4,000섬과 정사(情死)를 해줄 테다."

모두 이런 각오를 굳히고 있었다. 말하자면 싸움 상대인 촌장 도쿠베에를 번이 옹호한다면 그야말로 거적 깃발을 내걸겠다는 생각을 품고 있었다.

쓰기노스케는 대기실에서 차를 마시고 있었다. 그는 어디까지나 촌민들을 누르고, 촌장 도쿠베에를 옹호할 방침이다. 폭민들을 지지할 수는 없는 것이다.

'그렇지 않으면, 번의 질서가 이 야마나카 마을에서부터 허물어지고 말 것이다.'

그러나 서투른 판결을 내리다가는 그들은 불만스럽게 여기고 폭동을 일으킬지 모른다. 쓰기노스케가 출정했다.

"모두 다 모였느냐?"

흰 얼굴에 다갈색 눈을 번뜩이면서 법정을 바라보았다. 그가 주모자를 보는 것은 외방 판관 때부터 두 번째이다. 도하치(藤八), 니시치(仁七), 규베에(九兵衛), 조에몬(常右衛門) 등인데, 모두 성질깨나 쓸 법한 얼굴들이었다.

"도하치, 그대는 고얀놈이로다!"

쓰기노스케의 얼굴이 달라지며 느닷없이 이 말이 튀어나왔다. 이 느닷없는 말에 도하치는 간담이 서늘해져서 허리라도 부러진 듯 납작하게 엎드려 버렸다. 쓰기노스케는 씽긋 웃었다. 도하치가 당황하는 꼴이 우스웠던 모양이다.

"니시치, 규베에!"

웃음을 거두고 소리쳤다. 니시치와 규베에는 섬뜩하여 머리를 숙였으나, 쓰기노스케는 이렇게 말했을 뿐이다.

"좀더 앞으로 나오라."

다시 쓰기노스케는 나머지 한 사람에게 시선을 옮겨 그를 쏘아보더니 곧 빙그레 웃었다.
"조에몬, 그대의 표정은 매우 잔인해 보이는구나."
사람들은 얼떨떨했다. 판결일까? 이 중에서 규베에는 쓰기노스케가 한 순간 한 순간에 띄우는 웃음에 마음을 놓고, 앞으로 무릎을 움직여 나아가서 무언가 호소하려고 하자, 쓰기노스케는 찰싹 부채로 마룻바닥을 때리고는 기선을 제압했다.
"규베에! 그대는 겉보기에는 약은 자같이 보이지만 속은 큰 바보로다."
이 말에는 규베에도 쑥 들어가지 않을 수 없었다. 사사건건, 간이 먼저 서늘해졌다. 그 뒤 쓰기노스케는 천천히 설유하기 시작했다. 네 사람은 멍한 상태에서 사람이 변한 것처럼 얌전히 듣고 있었다.
요컨대 떠들지 말라는 것이다.
모두 거짓말처럼 황공해하며, 앞으로는 촌장 도쿠베에를 지지하겠다는 서약서를 쓰고 도장을 눌렀다. 쓰기노스케는 판결이 끝나자 당장 그들을 방으로 불러들여 자기 돈으로 술자리를 마련하고 네 사람과 주연을 벌여, 예의 노래를 불렀다.

　세월이 태평해도 잘릴 때는 잘린다.
　샤미센 베개 삼아 얼씨구,
　한세상 잠이나 자자.

그가 장기로 삼는 노래였다.

이 동안 여담이 있다.
판결이 끝났을 때 쓰기노스케는 히코스케를 불러 큼직한 바구니를 가지고 오게 했다.
"이것을 보라."
쓰기노스케는 일동에게 말했다.
포장지에 싼 것이 바구니 절반쯤 차 있다. 뇌물이다. 쓰기노스케가 외방 판관에서 군 감독관이 될 때까지 지금 법정에 있는 야마나카 마을 주모자들이 소동을 자기편에 유리하게 해결해 달라고 보내 온 돈뭉치이다. 군 감독관이라는 것은 그토록 돈이 들어온다. 에치고 나가오카 고장에 이런 말이 있을 정도였다.
"3년만 군 감독관을 하면 나무에도 금화의 꽃이 핀다."
"그대들, 이걸 보면 기억이 나겠지?"
쓰기노스케가 일갈하자 모두 납작하게 엎드려 버렸다. 이러한 비밀스러운 돈을 이렇게 바구니에 담아 드러내 버리면, 묘하게 추해 보여서 황송해하지 않을 수 없다.
"나쁘다고 생각하느냐?"
"하지만."
그러자 규베에가, 여태까지의 습관입니다, 하고 변명했으나 쓰기노스케는 고개를 저으면서 명령했다.
"나쁜 일은 나쁜 일이야. 그대들 품에 도로 집어넣어 둬라."
어쨌든 판결이 끝나고 쓰기노스케가 부담한 술자리가 시작되었을 무렵에는, 그들 주모자들도 완전히 그에게 심복해 버리고 말았다.
'관맹 상제(寬猛相濟)로군.'
이러한 경과를 보고 있던 쓰기노스케의 종자 히코스케는 혀를 내둘렀다. 먼저 간담이 서늘해지게 만들어 놓은 다음 도리를 설유하고, 다시 상대편이 고개를 쳐들자 다른 수법으로 한번 더 기선을 빼앗고는 마지막에 술자리에서 마음을 풀어 주는 것이 쓰기노스케의 수법인 모양이다.
이 판결이 있은 뒤부터 악평 높은 이 마을도 거짓말처럼 조용해졌다. 쓰기노스케에 대한 촌민들의 경도(傾倒)는 다른 마을보다 강해서, 그 후 일세기가 지난 오늘날에도 가리와 군 야마나카 마을사람들의 쓰기노스케에 대한 숭앙은 그칠 줄을 모른다.
한편 쓰기노스케에 의해 구제된 촌장 도쿠베에는 당연한 일이지만 쓰기노스케를 은인으로 삼고, 그가 이 촌장 저택에 출장을 나왔던 11월 15일에는 해마다 그의 초상을 방에 모셔 놓고 장아찌 밥을 그 앞에 차렸다고 한다.
"된장 장아찌 밥만큼 맛있는 것은 없어."
쓰기노스케가 이 집에서 말했기 때문이라고 한다. 이것은 일종의 잡곡밥인데, 된장에 박은 무장아찌를 잘게 썰어 쌀과 섞어 지은 밥이다. 나가오카 번에서는 일반적으로 '벚꽃밥(櫻飯)'이라고 했다.
이 밖에도 쓰기노스케의 행정 개혁은 차츰 진행되어 갔는데, 번의 여러 가문이나 영내나 영민들의 저항은 커서 공공연히 비난하는 자도 많았다.

"인간은 습관에 의해 살고 있다. 저 사나이는 구습이 얼마나 중요한지 모른다."

특히 전부터 뇌물로 생활해 온 민정관 이하의 지방 관리들의 불만은 커서 '가와이 때문에 말라 죽겠다'고 쑥덕거리곤 했다.

"예부터 개혁자가 종말을 완전히 마친 예는 드물다. 머잖아 뜻밖의 사고로 목이 달아날 것이다."

이렇게 말하는 자도 있었다.

그런데 군 감독관 취임 후 일 년이 지나자 뜻밖의 일이 일어났다. 게이오 2년(1866) 11월, 쓰기노스케는 군 감독관 이외에 시 행정관도 겸하게 된 것이다. 번 행정의 실제면을 두 손에 쥐었다고 해도 된다.

"쓰기군이 시 행정관이 됐다구?"

이 확보(確報)를 들었을 때 고야마의 료운은 무척 흥분한 모양으로, 병든 몸이면서도 손수 우물물을 길어 통에 담아 들고다니며 대문에서 현관에 이르는 길에 뿌렸다.

"오늘따라 왜 그렇게 하셔요?"

료운의 막냇누이 오노부가 묻는다.

"쓰기군이 오기 때문이지."

손님을 맞이하기 위해 물을 뿌리는 모양이나.

"가와이님은 날마다 오시잖아요?"

이렇게 되물었다.

"그래, 오늘부터 번주님 집안도 나가오카도 잘 될 게다."

아니나다를까, 쓰기노스케가 찾아왔다. 문 옆의 검양옻나무가 샛노랗게 물들어서 눈이 따갑도록 아름답다.

"료운 형, 이 검양옻나무는 언제부터 노래졌지?"

"간밤의 서리를 맞고서야."

료운은 마룻가에서 말했다.

안으로 들어가 여느 때처럼 료운의 서재에서 이야기했다.

"거리에서는 소문이 대단하다더군."

료운이 말했다. 쓰기노스케가 시 행정관을 겸무한다는 소문은 벌써 온 번에 퍼졌으나 료운의 종자가 듣고 온 바로는, 암만해도 평판은 그다지 좋지 않은 모양이다. 모두 경계하고 있다고 한다.
"무슨 짓을 당할지 모른다는 공포가 있는 모양이야."
료운은 웃었다. 특히 여관, 요정 같은 접객업자들은 종래부터 시 행정 관리와 뒤에서 손을 잡고 있어서 웬만한 것은 평소에 친히 사귄 관리들이 눈감아 주었고, 또 위에서 내려오는 지시 같은 것도 미리 귀띔해 주곤 했다.
도박을 업으로 삼는 두목들도 마찬가지이다. 도박은 금지되어 있지만 지금은 법이 없는 거나 마찬가지로, 거리의 절 같은 데서도 성행되고 있다. 그들도 모두 행정청 관리들과 결탁하고 있으며, 관리들은 그런데서 얻은 수입으로 풍족하게 살고 있었던 것이다.
"그 관리들이 악평을 뿌리고 다니는 모양이지. 가와이는 미치광이라고 말이야."
"하기야 일종의 미치광이지."
쓰기노스케는 웃었다.
취임한 지 사흘 만에, 쓰기노스케는 오직 관리 가운데서 이름난 자 세 사람을 공관에 불렀다. 나가오카 번에서는 시 행정청의 상급 관리들을 검단(檢斷)이라고 부른다. 에도 시 행정청의 포리에 해당할 것이다. 호출되어 나온 검단들은 성을 구사마(草間), 미야우치(官內), 다치가와(太刀川)라고 한다. 이름은 알 수 없다.
"오늘부터 직위를 몰수한다."
한마디로 목을 잘랐다. 이것이 첫 작업이다. 이어 도박 금지에 대한 경고를 큼직하게 써 붙였다. 동시에 이와 병행해서 '집합장'이라는 것을 만들었다. 성 밑 고후쿠 거리(吳服町) 뒤에 오로좌(御蠟座)라는 건물이 있었다. 이것을 사흘 동안에 보수하여 '집합장'으로 만들었다.
감옥과 비슷하지만 감옥이 아니다. 감옥은 따로 있다. 고후쿠 거리 뒤의 이 집합장은 노름꾼, 무뢰한들의 수용소로 이들을 처벌하기 위한 곳이 아니라 격리하여 교육하기 위한 곳이었다. 집합장에는 쓰기노스케의 친구로 도야마 슈조(外山修造)라는 학자를 앉혀 그로 하여금 직접 교육시키기로 했다. 감옥이 징벌형주의(懲罰刑主義)였던 에도 시대로서는 이례적인 일로 아마도 근대 교육형주의의 첫 예를 들었다고 할 수 있을 것이다.
좀더 언급해 본다.

이 성 밑 거리에는 무뢰한들이 많았다. 이 고장말로, 이들 놈팡이들을 '변없는 인간들'이라고 부른다. 어원은, 주변이 없다, 사람이 아니다, 하는 것에서 나왔는데 자세히는 모르겠다.

원래 놈팡이들이 모이는 곳은 통치가 엄격한 영주의 영토보다 관리의 수가 적은 천령(막부 영토)에 많다. 에치고를 예로 든다면, 니가타나 오지야(小千谷) 등이 그런데, 그러나 이것은 비교의 문제이지 나가오카에도 꽤 많다. 그들이 거리를 횡행하며 양민들의 생활을 위협하는 것이다. 쓰기노스케라는 인물은 기질적으로는 무장형(武將型)이며 능력으로서는 경제 행정에 능하지만, 이러한 풍속 현상에 대해서도 용서치 못할 노여움을 품고 있었던 모양이다.

시 행정관에 취임하자마자, 온 거리에 포리들을 풀어 이들을 일망타진해서 고후쿠 거리 뒤의 그 '집합장'에 몰아넣었다. 일을 시켰다. 옷의 재단을 좋아하는 자는 그것을 가르치고, 목수, 미장이 노릇을 하던 자는 그 일을 시킨다. 농사일도 시킨다.

낮 동안은 거리에 일을 하러 내보내기도 했다. 달아나지 못하도록 다섯 명을 한 조로 만들어 책임자를 두고, 거리에는 한 조 단위로 내보낸다. 거기다가 또 달아나지 못하게 머리를 빡빡 깎게 하고, 옷은 빨갛게 물들인 것을 입혔다. 거리에서 이런 인간들이 오면 아이들은 노래를 부르며 놀려댔다.

어버이를 때리고
싸움질을 하니까
빨간 수건 빨간 옷이
간판이 되지

집합장의 식사는 매일 현미 세 홉으로 정해져 있었다. 한 달 중 6(六)자가 붙는 날에는 청어 같은 반찬도 나와 감옥보다 대우가 좋았다. 형기는 일정하지 않았다. 직업이 손에 익고 개전의 실적이 인정되면 내보낸다. 감옥과 다른 점은 날마다 외박을 허용한다는 것이다.

"외박을 허용하지 않으면 역효과가 난다."

쓰기노스케의 생각이다. 인간을 완전히 격리하여 폐쇄해 버리면 감정이 울적해져서 무슨 짓을 할지 모른다. 밤에는 부모나 아내나 정부의 집에 돌아가도 된다. 다만 시간은 밤 열시부터 새벽 네 시까지다. 새벽 네 시에 돌아오지 않으면 이렇게 일러놓고 있다.

"목을 친다."

이런 점에 에도 시대의 무단정치(武斷政治)가 가진 묘미가 있다.

어느 날 그러한 자 가운데 에치고 고시 군(古志郡) 야마미치 마을(山道村)에 사는 야쓰데노진스케(八手甚助)라는 이름난 불량자가 다른 두 사람과 함께 돌아오지 않았다. 서로 약속한 것이 틀림없었다.

"잡아라!"

쓰기노스케는 명령했다. 시 행정청이 총동원되어 수색한 끝에 이튿날까지 세 사람을 잡았다. 진스케는 농가의 거름통 속에 들어가 입에 문 대나무 대롱을 밖에 내놓고 호흡하고 있었다고 한다. 그것을 끌어내어 냇물에 처넣어 씻겨서는 성 밑 거리로 끌고 돌아왔다.

"목을 쳐라."

쓰기노스케는 말했다. 이 세 사람의 목을 침으로써 이후 그들은 두 번 다시 탈주할 생각을 갖지 않게 된 것이다. 집합장의 광장에 끌어내다가 모두들 보는 앞에서 목을 쳤다.

도박에 대해서는 또 하나 재미있는 이야기가 있다.

쓰기노스케는 도박을 싫어했던 모양이다.

"무조건 싫단 말이야."

쓰기노스케는 료운에게 말했다. 이것만큼 인간의 넋을 빼고, 인간의 활동을 둔화시키고, 사회를 썩게 하는 것은 없다는 것이다.

"좋고 싫고를 가지고 금제하나?"

"아니지."

목적에 어긋나기 때문이라고 쓰기노스케는 말했다. 그의 목적은 에치고 나가오카 번과 번령을 천하에 제일가는 부강 지대로 만드는 일이며, 요코하마에 있는 페블브란드의 고국인 스위스처럼 교육과 경제와 군제를 확립하고 싶다는 데 있다. 쓰기노스케가 목적하는 장래의 에치고 나가오카 번은 이제 이른바 막번 체제 아래의 번이 아니라 한 개의 독립 공국이며, 그 건설을 방해하는 것은 사정없이 제거해 버리지 않으면 안 된다.

"도박이 바로 그거야."

쓰기노스케는 말했다.

"하지만 쓰기군, 그건 어려운 일일걸."

료운은 말한다. 도박과 도박꾼은 이 사회의 독균임에는 틀림없으나, 인간의 약점 속에 뿌리박고 있기 때문에 참으로 교묘한 장소에서 호흡한다.

"이를테면?"

"쓰기군, 자넨 시 행정관님이야. 그 시 행정관의 부하들이 도박의 소굴인데 어떡하지?"

옳은 말이었다. 앞잡이라는 자들이 있다. 그들은 에도에서나 번에서나 마찬가지지만 경찰의 말단에 있으면서 일상다반사로 경찰권을 행사한다. 그들이 없으면 도둑의 수사는 하나도 이루어지지 못한다. 그런데 앞잡이가 도박꾼의 두목인 것이다. 그 자신이 나쁜 짓의 장본인이니만큼 이면 사회에 밝으므로 범인 수사를 하게 되면 후각으로 아주 거뜬히 범인을 잡아낸다. 이 인간들을 도쿠가와 시대의 법제에서 쓴 말로 표현하면 이렇다.

방면(放免)

길 안내(道案內)

방면이란 경찰에 협력한다고 해서 나라의 관대한 취급을 받는다는 뜻이요, 길 안내라는 것은 나쁜 놈들의 집으로 안내해 주는 자라는 뜻이다.

물론 그들 앞잡이는 정규 관리도 아무 것도 아니다. 정규 경찰 관리는 에도나 그 밖의 여러 번에서나 포교가 최말단이다. 이 잡병격의 포교가 경찰권의 상징인 철척을 갖고 있는데, 워낙 포교의 수가 모자란다.

이 때문에 포교는 사사로이 도박꾼의 두목들을 부하로 삼아 이들에게 임시로 철척과 포승을 맡겨 놓는다. 이런 종류의 사나이들이 나가오카 성 밑 거리에 다섯 명 있다. 제 자신이 도박꾼인 주제에 다섯 명이 저마다 수십 명의 부하들을 거느리고 있다.

"나라의 명령이다."

이렇게 내세우면서 서민들이나 농민들에게 크게 위세를 떨치고 있다. 그 위세가 얼마나 센지 대대의 시 행정관 따위는 손가락 하나도 대지 못했다.

"그 인간들을 어떻게 한다지?"

"일소해 버리지 뭐."

"할 수 있을까?"

"료운 씨."

쓰기노스케는 미간을 찌푸렸다.

"그까짓 것도 못하고 번의 개혁이니 어쩌니 하는 소리를 어떻게 하겠나?"

"쓰기군, 재미있겠는데."

료운은, 볼 만한 구경거리라고 생각했다.

쓰기노스케의 방법은, 먼저 자기의 시책에 대한 이유를 명백하게 밝힌다는 것이었다.

"왜 도박이 나쁜가."

모든 수단을 동원하여 성 밑, 성 밖에 철저히 인식시킨 다음, 회개하는 자에게는 편의를 제공하고 그런 연후에는 사정없이 탄압한다.

"별것 아니겠지."

대수롭지 않게 생각하던 자 가운데 앞잡이 다혜에(多兵衛)라는 두목이 있었다. 50대의 사나이로, 거리에서는 대단한 명사이며 '암흑의 행정관님'이란 별명으로 통했다.

"도박이 금제라는 건 100년 전부터 정해진 일이야. 금제는 표면상 그렇다는 거지. 행정관님이 그렇게 말씀하는 건 말치레뿐이야. 머지않아 조용해질걸."

이런 식으로 여전히 도박장을 열고 있었다.

"첫째."

다혜에 두목은 말한다.

"도박을 금지하시면, 곤란한 건 나랏님이란 말야."

그것은 사실일 것이다. 막부의 등잔 밑인 에도나 여러 번의 경우가 다 마찬가지지만, 그들 앞잡이에게 수당이 지불되는 것도 아니어서 모두 무급이다(하기야 다소의 푼돈이 포교의 호주머니에서 나가는 일이 있기는 하지만).

그들은 도박장의 개설을 묵인받음으로써——말하자면 불법을 묵허받음으로써——큰 수입을 얻는다. 도박장의 판돈에 대한 구전을 받을 수 있는 것이다. 그 구전으로 많은 부하들을 기르고 있다.

즉 행정권은 그들에게 도박을 시킴으로써 무급 경찰원을 다수 양성하게 되는 셈이며, 만일 도박이 금제되면 다혜에의 말대로 곤란해지는 것은 당연히 행정관님일 것이다.

그러나 쓰기노스케는 이 점에 관한 조치도 취했다.

"앞잡이에게 급여를 준다."

이런 포고를 낸 것이다. 더욱이 당장 실행한다.

"그러니 도박을 그만두라."

이런 엄명이었다. 그 급여라는 것은 앞잡이(두목)에게 저마다 쌀 스물다섯 가마니, 그 부하에게는 각각 쌀 다섯 가마니에서 여섯 가마니였으므로, 나쁜 급여는 아니다. 더욱이 급여를 받게 되면 비록 보잘 것 없지만 그들도 의젓한 번의 관리이다. 이것은 획기적인 일이었으며, 천하가 넓다지만 앞잡이와 그 부하에게 급여를 지급한 것은 나가오카 번 이외에 없을 것이다.

다헤에는 그래도 몰래 성 밑 거리나 시골의 유지들을 불러 내밀히 도박장을 열고 있었다.

"잡아 가두어라."

쓰기노스케는 부하에게 명령했다. 즉각 다헤에는 체포되어 집합장에 수용되었으며, 머리를 빡빡 깎인데다가 뻘건 옷이 입혀졌다. 그리고 성 밑 거리 여기저기를 수색한 끝에 도박장 도구 일체를 긁어모아 집합장 마당에 쌓아놓고 기름을 부어 불태워 버렸다.

"쓰기군은 과연 하는군."

료운은 감탄했으나, 료운에게는 아직도 할 말이 있다.

"일이 일이라서 말이야."

즉 도박은 사람의 본성에 뿌리를 박고 있기 때문에 좀처럼 근절하기 어렵다. 시골의 도박꾼들이 관리의 눈이 미치지 못하는 것을 기화로 비밀 도박장을 개설할 것이다. 그렇게 되면 오히려 나쁜 결과를 가져온다. 사회에 암흑면을 만들고 만다는 것이다.

"아니지. 그것도 생각하고 있어."

쓰기노스케는 비상수단을 생각하고 있었다.

어느 날, 해거름에 쓰기노스케는 단골 요정 후지모토야(藤本屋)로 가서, 마루에 올라서자마자 안주인에게 일렀다.

"곰보와 우엉을 불러와."

그리고 나서, 여느 때처럼 깊숙한 안방으로 들어가서 술을 주문했다. 쓰기노스케는 시 행정관이 되기 전에는 사흘이 멀다 하고 여기 와서 술을 마시곤 했는데, 요즘에는 공무가 번다하여 좀 뜸해졌다.

이윽고 곰보와 우엉이 들어왔다. 두 사람 모두 40이 넘은 기생이다.

"부탁이 있다. 남에게 말하지 마라."

쓰기노스케는 말했다.

"곰보는 머리를 땋을 줄 아니까 내 머리를 서민처럼 다시 땋아 줘. 우엉에겐 못된 남동생이 있지. 그 녀석의 옷과 여행용 겉옷을 빌려 다오. 손발에 끼는 토시며 각반, 짚새기도 잊지 말고."

"대체 나가마치(長町)님은"

나가마치라는 것은 쓰기노스케의 집이 있는 거리 이름이다.

"무엇을 하실 작정이십니까?"

곰보가 물었다. 도유야(桐油屋)의 미요키치(三代吉)라는 것이 그 기녀의 이름인데, 곰보가 하도 심해서 쓰기노스케는 곰보라고 불렀다. 우엉은 이름이 오리쿠이지만 성 밑 거리에서 이만큼 얼굴이 긴 말상은 없을 것이다. 둘 다 쓰기노스케가 단골로 부르는 늙은 기녀들이다.

"기녀란 배짱이 있어야 해."

"네?"

"둔하기는. 이유 따위는 묻지 말고, 네, 하고 대답하면 된단 말이야. 이 일도 앞으로 3년 동안은 발설하면 안 돼."

"그야, 입이 무겁다는 것만은 기녀의 장기입니다만서두."

"그러기에 그대들에게 부탁하지 않나. 자, 어서 이걸."

자기 뒤통수를 때리면서 '해 주게' 하고 말했다. 곰보가 살며시 방을 빠져나가서 사무실 방에 들어가 머리 손질하는 도구를 빌려 왔다. 우엉은 그 무렵 벌써 남동생 집으로 옷을 빌리러 달려가고 있었다.

이윽고 후지모토야의 안방에서 한 나그네 도박꾼이 생겨났다.

"사무실에도 비밀로 해야 해."

감독관님은 뒷문으로 살며시 빠져나가 그대로 성 밑 거리에서 모습을 감추었다.

'비밀 도박의 숨통을 끊어 놓을 테다.'

이것이 쓰기노스케의 속셈이었다. 무슨 일이고 철저하게 해치운다는 것이 이 사나이의 기질인 모양이다.

사실 성 밑 거리를 떠날 때 그는 지조(地藏) 네거리에서 포도관(행정청 포교) 오타몬조(太田門造)에게 발각되었다. 몬조는 이 날 밤, 마침 당번이어서 두 칼을 차고 나막신을 신은 순찰 차림으로 거리거리를 돌아다니고 있었다.

"너는 누구냐!"

쓰기노스케의 소매를 붙잡은 몬조는 초롱불을 얼굴에 갖다 대자마자 소스라치게 놀랐다. 군 감독관이 아닌가!

"잠자코 있게."

쓰기노스케는 나직이 말했다. 이 몬조가 후년에 쓰기노스케의 일화를 많이 이야기하여 남겨 놓고 있다.

"어디로 가시는 길이십니까?"

"가는 곳 말인가?"

쓰기노스케는 잠깐 생각했다. 하기야 가는 곳을 말해 두지 않으면 만일 죽었을 경우 감독관이 행방불명이 되어 버린다.

"도치오(栃尾)야. 그대에게 관계가 없어."

도치오는 시골이므로 시 행정청의 관할 밖이라는 뜻인 모양이다. 쓰기노스케는 군 감독관으로서 찾아가는 것이다.

나가오카 성 밑 거리에서 동쪽으로 십 리 남짓 가면 벌써 산속이다. 쓰기노스케는 달빛을 의지하여 산길을 걸어 간신히 모리타테 고개(森立峠)를 넘었다.

목적하는 도치오는 산속에 있는 조그마한 분지이다. 에치고에서는 '도치오 기질'이라는 말이 있다. 기개에 찬 반면 타향 사람들과 쉽게 동화하지 않고 투쟁심이 강하다. 전국 시대에 우에스기 겐신(上杉鎌信)이 소년 시절을 이 도치오에서 보냈다. 겐신이 나중에 신에쓰(信越), 호쿠리쿠(北陸), 간토(關東) 등지에서 위세를 떨칠 무렵, 겐신 휘하의 에치고병은 일본에서 가장 강하다는 소리를 들었으며, 오다 노부나가(織田信長)조차 겐신이 죽을 때까지는 그의 비위를 건드리지 않으려고 애썼는데, 그 에치고병 중에서도 특히 도치오 출신이 최강으로 간주되었다.

여담이지만, 도요토미 시대 말기에 이르러 우에스기 집안은 에치고를 떠나 아이즈로 이봉(移封)되었다. 도쿠가와 시대에 들어와서 다시 아이즈에서 요네자와(米澤)로 옮겨짐으로써 그 고국인 에치고와 더 멀어져 버렸다. 그러나 고국 사람들은 일찍이 북방의 패왕으로서 천하가 두려워한 겐신 시절의 영광을 잊지 않고 있었다.

아울러 말하지만, 도쿠가와 막부는 이 에치고라는 장대한 지대에 대해서 참으로 신중했다. 왜냐하면 이 지방의 지세, 지리적인 위치, 주민들의 기질 등, 지정학적으로 보아 여기서 일찍이 겐신의 우에스기씨라는 큰 세력이 성립된 것처럼, 이 고장을 한 영주에게 주면 결국은 강대해져서 중앙의 통제에 복종하지 않게 되지 않을까 생각하고, 이곳을 토막토막 잘라 많은 영주를 두었다. 그리하여 도치오는 나가오카 번의 영토가 되었다. 그러나 향민들은 번에 대한 두려움이 얇고 무슨 일이 있을 때마다 민정관에게 대들기 일쑤였다.

"우리는 후시키안(不識庵 : 겐신)님 때부터 내려오는 고장이라서요."

이번 도박 금지령에 대해서도 마찬가지였다.

"행정관님의 변덕이야."

그러면서 표면상으로는 주사위, 화투 등을 불태웠으나, 비밀히 사람을 모아 여전히 도박을 하고 있는 모양이었다. 쓰기노스케는 도치오 지방의 니시나카노마다(西中俣)라는 곳에 이르러 유조(勇藏)라는 도박꾼 두목의 집을 찾았다. 먼저 문지방을 넘기 전에, 도박꾼의 세계에서 말하는 초면 인사를 하지 않으면 안 된다.

"이 사람은, 태어난 고장으로 말씀드리자면."

이렇게 시작하는 정체불명의 일본말이다. 쓰기노스케는 여러 지방을 돌아다닐 무렵 주막에서 나그네 도박꾼들과 사귀어 이 기묘한 문구를 배웠다.

"에치고 가시와자키(柏崎)에 사는 놈입니다."

유조는 50대의 큼직한 얼굴을 가진 사나이로, 농사일을 하지 않아 목덜미가 허여멀겋다. 마루에 앉아 생기 없는 눈을 흐릿하게 뜨고 바라보았는데, 이 나그네가 무사라고는 끝내 깨닫지 못하고 덮어놓고 손을 내저으면서 말한다.

"안 돼. 도박은 안 된단 말이야."

그래도 쓰기노스케는 끈질기게 부탁하면서 이윽고 품에서 주사위를 꺼내자 유조는 안으로 달려 들어가더니 종이에 돈 두 푼을 싸 들고 나와, 부탁이야, 부탁이야, 제발 부탁이니 어디로 가주게. 당신이 그런 모습으로 여기서 우물쭈물하고 있으면 내가 아직도 도박을 하고 있는 줄 남들이 알게 되네.

──바로 이거란 말이야.

그는 목을 치는 흉내를 해보였다. 그러나 쓰기노스케는 물러나지 않는다.

"그럼 이 근처에서 내밀히 노름을 해주실 두목님은 어느 분이실까요?"
계속 물고 늘어졌다.
"아라야마(荒山)에 사는 네코겐(猫源)은 어떨는지."
유조는 말하고는, 기어이 쓰기노스케를 쫓아 버렸다. 쓰기노스케는 네코겐을 찾아갔다.
'색다르군.'
네코겐이라는 별명이 색다르다는 것이다.
여기저기에서 수소문을 해보니, 이 도치오에서도 꽤 세력이 있는 도박꾼이며, 다른 고장에까지 이름이 알려진 사나이인 모양이다.
"네코겐은 고양이를 좋아하나요?"
도중에서 쉬어 간 찻집에서 묻자, 가게를 지키고 있던 노파가 갑자기 입을 다물고 안으로 들어가 버렸다. 무서워서 소문을 입 밖에 내고 싶지 않다는 태도였다.
'꽤 악질인 모양이구나.'
그러나 고양이를 좋아할 만한 인간이라면 어딘가 정다운 점도 있는가 보다, 하는 생각이 들어 이것저것 상상했다. 도중에서 쓰기노스케는 여자 침쟁이와 동행이 되었다. 잘도 지껄여 대는 50대 여자인데 팔자걸음으로 차내듯이 걸어간다.
"네코겐 댁엔 지금 고양이가 몇 마리나 있소?"
이렇게 묻자 여자 침쟁이는 걸음을 멈추고 쓰기노스케의 얼굴을 찬찬히 들여다보더니 말한다.
"고양이가 어딨어요?"
"없단 말이오?"
"그럼 없지 않구."
킥 웃고는, 이 지방의 고양이는 네코겐 집이라 하면 아마 한 마장도 가까이 가지 않을 거라고 말했다.
"어째서?"
쓰기노스케는 물었다.
"잡아먹으니까 그렇죠."
여자 침쟁이의 말을 들어 보면, 그것이 네코겐의 일종의 방법이라고 한다. 네코겐은, 노름 전에 고양이를 잡아먹으면 고양이의 마성이 옮겨와서 재수가 달라지며, 젊은 때부터 도박하는 전날 밤에는 반드시 고양이를 잡아먹었다고 한다.

"고양이를 어떻게 잡지요?"

"그건 또 머리가 좋더구먼."

개다래나무로 잡지 뭐, 하고 말했다. 모닥불 재속에 개다래나무의 열매를 넣어두면 그 냄새가 바람을 타고 사방에 번져 고양이가 몰려오는데 그때 잡아먹는다는 것이다.

'그건 좀 심한데.'

네코겐이 사는 아라야마 마을로 들어가니, 동구 밖에서 셋째 집에 '겐(源)'이라고 장지문에 써 붙인 집이 있다.

'여긴가?'

쓰기노스케는 일단 지나갔다. 기분 탓인지 이상하게 들큰한 냄새가 풍겨오는 것 같다.

'개다래나무 냄새?'

그렇다면 운이 좋다. 내일쯤 도박장을 열겠구나.

그 날 밤 쓰기노스케는 다른 마을 주막에서 자고, 상황을 조사해 보니 과연 그런 모양이다.

이튿날 아침, '겐'의 장지문을 열고 허리를 굽혔다.

——이 사람은 가시와자키의 산고로(三五郞)라는 보잘것없는……

자기 성명을 밝히자, 부하처럼 보이는 젊은 녀석이 쓰기노스케의 인상을 아래위로 훑어보더니 조심스럽게 묻는다.

"대체, 무슨 볼일로 오셨나요?"

쓰기노스케는 품에서 주사위 두 개를 꺼내어 손바닥 위에 교묘하게 굴리면서 말없이 웃었다.

부하가 고개를 끄덕이더니, 이윽고 네코겐 자신이 마루에 나와서 섰다.

'과연, 고양이를 잡아먹을 만한 놈이군.'

눈초리가 축 처져서 웃는 얼굴인데, 그러면서도 눈매가 차갑고, 피부는 엿을 발라 놓은 듯이 기묘하게 번들거렸다. 쓰기노스케의 말을 네코겐은 믿었던지 살이 두둑한 턱으로 집안을 가리켰다.

"그래, 좋다."

올라오라는 뜻인 모양이다. 쓰기노스케는 황송해하면서 우물가로 가서 발을 씻었다.

'묘한데?'

이런 생각이 든 것은 그때다. 뒷문으로 몇 사람이 나가는 기미를 느꼈다. 쓰기노스케는 안방으로 들어갔다. 가운데의 방문을 떼어 버린 도박장이다. 넓다. 사람들은 여덟 명 정도밖에 없다. 그 여덟 명은 아무리 보아도 네코겐의 부하였다.

'아까 그 기미가 그거였구나.'

유지들을 뒷문으로 내보낸 모양이다. 남아 있는 것은 도박장 일을 보는 자들뿐이었다. 쓰기노스케를 보는 눈초리가 사납다. 쓰기노스케는 방 한가운데의 문지방 밖에 무릎을 꿇고 두 손을 짚으며 인사했다.

"들어와요."

미간에 상처가 있는, 한 사나이가 말했다. 쓰기노스케는 들어갔다. 거기에 네코겐이 들어와서 장식품을 두기 위해 방 안쪽에 한단 높게 마련한 도코노마(床間)에 올라가 책상다리를 하고 앉았다.

'도코노마를 다 만들었구나.'

쓰기노스케는 문득 생각했다. 이 정도의 신분을 가진 인간이 도코노마나 중방 장식을 만들다니, 용서할 수 없는 일이다. 서민으로서 도코노마나, 중방 장식을 만들 수 있는 것은——어느 번이나 마찬가지지만——본래는 촌장 정도이다. 촌장에 준하는 호농의 경우에는 성부의 허가를 얻어서 만든다. 그 허가를 얻기 위해 기부금을 납부하지 않으면 안 된다. 그 이상의 구조는 대문을 세우는 일인데, 이것은 특별한 경우를 제외하고 촌장 이외는 허가되지 않는다. 만일 이런 법을 무시할 경우에는 사정없이 헐어 버린다.

좀 무도한 짓이지만, 도쿠가와 봉건제도는 그러한 것으로 지탱되어 있었다. 무사 계급뿐 아니라 일반 서민들에게도 가문과 계급을 만들어 그것으로 사회 질서를 유지하도록 누구나 무질서하게 머리를 쳐들지 못하도록 엄중히 봉해 놓았었다. 이를테면, 이 네코겐의 경우처럼 도코노마를 만들었을 경우이며, 이 하나만으로도 그는 감옥에 들어갈 만한 죄를 지은 것이 될 것이다.

"하자구."

미간에 상처가 있는 사나이가 쓰기노스케에게 말했다. 쓰기노스케는 자리에 앉아 문득 깨달은 듯이 말했다.

"이거, 여러분께선 전문가들만 모이신 것 같구려."

그러자 미간에 상처가 있는 사나이가 느닷없이 어깨를 으쓱거리며 말했다.
"쓸데없는 주둥아리 놀리지 마라."
결국, 이 인간들과 쓰기노스케는 하지 않을 수 없게 되었다. 그들은 쓰기노스케를 양쪽에서 끼고 앉듯이 앉았다. 중앙에 다다미가 한 장 깔려 있다. 이것이 네코겐의 도박자리이다. 젊은 녀석들이 그 옆에 한 무릎을 세우고 앉아 주사위 종지를 들었다. 종지는 대살로 엮은 것에 유지(油紙)를 발랐다. 거기에 주사위 두 개를 담는다.
'이 새끼, 암만해도 수상한데?'
네코겐은 등 뒤의 도코노마에서 쓰기노스케를 살펴보면서 수상쩍어했다. 만일 행정청의 밀정이라면 얼굴을 물대야에 처박아 '익사'시킨 다음, 나중에 강물에 집어던져 누가 보아도 물에 빠져 죽은 시체처럼 만들어 버릴 작정이다. 도박이 시작되었다.
'점점 더 수상해.'
네코겐이 생각한 것은, 뚜렷한 까닭은 없었으나 쓰기노스케의 태도가 어딘가 매우 서툴러 보였기 때문이다.
"산고로님이랬던가."
한창 도박이 진행되는데 네코겐이 도코노마에서 말을 건넸다.
"한 번 더 물어보겠는데 가시와자키의 어느 분 집안이었지, 당신은?"
"나?"
쓰기노스케가 얼굴을 들었다. 아까는 입에서 나오는 대로 마구 지껄였지만, 이제 그것을 두 번 되풀이할 필요는 없다.
"잊어버렸소."
외면해 버렸다. 이자식이, 하고 소리친 것은 마주 앉았던 미간에 상처가 나 있는 녀석이었다.
"이 자식, 나가오카에서 왔구나."
"그렇다."
쓰기노스케가 말했다. 그들이 예감한 대로였다. 나가오카의 어느 앞잡이의 부하가 틀림없다. 그것이 나그네 도박꾼으로 변장해서 도박장을 부수러 온 모양이다.
"어느 놈의 부하야? 이름은 뭐야!"

"마키노 비젠노카미의 부하다."

"사람을 놀리나!"

네코겐은 화가 치밀어 벌떡 일어섰다. 번주님의 이름이 아닌가. 요즘 앞잡이 두목과 그 부하들이 도박 금지로 해산되고 그 대신 번에서 급여를 받게 되었다. 그래서 우쭐대며 번주님을 두목이라고 뇌까리는 것이겠지.

"너희들!"

네코겐은 피리 같은 소리를 질렀다.

'어쩌면 저런 괴상한 소리를 낼까?'

쓰기노스케는 생각했다. 네코겐의 목소리는 목구멍에 무언가 결함이 있는지, 변성 전 같은 소리를 내며 명령한다.

"물로 죽여 버려."

쓰기노스케는 칼을 안 가졌다.

"꼼짝 마라!"

쓰기노스케가 움직이는 놈은 감옥에 처넣는다, 움직이지 않는 놈은 대견하게 보고 집합장에 처넣은 것만으로 용서해 주겠다고 나직이 말했다.

"나한테 손을 대는 놈은"

쓰기노스케는 계속했다.

"효수형이다!"

여기까지 말했을 때, 미간에 상처가 있는 놈이 용수철처럼 튀어올라 쓰기노스케에게 덤벼들었다. 그러나 쓰기노스케의 몸에 닿기 전에 턱을 차여 뒤로 벌렁 나자빠졌다.

쓰기노스케는 이미 일어서 있었다.

"물러섯!"

나직이 소리치고 그 무시무시한 눈으로 주위를 훑어보았다. 모두 숨을 죽였다.

"내가 가와이 쓰기노스케다!"

'앗!'

놀란 것은 네코겐이었다. 왼쪽 미닫이를 걸어차고 달아나려고 했다. 복도로 굴러 나가면서 중얼거렸다.

"저 얼굴이 틀림없다."

자기의 불운이 서글펐다. 쓰기노스케의 용모는 살결이 희고 이마가 튀어

시나노 강 539

나왔으며, 두 눈이 그 아래서 다갈색으로 빛난다. 이런 인상이라는 것을 전부터 듣고 있었다.

"지금부터 하는 말을 잘 듣거라."

쓰기노스케의 목소리가 따라왔다. 용모에 걸맞지 않게 목소리가 좋은 분이라는 것도 네코겐은 듣고 있었다.

"모두, 내일 점심때까지 성 밑 고후쿠 거리(吳服町) 뒤에 있는 집합장에 출두하라. 만일 달아나거나 숨거나 하는 자는 목을 친다. 순순히 출두하는 자에게는 자비를 베풀겠다."

쓰기노스케는 그 길로 나가오카로 돌아갔다. 이튿날 아침 번저에 나가니, 네코겐과 그 부하 일동이 출두했다는 보고가 올라왔다.

그들은 그 날 중으로 머리를 깎고, 붉은 작업복을 입었다. 그러나 사흘 만에 모두 풀어 주었다. 이런 일이 있은 뒤부터, 번 영토 안에서 도박의 악풍은 사라져 버렸다.

어느 날 저녁, 고야마의 료운이 마당에 단풍나무를 심고 있는데, 쓰기노스케가 찾아왔다.

"저런, 벌써 그렇게 일을 해도 괜찮은가?"

쓰기노스케는 염려했다. 나무가 꽤 커서 몸이 성하지 않은 료운에게는 중노동인 것 같았다.

"괜찮아."

"이 단풍나무는 화원에서 샀나?"

"아니, 산에서 캐 왔지."

"큰일을 했군."

쓰기노스케가 들어 보니, 료운이 모리타테 고개 서쪽 비탈에서 이 단풍나무를 발견한 것은 3년 전이라고 한다. 그때 산지기를 불러서 파게 하여 뿌리를 새끼로 감고 흙을 붙여 그대로 그 자리에 도로 심었다. 이듬해 또 사람을 보내어 필요 없는 뿌리를 자르고 새끼를 감고 하여 다시 그 자리에 심어 두었다. 삼 년째가 되는 올해 겨우 산에서 내려오게 했다는 것이다.

"마음이 유장한 짓을 하는군."

"유장하지도 않아."

료운의 말을 들어보면, 산의 나무를 마을의 마당에 이식하려면 그렇게 하는 수밖에 없다고 한다. 산에서 자란 나무를 그대로 파서 당장에 심어봐야 말라 버린다. 마르지 않게 하기 위해서는 뿌리에 가능한 데까지 상처를 주어 그것을 다시 제자리에 심어 둔다. 2, 3년 동안 그것을 되풀이해 주면 나무는 흙덩어리의 규모와 시달림에 길이 들어 그 후 마당에 옮겨지면 환경에 잘 순응하게 된다.

"손을 씻고 올게."

그러더니 료운은 사라졌다. 쓰기노스케가 여느 때처럼 서재에서 기다리고 있으니 료운이 들어오며 말했다.

"다음은 첩 소탕인가?"

"들었나?"

쓰기노스케는 재떨이의 대롱에 대고 담뱃대를 두드렸다. 그는 이런 포고를 낼 작정이었다.

──축첩을 일체 금한다.

그러나 아직 번명은 내리지 않고 있다.

"굉장한 소문이야. 이번에는 행정관님이 첩 소탕을 하실 것 같다는 소문이 유흥가에서 흘러나오고 있어."

"귀가 빠르군."

"밀, 길가에서 물건을 파는 행상까지 그런 말을 하고 있는걸. 소문의 출처는 어딜까?"

"나지 뭐."

쓰기노스케는 웃지도 않고 말했다. 그의 수법이다. 어떤 금지령을 내릴 때는 먼저 소문을 낸다. 그 소문만으로 사람들은 마음의 준비가 되고, 해당자도 법령이 나오기 전에 신변을 깨끗이 해둘 수 있다.

"단풍나무 뿌리를 감는 작업과 같지."

쓰기노스케가 말하자 료운은 빙글빙글 웃고 있다.

"뭐야, 기분 나쁜 웃음인데."

"우습잖고. 쓰기군, 단풍나무라도 뿌리를 감는데 3년이나 걸려. 무리야, 그런 갑작스런 벼락 작업은."

워낙 축첩 풍속은 일본 고래의 풍습이므로, 자연히 사회에 뿌리를 내리고 있는 점에서 산의 단풍나무와 다름없다. 원래 첩을 둔다는 것은 단순한 호색 풍속이 아니라 그것으로 자손을 얻는다는 실제적인 필요 때문에 상급 양반 집안에서는 흔히 있는 일이다. 그렇게까지 뿌리를 내리고 있는 이 풍속이 한 조각의 금지령으로 과연 낙착이 될는지? 설혹 표면상으로 가라앉았다고 하더라도 어딘가 무리가 와서 살아 있는 사회를 말라 버리게 할지도 모른다고 료운은 말했다.

―― 대체, 첩이라는 것을 정치로 금지해서 좋은 것인지?

이런 의심이 료운에게는 있다. 지나친 일이라고 그는 말했다.

"아직 그런 말은 들어 본 적이 없어."

정말 그랬다. 도쿠가와 300년의 예에도 없을 뿐 아니라 이전의 무로마치 (室町), 가마쿠라(鎌倉), 헤이안(平安), 나라(奈良) 등의 시대에도 없었고, 당나라 문헌에도 없다.

"없어."

료운은 얼굴을 들었다. 도대체가 정치라는 것은 만능이 아니며, 만능이어서는 안 된다고 료운은 말한다. 첩 같은 것은 인간의 규방에 관한 일이며, 정치는 잠자리 속까지 들여다봐서는 안 된다는 것이다.

"훌륭한 생각이야."

쓰기노스케는 고개를 끄덕였다. 원칙으로는 료운의 말이 틀림없다. 그러나 일단 에치고 나가오카 번에 관한 일이 되고 보면, 그렇게만 보고 있을 수도 없다.

나가오카 번은 다행히도 번사 가운데 첩을 가진 자가 없다. 번주도 지금의 다다유키공은 품행이 좋은 사람이라, 손을 대는 여성도 없고 후궁 같은 것도 두지 않고 있다.

첩을 가진 자는 호상이나 촌장 계급의 호농들이다. 그들은 열 명 가운데 여덟 명까지는 그런 종류의 여성을 거느리고 있다.

"농민, 소작인 등은 그날 그날을 근근이 살아가는 자들이 많고, 일 년 소작료도 못 내는 자가 많아. 그런데 촌장은 편안히 먹고 있단 말야. 그것은 좋다고 치더라도, 첩까지 두고 호화로운 생활을 한다는 것은 지나친 일이며, 용서할 수 없는 짓이야."

"서생론(書生論)이군."

"천만에, 나라는 사나이가 어찌 서생론을 논하겠나? 내가 생각하고 있는 것은 돈뿐이야. 목하 나는 돈의 망령이 되어 있다네."

번의 금고를 늘리고 싶다, 번의 금고를 윤택하게 하여 요컨대 이 소번을 한껏 서양풍으로 개조하고 총포나 그 밖의 군비도 구미의 최신식으로 갖추며 가능하면 산업도 기계화하고 싶다, 고 그는 말했다. 그러기 위해서는 돈이 필요했다. 쓰기노스케는 말했다.

"백성들을 짜봐야 돈은 안 나와. 별로 두드러진 물산도 없는 이 번에서는, 장래는 고사하고 우선 당장은 어용금을 거둬들이는 방법밖에 없단 말야."

영내의 호상이나 호농에게 어용금 차출을 명령하여 돈을 차용한다는 것이다.

그런데 번마다 그것으로 번 재정의 임시방편으로 삼아 왔으나 호상 호농 쪽에서도 그것을 모면하기 위해 여러 가지 지혜를 짜고 있다. 번의 담당 중역에게 뇌물을 보내어 면하기도 하고, 일부러 화재를 내어 그것을 구실로 삼기도 하는데, 번 쪽에도 빈틈이 없어서, 이를테면 어용금 차출의 보상으로서 성(姓)을 내리고 칼을 차는 것을 허락해 주어 무사와 비슷한 대우를 하기도 하고, 버젓한 녹을 먹는 무사의 신분을 주어 그들을 기쁘게 하려고 애쓴다.

그들은 오만해졌다. 얼마 전에도 어용금 차출 문제가 있었으나 번에서 교섭을 받은 어느 호상은 큰소리쳤다.

"비록 번주님께서 저희들 집 앞에 오셔서 절을 하신다 해도, 없는 것은 어쩔 도리가 없습니다."

이 폭언을 전해들은 쓰기노스케는 화가 났다. 그 호상이 실은 성 밑 거리와 오지야(小千谷)와 도오카 거리(十月町)에 각각 한 사람씩 첩을 두어 호화로운 생활을 시키고 있다는 사실을 알고 있었기 때문이다.

'첩 소탕'은 그런 데서 착안한 것이었다. 첩에 대한 출비가 없어지면 그만큼 번에 납금시킬 수 있지 않겠는가.

"정치란 규방을 들여다봐선 안 된다고 료운 씨는 말하지만, 나는 뭐 굳이 하녀 오하나(花)와 방앗간 머슴 곤스케(權助)의 사랑을 방해할 생각은 없어."

부자한테서 첩을 추방할 뿐이라고 그는 말한다.

"가만 있자."

료운은 팔짱을 꼈다. 첩에 관한 것은 그렇다 치더라도, 그런 것까지 법령으로 묶어 서민의 생활을 규정해 나가려 한다는 것은, 과연 정치가 할 일일까?

"쓰기군."

료운이 무언가 말하려 했으나 쓰기노스케는 고개를 저었다. 그렇게 한다는 것이다.

쓰기노스케의 말을 들어 보면, 료운의 정치사상은 태평 시대의 것이며, 지금 세상은 다르다. 세상이 뒤집히려 하고 있는 이 마당에 그런 사고방식은 통하지 않는다. 쓰기노스케가 생각하고 있는 이상적인 소국가를 만들기 위해서는, 흙까지 다시 바꾸어 놓지 않으면 안될 만큼 큰 개혁이 필요하며, 첩 소탕도 그 한 부분이라는 것이다.

"그것은 인간에게 꼭 필요한 것도 아니잖아."

첩이라는 일본 사회의 성 풍속(性風俗)에 대해서 쓰기노스케는 서생 시절부터 생각하고 있었다. 요코하마의 스위스 상인 페블브란드에게 들으니 스위스에는 그에 해당하는 말도 없거니와 그런 것도 없다고 한다. 종교로 정해진 일부일처가 사회의 원칙이 되어 있다고 한다.

"스위스는 스위스야."

"그렇지. 하지만, 첩이 인간 세상에 그토록 필요한 것인지 어떤지 생각하는 데는 다소의 참고가 되겠지."

"하지만, 어떨까?"

금지령이 내리면 첩을 숨기게 되지 않을까, 비밀로 하면 모르지 않겠는가, 하고 료운은 말한다.

"이치에 맞지 않는 금지령을 내리면, 약은 자가 덕을 본다. 정치가 사회에 해독을 끼치는 것은 그러한 경우이다."

이정공(李定公)의 글에도 이렇게 나와 있다고 료운은 말하며 쓰기노스케를 설득하려 했다.

"그까짓 것."

"내 자신이 직접 뛰어들어서라도, 한번 한다면 금지시킬 수 있어."

'이 사나이라면 못할 것도 없을 거야.'

료운은 생각했다.

——가와이님이 첩 소탕을 하실 모양이다.

이 소문은 성 밑, 성 밖으로 퍼졌다. 첩에 관계 없는 사람들은 매우 통쾌해하고, 그만한 행정관님은 당나라나 인도에도 없을 것이라고 하며 인기가 대단했다.

성 밑 거리에서 제일가는 호상으로 다치가와(太刀川) 영감이라는 상인이 있었다. 술을 좋아해서 이 점 쓰기노스케와 마음이 맞아 함께 잘 마셨다. 이 사람이 가라쓰야(唐津屋)에서 술을 마시고 있을 때, 한 자리에 있던 기녀 가운데 오치이라는 기녀가 '영감님' 하고 갑자기 표정을 굳혔다. 눈이 빛나고, 입가가 파르르 떨렸다.

오치이는 다치가와의 영감 첩 노릇을 했는데 금지령의 소문에 영감이 떨어 손을 끊었다. 아무튼 이 자리에서 영감이 다른 기녀의 술잔만 받고 있는 것이 오치이는 마음에 안 들었던 모양이다. 느닷없이 자기 머리를 움켜쥐고 단도로 싹둑 잘라 영감에게 집어던졌다. 사람들은 모두 놀랐으나, 그 이상으로 이 영감은 겁을 먹었다.

"만일 이 일이 가와이님에게 알려지면 어떻게 된다?"

영감은 술자리에서 달아나 버렸다. 쓰기노스케가 퍼뜨리고 있는 금지령의 소문은 상당히 효과가 있었던 모양이다.

이윽고 금지령이 내렸다.

──축첩은 일체 금지한다.

엄한 통달이다. 다만 성 밑 거리의 상인들에게는 내리지 않고, 농촌 지대의 촌장에게만 내렸다.

"멋있는 일을 해서."

이것이 일반의 평이었다. 촌장은 농민들의 수확에서 세미(稅米)를 징수하는 존재이므로 그들이 첩을 둔다면 농민들의 노동을 착취해서 첩을 두는 것이 되기 때문에 상인들의 경우보다 죄가 더 무겁다. 그리고 촌장에게만 금지해 두면 성 밑 거리 상인들도 따르리라는 계산에서였다.

그러나 촌장 가운데는 예사로 생각하는 자들이 있었으며, 고시 군 가마토기 마을(鎌麿村)의 아무개는 이렇게 투덜댔다.

"첩이란 내 재미로 두는 거야. 무엇 때문에 번주님에게 체면을 차려야 해?"

그러고는 전부터 돈을 치러 낙적(落籍)시켜 두었던 유녀를 첩으로 들어앉힐 계획을 진행시키고 있었다. 쓰기노스케는 그 소문을 성 밑 거리 여인숙 마스야(升屋)에서 들었다.

"정말예요, 거짓말이 아녜요."

이렇게 말한 것은 여인숙집 딸 무쓰였다. 아직 나이는 열두 살인데, 쓰기노스케를 잘 따랐다. 여인숙은 직업이 직업이라 인부들의 출입이 잦으며, 그들 가운데 한 20명이 나가오카에서 고시 군까지 유녀의 짐을 나르러 간다고 한다.

"그건 언제지?"

"내일이래요."

"아가."

쓰기노스케는 무쓰를 이렇게 부른다.

"아가가 어떻게든 해서 나도 그 인부 속에 끼어 주도록 해다오."

무쓰는 마스야의 딸이라 주선인에게 부탁하니 뜻밖에 잘 되었다. 물론 쓰기노스케의 이름은 밝히지 않았다.

이튿날 아침 쓰기노스케는 인부로 변장하여 소개소로 가서 짐 나르는 한패에 끼었다.

"처음 보는 놈인데?"

인부들은 수상쩍어했으나, 서로가 여기저기서 긁어모은 존재라 깊이 파고 들지는 않았다. 그 행렬이 혼젠 사(本善寺) 앞에 이르렀을 때, 마침 절에 볼일이 있어 와 있던 료운이 쓰기노스케를 목격했다.

'저런 저런, 수고하시는 행정관님이시군.'

그러면서도 료운은 어이가 없었다. 무슨 일이고 시작하면 이렇게까지 철저히 하지 않으면 직성이 풀리지 않는 성격인 것을 보면 역시 지옥 인간인가 보다.

"저건 지옥 인간이야."

료운은 나중에 동지 무라마쓰 주지에몬(村松忠治右衞門)의 사무실에 들러서 이렇게 말했다.

'지옥 인간'이라는 것은 이 지방 말로서, 무슨 일을 시작하면 지옥의 뚜껑을 열어볼 때까지 철저히 해치우는 성격을 말한다.

"정말."

무라마쓰도 고소하면서 고개를 끄덕였다. 무라마쓰는 료운과 쓰기노스케의 독서 친구로 쓰기노스케가 시 행정관이 되자 청을 받았다.

——주지군, 나 좀 도와줘.

그 청을 받아들여 지금은 그의 밑에서 도둑 감독관 노릇을 하고 있다. 그 집합장의 직접적인 관리자도 무라마쓰였다.

한편, 인부 쓰기노스케가 고시 군의 촌장 저택에 무사히 짐을 나르고 나자 촌장의 사무원으로부터 '수고들 했다' 하고 봉당에서 술과 음식을 대접받고, 게다가 날품에 행하를 합쳐서 덴포전(天保錢) 여덟 닢을 받았다. 쓰기노스케도 다른 인부와 함께 이마 위에 받들고 감사해하면서 촌장 저택을 나왔다.

——연기가 대단한걸.

고야마의 료운이 쓰기노스케에게 느끼기 시작한 감상이었다.

'뜻밖이야.'

료운은 생각한다. 쓰기노스케의 인품은 어릴 때부터 환히 알고 있지만, 쓰기노스케만큼 남에게 연기를 할 줄 모르는 사나이도 드물다. 그런데 행정관이 되어 새 정치를 하기 시작하려니, 명배우가 일단 무대에 뛰어오르면 그것으로 벌써 여러 동작이 보기 좋게 분위기에 어울려 버리는, 말하자면 그런 화려한 동작을 한다.

'쓰기군에게 그런 면모가 있었던가?'

첩을 두는 고시 군의 촌장 아무개의 경우도 그랬다. 인부로 변장하여 첩의 짐을 나른 쓰기노스케는 나가오카로 돌아오자 곧 촌장을 호출했다. 촌장은 사무원 하나를 데리고 나타났다. 사무원과 더불어 마루방에 앉았는데 안색도 변하지 않고 엷게 웃음마저 띠고 있다. 쓰기노스케가 문지방이 한 단 높은 방에 나타나 촌장을 쏘아보았다.

"첩을 두었지?"

그것이 첫 마디였다. 그러고부터는 턱을 치켜들고 천정을 바라보았다. 여전히 주먹을 허공에 찔러 올린 듯한, 말도 붙여 보기 어려운 표정이다.

"당치도 않은 말씀이십니다."

촌장은 예상하고 있었던 듯 거침없이 지껄여 댔다.

"누구에게 들으셨습니까? 근거도 없는 일입니다. 아마 나한테 무슨 원한을 품은 자가 만들어 낸 말이겠지요······."

"······."

쓰기노스케는 잠자코 있었다. 잠자코 있으니 촌장은 그만 말이 많아졌다. 자기만큼 건실한 자도 없다, 그것은 여기 있는 사무원에게 물어 보시면 아실 것입니다, 하고 말한다.

"첩을 돌려보내라. 이번만은 불문에 붙여 준다."

시나노 강 547

"나리, 저는."

촌장은 반 아연해하면서 말했다. 그토록 첩이 없습니다, 하고 말하는데도 이 행정관님은 귀가 먼 모양인가?

"즉각 돌려보내란 말이야!"

"하지만, 없는 첩을 어떻게 돌려보냅니까?"

"사무원!"

쓰기노스케가 그쪽으로 시선을 돌렸다.

"내 얼굴이 기억에 없느냐?"

"죄송합니다만……."

사무원은 납작하게 엎드렸다. 행정관님을 뵙는 것은 지금이 처음이지, 전에 뵌 적이 없습니다, 하고 말하자, 쓰기노스케는 품에서 덴포전 여덟 닢을 싼 종이 뭉치를 꺼내어 그 앞에 내던졌다.

"너희들, 이래도 본 기억이 없다고 고집을 부리겠느냐?"

촌장도 사무원도 새파랗게 질려 버렸다.

"알았거든 가라!"

쓰기노스케는 일어나서 안으로 들어가 버렸다. 물론 이것만으로 촌장은 첩을 보내 버렸지만, 이 소문은 온 영내에 퍼져서 다른 정책에 대해서도 번의 금지령이 내리면 모두 숙연해졌다.

"그것이 바로 내가 노리는 점이지."

쓰기노스케는 료운에게 말했다. 도쿠가와 시대에는 현실에 맞지 않는 악법도 많고, 그것을 지키지 않아도 정부는 관대히 보아 주었기 때문에 영민들은 수군거렸다.

"법이란 말치레뿐이며, 이면에는 이면이 있지."

이같은 생활방식이 몸에 배어 버렸다. 쓰기노스케는 새로운 정치를 폄에 있어서 영지 주민들의 준법정신을 바로잡기 위해 일부러 이와 같은 짓을 했다.

"연극이라고 말하면 틀린 말은 아니지만, 정치는 연기를 하는 자나 보는 자나 모두 목숨을 건 연극이야."

이렇게 말했다.

쓰기노스케는 이런 시책들을 수행해 나가는 동안에도 제 자신의 유흥은 그치지 않는다.

"이봐, 오스가, 돈 좀 내놔."

행정관이 된 후로는 유흥에 더 열을 올리기 시작했다. 역대의 나가오카 번 행정관 가운데 이만큼 유흥가에서 논 행정관님도 없을 것이다. 노는 방식도 색달라서, 한 달에 절반은 밤마다 놀러 나간다. 나머지 반달은 까맣게 잊은 듯이 밤낮없이 일을 한다.

"그 늠름한 모습이란 정말."

도유야의 기녀 미요키치가 가와이 댁에 와서 오스가에게 말했다. 그 집무 중의 늠름한 모습은 도저히 술자리에서 '얼씨구 절씨구, 한세상' 하고 손뼉을 치던 사람과 같은 인물로는 보이지 않는다.

노는 데도 버릇이 있어서, 혼자는 가지 않는다. 료운이나 동지 미마 이치노신(三間市之進), 하나와 게이노신(花輪馨之進) 등을 꾀어 같이 가곤 하는데, 그들이 갈 수 없을 때는 한길에서 만난 낯선 사람에게까지 한 잔 먹으러 가자고 끈다. 어느 날 저녁 때, 술동무를 찾지 못한 채 쓰기노스케가 바쁘게 걸어가다가, 마침 공용으로 순시중인 포도관이 저쪽에서 왔으므로 소매를 붙잡았다.

"이봐, 가자."

포도관은 놀라면서 별말씀을 다 하십니다, 행정관님과 술을 마셨다간 숨이 막히고 맙니다, 하고 달아나려 했다.

"뭘 그래. 유모집에 가는데."

쓰기노스케는 듣지 않는다. 포도관은 고개를 숙이고 따라갔다. 그러나 길모퉁이를 돌 때 그만 걸음아 날 살려라, 하고 달아나 버렸다.

"아뿔사!"

쓰기노스케는 낚시꾼이 고기를 놓친 것 같은 원통한 표정을 지었다.

"오스가, 같이 가."

그런 때는 돌아와서 오스가를 끌어낸다.

'무엇이 재미있을까?'

이렇게도 생각했지만, 아무튼 술자리에서 떠들고 있는 쓰기노스케는 넋을 잃고 모래 장난을 하는 어린아이처럼 순진했다.

──어쩌면 저렇게 돈이 안 떨어지지?

친구들은 걱정했으나 가와이 집안은 100섬 남짓한 가록치고는 대대로 재산을 잘 다스려 속부자라는 이름이 있었으며, 가록의 수입이나 관청에서 나오는 보수 이외에 소작료도 들어오고 집에는 쌓아놓은 재산도 있었다. 이러한 재산은 아버지 다이에몬을 비롯하여 가와이 집안 대대의 조상들이 유능한 관리로서 지방관 등을 지냈기 때문에, 이른바 뇌물이 자연히 집에 쌓인 모양이다. 쓰기노스케는 그 사상이 사상이라 그런 것을 깡그리 써 버릴 생각으로 노는 것인지, 아니면 천성이 유흥을 좋아해서 그런지, 그 점은 알 수 없다.

그렇다고 언제나 돈이 있을 까닭이 없어 한번은 오스가에게 '돈' 하고 말하자 오스가는, 어떡하지, 하고 당황해했다.

"없어?"

"네, 마침."

"그럼, 저걸 꺼내자."

쓰기노스케는 방에 장식되어 있는 갑옷 궤짝 쪽으로 걸어갔다. 무사의 집에서는 전쟁이 일어났을 때에 대비하여 갑옷 궤짝에 상당한 군용금(軍用金)을 넣어두고 있었는데, 생활이 아무리 궁핍하고 급박하더라도 일체 그 돈에는 손을 대지 않는다.

가와이 집안의 갑옷 궤짝에는 옛돈으로 100냥이라는 큰돈이 종이에 싸여 들어 있다. 몇 대 전의 선조가 마련해 둔 것인지 모르지만 이따금 꺼내어 바람을 쏘이기 때문에, 쓰기노스케는 소년 시절부터 알고 있다. 그것을 꺼내자는 것이다.

"아, 그 돈은!"

오스가는 날카롭게 외쳤다. 안 돼요, 그 돈만은 안 됩니다, 연거푸 말했다. 쓰기노스케가 하는 일에 거의 반대한 적이 없는 그녀로서는 보기 드문 태도였다.

——머리가 도셨어요?

이런 말까지 했다. 무사의 집안에 태어난 자라면 아무리 탕아라 하더라도 갑옷 궤짝 속의 돈만은 손대지 않을 것이다.

오스가의 친정 나기노(梛野) 집안에도 이런 갑옷 궤짝이 있고, 100냥의 옛 돈이 들어 있다.

"죽어도 손을 대지 않는다."

불문율이다. 영주를 섬기는 무사뿐 아니라 섬길 영주가 없는 낭인들도 범절을 아는 자는 이 갑옷 궤짝만은 소중히 하여, 조상이 넣어둔 군용금에 손을 대지 않는다. 어떤 낭인이 굶주리다가 너무나 궁핍한 나머지 배를 갈라 죽었는데, 그의 사후 사람들이 갑옷 궤짝을 열어보니 돈 100냥이 그대로 들어 있었다고 한다. 그것은 무사 집안이라면 누구나 알고 있다. 오스가도 물론 안다.

"안됩니다."

쓰기노스케의 손을 잡고 놓지 않는다. 쓰기노스케는 씁쓸하게 웃었다.

"오스가, 임자만큼 훌륭한 사람은 없어."

비꼬는 말이 아니었다. 역시 무사의 아내는 다르다고 했다. 무사란 말할 것도 없이 무가미(武家美)의 교도(敎徒)이다. 그 무가미의 우상이라고 할 만한 것이 집집마다 방 도코노마에 놓여 있는 갑옷 궤짝이며, 그 긍지를 지탱하고 있는 것은 아무리 해도 군용금에는 손을 대지 않는다는, 말하자면 이를 악물고라도 참는 정신일 것이다. 그러나 쓰기노스케는 말했다.

"내 생각은 달라. 이런 갑옷 궤짝 따위를 고물상에 내다 팔 수 있을 정도의 정신이 아니면 나가오카 번은 구하지 못해."

"어머나!"

오스가는 입을 동그랗게 벌렸다. 놀라니 여느 때의 귀여운 여자로 돌아갔다.

"또 저를 놀리실 작정이셔요?"

"아니야. 진정으로 하는 소리야."

"거짓말, 거짓말."

오스가는 몸을 꼬았다.

"곤란한데."

쓰기노스케의 말은, 무사 집안을 예부터 궁시(弓矢)의 집이라고 하지만, 지금은 고쳐서 '포함(砲艦)의 집'이라고 불러야 한다는 것이다. 육지의 대포와 바다의 군함이야말로 무사가 혼을 붙일 도구이며 그 도구를 하루바삐 번에 정비하지 않으면 서구의 침략주의에 먹히고 만다.

"이런 단오절 인형 같은 갑옷을 입고 무사입네 하고 떠들고 있는 한, 일본 국도 나가오카 번도 몇 해 안가서 멸망하고 말아."

"그래서 백 냥의 돈으로 기생놀이를 하시겠단 말씀이셔요?"

"그렇지."

봉건 체제 아래의 무사들은 막상 전쟁이 일어날 때 스스로 군장을 갖추고 사졸의 양식까지 준비하여 출진하지만, 화포와 군함의 시대가 되면 그런 것은 개인이 마련할 수 없다. 번이 마련해야 하며, 그러기에 쓰기노스케는 그 돈을 만들기 위해 주야로 노심초사하고 있는 것이다.

"이런 돈과 낡은 무사를 시궁창에 버려야 비로소 새로운 시대에 살 수 있는 거야."

쓰기노스케는 돈을 품에 넣었다. 오스가는 우뚝 선 채, 그러한 쓰기노스케를 넋을 잃고 얼빠진 표정으로 바라보고 있다.

어느 날 저녁 때, 쓰기노스케는 관청에서 돌아오자 방에 들어간 채 나오지 않았다.

'무슨 일이실까?'

오스가는 이상하게 생각했으나 시간이 흐름에 따라 걱정이 되었다. 한 번 들어간 후로는 식사도 하지 않고 방에 불도 켜지 않은 채 들어박혀 있다.

──서방님.

복도에 앉아 나직이 불러 보았다.

"어디 편찮으셔요?"

"지금, 몇 시지?"

"조금 전에, 야경 도는 딱따기 소리가 지나갔습니다만."

그렇다면 아홉 시가 지난 모양이다.

"배가 고프군."

쓰기노스케가 안에서 말했다. 오스가는 곧 부엌으로 나가서 상을 차려 들고 방으로 돌아왔다. 여전히 캄캄하다. 오스가는 안으로 들어갔으나 어디에 쓰기노스케가 있는지 알 수가 없다. 살금살금 다다미의 가장자리를 더듬어 걸어 들어갔다.

"걸음걸일 조심해."

"하지만, 이렇게 어두워선."

"바보군."

"왜요?"

오스가는 상을 든 채 이러지도 저러지도 못하고 서 버렸다.

"불을 켜면 되잖아."

쓰기노스케는 낄낄거리고 웃는다. 놀리는 듯한 그 말에 오스가는 그만 화가 났다. 그 점이 쓰기노스케라는 남편의 어려운 점이 아닌가. 이와 같이 방을 캄캄하게 하고 있는 데는 무언가 까닭이 있겠지, 하고 오스가는 짐작했기 때문에 어둠 속에서 상을 들고 서 있었던 것이다.

"하지만, 바보란 말씀만은 너무 하시잖아요? 하기야 오스가는 바보긴 합니다만."

'화를 다 내고.'

쓰기노스케는 얼른 일어나 등잔을 끌어당겨 불을 켰다.

"아아, 오스가!"

쓰기노스케는 상을 보면서 말했다.

"술 좀 주지."

"술을요?"

평소에는 없는 일이라고 생각했다. 쓰기노스케는 술을 마시지만 집에서는 반주도 해장술도 하지 않으며 일체 주기를 끊고 있다. 그의 말로는 술은――오스가는 잘 이해할 수 없지만――술집에서 마셔야 한다고 한다. 이윽고 오스가는 따끈하게 데운 술병을 들고 돌아왔다.

"거기 앉아서 좀 따라 줘."

"오늘은 기녀 대신이에요?"

오스가는 점점 더 알 수 없게 되었다. 술집에 놀러 갈 만한 돈이 없는 것도 아닌데 어찌된 일일까?

"오늘 밤엔, 어찌된 일이세요?"

"구상을 하고 있었던 거야."

"무척 큰 구상이신 모양이죠?"

오스가는 저도 모르게 그만 참견해 버렸다.

"아아, 굉장히 큰 구상이지."

쓰기노스케는 잠시 생각하다가, 문득 오스가에게 한번 말해 볼까, 하고 생각했다. 공무에 관한 것을 오스가에게 말해 봐야 별수도 없겠지만, 그러나 말함으로써 쓰기노스케 자신의 궁리가 정리되어 갈는지도 모른다.

"실은 말이야, 성 밑 거리는 물론 영내 일체의 유곽을 금지해 버릴까 생각하고 있어."

오스가는 속으로 놀랐지만, 그러나 얼른 얼굴을 숙이고 그 표정을 쓰기노스케에게 보이지 않았다. 곤란한 일이다. 곤란할 뿐 아니라, 오스가로서는 이렇게 난처한 화제도 없다. 유곽이니 유녀니 하는 것은 엄격한 무사 집안의 아낙네가 입에 담을 일이 아닐 것이다.

——유곽을 폐지한다.

게다가 쓰기노스케는 그렇게 말하지만, 그 남편 자신이 영내에서 이름난 그 방면의 권위자가 아닌가.

"오스가, 나도 말이야."

쓰기노스케는 고백했다. 실컷 놀기야 했지——에도의 요시와라(吉原), 나가사키의 마루야마(丸山), 그리고 도카이도(東海道) 쉰세 곳의 역참 숙소에서 거의 빼놓지 않고 작부를 사곤 해서, 그런 곳의 단맛 쓴맛은 다 맛보았다는 말까지는 차마 쓰기노스케도 아내에게 하지 못했다.

"알고 있어요."

"뭐, 알고 있었단 말이야?"

"이 영내에서 이름이 나셨다고 하던데요."

"누구한테 들었지?"

"말씀드릴 수 없어요."

오스가는 손으로 입을 가렸다. 가르쳐 준 것은 친정 오빠 나기노인데, 오빠가 쓰기노스케에게 말하지 말라고 했으니까 이것만은 말할 수 없다.

"아하하하, 어디서 나왔나 출처는 짐작이 가는군."

"역시, 저……."

오스가는 새빨개진 얼굴로 말했다. 얼굴에 피가 오른 것은, 수치와, 그것이 질투로 간주되고 싶지 않아 안간힘을 쓰고 있기 때문인 모양이다. 무사의 아내는 질투를 해서 안 된다는 범절을, 오스가는 어린 무녀가 신을 받들듯 종순한 심정으로 믿고 있다.

"역시, 저, 그런가요? 그런 곳에 있는 여성들은, 저어……."

정이 있느냐고 물어 보았다. 쓰기노스케는 똑바로 오스가를 쳐다보면서 말했다.

"정이 있는지 없는지 모르지만, 정이 기예(技藝)라면 그 기예의 전문가지. 남자의 쇠 같은 간장을 녹이는 여자도 있고."

쓰기노스케는 말하면서 요시와라 이나모토 루(稻本樓)의 유녀 고이네(小稻)를 생각했다. 고이네의 쓰기노스케에 대한 마음이 과연 기예 때문이었는지 진심이었는지, 지금도 쓰기노스케는 잘 알 수가 없다.

"소양으로 보나 기품으로 보나, 세상에 흔치 않은 여자도 있어. 하기야 에도에도 그런 여자는 네댓 명뿐이지만."
"에도에서는 그런 학문을 하고 계셨어요?"
"그런 것도 했지."
"어머!"
오스가는 슬그머니 화가 났다.
"정말 저로서는 할 말이 없군요."
"화는 나중에 내라구. 지금은 듣기나 해."
"귀가 멍멍거려 말씀하시는 목소리가 잘 들리지 않네요."
"귀가 멍멍거려?"
쓰기노스케는 하는 수 없이 입을 다물었다. 귀울림이 그치는 것을 기다리는 수밖에 없다.
"그렇다면, 그 쓰기노스케님이 이제 태도가 돌변하셔서 영내의 그런 업종을 모두 없애신다면, 세상 사람들이 무슨 말들을 할까요?"
"그야 절반은 배를 움켜쥐고 웃을 것이고, 나머지 절반은 화를 내겠지."
"아무리 행정관님이 되셨다고 해서, 별안간 손바닥을 뒤집듯이……."
"잠깐, 나는 서생 노릇하던 에도 시절부터 이것을 진지하게 생각해 왔어. 남에게도 주장하고, 스승에게도 얘기하고, 시종 변함 없는 유곽 폐지론을 주창해 왔단 말이야."
"유녀들 집에 다니시면서요?"
오스가는 우스워졌다.
"하지만"
오스가는 말하지 않으면 안 된다.
"서방님은 유녀를 좋아하시잖아요?"
"옳게 보았어."
'보지 않아도 알지.'
어처구니없기도 하지만, 쓰기노스케가 너무 진지해서 오스가는 화를 낼 수가 없다.
"좋아서 다니시면서도, 역시 이건 좋지 않은 잔소리라고 생각은 하셨단 말씀인가요?"
"힛!"

쓰기노스케는 찢는 듯한 소리를 냈다. 일종, 자조의 웃음인지 몰랐다.

이튿날 저녁 때, 관청 일이 끝나고 고야마의 료운네 집에 들렀다. 유곽 폐지에 대한 포부를 말했다.

"간밤에 오스가를 상대로 얘기해 봤는데, 암만해도 그 사람은 하느님 같아서 말 상대가 되지 않는단 말이야."

"그야 안 되겠지. 도대체 유녀에 관한 것을 아내와 의논하는 그 자체가 틀렸네."

료운은 가벼운 기침을 했다. 간밤에 두 시간쯤 마당에 나가 있었더니 감기가 들었다고 속삭이는 듯한 목소리로 말했다.

"그러니, 나도 틀렸어."

유곽 존폐론의 의논 상대로서 틀렸다는 얘기이다. 남의 건강의 절반밖에 안 가진 자기 같은 사나이는 그런 세계를 논할 자격이 없다는 것이다. 쓰기노스케는 상관 않고 지껄였다. 료운이 놀랄 만큼 쓰기노스케는 그 세계의 안팎에 정통했으며, 어쩌면 유곽 연구에 있어서는 일본의 무사 계급 중에 쓰기노스케에 따를 자가 없지 않을까, 하는 생각까지 들었다.

"유곽에 다니는 인간은, 의외로 젊은 홀아비가 적어."

쓰기노스케는 말했다. 유흥비가 비싸서 도제 정도의 신분으로는 일 년치 급료를 모으지 않으면 싸구려 유녀도 살 수 없다고 한다.

"그리고 유곽 쪽에서도 그런 손님은 환영하지 않거든."

유곽에서는 손님을 상중하로 나눈다. 포주는 상객이야 하고 소곤거리기도 하고, 저건 중객이니까 소중히 해야 해, 하고 귀띔해주기도 한다. 상객은 상가의 주인들이나 의사들이고, 중객은 상가의 중견 점원들이나 솜씨 좋은 중년 기술자 같은 사람들인데, 이들 상과 중은 모두 아내가 있고, 경우에 따라서는 첩까지 갖고 있다. 이들이 뿌리는 돈으로 유곽은 크게 번창하며, 하객은 별로 환영받지 못한다.

"나가오카에는 열일곱 집의 유곽이 있지."

그 집마다 손님의 나이, 재산의 정도 같은 것을 샅샅이 조사시켜 보았더니 돈 없는 젊은이들은 거의 들어가지 않았고, 대개가 불그스레한 얼굴의 늙은 이들뿐이야.

"그런데, 없애 버리면 유녀들이 길거리에서 방황하잖을까?"

"그 점은 틀림없이 뒤를 돌봐 주어야지. 유곽 주인으로서 전업할 자본이 없는 자는 정부에서 돈을 빌려주고."
"정말 할 참이야?"
"할래."
"언제 하겠는가?"
"언제나 그렇듯이 잠시 시기를 볼 참이야. 소문만 내 놓으면 당장 문을 닫는 유곽도 있을 거거든. 단행하는 것은 그 뒤야."
"쓰기군이, 말이지?"
 료운은 아직도 이상해서 못 견디겠다는 표정이다. 이만큼 유곽에 다닌 사나이도 드문데, 그 장본인이 자기가 만드는 '나가오카 국(長岡國)'에서는 유곽을 인정하지 않겠다는 것이다.

 그동안 쓰기노스케는 매춘 금지의 소문만 내놓고 다른 개혁에 몰두했었다. 어느 것이나 영민들에 있어서는 기분 좋은 일이 아니다.
"일종의 미치광이다."
 그러한 비평이, 특히 번의 문벌 계급 사이에서 나왔다. 번주 다다유키에게 직접 그 일을 상소한 번의 귀족도 있었다.
"시 행정관, 군 감독관이라는 것은 개혁이 일이 아니잖습니까?"
 그들 쓰기노스케 반대파는 말한다.
 이치는 그렇다. 행정관은 정치가가 아니다. 사법관과 행정관을 겸한 직책이며, 현행 법률을 영민들에게 준수시키는 직책인 것이다. 새 정치를 펴는 역할이 아니다.
"그렇게 평판이 좋지 않은가요?"
 번주 마키노 다다유키가 말상을 갸웃거리면서 잠시 입을 다물었다.
"나쁘다뿐입니까."
 그러면서 내밀히 상소한 자가, 요즘 유흥가에서 유행되고 있는 노래의 문구를 적어 보냈다.
"불러 보시죠."
"아니올시다. 번주님 앞에서 이런 음란한 노래를 부를 수는 없습니다."
 이 내소자(內訴者)는 번주의 일족으로 아저씨뻘 되는 마키노 세이세이(牧野靑靑)라는 늙은이다. 한평생 아무 것도 하지 않고 살아온 뱃속 편한 인간으로 서화와 시조 짓기를 좋아하고, 젊을 때에는 요시와라에서 꽤나 놀았다고 한다. 아마 성 밑 거리의 요정이나 유곽 주인들이 손을 써서 세이세이 노인을 움직이고 있는 모양이다.

"아니, 한 번 들어 봅시다."

번주는 가사를 쓴 종이쪽지를 들여다보면서 다시 요구했다. 작사는 기녀나 유녀가 한 모양이다.

"그러시다면."

세이세이는 부채를 절반쯤 펴고 그것으로 장단을 맞추면서 노래를 부르기 시작했다.

가와이 가와이(귀엽다 귀엽다)하고
오늘 아침까지 여겨왔구나
지금은 정이 싹 가셨네(쓰기노스케)

"훗!"

번주는 가슴을 눌렀다. 웃음이 솟구쳐 나왔으나 함부로 웃을 수도 없다. 그러나 참으로 재치 있게 지은 노래이다.

"누가 지었나요?"

"이름 없는 백성의 소리지요."

"훌륭한 노랩니다."

번주는 자꾸만 두 볼이 흐늘흐늘해진다. 풍자가 참 잘 되었으며 그것이 너무 지나쳐서 거친 데가 없고, 정감과 유머의 설탕으로 쓴맛을 교묘하게 감싸고 있다. 이 노래는 쓰기노스케의 귀에도 들어갔다. 귀에 넣어준 것은 서생 히코스케였다.

"잘 지었는데."

듣자마자 쓰기노스케는 무릎을 쳤다. 아마 지은 사람은 유녀가 아니라 기녀일 것이다. 오늘날까지 귀엽다 귀엽다(가와이 가와이)하고 그녀들이 생각한 것은, 쓰기노스케가 행정관이면서도 술을 좋아하여 온 영내에 이름이 난 한량이었기 때문인 모양이다. 그 쓰기노스케가 지금은 자기들을 배반하려 하고 있기 때문에 '지금은 정이 싹 가셨네(쓰기노스케)'가 된 것이다.

"정곡을 찔렀군."

쓰기노스케는 이 작사자를 만나보고 싶어졌다. 만나서 이런 기녀에게 샤미센을 들려주며 하룻밤 노래나 부르고 술을 마셔 보고 싶었다.
"오스가, 돈 있어?"
안으로 들어가 큰 소리로 물었다. 행하를 위한 돈을 잔뜩 넣고 가고 싶다.
"군용금 나머지라면 있습니다만."
오스가는 나직이 말했다. 그 갑옷 궤짝 속의 돈이다. 그렇지, 그걸 내놔, 하고 쓰기노스케는 말했다.
그 날 저녁 때, 쓰기노스케는 한길을 걸어가면서 큰 소리로 기합을 넣어 한 사나이를 붙들었다.
"이봐!"
도둑 감독관 무라마쓰 주지에몬이었다.
"곤란해. 곤란해."
쓰기노스케 밑에 있는 관리이지만, 친구이기도 한 그는 난처해하면서 말했다. 학자풍에 성실하기만한 사나이이다.
──기녀놀이를 하러 가세.
이것이 쓰기군의 강요였다. 한번 말을 꺼내면 물러서지 않는 그다. 마침내 끌려가듯 따라갔다.
"이봐!"
후쿠로 거리(袋町) 모퉁이에서 또 한 사람을 잡았다. 석공 쓰케고로(助五郎 : 일명 이시스케)라는 늙은이인데, 가와이 집인괴 그 일족의 묘비는 모두 이 '이시스케(石助)'가 새겨 주고 있다.
"나으리."
이시스케는 길게 비명을 질렀다. 아무리 이시스케가 술을 좋아한다 하더라도 행정관님이 사주는 술을 마시는 건 바늘방석에 앉는 거나 다름이 없다.
"이시스케, 달아나지 마라."
크게 일갈했다. 달아나려던 이시스케가 허리를 꺾었다. 꾸중을 듣고서는 달아날 수가 없다.
'곤란한 술인데.'
도둑 감독관 무라마쓰도 생각했다. 여러 사람을 끌고 가서 방안에 들어앉아 떠들지 않으면 술 마시는 기분이 나지 않는 모양이다.
골목 안에 있는 후지모토야에 들어갔다.
"오리쿠, 미요키치."

단골 기녀들의 이름을 불렀다.
"그 밖에 이 근처에서 차를 마시고 있는 여자들도 모두 끌고 와."
쓰기노스케는 명령했다. 사환이 여기저기로 뛰어다녔다.
그런데 모이는 것이 묘하게 더디다. 반 시간이나 지나서 간신히 다섯 사람이 모였을 뿐이다.
"이거 뭐 이래!"
쓰기노스케가 말하자 베니고쓰보(紅小壺)라는 기녀가 번쩍거리는 눈을 쳐들었다. 살결이 희고 갸름한 얼굴이 어느 모로 보나 에치고형 미인이다.
"모두 싫어하고 있답니다."
술자리에서 기녀가 손님에게 이런 말을 한다는 것은 전례가 없다. 더욱이 이 손님은 다름 아닌 시 행정관 겸 군 감독관인 쓰기노스케이고, 그 옆에 앉은 자는 도둑 감독관이다.
"무시무시하군."
쓰기노스케가 목을 움츠렸다. 쓰기노스케는 대강 짐작이 간다. 유곽과 요정의 폐지를 쓰기노스케가 계획 중이라고 해서 그녀들은 들끓고 있는 모양이다.
"베니고쓰보."
쓰기노스케는 술잔을 내밀었다. 그는 은근히 이 여자를 좋아했으나, 내색한 적은 없다.
"한 잔 부어 다오."
그러자 베니고쓰보는 가까이 다가앉으며 술병을 집어 들었다.
"따르라시면 기녀니까 따르긴 하겠습니다만, 기뻐서 이러는 건 아닙니다."
이런 말을 남에게 들리지 않도록 조그마한 소리로 베니고쓰보는 속삭였다. 얼른 보기에, 사랑을 속삭이는 대목과 비슷한 은밀한 목소리이다.
"폭동이라도 일으킬 생각이냐?"
쓰기노스케도 나직한 소리로 물었다.
"아뇨, 전혀."
쓰기노스케를 쳐다보는 베니고쓰보의 두 눈에 금방 눈물이 고였으므로 쓰기노스케는 외면해 버렸다. 원래 눈물만큼 이 사나이가 싫어하는 것은 없다. 베니고쓰보는 입술을 깨무는 표정으로 말했다.
"슬퍼서 우는 것은 아녜요. 분해서 화가 나서 우는 줄이나 아셔요."

나들이 옷소매로 쓱 눈물을 닦았다.

취했다. 여느 때보다 술을 빨리 든 모양이다.

"자, 노래를 불러."

쓰기노스케는 샤미센을 집어 들었다.

기녀들은 쓰기노스케가 노래를 부르라니까 평소에 그가 좋아하는 그 '얼씨구절씨구'인 줄 알고 부르기 시작했다.

"태평세월이라도"

그러자 쓰기노스케는 말렸다.

"아니야."

"가와이(河井) 가와이의 그 노래 말이야. 그걸 불러."

이러는 바람에 기녀들은 한순간 긴장했다. 그 노래가 벌써 쓰기노스케의 귀에 들어갔을 줄은 몰랐던 모양이다.

"오리쿠, 부르라니까."

그러자 오리쿠는 소매로 얼굴을 가리고 엎드리더니 엉금엉금 기어서 나가 버렸다. 곰보 미요키치도 따라 나갔다.

"베니고쓰보, 불러."

그러자 이 여자는 똑바로 쓰기노스케를 쳐다보면서, 싫습니다, 라고 말했다.

'이거 큰일 났군.'

쓰기노스케는 생각했다. 기녀가 술자리에서 달아난다는 것도 전대미문일 것이고, 손님이 노래를 원하는데 이를 거부한다는 것도 아마 그 예가 없을 것이다.

"그렇다면 내가 부르지."

쓰기노스케는 샤미센의 가락을 고르더니 이윽고 노래를 부르기 시작했다.

　　가와이 가와이(귀엽다 귀엽다)하고
　　오늘 아침까지 여겨왔으나
　　지금은 정이 싹 가셨네(쓰기노스케)

그 뒤는 말없이 잔을 거듭 들었다. 그만 정도가 지나친 모양이다. 방 한복판에 쓰러져 크게 숨을 토하고 있더니 어느새 코를 골기 시작했다. 눈을 떴을 때는, 새벽 한 시가 넘었을까, 별실에 있었다.
"오스가, 물."
이렇게 말했을 때는, 자기 집에 있는 줄 안 모양이다. 금방 머리맡 그릇에 물이 따라졌는데, 암만해도 물소리가 다르다.
"아니, 베니고쓰보가 아닌가?"
쓰기노스케는 일어나 책상다리를 하고 앉아 자기 허벅지를 찰싹 때렸다. 술이 깨라는 방법이지만, 들을 것 같지 않다.
"천장이 빙빙 도는군."
"무척 많이 드셨으니까요."
"너, 혼잔가?"
"여러분은 정신없이."
그러면서 베니고쓰보는 소매를 걷고 달아나는 흉내를 해 보였다.
"왜 너만 남았나?"
"주무시는 목을 자를까 하구요."
베니고쓰보는 진심인지 농담인지 분간 못할 얼굴로 말했다.
"농담하지 마. 기녀에게 자다가 목을 잘렸대서야 말이 안 되지."
"목숨이 아까우셔요?"
"아까울 것도 없지만, 앞으로 4, 5년, 이 쓰기노스케가 살아 있지 않으면 나가오카가 큰일 나지."
"기녀들에게는 반갑잖은 일이죠."
"내가 말이냐?"
"모두 길거리에서 방황하게 됩니다. 한 가지 여쭈어보겠습니다만, 폐창(廢娼), 폐창 하시는데 그것은 유곽뿐 아니라 기녀도 그렇게 하신단 말씀이세요?"
"물론이지. 유녀들만 없애 버리면 유녀들이 기녀로 둔갑하거든. 기녀에겐 안됐지만, 재수 없이 연관되었다고 생각하고 이 기회에 폐업해 줄 수밖에 없어."
"목을 주셔요."
베니고쓰보는 은비녀를 뽑아 그 끝을 손가락으로 톡 튕겼다. 물론 농담이리라.
'기분 나쁜 짓을 하는군.'

쓰기노스케는 베니고쓰보의 손에 있는 은비녀를 보았다. 끝이 날카로워 그럴 마음만 먹으면 흉기로도 능히 사용할 만한 물건이다.
"베니, 왜 나를 돌봐 주었지?"
원래 쓰기노스케는 오리쿠나 미요키치를 단골로 해왔다. 그런데 그녀들은 쓰기노스케를 버리고 방에서 달아나 버렸는지 이 자리에 없다.
'이 베니고쓰보는 한 번도 단골로 삼아 준 적이 없는데.'
이유는 간단했다. 그녀가 너무 미인인데다가, 쓰기노스케는 이런 종류의 여자를 좋아하는 버릇이 있으므로 스스로 그것을 자각하여 일부러 먼 존재로 만들어 두었던 것이다.
"그건 말예요."
베니고쓰보는 얼굴을 움직이지 않고 눈만 쓰기노스케에게로 돌리며 말했다.
"사쿠라 소고로(佐倉宗五郞)가 된 심정으로 그랬죠 뭐."
"기녀의 의민(義民)이란 말이지."
"행정관님께서는 무슨 생각으로 기녀와 요정을 없애려고 하시는 거죠. 그야 힘없는 업이니까 없애려고 하시면 없어지겠지만, 기녀에게도 연장이 있답니다."
"어떤 연장이냐?"
"이거죠."
은비녀를 번쩍 비쳐보였다. 베니고쓰보의 말을 들으면, 어제 기녀들 중에서도 말이 많은 기녀들이 모여서 의논했는데, 잠자코 망할 수는 없다는 데에 뜻을 모아 베니고쓰보 자신이 그 대표를 맡았다고 한다.
"그 전에 고백합니다만, 그 노래는 제가 지은 거예요."
'그랬구나. 이 녀석이었구나.'
쓰기노스케는 조그마한 충동을 느꼈다. 이 여자가 아니면 그만한 노래는 짓지 못할 것이다.
"비녀를 머리에 꽂아라."
"아뇨. 꽂지 않겠어요. 사쿠라 소고로가 된 심정이니까, 경우에 따라서는 이 비녀로 가와이님을 찌르고, 저도 목을 찔러 동반 자살이라도 해버리겠어요."
"진심이냐?"

"진심입니다."

'역시 나가오카 기녀는 다르군.'

쓰기노스케는 기분이 좋아졌다. 여태까지 노름꾼과 축첩자들을 소탕해 왔지만, 모두 쓰기노스케의 서슬에 놀라 한 사람도 저항한 자가 없다.

"나는 진심을 좋아하지."

쓰기노스케는 말했다. 어떤 바보 같은 짓이라도 진심으로 말하는 인간에게는 못 이긴다는 것을 쓰기노스케는 항상 스스로에게 말하고 있었다.

"그러면, 같은 정신이야. 나도 진심으로 기녀를 없애려 하고 있거든."

"더."

베니고쓰보는 말했다. 더 자세히 그 진심에 관해서 잘 알 수 있도록 들려달라고 말했다. 그러지, 하고 쓰기노스케가 설명하자 이미 그 무렵부터 베니고쓰보의 자세가 허물어지기 시작했다.

"안 되겠어."

갑자기 한쪽 손을 방바닥에 짚고 어깨를 축 늘어뜨렸다. 취기가 한꺼번에 돈 것일까?

"안 되겠어, 난."

"뭐가 안 돼?"

"반했나 봐."

갑자기 쓰기노스케의 무릎에 쓰러졌다. 잘 생각해 보면, 베니고쓰보는 꽤나 복잡한 책략으로 쓰기노스케를 유혹하려 하고 있다.

후일담이지만, 쓰기노스케는 창기 폐지령을 금방 내리지 않았다. 게이오 3년(1867) 12월 5일에야 단행했다. 그 포고의 방법은 업자를 모두 시 행정청에 불러 여러 관리들이 배석한 가운데 하나와 게이노신으로 하여금 선언하도록 했다. 업자들은 오래전부터 이 소문을 들어왔기 때문에 동요는 없었다.

그 행정 조치는 이렇다.

1. 전업할 자력이 없는 업자에게는 상당한 자본을 융자한다.
2. 창기에 대해서는 저마다 여비를 주어 부모에게 돌려보낸다.

기녀도 물론 이 법령의 영향으로 폐업당했으나, 다만 유흥 예술의 스승이라는 명목으로 그녀들에 대해서는 관대했다.

창기에 대해서는 여러 관리들에게 이렇게 명령했다.
"확실히 부모들 곁으로 돌아가는지 어떤지 행선지를 엄하게 감시하라."
하기야 돌아갈 곳이 없는 여자도 있었으므로 그들은 쓰기노스케도 어떻게 할 도리가 없었다. 그녀들은 몰래 창루에 머물러 하녀 등의 명목으로 주저앉아 버렸다. 그러나 그 인원수는 열 명 안팎밖에 되지 않았으니, 그의 금지령은 철저히 시행되었다고 할 수 있을 것이다.

그런데 그 날 밤의 일이다.
실인즉 베니고쓰보는 색으로 유혹할 속셈이었다. 그것으로 쓰기노스케의 마음을 뒤집자고 그와 같은 연극을 꾸민 것이다.
미리 기녀 일동을 납득시켰다. 쓰기노스케가 베니고쓰보에게 마음이 있는 듯하다는 것은 모두 눈치채고 있었고, 당사자인 베니고쓰보도 알고 있었으므로 어쩌면 잘 될지 모른다고 기대했다. 그 후부터가 앞에서 말한 수작이다.
마지막으로 베니고쓰보는 한쪽 손을 짚고 어깨를 늘어뜨리며, 이윽고 쓰기노스케의 무릎에 쓰러졌다.
"안 되겠어, 반했나 봐."
베니고쓰보가 말한 것은, 반했기 때문에 연극을 할 수 없다, 연극은 이젠 그만두겠다는 뜻의, 말하자면 일종의 항복이었는데, 당시지인 쓰기노스케는 그 수법에 말려들지 않고 픽 웃었다.
"알고 있었지."
이 연기자의 어깨를 안아 주면서 쓰기노스케가 말했다.
"그만두기는커녕, 지금부터가 연극의 절정이 될걸."
쓰기노스케는 말했다. 베니고쓰보의 어깨가 움찔했다.
"나도 실컷 놀아난 인간이야. 그 정도는 알지. 색의 유혹이라……."
"……."
"그러나, 훌륭한 수법이야. 실컷 놀아났다고 해도 내겐 일종의 서생 놀음이니까. 이만한 수법을 본 것은 처음이야. 명배우의 연기를 구경한 것처럼 감탄하고 있지."
"──졌다."
베니고쓰보는 일어나려고 했다. 그러나 쓰기노스케는 놓지 않았다.

"베니고쓰보, 여기까지 무르익혀 놓고 막을 내린다면 뒷날 서로 후회하게 될걸. 단념해 버려."

그리고 반 시간쯤 지나서, 쓰기노스케는 이 집을 나와 성큼성큼 집으로 돌아갔다.

풍운

게이오 2년(1866)은 천하의 소란이 끊이지 않았다.
"머지않아 난이 일어난다. 난을 일으키는 자는 서쪽에서 온다."
쓰기노스케는 입버릇처럼 말하였다. 서쪽이란 사쓰마와 조슈 두 번이다.
"패자의 원한은 끝이 없다는 말이 있지만, 조슈 모리(毛利) 집안의 남모를 원한은 300년 계속해 내려오고 있다."
쓰기노스케는 말한다.
조슈의 모리 집안도 사쓰마의 시마즈(島津) 집안도 세키가하라(關原)의 패배자였다. 더욱이 모리 집안은 세키가하라 이전의 120만 섬에서 4분의 1로 깎여 버렸다. 가신들도 감축당했다. 거성도 그때까지의 히로시마 성(廣島城)에서 동해안의 하기(萩)로 옮겨졌다.
"도저히 유지해나갈 수 없으니 봉국도 성도 다 내동댕이치겠다."
당시의 영주였던 모리 데루모토(毛利輝元)가 그렇게 말할 정도였다. 가신들도 녹이 없어진 자가 많아서 스스로 산야를 개간하여 자작미(自作米)로 연명했다.
그 후 조슈 모리 집안은 간척을 하기도 하고 다른 산업을 일으키기도 하여 열심히 경영한 끝에, 막부 말엽에는 실액이 100만 섬이 넘는 수준에까지 끌어올려 놓았다. 300년의 곤경을 간신히 벗어나 다른 번보다 오히려 재정이 풍족해졌다. 이 돈으로 병기와 군제를 일신했다.

그 여유와 자신과 그리고 도쿠가와 씨에 대한 300년에 걸친 남모르는 증오가, 막부의 쇠퇴와 더불어 그들 조슈 무사들의 머리를 쳐들게 했다는 것이 쓰기노스케의 견해였다. 사쓰마의 사정이나 입장은 조슈만큼 심하지는 않지만, 도쿠가와 집안에 대한 충성심이 얕다는 점에서는 크게 다를 것이 없었다. 게이오 2년에 막부는 조슈 정벌군을 일으켰다.

"이길 수 없다."

쓰기노스케의 전망이었다. 막부군의 장비는 전국시대와 크게 달라진 것이 없으나, 조슈군의 장비는 거의 양식화되어 있었다. 아니나다를까, 막부군은 조슈 번의 세 경계 지방에서 연전연패하여 그 위엄을 크게 떨어뜨렸다.

막부의 조슈 정벌 때는 나가오카 번에도 동원 명령이 내려졌다. 이 무렵 쓰기노스케는 마침 에도에 체재 중이었는데 이에 극력 반대했다. 그러나 시행정관 겸 군 감독관 정도로는 한 번 내려진 방침을 움직일 수가 없었다.

나가오카 번은 출병했다. 그러나 그들이 오사카에 도착한 지 얼마 되지 않아서 장군 이에모치(家茂)가 전황이 한창 불리한 속에서 죽었다. 이 때문에 막부의 방침이 변하여 조슈 정벌은 중지되고, 나가오카 번군도 고향으로 철수했다.

"막부 300년 이래의 폭거."

쓰기노스케는 통렬하게 비난했다. 그의 견해로는 이 패전이 막부의 목숨을 (조만간에 망한다 하더라도) 10년은 단축했다고 보았다.

한편 게이오 2년 12월 25일, 고메이(孝明) 천황이 죽었다. 이 소식을 쓰기노스케는 나가오카에서 들었다.

"큰일 나겠구나."

이 날 번청에 있던 그는 안색이 변했다고 한다. 그가 보건대 고메이 천황만큼 도쿠가와를 좋아한 이도 없다. 그 천황이 죽고 어린 천황이 뒤를 이으면 교토 조정은 막부 타도론자의 소굴이 되고 말 것이다.

"조만간에 서일본은 사쓰마와 조슈 것이 된다."

쓰기노스케는 말했다.

'천지가 무너진다'는 예감을 가와이 쓰기노스케가 느낀 것은 바로 그러한 점이었다. 되풀이하면 게이오 2년에 일어난 다음 네 가지 사건에 의한 판단이었다.

여름, 조슈 정벌에서의 막부군의 연전연패
여름, 장군 이에모치의 병사
겨울, 도쿠가와 요시노부를 장군으로 임명
겨울, 고메이 천황의 죽음

'큰일 나겠구나.'

그런 생각이 그로 하여금 언제까지나 시 행정관과 군 감독관 일을 계속하게 할 기분을 상실시켰다.

"게이(馨)군, 내 대신 좀 부탁하네."

쓰기노스케는 자기 친구이자 영내 제일가는 수재인 하나와 게이노신(花輪馨之進) 등에게 자기 대무(代務)를 부탁하고, 번주와 번청의 양해를 얻었다.

"괜찮은가?"

번주 마키노 다다유키가 물었다.

"걱정 없습니다."

쓰기노스케의 말로는, 이미 개혁의 움직임은 시작되고 있다. 건축으로 말하면 줄을 치고, 도면을 그려 놓고, 기초를 만들고, 상량까지 끝난 단세이다. 이제는 지붕을 이고 벽을 칠하는 일만 남았으니 번의 수재들에게 맡기면 될 것이다.

'옳은 말이다.'

다다유키도 그렇게 생각하고 있었다. 이를테면 쓰기노스케의 경제 정책 덕분에 번에 꽤 많은 돈이 모였다. 쓰기노스케는 '만 냥 상자'라는 것을 새로 만들게 하여, 만 냥이 모일 때마다 성안 넓은 방에 갖다 쌓도록 했다. 앞으로는 그 정책만 운용해 가면 만 냥 상자는 점점 더 늘어날 것이다.

아울러 말하지만, 쓰기노스케는 이런 방침을 세웠다.

"성에 비축하는 돈은 은화는 안 된다. 금화라야 한다. 은화는 금화로 바꾸어 비축한다."

에도 시대에는 금은 두 가지가 다 본위(本位)였으며 양쪽을 다 존중했다. 이것은 도요토미(豊臣) 시대부터 계승되어 온 화폐 관념으로 오사카는 은본위였고, 에도는 금본위였다. 이를 테면 에도에서는 '천 냥 배우'라고 했다. 연봉으로 금 1천 냥을 받고 있는 배우를 이렇게 부르는데 이것은 은본위의 오사카에서는 통용되지 않는다. 은 몇 백 몇 근짜리 배우라는 등, 매우 부드럽지 못한 표현이 될 것이다. 또 씨름의 세계에서도 그렇다. 씨름에 '열 냥'이라는 계급이 있다. 연봉을 금화로 열 냥 받고 있는 자를 말하는데 금본위가 아닌 오사카에서는 이렇게 말하지 않는다.

에도 시대는 이와 같이 동일본은 금, 서일본은 은본위로 내려왔으나, 요코하마 같은 데서 외국과 통상하게 되고부터는 매우 혼란해졌다. 국제적으로 말하면 일본은 금이 싸고 은이 너무 비싸다. 이것으로 외국 상인들은 크게 돈벌이를 했다.

"장차는 서양과 마찬가지로 일본도 금본위가 된다."

쓰기노스케는 이것을 깨닫고 나가오카 번의 소장금을 모두 금으로 바꾸어 버렸다. 그런 기초적인 것만 해 두면 나머지는 번의 유능한 관리들이 잘해 줄 것이다.

"그래서 그대는 어떻게 할 참인가?"

"당분간은 에도나 요코하마로 돌아다니게 해주시면 감사하겠습니다."

쓰기노스케에게는 원대한 복안이 있었다.

쓰기노스케는 눈과 인연이 있는 모양이다. 이 해도 큰 눈을 무릅쓰고 미쿠니 고개(三國峠)를 넘었다.

'에치고 사람의 숙명이다.'

쓰기노스케는 생각했다. 에도라는 시국의 중심지에 나가는 데는 이토록 험한 자연의 악조건을 넘지 않으면 안 된다.

"호쿠리쿠도(北陸道)의 사람들은 모두 이렇거든."

고개 위에서 퍼붓는 눈을 삿갓 하나로 피하면서 쓰기노스케는 서생인 히코스케에게 말을 했다.

"그러나 나는 에치고가 좋아."

'확실히 좋아하시는 모양이야.'

젊은 히코스케는 알 듯한 기분이 든다.

"덴쇼(天正) 때의 호걸로 삿사 나리마사(佐佐成政)라는 사람을 아느냐?"

"알지 못합니다."

"호쿠리쿠 사람이라면 알아 둬야 해."

쓰기노스케는 퍼붓는 고갯마루의 눈 속에서 외치듯이 말했다. 앞으로 두 시간만 걸어가면 고개는 고즈케(上州)를 향해서 내리막이 시작될 것이다. 그러면 내리는 눈도 적어지겠지.

"삿사 나리마사는 오다 노부나가 막하의 부장(部將)이었는데, 엣추(越中)의 한 번을 얻어 도야마 성(富山城)의 성주가 되었지."

따뜻한 고장 오와리(尾張)에서 도야마 성주가 된 것은 덴쇼 9년(1581)이다. 그 이듬해 주인 오다 노부나가는 혼노 사(本能寺)에서 아케치 미쓰히데(明智光秀)에게 살해되었다. 즉각 도요토미 히데요시(豊臣秀吉)가 미쓰히데를 치고 교토에 깃발을 올렸으나, 오다 집안의 일족이나 히데요시의 옛 동료들 가운데는 그것을 좋아하지 않는 자가 많았다.

히데요시가 오다 정권의 권익을 가로채어 천하의 호령자가 되려 하고 있다고, 그들은 히데요시를 규탄하고 연합하여 히데요시와 대전했다. 그 중심이 노부나가의 차남으로 도카이(東海) 지방을 영토로 가진 오다 노부카쓰(織田信雄)와 도쿠가와 이에야스였다. 히데요시를 싫어하는 삿사 나리마사도 멀리 북방에서 이에 호응하려고 했다.

"그러나, 멀다."

천하의 패권 쟁탈은 엣추 도야마에서 멀리 떨어진 교토와 도카이 지방을 중심으로 벌어지고 있다. 덴쇼 12년(1584)의 패권 다툼뿐 아니라 일본 역사의 주 무대는 항상 태평양 연안이었으며, 그것도 교토와 간토 사이의 도카이도(東海道)였다. 일본 역사상의 패권은 항상 이 가도를 오르내렸다. 가마쿠라 시대의 미나모토 요시토모(源賴朝), 무로마치 시대의 아시카가 다카우지(足利尊氏), 전국시대의 오다 노부나가, 도요토미 히데요시, 도쿠가와 이에야스 등이 모두 그러하다.

"나리마사는 멀다."

멀 뿐 아니라 때는 한겨울이었으며, 호쿠리쿠 가도는 눈에 막혀 중앙을 향해서 남하하고 싶어도 일본 알프스의 준령이 앞에 있다. 나리마사는 움직일 수 없었다. 그러나 이 만용의 사나이는 결심했다. 알프스의 준령을 넘고 남하하여 엔슈 하마마쓰 성(遠州濱松城)에 있는 이에야스와 연락, 연합 전선을 펴려고 했다.

덴쇼 12년의 음력 11월 23일 그는 도야마 성을 떠나 남하했다. 수행원은

100명 정도였다. 약 일주일 동안 중부 산괴(山塊) 속에서 몸부림치듯 걸었으며, 많은 자들이 동상, 피로, 눈사태 등으로 낙오하고, 12월 1일 간신히 신슈(信州) 가미스와(上諏訪)로 나가 다시 남하하여 하마마쓰에 들어가 이에야스를 만났다.

"늦었소."

이에야스는 말했다. 노부카쓰, 이에야스의 연합군은 고마키 나가쿠테(小牧長久手)에서 히데요시군을 부분적으로 격파하면서도 히데요시와 화평을 맺어, 중앙의 패권은 이미 결정되어 버렸던 것이다. 실망한 나리마사는 다시 눈을 무릅쓰고 온 길을 되돌아 북방으로 돌아갔다. 이때 나리마사가 읊은 실망의 노래가 있다.

　　모든 것이 변해 버린 이 세상을
　　백설은 모르는지 시름없이 내리네

"북방 사람들은 손해야."

이윽고 그들은 에도에 들어섰다.

에도에 도착한 것은 이미 그 해가 저물어 갈 무렵이었으며, 겨울 하늘은 메마르고 새파랬다.

'이 푸르고, 눈부신 하늘.'

쓰기노스케는, 언제나 그렇지만 이만한 일에 감동했다. 온 겨울 동안 진한 잿빛에 잠겨 있는 에치고의 하늘을 생각하면, 에도 사람들은 모두가 극락에 살고 있는 것처럼 여겨진다.

아타고 산(愛宕山) 밑의 번저에 가니 처남 나기노 가헤에가 현관까지 뛰어나와 껴안을 듯이 반긴다.

"쓰기군, 왔나!"

아내 오스가의 오빠인 그는 목이 굵고 어깨가 떡 벌어진, 참으로 무사다운 몸집을 가졌다. 학문도 있고 성격도 침착하여 이런 경솔한 거동을 보일 사나이가 아니다.

'어지간히 쓸쓸했던 모양이구나.'

쓰기노스케는 생각했다. 실은 에도의 번저에는 거의 번사가 살고 있지 않앉다.

"고양이와 쥐와 그리고 나 나기노 가헤에뿐이야."

처남인 나기노는 오른쪽 어깨를 약간 치켜올리는 묘한 버릇이 있는 걸음으로 걸어가며 복도 모퉁이에서 말했다. 사실 이 넓은 저택에 잡병 열 사람쯤과 나기노 가헤에밖에 살고 있지 않았던 것이다.

그 이유를 필자는 그들 대신 말하지 않으면 안 되겠다.

에도 막부가 사용한 영주 통어(統御)의 방법 가운데 가장 교묘했던 것 중의 하나는, 영주의 가족을 에도에 두게 한 일이다. 모친, 부인, 그리고 적자는 에도의 번저에 산다. 말하자면 인질이며, 인질인 이상 그들은 고향에 돌아갈 수 없다. 영주들은 에도에 처자를 두고 있으므로 고향에서 반란을 일으키고 싶어도 일으키지 못한다.

수필식으로 말하자. 도쿠가와 이에야스는 세키가하라(關原)에서 얻은 승리 덕분에 천하를 차지했다. 그러나 그 막하 영주의 대부분은 구 도요토미계의 영주들이므로 언제 저마다의 고향에서 반란을 일으킬지 모른다. 이 외방 영주들 자신도 그 점을 의심받고 있다가는 큰일이라고 생각하고, 도요토미계 가운데서도 가장 인연이 깊었던 가토 기요마사(加藤淸正)가 이에야스에게 스스로 신청했다.

──에도에 집을 갖고 싶습니다.

이에야스는 기뻐하여 시나가와(品川)에 대지를 주었다. 이것이 최초였으며, 가가(加賀)의 마에다(前田) 집안도 마찬가지였고, 아사노(淺野) 집안, 이케다(池田) 집안도 자발적으로 그렇게 했다. 그러다가 이에야스가 죽은 후, 3대 장군 이에미쓰(家光) 때에 확정적으로 제도화되었다.

이 때문에 영주 부인은 한평생 에도에 살아야 한다. 영주의 적자는 에도에서 태어나 에도에서 교육받으므로, 사쓰마의 시마즈(島津) 집안처럼 사투리가 심한 곳에서도 번주만은 언제나 유창한 에도 말을 쓰고 있었다.

더욱이 영주 자신도 일 년은 에도, 일 년은 고향에서 살아야 하는 것이 막부의 법이다. 이른바 참근 교대(參勤交代)라는 것이 그것인데, 워낙 경비 부담이 크다. 에도에 많은 번사들을 거주시켜야 하는데다가, 참근 교대에 따르는 도중의 출비 때문에 에도 300년 동안 영주의 가계는 숨 돌릴 겨를이 없다.

그런데 이 막부의 가장 중요한 영주 통어 정책을 몇 해 전 막부 스스로가 폐기해 버린 것이다. 폐기한 것은 이이 나오스케의 뒤를 이어 막부 정치를 담당한, 개혁주의자인 마쓰다이라 슌가쿠(松平春嶽)였다. 이유는 이런 것이었다.

"외국의 침략에 대비해야 할 이때에 영주들을 피폐하게 하는 법은 좋지 않다."

이 때문에 여러 영주의 가족들은 에도에서 철수하여 고향으로 돌아가고 참근 교대도 사실상 폐지되었다.

참근 교대 제도의 폐지.
영주 처자 에도 거주 제도의 폐지.
이만큼 막부의 명맥을 결정짓게 한 정령(政令)은 없었을 것이다.
"슌가쿠는 바보 같은 짓을 한다."
막부의 신하들 사이에는 매우 평판이 좋지 않았다. 왜냐하면 그 직후부터 조슈 번의 콧김이 거세어져서 마침내 반란을 일으켰기 때문이다.
"그것만 폐지하지 않았더라도 조슈 번도 막부에 활을 쏘는 따위의 엄청난 짓은 하지 않았을 것이다."

그것이 에도에 있는 직속 무사들의 생각이었다. 막부 창업 이래, 영주의 처자들을 '에도 거주'라는 미명 아래 영락없이 인질로 잡아 놓았었기 때문에 영주들이 모두 얌전했었다는 것이다.

그러나 슌가쿠는 이와 같이 막부 신하들과 정치사상이 달랐다. 마쓰다이라 슌가쿠는 에치젠 후쿠이(越前福井) 32만 섬의 번주로, 막부 말에는 '사현후(四賢侯)'니 '삼현후'니 일컬어지면서 영주들 가운데에서도 두드러진 존재였다.

그 가문은 단순한 영주가 아니라 기슈(紀州) 오와리(尾張) 미토(水戶)의 이른바 도쿠가와 세 가문에 이은 명문으로서, 도쿠가와 일족 중에서도 특히 존경을 받고 있었다. 그러나 슌가쿠는 가에이(嘉永) 이후, 세계 속의 일본이라는 관점에 눈뜨고, 구미 열강에 대한 위기감이 강했으며, 이 때문에 도쿠가와 집안에 대한 개념이 바뀌었다.

이를테면 그가 도쿠가와 집안과 친족인 영주이면서도 낭인 사카모토 료마(坂本龍馬) 등을 가까이하여, 그의 사업에 많은 출자를 한 것 등은 그 사상의 표현이라 할 수 있을 것이다. 그가 막부의 정치 총재가 되자, 앞에서 말한 그런 정책을 단행한 것도, 도쿠가와 집안의 이해보다 일본의 이해를 생각한 탓이리라.

"영주의 피폐는 일본 국방력의 피폐다."

그런 입장에서 그렇게 한 것인데 이 때문에 에도가 쇠퇴해졌다.

첫째, 에도 성(江戶城)에 영주가 근무하지 않게 되었기 때문에 그 뒷바라지를 하는 막부 신하(라고 해봐야 이른바 차 시중을 드는 당하관(堂下官) 계급이지만)의 수입이 없어졌으므로 그들 차시중꾼들이 몹시 슌가쿠를 미워했다.

"안마사 같구나, 슌가쿠의 이름."

따위의 해학적인 하이쿠를 지어 에도 성 변소에 써놓곤 했으나, 그들 보다 더 큰 타격을 입은 것은 에도 시민들이었다. 이 당시 에도는 인구 100만이 넘는 세계적인 대도시였을 것이다. 그러나 변칙적인 인구 구성이라 50만은 무사들이었다. 나머지 50만은 서민들이며, 서민들은 무사들의 소비생활(무사들의 소비생활이라기보다 여러 영주들의 소비생활)을 도와주는 형태로 생계를 영위하고 있었던 것이다.

이를테면, 오동나무 화로 하나만 하더라도 그렇다. 도매상이 영주 저택에서 주문을 받으면 재료를 사서, 직공들에게 시키는 것이다. 이것으로 먹고 사는 인간의 수는 엄청난데 영주들의 에도 철수로 그와 같은 주문이 일시에 끊겨 버린 것이다.

"에도는 불이 꺼진 것 같네."

나기노 가헤에가 말했다.

"그야 그럴 테지요."

쓰기노스케는 고개를 끄덕였다. 나기노의 말로는 요시와라에 드나드는 손님도 눈에 띠게 적어졌다고 한다.

아무튼 나가오카 번이라는 이 조그마한 번에서조차 그 저택이 에도에 세 군데나 있었다. 아타고 산 밑 시부야(澁谷), 후카가와(深川) 등에 있었다. 그것을 이번에 정리해 버리지 않으면 안 된다. 쓰기노스케는 올라온 김에 그렇게 할 작정이었다.

"처남, 내일은 창고를 열어 주십시오."

"창고? 그게 무슨 말이야?"

"주군댁의 보물이나 집기 중에서 돈이 될 만한 것은 깡그리 팔아 버릴 생각입니다."

"뭐라구?"

나기노 가헤에는 눈이 둥그레졌다. 주군 집안의 보물을 파는 바보가 어디 있겠는가.

"팔아서 병기를 사야겠습니다."

"누, 누구에게 판단 말이야?"

"비싸게 사는 자에게 팔지요. 구리 그릇이나 칠기는 외국인이 좋아하니까, 요코하마까지 실어다가 팔아 버릴 작정입니다."

"이국인들에게 판단 말이야?"

"팔아서 더 새로운 대포와 총을 사야겠습니다."

"그만둬!"

나기노 가헤에는 소리쳤다. 나기노도 상당히 관점이 높은 경륜 사상을 갖고 있었지만, 그러나 무사인 이상 주군댁의 보물과 집기를 마구 팔아서 돈으로 바꾼다는 데까지는 비약하지 못한다.

"그럴 필요가 있단 말입니다."

쓰기노스케는 말했으나, 창고의 열쇠를 가진 나기노는 안색이 흙빛으로 변해 버렸다.

"쓰기군, 필요한 건 알아. 에치고 나가오카 번을 갱생시키려면 돈이 아무리 있어도 모자라지. 하지만 일에는 해서는 안 될 일이 있는 게야."

"무슨 뜻입니까?"

"필요하니까 한다는 것이 정론이라면, 굶주릴 때 도둑질을 해도 좋다는 것도 정의가 될 것이 아닌가. 하기야 농민이나 상인이라면 밭의 무 정도는 훔쳐도 괜찮겠지. 그러나 무사는 그렇게 하지 않아. 참지. 참고 굶어 죽는 것이 무사란 말이야. 해서 안 될 일은 안 한다는 데에, 무사와 다른 자의 차이가 있잖겠나."

"옳은 말씀입니다."

쓰기노스케는 말했다. 나기노의 말은 쓰기노스케가 본래부터 갖고 있던 사상이며, 이 사나이의 무사론이란, '원래 무사라는 것은 시비가 없는 존재다. 시도 비도 없이 무사로서의 아름다움을 지키는 것이 무사다'라는 것이었다.
 "처남 말씀에 이론은 없습니다. 하지만 번은 무사가 아닙니다."
 도끼로 장작을 쪼개듯이 단언했다. 나기노는 절규했다.
 "무슨 소리를 하는 거야!"
 "나는 요코하마에서 싸돌아다니고 있을 때, 서양에는 사람 이외에 사람이 있다는 것을 알았습니다."
 쓰기노스케가 상세하게 설명하기 시작한 것은, 법인(法人)에 관한 것이었다. 회사, 사단법인, 국가, 도시 같은 것을 그곳에서는 일종의 사람으로 간주하여 자연인과 비교한다. 쓰기노스케는 스위스인 페블브란드한테서 그 말을 듣고부터 자기가 갈피를 못 잡았던 번이라는 본질이 명쾌해졌다. 번을 법인으로 생각하면 된다.
 이를테면, 나가오카 번주 마키노 집안은 도쿠가와 집안 창업 때부터 신하이므로 도쿠가와 집안에 대한 은혜와 의리를 생각해야 하지만, '번'을 두고 말하면 법인이므로 그런 자연인으로서의 의리나 인정은 정리되지 않으면 안 된다. 이 보물과 집기를 판다는 문제도 그러했다. 과연 '해서 안 될 일은 안 된다'는 것이지만, 그러나 그것은 자연인의 도덕이며, 법인으로서의 번이라면 필요할 때 팔아 버려도 상관없을 것이다.
 "아무튼, 팔겠습니다."

 쓰기노스케는 나기노 가헤에를 그 날 밤새도록 설득했다.
 "이론으로서는 이해하지만."
 나기노는 납득하지 않는다. 나기노만한 교양인도 이론만으로는 움직이지 않는 모양이다. 인간을 움직이는 것은 감정이며, 이것을 보다 더 농후하게 말하면 정념일 것이다. 나기노의 정념이 납득하지 않았다.
 "집기, 보물은 역대의 군주께서 사랑하시던 물건이며, 말하자면 그 어른들의 유품 같은 거야. 그것을 후손인 우리들이 팔아 버린다는 것은 과연 옳은 일일까?"
 "처남, 도쿠가와의 일본은 머지않아 무너져요. 그때, 우리 나가오카 번도 아주 튼튼하게 버티고 서 있지 않으면 망하고 맙니다."
 "알아. 자네 지론은 알아. 하지만, 이 일에 관해서만은 모르겠단 말이야. 한 가지 예를 들자."

나기노는 말했다.

"이를테면, 무사의 두 칼 말일세."

두 칼은 무거우니까 팔아 버리자는 것과 마찬가지이다──하고 나기노는 말하는 것이다. 설마 그와 같은 폭론을 토하는 자는 없겠지?

"그런데, 여기 있어요."

쓰기노스케는 웃지도 않고 말했다.

"나는 말입니다. 나가오카 번의 무사들에게 칼을 차고 다니지 못하게 할까, 생각하고 있어요."

"쓰기군!"

나기노가 소리쳤다.

"칼은 무사의 혼이 아닌가?"

"윤리 도덕은 시대에 따라 변합니다."

쓰기노스케는 말했다. 그가 에도의 고가 학당에 있을 때, 사론(史論)을 발표하게 되면 스승인 고가 긴이치로마저 경청했는데, 그것을 근거로 하여 지껄이기 시작했다.

"칼은 무사의 혼이 아니다."

쓰기노스케의 이론을 현대어로 바꾸어 말하면 전국 무사의 경우에는 칼이란 단순한 도구로서 잘 들기만 하면 되었다. 이 때문에 싸움터에 세 자루씩이나 짊어지고 나가는 자도 있었고, 이가 빠졌을 때를 대비하여 숫돌을 말에 묶어 가는 자도 있었다. 도구에 지나지 않았다.

그것이 에도 시대에 들어와서 이른바 신성한 것이 되었다. 타고넘어서도 안 되느니 어찌니저찌니하고 말하게 된 것은, 세상이 태평스럽기 때문이다. 도구가 신기(神器)처럼 되었다. 동시에 무사의 신분을 나타내는 계급의 문장이 되었다. 전국시대에는 농민도 칼을 갖고 있었으나, 에도 시대에는 그것이 허용되지 않고, 무사의 전유물이 되어 무사는 그것(두 칼)이 있음으로 해서 긍지와 명예를 느끼게 되었다. 이 때문에 '칼은 무사의 혼'이라는 도덕이 생겼다. 말하자면 자기 피부를 쓰다듬고 쾌감을 느끼는 것 같은 자기애(自己愛)에 지나지 않는다. 자기애가 도덕으로까지 순화한 것이 '칼은 무사의 혼'이라는 사고방식이다.

"새로운 세상을 여는 자는, 새로운 윤리 도덕을 창조하지 않으면 안 된다."

그것이 쓰기노스케의 의견이었다. 무사는 두 칼을 버리고 세계 최신의 병기로 무장하라는 것이었다.
"하물며 서화 골동, 구리 그릇, 칠기 따위가 무슨 소용이 있습니까?"
쓰기노스케는 말을 마치고 난 뒤 그는 가장 중요한 것을 마지막에 덧붙였다.
——번주님의 허가를 얻었습니다. 그렇죠, 주군의 명령입니다.
이것을 마지막에 말한 것은, 과연 이 사나이답다.

다음날 쓰기노스케는 요코하마로 향했다.
'에도의 물건 판매는 처남에게 맡겨 두면 된다.'
간밤에 간신히 나기노 가헤에를 납득시킨 것이다.
'그이도 에치고 무사야.'
완고하고 융통성이 없다. 백론(百論)을 토하며 반대했다.
——주군의 뜻이다.
그러나 쓰기노스케가 마지막에 이렇게 말하자 나기노는 몸의 축이 부러진 듯이 어깨를 축 늘어뜨리고 입을 다물어 버렸다.
오늘 아침, 쓰기노스케가 눈을 떠보니 나기노는 벌써 창고를 열어 물건을 정리하고 있었다.
"처남, 열심이시군요."
창고 입구에서 말을 건넸으나 나기노는 돌아보시 않는다. 울고 있는 모양이다. 우는 얼굴을 보이지 않으려고 일부러 등을 동그랗게 구부리고 손을 바쁘게 움직이고 있다.
"처남."
쓰기노스케는 개의치 않고 그 등 뒤에 서서 말했다.
"물건은 되도록 비싸게 팔아 주십시오."
나기노는 돌아다보지도 않고 말없이 고개를 끄덕였다.
'울고 있군.'
그렇게 생각했으나, 다시 쓰기노스케는 할 말을 하기 시작했다.
"골동품 장수는 부르셨습니까?"
"나는 골동품 장수가 어디 있는지 모르네."
"그럼 내가 사환을 보내지요. 니혼바시(日本橋)의 야마가타야 지로베에(山形屋次郞兵衞), 가지바시(鍛治橋)의 이즈큐(伊豆久), 덴즈 원(傳通院)

문 앞에 있는 가키야 소오베(鍵屋惣衛) 세 사람이 여태까지 출입한 장사치들입니다. 내일 세 사람에게 입찰시킬 테니 넓은 방에 모두 내놓도록 해주십시오."

"입찰에는 쓰기군이 입회해 줄 테지?"

"아니, 나는 요코하마에 갑니다. 이것은 모두 처남이 해주십시오."

"이 많은 것을 하루에 정리한다는 것은 무리야."

"그렇습니다. 처남 혼자서는 무리입니다. 오늘 오후부터 에도에 있는 세 저택 사람들을 모두 모아 주십시오. 아까 말씀드린 골동품 점원과 사무원들에게도 거들게 하시고요."

"알았네."

목소리에 힘이 없다.

"그리고 그림 중에는 가짜도 있지요?"

"있겠지."

"그것은 내가 이국인들에게 팔겠습니다. 이국인들에게는 작자 명의 진위보다도 작품이 화려한 쪽을 좋아할 테니까요."

"그건 안 돼. 아무리 이국인이라도 가짜를 안겨 줄 수는 없는 일이야."

"가짜건 아니건, 일본의 에치고 나가오카 번주들이 애장하던 물건이라는 내력만은 진짜입니다. 거짓말을 하는 건 아니잖습니까."

"그렇군."

"그리고 구리 화로나 화기(花器), 구타니(九谷)의 화려한 도자기, 금분 무늬 칠기, 그 밖의 번쩍번쩍하는 것은 이국인에게 팔도록 제쳐놓으십시오. 내가 요코하마에서 흥정을 해놓고 오겠습니다."

"그 때문에 요코하마에 가나?"

"그것도 있습니다. 다른 용건도 있고요."

일련의 조치를 해놓고 번저를 나왔다.

그 날 저녁 때 요코하마에 들어가 곧장 175번관 페블브란드를 찾아가니, 그 젊은 스위스 상인은 파란 눈에 눈물을 글썽거렸다.

"아아, 가와이 선생!"

굉장히 그리웠던 모양이다.

"당분간 놀게 해 주구려."

쓰기노스케는 에치고 사투리로 말했다.
그것이 묘하게도 이 젊은 스위스 상인에게 통하는 모양이다. 힘차게 고개를 끄덕이고, 얼마든지 얼마든지 하는 뜻의 몸짓을 해보이면서, 쓰기노스케를 이층으로 안내하여 한 방의 문을 열어 보였다.
"이것이 선생 방입니다. 언제 선생이 오셔도 쓸 수 있도록 이와 같이 치워 놓았지요."
권설음(捲舌音)이 심한 스위스 말로 이렇게 말했는데 그것 또한 묘하게도 쓰기노스케에게 통한다.
"고맙소."
밖에서는 날이 저물어 가고 있었다.
"식사를 하십시다."
"아니, 양식은 지긋지긋해."
이것은 서로 통하지 않았다. 아래층으로 내려가서 쓰기노스케를 억지로 식탁에 앉혔다.
포도주가 나왔다. 쓰기노스케는 손을 들어 청국인 점원을 불러 말하면서 글을 썼다.
"필담(筆談)을 할 수 있는가?"
얼마든지 가능한 모양이다. 페블브란드는 일본에서의 말의 부자유가 답답하여, 상해에서 청국인 청년을 불러다 놓았다.
그 자가 바로 장은정(張恩靖)이다. 장은 향시(鄕試)라는 관리 등용의 초급 시험에 몇 번인가 응시한 적이 있을 만큼 상당한 독서가이며 고전에도 능통했다. 일본인의 한문 지식은 1천 년 이상이나 옛날 중국 문장어이기 때문에, 보통 중국인보다 고전 교양이 있는 중국인이 아니면 서로 통하지 않는다. 이 점, 장은정은 안성맞춤이었다. 그런 학문 필담을 통해서 페블브란드와의 회화가 시작되었다.
"우리 에도 번저에 있는 도구의 일부를 팔고 싶다."
"그것은 대공전하(大公殿下 : 번주)의 도구인가?"
"그렇다."
"품목은 어떤 것인가?"
상담이 끝나고 난 다음, 페블브란드는 물었다.
"만일 상관 없으시다면, 왜 에도의 가재도구를 팔게 되는지 말씀해 주시지 않겠습니까?"

쓰기노스케는 일본의 현상을 감추는 일 없이 말해 주었다.

"도쿠가와 300년 동안, 도쿠가와 막부의 법률에 의해서 에도에 영주들이 모여 살고 있었소. 그런데 이번에 그 법률이 소멸되어 영주들이 저마다 자기 영지로 돌아갔소. 그러니 자연 에도의 도구는 필요 없게 된 것이오."

"내란이 일어납니까?"

페블브란드의 질문은 비약했다. 상인으로서 듣고 싶은 것은 이 한 가지였으며, 내란의 예상이 확실하다면 상업의 방향도 바꾸어야 한다. 이를테면 페블브란드는 시계를 팔러 와 있는데, 병기도 많이 팔아야 할 것이다.

"그런 예상은 할 수 없소. 다만 말할 수 있는 것은 도쿠가와 집안은 이 참근 교대 제도의 폐지로, 암만해도 일개 영주의 위치로 떨어질 것 같소. 300 제후(諸侯)는 이탈리아처럼 연방을 이루어 저마다 영지에서 소극적인 할거(割據)를 하게 될 것이오. 그 맹주가 계속해서 에도의 장군이 될 것인지, 새로 교토의 천자가 될 것인지, 그건 알 수 없소. 서부 지방 사람들은 교토를 생각하고 있지."

"어느 맹주를 고르느냐에 따라서 전쟁이 일어날까요?"

"일본에, 한 치 앞은 암흑이라는 그런 속담이 있소."

쓰기노스케는 소리 내어 웃었다.

쓰기노스케는 무엇을 기다리듯이 요코하마의 외인 상관에 머물렀다.

――무엇을 기다린다.

이렇게 말하지만, 별로 이렇다 할 기대가 있는 것도 아니다. 없지만, 요코하마의 외인 상관에 기거하고 있으면 무언가 뜻하지 않던 착상, 생각지 않던 사건, 뜻밖의 인물 등과 부딪칠 것만 같은 기분이 든 것이다.

"거저 유숙해서는 미안하다."

그래서 전에도 그렇게 했듯이 밤이 되면 '불조심'을 외치며 상관 주위와 근처를 돌아다닌다. 칼은 차지 않고 평상복의 뒷자락을 걷어 허리춤에 찌르고는 딱따기를 두들기며 걸어가는 것이다.

'딱!'

'불조심!'

외치며 나가는 목소리가 무어라 형용할 수 없이 멋이 있고, 속요(俗謠)나

속곡(俗曲)으로 단련된 목청이라 참으로 기생들이 반할 만한 음색이었다.
"제발, 그만두십시오."
페블브란드는 난처해하면서 말했으나 쓰기노스케는 듣지 않았다.
"좋아서 이러니까 내버려 두구려."
그리고 보니 쓰기노스케는 어릴 때부터 불을 무서워하는 버릇이 있었으며, 나가오카의 집에 있을 때도 불의 뒤처리만은 병적으로 신경을 썼다. 그리고 우란분(盂蘭盆) 춤의 가장(假裝)을 좋아했듯이 이렇게 변장하여 딱따기를 두들기며 걸어다니는 일이 정말 마음에 든 모양이다.
"곤란합니다, 매우 곤란합니다."
젊은 스위스 상관 주인은 때로 울상을 지었다. 그가 알고 있는 가와이 쓰기노스케는 에치고 나가오카에 있는 한 소공국(小公國)의 수상 대리이며, 딱따기 같은 것을 두들기며 돌아다닐 신분이 아니다.
그리고 페블브란드는 메이지(明治) 후에도 오랫동안 요코하마에 살았다.
"구막부 시대부터 메이지 시대에 걸쳐서 무척 많은 일본 사람들을 만났습니다만, 가와이 쓰기노스케님만큼 훌륭한 분은 본 적이 없습니다."
죽을 때까지 페블브란드는 이렇게 말하였다. 그가 쓰기노스케를 경모하는 마음은 이만저만이 아니었다.
"불……조오심!"
밤마다 상관 주위에서 들려오는 소리에는 몸이 오싹 오무라드는 느낌이었다.
그러나 쓰기노스케는 약간 즐겁다. 딱따기를 두들기며 돌아다니면서 문득 생각한다.
'다시 한 번 새로 태어날 수 있다면, 동네 네거리의 야경꾼 늙은이로 태어나 이와 같이 불조심 딱따기를 두들기며 살아가고 싶다.'
쓰기노스케로서는, 나가오카는 갑갑하고, 에도는 잡다하고, 교토는 광란 같은 이런 세상에서 잠시라도 탈출할 수 있는 것은 요코하마에서 불조심을 외치는 이런 나날 정도일 것이다.
그러던 어느 날 페블브란드가 말했다.
"가와이님, 묘한 인물을 만나 보시지 않겠습니까?"
"어느 번 사람인데?"
"일본인이 아닙니다."

페블브란드는 방 한쪽 구석에 놓여 있는 지구의(地球儀) 곁으로 쓰기노스케를 데리고 가서 네덜란드를 가리켰다.
"네덜란드 사람인가요?"
"그런데, 진짜 국적은 알 수 없습니다. 본인은 형편에 따라 이곳이라고도 말하고 있으니까요."
터키를 가리켰다. 그러나 실제의 국적은 프러시아인 모양이다.
'괴물이군.'
쓰기노스케는 흥미가 솟았다.

"에드워드 스넬."
그 문제의 이방인이었다. 막부 말의 일본에서 활약한 모험 상인 가운데서도 가장 특이한 인물로, 후세 사가들의 눈에 계속 괴물이라는 인상으로 남아 있는 사나이이다. 스넬은 일종의 전기적인 신비성을 갖고 있으며, 첫째 어느 나라의 어떤 인물인지 잘 모른다.
"꼭 가와이를 소개해 주기 바란다."
이전부터 페블브란드에게 독일어로 부탁하고 있었는데 페블브란드가 다른 장소에서 스넬과 만났을 때, 그가 프랑스인과 유창한 프랑스어로 대화하는 것을 보았고, 더욱이 막부의 가나가와(神奈川) 행정청 통역관과는 네덜란드어로 말했다. 일본 관리들 사이에서도 인기가 좋다. 놀랍게도 어디서 배웠는지 일본어도 조금은 할 줄 아는 모양이다.
늘 페블브란드의 상관에 놀러 와서 말한다.
"나는 스위스인을 좋아한다."
그 까닭은 소국이기 때문이라는 것이다. 스넬의 말로는 자기도 조그마한 나라에서 태어났으며, 조그마한 나라 출신자들은 극동에서 서로 손을 잡지 않으면 안 된다는 것이다.
"스넬에 대한 내 지식은"
페블브란드는 쓰기노스케에게 말했다.
"이 정도입니다. 선악은 알 수 없습니다. 나머지는 선생 자신이 보시고 교제를 하시든가 말든가 결정하시면 됩니다."
──만나지.
쓰기노스케는 말했다.

이튿날 아침 스넬이 찾아왔다. 쓰기노스케는 평상복 차림으로 허리에 아무 것도 차지 않은 채 아래층 구석에서 대면했다.

"에드워드 스넬입니다."

악수를 하지 않고 일본식으로 머리를 숙인 이 사나이는 생각한 것보다 젊고 몸집이 작았다. 서양인치고는 약간 납작한 얼굴을 하고 있었으며, 턱밑에 거무스름하게 엷은 수염을 기르고 있었다.

'일본인을 닮았구나.'

그것이 쓰기노스케에게는 우스웠다. 스넬이 터키인이라고 자칭하는 것은 그의 머리가 검은색(터키인 가운데 그런 특징을 가진 자가 많다)이기 때문일 것이고, 혹은 사실상 터키인의 피가 섞여 있는지도 모른다.

지금도 쓰기노스케에게 그는 이렇게 말했다.

"나는 터키인의 피가 섞여 있습니다."

터키 민족이란 동양사에 나오는 돌궐(突厥)일 것이다. 오랜 옛날 중앙아시아의 초원에서 활약한 기마 민족의 하나로, 그 인종 가운데 서쪽으로 간 자는 '유럽 터키'라 일컬어지고 혼혈로 파란 눈, 빨간 머리가 되었다. 그러나 언어의 원형은 일본어와 같은 우랄 알타이 어족에 속하는 것이며, 이 점에서 터키 인은 일본 말을 배우기 쉽다.

──내게는 터키인의 피가 섞여 있습니다.

스넬이 쓰기노스케에게 그렇게 말한 것은 자기에게 친밀감을 갖게 하기 위해서 그랬을 것이다.

"나의 정열은 영국인을 미워하는 데서 나오는 것입니다."

서슴지 않고 말했다. 왜 미워하는지는 말하지 않았다.

"영국은 사쓰마와 조슈를 밀고 있습니다. 그러기에 나는 사쓰마와 조슈를 미워하고 미워하는 나머지 도쿠가와 집안과 그 계통의 번을 편들고 있는 것입니다."

'과연, 이국인치고는.'

쓰기노스케는 생각했다. 조그마하고 빈상을 가진 사나이였다. 그러나 작은 체구의 사나이에게서 흔히 보듯이 에드워드 스넬은 등골에 쇠심을 박은 듯이 꼿꼿이 우뚝하니 서 있다. 가슴을 쫙 펴고 상체를 꼼짝도 하지 않고 지껄인다.

풍운 585

'과연, 아사쿠사(淺草)의 관음상이로군.'

쓰기노스케는 잘고 매운 사나이의 기개가 느껴져서 우스웠다. 스넬은 두 주먹을 책상 위에 올려놓고 서로 움켜쥐고 있다. 그 주먹이 작은 체구에 걸 맞지 않게 커서 어린애 머리만 하다.

'농민의 피구나.'

쓰기노스케는 생각했다.

"내 자신을 말해도 좋겠습니까?"

스넬이 물었다.

"아아."

쓰기노스케는 일부러 얼빠진 대답을 했다. 일본의 검술로 말하면 상단의 적에 대해서, 일부러 칼을 하단에 내려뜨려 틈을 보이는 형태이다. 쓰기노스케가 보건대 사기꾼일수록 처음 만나는 사람에게 자기 자신을 성급하고 지나치게 말하고 싶어한다. 이 자는 사기꾼이 아닐까 하고 쓰기노스케는 생각했다.

"일본에는 구미의 사기꾼들이 많이 와 있지요."

스넬은 쓰기노스케의 마음속을 꿰뚫어보는 듯이 말했다.

"백작(伯爵)도 아니면서 백작이라고 자칭하는 자까지 이 요코하마에는 있습니다."

샤를 드 몽블랑을 말하는 모양이나 쓰기노스케는 그 모험가(처음에는 정부 쪽에 접근하고 이어 사쓰마 조슈 쪽에 붙었다는)의 이름을 모른다.

"나는 가문도 혈통도 없는 프러시아의 한 시민입니다."

스넬은 정직하게 말했다. 자신의 정직함을 보이기 위해서인지, 오히려 정열적으로 무명의 평민임을 강조한다.

"서민이면 충분하지요."

"그러나 나를 특징지우고 있는 것은 사(私)가 없는 정열입니다. 이 점에서는 누구에게도 지지 않지요."

소년 때부터, 하고 스넬은 말한다. 자기의 생애에 의의를 부여하고 싶어서 그 때문에 유럽의 이곳저곳에 표박했다는 것이다.

"그러다가 파리에 있을 때."

신문에서 일본이 조건부로 개항했다는 뉴스를 읽었다. 정직하게 말해서 그때까지 일본이라는 나라의 이름조차 몰랐다.

"청국은 알고 있었지요. 알고 있었을 뿐 아니라, 그 신비로운 세계에 몸을 던지는 것이 내 소원이었습니다."

그래서 그 직후 홍콩으로 가서 상해로 건너갔다. 모험적인 상인인 그는 거기서 브로커 노릇을 하려고 생각했으나, 여기서 영국의 강대한 상업 조직과 그것을 옹호하는 주재 외교 관리, 게다가 그것을 호위하는 영국 동양함대의 힘을 알고는 상대를 할 수 없어 크게 실망하였다. 비분한 끝에 하는 수 없이 정열을 일본으로 돌렸다. 그런데 일본에서도 영국은 청국에서의 집념만큼은 강하지 않지만, 여러 나라의 외교단과 상인들을 누르고 있었다.

"영국은 지구를 자기 것으로 알고 있지요."

그러나 일본에서는 영국이 프랑스에 먼저 발판을 빼앗겼다. 프랑스가 막부에 접근하여 외교, 군제, 경제면에서 고문인 것처럼 행동하고 있는데 대항해서, 나가사키를 기지로 사쓰마 조슈를 후원하기 시작했다.

"그 높은 콧대를 꺾어 주겠다는 것이 내 정열을 구성하는 몇 퍼센트인가의 요소입니다."

"정열이란 무엇인가 하면."

에드워드 스넬은 서양인에게 언제나 따라다니는 철학벽(哲學癖)이 있는 모양이다.

"그것은 호오(好惡)입니다. 좋아하느냐 싫어하느냐 하는 정념입니다. 이성(理性)이나 타산이 아닙니다."

"음."

쓰기노스케는 여전히 빈틈이 많은 표정으로 귀를 기울인다.

"사쓰마와 조슈는 싫습니다."

스넬이 외쳤다. 도쿠가와계의 영주를 위해서 일하고 싶다는 것이다.

"알다가도 모르겠군."

쓰기노스케는 쓴 표정으로 말했다. 서양인에게도 이를테면 약자를 동정하는 그런 심정 같은 것이 있는 것일까.

"유럽 사회는"

스넬은 화제를 돌렸다.

"노후화하고 있습니다."

"그렇지도 않을걸요."

"아니, 그렇습니다. 사회의 질서가 완강하고 더욱이 낡을 대로 낡아 있지요. 귀족이 아니면 관리, 군인, 정치가가 될 수 없고, 상인으로서 대성하고 싶어도 이미 기성세력이 자리잡고 있어 우리들 무명의 젊은이들을 받아주지 않습니다. 자연히 이 스넬 같은 인간은 아직 밤이 계속되고 있는 극동 천지에서 자기의 무대를 발견하지 않을 수 없는 것입니다."

"일본에서는 청국에서보다 이익이 많소?"

"어려운 질문이군요."

스넬은 말했다. 열강은 청국에 영토적인 매력을 느끼고 있지만, 일본에 대해서는 별로 그렇지 않다는 중요한 말을 하기 시작했다.

"그렇지도 않을 거요."

쓰기노스케는 말했다. 그와 그의 동료들인 일본의 무사 계급에게는 이것이 이 하늘 아래 최대의 관심사이며, 열강의 영토적 침략을 느끼고 있기 때문에 비로소 지난 몇 해 동안 양이 운동(攘夷運動)이 크게 일어나고 있지 않은가.

"그것은 다릅니다."

스넬은 말했다. 열강으로서는, 청국이라는 광대한 국토와 인구를 가진 거대한 대륙이 거기 있는데, 그 옆의 조그마한 일본 열도 따위에 입맛을 다실 까닭이 없다는 것이다.

"청국에 대해서는 모르지만 일본은 순수하게 경제적인 대상입니다."

"그 뜻은?"

"영토가 아닙니다. 일본인에게 물건을 팔아 돈벌이를 하면 그만입니다. 열강의 관심은 그것뿐입니다."

"사실이오?"

"내가 강국 출신일까요?"

"그렇지, 당신은 소국의 서민이시지."

"그렇지요? 그러니 내가 정치적인 거짓말이 포함된 발언을 할 까닭이 없잖습니까? 나 같은 자의 입장에서 하는 말이 거의 공평하다고 생각해 주시면 다행이겠습니다."

"그렇군요."

"아무튼, 나는"

스넬은 화제를 다시 자기에게 돌렸다.

"어차피 나는, 유럽에서는 받아들여질 여지가 없는 나의 정열을 극동의 이 일본에 쏟고 싶습니다. 그렇게 함으로써 내 인생에 의의를 부여하고 싶습니다. 나, 스넬이 왜 태어났나 하는 뜻을 일본에서 발견하고 싶습니다. 이해관계가 아닙니다."
"이해관계도 있으시겠지."
"그야 있지요. 이익을 보고 싶다는 욕심은 상인의 혼이니까요."
"그 말 듣고 안심했소."
쓰기노스케는 웃었다. 아무튼 이 사나이에게 관심 이상의 호의를 가졌다.

그 날 밤, 쓰기노스케는 여전히 딱따기를 들고 불조심을 외치러 나갔다. 쓰기노스케가 걸어가니 개가 짖는다.
"시끄러!"
개는 꼬리를 감추고 달아나 버린다.
돌아와서 청국인 장(張)에게 물었다.
"주인장은 아직도 일어나 계시냐?"
장은 속눈썹이 시원하다.
"지금 막 방에 들어가셨는데 아직은 주무시지 않을 것입니다."
그것을 고운 글씨로 엮어 나갔다.
이윽고 페블브란드가 이층에서 내려왔다. 잠옷차림이었으나 곧 쓰기노스케의 이야기가 단순히 잡담이 아닌 것을 눈치채고 나시 이층으로 올라가 옷을 갈아입고 내려왔다.
'예양(禮讓)이 있는 젊은이구나.'
쓰기노스케는 감탄했다. 양이 사상가들은 일본을 예양의 나라라고 하며 서양인들에게는 그것이 없다고 한다. 그래서 짐승이라고 한다. 그러나 실제는 그렇지도 않은 모양이다.
"무언가 중요한 말씀이신가 보죠?"
페블브란드는 의자에 앉았다.
"어떤?"
"일전에 말씀드린 에도의 번저에 있는 여러 가지 물건에 관한 얘긴데, 되도록 비싼 값을 받고 싶소."
"당연한 일이지요."
"내일모레, 이쪽으로 운반시키겠소."

"좋습니다."

고개를 끄덕이고, 이어 이 젊은 상인은 재미있는 말을 했다.

"나는 가와이 선생을 친구 이상, 가족의 한 사람으로 생각하고 있습니다. 그러나 상업에 관한 일인 이상, 상인으로서의 태도로 이번 일을 처리하고 싶습니다."

이 말을 장은정의 문장으로 읽었을 때 쓰기노스케는 묘한 기분이 들었다.

'역시 양인들은 무섭다.'

그런 기분이었다. 인정이나 의리가 아니라 사정없이 값을 매기겠다는 것을 일부러 페블브란드는 냉엄하게 선언한 것이다. 그러나 곧 오해라는 것을 깨달았다. 이 스위스인의 뜻은 이런 모양이다.

"신의(信義)로써 처리하고 싶다."

페블브란드는 상인이 상인 행위를 한다는 것을 극히 높은 윤리감으로서 자랑스럽게 생각하고 있는 모양이며 '상대편을 속이지 않고 만사 신용을 첫째로 삼으며, 공정한 값을 매기고 상행위가 끝난 후에도 계속 책임을 지고 싶다'는 뜻이리라.

'일본 상인들과는 다르구나.'

쓰기노스케가 생각한 것은 이 점이었다. 페블브란드는 곧 말했다.

"입찰에 붙이지요."

그 편이 값이 보다 공정해진다는 것이 적극적인 이유이며 소극적인 이유로서는 이런 것이었다.

——나는 동양의 미술품에 대해서 어둡다.

이 때문에 이렇게 말하는 것이다.

"에드워드 스넬을 입찰 동료로 끼워 주기 바랍니다."

어두운 지식으로 이만한 이익을 독점한다면 필경 나가오카 번에 불리한 결과가 될 것 같다, 그리고 자기도 다치게 된다고 말하는 것이다.

"좋은 생각이오."

쓰기노스케는 페블브란드의 솔직한 태도에 호의를 갖고, 무척 호의를 가진 증거로 좀처럼 웃지 않는 이 사나이가 따뜻이 스며드는 듯한 미소를 지었다.

쓰기노스케가 에도 번저에 파발꾼을 보냈더니, 득달같이 나기노 가혜에가 요코하마로 달려왔다. 엄청나게 많은 짐마차를 거느리고 왔다.

"막부 관리들에게 용케도 발각되지 않으셨군요."

쓰기노스케는 나기노에게 말했다. 막부는 영주가 막부 기관을 통하지 않고 직접 무역하는 것을 좋아하지 않는다.

"경비 초소도 시국이 시국이라 엉망이 돼 버렸더군."

나기노는 말했다. 이만한 짐수레 부대를 이끌고 에도를 떠나 왔는데도, 로쿠고(六鄕)의 나루터 감시소나 가나가와의 감시소나 짐을 조사해 보려고도 하지 않았다.

"지나가시오."

귀찮은 듯이 말했을 뿐이다.

"이대로 나가다간 서부의 웅번이 한 번 일어나기만 하면 에도의 수호는 위태롭기 짝이 없겠어."

나기노는 말했다.

당장 그 물건을 페블브란드의 상관에 넣고 스넬을 불러 페블브란드와 둘에게 입찰시켰다. 그 상무(常務)는 나기노가 보았다.

사흘 걸렸다.

"위로를 해 드리기 위해서 여러분을 내 숙소에 초대하고 싶습니다."

모두 끝난 뒤 스넬이 말하면서 일동을 보트에 태웠다.

"당신 숙소는 바다에 있나요?"

나기노가 검은 얼굴에 눈이 둥그레지며 묻자 그렇다고 했다. 숙소가 모자라서 외국 상인 몇 할은 정박 중인 상선을 숙소로 삼고 있었다. 스넬은 네덜란드 배에 있었다.

페블브란드가 말했다.

"쇠고기가 먹고 싶어지면 잘 아는 배를 찾아 가지요. 요코하마의 외국인들은 모두 그렇습니다."

"처남."

쓰기노스케가 말했다.

"쇠고기가 나오는데 잡수시겠습니까?"

"나는 안 먹을 테다."

나기노는 세차게 머리를 저었다. 이윽고 보우트가 뱃전에 가서 붙었다. 배 이름은 레이덴 호라고 하는데 마스트 세 개와 굴뚝 세 개의, 성처럼 큰 증기선이다. 그 식당으로 안내되었다.

"나기노님에게는 생선이 좋겠지요."

무슨 일에고 기민한 스넬이 재빨리 나기노 가헤의 안색을 살펴보고 말했다.

"글쎄요."

나기노가 이 말을 듣고 얼떨떨해하고 있으니 스넬이 다시 말했다.

"나도 생선을 좋아합니다. 나도 생선을 주문하지요. 같은 것으로 해도 상관 없겠습니까?"

이런 점에서 참으로 스넬은 남의 기분을 잘 안다. 나기노는 구원이라도 받은 듯이 대답한다.

"같은 것으로 좋습니다."

그러한 수작들을 쓰기노스케는 날카로운 눈으로 바라보았다.

'마음을 놓을 수 없는 사나이인지도 모르지만, 이쪽 태도 여하에 따라서는 상당히 써먹을 수 있겠군.'

스넬을 그렇게 관찰했다.

식사가 끝나자 스넬은 배 안을 안내해 주고 싶다고 말했다. 쓰기노스케도 나기노도 이의는 없다. 스넬은 마치 자기 배처럼 갑판, 선실, 조타실, 기관실 등을 구경시켜 주었다. 마지막으로 쓰기노스케에게는 나중에 운명적인 계기가 되는 어느 방 앞에 가서 스넬은 섰다.

창고였다.

"세계에서 가장 신기한 것을 보여 드리겠습니다."

에드워드 스넬은 열쇠를 맞추더니 이윽고 문을 활짝 열어젖혔다. 안은 어두웠다. 먼지와 곰팡이와 기계의 격납유(格納油) 등이 뒤섞인 냄새가 무겁게 가라앉아 있었다.

"불을 켜지요."

스넬은 칸델라 불을 비췄다. 쓰기노스케와 나기노는 그 불빛을 따라 안으로 들어가 말없이 도사리고 있는 한 기계를 들여다보았다.

"포(砲)로군요."

쓰기노스케는 중얼거렸다. 그런데 포로서는 형태가 너무나 기묘했다.

"포입니다. 그러나 단순한 포는 아닙니다."

'그렇다, 단순한 포는 아니다.'

쓰기노스케는 숨이 턱 막히는 느낌으로 그것을 보았다. 포신은 1미터 반 정도, 그 모양은 연뿌리 같았다. 그 이상하게 생긴 포신이 경쾌하게 포차에 실려 있었다.

"포의 종류는?"

"개틀링입니다. 유럽의 열강 중에서도 이것을 가진 나라는 아직 없습니다."

기관포라고 해야 할 것이다. 현재의 감각으로는 기관총이라고 부르는 편이 이해가 빠르다. 아울러 말하자면, 포와 총의 차이는 그 구경(口徑)의 대소에 의한다. 그 후 일본에서는 (많은 나라도 그렇지만) 구경 11밀리미터 이하를 총이라고 부르게 되었으니, 이 개틀링 포는 역시 기관포라고 불러야 할는지 모른다. 개틀링 포는 요컨대 기관총의 선조라고 할 수 있는 물건이다. 그 구조는 6연발의 연뿌리형 탄창을 가진 권총에서 힌트를 얻은 것으로, 쓰기노스케가 포신으로 본 그 장대한 부분은 탄창인데 기다란 연뿌리같이 생겨서 20개 정도의 구멍이 뚫려 있다. 이 연뿌리 구멍에 탄환이 장전된다. 조작은 톱니바퀴가 달린 핸들로 한다. 이 핸들을 돌리면 드르륵 소리를 내며 앞에서 말한 연뿌리 탄창이 돈다.

포의 기부(基部)에 띠 같은 탄대가 붙어 있는데 360발이 빈틈없이 꽂혀 있다. 그 핸들을 드르륵드르륵 돌림으로써 분수처럼 총알이 발사되는 것이다.

"이건, 어느 나라 제품이오?"

"미국 것입니다. 그 나라는 극히 최근까지 남북전쟁이라는 내란 속에 있었지요."

남북전쟁 말기에 이 개틀링 포가 나타났다고 한다.

"이건 파는 물건이오?"

"예, 견본입니다."

"삽시다."

쓰기노스케는 예사로 말했지만 온 몸이 흠뻑 땀에 젖어 있었다. 어떤 성질의 땀인지 자신도 알 수 없었다.

'이 포로 에치고 나가오카 공국의 주체가 확립된다.'

그런 감동이 온 몸을 내닫고 있었던 것은 확실하다. 불과 7만 4,000섬의 소번이, 이 포 하나로 일약 360명의 병사가 늘어나는 것과 마찬가지가 된다.

"사쓰마와 조슈도 갖고 있지 않습니다. 더욱이 이 견본을 포함해서 세 문 밖에 극동에는 와 있지 않지요. 다른 두 문은 상해에 있는데 잘만 뛰어다니면 입수할 수 있습니다."
"전부 다 삽시다."
쓰기노스케는 말했다.

나가오카에서 기별이 왔다.
──곧 돌아오라.
"아깝다, 아깝다."
쓰기노스케는 몇 번이나 중얼거렸다.
페블브란드가 그 일본말은 무슨 뜻일까요, 하고 물었다.
쓰기노스케는 설명했다.
"돌아가고 싶지 않다는 말이지."
요코하마에 있으면 서양 지식에 접할 수 있다는 것보다도, 이 편안함이 마음에 든 것이다. 여기는 일본이 아니다.
더욱이 외인 상관에 있으면 일본의 법률 도덕 따위의 간섭이 없는 별천지이며, 침대에 다리를 쭉 뻗고 누워 있으면 참된 뜻의 게으름을 맛볼 수 있다.
"나는 본래 게으름뱅이오."
쓰기노스케는 젊은 외국인에게 말했다. 페블브란드는 놀랐다.
"게으름뱅이가 아니십니다."
"나를 모르기 때문이야."
하기야 쓰기노스케는 진실을 찾기 위해 학당을 이리저리 옮겨 가면서 여러 고장을 편력했다. 그런데 그것이 과연 자신의 근면성, 독실성, 각고 면려적인 성격으로 이루어진 것일까 하고 자문해 보니 아무래도 그렇지 않은 것 같다. 아무래도 학문보다는 여행의 편안함, 그 일상생활에서의 해방이라는 것에 더 매력을 느끼고 있었던 모양이다.
술꾼이 술을 그리워하듯, 그것은 쓰기노스케로서는 강렬한 욕구였다. 게으름을 피우고 싶다는 것이 말이다. 그런 점에서 요코하마는 얼마나 매력이 있는가. 여기에는 무사의 일상생활도 없고 일본의 일상생활도 없다.
"원컨대, 한평생 불조심의 딱따기를 두들기면서 때로 청루에 오르는 그런 생활이 하고 싶구나."

청국인 장(張)이 목소리를 높였다.

"그것은 노장(老莊)의 극치군요. 가와이님은 노장의 학문을 하셨습니까?"

"아니, 나는 공맹(孔孟)의 도야. 한평생 안달복달 현실 속에 뒤섞여서 치국평천하의 길을 자벌레처럼 살아가자는 인간이지."

"그런데 염세(厭世) 도피를 동경하시고?"

"암, 동경하지. 숨 가쁘게 일하는 일꾼이라는 것은 대개 그런 세계를 동경하는 법이야. 훌륭한 공맹의 도일수록 노장의 세계에 대한 강렬한 동경자지. 그 대신 평생 그런 좋은 생활에는 도달하지 못하지만 말이야."

"서양에서는."

젊은 스위스인이 끼어들었다.

"그대에게 휴식 없노라, 는 속담이 있습니다."

"무슨 뜻이오?"

"신이 천재에게 준 최대의 찬사지요."

"모르겠는데."

"그 재능을 타고 났기 때문에 평생 휴식이 없다, 그런 뜻입니다. 그대에게 평생 휴식 없노라."

"내가 천재인가?"

"그렇게 생각됩니다."

"천재라는 것은 전국시대에 내 고향에서 나온 우에스기 겐신이라든가, 오와리에서 나온 오다 노부나가에 대한 말이야. 과연 그들의 생애는 죽음에 이를 때까지 휴식이 없었지."

머무르는 동안, 쓰기노스케는 여가만 있으면 요코하마의 유흥가에 놀러 갔다. 고향에 돌아가면 이렇게 놀지도 못한다고 투덜거리자, 페블브란드는 선생 고향에도 이런 장소는 있지 않습니까, 하고 말했다. 쓰기노스케는 고개를 저었다.

"없소."

"왜요?"

"내가 없애 버렸소."

묘년(卯年)

쓰기노스케가 나가오카에 돌아오니 산에는 아직도 지난해의 눈이 남아 있었으나, 시나노 강(信濃川)의 갈대 사이에는 이미 봄의 햇살이 반짝이고 있었다. 곧 등성하여 성 안에서 중신들과 만나 대강의 보고를 했다.

"수고했소."

어느 중신도 이 말밖에 하지 않았다. 그들은 이미 시국의 담당 능력이 없다는 것을 자각하고 있으며, 쓰기노스케에게 의지할 도리밖에 없었다.

"그대가 떠나 있는 동안에 정무 감독관에 임명되었소. 고맙게 받들도록 하시오."

중신 중의 상석자가 말했다. 시 행정관 겸 군 감독관직에서는 풀려났다. 이것은 진작부터 쓰기노스케가 바라던 바였다. 이미 쓰기노스케가 길을 만들어 놓은 이상 그 위를 누군가 능력 있는 관리로 하여금 걸어가게 하면 된다. 정무 감독관이라는 것은 중신에 준하는 직책이며, 이제 행정직이 아니라 정치직이다. 이 때문에 앞으로는 쓰기노스케의 자유 재단의 폭이 점점 더 커질 것이다.

"요코하마에서는 총기 등을 샀다지?"

중신 마키노가 물었다.

"이미 편지로 보고드린 바와 같습니다."

그러했다. 쓰기노스케는 에도나 요코하마 체재 중, 몇 번이나 파발꾼을 고향에 띄웠으니 새삼 구두로 보고할 필요도 없을 것이다.

"그것들은 언제 도착하나?"

"글쎄올시다. 곧 요코하마에서 니가타 항으로 부쳐올 것입니다."

그러나 쓰기노스케는 개틀링 포에 대해서만은 말하지 않았다. 이것은 굳게 비밀에 붙여 두어야 한다. 다른 번 특히 사쓰마와 조슈에 흘렸다가는 이로울 것이 없다. 그들도 사고 싶어하거나, 아니면 나가오카 번을 원수로 생각할지 모른다.

그 뒤 번주 마키노 다다유키를 배알했을 때도 분명하게 말하지 않았다. 영주라도 측근에게 흘려버릴지 모르기 때문이다.

"양총(洋銃) 1,500정과 그밖에 양포(洋砲) 몇 문을 샀습니다."

쓰기노스케는 말했다. 양총에 대한 성능은 상세하게 설명했다.

"모두 총미에 탄환을 재는 후장총입니다."

유럽의 최신식 총을 충분히 검토해서 샀다고 말했다. 후장총(後裝銃)이란 총구 대신 총미(銃尾)에 탄환을 재는 총을 말한다.

이울러 말하자면, 지난 ?, 30년 동안 구미에서의 총기의 발달은 경이롭다고밖에 할 수 없는 것으로서 어제의 총이 오늘은 폐품이랄 수도 있을 만한 기세였다.

이를테면 같은 양총이라도 게벨 총 같은 것은 구미에서는 과거의 것이다. 이것은 총신이 짧은 데다 총구가 거칠고 커서, 명중률이 나쁘고 총구로 탄환을 쟀다. 탄환을 총구에서 굴려 넣는다. 아니, 그 전에 화약을 총구에 쏟아 넣고 기다란 철봉을 쑤셔 넣어 충분히 총 밑쪽에 고정시킨 다음 동그란 알을 굴려 넣는 것이다. 발화 장치는 부싯돌이다. 방아쇠를 당기면 석화가 일어나고 그 석화가 화약에 인화되어 폭발하면 그 압력으로 총알이 튀어나가는데, 구조적으로는 일본의 화승총과 다를 것이 없고 장전 조작에 시간이 많이 걸렸다.

그래도 '양총'이다. 요코하마, 나가사키 상인들은 일본의 여러 번이 양총이라면 사족을 못쓰는 것을 기화로 이 게벨 총을 실컷 팔아먹었다. 조슈 번마저 초기에는 그것도 모르고 무척 많이 사들였다. 동북 지방의 여러 번은 막부 패망 후에도 이 구식 총을 구식인 줄 모르고 사서 그것으로 '양식 장비'를 했다.

오스가는 쓰기노스케를 바라보면서 살고 있다. 가와이 집안의 주부로서 그 일상은 바쁘지만 자식이 없으니까 남편 쓰기노스케에게 관심을 집중시키는 것밖에는 다른 도리가 없다. 그것도 퍽 소극적이다.

"남편에게 과도한 관심을 보이지 말라."

이것이 부녀자의 덕행이며, 에도 시대 사람들이 만든 예술의 경지에 이른 미의식(美意識)이었다. 열여섯에 시집온 오스가는 극히 자연스럽게 그 아름다움을 자기 것으로 만들어 지니고 있었다.

"정무 감독관이 되셨다."

이것은 가와이 집안 대대로 보아 최고의 출세이며, 가와이 집안의 친족 일동으로서도 이만한 영광은 없었다. 불과 100섬 남짓한 신분으로는 이런 고관이 될 수 없다는 것이 나가오카 번뿐 아니라 여러 번의 상례였다.

"축하드려요."

그 날 밤 오스가는 옷을 갈아입고 엷게 화장을 한 다음 쓰기노스케의 방으로 가서 격식을 차려 축하 인사를 했다.

"축하할 만해?"

쓰기노스케는 뜻밖이라는 표정을 지었다.

"축하할 것도 없는데."

"왜요?"

오스가는 일부러 순진한 얼굴을 지어 보였다. 선불리 말을 했다가는 어떻게 감고 들어올지 모를 남편이다.

"이 여우야."

쓰기노스케는 웃기 시작했다. 영리한 오스가라면 그 정도는 알 법도 했기 때문이다.

"아뇨. 모르겠어요."

"됐어. 차츰 알게 되겠지. 아무튼 나는 이 나가오카 번의 요리사가 될 거야. 정무 감독관 정도로 그렇게 화장까지 하고 찾아오면 곤란한데."

"요리사라고 말씀하시면?"

"더 귀찮은 직책에 앉혀질걸."

"귀찮은 직책이 뭐예요?"
"중신이지 뭐."
"거짓말."
오스가는 풋 웃음을 터뜨리고 나서야 얼른 소매로 입을 가렸다.
"오스가, 언제까지 어린애야."
"죄송해요. 암만 시일이 흘러도 영리한 사람이 되지 않네요."
"아무튼, 축하객은 사절하라구."
쓰기노스케는 서재로 돌아갔다. 요코하마에서 나온 책으로 상해판의 한역(漢譯) 서양 병술서가 있었다. 쓰기노스케는 지금 양식 병기에 의한 방위 전략 전술에 몰두하고 있었다.
그 날 밤이 깊어진 후 한 사람의 파발꾼이 찾아왔다. 쓰기노스케가 마루에 나가서 물었다.
"너는 누구냐?"
"니가타의 파발업소 요시바야(吉葉屋)에서 온 사람입니다. 편지를 전하러 왔습니다."
"누가 보낸 편지냐?"
"보시면 아실 것입니다."
쓰기노스케가 뜯어보니 한문이었다. 소녕아(蘇寧兒)라는 야릇한 한자를 적어놓은 것은 스넬의 이름인 모양이다. 읽어 보니 스넬이 나가오카 번에서 구입한 병기를 싣고 니가타 앞바다에 와 있다고 한다.
"오스가, 니가타에 가야겠다."
밤중이지만 채비를 시켰다.

'꽤 대담한 녀석이로군.'
쓰기노스케가 이렇게 스넬을 생각한 것은, 그 자신 이국인의 몸이면서 니가타 항 밖에까지 몸소 찾아온 점이었다. 이 항구는 이국인은 들여놓지 않는다.
니가타는 시나노 강 하구에 있으며, 에치고의 대표적인 항구이다.
원래는 나가오카 번의 지배지였으며, 실상 쓰기노스케의 아버지 다이에몬도 장년 때 니가타 행정관으로 일한 적이 있었다.
"옛날에는 번창했지."

다이에몬은 자주 말했다. 옛날이라고는 해도 다이에몬의 행정관 시대가 아니라 그 이전의 겐로쿠(元祿)시대를 말한다. 일 년에 이 항구에 들어오는 배가 3,500척, 그 입화량은 46만 냥, 출화가 58만 냥인데 그 세금의 징수만으로도 번의 금고는 꽤 윤택했다.

그런데 그 후에 약간 쇠퇴해졌다. 그 이전에는 시나노 강이 아가노 강(阿賀野川)을 합쳐서 니가타 항으로 흐르고 있었으나, 그것을 분리시켰기 때문에 하구의 수량이 줄고, 오지에서 내려오는 배의 수가 줄어 항구로서의 가치가 다소 감소되었기 때문이다.

그래도 역시 계속 번창했으나, 쓰기노스케가 열아홉 살 때인 덴포(天保) 14년(1843)에 막부가 이 항구의 이익에 눈독을 들여 나가오카 번에서 빼앗아 직할지로 만들어 버린 것이다. 이 무렵 인구는 2만 3,000명이었다.

그리고 다시 니가타 항의 운명이 바뀐 것은 막부가 안세이(安政) 통상 조약에서 결정한 다섯 군데의 개항장에 이 항구를 포함시킨 것이다. 그러나 현실적으로는 아직 니가타는 개항되지 않았다.

——언제 여느냐?

이것이 열강과 막부 사이의 외교 문제가 되고 있지만, 아무튼 이 항구는 해외 무역의 지정 항은 아니었다.

그러므로 스넬이 들어오는 것은 '밀무역'이었다. 밀무역이라고 하면, 이 니가타는 원래 청국인 밀무역자들에게 크게 이용되어 온 곳이어서 나가오카 번 시대, 막부 직할 시대를 막론하고 행정관의 두통거리였다.

'밀무역'이라는 것은 스넬도 알고 있었다. 충분히 알고 있기 때문에 파발꾼을 시켜 쓰기노스케에게 편지를 보낸 것이다.

"내 배에 나가오카 번의 번기를 달아주기 바란다. 그렇지 않으면 항구에 들어가지 못한다."

그 지혜와 배짱은 역시 보통이 아니다.

'이건, 급하구나.'

쓰기노스케가 생각한 것은 그 일이었다. 해상에 오래 머무르게 했다가는 막부의 눈에 띈다. 쓰기노스케는 하인과 서생인 히코스케를 불러 관계 관리들을 자기 집에 집합시키도록 하라 하고 그들을 곧 달려가게 했다. 벌써 오전 2시는 되었을까. 이윽고 그들이 몰려왔다. 모두 쓰기노스케가 천거하여 등용된 쟁쟁한 수재 관료들이다.

"사정은 이렇다."

쓰기노스케는 상세히 설명했다. 그것을 중신에게 설명시키기 위해 하나와(花輪), 무라마쓰 두 사람은 먼저 자리를 뜨게 했다. 이어 번기를 가지고 갈 인원을 니가타로 출발시켰다. 그리고 짐을 양륙할 인원의 동원도 미마 이치노신에게 시켰다.

그러한 조직이 움직이기 시작한 다음, 쓰기노스케는 니가타로 떠났다. 아직 날은 밝지 않았다.

니가타에서 쓰기노스케는 번과 친한 해운업자 도치오야(栃尾屋)에 유숙했다. 임무는 하나와 게이노신과 무라마쓰 주지에몬 등의 지휘 아래 진행되었다. 쓰기노스케는 방안에 누워 있기만 하면 된다.

"왜 그렇게 주무시고만 계셔요?"

도치오야의 딸 오시노(篠)가 젊은 청년 같은 하얀 얼굴을 갸웃거리면서 물어볼 정도였다. 오시노는 쓰기노스케의 뒷바라지를 하고 있었다.

"이상한 걸 다 묻는군."

쓰기노스케는 쓴웃음을 지으면서 얼른 일어나 앉았다. 왜 누워 있기만 하느냐고 새삼 질문을 받고 보니 대답할 말이 없다.

"어디, 편찮으셔요?"

"아니, 아프진 않아."

과년한 처녀라는 것은 왜 이럴까. 쓰기노스케의 이 대답만으로 오시노는 몸을 비비꼬며 웃어 대기 시작한다.

"왜 그러느냐?"

"아녜요. 문득 생각이 나서 그래요."

쓰기노스케가 계속 다잡아 물어보니, 니가타에는 쓰기노스케의 아버지 다이에몬에 대한 얘기가 남아 있다.

──잠자는 행정관님.

이곳 사람들한테서 이런 말을 들을 만큼 다이에몬은 대체로 누워 있었다고 한다. 그 아들 역시 매일 방안에서 빈들빈들 누워 있는 것이 오시노에게는 우스웠던 모양이다.

"자는 사람은 훌륭한 거야."

쓰기노스케는 아버지를 위해 변호하지 않을 수 없다. 아버지 다이에몬에 관한 것은 모르지만, 지금의 쓰기노스케의 경우, 그는 스넬의 병기 양륙에 관한 인수 조직을 새벽에 즉각 만들어 놓고는 그것을 정교한 자동 기계처럼 조종하고 있는 것이다. 자신은 늘 자고만 있으면 된다. 한 장소에 누워 있을 필요가 있었다.

하나와나 무라마쓰가 판단이 곤란해졌을 때 이리로 달려오면 되고, 또 막부의 니가타 행정청이 트집을 잡으면 금방 달려가서 기민하게 손을 쓸 수도 있다. 더욱이 이 이층 방의 편리한 점은 조그마한 북창이 뚫려 있어서 그것을 열면 앞바다에 떠 있는 스넬의 증기선이 보인다는 것이다.

쓰기노스케는 페블브란드한테서 선물받은 망원경을 가지고 있었는데, 그것을 들여다보니 마스트에도 선미에도 나가오카 번기가 나부끼고 있었다. 번기의 무늬는 전국(戰國)시대의 미카와(三河) 때부터 내려오는 '오단 사다리(五段梯子)'이다.

때로는 갑판에 서 있는 스넬의 모습까지 망원경으로 포착할 수 있었다.

'스넬을 만나고 싶구나.'

쓰기노스케가 가슴이 욱신거리는 기분으로 생각한 것은, 역시 스넬에게는 묘한 매력이 있기 때문이다. 그 매력이란 쓰기노스케의 말을 빌리면 '그 녀석도 자기의 정열에 목숨을 걸고 있다'는 것이었다. 쓰기노스케는 같은 나라, 같은 번 사람보다 오히려 스넬에게서 자기의 동지를 발견한 듯한 생각이 들었다.

사흘째에 양륙이 완료되어 쓰기노스케는 해가 진 후 배를 타고 스넬의 배로 향했다. 서류에 날인하기 위해서였다.

스넬의 증기선 이름은 '가가노카미 호'였다.

곧 쓰기노스케는 오스가 곁으로 돌아왔으나 얼굴이 달라졌다.

'어딘가 달라.'

오스가는 이상하게 생각했다. 원래 주먹을 힘껏 쥔 듯한 용모의 사나이지만, 험악하지는 않았다.

"왜 그래, 남의 얼굴만 쳐다보고?"

쓰기노스케는 밤 차를 마시면서 찻잔 너머로 오스가를 바라보았다.

"뭐가 묻었나?"

"그것이."

"묻어 있지?"

쓰기노스케는 자기 표정이 달라졌다는 것을 알고 있는 모양이다.

"어떻게 보이지?"

"그것이, 말이죠."

오스가는 말을 찾으려고 했다. 험하다면 지나치다. 말하자면 방향 없는 긴장이 발산되지 않은 채 붉은 빛을 띠고 붉은 광채를 뿜으며 얼굴을 번들거리게 하고 있다는 느낌이다.

"그럴 거야."

쓰기노스케는 자기가 말하고 자기가 끄덕이면서 조금 웃었다. 자조라고 할 만한 웃음이다.

"나도 대단한 놈은 아니군."

"왜 그런 말씀을 하셔요?"

"아니야, 인간이란 나약한 거야."

이튿날 쓰기노스케는 고야마의 료운(良運)을 찾아가서 이 말을 했다.

"오스가에게까지 눈치를 챌 정도가 되었으니 나도 어지간히 시원찮은 인간이 된 모양이지."

"쓰기군, 무슨 말이야?"

"나는 세계 제일가는 총과 대포를 구입했지. 그것을 배에서 육지로 올려 짐수레 서른 대에 싣고 나가오카로 끌고 왔는데, 그것을 성 창고에 넣어 놓고 가만히 바라보니 부끄러운 일이지만 마음이 마구 떨리지 않겠는가."

"호오, 쓰기군. 그게 영웅의 전율이라는 거야."

"아, 잠깐."

쓰기노스케는 자기를 이야기해야 한다.

"이번에 손에 넣은 양식 총은 총알이 둥글둥글하지 않아. 꿀밤처럼 끝이 뾰족해. 이건 잘 날고 명중률도 다른 총과 비교가 안 되지. 총의 구조도 달라. 총미에 알을 재고 조작도 거짓말처럼 간단해. 방아쇠를 당기면 격침이 튀어나가 뇌관을 때리는데 그 폭발로 알이 튀어나가게 되어 있는 장치야. 그 조작이 얼마나 빠르던지, 게벨 총이 한 발 쏘는 동안에 열 발은 쏠 수 있지. 이 말은 즉, 우리 나가오카 번은 7만 4,000섬의 소번이지만, 이 총을 전원이 쥐면 74만 섬의 대번의 병력에 필적한단 말이야."

"호오!"

"그리고"

쓰기노스케는 이 료운에게만은 게틀링 포의 비밀을 털어 놓았다. 1분에 360발이라는, 마치 호스로 물을 뿌리는 기세로 탄환이 튀어나간다. 지금 그 하나가 들어왔을 뿐이지만, 곧 이어 1, 2문이 더 상해에서 직행해 온다. 이 1문이 360명에 필적하는 셈이므로, 나가오카 번의 무력은 지난 며칠 동안에 10배에서 15배로 비약했다고 볼 수 있을 것이다. 쓰기노스케는 냉정하려 했다. 원래가 냉정한 사나이이다. 그 사나이가 이 병기들을 보았을 때, 사상도 감정도 모두 흔들거릴 만큼 압박과 영향을 받아 버린 것이다.

"나도 대단한 사나이는 못돼."

쓰기노스케가 자조한 것은 그것이었다. 료운은 아무 말도 하지 않고 빙글빙글 웃으며 듣고 있었다.

이 해에 쓰기노스케가 가장 큰 충격을 받은 것은 대정 봉환(大政奉還)이었다. 이 급보가 나가오카에 들어왔을 때는 이미 에치고의 산들에 눈이 내리기 시작한 11월 초였다.

"정말이냐! 틀리지는 않겠지?"

교토에서 온 보고자에게 되물었다. 믿을 수 없는 일이었다.

"장군이 스스로 정권을 내놓다니 있을 수 없는 일이다."

장래를 내다보는 점에서 뛰어난 능력을 발휘하고 있는 쓰기노스케조차 이 사태는 예상 밖이었다. 막부가 무너지더라도 좀더 다른 형태를 취할 줄 알았다.

'그리고 좀더 장래의 일인 줄 알았지.'

"어쩌면 오보인지도 모른다."

그렇게도 생각했다. 여기서 부자유스러운 것은 나가오카 번이 교토에 번의 저택을 갖고 있지 않다는 것이었다. 나가오카 번뿐 아니라 동부의 여러 번, 특히 에치고, 오우(奧羽) 등 각 번은 거의 교토에 번저를 갖고 있지 않았으며, 이 때문에 교토의 정세에 매우 어둡다. 서부 여러 번은 2, 3만 섬 정도의 소번이라도 교토에 번저를 갖고 있어서 시국에 예민했다.

"확실하고 자세한 정보를 얻는 수밖에 없다. 지금 확실한 것은 아는 것만이 살 길이다."

쓰기노스케는 교토의 정보 수집을 위해 번사를 멀리 교토로 출발시켰다.

그리고 쓰기노스케는 번주를 배알했다. 이 무렵, 번주 마키노 다다유키는 이해 7월에 은거하여 '대주군(大主君)'이라고 불리었다. 은거의 이유는 병이 아니라 정치적인 것이었다. 다다유키만큼 명민한 번주는 은거하는 편이 더 행동을 경쾌하게 할 수 있다.

본시 번주라는 자리는 의식이 많고, 그것만으로도 바쁘다. 의식의 일정이 아무리 바빠 봐야 실제의 정치 향상에는 도움이 되지 않는다. 게다가 번주는 몸이 가볍지 않다. 번사와 이야기를 하고 싶어도 알현의 형식이 번거로워 어떻게 할 도리도 없다. 그러나 은거한 신분이라면 극단적으로 말하여 길거리에서 번사를 불러놓고 이야기할 수도 있다.

——쓰기노스케, 나는 은거해야겠다.

다다유키가 말을 꺼낸 것은 지난 5월께였다.

"쾌거(快擧)이십니다."

쓰기노스케는 찬성했으며, 이때만큼 다다유키라는 번주의 현명함에 감격한 적은 없다. 도사 번(土佐藩)의 야마노우치 요도(山內容堂)나 에치젠 후쿠이(越前福井)의 마쓰다이라 슌가쿠(松平春嶽) 등은 일찌감치 은거하여 (이유는 다다유키의 경우와 다르지만), 은거 생활의 경쾌함을 크게 이용하면서 교토의 정계에서 활약하고 있었다. 영주는 은거하는 편이 힘을 더 발휘할 수 있는 모양이다.

다다유키는 은거명(隱居名)을 세쓰도(雪堂)라고 했다. 에치고 명물인 '눈설(雪)'자를 딴 것이다.

제12대 번주로서 다다노리(忠訓)가 뒤를 이었다. 나이 스물 네 살이다. 대주군, 주군, 그리고 여러 중신이 성의 회의실에 모여 선후책을 논의했다. 모두 온갖 의견을 내놓았으나 쓰기노스케는 마지막까지 입을 다물고 있었다. 어차피 자기가 배를 몰지 않으면 안 되는 이상, 남보다 먼저 의견을 내놓을 필요는 없다.

그 날 밤, 성에서 물러나온 시각이 꽤 늦었으나, 쓰기노스케는 고야마의 료운 댁에 들렀다.

'아직 안 잘까?' 생각하고 약간 마음에 걸려 하인에게 문을 두들겨 보게 하려다가 혹시나, 하고 통용문을 밀어 보게 했더니, 뜻밖에도 드르륵, 쇠사슬 소리를 내며 열렸다.

'과연, 열려 있는 것이 당연하겠지.'

그렇게도 생각했다. 하기야 도쿠가와 제15대 장군 요시노부(慶喜)가 정권을 포기했다는 소식이 전해졌는데, 료운이 한가히 문을 닫아걸고 자고 있을 까닭이 없다.

문을 들어서니 정원 석등에 불이 켜져 현관까지의 길을 비추고 있다. 쓰기노스케의 내방을 기다리고 있는 것 같았다. 현관에 서니 료운의 노부가 나와 정중히 인사했다.

"이 다난한 때에 성의 중책을 맡으셔서 수고가 많으실 줄 압니다."

노의관(老醫官)이 여느 때 없던 인사를 하여 쓰기노스케를 놀라게 했다. 원체 이 노의관은 쓰기노스케를 소년 때부터 알고 있으며, 소년시절의 쓰기노스케는 '고야마 아저씨'라고 부르면서 두려워했다. 그 노인이 일부러 이와 같이 인사한 것은, 이 날에 들어온 소식이 얼마나 나가오카 번의 번사와 그 가족을 긴장시키고 전율시켰는가 하는 것을 말해 주는 것이다. 쓰기노스케가 서재에 들어가니 료운은 금방 병실에서 일어나 나왔다.

"큰일이군."

그것이 료운의 첫 마디였다. 역시 얼굴이 굳어져 있었다.

"좀, 빨리 왔어."

쓰기노스케는 말했다.

"성에서는 어땠나?"

"그게 말이야."

어전에서 평의를 했으나 물론 상세한 보고가 오지 않았기 때문에 결론이 나올 까닭이 없다.

──번은 군비를 갖추고 산업을 일으킴으로써 인심을 결속하고 세상의 난이 다스려지기를 조용히 기다릴 뿐.

마지막으로 쓰기노스케가 이런 결론을 내리고 평의를 끝냈다. 우선은 교토 탐색에 내보낸 번사가 돌아오기를 기다리는 수밖에 없다.

"교토까지는 멀어. 돌아올 때까지 아무런 외교 조치도 취하지 않고 기다리나?"

"기다려야지. 내정에 전념할 뿐이야. 일부러 장님이 되어 번의 강화에 전념하는 거야. 이유도 모르고 허둥거려 봐야 장님이 지팡이를 쳐들고 뱀을 쫓는 것 같아서 별 수도 없을 게 아니겠어?"

"좋은 배짱이야. 보통 같으면 방향도 모르는 채 달려가고 싶어질 텐데."
"료운 씨에게 그 말을 들으니 마음이 놓이는군. 나도 장님인 주제에 지팡이를 휘두르고 싶어서, 그 충동을 지금 간신히 누르고 있는 중이야."
"하지만 쓰기군, 장군님이 정권을 내놓으셨다면 다른 여러 영주들은 어떻게 될까? 천자님을 섬기게 될까?"
"료운 씨, 그만두세. 확실한 자료를 갖지 않은 의논이나 억측은 헛일이야."
"그런 배짱 센 말을 들으니 논의의 여지가 없군. 병자니까 무언가 지껄이고 있지 않으면 불안해서 그러네."
"료운 씨, 이건 다른 이야기지만."
쓰기노스케는 뜻밖의 말을 했다.
"무사들에게 몇 석씩 주는 석고제(石高制)를 폐지할까 하는데. 서양의 군인 관리들처럼 봉급제로 하고 싶은데 어떨까? 번이 긴장하고 있는 이듬해 봉건 300년의 폐풍을 일거에 고치고 싶단 말이야. 평시라면 도저히 못해. 지금 같으면 돼."
"쓰기군, 번 녀석들에게 죽어요."
료운은 놀란 듯이 말했다.

"세상이라는 건, 이건 살아 있는 물건이야."
료운은 말했다. 그가 말하는 세상이란 사회를 뜻하는 모양이다. 사회라는 것은 살아 있는 것이며, 그것을 살려 놓고 있는 것은 제도, 법률, 습관, 도덕의 네 가지이다.
"인간은 마치 제힘만으로 살고 있는 줄 뻐기지만, 인간이란 것은 세상의 허락 하에 살아가는 한 생물에 지나지 않는 거야."
"그래서?"
쓰기노스케는 물었다.
"그러니까 섣불리 세상을 개혁하려 들어서는 안 된다는 거지. 세상의 제도나 습관을 섣불리 건드리고 희롱하면, 거기에 사는 인간이 미치거나 죽거든. 인간은 그런 일을 당하지 않으려고 미치광이처럼 저항하게 돼."
"료운 씨도 환자 생활을 하더니 온순한 인간이 됐구먼."
쓰기노스케는 웃었다.

"좀 보게. 제도가 낡을 대로 낡아서 나가오카 번도 일본도 지금 다 죽어 가고 있네. 이대로 내버려두었다가는 인간도 죽어. 나는 이 세상 위에 말처럼 걸터앉아 외과 의사 같은 작업을 해주자는 거야."

"쓰기군, 수술이 너무 커."

"석고제의 폐지 말인가?"

"그래. 석고제가 있기 때문에 비로소 무사가 있거든."

무가제도(武家制度), 아울러는 봉건제도, 봉건 경제제도의 파괴라고 료운은 말하는 것이다.

가마쿠라 이래 그러했다. 전국시대를 거쳐 도쿠가와 체제가 성립되었을 때, 영주들은 몇 만 섬인가의 영지를 막부로부터 받기도 하고 그것으로 무마를 당하기도 했으며, 다시 그것을 신분에 따라 부하들에게 나누어 주었다. 몇 섬씩 받은 부하들은 원칙으로는 녹봉으로 토지를 얻어 가지고 있는 영지의 지배자이다. 그러나 도쿠가와 시대에 들어와서는 이를테면 100섬짜리 무사가 자기 영지의 정치를 하는 것이 아니라 번이 일괄해서 한다. 번이 세금을 징수하여 그것을 가신들에게 분배해 준다. 현실적으로는 봉급제와 그다지 다를 것이 없게 되어 있다.

그러나 그 제도에는 거대한 불합리가 내재되어 있다.

"료운 씨, 알겠지?"

군역(軍役)이라는 것이다.

"군역은 이름뿐이잖아."

쓰기노스케가 말하는 그대로였다. 전국시대나 에도 시대나 다 마찬가지지만, 100섬짜리 무사라고 그 수입을 생활에 다 소비할 수 있다는 것은 아니다. 막상 전쟁이 일어나면, 100섬짜리 신분에 걸 맞는 전사들을 마련하여 출전하지 않으면 안 된다.

3대 장군 이에미쓰(家光)의 간에이(寬永) 10년(1633)에 정해진 군역 규정에 의하면 이렇다.

300섬이면, 무사 두 명, 갑옷 운반자 한 명, 창 드는 자 한 명, 용품 상자 운반자 한 명, 짐 운반자 두 명.

모두 합쳐서 일곱 명의 인원을 평소부터 기르고 있어야 하는데, 에도 중기부터 심각해진 무가 계급의 만성 궁핍 때문에 자기 가족을 부양하는 것도 힘겨워져서, 그런 인원을 먹여 살릴 수가 없게 되었다. 500섬이면 인원수가 열 세 명이 되고, 총을 한 자루 마련해야 한다. 1,000섬이면 스물 세 명이다.

"이나가키(稻垣)님 댁에 그만한 인원이 있나?"

쓰기노스케가 물었다. 이나가키님이란 헤이스케(平助)를 말하며, 2,000섬짜리 수석 중신이다.

"막상 싸움이 일어나면, 이나가키님은 잘못하다간 혼자 나가게 될걸. 그렇게 되면 2,000섬이나 주고 있을 필요가 없잖아. 이제 몇 섬짜리라는 것은 전력(戰力)이 아니라 격식으로 전락해 버렸단 말이야. 이것을 폐지해 버리자는 거지."

"이봐, 이봐."

료운은 당황했다.

"과연 이 세상은 낡은 대로 낡았어."

료운은 말했다. 사회 질서가 낡을 대로 낡아서 구미의 국가 사회와 대항할 수 없게 되어 있다. 대개혁이 크게 필요할 것이다.

"하지만 쓰기군, 그걸 할 수 있을까?"

료운이 밑 빠진 나무통 같은 한숨을 쉰 것도 무리는 아니었다. 자기 스스로 자기의 외과 수술은 할 수 없는 법이다.

"료운 씨의 말대로, 지극히 곤란한 일이기는 해. 인간은 자기 손으로 외과 수술을 하기 어려운 거야. 보통, 남이 하지. 남이 아니면 못해. 그 남이 누군고 하니"

쓰기노스케는 잠깐 말을 끊었다가 이윽고 숨을 토하며 말했다.

"사쓰마 조슈일걸."

청국에서 말하는 혁명을 사쓰마 조슈가 도쿠가와 왕조를 무너뜨리고, 고대적인 신성 군주인 교토의 천황 집안에 정권을 쥐어주어, 그것을 중심으로 일본을 통일하여 과감한 대개혁을 단행해 버린다. 그러는 수밖에 없다고 쓰기노스케는 말하는 것이다.

"이 가와이 쓰기노스케가 사쓰마 조슈의 무사라면 그렇게 하지. 무력으로 구질서를 타도하고, 전일본을 싹 불사른 다음, 영국과 프랑스 같은 국가를 세우는 거야."

"쓰기군, 목소리가 너무 커."

료운은 미간을 찌푸렸다.

"걱정 마. 나는 도쿠가와의 직속 영주 마키노 집안의 신하야. 그 입장에서 밖에서는 살아갈 길을 생각지 않고, 그 입장에서만 살고 죽을 생각을 하고 있는 사나이야. 탈번해서 근왕가(勤王家)가 되고 싶다면 그토록 간단한 일은 없지."

"탈번 말이 났으니 말이지."

료운은 화제를 바꾸려고 했다.

"우리 나가오카 번에는 한 사람도 없군."

"화제를 바꾸지 마라. 나는 석고제를 부셔 버릴 테야."

"살해당할걸."

"헷, 나를 벨 만큼 기개가 성한 놈이 우리 영안에 있다면 기꺼이 죽어 주지. 어차피 두서너 번, 시궁창에 곤두박질 정도겠지. 아무튼 하고 말 테다."

"성공할까?"

"일에는 시기라는 것이 있어. 시기가 오지 않으면 아무리 묘안이라도 성사가 되지 않아. 그 시기가 슬슬 다가오고 있단 말이야."

"그 시기라니?"

"온 번이 위기를 느끼고 전율, 공포, 그러면서 용분할 때 말이야. 대정 봉환의 양상이 뚜렷해졌을 때지. 그 기회를 포착하는 거야. 도쿠가와 집안과 마키노 집안이 망하느냐, 사느냐 하는 갈림길이니까, 어떤 수술이건 쓴 약이건 사람들은 감수하게 돼. 정치란 기회를 보는 일이야."

"쓰기군은 훌륭해."

"놀리지 마."

"아니, 진정이야. 학문이라면 다소 내가 더 넓을지 모르지만, 나는 그런 기회를 보는 눈이 없거든. 그런 기민성은 사람이 태어날 때 타고나는 것인지도 몰라."

"아무래도 좋아. 그럼 오늘 밤은."

쓰기노스케는 일어났다. 이윽고 료운의 집을 나와 밤길을 걷기 시작했다.

──무사의 제도를 일변시킨다.

그렇게 말하면서도 그 자신 과연 그렇게 할 수 있을는지 어떨지 자신이 없었다. 그러나 만용을 발휘하여 해내지 않으면 나가오카 번은 시대의 홍수 속에서 익사하는 길밖에 없을 것이다.

해자 가를 북쪽으로 올라가면 후쿠로 거리(袋町)이므로 언제나 이 길을 간다. 사흘이 지났다.
'지금쯤, 료운 씨가 말을 퍼뜨려 주겠지.'
그렇게 생각하고 있었다. 그 석고제 폐지에 관한 일이다. 소문이 퍼져나가지 않으면 쓰기노스케는 정치를 하지 못한다.
쓰기노스케의 이러한 소문 이용에 대해서 일찍이 스위스인 페블브란다가 이렇게 말한 일이 있다.
"신문 대용이군요."
이미 요코하마에서는 거류지의 외국인들을 위해 〈저팬 코머셜 뉴스〉지며 〈저팬 타임스〉지가 발행되고 있었다. 하나의 정치, 사회, 경제가 움직여가기 위해서는 신문이 꼭 있어야 한다.
"신문은 매우 재미있을 것 같다."
쓰기노스케는 요코하마의 서구화 현상 속에서 이것에 가장 흥미를 느꼈으나, 그렇다고 좁은 나가오카에서 이것을 발행할 생각은 없었고, 또 그럴 필요도 없었다. 입에서 입으로 전하는 소문이 더 간단히 전해진다.
──왔구나.
그가 걸음을 멈추었다. 북쪽에서 세 사람이 오고 있다. 부사들이나. 얼굴을 검은 천으로 가렸다.
'할 생각이구나.'
그들의 걸음걸이로 알 수 있다. 어딘가 어색하여 겁을 먹고 있는 것 같기도 하고 기승해 있는 것 같기도 하다. 쓰기노스케는 석고제 폐지에 대해서 료운에게 온 번 내에 소문을 흘리도록 부탁했다. 여느 때와 같이 번 내의 반향을 보기 위한 것과, 번 내의 각오를 서서히 굳혀 나가게 하기 위해서인데, 지금 나타난 세 개의 검은 얼굴은 그 '반향'일 것이다.
'이런, 뒤에도 있구면.'
등 뒤의 발자국 소리로 인원수를 셌다. 두 사람이다. 합쳐서 다섯이었다.
"마쓰조(松藏)."
쓰기노스케는 종자에게 말했다.
"만일 무슨 일이 일어나거든 이 근처 어디에 가서 몸을 숨겨라. 현장을 잘 보고 뛰어야 한다."

"나리, 상대를 하시지 말고 달아나십시오."

"싸움은 내 도락인걸."

"하지만"

"돌멩이를 좀 주워라."

"뭘 하시게요?"

"이리 줘. 던지는 거야."

'아이들 싸움 같군.'

마쓰조는 이런 경우 묘하게 웃음이 났다. 그러는 동안에 앞에서 오는 검은 복면 하나가 좀 더 앞으로 나오면서 일부러 목소리를 바꾸어 말을 건다.

"가와이님이시지요?"

쓰기노스케는 언짢았다.

"네 목소리를 내라. 어차피 겁쟁이들뿐일 테니까, 상판대기는 가려도 좋고 이름을 대지 않아도 좋지만, 가짜 목소리만은 집어치워. 목소리까지 가짜래서야 무사꼴이 말이 되나!"

"……."

여담이지만, 나중에 도쿄에서 박문관(博文館)을 차린 나가오카 사람 오하시 사헤이(大橋佐平)는 쓰기노스케를 잘 알고 있었는데, 유신 후 사람들에게 이렇게 말했다.

――일갈하고 쏘아보면 사람이 감히 쳐다보지 못한다.

쓰기노스케의 풍모를 전하고 있는데, 이 날 검은 복면을 한 무사는 꽤나 배짱이 센 자였던 모양이다.

"그렇습니다. 제 잘못입니다."

평소의 목소리로 돌아가서 사과한 다음, 한 걸음 쓱 앞으로 나섰다. 이런 녀석이 만만찮다는 것을 쓰기노스케는 알고 있었다.

"말해봐. 속에 있는걸."

쓰기노스케가 말했다.

"들어 주마."

문득 요코하마의 신문이 머리에 떠올랐다. 신문이 있으면 이런 인간들도 신문에 쓰기노스케 반대론을 쓸 터이지만, 나가오카에는 없으니 이런 암살

행위라도 하지 않을 수 없겠지.
'모든 것이 일단락되면 나가오카에서도 신문을 발행해야겠구나.'
문득 생각했다.
'그 주필에는 료운 씨가 적격이지.'
이런 마당에서도 이 사나이는 그런 일을 생각하였다.
상대편은 지껄이기 시작했다. 역시 석고제의 폐지에 대한 반발이었다.
"가와이님, 당신은 무사를 상인으로 만들려 하고 있어. 제정신이오?"
노여움을 곁들여서 상대편은 말했다.
'그렇구나.'
소문은 그런 식으로 퍼져 있는 모양이다. 그러나 쓰기노스케는 반론하지 않았다. 이 자리에서 반론을 펴면 변명으로 받아들일 우려가 있으며, 그것은 무사가 취할 태도가 아니다.
"무사된 자가"
쓰기노스케는 회오리바람 몰아치는 듯한 목소리로 호통을 쳤다.
"헛된 소리를 지각없이 믿고 함부로 화를 낸다는 것은 수치스러운 일이다. 의심쩍은 일이 있으면 대낮에 내 집으로 오라. 설명해 줄 테니."
쓰기노스케는 연못가로 몸을 옮겼다. 뒤는 연못이다. 등 뒤에서 습격당할 걱정은 없다.
"어떠냐?"
쓰기노스케가 외쳤을 때, 번쩍, 칼을 뽑은 놈이 있다. 아까부터 아무 소리도 없던 사나이로서 이런 인간이 가장 위험하다. 사나이가 덤벼들었다. 그러나 쓰기노스케는 태연히 서 있었다. 칼도 뽑지 않고, 피하지도 않았다. 턱을 약간 쳐든 채 숨도 호흡도 흐트러뜨리지 않고, 바람 속에서 자연의 바람을 맞으며 서 있었다.
'나의 생명을.'
바람이 지나간다. 그것이 쓰기노스케의 평소의 사고방식이었고, 생활 태도였으며, 신념의 자세였다. 더 말하면 쓰기노스케 그 자체였다. 바람으로 하여금 나의 생명을 불어 지나가게 하라.
──이 주변의 풀도, 돌도, 흐르는 물도, 나는 새도, 그 새의 그림자도, 모두 나와 동질이다. 조금도 다를 것이 없다.
이것이 쓰기노스케의 각오였다. 선종(禪宗)에 있어서의 허무관(虛無觀)이라는 것이 쓰기노스케 정신의 기초일 것이다. 쓰기노스케의 학조(學祖) 왕양명(王陽明)도 선을 하고, 선학(禪學)을 배워, 그것과 유교를 통일하여 양명학이라는 특이한 사상을 만들어 냈다. 쓰기노스케도 소년 시절부터 선에 관심을 가졌다. 좌선 같은 우열(愚劣)한 형식을 그는 싫어했지만, 지적으로 사색함으로써 일종의 대오(大悟)라고도 할 수 있는 경지에 도달했다.

──자연 속에 녹아 호흡하고 있으면 된다. 죽음도 삶도 자연의 한 형태에 지나지 않고 한 표현에 지나지 않으며 그다지 중대한 것도 아니다.

이때, 쓰기노스케 자신도 놀란 것은 그의 호흡은 평소와 다름없었고, 맥박도 흐트러지지 않았으며, 바람이 슬슬 그의 투명한 몸속을 불어 지나가고 있는 것이었다.

상대편이 오히려 흐트러져 있었다. 말처럼 거친 숨을 내뿜으며 쳐들어왔을 때, 검도에 그다지 능하지 않은 쓰기노스케가 종이 한 장 차이로 몸을 비켜, 씨름꾼이 상대를 집어던지듯 상대를 등 뒤 연못에 던져 버렸다.

"자, 어디서든 덤벼라."

쓰기노스케는 늠름하게 소리치며 하의를 걷어붙이더니 겉옷을 벗어 둘둘 말아 품안에 쑤셔 넣었다.

훌륭한 싸움 채비이다. 그런데 기묘하게도 그 자신도 이 싸움에 이길 수 있다고는 생각하지 않았다.

"가와이님, 정말 하실 생각입니까?"

상대편 한 사람이 불안한 듯이 물었을 정도였다.

"물론이지."

말하고 쓰기노스케는 신을 벗어 던졌다. 어차피 이길 수 있는 싸움은 아니지만, 하는 이상은 힘차게 해야 한다.

"칼을 뽑겠습니까?"

상대편이 물었다.

"그쪽 마음대로지."

말했을 때, 상대편이 양쪽에서 덤벼들어 한 사람은 쓰기노스케의 오른쪽 다리에 매달리고 한 사람은 팔을 움켜쥐었다.

'왜 이래!'

쓰기노스케는 거꾸로 상대편 팔을 비틀려고 했으나 두 다리가 허공에 떴다. 어떻게 할 도리가 없다. 그대로 허공에 던져 올려져서, 이윽고 떨어지기 시작하여 몸이 세차게 물을 쳤다. 쓰기노스케는 헤엄치고 있었다.

석축을 붙잡고 기민하게 팔다리를 움직여 기어올라왔을 때는 이미 주변에는 사람의 그림자도 없었다.

"마쓰조!"

쓰기노스케는 노복을 불렀다. 그러나 마쓰조는 이미 저택에 알리러 달려갔는지 근처에 없다. 흠뻑 젖은 채 나가마치의 저택으로 돌아가니 아버지 다이에몬이 문에서 막 나오는 중이었다. 하카마도 입지 않았다.

"뭐야, 무사했구나."

다이에몬은 중얼거리고 약간 미소를 지어 보이더니 안으로 들어가 버렸다.

'훌륭하시군.'

쓰기노스케는 감탄했다. 아버지의 저 태도로는 별로 허둥지둥 자기를 구원하러 달려 나오는, 그런 야단스러운 모습은 아니다. 평소의 복장대로였으며 호흡도 조용했다. 쓰기노스케가 시체로 돌아오면 문을 열어 맞이해 주어야지, 그런 극히 사무적인 고요함을 다이에몬은 지니고 있었다.

'아버지도 무사시이구나.'

쓰기노스케는 평생 평범한 관리로 그친 다이에몬이 이때만은 새삼 다시 우러러보이는 느낌이었다.

오스가만은 역시 얼굴이 창백했으나, 그래도 온 집안에 불을 켜기 위해 돌아다닌 행동의 기민성과 확실성만은 평소의 소녀 같은 아내라고는 여겨지지 않았다. 더욱이 마쓰조에게 다급한 소식을 들었을 때, 그녀는 아무도 깨닫지 못하는 사이에 새 속옷으로 갈아입고 나왔다. 집에 막상 추격자가 쳐들어왔을 때의 죽음의 준비라고 할 수 있을 것이다.

"오스가, 연못의 수초를 삼킨 모양이야."

쓰기노스케가 마루에 나가 자꾸만 침을 뱉고 있다. 오스가는 이제 그것만으로도 우스웠던지, 등을 동그랗게 굽히고 어디론지 달아나 버렸다. 나중에 다이에몬이 쓰기노스케를 사랑방으로 불러 사정을 물었다. 쓰기노스케가 간단히 설명하자 꽤나 비밀스러운 듯이 조그만 소리로 말했다.

"그거 재미있었군. 나도 니가타 행정관 때 한 번 바다에 내동댕이쳐진 적이 있지."

쓰기노스케도 처음 듣는 이야기였다.

그러는 동안, 교토에 보낸 사람들이 돌아와서 사태 파악은 더욱 분명해졌다.

"확실히 장군님은 10월 14일, 대정을 봉환하셨습니다."

보고자는 번주 앞에서 말했다. 방 안에는 수석 중신 이나가키 헤이스케 이하가 줄지어 앉아 있고 쓰기노스케는 보고자 옆에 앉았다. 쓰기노스케가 질문하고 보고자가 대답하는 형식이었다.

"다음 15일, 조정이 그것을 허용하셨습니다."

"왜 그렇게 되었는가?"

"그것은……."

보고자는 순서대로 설명했다.

그 이전에 이미 교토의 정세는 악화됐으며, 사쓰마 번의 움직임은 분명히 쿠데타를 준비하고 있었다고 한다. 사쓰마 번이 몰래 조슈 번과 손을 잡고, 그 번령을 교토에 끌어넣으려는 움직임을 막부 측의 아이즈 번이 탐지하고 있었다는 것이다.

"그래서?"

"그러니 도사 번(土佐藩)이 초조해졌을 것이 아니겠습니까? 대정 봉환의 건의를 한 게 도사 번이었으니까."

도사 번은 복잡한 번이다. 번의 방침은 막부 지지 경향인 공무 합체주의이지만, 그 하급 무사 층은 일찌감치 근왕화하여 이미 많은 수가 탈번해서 가장 과격한 혁명 운동에 참가하고 있었다. 이러한 성격의 복잡성 때문에 이 번은 시국에서 뒤처지고 있었다.

"분큐(文久) 연간에는 도사번도 사쓰마·조슈·도사로 병칭되어, 교토의 주역이었습니다. 그러나 지금은 그렇지도 않습니다."

정세가 급박해지면 그럴 것이다. 중간적인 색채는 탈락하지 않을 수 없다.

도사 번의 방향으로서는 도쿠가와 집안도 온존시키고 싶고, 동시에 새 시대의 주역도 되고 싶다. 그 입장이 대정 봉환을 장군에게 권유한다는 희대의 묘술을 생각해 내게 했다고 할 수 있다.

"사쓰마 조슈로 보면 아마 반갑잖은 일이었을 것입니다."

보고자는 말했다. 막부가 대정을 봉환해 버리면, 사쓰마 조슈로서는 막부를 쓰러뜨릴 명목이 없어진다. 보기 좋게 허를 찔린 격이 되어 버렸다.
"앞으로 장군은 어떻게 되겠는가?"
"그것이."
알 수가 없다는 것이다.
여전히 도쿠가와 집안은 제후(諸侯)의 통솔자임에는 틀림없다고도 할 수 있다.
왜냐하면, 장군에 속하던 '정권'만을 도쿠가와 요시노부가 궁궐 담장 안으로 집어던졌다는 것뿐이며, 가장 중요한 영지나 제후에 대한 지휘권, 영민의 지배권은 아직도 쥐고 있다. 말하자면 막부 직할령 400만 섬과 직속 영주의 주인이라는 위치만은 아직 잃지 않고 있으며, 여전히 일본 최대의 대영주인 것이다.
"그렇다면?"
쓰기노스케는 말했다.
"귀찮은 정치만 조정의 등에 지워드렸단 말인가?"
조정이야말로 달갑잖은 일이겠구나, 하고 쓰기노스케는 생각했다. 조정은 1만 섬의 조그마한 살림살이이다. 정부를 만들고 싶어도 그것으로는 도저히 일본국의 정치는 할 수 없다.
"소징에시도 반론이 많았슈니다."
"그렇겠지. 나가오카 번의 1,000분의 1밖에 안 되는 힘으로 일본을 다스릴 수는 없지."
'당연히 사쓰마 조슈는 도쿠가와 씨한테서 모든 토지를 빼앗으려 하겠지. 이러다간 전쟁이 나겠는데.'
쓰기노스케는 생각했다.

그 뒤 평의회가 개최되었다.
"쓰기노스케, 생각하는 바를 말하라."
대주군 다다유키가 말했다. 쓰기노스케는 방 중앙에 앉아 있었다. 다른 중신들은 좌우로 늘어앉았다. 이미 밤이었다.
쓰기노스케는 예복 오른쪽 어깨를 축 늘어뜨리고, 마치 매미가 비에 젖은 듯 한 모습으로 고개를 숙이고 있었다. 다다유키의 말이 들리지 않는지 부복도 하지 않는다.

"쓰기노스케, 말씀 들었는가?"

보다못해 수석 중신 이나가키가 살며시 귀띔했다.

"이나가키님."

쓰기노스케가 겨우 고개를 들었다.

"이 넓은 방에서는 이야기가 달라져 버립니다."

장소가 좋지 않다는 것이었다. 대서원의 넓은 방은 정식 장소이기 때문에 군신간의 범절이 시끄럽다. 군주는 저만큼 상단에 앉고, 중신은 문벌 순으로 갈라져 앉으며, 실제의 번정 담당자이며 '정무 감독관'인 쓰기노스케는 저만큼 하석에서 일일이 굽실굽실 엎드려 가면서 큰 소리로 외치지 않으면 안 되고, 이런 형식으로는 매우 장중하기는 하나 상세하게 서로 오순도순 의논할 수가 없다.

"다실을 사용하십시다."

쓰기노스케는 말했다.

다실은 이런 점이 편리했다. 차의 예는 극히 간소해서, 화로를 둘러앉을 경우에는 주인과 손의 차이밖에 없다. 서로 기탄없이 말을 나눌 수 있는 곳은 다실밖에 없다. 자리가 다실로 옮겨졌다. 그러나 화로에는 불도 없고 솥도 걸려 있지 않다.

번주 부자(父子)는 주인 자리에 앉았다. 이 자리에서는 넓은 방에는 없던 친밀감이 좌중에 가득했다. 차를 생각해 낸 무로마치(室町) 사람들은 꽤나 까다로운 예의범절에 진절머리가 났던 모양이다.

"그러면, 말씀드리겠습니다."

쓰기노스케가 말했다.

"앞으로, 세상은 난세가 됩니다. 마치 300년 전의 세키가하라 때처럼, 일본의 영주들은 둘로 갈라져서 서로 싸우게 될 것입니다."

"어느 쪽이 이기는가?"

수석 중신인 이나가키 헤이스케가 단정한 얼굴을 쓰기노스케에게 돌렸. 두 진영이란, 도쿠가와 씨라는 구왕조 편과 교토의 신성 군주를 중심으로 한 신왕조편의 싸움이다.

"뭐라고 말씀하셨습니까?"

쓰기노스케는 이나가키 헤이스케의 흰 얼굴을 바라보았다.

"어느 쪽이 이기는가 묻고 있다."

"그러면, 중신께서는 이기는 편에 붙으시겠습니까?"
'당연하지……'
이나가키는 그렇게 말하려고 했다. 당연하지 않은가. 고래로 일본인은 일본국에 쟁란이 일어났을 때, 반드시 어느 쪽이 이길까를 생각하고 이길 것으로 여겨지는 편을 지지했다. 겐페이(源平)의 쟁란 때도 그랬고, 남북조의 쟁란 때도 그랬으며, 세키가하라 때도 그러했다. 세키가하라 때도 도요토미 집안의 은고를 입은 영주들——가토 기요마사, 후쿠시마 마사노리(福島正則) 등, 그야말로 손수 길러 낸 인간들조차 다음 시대를 짊어질 듯한 도쿠가와 측으로 돌았다.
그렇게 해야만 비로소 영주들의 집안은 온존하고, 가운을 개척할 수 있었던 것이다. 이나가키 헤이스케로서는 중신의 직책상 마키노 집안을 지키지 않으면 안 된다. 그래서 물은 것이다.
"제 생각은 다릅니다. 어느 쪽이 이기고 어느 쪽이 지느냐 하는 것보다, 다른 원칙을 오늘 밤에 세워야 합니다. 아무리 세상이 헝클어지고, 번이 비경(悲境)에 서더라도 꿈쩍 않는 원칙을 세워 그것에 따라 온 번이 움직여 나가지 않으면 안 됩니다."

——풍운 속에 독립하라.
그것이 쓰기노스케의 지론이며, 여기서도 그는 새삼 이 말을 했다. 쓰기노스케는 원칙에 대해서 끈질기다.
'끈질기도록 말하지 않으면 모르기 때문이야.'
속으로 그렇게 생각하고 있다.
"그러나 쓰기노스케."
말한 것은 대군주 다다유키였다. 쓰기노스케의 재간을 발견하고, 기용하고 보호하는 이 인물이 말하기 시작한 것이다.
"그것만으로는 곤란하구나."
"마키노 집안의 입장이 있지 않느냐. 마키노 집안의 입장을 쓰기노스케는 생각하고 있느냐?"
마키노 집안은 그 가계의 전설에 의하면 야마토(大和)에서 나온 것으로 되어 있다. 나라(奈良) 시대에는 야마토 국(大和國) 다카이치 군(高市郡) 다구치 촌(田口村)에 있었다.

그것이 언제인가 아와(阿波)로 옮겨 다쿠치 씨(田口氏)를 칭하게 되고, 겐페이 쟁란 때는 다이라(平) 집안에 속하여 시코쿠(四國)를 방위했으나, 오사카 만에서 풍우를 무릅쓰고 건너온 미나모토 요시쓰네(源義經)의 기습을 받고 패배하여, 다이라 집안이 망한 뒤 일족이 사방으로 흩어져 버렸다.

그러다가 무로마치 시대에는 미카와 국(三河國) 호이 군(寶飯郡) 마키노 촌(牧野村)에 살면서 토호가 되었다. 전국시대에는 부근의 우시쿠보(牛久保 : 牛窪) 땅에 성채를 지니고 주변을 정복하여 제법 큰 세력이 되었다.

나가오카 번에서는 흔히 이 말을 한다.

"우시쿠보의 사풍(士風)을 잊지 말라."

에치고에 있으면서도 말만은 먼 시대의 미카와 말을 계속 사용하고 있는 것도 이러한 마음의 표현일 것이다.

미카와 당시, 토호 마키노 씨는 그 세력을 자기 힘으로 쌓아 올렸다고는 해도 전국시대의 관습상 상급 영주에 소속되어 있었다. 동쪽에 이웃하는 대세력인 스루가(駿河) 도토미(遠江)──합쳐서 시즈오카 현(靜岡縣)──의 이마가와 씨(今川氏)에 속하여 그 지휘를 받고 있었다.

쓰기노스케는 언제나 마키노씨의 가계를 이렇게 생각한다.

'이 집안이 겪은 운명의 기구함이여.'

먼 옛날 겐페이 시대에는 요시쓰네의 야시마(屋島) 습격으로 패배하고, 전국시대에는 이마가와 씨에 속해 있었기 때문에 젊은 날의 오다 노부나가가 감행한 오케 골짜기(桶狹間)의 기습으로 고배를 마셨다. 일본 전쟁역사상의 이름난 두 개의 큰 전쟁에 등장하면서, 유감스럽게도 승자 쪽이 아니었다.

이마가와 씨는 오케 골짜기에서 패배한 뒤 갑자기 그 위세가 쇠퇴했다.

이 무렵, 일찍이 이마가와 씨에 속해 있던 미카와의 도쿠가와 이에야스가 이 집안을 단념하고 오와리의 오다 노부나가의 동맹자가 되었으며, 그 후원 아래 미카와를 정복하기 시작하여 토호의 위치에서 영주의 모습을 갖추기 시작했다. 그러나 마키노 씨는 여전히 이마가와 씨에 붙어 있었다. 이마가와 씨의 최전선 요새를 지키면서 이에야스와 싸워 자주 패배했다.

'묘한 일이지.'

이 점에서도 생각하는 것이다. 미나모토 요시쓰네, 오다 노부나가, 도쿠가와 이에야스라는 역사상의 세 거인에 대항해서 싸우다가 패배한 경력이라는 것은, 다른 어느 영주의 역사에도 없을 것이다.

그 후, 이마가와 씨를 단념하고 도쿠가와 씨 쪽으로 돌아 그 휘하에서 가장 용맹한 군단의 하나가 되었다. 이에야스가 미카와에서 다케다 신겐(武田信玄)의 침공을 받았을 때, 마키노 씨는 전선의 보루를 지키면서 문자 그대로 악전고투했다. 마키노 씨는 그 역사에 다케다 신겐과의 경험까지 보탠 것이다.

"거듭 묻지만, 쓰기노스케는 마키노 집안의 입장을 생각하고 그런 말을 하는가?"

다다유키가 묻는다.

대주군인 마키노 다다유키는 양자이다.

"나는 모두 알 듯이 미카와 니시오(三河西尾)의 마쓰다이라 집안에서 양자로 들어왔다."

다다유키는 말한다. 도쿠가와 시대를 통해서 명군이라고 일컬어지는 영주 중에는 양자가 많다. 특히 막부 말의 경우가 그러하며, 막부 말의 이른바 현후(賢侯) 가운데 양자가 아닌 사람은 사가(佐賀)의 나베시마 간소(鍋島閑叟), 사쓰마의 시마즈 나리아키라(島津齋彬) 정도이며 한때 4현후라 일컬어지며 천하의 화제가 되었던 히도쓰바시 요시노부(一橋慶喜), 야마노우치 요도, 마쓰다이라 슌가쿠, 다테 무네나리(伊達宗城) 등은 모두 양자이다. 또 막부 지지파의 거두가 된 아이즈의 마쓰다이라 가타모리(松平容保), 구와나(桑名)의 마쓰다이라 사다아키(松平定敬) 등도 양자였다. 이들 양자 영주들의 공통적인 것은 능동적이라는 점이었다.

그 집안에 태어난 자식이 아니기 때문에, 그들은 모두 적극적으로 영주다운 영주가 되려고 했다. 양자로서 가독을 이어받을 때, 청운이 솟아오르는 마음으로 이렇게 기개를 가졌을 것이다.

"무슨 일인가 하자."

그것이 그들로 하여금 적극적인 영주로 만들었다.

다다유키도 그렇다. '집안'이라는 것에 대한 생각이, 다른 양자 출신의 영주와 마찬가지로 강렬했다.

──마키노 집안은 보통 영주 집안이 아니다, 라는 생각이다. 마키노 집안에 태어난 아들이라면 그 점에 둔감하지만, 다른 집안에서 들어온 사람이

니만큼 마키노의 조상이나 번의 조상, 역대의 번주에 대한 생각이 짙고, 항상 의식적이며 의리를 느낀다.

"마키노 집안은 도쿠가와 집안을 도와 드려야 해. 만일 여기서 독립을 존중하는 나머지 도쿠가와 집안을 버린다면, 나는 이 집안 대대의 조상을 대할 면목이 없어지는 거야."

그렇게 말했다.

"그렇지 않은가, 쓰기노스케?"

다다유키는 고지식한 성격이다. 그 의리를 진심으로 느끼고 있는 것은 확실했으나 그것은 또한 양자로서의 정치적인 입장이기도 했다. 의리로 계승한 양가를 그토록 강렬히 생각하기 때문에 번사들도 따라오는 것이지, 그렇지 않다면 번사가 속으로 외면해 버린다는 것을 이 양자 영주는 알고 있었다. 양자 영주라는 입장은 사사건건 적극적인 입장이 되지 않을 수 없다.

"어떠냐, 쓰기노스케?"

거듭 물었다. 쓰기노스케는 입을 다물고 있었다. 쓰기노스케의 구상으로서는 교토에도 에도에도 속하지 않고 가능하면 일본의 영주라는 위치에서 벗어나 '나가오카 국'으로서 세계열강과 국교를 맺고 싶었다. 그 이외에 앞으로 에치고 나가오카 번이 살아나갈 길은 없는 듯이 여겨졌던 것이다. 그러나 다다유키라는 양자 영주의 입장은 그토록 메마르고 박정한 길을 택할 수는 없었다.

"나는 마키노 집안이 당주다. 마키노 집안답게 행동하고 싶다."

다다유키는 말했다.

'그렇다면.'

쓰기노스케는 생각했다.

'이 대주군(大主君)은 나가오카 번이 망하더라도 도쿠가와 집안에 대한 의로운 충신의 길을 택할 참인가?'

그런 극단적인 경우를 예로 들어 쓰기노스케는 반문해 보고 싶었으나, 그러나 그것은 번주에 대한 예가 아니라서 거기까지는 차마 말할 수 없었다.

"나의 입장도 생각하고, 이것저것 아울러 좋은 방침을 구상해 보지 않겠느냐?"

다다유키는 매달리듯 말했다.

쓰기노스케는 생각했다.

'안 되겠는데. 명군이라고는 해도 역시 번주는 번주야.'
──명군이라고는 해도
다다유키의 생각에는 목숨을 건 데가 없다는 것이다. 쓰기노스케가 보기에는 절박함이 부족하다는 것이다.
다다유키는 도쿠가가 집안에 대한 의리와 인정을 말한다. 그것을 금후의 번 방침에 첨가해 달라고 한다.
'그렇지만.'
쓰기노스케는 생각한다.
'그렇게 생각이 안이해서야 앞으로 시대의 대폭풍 속에서 어떻게 번을 이끌어 나갈 수 있겠는가.'
쓰기노스케의 생각으로는, 무슨 일을 하려고 할 때 발상점은 되도록 간단 명료해야 된다. 복잡하고 욕심이 많은 발상이나 목적의식은 결국 두 마리의 토끼를 쫓다가 한 마리도 못 잡는 격이 되고 만다.
'번을 위한 것도 되고, 천하를 위해서도 좋고, 조정도 좋아하고, 막부도 웃고, 영민도 울지 않으며, 부모에게는 효도가 되고, 여자에게는 인기를 얻는, 그런 바보 같은 방식은 있을 수 없다.'
그런 것을 생각하는 인간은 공상가이며 허풍선이며 결국은 아무 것도 못한다.
'무엇인가를 한다는 것은, 결국은 무엇인가에 해를 끼진나는 것이다.'
누군가에 해를 끼칠 용기가 없는 자가 선한 일을 할 수 있을 까닭이 없다고 쓰기노스케는 생각하고 있었다.
쓰기노스케가 배운 유교는 결국은 정치와 사회를 개조하자는 사상이다. 공자도 맹자도 왕후를 설득하기 위한 방편으로서 그것을 노골적으로 드러내지는 않았으나 유교의 에너지에는 그러한 것이 밑바닥에 깔려 있다. 바꾸려고 하는 것은 약물처럼 일면의 독을 품고 있다. 그 독을 풀기 위해서 유교에서는 인(仁)이라든가 의(義)를 요란스레 주장한다.
"쓰기노스케, 어떠냐?"
"잠깐만."
쓰기노스케는 말했다. 잠깐만 여기서 더 생각하게 해 달라는 것이다.
'오시오 헤이하치로(大監平八郞)는 어떠했는가.'
쓰기노스케는 생각한다. 오시오는 양명학 계열에서는 쓰기노스케의 선인이 된다. 그는 막부 관리로, 오사카의 시정관(市政官──행정청 포도대장)이었다. 마침 대기근이 일어나 시민들이 많이 굶어 죽고, 굶주리는 자가 거리에 넘쳤다. 그 원인을 오시오는 정치의 빈곤과 간악한 상인배들의 농간에 있다고 보았다. 오시오는 장서를 팔아 굶주린 백성들을 구제하려고 했으나, 그 정도로는 도저히 미치지 못하여 마침내 무장 봉기하여 대폭동을 일으켰다. 이 병화 때문에 백성들의 집은 불타버렸고 오시오 자신도 일족과 더불어 망하고 말았다. 선한 일에는 이만큼 해가 크게 따른다.

그러나 쓰기노스케는 오시오에 찬성하지 않는다. 그 경솔한 두뇌를 속으로 가련하게 생각하고 있다. 그러나 무슨 일을 하려고 할 때 일면의 해를 두려워하면 안 된다는 생각의 좋은 예라고 보고, 그런 의미에서는 오시오의 난에 관심이 깊었다.

'아무튼 마키노 집안에도 좋고, 도쿠가와 집안에도 좋은 그런 방법은 없다. 그런 방법을 생각해 내자는 것은 헛일이다.'

쓰기노스케의 목적은 어디까지나 이 에치고의 작은 천지에 일본 같지 않은 하나의 소국가를 만드는 데 있었다. 그러나 다다유키의 감상주의를 부정할 수는 없다. 왜냐하면 가와이 쓰기노스케는 마키노 집안의 부하라는 것 이외의 아무 것도 아니기 때문이다. 그것을 쓰기노스케는 잘 알고 있었다.

쓰기노스케는 궁리를 끝냈다.

"위쪽(교토 오사카)으로 올라가십시다."

얼굴을 쳐들고, 실을 뚝 끊는 듯한 어조로 말했다. 중신들이 동요했다.

"뭐라구, 위쪽으로?"

"그렇습니다. 제가 주군을 모시고 올라가겠습니다. 번사 다수를 거느리고 가시죠."

"아니, 위쪽이라니?"

수석 중신 이나가키 헤이스케의 얼굴에도 공포의 빛이 떠올랐다. 교토 오사카라고 하면 풍운의 한복판이 아닌가.

"그런 곳에 주군께서 가신다는 것은, 그것도 많은 번병을 이끌고 가신다는 것은, 글쎄 어떨까?"

"어떨까라니요?"

"위험하지 않을까?"

'그렇겠지, 위험하고 말고.'

쓰기노스케도 알고 있었다. 풍운 한가운데로 뛰어들어 버리면 중립적인 태도 같은 것은 허용되지 않는다. 격류가 어느 방향으로든 나가오카 번을 끌어넣고 말 것이다.

"하지만, 교토 오사카에 장군이 계십니다."

쓰기노스케는 말했다.

15대 장군 도쿠가와 요시노부는 태정 판관(太政判官) 히도쓰바시 요시노부라고 불리어질 때부터 전(前) 장군의 보좌역을 하면서, 에도를 떠나 교토에 상주하여 풍운의 한쪽 주역으로서 사자처럼 설치며 조슈를 누르고, 사쓰마를 경계하고, 궁정을 조종하고, 에도의 막부 관료들을 무마하는 등, 복잡하기 짝이 없는 입장을 계속 지켜왔다.

그는 전 장군이 오사카 성(大坂城)에서 병사하자, 하는 수없이 장군직을 계승했으나, 전례 없는 일로서 그는 장군직을 이어 받으면서도 에도 성(江戶城)으로 돌아가지 않았다. 교토에 주재한 채 장군이 되었다. 에도로 돌아가서 취임한다는 등의 여유가 요시노부에게는 없었다. 그토록 교토라는 정치의 화재 현장에는 무시무시한 불길이 솟아오르고 있었던 것이다.

"위험하다고 중신께서는 말씀하시지만, 그 위험한 곳에 장군님은 그대로 계속 주저앉아 계십니다. 지금 장군님을 위해서 진력하고 싶다는 우리 번이, 그 장군 곁으로 가기가 위험하다는 말은 당치 않을 것입니다."

"그러나."

이나가키 헤이스케는 단정한 얼굴을 쳐들었다. 무사주의가 도쿠가와 300년의 태평 사상이다. 상하가 다 무사하도록 애씀으로써 이 기적적인 태평을 만들어 냈다. 문벌가인 이나가키 헤이스케는 당연히 가전(家傳)으로서의 그런 정치사상이 몸에 배어 있었다.

"그러나, 라니요?"

쓰기노스케는 사나운 눈초리를 이나가키 헤이스케에게 돌렸다. 그러나 이나가키는 무슨 복안이 있어서 '그러나' 하고 말한 것은 아니었다.

"어떨까?"

그는 고개를 갸웃거렸다. 쓰기노스케는 웃었다.

"그러면, 뒤로 물러앉아 우물 안의 개구리 노릇을 하시겠습니까? 그것은 그것대로 번 방침으로서 훌륭하기는 합니다만."

묘년 625

"쓰기노스케, 가자."

젊은 번주 다다노리가 말했다. 쓰기노스케는 고개를 끄덕였다.

──풍운의 현장에 들어가서, 현장을 보고 생각해 보자.

그것이 쓰기노스케의 결론이었다.

번기(藩旗)

에치고 나가오카 번의 번장(藩章)은 오단 사다리(五段梯子)이다. 번주 마키노 집안의 문장(이 밖에 세 잎 떡갈나무 잎도 사용하지만)이며, 옛 전국시대부터 마키노 집안의 병사들은 이 사다리 문장을 소매에 새겨 싸움터로 나갔다. 보기 드문 문장이다. 겐페이 시절 마키노 집안의 조상 아와(阿波)의 다구치 씨 때부터 이미 이것을 사용하고 있었다지만, 과연 사실인지, 거기에 대한 증거는 없다.

아무튼 사다리라는 연장은 사람들이 좋아한다. '높이 올라간다'고 해서 재수가 좋은 물건으로 간주되어 왔다. 하기야 에도 성의 입 바른 다인(茶人)들은 쑤군거리기도 했다.

"뭐가 재수가 좋아? 사다리는 높은 데 올라간다지만, 높은 데서 떨어지는 수도 있잖아."

그러고 보면 아와 다구치 씨 때의 옛날부터 마키노 집안은 올라가서는 떨어지고 떨어지면 다시 올라가고 하는 기구한 가운의 연속이며, 꾸준히 올라가기만 한 것은 도쿠가와 300년 동안뿐이었다.

아무튼 쓰기노스케는 그 이튿날 성문 옆에 갈색 바탕에 흰 문장을 새긴 번기(藩旗)를 높이 내걸게 했다. 출진 신호다. 동원이었다. 여기에다 전투의 각적(角笛)까지 불어 대면, 전국시대 그대로의 동원 풍경이 될 것이다.

"싸움은 어디서 났지?"

성 밑 거리 사람들은 번기를 쳐다보고 떠들다가 곧 조용해졌다.

"주군께서 장군님의 신변을 지키기 위해 교토로 올라가신다."

이런 소문이 퍼졌기 때문이다. 성 밑 거리에 묘한 고요가 깃들고, 밤이 되자 무사 집안은 집집마다 문이 여덟팔자로 열려 초롱불이 환하게 길거리를 비추었다. 쓰기노스케는 성안에서 출진의 총지휘를 했다.

"수행원은 60명."

쓰기노스케는 인원수를 한정했다. 출진이라곤 해도 복장은 전립, 전투용 겉옷, 요시쓰네 하의, 토시 각반에 가죽 신, 이와 같은 마치 소방 복장 비슷한 모습을 쓰기노스케는 지정했다. 말하자면 반 전투복이었다. 창과 총은 들지 않는다. 그러나 그것들은 남의 눈에 띄지 않게 짐 속에 싸 넣었다. 총은 모두 쓰기노스케가 자랑하는 최신식 양식총이다. 두껍게 가마니를 둘러 아무도 모르게 했다.

"60명이라고 해도, 만일의 경우 500명의 위력을 발휘한단 말이야."

쓰기노스케는 보좌역인 미마 이치노신에게 넌지시 말했다.

수행원은 선발 방식을 취했다. 간부는 모두 기골과 재능이 있는 자를 고르고, 무사는 모두 무예가 뛰어난 자를 골랐다. 이 날 밤 성곽 삼층에 60명을 모아놓고 말했다.

"교토, 오사카에는 어떤 자들이 횡행하고 있는가? 입으로 존왕을 부르짖고, 뱃속 가득히 불평불만을 품은 채, 난을 바라고 자기 이름이 알려지기를 희망하는 인간들뿐이다. 굽 높은 게타에 장대한 칼을 차고, 어깨를 으스대며 눈을 매 눈처럼 무섭게 부릅뜨고, 한길을 횡행하면서 암살 폭행을 일삼고 있다. 그것이 이른바 존왕 지사들이다."

명쾌하게 규정했다.

"그러나, 그들의 도발에 말려들지 말라."

그들이 칼을 뽑아 덤벼들거든 순순히 칼을 맞고 죽거라, 하고 쓰기노스케는 뜻밖의 말을 했다.

"그러기에 용기 있는 자들만 고른 것이다."

그들의 도전에 말려들면 장군도 우리 번주도 조정의 적이 되고 만다, 그토록 교토는 어려운 곳이다, 하고 쓰기노스케는 이 한 점을 강조했다.

간밤에 눈이 와서 이 날 아침도 하늘이 어둡다.
"미쿠니 고개를 넘을 때까지는 눈이 안 오면 좋겠는데."
성문을 나설 때 쓰기노스케는 하늘을 쳐다보면서 생각했다. 행렬의 선두를 말을 타고 나아가면서, 전립을 깊숙이 쓰고 있다.
진열(陳列)이 따라 나간다. 성 밑 거리를 벗어나면 시나노 강의 사주(砂洲)에 이른다. 물이 말라 사주 군데군데 간밤에 내린 눈이 남아 있으나, 이것이 이대로 쌓일 것 같지는 않다.
"에노키 고개(榎峠)의 눈은 어떨까?"
쓰기노스케는 뒤에 따라오는 부하에게 물었다.
"대단치는 않습니다."
에노키 고개를 다 올라갔을 때, 모두 뒤를 돌아보았다. 발 아래 나가오카의 성 밑 거리가 있다.
——다시는 못 돌아올지도 모른다.
이런 감상이 사람들 가슴에 번졌다. 그러나 쓰기노스케만은 뒤돌아보지 않았다.
저님 니기노 가헤에가 말을 접근시켜 왔다.
"여기서 행렬을 멈추고 좀 쉬어가면 어떨까?"
"왜요?"
"주군께서 나가오카 성에 작별 인사를 하시고 싶지 않으실까?"
"주군께서 그렇게 말씀하십디까?"
"아니, 내가 짐작했을 뿐이야. 서민들도 타향으로 떠나는 자는 에노키 고개를 넘을 때 성 밑 거리를 돌아보고 작별을 한다는데."
"재수를 위해서입니까?"
"글쎄, 풍습이겠지."
"쓸데없는 일일 겁니다."
쓰기노스케는, 무사가 여행을 떠나면서 뒤를 돌아보아서는 안 된다고 말했다.
"쓰기군은, 기질이 강하거든."
"주군께선"

쓰기노스케는 화제를 바꾸었다.

"기침은 좀 어떠신지요?"

"그다지 좋지 않으시다."

나기노는 어두운 표정을 지었다. 젊은 번주 다다노리는 허약하다. 일 년 내내 감기에 걸려 있는 형편이라, 이 여행 중에 이 사람의 건강만이 걱정이었다. 그래도 다다노리는 양부 다다유키를 닮아 무척 진지한 성격이라 출발할 때도 고집을 부렸다.

"나는 가마를 사용하지 않겠다."

외관상으로는 단순한 상경이지만, 내심의 결의는 출진이다. 그러니 말을 타고 가고 싶다고 했다.

"안됩니다. 가마를 사용하십시오."

쓰기노스케는 듣지 않았다. 말을 타면 춥다. 만일 감기라도 덧나면 어떻게 되느냐, 하는 걱정이 컸다.

"아니, 조상을 잊지 않기 위해서야."

"조상님의 시대는 조상님의 시대입니다."

쓰기노스케는 말했다. 어느 번이고 전국 풍운 시대의 번주들은 말을 타고 싸움터로 달렸지만, 도쿠가와 300년의 태평세월은 영주에게 마상 생활을 잊게 했다. 지금 별안간 말을 타고 여행하다가는 목숨까지 잃게 될지도 모른다. 그렇잖아도 다다노리는 감기에 걸려 있어 출발할 때도 기침이 심했다. 가마 안에서 따뜻하게 가고 있는데도, 나기노 가헤에의 말을 들으면 가마문 밖에까지 괴로운 기침 소리가 흘러나온다고 한다.

"약은 잡수셨습니까?"

쓰기노스케가 물었다.

"잡수셨다."

언덕길이 내리막이 되었다. 전방에 오지야(小千谷) 마을이 보인다. 벌써 막부 영토이다.

그들은 일단 에도로 나갔다. 에도에서 막부 군함을 타고 교토, 오사카로 간다. 이 방법으로 하면 2, 3일밖에 걸리지 않는다.

출발에 앞서 쓰기노스케가 에도에 급히 파발꾼을 보내 수속을 밟았다.

"그런 것을 막부에 신청해도 될까?"

파발꾼을 보낼 때 중신들은 난색을 보였다.

"굳이 막부 전용의 군함으로 가지 않아도"

이렇게 말했다. 일을 추진하는 방식이 지나치게 기발하다는 것이다.

쓰기노스케는 말했다.

"기발하지 않습니다."

서부의 웅번은 모두 증기선을 사용하고 있다. 도사 번 같은 데는 번주가 교토 오사카로 나갈 때는 자기 번의 군함으로 간다. 게이슈 히로시마 번도 마찬가지이다.

"시대는 현기증 나게 변하고 있습니다. 동일본 각 번은 자꾸만 뒤에 처지고 있습니다. 우리 에치고 나가오카 번뿐 아니라, 동일본의 여러 번 가운데 군함을 가진 번이 하나라도 있습니까?"

이에 비해서 서일본의 웅번이 겪고 있는 개화(開化)는 눈부시다. 게이슈 히로시마 번(아사노 집안), 조슈 번(모리 집안), 도사 번(야마노우치 집안) 등은 몇 척이나 되는 군함뿐 아니라 탄약과 육상 군대를 나르는 수송선과 석탄선을 여러 척 가졌고, 히젠 사가 번(肥前佐賀藩 : 나베시마 집안)에 이르러서는 그것들을 다 갖춘데다가 자기 번 안에 제철소, 조선소까지 만들어 놓았으며, 소형 증기선을 직접 만들 뿐 아니라 어떤 군함이라도 번에서 수리할 수 있어서 그 능력은 아마 동양 제일일 것이다. 왜냐하면, 막부조차 군함이 고장 나면 히젠 사가 번에 부탁할 정도였기 때문이다.

"사쓰마 번 같은 데는 한층 뛰어납니다. 이 번은 우리가 상상도 못할 만큼 호화롭습니다."

사쓰마 번은 교토에 강렬한 관심이 있다. 이 때문에 수완가인 사이고 다카모리(西鄕隆盛)와 오쿠보 도시미치(大久保利通)를 발탁하여, 사이고를 교토 주재 대사로 교토에 상주시키고, 오쿠보를 고향에 두어 사이고가 교토 외교를 하면서 그 정보를 끊임없이 고향에 보낸다. 고향에서는 오쿠보가 그것을 받아 시마즈 히사미쓰(島津久光)에게 상신하여 즉각 행정화에 나간다.

"교토의 정세는 이렇다. 우리 번으로서는 이렇게 해야 한다. 번병을 시급히 몇 사람 보내라."

이를테면 교토의 사이고가 이렇게 전하면, 오쿠보는 즉각 번을 움직여 실행하는 것이다.

그 파발선으로 쾌속 증기선을 항상 오사카 만——덴포 산(天保山) 앞바다나 효고(兵庫) 앞바다――에 띄워 두고, 교토의 사이고가 편지를 쓰기만 하면 지체 없이 연기를 뿜고 사쓰마로 달린다. 이틀이나 사흘 만에 교토의 뜻이 고향을 움직이게 된다. 사쓰마 번의 무서운 통신력이 그들을 교토의 주도 세력으로 만들어 놓고 있으며, 풍운의 속도를 점점 더 고조시키고 있는 것이다.

"서부의 웅번은 그렇습니다. 우리 번에 군함이 없는 것은 하는 수 없다고 하더라도, 없으면 없는 대로 막부에 빌려쓰기라도 해야 합니다. 그렇게 하지 않으면 도저히 시국에 따라갈 수 없습니다."

쓰기노스케는 그렇게 주장했다. 그가 볼 때 도쿠가와 집안에 위기가 닥치면, 간토를 중심으로 하는 신에쓰(信越), 오슈(奧州)의 여러 번이 이를 돕게 되겠지만, 유감스럽게도 서부 각 번과는 달리 증기선도 없고 군함도 없으며, 무기도 오다, 도요토미 시대와 조금도 다르지 않다. 그것을 생각하면 쓰기노스케는 시국의 앞날에 전율하지 않을 수 없는 것이다.

아무튼 에도에 들어갔다.

막부에서는 그 소속 군함을 '어군함(御軍艦)'이라고 불렀다. 이를테면 어군함 두취(頭取)라는 것이 함장이다. 어라는 경칭을 붙이는 것은 '장군의 군함'이기 때문이다.

"내일 아침, 시나가와(品川) 앞바다로 나오시오."

이런 통달이 막부의 어군함 감독관한테서 온 것은, 쓰기노스케 등이 에도의 번저에 들어간 그 날이었다. 막부는 에치고 나가오카 번에 대해서 정중한 태도를 취했다.

밤에 쓰기노스케 등은 시나가와까지 행군했다.

'시나가와 앞바다'라고 통칭하는 것은, 후일의 도쿄 만이다. 거기에 군함이 정박해 있다.

준도마루(順動丸)라고 한다. 막부의 군함들 중에서도 가장 오래 된 것이며, 분큐 원년(1861) 영국에서 진주하여 이듬해, 요코하마에 들어온 것을 막부가 샀다. 시운전은 가쓰 가이슈가 했는데 가나가와 앞바다에서 몰고 다녔다.

철판을 입힌 배였다. 외륜선(外輪船)으로, 360마력에, 405톤짜리였다. 막부에서는 이 배를 주로 장군의 전용함으로 삼았다.

이튿날 아침, 번주 다다노리를 모시고 쓰기노스케 등은 배에 올랐다. 쓰기노스케는 나가사키에서 이런 증기선을 견학한 적이 있었으나, 번주 이하 모두 신기하게 생각하고

"저것은 무엇입니까?"

승무원인 막부 사관에게 자꾸 설명을 요구했다.

오후 한시, 출범했다.

"저 깃발은 뭡니까?"

마스트에 나부끼고 있는 낯선 모양의 깃발을 젊은 번사가 가리켰다.

"어느 깃발 말인가?"

쓰기노스케는 귀찮은 듯이 쳐다보았다. 거기에 히노마루(해)가 나부끼고 있었다.

"저건 일본국 정부의 공식 선기(船旗)야."

쓰기노스케는 설명해 주었다.

"일본국의 표지라고 할 수 있지."

"허어, 저게 일본국의"

다른 번사도 신기한 듯이 쳐다보았다.

"군선(軍扇) 표지와 비슷하군요."

한 사람이 말했다.

과연, 군선의 디자인이다. 겐페이 시대, 야시마(屋島)의 바다에서 나이라가에서 한 척의 배를 띄워 거기에 막대기를 세우고 그 끝에 군선을 꽂아 미나모토에게 '이것을 쏘라'고 했다. 미나모토의 기마 무장 나스 요이치(那須余一)가 말을 타고 바다로 들어가 활을 쏘아 보기 좋게 맞혔다. 그때의 군선이 이 히노마루의 의장(意匠)이었다. 일본인은 상당히 오래 전부터 이 디자인을 좋아하여 사용하고 있었던 모양이다.

도요토미 히데요시의 조선 출병 때도 일본군의 배 표지로서 이것이 사용되었다. 육상에서도 사용된 예가 있다. 후에 오사카 전투 때 유명해진 반 단에몬(塙團右衛門)은 조선 전쟁 때는 가토 요시아키라(加藤嘉明)의 하사였는데, 몸이 크다고 해서 히노마루를 들고 다니는 사람으로 뽑혔다. 그는 깃대를 몸에 묶고 진두에 섰다.

막부가 안세이 조약으로 여러 외국과 국교를 시작했을 때, 국제법상의 선기(船旗)를 만들어야 했다. 그때 사쓰마 번주 시마즈 나리아키라가 막부에

건의하여 이 깃발을 일본의 정식 선기로 삼게 되었다.
　이 때문에 지금은 막부의 기장(旗章)처럼 사용되고 있다. 각 번은 일장기 사용이 허용되지 않고, 선기도 저마다 번기를 사용하고 있었다.
　군함은 순풍 속을 서쪽으로 나아갔다.

　'어군함' 준도마루(順動丸)는 이 무렵, 에도, 교토, 오사카 간에 막부의 고관을 실어 나르는 편선(便船)이 되어 있었다. 지금도 그렇다. 집정관(각료)이 두 사람 타고 있었다. 이나바 효부(稲葉兵部)와 마쓰다이라 누이(松平縫殿)였다.
　"집정관에게 실례가 되지 않도록."
　쓰기노스케는 출범 직후 번사 일동을 모아 주의시켰다. 그 뒤 이마무라 사노스케(今村佐之助)라는 젊은 번사가
　"아무 것도 몰라서 부끄럽습니다만, 그 두 분은 어느 번의 번주입니까?"
　물었다. 집정관은 누대 영주가 아니면 할 수 없으며, 그러기에 세습 관명을 물으면, 아아, 그곳 번주구나, 하고 짐작이 간다. 그러나 지금 두 집정관은 암만해도 처음 듣는 이름이다.
　"무감(武鑑)을 펼쳐 봐."
　"가와이님도 모르십니까?"
　"모른다."
　쓰기노스케는 웃지도 않고 말했다. 일동도 웃지 않는다. 누군가가 조그마한 휴대용 무감을 보따리에서 꺼냈다. 무감이란 매년 민간 서점에서 발행되는 영주의 신사록(紳士錄)이다. 여러 영주의 성명, 본국, 거성, 녹봉, 관위, 가계, 상속, 부인, 문장, 깃발 표지, 중신명 등이 게재되어 있다.
　"아아, 알았습니다."
　이나바 효부 아와 국(安房國) 다테야마(館山) 1만 1,000섬
　마쓰다이라 누이 시나노 국(信濃國) 다노쿠치(田野口) 1만 6,000섬.
　'소록(小祿)이군.'
　쓰기노스케는 놀랐다.
　집정관이란 누대 영주라고 다 될 수 있는 것은 아니고, 관례로 보아 5만 섬에서 10만 섬 정도의 번주가 되는 것이 관례이다. 1만 섬이 될까 말까한 영주가 된 예는 전(全) 도쿠가와 시대를 통해서 과거에 꼭 한 번 있었을 뿐

이다.

"난세란 말이야."

쓰기노스케는 말했다.

즉, 도쿠가와 집안이 위기에 처해 있다. 이 위기의 정국을 담당하는 것은 평화시대의 멍텅구리 영주로는 안 되며, 인재라야 한다. 그 인재를 찾자면 등용 기준의 테두리를 넓혀야 하고, 가문 등을 까다롭게 따질 수도 없게 된 모양이다.

'막부가 얼마나 쇠약해졌는가, 이것만 보아도 알 수 있다. 다급한 거야.'

"그렇다 치더라도."

젊은 번사가 말했다.

"보기 드문 가문의 분이 집정관을 하고 계시는군요."

"그래, 선대의 금병풍이나 둘러치고 있는 그런 사람만으로는 부족하거든."

"그렇다 치더라도."

"아니, 그대가 불평을 늘어놓을 이유는 없잖느냐."

쓰기노스케는 웃으며 말했다.

"나도 중신이야."

좀 무섭게 울리는 소리를 냈다. 필자가 말하려던 것을 잊었지만, 이번에 교토 오사카로 올라오게 되면서 가와이 쓰기노스케는 중신으로 승진했다.

"불과 100섬 남짓한 가문의 인간이 중신 노릇을 할 수 있는 시대란, 한 나라 한 천하로 봐서는 그다지 행복한 시기가 못될걸."

쓰기노스케에게는 사관실이 배당되었다. 승무관들과 함께였다.

"따분하시지요?"

사관들은 쓰기노스케를 볼 때마다 말을 건네고 지나간다. 쓰기노스케는 종일 의자 위에 책상다리를 하고 앉아 담뱃대를 물고 연기를 들이켰다. 무척이나 따분하게 보이는 모양이었다.

'따분하기는커녕.'

쓰기노스케는 책상 너머의 선창으로 바다를 바라보는 것만으로 시간을 보내고 있었는데, 그것이 별로 따분하지가 않았다. 머릿속에 온갖 상념이 떠올라 그것만으로도 충분했다.

배의 고급 사관 마쓰오카 반키치(松岡盤吉)라는 사람이 쓰기노스케에 흥미를 느낀 듯, 낮에 근무의 여가를 보아서는 찾아와서 말벗이 되어 주었다.

쓰기노스케도 이 인물에 흥미를 느꼈다.

'제법 용감한 사나이 같군.'

그렇게 생각한 것은, 마쓰오카가 상투를 틀지 않고 양발(洋髮)을 하고 있었기 때문이었다. 검은 프록코트 같은 것을 입고, 소매 끝에 세 가닥의 금줄을 달았다. 나이는 30이 넘었을까.

아무튼 이 사나이의 양발만은 목숨을 건 행동일 것이다. 왜냐하면 이런 머리로 에도나 오사카를 걸어다니면, 양이 낭사들이——근왕파 좌막파(佐幕派)를 막론하고——눈에 쌍심지를 돋우고 베어 죽이려 덤빌 것이 틀림없다.

——꼴사나운 오랑캐의 흉내를 내느냐!

"제 머리 말입니까?"

마쓰오카는 젊은 나이에 비해 여유 있는 미소를 띠우면서 천천히 고개를 끄덕였다.

"수송선 조요마루(朝陽丸)를 타고 있을 땝니다만, 마침 금문 사변(禁門事變) 뒤였는데 한번은 교토로 올라가고 싶었습니다. 그것이 실수였지요. 복장은 바꾸었지만."

마쓰오카는, 양복을 배에 벗어 놓고 일본옷으로 갈아입고는 그 개피떡 같은 납작한 검은 니라야마 삿갓으로 머리를 덮고 교토 거리 구경을 나갔다. 데라 거리(寺町)에서 너무 더워 이마의 땀을 닦으려고 무심코 그만 삿갓을 벗었을 때, 머리 모양이 남의 눈에 띄고 말았다.

"나쁜 녀석들에게 들켜 버렸지요. 글쎄, 신센조(新選組)의 순찰대가 아니겠습니까."

"그래서 어떻게 했습니까?"

"게 섰거라, 하고 녀석들이 소리치며 달려오더군요."

그래서 다급해진 마쓰오카는, 나는 막부의 신하다, 군함 담당의 마쓰오카 반키치다, 하고 말했지만, 그들은 듣지 않더라는 것이다.

"막부의 신하고 뭐고 없다."

막부의 신하건 누구건, 양인의 본을 보는 놈은 양이와 다름없으니 천벌을 가한다는 것이다.

"아하하하, 달아났지요. 놈들과 말을 주고받아 봐야 소용이 없거든요."

또 오사카에서는 사쓰마 번사에게 하마터면 느닷없이 칼질을 당할 뻔했다고 한다. 양발 모습으로 오사카의 미도(御堂)거리를 걸어가고 있자니까, 얼른 보기에 사쓰마 사람임을 알 수 있는 사나이가 등 뒤에서 성큼성큼 다가와 앞지르더니 홱 돌아서며 느닷없이 칼을 뽑아 쳐들어왔다. 사쓰마인들이 장기로 삼는 살인법이다. 마쓰오카는 날쌔게 피했지만 오른쪽 뺨을 살짝 베고 말았다.

"보십시오, 여기 상처가 있잖습니까?"

마쓰오카는 보여 주었다. 이것으로 보더라도, 양이에 대한 태도는 신센조도 사쓰마인도 다를 것이 없다.

"그러나 사쓰마의 간악함은"

마쓰오카는 별안간 중요한 화제로 들어갔다.

──사쓰마인은 간악하다.

그것이 사쓰마 번과 같은 경향을 띠고 있는 조슈 번의 비난이었고, 동시에 막부와 막부 지지파 여러 번이 다 같이 느끼고 있는 분노였다.

"사쓰마인에게 속지 말라."

이 말은 교토 정계의 모든 입장에 있는 사람들의 암호처럼 되어 있었다. 그렇다고 사쓰마인 그 자체가 권모술수에 능한 성격을 가졌다는 것은 아니다. 원래의 성격 그대로 보면 사쓰마 사람들은 쾌활하고 단순하고 꿋꿋한 특성을 지녔으며, 오히려 조슈 도사 아이즈 사람들의 생각이 훨씬 복잡할는지도 모른다.

그런데 사쓰마의 움직임은 다르다. 번 자체를 두고 말하면, 혁명파인 조슈나 현상 유지파인 아이즈는 어린 아이처럼 단순한 데가 있었다. 조슈 인들은 어린 아이보다 못하다고 해도 과언이 아니다.

분큐 3년(1863) 여름, 조슈는 궁정을 좌지우지하여 그 기세를 그대로 밀고 나가 도막으로 내닫자고 했다.

──조슈와 손을 잡을 수 없다. 조슈와 함께 내달으면 그들이 먼저 뛰고 있기 때문에 결국 사쓰마는 따라가는 입장으로 떨어지고 만다.

그때 사쓰마 번이 이렇게 판단한 것은 교토에 상주하여 사쓰마의 외교권을 쥐고 있는 사이고 다카모리였다.

사이고는 이 무렵, 고향에 있는 오쿠보 도시미치에게 편지를 보냈다.

"조슈를 지금처럼 우쭐하게 내버려 둔다면 우리 사쓰마 번의 장래에 좋지 않다."

 사이고는 혁명 정권 수립 후까지를 내다보고 사쓰마 번이 취할 조치를 정해 놓고 있었다.

 ——지금 조슈를 때려눕힐 필요가 있다.

 이렇게 생각하고 사이고는 막부 지지의 극단파라고 할 수 있는 아이즈 번과 손을 잡고 밀약을 맺어, 하룻밤 새에 궁정 문을 닫고는 주변을 아이즈, 사쓰마 양번의 번병이 경비하는 가운데 궁정 쿠데타를 일으켜서 조슈계의 공경들을 축출해 버렸다. 조슈인들이 놀라서 달려왔으나 문 안에 들여놓지 않고 칙명을 내세워 쫓아 버렸다. 분큐 3년의 '금문의 정변'이라는 것이 그것이며, 유명한 칠경(七卿) 낙향이라는 것이 바로 이것이다.

 이듬해인 겐지(元治) 원년(1864), 여름에 조슈 병이 교토에 쳐들어갔다. 이른바 하마구리 궁문(蛤宮門)의 변이다. 이때 사쓰마 번은 막부군과 손잡고 사이고 스스로 군을 지휘하여 조슈 군을 교토에서 격퇴해 버렸다.

 "조슈를 오슈(奧州) 근처로 옮겨서 5만 섬 정도로 만들어 버리면 어떨까?"

 이때 사이고는 이런 건의를 하여 절반쯤 채택되었었다. 그러면서도 사이고는 한편에서 하마구리 궁문의 변때 잡힌 조슈 포로들을 우대했으며, 막부가 제 2차 조슈 정벌에 착수했을 때는 이렇게 말했다.

 "정벌은 안 된다. 조슈 번을 용서해 주어야 한다."

 거꾸로 막부에 대들고, 출병을 거부하여 음으로 양으로 조슈를 위해서 힘을 쓰기 시작했다. 조슈에 은혜를 입혀 놓으려 했던 것이다. 사이고로서는 조슈를 여기까지 두들겨 준 이상, 이제 사쓰마와 어깨를 나란히 할 힘은 없겠지, 하고 생각한 것이다. 그렇다고 조슈 번의 숨을 끊어 버려서는 앞으로 올 막부 토벌전 때 곤란하다. 괴롭히고 약화시켜 죽이지 않고 자기편으로 만든다는 책략이었던 것이다.

 조슈인은 당연히 그러한 사쓰마 외교의 과격함을 증오했으며, 조슈의 다카스기 신사쿠(高杉晋作)나 가쓰라 고고로(桂小五郎) 등은 사이고의 수법을 눈치 채고 피눈물을 흘렸다.

 그 조슈와 사쓰마가 아무래도 최근에 몰래 손을 잡은 모양이다. 막부 토벌이라는 하나의 목적을 위해서였다.

"나는 해군이라서 말입니다."

마쓰오카 반키치는 말했다.

"언제나 바다에 있습니다. 그래서 오히려 육지의 일이 잘 보이는 느낌입니다."

"그렇겠군."

쓰기노스케는 무릎을 쳤다. 바다에 있으면 육지의 풍운이나 정정(政情) 등의 주름 한 가닥, 털구멍 한 개의 자질구레한 것까지는 알 수 없지만, 그런 만큼 근시안이 되지 않는다. 멀리 볼 수 있고, 거시적(巨視的)이 되며, 사물의 본질을 파악하기 쉽다. 과연 그렇겠구나, 하고 쓰기노스케는 재미있어했다.

쓰기노스케가 생각건대, 인간에게 필요한 것은 시각을 바꾸는 일이며, 남의 시각에 흥미를 갖는 일이다. 그런 흥미로 쓰기노스케는 마쓰오카의 시각에 귀를 기울였다.

"사쓰마 조슈가 주창하는 양이는 거짓말입니다."

마쓰오카는 말한다.

양이, 외국을 몰아내는 것, 이 이념은 가에이(嘉永) 6년(1853)의 페리 내항 이래 천하 재야(在野)의 최고의 정의였다. 막부 당국은 열강의 위압으로 일본의 일부 항구를 열고, 그 항구를 중심으로 외국 무역을 시작했으나, 이 막부의 태도에 대해 천하의 지사들은 모두 들고 일어나 반대하고 양이의 기세를 울렸다. 막부의 대들보를 뒤흔드는 일본 사상 최대의 에너지였다고 해도 과언이 아니다.

양이 여론의 급선봉은 전 천황(고메이 천황)이었다. 자연 '존왕양이'라는 말이 생겼다. 왕을 존중하는 것과 외인을 쫓아내는 것이었다. 천하의 지사들이 교토에 모여, 교토를 배경 삼아 천황을 떠받듦으로써 에도 정부에 대항했다.

나중에 개국주의화한 이른바 사현후(四賢侯)들도 처음에는 과격한 양이론자들이었으며, 그들은 양이의 간토 본산이라고도 할 미토 번의 도쿠가와 나리아키(德川齊昭)를 중심으로 막부 내각에 작용했다.

이 재야 운동에 일대 철추를 내린 것이 최고 집정관 이이 나오스케의 안세이 대옥이다. 이것으로 양이론은 한때 숨을 죽였다. 그런데 이이가 사쿠라다 문 밖에서 살해되고부터 다시 활발해져서 국민운동의 양상을 띠기 시작했다. 무사뿐 아니라 농민, 상인에 이르기까지 낭인의 모습으로 교토와 천하를 횡행하기 시작하여, 마침내 '양이쟁이'라는 말까지 나타났다. 도둑이 양이 지사로 둔갑하여 상가에 쳐들어가서 이른바 어용 도둑질을 한다. 거기까지 일반화한 것이다.

번으로는 조슈 번 전체가 양이의 불덩어리가 되어, 분큐 연간에는 마치 이 번이 교토를 점령한 것 같은 느낌마저 있었다.

"그러나 그들은 깨닫기 시작했지요."

그들이란 반막주의(反幕主義)의 사쓰마, 조슈 두 번의 지도자들을 말한다. 서양의 과학과 병기, 병제가 좋다는 것을 깨달은 것이다. 양이의 주동 번인 이 두 번이 가장 빨리 양식화했다.

"그런데 두 번은 양이의 깃발은 내리지 않습니다."

마쓰오카 반키치는 말한다. 두 번은 양이, 양이 하고 큰 소리로 외쳐댐으로써 천하의 여론을 휘젓고, 막부를 뒤흔들어 기어이 쓰러뜨려, 쓰러지자마자 곧 개국(開國)하려 하고 있는 것이다.

"사쓰마, 조슈의 아랫사람들은 그야 모르고 있지요. 우두머리들은 그런 속셈입니다."

마쓰오카는 막부의 고관을 태우고 에도와 오사카를 왕복하고 있고, 요코하마의 외국 신문도 읽는다. 그래서 새로운 정보에 밝다.

"멀어지면 잘 보인다."

이렇게 말하는 마쓰오카 반키치는, 그러기에 육지에 있는 우리가 놀랄 만큼 정확한 관찰을 하고 있는 것 같았다.

확실히 사쓰마, 조슈의 지도자들은 '양이'를 신봉하지도 않고, 진심에서 우러나는 소리도 아니다. 본심은 양이 실행이라는 전고(戰鼓)를 울리면서 막부에 대들었다.

──막부는 양이를 실행하지 않는다, 칙명을 어기고 있다.

이런 구실로 막부를 넘어뜨리고, 그 뒤에 수립할 새 정부에서는 즉각 양이를 버리고 개국으로 전환하자는 것이었다. 혁명은 항상 권모와 책략에 차 있다. 말하자면 거대한 음모라고 할 수 있을 것이다.

예가 있다.

'아리마옹(有馬翁)'이라는 사쓰마 지사는 다이쇼(大正) 시대까지 장수한 사람이다. 메이지 후의 이름은 스미오(純雄)라고 했으며, 메이지 이전에는 '도타(藤太)'라는 이름으로 활약했다. 사이고의 측근으로서 정치보다 군사에 능하고, 관군의 동쪽 정벌 때는 군의 부참모로서 활약했다. 간토의 나가레야마(流山)에서 곤도 이사미(近藤勇)를 잡은 것으로도 유명하다.

이 사람이 쓰기노스케의 이 무렵, 가고시마(鹿兒島)에서 군대를 이끌고 교토에 올라와 있었다.

"드디어 양이를 하는 모양이지?"

동료 나카무라 한지로(中村半次郎 : 기리노 도시아키)에게 물었다. 나카무라는 묘한 표정으로 대답한다.

"아니, 하는 건 토막이야. 양이는 안 해."

아리마는 놀라면서 반문했다.

"그게 무슨 뜻이야?"

나카무라는 말했다.

"난 어려운 건 몰라. 극히 최근에 사이고 선생한테 그런 말을 들었지. 그렇구나, 넌 아직 못 들었구나. 그렇다면 내일 직접 물어 봐."

아리마 도타가 그 다음날 사이고를 찾아가서 질문했다.

"아아, 너한테는 아직 말 안했구나."

말하면서 사이고는 이렇게 그 속뜻을 설명했다.

"양이라는 건 수단이야. 막부를 쓰러뜨릴 구실이란 말이야."

아리마옹은 회고하면서 이렇게 말하고 있다.

"여기서 비로소 다년간의 의문이 풀리고, 양이라는 것은 하지 않는 것인 줄 알았다."

하루아침에 자기 사상을 버리는 점, 사쓰마인이 사이고에게 심복하고 있는 모습을 알 수 있는 한편, 하부(下部)의 실천가라는 것은 대체로 이 정도의 것인 모양이다. 아울러 아리마옹의 기억으로는, 사이고, 오쿠보와 비밀맹약의 사이였던 이와쿠라 도모미(岩倉具視)조차 양이를 버린다는 이 비밀은 듣지 못하고 있었던 것 같다고 한다.

쓰기노스케가 타고 있는 준도마루는 서쪽으로 항해를 계속하고 있다.

"잘 하면 사흘 만에 간다."

이렇게 말했으나 사흘째도 여전히 구마노 여울(熊野灘)의 풍랑 속에 있었다.

거의 모두가 뱃멀미를 앓고 쓰러졌으며, 개중에도 젊은 번주 다다노리는 허약한 탓인지 제일 심해서 구토가 끊이지 않아 괴로워 보였다. 쓰기노스케는 계속 그 곁에 붙어서 간호했다.

"쓰기노스케, 아직도 그대는 뱃멀미를 하지 않느냐?"

다다노리는 그만 쓰기노스케가 멀쩡한 것이 원망스럽기조차 한 모양이다. 그러나 실은 쓰기노스케도 뱃멀미를 하고 있었다. 그는 배를 탄 후 식사를 두 번 했을 뿐, 그 뒤는 아무 것도 먹지 못했다. 그러면서도 이 사나이는 안간힘을 쓰며 자기를 지탱하고 있었다.

나흘째, 오사카 덴포 산 앞바다로 들어갔다.

벌써 12월 초인데도, 오사카 지방은 거짓말 같이 따뜻하다.

"에치고와는 다르구나."

나가오카 번사들은 상륙하자마자 이구동성으로 말했다. 몇 사람을 제외한 나머지 전원이 교토 오사카 지방의 경치를 보는 것은 이번이 처음이다. '겨울에도 하늘이 파랗다'는 것은 그들의 놀라움이었다. 당연한 일이지만, 겨울이 되면 납빛 하늘과 눈 벽 속에 파묻혀 사는 그들의 고향에 비하면, 어쩌면 이렇게 햇살이 맑은 태평스러운 천지가 있을까!

덴포 산 항구서부터는 배로 강을 거슬러 올라가 시가로 들어가는 방법이 있지만, 나가오카 번병은 번주와 더불어 육로를 취했다. 쓰기노스케는 말을 타고 선두에 섰다.

'에치고병이 일군을 이루어 오사카에 들어가는 것은, 도요토미 시대에 우에스기 무사가 오사카 성 밑 거리에 있던 시절부터 약 300년 만이 되겠구나.'

이렇게 생각했다. 생각이 자꾸만 살벌해지는 것은, 이 오사카에 막부를 지지하는 여러 번병들이 가득 찬 탓인지도 모른다.

'아니야, 오사카 전쟁 때도 에치고군은 왔었지.'

쓰기노스케는 생각을 고쳤다.

에치고 우에스기군은 세키가하라의 단계에서는 에도의 도쿠가와에게 대항했지만, 그 후 도쿠가와 휘하로 들어가 오사카 전쟁 때는 오사카 성의 공격에 참가했다.

쓰기노스케가 기억하는 바로는 이때의 우에스기 진지는 성 동쪽의 시기노

(鴫野)였다.

장소는 약간 둔덕진 경사지이며, 전방에 히라노 강(平野川)과 네코마 강(猫間川)이 각각 북으로 흐르고 그 너머에 오사카 성이 있다.

개전 직전, 주장 우에스기 가게카쓰(上杉景勝)는 전 번병들이 왼쪽 무릎을 세우고 풀 위에 앉혀 적성을 쏘아보게 했다. 이것이 겐신 이래의 우에스기 병법이다. 잡병에 이르기까지 몸을 움직이지 않는다. 미동조차 허용되지 않는다. 사사로운 말도 금지된다. 끽소리도 내면 안 된다. 부동과 침묵 속에서 무서운 기(氣)를 비축시키는 것이다.

이때 본진의 이에야스한테서 직속 무사 한 사람이 전령으로서 달려왔다. 화살막이를 입은 무사로, 마상 명령을 전하는 역할이다.

"우에스기님——"

마상에서 불렀으나, 가게카쓰는 대장 걸상에 앉은 채 돌아보지도 않는다. 다른 자도 꼼짝 않고 조각처럼 앉아 있다.

"주군의 전갈이오. 잘 들으시오. 어쩌면, 귀머거리가 되셨소."

마상의 도쿠가와 직속 무사는 소리쳤으나, 우에스기군은 꼼짝도 않고, 가게카쓰도 말이 없다.

"두고 봅시다."

마침내 직속 무사는 화가 나서 이렇게 말하고는 달려가 버렸다. 직속 무사는 곧장 이에야스에게 달려가서 이 사실을 고했다. 이에야스는 화를 내지 않고 말했다.

"그것이 겐신 이래의 진법이라는 게다."

쓰기노스케는 이 이야기를 좋아했다. 항상 남에게도 말하길 좋아했다.

"병은 그런 병이라야 강한 거야. 나는 눈을 감으면, 심산처럼 고요한 우에스기 진지에서 바람에 펄럭이는 깃발 소리가 들려오는 것 같은 느낌이 든다."

쓰기노스케 일행은 오사카 성안의 집을 빌려 숙소로 삼았다.

오사카는 막부병의 노기(怒氣)로 들끓는 것 같다. 2만은 되는 것 같다.

——아니, 5만이다.

이런 말도 있다. 어쨌든 상인의 도시인 오사카에 이만큼의 무장병이 주둔하였다. 막부병이라고 해도 직속 무사뿐이 아니며, 여러 번의 병사들이 많다. 오사카는 조슈 정벌의 대본영이었기 때문에, 그 일로 동원된 병정들이었다. 말하자면 야전용 군대로 총도 포도 화약도 모두 갖고 있어서, 이 때문에 그렇지 않아도 모두 흥분된 상태였다. 거기에 교토의 놀랄 만한 정보가 잇달아 들어온다.

"대정 봉환이라니, 그런 엉터리 같은 얘기가 어딨어."

그들은 그런 말을 하며 떠들었다. 생각할 수 없는 일이었다. 시조(始祖) 이에야스가 장악한 천하의 권한을 그냥 궁정 벽 안에다 던져넣다니 그게 무슨 말인가? 동서고금을 막론하고 권력의 교대에는 대상(代償)으로 싸움이 필요하며, 그것을 하기 위해서 오사카에 이만한 막부병이 주둔하고 있는 것이다. 교토의 사쓰마 조슈인이 아무리 횡포하다고 하더라도, 그 병력은 10분의 1밖에 안될 것이다.

즉시 개전하자는 소리가 드높았다. 그 소리를 오사카에 있는 막부 고관들은 극력 눌렀다.

가장 격렬한 소리로 내는 이런 의견조차 있었다.

"요시노부공을 밀어내라."

요시노부를 끌어내려 다른 공자를 도쿠가와 집안의 주인으로 앉히자는 것이다.

"만일 요시노부 공이 듣지 않을 때는 비상수단도 불사한다."

급기야는 이런 소리까지 나왔다. 죽인다는 뜻이다.

그 시국의 천 냥짜리 배우라고 할 수 있는 요시노부는 교토에 있었다. 니조 성(二條城)에 상주하여 움직이지 않는다. 형세를 보고 있는 것이다.

"사쓰마나 그 계통의 공경들은 어떻게 나올 것인가?"

요시노부는 주시하고 있다. 요시노부가 보는 바로는, 정권을 궁정 벽 안에 던져 넣어줘도 그 공경들은 곤란할 것이라는 것이었다. 지금도 사실상 공경들은 당황하고 있다.

"무리한 짓이다."

이렇게 떠드는 공경도 있다. 정권을 공경에게 넘겨줘 봐야 어떻게 할 수도 없다. 교토의 공경 집단에게는 일본 정부로서의 능력 따위는, 조금도 없는 것이다.

──거절하자.

이런 의견마저 나와서 헛되이 떠들었으나, 도사번의 고토 쇼지로(後藤象

二郎), 사쓰마 번의 고마쓰 다테와키(小松帶刀) 등이 공경 가운데서 유력자를 설득하여 거의 협박하듯이 승낙시켰다.

"아무튼 간에 받으십시오. 그것도 되도록 빨리. 일은 시급합니다."

도사의 고토는 사카모토 료마와 더불어 이 대정 봉환을 도쿠가와 측에 설득하여 요시노부로 하여금 간신히 응낙시켰으니만큼 정작 받는 측에서 당황해서야 곤란한 것이다.

요시노부는 대정 봉환 때 여론이 거칠어질 것을 두려워하여 이례적인 수단을 썼다. 2월 13일, 재경(在京) 여러 번의 중역들을 니조 성에 소집하여, 장군의 입으로 설명한 것이다. 이 형식은 300년의 관습을 깨는 것이었다.

장군 배알권은 영주나 직속 무사밖에 없다. 그런데 요시노부는 배신(陪臣)인 여러 번의 번사를 불러 직접 설명한 것이다.

모두 아연해진 모양이다. 요시노부가 물러가자 모두 떠들기 시작했다.

그 소동은 쓰기노스케가 오사카에 도착할 무렵에는 더 심각해져서, 정세는 언제 불을 뿜을지 모를 상황이 되어 있었다.

막부 말은 일본의 영웅시대일 것이다. 낡은 질서가 요란스레 소리 내어 무너져 갈 때, 그 솟아오르는 붕괴의 먼지 속에 뛰어다니는 것은, 평화롭고 질서 있는 안정기의 가정인(家庭人)들이 아니다. 일반인조차 영웅의 용모를 띠고 있을 것이다.

제 15대 장군 도쿠가와 요시노부도 예외는 아니다. 그 수려한 용모와, 준민(俊敏)한 두뇌를 가진 인물은, 이미 영웅적인 기개를 갖고 있었다. 300년의 정권을 싸움터에서가 아니라 방안에 앉아서 버렸다는 것 하나만 보더라도, 그 기개는 평범한 것이 아니다. 그러나 요시노부는 단순히 버리려는 것은 아니었다.

'당연히 조정은 이 거대한 집을 다루지 못해 애를 먹을 것이 틀림없다.'

그는 이렇게 보았다. 여태까지 조정——공경들——은 막부가 하는 일에 일일이 트집을 잡고, 지사들에게 선동되어 물귀신처럼 막부 정치의 침로(針路)를 막아서고, 키에 매달려서, 막부를 거의 꼼짝도 못하게 만들어 왔다.

——외국과 전쟁을 하라.

조정은 이렇게 말한다. 그것이 양이의 칙명이라는 것이며, 한때 전성기를 누렸던 조슈계 지사들은 조정의 위신을 빌려 이 칙명으로 막부를 철저히 못

살게 굴었다.

 요시노부의 입장에서 보면, 정권이라는 큰 짐을 내던질 수밖에 도리가 없었다.

 "비판이나 비난은 하기 쉽다. 그렇게까지 말한다면 자신이 한 번 해봐라."
 이것이 그의 책략이었다. 조정 앞에 공손히 엎드려 '봉환'한 것이 아니다.
 "두고 봐라, 울상을 짓고 말 테니까."
 요시노부는 이렇게 보았다.

 그리고 또 그에게는 명쾌한 관측이 있었다. 아마 조정 측에서 애걸복걸해 올 것이 틀림없다.

──다시 한 번 맡아다오.

 다만 한다고 하더라도 지금까지 해 온 '막부 정치'의 형식으로는 일본 국가가 이제 하루도 운영되지 못한다.

 요시노부의 복안으로는, 천황을 신성 군주로서 위에 받들면서, 일본을 연방 국가(300 제후에 의한)로 만들어, 적당한 대의원을 각 번에서 내게 하고, 요시노부 자신은 그 의정 정체(議政體)의 최고 운영자가 되는 것이다. 수상이라는 이름이라도 좋고, 의장이라도 좋다.

 '틀림없이 애원해 온다. 그때는 그런 개조안을 내놓고, 여전히 이 나라의 실권을 도쿠가와 집안에서 쥐자.'

 이렇게 생각했다. 이것은 최고 집정관(수상)인 이타쿠라 가쓰키요(板倉勝靜)에게도 귀띔해 놓았고, 교토에서 도쿠가와 집안을 지키는 최대 세력인 아이즈 번주 마쓰다이라 가타모리에게도 말했다. 이 두 사람은 요시노부의 안을 납득했기 때문에 그의 대정 봉환에 반대하지 않았던 것이다. 그런데 상대는 바보가 아니었다. 상대는 사쓰마의 사이고 다카모리와 오쿠보 도시미치였다. 특히 오쿠보와 공경 이와쿠라 도모미가 조정의 책동자였다.

 그들은 그 수에 말려들지 않았다.

──잘됐다.

 요시노부가 대정 봉환을 하자 다음 수를 썼다. 요시노부를 조정에 부르지 않고, 모든 중요 회의에서 일본의 최고관인 이 사나이를 제쳐놓아 버렸던 것이다. 요시노부의 계산은 빗나갔다.

 정세에 관한 이야기를 계속한다.

소궁전 회의에 관한 것이다. 이 회의가 천하의 막부 지지당을 얼마나 격분시켰는지, 형용 못할 정도였다.

때는 게이오 3년(1867) 12월 9일이며, 쓰기노스케는 이미 오사카에 도착해서 교토 오사카의 정세를 파악하려고 애를 쓰고 있을 무렵이었다.

"그게 사실이야?"

쓰기노스케조차 이 소식을 들은 뒤 쉽게 믿지 못하다가 이윽고 사실이라는 것을 알자, 말을 못하고 노여움에 얼굴이 새파랗게 질려 버렸다.

이 날, 어린 천황에 의해서 '왕정복고(王政復古)의 대호령'이 내려 새 관제가 정해졌다. 교토 정부의 최고관은 총재라고 불렸는데, 이것은 도쿠가와 요시노부가 아니다. 아리스가와노미야(有栖川宮)였다.

총재 아래 '의정(議定)'이라는 각료 둘이 있다. 이 가운데 다섯 명은 황족과 공경들이고, 나머지 다섯 명은 영주들이었다.

영주는 오와리 도쿠가와, 에치젠 마쓰다이라, 그리고 게이슈 히로시마의 아사노, 도사의 야마노우치, 사쓰마의 시마즈 같은 번주들이다. 이 속에도 도쿠가와 요시노부의 이름은 없다.

각료 아래 '참여(參與)'라고 하여 차관급 중역들이 앉는다. 이것이 실력자들이었다. 사쓰마, 도사, 게이슈, 에치젠, 오와리의 다섯 번에서 저마다 세 사람씩 나온다. 사이고 다카모리, 오쿠보 도시미치 등이 이 '참여'이다.

"이건 대체 뭐야?"

요시노부는 생각했다. 자진하여 대정을 봉환한 요시노부야말로 이 나라의 공적(功績) 제일인자이며, 그 전력이나 식견으로 보아 마땅히 이 새 정부의 멤버에 끼어 있어야 한다.

이 날, 저녁때부터 궁궐의 소궁전에서 철야 회의가 열렸다. 궁궐의 여러 문은 다섯 번의 병사들로 경비되고, 반대파(특히 아이즈 번)의 습격을 예상하여 대포까지 준비되어 있었다. 회의는 철저한 경비 태세 아래서 열렸다.

그 의제가 무시무시하다.

"도쿠가와 요시노부는 죄인이다."

이런 해석이 내려졌다. 사쓰마 번과 이와쿠라 도모미가 내놓은 소수 제안이었다.

"그러므로 관위를 조정에 반환하고 평민이 되라. 그 직할령도 반납하라."

다른 영주는 영지를 반납하지 않고 있는데 유독 도쿠가와 집안만 그렇게 하라는 것이다.

"만일 도쿠가와 요시노부가 이에 승복하지 않을 때는 조적(朝敵)으로서 토벌한다."

도리고 뭐고 없다. 요컨대 도전이다. 도쿠가와 집안을 무력으로 토벌하기 위한 구실이었다.

이에 대해서 도사의 야마노우치 요도는 두 눈에 노기를 띠고 반대론을 폈으나, 새벽녘에는 마침내 침묵하지 않을 수 없었다.

도리고 뭐고 없다고 했지만, 혁명파에는 현실적인 이유가 있다. 새 정부는 무일푼으로 발족했다. 그것이 정부다운 실력을 가지려면 도쿠가와 집안의 토지, 돈, 군함, 그밖에 모든 것을 빼앗지 않으면 안 된다. 그런 절실한 현실을 위해서는 도둑 못지않는 이유도 대야 한다.

요시노부는 니조 성에 있었다. 그는 아무 소리 없이 생각하고, 그대로 얌전히 관위만은 버렸다. 그러나 영지는 버릴 수 없다.

"수많은 직속 무사들은 내일부터 길거리에 나앉게 됩니다."

그러고는, 잠시 생각할 시간을 달라고 부탁했다. 이동안 교토에 있는 아이즈, 구와나(桑名) 두 번의 격분은 극도에 달했다.

도쿠가와 요시노부만한 지략가는 이 권모의 시대에도 드물었다고 해도 과언이 아니다. 그의 반대 세력인 조슈 사람들은 이렇게 평하며 두려워했다.

"이에야스의 재래(再來)가 아닌가?"

요시노부는 소궁전 회의 이전에는 시국을 자기 손으로 수습할 자신이 있었다. 즉 정권을 내던지고 그 공으로 조정에 들어앉아 새 정부를 손수 수립한다. 그 실력 기반으로서는 도쿠가와 세력이 있다. 게다가 프랑스의 원조 약속을 받아 놓고 있었다. 프랑스는 막부 가신인 오구리 다다마사(小栗忠順)에게 말했다.

"도쿠가와 집안의 손으로 통일 정부를 만드십시오. 그 원조는 프랑스가 하겠습니다. 먼저 조슈를 공격하여 이를 무너뜨리십시오. 이어 사쓰마, 도사를 멸망시키고 다시 300 제후를 없애 버리십시오. 즉 봉건체를 그만두는 것입니다. 그 뒤에 도쿠가와 집안을 중심으로 하는 중앙 정권제를 수립하십시오. 그로 인해 필요한 육해군 병기나 경비는 얼마든지 프랑스가 담당하겠습니다."

즉 도쿠가와 요시노부가 프랑스로 말하자면 나폴레옹 보나파르트가 되는 것이며, 도쿠가와 집안은 보나파르트 집안이 되고, 세습의 황제 집안이 된다는 것이었다.

오구리 다다마사는 이에 기뻐하며 도쿠가와 요시노부에게 상신했다. 요시노부는 생각했다. 요시노부는 오구리만큼 단순한 도쿠가와 지상주의자가 아니었기 때문에, '프랑스 황제와 같이 된다'는 점이 마음에 걸렸다. 요시노부는 미노 집안 출신으로, 미노 사관의 사상을 주입받았으므로, 천황 지상 의식이 강하다. 그리고 그는 오구리의 의견에 매혹되면서도, 일면에서는 오구리의 사상을 미워하는 복잡한 인물이었다. 미토 사관에 있어서는 비존왕(非尊王)이 모든 역사악의 중심이다. 이를테면, 유게노 도쿄(弓削道鏡)는 여제(女帝)의 사랑을 받고 있는 것을 기화로 자기가 천황이 되려고 했기 때문에 사상 최대의 악인으로 지목되었다. 아시카가 다카우지는 무가 정치를 수립하기 위해 남조를 멸망시켰으며 이로 인해 미토 번의 사가들에게 신랄하게 규탄을 받았다.

"오구리는 나를 다까우지로 만들려 하고 있다. 아니, 프랑스 방식의 황제가 된다면, 다까우지 이상의 대간(大奸)으로서 후세 사가들에게 규탄받을 것이다. 오구리는 그것을 노리고 있다."

요시노부는 생각했다.

그렇다고 프랑스의 원조라는 매력까지 버리기는 어렵다. 결국 요시노부로서는 '조정의 일원으로서 사쓰마 조슈를 없애고 중앙 집권제를 확립하자'는 속셈을 갖게 된 모양이다.

그것이 사쓰마의 책략가(사이고, 오쿠보)들의 손으로 잇달아 뒤집혀져서, 소궁전 회의에서 마침내 평인(平人)으로 격하되고 만 것이다.

"사쓰마를 칩시다."

아이즈 번사들이 격분하여 니조 성의 요시노부에게 대든 것도 무리가 아닐 것이다.

그러나 요시노부로서는 이 지모(智謀)의 싸움에서 진 이상, 전란을 일으키고 싶지는 않았다. 전란을 일으키면 성공도 바랄 수 없을 뿐 아니라, 후세에 '대간'의 이름을 남기게 될 것이다. 이것이 요시노부에게는 가장 무서웠다. 이 때문에 오로지 공순(恭順)한 길을 걷고자 했다.

"내가 교토에 있으면 막부 지지파들이 뭐라고 떠들어 댈지 모른다. 오사카로 떠나자."

요시노부는 소궁전 회의가 있은 지 3일째인 12일 밤 교토를 떠났다.

13일, 오사카에 도착했다.

쓰기노스케 일행은 그 오사카에 있었다.

장군(엄밀히 말하면 이미 장군이 아니다) 요시노부가 오사카로 돌아왔을 때, 성 안이 어수선해지면서 모두 생각했다.

"이 분을 받들고 교토의 사쓰마 조슈파와 싸우자."

새 정부를 독점하고 있는 사쓰마 조슈는 요시노부와 막부 지지파 각 번을 교토에서 추방해 버렸다. 잘못하다가는 조적이 되어 버리는 것이 아닐까?

"그것이 사쓰마 조슈파의 속셈입니다."

쓰기노스케는 병석의 번주 다다노리에게 말했다. 다다노리는 감기가 낫지 않는데다가 뱃멀미로 쇠약해져서 오사카에 도착한 후로는 줄곧 누워만 있었다.

"우리는 어떻게 하면 좋으냐?"

다다노리는 물었다.

"글쎄올시다……."

쓰기노스케는 골똘히 생각했다. 원래 그의 기본 방침은 '초연히 있으면서 나가오카 번의 독립을 꾀한다'는 것이었는데, 이와 같이 시세의 불 속에 뛰어들어온 이상, 도쿠가와 집안의 궁상을 보고 모르는 체할 수도 없었다.

"쓰기노스케."

다다노리는 몸을 일으켰다.

"이러다간 도쿠가와 집안이 멸망당하고 마는 것이 아닐까?"

"멸망당한다기보다 멸망하고 맙니다. 가을에 나뭇잎이 떨어지듯, 자연의 기세라는 것이 있습니다. 안타까운 일이기는 합니다만, 슬퍼해서는 안 됩니다."

쓰기노스케의 말로는, 한 권력이 일어나고 망하는 것은 자연의 섭리이다. 춘하추동으로 소장(消長)하는 수목(樹木)과 조금도 다름이 없다. 그 멸망에 마음을 아파하는 것은 좋으나, 함부로 슬퍼한다는 것은 어리석은 자의 마음이라는 것이다.

"무정한 말을 하는구나."

"그렇습니다. 지혜의 길은 참혹합니다."
"그렇다면, 우리들 도쿠가와의 누대 영주들은 그저 잠자코 입을 벌린 채 방관만 하고 있으란 말이냐?"
"어려운 대목입니다."
쓰기노스케는 주군 앞이라는 것을 잊고 팔짱을 꼈다. 곧 깨닫고 얼른 팔을 풀었다.
"상관없다. 팔짱을 끼라. 생각을 해 다오."
"아닙니다. 생각은 간단합니다. 두 가지 길밖에 없습니다."
"그 하나는?"
"협기(俠氣)의 길입니다."
그 길은 이때에 나가오카 번이 소번이라 하더라도 장군을 위해 교토에 활을 쏜다는 것이었다. 그러나 그러면 도쿠가와 집안과 얼싸안고 정사(情死)하는 길을 걷게 될 것이다. 번주는 역사의 단두대에 올라가지 않으면 안 된다.
"이것은, 권해 드릴 수 없습니다."
"아니, 상관없다."
다다노리는 젊은 얼굴에 핏기를 올렸다. 쓰기노스케는 그런 다다노리가 몹시 좋았다. 호의에 찬 눈으로 그 얼굴을 들여다보면서 말했다.
"아무튼 나가오카 번의 입장은 오히려 도쿠가와 집안 이상으로 앞으로는 어려워질 것입니다. 그러나 이 시국을 뚫고 나가려면 어떻게든 그림을 그려 나가지 않으면 안 됩니다. 지금은 일단, 교토로 올라가십시다."
"교토로?"
"새 정부에 도쿠가와 집안의 입장을 변명하고, 천하의 정의에 호소하는 수밖에 없습니다."

번주 다다노리는 멀건 죽 한 공기를 간신히 먹는 몸이다.
"쓰기노스케, 나도 가겠다."
교토에 간다는 것이다. 머리맡에 있던 시의의 안색이 변했다. 이 용태로 교토에 올라가다가는 목숨이 위태로울지도 모른다.
"가와이님."
시의가 쓰기노스케를 보았다. 말려 달라는 눈치다.

"바보로구나."

쓰기노스케는 나직이 시의를 나무랐다. 당연히 그 소리는 번주 다다노리의 귀에도 들어갔다.

"쓰기노스케, 뭐라고 했느냐?"

"이 센안(詮庵)에게 한 말입니다."

"무슨 말을 했느냐?"

"바보라고 했습니다."

쓰기노스케는 무뚝뚝한 표정으로 말했다.

"쓰기노스케, 어전이다. 삼가라."

옆에 있던 나기노 가헤에가 타일렀으나, 쓰기노스케는 묵살하고 그 까닭을 말했다.

"인간의 목숨은, 쓸 데에 쓰지 않으면 의미가 없습니다."

이런 뜻의 말을, 번주에게 하는 것도 아니고 그렇다고 센안에게 하는 것도 아닌 듯이 중얼거렸다.

"설혹 번주님이라 하더라도, 일개 남아인 이상 남자로서 생각해 드려야 하오. 오늘날 주군께서는 의협으로 교토에 올라가시는 거요. 이런 때에 편찮으시다고 주저앉으신다면, 앞으로 백 년 목숨이 계셔도 소용없는 거요. 지금 도쿠가와 집안은 위기에 처해 있소. 미카와 이래의 누대 영주인 마키노 집안 주인으로서 이때 적지에 뛰어들어 진변(陳辯)하지 않는다면, 무엇을 위한 누대겠소? 대대 7만 4,000섬의 녹을 얻고 있는 것은, 이 하루를 위한 것이오. 남아라는 것은 그러한 하루를 느낄 줄 아는 자를 말하는 거요."

"말대꾸 같습니다만, 저는 의사로서."

"그렇소. 귀하는 의사요. 그러기에 주군의 목숨을 앞으로 며칠만 더 유지할 수 있도록 노력하란 말이오."

"가와이님, 말씀이 지나치십니다."

시의 센안이 노기를 띠며 소리쳤다.

"주군의 목숨, 목숨 하시지만, 주군께서는 그토록 심한 용태가 아닙니다. 기껏해야 감기이며, 기껏해야 피로에 지나지 않습니다."

"그렇겠지."

쓰기노스케는 찌르는 듯한 눈초리로 웃었다.

"그러기에 의사님은 야단스런 말을 하지 말란 말이오. 설혹 주군께서 중태시라 하더라도 교토행을 강행하셔서, 새 정부의 뜰 앞에서 목숨을 끊으시겠다는 각오로 올라가셔야 하는 거요."
"쓰기노스케, 알았다. 나도 그럴 작정으로 있다."
젊은 다다노리는 잘 알았다는 듯이 말했다.
"내 목숨은 그대가 말하듯 교토에 올라가는 하루를 위해서 있다."
"그렇습니다. 교토에 올라가시는 그 하루를 위해서 계시고, 그것이 끝나면 그 다음날을 위해서 계십니다. 그 다음날이 끝나면 다시 그 다음날을 위해서 계시고, 생이란 일을 하기 위한 도구에 지나지 않는 것입니다."
그것이 양명학의 기본 사상인 모양이다. 생은 생 그 자체를 위해서 있는 것이 아니라는 쓰기노스케의 생각을 이 젊은 번주는 잘 이해했다.

"글쎄, 그건 그만두는 게 좋을걸."
이렇게 말한 것은, 최고 집정관 이타쿠라 가쓰키요였다. 온후하고 총명한 신사라는 것이 외국공사들의 그에 대한 평이다.
그 이타쿠라가, 만나러 간 쓰기노스케에게 그렇게 말했다. 그는 쓰기노스케에게 호의를 갖고 있었다. 쓰기노스케가 그의 중신 야마다 호코쿠 문하생이었다는 것을 알고 있는 것이다.
"그만두는 게 좋을걸."
이타쿠라는 도쿠가와 요시노부를 수행하여 교토에서 오사카로 내려와 있었다. 아이즈 구와나 두 번의 번병도 일제히 교토에서 철수했다. 이제 교토에 있는 것은
사쓰마, 조슈
도사, 게이슈
오와리
의 세력이다. 도사, 게이슈, 오와리 세 번은 근왕 중립주의라고 할 만한 것이었는데, 현실 문제로서 사쓰마 조슈에 가담하여 교토를 점령한 연합군의 일원이 되어 있다.
"그런 곳에 누대의 번인 나가오카 번 주종들이 번병을 이끌고 들이닥친다는 것은 무모한 짓이야."
최고 집정관 이타쿠라는 말한다.

"교토는 말이야."

이타쿠라는 한숨과 더불어 말했다.

"결결(缺缺)의 소굴이야."

"결결이라니요?"

"두 자가 빠졌단 말이야. 그 두 자를 자네가 마음대로 맞추어 넣고 상상해 보게나."

'광인의 소굴이란 말인가? 아니면 악인의 소굴일까?'

쓰기노스케는 생각했다.

"그 결결 놈들이 어린 천황을 받들고 궁정을 근거지로 삼아 버렸어. 우리는 자꾸만 뒤로 밀려 마침내 이런 꼬락서니가 됐지. 결결 놈들은 앞으로 일하기 쉬울걸. 칙명을 남발할 수도 있고, 그 칙명으로 우리를 조적(朝敵)으로 만들려 하고 있거든. 이쪽이 조금이라도 실수를 보이기만 하면 벌써 그 날부터 조적으로 몰려, 역적 군대로 몰리고 있단 말이야."

"죄송합니다만."

쓰기노스케가 말했다. 일의 진상을 듣기 위해 이타쿠라에게 다른 사람들을 내보내 달라고 부탁했다.

이타쿠라는 쾌히 사람들을 내보내 주었다. 쓰기노스케는 질문했다.

"요시노부님에게 싸우실 의사는 없습니까?"

요시노부가 처녀처럼 얌전해진 것은 진심인가, 아니면 장래의 개전을 생각한 위장인가 하는 것이었다.

"모르겠는걸."

이타쿠라는 말했다. 다만 그는 교토를 떠나는 전날 밤, 교토의 사쓰마 조슈병을 격멸하고자 요시노부에게 상신해 보았으나, 요시노부는 고개를 저었다. 그때 요시노부가 한 말로서 이 말이 인상적이었다고 한다.

"일단은 이기더라도, 대세에 저항할 수는 없다. 생각해 보라. 도쿠가와 집안에 사이고 다카모리, 오쿠보 도시미치를 상대로 정치건 전쟁이건 대적할 만 한 자가 절반이라도 있느냐?"

요시노부는 벌써 모든 일에 자신을 잃고 있는 것이다. 그런 이상, 섣불리 허둥대가는 오히려 일이 잘못된다고 생각하고 있는 것 같았다.

드디어 오늘 밤 교토에 올라가기로 결정한 날 오후, 쓰기노스케는 일동을 모아 다시 훈계했다.

"칼을 맞고 죽거라."

교토는 무법 상태였다. 막부의 경찰 조직은 이미 교토에서 철수하고 없었다. 신센조도 후시미(伏見)로 퇴거했고, 시 행정관은 오사카로 떠났으며, 교토 수호직(아이즈 번)도 오사카로 철수해서, 시중을 순회하는 것은

사쓰마, 조슈

도사, 게이슈, 오와리

합쳐서 다섯 번, 이른바 궁문 수호 번 번병들뿐이었다. 도쿠가와 직계인 에치고 나가오카 번의 번주와 번병이 교토에 들어가면 그들은 흥분하여 혹시 충돌 사건이 일어날지도 모른다.

아울러 시중을 횡행하는 자는 새 정부 수립 소식을 듣고 교토로 몰려든 이른바 근왕을 자칭하는 부랑배들일 것이므로, 그들은 아마도 좋아라고 도전해 올 것이 틀림없다.

"칼을 맞고 죽거라."

이 말을 하는 것은 그 때문이었다.

"일체 칼을 뽑지 말라. 칼자루에 손도 대지 말라. 얌전히 상대편에 베이고 말라."

쓰기노스케는 말한다.

"만일에"

다짐을 주며 말했다. 거기에 응전하다가는 그들 사쓰마, 조슈 무리는 그 사건을 구실로 나가오카 번주 마키노 다다노리를 '조적'으로 몰고, 다시 도쿠가와 요시노부에게 누를 끼쳐 도쿠가와 토벌의 구실로 삼을 것이라고 했다.

"사쓰마, 조슈는 지금 전쟁이 하고 싶어 안달이 나 있다. 도쿠가와를 조적으로 삼아 천하에 호령하고, 천하의 병(兵)을 사주하여 이를 친다. 장군님은 그런 계략에 말려들지 않으시고 교묘히 몸을 피해서 오사카로 철수하셨다. 그것을 생각해야 한다."

"말씀 도중입니다만, 가와이님은 그것을 어떻게 생각하십니까?"

질문한 자가 있었다. 교토에서 개전(開戰)하지 않은 요시노부의 태도를 허약하다고 분개하는 사람은 아이즈나 구와나의 번사에 많다. 당연히 쓰기노스케의 나가오카 번사들에게도 그런 기분이 있다.

쓰기노스케는 요시노부의 입장을 옳다고 보고 있었으므로 그것을 상세히 설명했다.
"내가 장군이라도 그렇게 했을 거다."
그는 말했다.
"그때 교토에서 개전했다면, 사쓰마, 조슈가 노리는 궁지로 빠져 들어가는 거나 마찬가지야."
"왜 그럴까요? 그 소궁전 회의 때 요시노부공 휘하는 사쓰마, 조슈의 인원수를 훨씬 능가하여 몇 배나 됩니다. 이깁니다."
"이기지, 이기지."
쓰기노스케는 웃었다. 그야 이기고말고, 교토에서는 그렇지. 그 정도야 사쓰마의 사이고도 충분히 계산하고 있다. 사쓰마, 조슈는 교토에서는 패전하지만, 어린 천황을 받들어 단바(丹波) 가도로 달아나 산인(山陰)을 거쳐 게이슈 히로시마 성(廣島城)쯤에 어린 천황을 모셔다 놓고, 거기서 관군기를 내걸고 나라를 두 동강이 내어 도쿠가와와 결전을 벌이려 할 거야. 내가 사이고라도 그렇게 할 거다.
"결국, 어느 쪽이 이깁니까?"
"시국을 등에 진 쪽이 이기지."
"그건 어느 쪽일까요?"
"그대, 머리가 나쁘군."
쓰기노스케는 사쓰마, 조슈라고 말하고 싶지만 차마 공언할 수는 없다.
아무튼 그 날 밤 오사카 덴마(天滿)에서 배에 나누어 타고 요도 강(淀川)을 거슬러 올라갔다.

새벽에 배가 후시미에 닿았다. 쉬지도 않고 행렬을 갖추어 곧장 교토로 향했다.
길은 다케다(竹田) 가도를 따라 올라갔다. 교토까지는 30리이다. 행렬은 약식이었다. 술 달린 창을 세우고 나아가는 영주의 행렬은 삼갔다.
번주 마키노 다다노리는 가마를 탔다. 가마 곁에는 쓰기노스케의 처남 나기노 가헤에가 따랐다. 이 역할은 사역(死役)이라고 하며, 흉한이 습격해 왔을 때는 한 걸음도 물러서지 않고 가마에 붙어 있지 않으면 안 된다.
이보다 앞서 쓰기노스케는 전원에게 명령해 두었다.

"두 칼 손잡이에 주머니를 씌우라."

비가 오면 손잡이가 젖고, 칼첨자로 물이 들어가 칼을 적실 우려가 있기 때문에, 가죽으로 만든 주머니로 손잡이를 폭 씌운다. 칼의 우의라고 할 것이다.

편리하기는 하나 급한 전투에는 불리했다. 주머니를 벗기는 데 시간이 걸리므로, 그동안에 상대편에게 당하고 만다. 만엔(萬延) 원년(1860) 3월 3일의 큰 눈이 내린 아침, 에도 성 사쿠라다 문 밖에서 미토 낭사들에게 습격당한 최고 집정관 이이 나오스케의 수행 무사들도 모두 이 손잡이 주머니를 씌워 놓고 있었다. 이 때문에 욕을 보았다. 벗기는 동안에 베인 자도 있고, 부득이 칼집 채로 대항한 자도 있다.

"비도 오지 않는데."

모두 툴툴거렸으나 쓰기노스케는 귀담아 듣지 않고 강제적으로 주머니를 씌우게 했다. 더욱이 거기다가 또 지승(紙繩)으로 칼자루와 날밑을 매어 빠지지 않도록까지 했다.

쓰기노스케는 선두에 섰다. 행렬이 교토에 들어간 것은 오전 9시 경이었다. 호리 강(堀川)가에서 쓰기노스케가 두려워하고 있던 것이 왔다. 북쪽에서 걸어오고 있다.

세 사람이다. 쓰기노스케가 말하는 '굽 높은 게타, 긴 칼, 으스대는 어깨, 사나운 눈초리'의 무리들이다. 앞머리를 좁게 밀어올리고, 상두는 깎는 대신 뒤로 늘어뜨렸으며, 검은 문복(紋服)을 걸친 어깨를 으스대면서, 굽 높은 게타를 덜그럭거리며 걸어오고 있다. 그림에 그린 듯한 근왕 과격파의 무리들이다. 혁명 정부의 수립을 듣고 어느 시골에서 올라온 인간들이 틀림없으며, 목덜미가 햇빛에 그을어 새까맣다.

"어느 번이오?"

세 사람은 걸음을 멈추었다.

'드디어 왔구나.'

쓰기노스케는 생각했다.

그들이 얼마나 교양이 없나 하는 것을 보여 주는 에피소드가 있다. 분큐 2년(1862) 가을부터 3년 봄쯤에 걸쳐 교토의 정세는 근왕파에 유리해서 한때 시골에서 구름처럼 낭사들이 몰려나왔다.

"가이즈? 이건 어느 번이야?"

아이즈 번의 숙소 앞을 지나가면서 그들은 이구동성으로 현관을 바라보고 고개를 갸웃거리더라고 한다. 아이즈라고 하면 전국시대부터 이름난 땅이며, 아이즈 번 하면 막부에서도 어삼가(御三家) 다음 가는 가격(家格)을 가졌으며, 더욱이 대번(大藩)이다. 그 아이즈도 읽지 못하고 아이즈 번의 존재도 모르는 인간들까지 나라 일을 하겠다며 교토로 달려온 것이다.

하기야 그들은 곧 조슈 번의 실각으로 탄압을 받아 산지사방에 흩어졌다. 그러다가 교토에 새 정권이 서자 다시 비슷한 무리들이 사변을 찾아 올라와 있는 것이다.

——어느 번이야?

낭사풍의 인간들은 서로 큰 소리로 말하고 있더니, 이윽고 행렬에 다가와 물었다.

"불쑥 물어서 안됐소만, 어느 번이오?"

요시자와 사부로(吉澤三郎)라는 연소한 번사에게 물었다. 요시자와는 소년처럼 두 볼이 붉고, 바람에 나부낄 듯이 속눈썹이 길다. 놀라서 눈을 들었으나 대답하지 않았다.

——도중에서는 일체 말을 하지 말라

이것이 쓰기노스케의 엄명이었다. 그러나 요시자와는 당황해 버렸다. 영주 행렬에 말을 건네 오는 이런 어처구니없는 사태는 에도 300년 동안 일찍이 그 예가 없다.

'그런 예의범절도 모를 만큼 무지한가?'

쓰기노스케는 이 자들의 응답을 등 뒤로 들으면서 생각했다.

'아니면, 영주 행렬의 존엄성이 땅에 떨어져서 단순히 노방의 인간 군상에 지나지 않게 되어 버렸단 말인가?'

낭사는 요시자와가 묵살하는 바람에 기분이 상한 모양이다.

"이쪽에서 머리를 숙이고 묻는데, 왜 잠자코 있소?"

요시자와는 참다못해 말하지 말라는 금기를 어겼다. 배를 가를 각오로 행렬 밖으로 벗어나 낭사에게 말을 했다.

"말을 물으려면, 먼저 자기 성명부터 밝히는 게 예의가 아닌가?"

"아, 이거 실례했군."

낭사는 뜻밖에도 얌전히 굽혔다. 그들이 밝힌 신분을 보면 이런 것이었다.

——아리스가와노미야의 부하

어디 이만하면 놀랐느냐는 듯한 기세다.

그러나 요시자와는 놀라지 않았다. 그런 번 이름은 들은 적이 없기 때문이다.

묘한 시대이다. 원래 교토의 조정은 천자의 어용(御用)에서 귀족의 봉록에 이르기까지 다 합쳐서 기껏해야 1만 섬밖에 되지 않았다. 이 때문에 친왕이나 공경들이 빈궁하여, 기예(技藝) 따위의 면허장 수수료로 근근이 생계의 부족을 메우기도 하고, 집을 도박장으로 빌려주어 세를 받기도 하고, 화투 그림을 그리는 부업을 하기도 하여 간신히 입에 풀칠을 해 왔다. 이런 상태로는 부하 따위를 거느릴 여유가 없다.

그런데 막부 말이 되자 황족의 부하라고 자칭하는 자들과, 공경의 가신이라는 자가 늘어났다. 실인즉 그 대부분이 낭사 출신으로, 봉록도 수당도 받지 않는다. 명목만을 빌어 뛰어다니기 위한 수단으로 삼고 있다. 이 인간들도 이런 혼잡을 틈타 그러한 명목을 얻어 가지고 있는 데 지나지 않을 것이다.

요시자와는 그런 사정에 어둡기 때문에 반문했다.

"아리스가와라니, 어느 번이오?"

이것이 낭사들을 자극했다. 황공하게도 황족을 썩은 영주와 동일시하다니 무슨 짓이냐 하고 소리쳤다.

"아! 황족이십니까?"

요시자와는 무식하지만 그것이 존중할 만한 존재라는 것쯤은 어렴풋이 알고 있었다. 곧 자기의 번명을 밝힌다.

"에치고 나가오카의 마키노 집안? 그건 외방 영주인가?"

"아니오, 누대 번이오."

"그렇다면, 막부 지지파구나. 막부 지지 번이 왜 이런 때에 교토에 올라왔소?"

낭사는 금방 으스대기 시작했다.

여담이지만 이 무렵 막부 토벌의 대모주(大謀主)라고 할 사쓰마 번의 사이고 다카모리는 도쿠가와 요시노부가 아무리 해도 도발에 말려들지 않는 것을 보고 초조해하기 시작했다.

──싸움이 되지 않는다.

사이고로서는, 상대편이 격앙하여 칼을 빼지 않으면 토벌할 수가 없다. 칼을 도쿠가와 쪽이 먼저 빼게 하지 않으면 왕사(王師)를 움직일 수가 없었다. 이 때문에 부하인 마스미쓰 규노스케(益滿休之助)와 이무타 쇼헤이(伊牟田尙平)를 불러 명령했다.

"에도로 가라. 에도에 가서 소란을 일으켜라."

에도에는 소동을 일으키기에 안성맞춤인 낭사단이 있다. 전에 도사 번의 이타가키 다이스케(板垣退助)에게 부탁해 왔다.

──숨겨 주시오.

그 인간들도, 쓰꾸바 산(筑波山)에 둔집해 있던 이른바 덴구 당(天狗黨)의 잔당들이다. 그들은 지사라고 할 만한 교양도 없었고, 무사라고 부르기에도 그 신분이 수상쩍었으며, 요컨대 폭도라고 부를 수밖에 없는 무리들이었다. 이타가키 다이스케는 이들 문제를 사이고에게 가지고 가서 부탁했다.

──도사 번에서는 번론(藩論)이 복잡하여 이런 인간들을 숨길 수가 없으니, 귀번에서 숨겨 줄 수 없겠는가?

사이고는 쾌히 응낙하여 이들을 에도 미타(三田)의 사쓰마 번저에 수용해 주었다.

지금 사이고는 이들을 써먹을 때가 왔다고 생각했다. 마스미쓰와 이무타에게 명령한 것은 이런 것이었다.

"그들을 시중에 풀어 난폭한 행동을 자행시켜라. 도둑, 파괴, 방화, 무엇이라도 좋다. 에도를 혼란에 빠뜨려라."

──사쓰마 번이 그들의 배경에 있다는 것을 노골적으로 나타내게 하라. 막부 직속 무사들이 격분할 것이다. 그러면 결국 막부는 에도에서 무력행사를 하지 않을 수 없게 될 것이다. 그렇게 되도록 유도하는 것이다.

마스미쓰와 이무타는 오사카에서 군함을 타고 에도로 급행했다. 결과는 사이고의 계획대로 막부는 궁지에 빠지지만 그런 뒷일까지 지금의 쓰기노스케의 경우에는 생각할 필요가 없다.

쓰기노스케는 눈치 채고 있었다. 교토의 낭사들이 역시 그와 같은 정치적 이유 속에서 춤추고 있을 것이라는 것을 날카롭게 느끼고 있었다. 쓰기노스케는 선두를 걸어가고 있었다. 그러나 허가 없이 행렬 밖으로 벗어나 요시자와 사부로가 마음에 걸려, 곁에 있는 하나와 게이노신에게 말했다.

"행렬의 지휘를 부탁하네."

그러고는 줄밖으로 벗어났다. 요시자와 낭사가 싸움을 벌이면 벌써 그것만으로 천하의 대란을 불러일으킬지도 모르며, 그런 위기감이 쓰기노스케를 초조하게 만들었다. 그는 행렬과 역행하면서 전립을 벗어 열(列) 속에 있는 자에게 맡기고 성큼성큼 걸어갔다.

아니나다를까 호리 강가에서 낭사 세 사람과 요시자와가 심하게 말다툼을 하고 있었다.

"너와 같은"

낭사는 이런 말을 사용했다.

"아랫놈은 모른다. 번주를 내놔라. 번주를 이리 끌어내란 말이다."

이러면서 떠들고 있는 것이다. 요시자와로 보면 주군을 모욕하고 있는 이상 잠자코 있을 수는 없었다. 마침내 칼 손잡이의 끈을 풀려 했다.

쓰기노스케는 낭사의 등 뒤에 서서 잘 알아들을 수 없을 만큼 나직한 소리로 말했다.

"화가 대단히 나신 모양인데."

낭사들은 움찔하고 놀라며 뒤돌아보았다.

"누구야, 임자는?"

낭사 중의 하나가 자기의 겁을 감추듯이 외쳤다. 그토록 쓰기노스케의 두 눈은 무시무시했다.

"가와이 쓰기노스케라 하오."

목소리가 굉장히 낮다. 마키노 비젠노카미의 가신이오, 하고 덧붙였다.

"우선 얘기를 듣고 싶소. 얘기가 매우 중요한 모양이니, 몸이 피로하지 않도록 여기 석등 대석(石燈臺石)에 좀 앉게 해 주구려."

길가의 석등 대석을 털고 천천히 걸터앉았다. 앉아 있는 자에게는 칼질을 하기가 어렵다는 것을 계산한 행위이다.

"여러분도, 자아."

"우롱할 참인가?"

"천만의 말씀을"

쓰기노스케는 부채를 폈다가 곧 닫고——워낙 우리는 에치고의 시골뜨기라서 말이오, 하고 입을 열었다.

"바다라면 북해밖에 모르고 섬이라면 사도(佐渡)밖에 모르는, 그런 시골뜨기가 생전 처음으로 꽃다운 수도로 올라온 거요. 예의범절도 미숙한 데가 있을 것이오. 그 점은, 이 쓰기노스케가 간곡히 사과하겠소."
"그러나"
쓰기노스케가 말한다.
"앞으로의 일본은 이래서는 안될 터이니 말이오. 에치고 사람도 사쓰마 사람도 서로 오고가고, 서로 개발도 해주고, 서로 많이 똑똑해져야 하겠소."
"교토에는 왜 올라왔어?"
"번주 비젠노카미님은"
찰싹 부채를 폈다.
"젊은 나이시오. 에도에 관해서는 알고 계시지만 교토에 관해서는 모르시오. 다행히 이번에 왕정으로 복고된 것을 기화로, 한 번 교토를 보여 드려 궁궐을 예배시키고, 왕자님과 공경 여러분과도 만나 보시게 해서 교토가 얼마나 고마운 곳인가를 잘 알게 해드려야 되겠다고, 이렇게 모시고 올라 오는 길이오."
"그렇다면, 근왕인가?"
"어려운 것은 모르겠소만, 우선 먼저 교토의 고마움을 알려드리고."
"암, 교토는 고마운 곳이지."
"그렇소, 참으로."
쓰기노스케는 연극 기분을 발휘하여 사방을 둘러보았다. 그러나 본심으로는, 무엇이 고마워, 이놈아, 하고 일갈하고 싶었다. 신사(神社)의 신관 같은 공경들이 국정을 다스리는 신정체(新政體)를 가지고, 일본이 유럽 문명과 어떻게 대결할 수 있겠느냐고 외치고 싶었다.
"그렇다면 상관 없겠지."
낭사들은 쓰기노스케가 차츰 기분 나빠졌던지, 이제 협박을 하기보다 이 자리에서 물러가고 싶어진 모양이다.
"실례."
그러고는 게다 소리도 요란스레 그 자리에서 사라져 갔다. 쓰기노스케는 못마땅한 표정으로 요시자와 사부로에게 호통을 치고 다시 말을 이었다.
"원래 같으면 배를 갈라야 할 판이지만, 오늘은 특별히 용서해 준다."
그는 천천히 행렬 뒤를 따라가기 시작했다.

두말 할 것 없이 교토는 적지(敵地)이다.

——사쓰마, 조슈가 우리 나가오카 번에게 무슨 짓을 할는지 모른다.

이런 염려가 있었다. 이를테면, 숙사를 습격하여 막부 토벌의 불길을 올린다는 것도 있을 수 있을 것이다.

이것을 막기 위해, 쓰기노스케로서는 조금도 실수가 있어서는 안 된다.

이미 교토에는 미마 이치노신이라는 능숙한 관리를 먼저 보내 놓았으므로, 그가 조정과 웅번 사이를 뛰어다니면서 번주가 올라오는 것에 관한 양해를 얻어 놓고 있었다. 숙소도 마련했다.

기타노 덴마 궁(北野天滿宮)의 경내에는 신관들이 사는 건물이 몇 채나 있다. 그 중의 린세이 방(林靜坊)이라는 건물이었는데, 다만 침구가 마련되어 있지 않다. 번주와 그밖에 몇 사람 분은 있었다.

"이부자리는 주군님에게만 드리면 돼."

쓰기노스케는 도착하자마자 말했다.

12월의 추운 날인데도 이렇게 말했다.

"신분에 상관없이, 넓은 방에서 같이 자라."

쓰기노스케만은 중신실 방 하나를 차지했으나 혼자 방 하나를 차지하니 너무나 추워서 대여섯 명을 불러들여 서로 화로 대신으로 삼았다.

이튿날 오후, 궁중에서 허락이 내렸다.

"출두하라."

쓰기노스케는 정사(正使)가 되고, 부사에는 미마 이치노신을 골라 궁궐로 향했다. 번주 다다노리가 가야 할 일이지만, 도착하자마자 그의 병세가 심해져서 열이 내리지 않아 쓰기노스케가 '마키노 다다노리 대리'의 자격으로 가지 않을 수 없게 된 것이다.

"살아서 돌아오지 못할지도 모르겠군요."

미마가 가면서 쓰기노스케에게 말했다. 쓰기노스케가 품 안에 넣고 가는 '건백서(建白書)'라는 것이, 세상에도 드문 격한 문장임을 미마는 알고 있기 때문이다.

그 건백서는 이렇게 시작하고 있다.

——황공하오나 삼가 말씀 올리옵니다.

"우리 나가오카 번 마키노 집안은 도쿠가와 씨의 부하이다. 조정의 명령을 직접 들을 입장이 아니라, 모두 도쿠가와 씨를 통하시라. 그런데 그 도쿠가와 씨에 대해서 조정은 어떤 태도를 취했는가? 참으로 반갑잖은 일이다."

이어 은근히, 사쓰마 조슈를 가리켜 '간웅(奸雄)'이라고 부르고 '간웅'이 난세를 틈타, '교묘하게 존왕의 이름을 빌고, 아울러 과격한 부랑배들은 시국이 무엇임을 알지 못하면서 함부로 광포 소란을 피우며'라고 쓰고, '요컨대 그들에게 공분(公憤)같은 것은 없다. 모두 사분(私憤)에서 나와 있다'고 말하고는, 이어, '그들은 전부터 막부에 양이를 재촉하고, 막부가 못한다고 말하자 조정의 위세를 빌려 이를 힐책하면서 막부 토벌의 구실로 삼으려 하고 있다. 그러면서 그들(사쓰마, 조슈)은 이미 그 번국에서는 외국과 교제하고 통상을 하고 병기까지 구입하고 있지 않은가. 이것은 조정과 천하를 기만하는 행위이다' 등등 말하고 있다. 만일 조정이 이 글에 화를 낸다면 번주도 쓰기노스케도 배를 갈라야 할 것이다. 그러나 쓰기노스케는 그 문장의 말미에서 말한다.

"오늘날의 광태, 천하를 위해서 잠자코 있을 수 없사옵니다. 미급하오나 결사의 간언(諫言)을 조정에 올리오니, 이로써 죽음을 내리셔도 후회는 없사옵니다."

궁중에 '참여소(參與所)'라는 새로운 관청이 생겼다. 새 정부의 새 관직인 '참여'의 직무소였다. 참여는 이와쿠라 도모미 등 공경이 다섯 명, 사이고 다카모리 등 각 번 출신자 열다섯 명으로 구성되어 있었다.

──그리로 오라, 는 것이었으므로 쓰기노스케는 사카이 거리(堺町) 궁문으로 들어갔다. 궁문에는 사쓰마, 조슈, 게이슈, 비슈 등 새 정부파 여러 번의 총대(銃隊)가 엄중히 경비하고 있었다.

쓰기노스케가 주군의 이름, 자기 이름, 용건 등을 말하고 나서도 한참 기다려야 했다. 이윽고 사쓰마의 대장으로 보이는 사나이가 나왔다.

키가 작고 통통한 동안(童顔)의 젊은이였다. 쓰기노스케가 놀란 것은 그 사나이의 복장이었다. 질이 좋은 검은 나사천의 양식 군복으로, 금단추를 달고 소매에 금줄이 붙어 있으며, 아무리 보아도 서양인의 모습이다.

"나는 사쓰마의 오야마 야스케(大山彌助)라는 사람이오."

젊은이는 말했다. 이 젊은이가 나중에 오야마 이와오(大山巖)라고 개명하여, 러일전쟁 때 일본 육군을 이끌고 만주에서 싸울 인물이 되리라고는, 이 때의 쓰기노스케는 물론 상상도 못한 일이었다. 쓰기노스케가 놀란 것은 젊은이 그 자체가 아니라 그 복장이었다.
'어처구니없구나.'
쓰기노스케는 생각했다.
막부 말기 무사의 전투복이 무척 색다르게 변화하기 시작한 것은 조슈 번에서부터일 것이다. 막부의 공격을 받고 번 경계에서 분전할 때의 조슈 병들의 모습은 일본 옷 차림이 아니다.
그렇다고 양복도 아니었다. 양복 비슷한 통소매였으며, 단추는 없고 일본 옷처럼 깃을 여미게 되어 있으며, 허리 아래는 통이 넓은 바지이다. 천은 서양 군복처럼 질기지는 않고, 얇은 무명천이었다.
"조슈 인은 넝마주이 같은 모습으로 나타났다."
훗날 가쓰 가이슈는 말하였다.
"막부군은 전투용 겉옷을 걸치기도 하고, 갑옷을 입기도 하여 전국시대와 다름없는 모습이다. 조슈 인은 그러한 경장(輕裝)이기 때문에 행동이 민첩하다. 막부군이 진 원인의 하나는 그런 데 있었다."
조슈 번병의 색다른 복장의 출현과 전후해서 막부에서는 새로 모병한 '보병'에게 앞에 단추가 달린 양복을 입혔다. 단추 달린 옷에 짚신을 신은 모습인데, 이 모습을 보고 사람들은 자루라고 불렀다.
게이오 4년(1868)에 이르러 막부 해군이 에노모토 다케아키(榎本武揚)의 구상으로 유럽의 사관복에 못지않은 군복을 만들었으며, 막부 보병의 사관들도 이를 본받았다.
그러나 일반 번으로서 서양인과 비슷한 사관복을 입은 번은 없다. 그런 줄 알고 있다가 사쓰마 번의 이 사관을 보고 쓰기노스케는 그런 뜻에서 놀란 것이다. 첫째, 쓰기노스케로서는 이 한 가지 일만 보아도 사쓰마 번은 간악했다. 막부를 치기 위한 공격용 북으로서 '양이 양이' 하고 부르짖고 있으면서 그들 자신은 이와 같이 양식화하고 있는 것이다.
"들어오시오."
오야마 야스케가 말했다. 쓰기노스케가 오야마와 접촉한 것은 이 한 순간뿐이다.
쓰기노스케는 궁궐 안을 걸어가기 시작했다. 물론 이런 장소에 오는 것은 생전 처음이다.
'아무래도, 다르군.'

에도 성 등과는 다른 것이다. 에도 성은 지상의 지배자를 위한 궁전이며, 그러기에 사람을 위압하는 아름다움이 있다. 위압을 주제로 하여 세워져 있다. 초대 장군 이에야스는 닛코(日光) 도쇼 궁(東照宮)에 모셔졌지만, 갖은 금은을 다 써서 장식한 듯한 그 화려함을 보면, 역시 지상의 지배자가 잠자는 영전답다.

그러나 교토의 궁궐은 다르다. 호화롭다기보다 오히려 청정(淸淨)이 주제가 되어 있다. 맑고 깨끗하다는 것은 신도(神道)의 미의식이자, 종교의식이며, 혹은 신도 그 자체는 깨끗하다는 것을 말하는 것인지도 모른다. 교토의 궁궐은 그러한 것이며, 역시 지상의 지배자가 사는 곳이 아니라, 형태가 없고, 이를테면 신과 같은 자의 주거에 알맞다.

"천자는 신이다."

이것이 일본인의 토속 신앙이다. 일본어로 말하는 신이란 '청정한 것의 극치'라는 뜻이며, 기독교의 신이나, 사누키(讚岐)의 곤피라(金毘羅) 같은 불교 신이나, 천신(天神) 같은 스가와라 미치자네(菅原道眞)의 망령을 제사지내는 신과는 성립이 다르다. 그러한 신들은 그 어떤 힘을 갖고 있다.

일본 고래의 원시신(原始神)은 거의 힘을 갖지 않는다. 사람에게 돈벌이의 운을 베풀어 주는 일도 없고, 사람의 병을 고쳐 주지도 않으며, 장수를 시켜 주지도 않는다. 다만 깨끗이 존재하고, 사람의 숭앙을 받을 뿐이다.

쓰기노스케는 그렇게 이해하고 있다. 양명학도(陽明學徒)인 그는 이 사상의 선철(先哲) 야마가 소코(山鹿素行)의 중조사실(中朝事實)을 읽고 신도가 무엇인가를 알았다. 피의 숭배인 것이다.

씨족의 선조신(先祖神)을 신으로서 예배하는 것은 혈맥에 대한 숭배일 것이다. 신도에서는 일본인 최초의 원종(原種)이 천황의 선조이다. 그 때문에 천황은 일본인이라는 씨족 연합의 우두머리이며, 그 우두머리는 일본 최고의 씨족 신인 아마테라스 오미카미(天照大神)를 섬기고 있다. 천황은 동시에 신무(神巫:신관)이다. 그렇기 때문에 신에 가깝다고 말한 모양이다.

쓰기노스케의 천황관은 그러했다. 신이며 신무이기 때문에, 천황에게 지상의 지배권을 주어서는 안 된다. 그것은 천황을 더럽히는 일이며, 망치는 일이다. 천황이 신이기는 해도 정권의 주인이 아니었다는 것이, 이 혈맥을 오늘날까지 이어 오게 한 것이라고 쓰기노스케는 생각하고 있다.

"사쓰마, 조슈는 고얀 것들이다."

이렇게 생각하는 것은 그 때문이었다. 천황을 옹립하여, 천황에게 정권을 쥐게 해서, 천황으로 하여금 정치를 행하게 하려 든다는 것은, 일본 역사를 보아도 뚜렷한 법칙 위반이다. 사쓰마, 조슈는 떠받들지 말아야 할 존재를 떠받들고 혁명을 일으키려 하고 있다고 그는 생각했다.

궁궐의 참여소는, 전에 '학실(鶴室)'이라 불렸던 방으로, 막부가 성할 때는 교토 고등정무관이 여기까지 들어와 공경과 대면했다. 공경들은 고등정무관에게 또 무슨 호통을 당할까 겁에 질려 이 학실에 나타나곤 했는데, 지금은 반대가 되었다. 공경들은 마치 자기가 천하를 잡은 것처럼 몸을 젖히고 뻐긴다.

'우리들뿐인 줄 알았더니.'

쓰기노스케가 뜻밖으로 생각한 것은, 대기실에 다른 번의 중신급 번사들도 와 있었다는 것이다. 히코네 번(彦根藩), 제제 번(膳所藩) 등 6, 7개 번의 사람들이었으며, 입궐한 이유는 새 정부의 호출을 받았기 때문인 것 같았으나, 이밖에 짐작할 수 없는 새 정권의 상태를 은근히 살피러 들어온 모양이었다. 모두 불안에 가득한 얼굴로 두리번거리고 있었다.

쓰기노스케는 그들 여러 번 사람들과 같은 장소에 앉게 되었다. 이윽고 상단에 공경들이 나타나고, 쓰기노스케 등은 엎드렸다. 공경들은 위계순으로 나란히 앉았다. 나카야마사키(中山前) 태정 차관, 오기마치 산조(正親町三條) 태정 차관, 마데노코지 우추벤(萬里小路右中辨) 재상, 이와쿠라 소장(岩倉少將) 등등의 면면들이다.

'무슨 일이 일어날까?'

쓰기노스케는 기대했다. 쓰기노스케의 건백서 사본은 이미 제출해 놓았다. 그들이 읽었다면 어떤 결과가 나올까? 그러나 아무 일도 일어나지 않았다. 집사를 통해서 이런 말뿐이었다.

"천조(天朝)님께 부지런히 충근(忠勤)을 다하도록 하라."

그것만으로 그들은 상단의 방에서 사라졌다. 과연 알현이라는 것은 의견 교환의 장이 아니라 의식이다.

'제기랄.'

쓰기노스케는 비위가 상하여 계속 대기실에 앉아 있으니 집사가 나타나 통고를 했다.

"내일 의정소에 올라오도록."

그 이튿날, 쓰기노스케는 정해진 시각에 다시 궁중에 들어가 의정소에 올라갔다. 정각에 그의 앞에 나타난 공경은 하세 산미(長谷三位)와 이쓰쓰지(五辻) 태정 판관이었다.

"그대가 마키노 스루가노카미(牧野駿河守 : 다다노리)의 대리인가?"

하세 산미가 물었다. 쓰기노스케가 엎드리자 집사가 앞으로 나와서 쓰기노스케의 건백서를 내밀었다.

"그 줄거리를 말씀드리겠습니다."

쓰기노스케는 집사에게 말했다. 이 집사에게 말하는 형식으로 건백서의 요지를 논하기 시작하여 차츰 말이 격해져서 이렇게 지목해서 말했다.

"사쓰마, 조슈의 간인배(奸人輩)"

"조정은 사쓰마, 조슈의 무력을 믿으시는 나머지, 동부에는 무사가 없는 줄 알고 계십니다. 그런 것으로 폭만(暴慢)한 정치를 펴시다가는, 천하의 난이 일어나고 말 것입니다."

거기까지 말했으나 하세 산미에게는 이렇다 할 반응이 없어, 쓰기노스케는 헛되이 물러났다.

지은이
시바 료타로(司馬遼太郎)

그린이
전성보(全聖輔)

옮긴이
박재희 창춘사도대학일문학전공 김문운 니혼대학일문학전공
김영수 와세다대학일문학전공 문호 게이오대학일문학전공
유정 조지대학일문학전공 추영현 서울대학교사회학전공
허문순 경남대학불교학전공 김인영 숙명여대미술학전공

대망 28 료마 4/사무라이 1
지은이 시바 료타로/책임편집 박재희 추영현 김인영
1판 1쇄/1979. 12. 1
2판 1쇄/2005. 8. 8
2판 10쇄/2022. 3. 1
발행인 고윤주/발행처 동서문화사
창업 1956. 12. 12. 등록 16-3799
서울 중구 마른내로 144(쌍림동)
☎ 546-0331~3 (FAX) 545-0331
www.dongsuhbook.com

＊
이 책은 저작권법(5015호) 부칙 제4조 회복저작물 이용권에 의해 중판발행합니다.
이 책의 한국어 大몽상표등록권 문장권 의장권 편집권은 저작권법에 의해 보호받으므로
무단전재 무단복제 무단표절 할 수 없습니다.
이 책의 법적문제는「하재홍법률사무소 jhha@naralaw.net」에서 전담합니다.
＊
사업자등록번호 211-87-75330
ISBN 978-89-497-0368-8 04830
ISBN 978-89-497-0364-0 (3세트)